완월회맹연 3

다시 모인 가족

현대역

완월회맹연

다시 모인 가족

우리가 헤어진 지 10년 만에 다시 만나게 되었구나. 그동안의 온갖 고생과 변고들은 몇 수레의 책으로도 다 기록하기 어려울 정도이다. 어찌 잠깐 동안의 말로 다 할 수 있겠느냐? 어머니와 온 가족이 모두 평안하다 하니 그저 다행스러울 따름이다.

완월회맹연 번역연구모임

《완월회맹연》 교주본과 현대역본을 내면서

조선시대 최장편 국문소설 《완월회맹연》

완월회맹연(玩月會盟宴, 달구경을 하면서 굳은 약속을 하는 모임 혹은 잔치). 이는 18세기 조선의 장편소설 제목이다. 달밤의 약속이라니, 낭만적이다. 무슨 이야기일까?《완월회맹연》은 고전문학 연구자들에게는 익숙한 작품일 터인데, 일반 독서 대중들에게는 낯선 소설일 수도 있겠다.

《완월회맹연》의 교주본과 현대역본 출판을 앞두고 쓰는 서문은 각별하다. 궁금한 작품이었고 또 널리 알리고 싶은 작품이었지만 너무나도 방대한 분량에 압도되어 오늘날의 독서물로 번역할 엄두를 내기 어려운 작품이었기 때문이다. 번역을 하기 위해서는 원문 교주본이 필요하다. 제대로 된 번역을 하기 위해서는 원문에 대한 정확한 이해가 확보되어야 하는데, 이 긴 분량을 교감 작업을 하면서 주석하는 일 역시 엄두가 나지 않기는 마찬가지였다. 그런데 지금 그 1차 교주본과 현대역본의 출간을 앞두고 서문을 쓰고 있다. 1976년 창덕궁 낙선재에서《완월회맹연》이 발견된 이후 첫 번째 교주 및 현대역 작업의 결과물이 이제 첫선을 보이는 것이다.

창덕궁 안에 있는 낙선재에 소장되어 있었던 장서각본《완월회맹연》의 독자는 비빈과 상궁, 궁녀 등 궁중에 거처하는 여성들이었을 것이다. 조선시대에는 소설을 읽기도 했지만 남이 읽어주는 것을 듣는 방식으로 즐기기도 했다. 그렇기 때문에 '독자'라는 단어를 사용하기가 조심스러운 부분이 있는데, 180권이나 되는 작품을 듣는 방식으로 즐긴다는 것은 엄두가 나지 않을 것으로 보이기에 이 같은 국문장편소설의 경우는 독자라는 단어가 적합할 것으로 보인다.

이 최장편 국문장편소설의 작가는 안겸제의 어머니로 알려진 여성이다. 이를 뒷받침하는 것은 조재삼(1808-1866)이 쓴 《송남잡지(松南雜識)》의 기록이다.

또 완월은 안겸제의 어머니가 지은 바로, 궁궐에 흘려 들여보내 이름과 명예를 넓히고자 했다(又玩月 安兼濟母所著 欲流入宮禁 廣聲譽也).

안겸제의 어머니가 《완월》을 지었는데, 궁중에 들여보내 자기 이름이 알려지고 명예가 더해지기를 바라서 이 소설을 지었다는 내용이다. 조선시대 소설은 작가가 밝혀진 경우가 드문데, 이 장편 거질은 작가가 거론되고 창작 이유까지 언급되어 있다. 더구나 작가가 여성이라니 더더욱 눈길이 가지 않을 수 없다. 《완월》은 《완월회맹연》을 가리키는 것으로 보인다. 조재삼의 기록은 신뢰할 만한 근거가 있다. 조재삼 집안과 안겸제의 모친 전주 이씨는 외가이자 사돈지간으로, 조재삼의 외고조부가 안겸제 모친과 재종지간이며 조재삼의 큰며느리도 전주 이씨이다. 이런 경로로 조재삼은 집안끼리의 왕래를 통해 안겸제 모친에 대한 소식을 들었을 수 있다. 안겸제의 모친 전주 이씨는 1694년에 아버지 이언경과 어머니 안동 권씨 사이에서 태어나 20세 무렵 안개(1693-1769)와 혼인했으며, 안겸제는 그녀의 셋째 아들이다. 지금도 파주에 가면 전주 이씨가 남편인 안개와 함께 묻힌 묘소가 있다. 무덤 앞의 비석에 새겨진 비문을 보면 전주 이씨는 부덕을 갖췄으며 여사(女史)의 풍모가 있는 여성이었음을 알 수 있다. 이런 자질은 《완월회맹연》의 작가로서 잘 어울리는 요소이다. 그뿐만 아니라 안겸제 모친 전주 이씨의 친정 가문 여성들에게 소설을 즐기는 문화가 있었다는 연구 결과도 보고되어 있다. 다만 소설 분량이 너무 방대하고 후반부에 약간 결이 다른 서술들이 발견된다는 점을 염두에 두고 볼 때 《완월회맹연》을 지은 작가가 전주 이씨 한 명만이 아닐 가능성은 있다. 중국의 장편소설인 탄사소설 《재생연(再生緣)》도 공동 창작 작품으로, 원래 작가였던 진단생이 마무리를 못 하고 죽자 후에 양덕승이라는 여성이 그 뒤를 채워 결말을 맺었다.

《완월회맹연》은 180권으로 이루어진, 단일 작품으로는 가장 긴 서사 분량을 지닌 한글소설이다. 지금 우리가 보기에 180권이나 되는 소설 작품은 돌출적인 작품인 것처럼 보일 수도 있다. 그러나 17세기 중후반부터 조선에서는 국문장편소설을 창작하고 즐기는 여가 문화가 펼쳐졌을 것으로 보인다. 17세기 작품인 《소현성록》 연작이 그 효시가 되는 작품이며, 소위 삼대록계 국문장편소설로 불리는 다수의 작품이 있고, 이 같은 장편대하소설들은 18, 19세기까지 지속적으로 창작되고 독자들을 확보했다. 세책가라고 불리는 책 대여점에서도 국문장편소설은 중요한 비중을 차지했다. 이런 소설들은 가문소설이라고 불리기도 하는데, 그 까닭은 이런 소설에서는 대개 두세 가문이 등장하여 혼인 관계로 사건이 얽히고 삼대에 걸쳐 가문의 흥망성쇠를 보여주는 서사가 펼쳐지기 때문이다.

　'완월회맹연'이라는 제목처럼 이 작품은 아름다운 달밤에 자식들의 혼인 약속을 정하는 것이 서사의 근간을 이룬다. 그 이야기의 세계는 우아하고 유장하고 섬세하고 구체적이며 때로는 격렬하며 역동적이고 선악의 길항이나 인간 내면의 여러 겹 층위를 다양하게 드러내어 보여주고 있다.《완월회맹연》서사 세계의 정교함과 풍부함 그리고 문제적 징후를 포착해 내는 시선은 중국의《홍루몽》에 비견할 만하다. 또《완월회맹연》의 방대한 서사는 여느 연의소설에 견주어도 못지않은 장강 같은 흐름을 보여준다. 이 작품에는 조선시대의 상층 문화가 상세하게 재현되어 있다. 배경은 중국이지만 이 작품이 다루고 있는 내용은 조선시대 상층 양반들의 이야기이자 그들의 생활 문화이다. 180권에 달하는 서사 분량 속에 당대 문화의 규범과 일상의 디테일들이 풍부하고도 섬세하게 담겨 있는 것이다. 그러나 그렇다고 하여 이 작품이 상층의 인물만을 재현하는 것은 아니다.《완월회맹연》은 하층 인물들 또한 구체적으로 실감나게 재현하고 있으며 하층 인물의 경우에도 인물마다 이야기를 만들어주고 있다. 이 교주와 번역 작업을 통해《완월회맹연》의 서사 세계와 그 가치가 드러날 수 있기를 기대한다.

《완월회맹연》교주 및 현대역 작업 과정

　《완월회맹연》교주 및 번역 작업은 이화여자대학교 고전소설 전공자들이 진행하고 있다. 박사 논문을 쓴 선배부터 석사과정 학생에 이르기까지 이화여대에서 고전소설을 전공하는 이들이 모여 매주 열 너덧 명의 인원이 강독 스터디에 참여하고 있으며, 그중 국문장편소 설을 번역할 역량을 갖춘 구성원들이 주축이 되어 교주 및 번역 작업 을 담당하고 있다. 《완월회맹연》 강독은 2016년 무렵부터 시작하여 그 이후 매주 토요일에 각자 입력하고 주석한 원문과 번역문을 가지 고 와서 안 풀리는 부분을 함께 풀어가고 있다. 이 모임에는 이미 삼 대록계 국문장편소설을 번역·출판한 경험을 비롯하여 다수의 한문 소설을 번역한 경험을 지닌 연구자들 여럿이 함께하고 있는데, 《완월 회맹연》 번역은 기존에 했던 어떤 국문장편소설보다도 난도가 높은 것으로 보인다. 방학 동안에는 조금 더 집중적으로 작업을 해왔으며 코로나 이후로는 토요일마다 계속 줌(zoom)을 통해 같은 작업을 이 어가고 있다. 혼자서는 도저히 안 풀리던 구절이 여럿이 함께 의논하 면 신기하게도 풀리곤 하는 경험을 반복하고 있다. 여럿의 입이 난공 불락의 글자들을 녹여 뜻을 드러내는 듯하다. 이렇듯 노력을 기울이 고 있지만 그 과정에서 툭툭 오류들이 발견되고 수정될 때마다 아차 싶고 교차 검토에서도 오류가 바로잡히는 것을 보게 된다. 첫 번 시 도하는 《완월회맹연》 교주 및 번역 작업에 만전을 기하고자 노력하 지만 여전히 발견하지 못한 부분들이 남아 있을 수도 있다. 이어지는 또 다른 작업에서 오류가 시정되기를 바라면서 《완월회맹연》의 첫 번 교주본과 현대역본을 세상에 내보낸다.

《완월회맹연》은 180권으로 이루어진, 단일 작품으로는 가장 긴 서 사 분량을 지닌 한글소설이다. 이 작품은 현재 두 개의 완질본이 있는 데, 하나는 한국학중앙연구원 장서각본(180권 180책)이고 다른 하나는 서울대학교 규장각본(180권 93책)이다. 장서각본은 원래 창덕궁 낙선재에 소장되어 있었다. 이 두 이본은 책수가 다르고 필사 과정에서 약간의 차이를 보이는 부분들이 있으나 전체적인 내용과 분량은 서로 유사하다. 이 두 이본 중에는 장서각본이 전체적으로 더 보관 상태가 깨끗하며, 상대적으로 구개음화나 단모음화가 일어나지 않은 표기가 빈번하므로 필사 시기도 앞설 가능성이 높을 것으로 논의되고 있다. 그러므로 《완월회맹연》의 교주 작업 역시 장서각본을 대상으로 했으며, 규장각본으로 교감 작업을 병행하여 장서각본의 원문이 불확실한 부분을 보완했다. 이같이 본격적으로 규장각본을 함께 검토하고 교열하면서 교주 및 번역 작업을 해오고 있다.

《완월회맹연》은 한글소설이지만 한자 어휘 및 용사나 전고 등의 한문 교양이 대거 사용되고 있다. 교주본 작업을 하면서 각주를 통해 용사나 전고 등의 전거를 최대한 정확하게 밝히고자 했다. 미진한 경우에는 맥락에 따라 추정을 하고 그 추정 근거를 밝히는 방식으로 작업했다. 각자 교열 및 주석 작업을 한 후에는 수차례에 걸쳐 서로의 교주본 파일을 교차 검토하면서 교주본의 완성도를 높이기 위해 노력했으며 오류가 발견되는 경우 강독 모임을 통해 그 경우의 수들을 공유하면서 각자 수정을 하여 교주 및 번역의 일관성을 유지할 수 있도록 했다.

국문장편소설에는 길이가 긴 문장들이 자주 보이는데 《완월회맹연》도 한 문장의 길이가 매우 긴 경우들이 빈번하게 등장하며 그 안에서 초점화자가 바뀌는 경우들이 있기에 주술 관계나 수식 관계를 파악할 때 각별한 주의를 기울였다. 긴 문장 속에서 자칫하면 서술어의 주체를 놓치기 쉽고, 경우에 따라서는 인물들의 호칭도 헷갈릴 수 있기에 조심스럽다. 남성 인물들은 대개 성씨에 관직명을 더해 부르는데 두세 가문의 인물들이 주로 나오므로 같은 성씨가 반복되는 데다가 여러 인물들이 같은 벼슬을 할 수도 있고 같은 인물이라 해도 승진이나 부서 이동에 따른 호칭 변동이 있을 수 있다. 여성 인물의 경우에도 용례는 다르나 비슷한 어려움에 처할 경우가 생긴다. 친정의 맥락에서는 남편 성씨에 따라 부르기도 하기 때문이다. 예를 들어 서씨 성을 가진 여성이 정씨 집안으로 시집을 가면 시집 맥락에서는 계속 서부인으로 불리다가 친정의 맥락에서는 정부인으로 불리는 식이다. 더군다나 친족 관계 호칭도 상황에 따라 변할 수 있기에 인물들 간의 관계를 잘 따져가면서 확인할 필요도 있다.

《완월회맹연》 번역은 특히 이런저런 신경을 늘 쓰고 있어야 맥락이 풀리는 경우가 많다. 매주 하는 강독 모임에서 발견하는 즐거움이 있다면 그것은 이런 문제 해결에서 온다. 혼자서는 맥락이 잘 안잡히던 부분이 여럿의 공동 고민을 경유하면 툭 하고 풀리는 시원함을 경험한다. 이러니 힘들지만 우리는 서로에게 책임을 느끼며 모이는 데 열심을 낼 수밖에 없다.《완월회맹연》교주와 번역은 이화여대 《완월회맹연》 번역팀의 열너덧 명이 한마음으로 진행하고 있다. 이렇게 작업할 수 있음에 감사하고 또 묵묵하게 힘든 작업을 해내는 구성원들 모두에게 존경을 보낸다. 보다 구체적인 번역 원칙은 교주본의 일러두기에 적어놓았다. 현대역본을 내면서는 별도로 두 가지 일러둘 부분이 있는데, 하나는 가계도에 대한 것이고 다른 하나는 원문 세주에 관한 것이다. 가계도의 경우, 교주본에서는 아들을 먼저 적고 그 뒤에 딸을 적었는데 현대역본에서는 밝힐 수 있는 한 정리를 해서 태어난 순서대로 적는 방식을 택했다. 또 원문 세주의 경우, 교주본에서는 원문 세주 부호를 따로 두어 구별을 했고 현대역본은 가독성을 높이기 위해 현대역 본문에 원문 세주 내용을 풀어 넣거나 세주 부호를 사용해서 번역문 가운데 삽입했다. 《완월회맹연》 작품 자체에 대해서는 《완월회맹연》 작품 자체에 대해서는 이 팀의 공동 저서인 《달밤의 약속, 완월회맹연 읽기》에 미룬다.

우리 팀은 우선 교주와 번역을 시작했는데 막상 이런 장편 거질을, 그것도 원문 입력과 주석까지 더한 학술적 성격의 초역을 출판해 줄 출판사를 만나는 것이 또 하나의 숙제였다. 이처럼 방대한 작업의 출판을 기꺼이 결정해 주신 휴머니스트 출판사에 마음 깊은 곳에서 우러나는 감사를 드린다.

이야기는 인류의 유산이자 자산이다. 지금도 새로운 이야기들이 만들어지고 있다. 《완월회맹연》은 18세기 조선에서 만들어진 유례없는 장편소설이다. 이 작품이 지니는 여러 매력적인 지점들과 의미 있는 부분들로 인해 《완월회맹연》에 대해서는 지속적으로 연구들이 쌓이고 있다. 이런 《완월회맹연》의 첫 교주본과 현대역본을 낼 수 있게 되다니 감개가 무량하다. 《완월회맹연》 교주본과 현대역본 출판은 학문적 연구의 활성화는 물론이며 다양한 문화콘텐츠의 원천으로도 충분히 활용 가능할 것이다.

조혜란 씀

차례

정잠과 정삼 집안

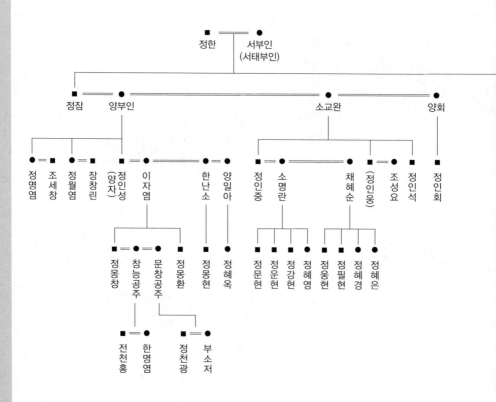

인물 관계도

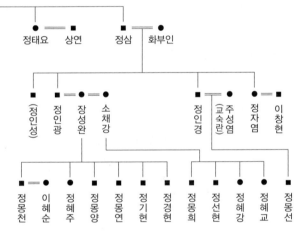

■ 남자
● 여자

정태요 ═ 상연   정삼 ═ 화부인

(정인성) 정인광 장성완 ═ 소채강   정인경 ═ 주성염 (교숙란) 정자염 ═ 이창현

정몽천 ═ 이혜순 정혜주 정몽양 정몽연 정기현 정경현   정몽희 정선현 정혜강 정혜교 정몽선

정흠과 정염 집안

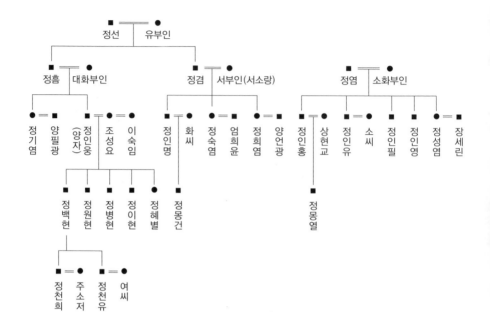

조세창 집안

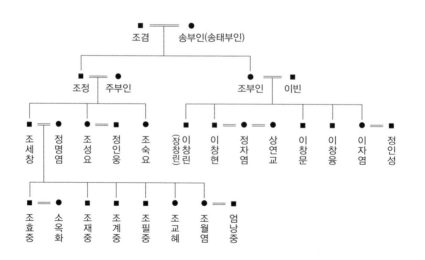

장헌 집안

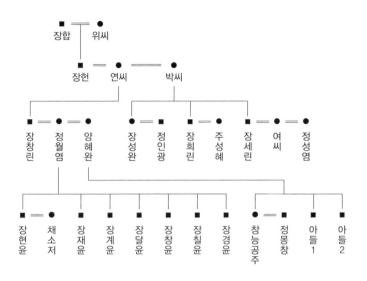

소교완 집안

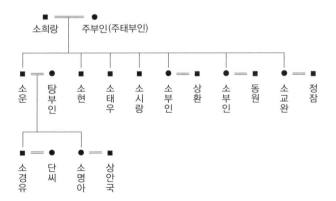

상연 – 정태요 집안

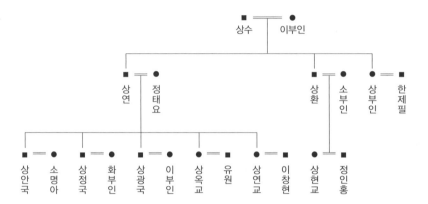

주성염(교숙란) 집안: 정인경 처가

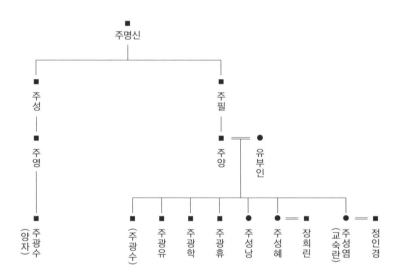

완월회맹연 권21

장성완의 위기

장헌 부부는 장성완을 후궁으로 보내려 하고
범경화는 장성완과 인연 맺을 방법을 모색하다

장헌과 박씨의 실덕에 괴로워하는 장성완

장성완이 몹시 놀라 마음이 서늘해진 것을 깨닫지 못했다. 장성완의 부모는 본래 덕이나 체면은 물론 신의가 없으며 예측 불가능한 사람들이었다. 또 권세를 좇아 온갖 일을 다 하면서 약한 자에게는 더욱 강하게 대하고 이익이 있는 곳에 붙어 머리를 돌리고 꼬리를 치는 그런 사람이었다. 특히 요사이 결속하거나 친밀한 사람들은 모두 혁혁하고 위세 당당한 가문으로, 그 인물됨이 모두 아첨하고 남을 모함하는 소인이 아니면 사람의 얼굴로 개의 행동을 하는 이들이었다. 장성완이 조용히 앞날을 헤아려보고 도리에 어긋난 부모의 행동이 오랫동안 사람들의 입에 오르내려 더러운 이름을 면치 못할 것을 생각하니, 얼굴이 화끈거리고 마음이 두근거려 마치 봉변을 당한 것 같았다. 더욱이 열 살이 되지 않은 여자아이의 그림을 그려 황제의 후궁으로 들이려는 예기치 못한 음란한 일을 도모한 것은 꿈에도 생각하지 않왔기에 그 놀라움은 마른하늘에 날벼락이 치고 갑자기 비가 쏟아져 내리는 것보다 더할 정도였다. 장성완은 어이가 없어 홀린 듯 말이 없고 마음이 상한 채로 아름다운 얼굴을 숙이고 슬프게 탐스러운 귀밑머리를 내렸는데, 그 모습이 마치 갑작스럽게 죽어 세상을 모르고자 하는 것 같았다. 춘홍이 장성완의 마음을 헤아려 슬퍼하고 근심하는 것은 추연과 마찬가지였으나 다만 눈물을 흘리며 모실 뿐 달리 말을 하지 못했다. 장성완이 슬퍼하며 한숨짓고 슬픈 목소리로 말했다.

"내가 연씨 어머니를 떠나온 후 쓸쓸하고 의지할 곳을 잃은 듯해 그간 이불 안에서 어루만져 주시던 것을 그리워하며 근심스러운 마음에 나도 모르게 밤에 눈물을 흘리곤 했다. 또 아버지께서 덕을 잃으시고 어머니께서 체면을 잃으신 일이 잦아 그윽한 시름과 걱정이 마음을 어지럽게 하니, 억지로라도 평온하고 기쁜 빛으로 있고자 했으나 어지러운 마음이 더할 뿐이었다. 사람들이 나를 두고 재상 집안의 외동딸로 부귀가 한 몸에 있어 괴로움이 없을 것이라 여기겠지만 불길하여 그런지 나의 간언이 처음부터 효험이 없었다. 그래서 온갖 근심을 지닌 사람같이 답답하고 즐거움이 없으며 마음이 슬퍼 흐느끼며 세상을 정처 없는 여관처럼 여기고 세상일을 뜬구름처럼 여겼다. 그런 중에도 지금 당한 일은 정말로 기구하구나. 죽지 않고 장차 어찌하겠느냐?"

춘홍이 놀라고 애통해하며 말했다.

"소저는 이 어인 말씀이십니까? 일전에 연부인께서 소저에게 경계하시며 옛이야기를 들어 말씀하시기를 '신생이 여희의 참소를 받았을 때 사실을 밝히지 않고 효를 좇아 세상의 영예와 치욕을 끊고 죽은 것은 작은 효이고, 부친 고수가 우물을 파게 하고 계모가 그 입구를 막았을 때 순임금이 우물곁에 구멍을 내어 불을 피해 그 목숨을 보전함으로써 만대에 걸쳐 이름을 전하게 하신 것이 큰 효'라고 하시던 것을 어찌 생각지 않으십니까? 비록 이런 때를 당하여 뜻과 같지 않은 일이 있어도 원대히 헤아려 천금같이 귀중한 몸을 지킬 도리를 생각해서 태산같이 중한 목숨을 깃털같이 가볍게 버리는 행동을 하지 않으시는 것이 효도를 온전히 하고 도량이 깊은 것일 뿐 아니라 지혜가 넓은 것입니다. 이치를 아는 사람은 이를 칭찬할 것입니다. 어찌 한순간 괴롭고 슬프며 욕된 것을 못 견뎌 죽고 사는 중대한 문제를 가볍게 말씀하십니까? 소저께서 괴로운 세상일을 보지 않으시려는 것은 영화로운 것이라 할 수 있을 것입니다. 또 열절을 세우고자 하시는 것은 지금까지의 열녀들에게 부끄러움은 없을 것입니다. 그러나 소저가 몸을 보전치 못하게 된다면 어르신과 부인께서 자식을 먼저 보낸 슬픔이 지극하실 것이니, 그보다 더한 불효가 없을 뿐 아니라 사람들이 어르신을 책망하는 마음이 얼마나 크겠습니까? 바라건대 소저께서는 깊이 생각하시고 널리 헤아리셔서 미리 화를 방비하도록 하시지요."

장성완이 길게 탄식하며 말했다.

"너희는 다시 말하지 말거라. 모든 세상일이 인력으로 되는 것이 아니다. 죽고 사는 것은 운명에 달려 있고 부귀 역시 하늘의 뜻이니, 하늘에 죄를 얻으면 도망갈 곳이 없다. 어찌 나 같은 미미한 존재가 하늘의 뜻에 저항하겠느냐? 오직 하늘을 어기지 않고 하늘에 맡길 뿐 일부러 피하려고 하지 않을 것이다. 부모는 하늘과 땅이거늘 어찌 하늘과 땅을 어기겠느냐? 세 번 간언을 드렸는데도 듣지 않으신다면 죽어서 그 욕됨을 피하고 가문의 화를 방비하는 것이 옳을 것이다."

말을 마치고 조용히 누워 눈물을 흘리며 더는 말을 하지 않았다. 이에 두 여종이 더는 말하지 못하고 각각 슬픈 마음으로 모실 뿐이었다. 슬프다, 장헌과 박씨가 부귀를 탐하며 재물을 취하고자 하는 욕심이 나날이 커져 의롭지 않은 것과 도가 어그러진 것을 마다하지 않는 지경에 이르렀구나. 장헌은 세 자녀를 위해 누만금을 쌓아 만대에 이르도록 자자손손 호사스럽게 지내길 바랐으나 장성완은 이로 인해 애태우고 부모의 부끄러움과 잘못을 멈추게 할 방법이 없어 어려서부터 슬퍼해 왔다. 그런데 연부인을 폐출하고 점점 해괴한 일들이 연이어 벌어져 스스로 얼굴이 붉어지고 마음이 요동치니, 밤에는 조용히 벽을 치고 슬퍼하며 낮에는 마음을 앓아 목구멍과 혀가 타고 마르며 혈뇨를 보는 지경에 어찌 음식이 편하겠는가? 자연히 모래를 씹고 가시를 삼키는 것 같아 속으로 병이 쌓인 지 3년이 지나니, 얼굴과 몸이 말도 못 하게 상하게 되었다.

희린과 세린은 빼어난 자질과 뛰어난 성품을 타고났으나 배우지 못하고 자라 행동을 신중하게 하는 법이 없으며 유희를 좋아하고 방탕하여 하는 일마다 도리에 어긋났다. 또 어리석은 외가 사람들을 공자 문하의 70명 제자처럼 여기며 모든 일을 보고 배웠다. 문재(文才)가 빼어나지만 훈계하여 가르치는 이가 없으니, 부귀한 가문에서 태어나 기름진 고기와 좋은 음식에 빠져 호화로움을 즐기며 함부로 행동하고 동서로 거리끼는 것이 없었다. 주머니에 돈을 넣고 번화한 거리의 화려한 술집에 무리 지어 다니며 바둑 두기와 유흥을 즐기고 술을 기울이고 내기를 일삼으며 호방하고 도리에 어긋난 행동을 하는 것이 군자의 덕행과는 달랐다. 그러나 장헌과 박씨가 그 한심함을 알지 못하고 예의를 가르치지 않고 칭찬하는 말을 끊임없이 했다. 세상에 다시 없는 뛰어난 풍채이자 고금에 다시 있지 않을 문장 재주라 하여, 이백이 난새를 탄 것이나 왕자진이 학을 탄 것도 특별할 것이 없다고 하면서 온몸을 비단으로 꾸미고 맛있는 음식을 입에 넣으며 고기 주머니와 술 자루로 나날이 살을 찌우고 피부에 윤기가 도는 것을 기뻐했다. 사랑하는 것이 지나쳐 도리어 미워하는 것보다 해롭다 할 만했다. 딸은 제쳐두고 아들 두 명을 경박한 탕자로 만들고자 하니, 앞날을 걱정한다고 하는 것이 오히려 눈앞도 살피지 못하는 것과 같았다.

다행히 딸 장성완은 타고난 지혜와 기질이 있어 부모의 불의하고 도리에 어긋난 행동에 물들지 않았다. 천성이 속세를 벗어난 듯 평범치 않아 어려서부터 덕성과 온갖 행실이 갖추어지고 모든 행동을 예의와 격식에 맞게 했다. 또 기운이 심히 크고 광활하며 총명하고 신묘하여 말을 하지 않아도 학문을 익히며 가르치지 않아도 만물에 환히 통하고 모르는 것이 없었다. 또 말이 많지 않고 조용하며 신중하나 한번 재주를 나타내면 천지조화를 이루어 온 세상이 변화하며 만물을 움직이게 할 정도였다. 붓을 떨치면 바람과 구름이 일고 용과 호랑이가 부르짖으며 높은 산이 우뚝하고 물이 도도하게 흐르는 듯하니, 신과 사람이 함께 즐겨 몹시 좋아할 정도였다.

그런데 박씨만은 장성완의 착하고 어진 성품과 성인 같은 지혜를 자세히 알지 못하고 장성완이 연부인에게만 정성이 지극한 것을 싫어하여 말마다 연씨 흉물을 위해 태어난 것이요 어미가 낳아서 기르느라고 힘쓴 은혜를 모른다고 꾸짖었다. 장성완은 피가 날 정도로 머리를 조아려 박씨에게 바른말을 했지만 효험이 없었다. 그래서 일찍부터 자신의 운명이 험난함을 깨닫고 응설각 깊은 곳에 거하면서 집안일에 아는 체하지 않았다. 그리고 부모에게 새벽과 저녁에 문안드릴 때 이외에는 침소에 조용히 있으면서 고서를 읽거나 생각에 잠기곤 했다. 비록 혼자 있는 때라도 풀어지거나 게으르지 않았으며 좋지 않은 기색과 소홀한 거동이 없고 조심스럽게 행동하기를 4, 5세부터 지금에 이르렀다. 예를 중시해서만이 아니라 허약한 체질에 속을 많이 상하다 보니 이때에 이르러서는 병을 자주 앓아 이불 속을 떠나지 못하게 되었다.

장헌과 박씨를 부모처럼 따르는 박교랑

어사대부[1] 박상규는 좌영도독 박도의 큰아들로 두뇌가 명석한 것은 아니지만 성질이 곧으며 정도에 어긋나거나 음흉하지 않았다. 좋게 말하자면 너그럽고 점잖은 사람이라 할 것이요 낮춰 말한대도 좋은 사람이라고는 할 정도였다. 박씨 집안사람들 가운데에서는 일등 군자여서 가문 사람들 가운데서도 기대를 받는 것이 비할 데가 없었

---

1 어사대부(御史大夫): 정사를 논의하고 풍속을 바로잡으며 벼슬아치들을 감찰·탄핵하던 관아인 어사대의 으뜸 벼슬.

으며 집안의 온갖 일을 박상규가 주도하여 옳고 그름을 이야기하면 일마다 그의 말과 계책을 따랐다. 또한 복록에 흠이 없어 부모님이 모두 살아 계시고 형제들이 번성하며 어진 이를 배우자로 맞아 금슬이 좋고 부부가 매우 화락했다. 자녀들을 연이어 낳아 5남 2녀를 두었는데 하나같이 매우 아름다우며 재주가 뛰어났다. 위로 세 명의 아들을 결혼시키고 딸 교랑이 이제 자라 12세에 아름다운 모습과 좋은 자질을 지녔다.

박교랑은 가냘프고 아름다워 당나라 때 양귀비나 한나라 때 조비연과 흡사하고 성품이 총명하며 풍류 곡조를 모르는 것이 없었다. 또 시서(詩書)에도 뛰어나 여성 문인으로 이름난 채문희나 탁문군 같은 부류였다. 부모의 사랑이 절절하여 천륜 이상으로 특별할 뿐 아니라 장헌의 부인 박씨가 여러 조카들 가운데 특별히 교랑을 사랑하고 아껴 자주 데려와 앞에 두고 친딸 성완보다 더 귀하게 여기는 것 같았다. 교랑이 또한 영리하고 눈치가 빨라 교묘하게 사람의 뜻을 잘 맞춰주고 재담과 아름다운 말로 사람의 마음을 움직여 몹시 기쁘게 했다. 박씨가 매사 무척 사랑하며 말마다 칭찬이 끊이질 않아 여자 가운데 재주가 뛰어난 사람이라고 하며 한 달에 15일을 장씨 집안에 머무르기를 당당히 규중의 예처럼 정했다. 뿐만 아니라 장헌 부부가 많은 재산을 쌓아두고도 더 많은 재산을 탐내니, 백 명의 자식과 천 명의 손자라도 가난하거나 궁핍할 일이 없을 정도였다. 두 아들과 하나뿐인 딸이 물같이 흩으며 흙같이 짓밟아도 다 쓰지 못할 정도이니, 재물은 많고 사람은 적기에 늘 교랑을 양녀로 삼겠다고 했다. 그런데 박상규가 불가하다고 말해 결단하지 못했는데, 교랑은 자신의 집도 부유하고 지위가 있었지만 오히려 장씨 가문에 비해서는 못하기에 내심 장헌 부부의 양녀가 되고자 했다. 부귀와 재물을 탐하는 욕심이 어린 나이에 날로 커져 탐욕이 생길 뿐 아니라 뜻이 늘 큰 곳에 있고 평생을 높은 곳에 기탁하고자 하여 평범한 이의 아내가 되기를 원하지 않았다.

박상규가 아직 사위를 고르는 일이 없어 교랑이 오히려 여자의 염치로 이렇다 저렇다 말을 못 하고 있었다. 교랑은 장헌이 그 딸 성완을 위해서 동서로 사위를 고르는 데 온 힘을 쏟는 것을 보고는 속으로 아버지의 무심함을 한스러워했다. 교랑이 마음속으로 '성완은 나이가 나보다 두어 살 밑인데도 고모와 고모부가 사위를 고르려는 마음을 한순간도 놓고 있지 않은데, 우리 아버지는 내가 혼인할 나이가 되었는데도 사위를 고르려는 뜻이 꿈에도 없으며 혹 구혼하는 사람이 있어도 나이가 어리다는 것을 거절하는 구실로 삼으니 그 무슨 생각인가? 답답하고 통탄할 일이다.' 하며 한스러워했다. 교랑의 어머니 범씨 또한 부덕이 있는 부인인 까닭에 자신이 품은 생각을 말하지 못했다. 그러던 중에 교랑이 신년에 새해 문안으로 어머니를 따라 범씨 가문을 방문하게 되었는데, 범씨 가문 여러 사람들이 교랑의 재주와 아름다움을 사랑하여 여러 날을 머무르게 되었다.

장성완과 인연 맺기를 모색하는 범경화

화경공주의 부마인 범단의 아들 범경화는 나이가 14세로 풍모가 수려하며 재주가 있어 남녀가 다를지언정 성정과 기질이 교랑과 흡사했다. 유유상종이라고 물이 물을 따르는 것은 자연의 이치이니, 경화는 교랑에게 친누이보다 더한 정이 있고 교랑은 경화를 친오빠보다 특별히 대했다. 둘이 말을 주고받는데 마음이 합하며 뜻이 딱 맞는 것 같아 피차 마음속 깊은 이야기를 쏟아냈다.

화경공주는 선덕제의 막내딸로 지금의 황제가 아끼는 누이인데, 다른 자식이 없이 다만 경화를 외아들로 두어 살아생전은 물론 죽은 후에라도 자식이 잘되기를 바랐다. 그래서 며느리를 고르는 뜻도 남달랐는데, 태임과 태사, 반소를 벗으로 삼을 만한 어질고 아름다운 숙녀를 구하며 모든 일에 하나의 허물도 없는 명문 가문에서 택하고자 했다. 장헌의 부친이 비록 궁박함을 면치 못해 초년에 정한의 구빈관에서 음식을 빌어먹었으나 장씨 가문이 쇠하지 않은 까닭에 장헌 대에 이르러서는 부귀가 혁혁하고, 그 딸이 세상에 다시없을 풍모와 기질을 가졌다는 것을 익히 듣고 결혼을 시키고자 희망했다. 그런데 임왕이 황제에게 아뢰어 장성완을 후궁으로 들이려 한다는 것을 마침 입궐했던 화경공주가 알게 되어 못마땅하게 여기고 있었다. 뿐만 아니라 범경화 역시 장성완의 뛰어난 명성을 듣고 몹시 기뻐하며 장씨 가문의 사위가 되리라 바라던 중 일이 뜻하지 않게 되자 몹시 원망스러웠다. 이날 범경화가 어머니 화경공주의 침전에서 교랑과 같이 조용히 말을 나누다가 웃으며 말했다.

"사촌누이의 성품과 자질이 세상에 뛰어나 조비연의 가볍고 날렵한 모습과 양귀비의 풍만함을 두루 갖춰 꽃도 부끄러워하고 달도 숨을 정도이다. 또 물 위에서 놀던 물고기가 부끄러워서 물속 깊이 숨고 하늘 높이 날던 기러기가 부끄러워서 땅으로 떨어질 정도로 그 아름다움이 인간 세상에서 독보적일 것이다. 그런데 장공(장헌)의 아름다운 딸은 누이와 비교해 본다면 어떠냐?"

간사하고 교활한 마음을 지닌 박교랑은 사람의 기색과 의중을 파악하는 것이 남다르게 뛰어날 뿐 아니라 장성완이 호화스러운 대궐에서 황실의 지존을 모시고 왕대비전과 대전 그리고 중궁전의 총애를 차지할 것을 시기하여 범경화의 마음을 움직여 장성완을 후궁 뽑는 데 참여하지 못하게 하고 자신의 앞길을 지극히 귀하게 할 방법을 도모하려 했다. 박교랑이 짐짓 장성완이 세상에 다시없는 아름다움을 지녔고 자신과 비교하는 것이 불가할 정도이며 주인과 종 정도에 비유하는 것도 오히려 과분할 정도라 하며 교활한 말솜씨로 장성완의 뛰어나고 아름다운 자질을 두루 칭찬하고 그 기이함과 빼어남을 마치 눈앞에서 보는 것처럼 말했다. 화경공주는 박교랑의 말을 들을수록 안타까워하며 말했다.

"아무리 기특하다고 해도 이제 혼인을 바랄 방법이 없으니, 장공이 결단하지 못하고 우리가 혼인을 재촉하지 못한 탓이로구나."

범경화가 지난날 장성완에 대한 명성을 들었으나 이처럼 자세하게 들은 적은 없다가 오늘 비로소 예전이나 지금이나 다시 있지 않을 사람임을 세세히 듣게 되니 죽어도 놓치고 싶지 않았다. 한번 길게 숨을 쉰 후 하늘을 우러러 마음속으로 빌기를 마지않다가 어머니의 손을 붙들고 눈물을 흘리며 말했다.

"어머니, 저더러 죽으라고 하시는 것입니까?"

화경공주가 정색하며 말했다.

"어찌 이리 어리석게 구느냐? 어미가 너에게 죽으라고 할 리가 있겠느냐?"

범경화가 또 말했다.

"그렇다면 소자의 소원을 따라주시겠습니까?"

화경공주가 말했다.

"원하는 바가 장씨 집안 규수라면 내가 대책과 방법을 세울 수가 없구나."

범경화가 말했다.

"어머니께서 스스로 도모하시지는 못하나 박씨 누이와 함께 은밀히 기이한 계책을 행하여 장씨(장성완)를 입궐하지 못하게 하고, 박씨 누이의 눈같이 흰 피부와 꽃 같은 외모로 한번 입궐한다면 황제의 승은을 입을 것은 보지 않아도 알 수 있습니다. 후궁을 뽑는 황제의 마음은 비록 장씨를 생각하고 계시겠지만 다만 장씨 한 명만을 후궁 후보에 올리지 못하고 문벌 좋은 가문의 규수들을 다 올리게 될 것입니다. 어머니께서는 그때 도움을 주셔서 박씨 누이가 화려한 궁궐에서 황제를 모시게 되는 귀함을 누리도록 하시겠습니까?"

화경공주가 오래도록 침묵하다가 말했다.

"박씨 조카가 실로 귀하게 될 사람의 골격과 뛰어난 몸을 지녀서 곱고 빛남이 특별하니, 보통 사람의 배필이 되는 것은 정말로 불가할 뿐더러 하늘이 정한 인연이 있을 것이다. 내가 비록 도모해 보겠지만 사람의 혼인을 두고 어찌 위력으로 마음과 같기를 바라겠느냐? 어찌되었던 너는 박씨 조카와 함께 장씨를 입궐하지 못하게 할 방법을 먼저 의논해라. 내가 들어보고 가부를 정하도록 할 것이다."

범경화가 몸을 돌려 박교랑을 향해 진심으로 감사하며 말했다.

"관중이 포숙의 마음을 알았던 것이 밝았고 백아의 거문고를 종자기가 한 번 듣고 음을 아는 것이 밝았으니, 자고로 자신의 속마음을 알아주는 친구가 형제보다 더 귀하다고 할 수 있다. 나 범경화가 비록 현명하지 못하나 어진 누이를 보건대 샛별 같은 눈이 초롱초롱하여 총명하고 민첩하며 기상과 모략이 탁월하고 아름다운 목소리를 한번 들어보면 재주 있고 밝게 빛나는 기운이 세상에 다시 있지 않음을 세세히 알겠다. 남녀의 도는 다르지만 지기의 특별함은 어찌 관중과 포숙이나 백아와 종자기에게 미치지 못하겠는가? 하물며 가까운 친척의 정이 한 부모에게서 태어난 형제 못지않으니 서로 숨길 일이 없을 것이다. 내 이미 빼어난 미모와 특별한 성품과 행실을 들었기에 목숨을 걸고 장씨를 취할 뜻이 있다. 누이는 가까운 친척의 정 때문에 잠시 해치는 것을 차마 어렵다고 생각할 수도 있겠지만 이는 구태여 그 앞길을 막는 것이 아니다. 누이가 아니라면 이 일을 도모하지 못할 것이고, 비록 바른길은 아니나 이렇게 하지 않으면 장씨를 나의 것으로 만들지 못할 것이다. 남녀가 염치를 돌아보는 것은 조금 다르지만 일생을 좋게 하고자 하는 것이나 정욕이 생기는 것은 어찌 다르겠는가? 그대의 아버지가 몹시 소탈하시고 어머니가 부심하여 누이의 뛰어난 재주와 아름다운 얼굴을 사랑하지 않으시는 것은 아니지만 사위를 고르시는 데 있어 누이와 비슷한 재주 있는 훌륭한 신랑을 살피지 않으시고 보잘것없는 보통 집안의 약간의 아름다움이 있는 이라면 결혼시키고자 하실 것이다. 한번 혼인을 잘못하면 봉황에게 꿩을 짝지어 주고 구슬과 옥으로 기와와 돌을 대하는 것과 같을 것이니, 평생토록 빛날 일이 없는 것이 한이 되지 않겠느냐? 나와 장씨의 인연이 이루어지도록 한다면 이 범경화가 당당히 누이의 구만리 앞 길을 귀하고 길하도록 만들어 평범한 이의 아내가 되는 욕됨이 없게 하겠다."

박교랑이 일어나서 절을 했으나 처음에는 규수의 염치로 범경화의 말을 깨닫지 못하는 것처럼 했다. 범경화가 거듭 간청할 뿐 아니라 화경공주 또한 장성완을 며느리로 맞으려는 뜻이 더없이 간절했기에 계교를 꾸미는 범경화를 꾸짖어 물리치지 못하고 도리어 박교랑에게 애걸하며 말했다.

"일이 되게만 해준다면 맹세코 조카에게 화려한 궁궐에서 황제를 모셔 융성한 부귀를 누리게 할 것이다."

박교랑은 평생에 흠모하는 것이 궁궐의 부귀였다. 감히 먼저 청하지는 못했지만 오래도록 바라던 일이기에 범경화의 말처럼 자신의 앞날을 귀하게 만들고 장성완을 범경화의 아내가 되게 하는 것이 모든 일이 순탄하게 되는 것이라 여겼다. 뿐만 아니라 교랑은 평생 간사하고 교활한 마음을 지녀 자신보다 나은 사람을 원수처럼 싫어했는데, 장성완의 품성과 덕성과 재주는 명망이 뛰어난 군자라도 비길 만한 자가 없으니 여자의 무리에 어찌 그 같은 이가 있겠는가? 자신의 아름다움과 재주가 유려함을 매우 자부하다가도 장성완과 비교하면 낮고 더러워 시비의 무리에도 들어가지 못하는 것을 조용히 한스러워하며 당치 않게 부러워했으니, 늘 남모르게 해치려고 하는 뜻이 있었다. 그런데 함께 공모할 사람이 없고 자신을 지나치게 사랑해 주는 장헌과 박씨의 은혜를 저버리고 그 딸을 해치기에는 하늘의 재앙이 두려워 간사한 마음을 다잡았던 것이다. 그런데 화경공주와 그 아들이 온갖 정성으로 달래는 말이 쇠와 돌이라도 녹일 것처럼 굳기에 주저하지 않고 대답했다.

"장씨 동생을 오라버니의 아내로 삼는 것은 두 가문 간 겸손할 게 없으며 일의 형세도 더할 나위 없이 좋지만 뜻밖에 임왕을 방해하는 것이 되었으니 과연 계교를 쓰지 않는다면 장씨를 아내로 삼기 어려울 것입니다. 저는 10여 세로 어리고 약한 여자입니다. 세상의 일을 알지 못하며 어리석고 못나 화장하는 연지와 백분의 붉고 흰 것도 채 구별하지 못하는데 무슨 지략으로 큰일을 도모하겠습니까? 다만 공주마마와 오라버니께서 좋은 계교를 가르쳐주시면 제가 정성을 다해 따르겠습니다. 다만 일이 몹시 바르지 못하고 간사하여 사대부가의 여자가 차마 하지 못할 일이라면 제가 비록 오라버니를 위한 정이 지극하지만 스스로 행할 수 없을 것입니다. 공주마마와 오라버니께서는 계교를 말씀해 주시지요."

화경공주와 범경화가 자리에서 일어나 박교랑의 곁에 와 앉으며 머리를 맞대고 귀를 기울여 계교를 알려주니, 자라의 소리에 거북이가 응하고 솔개가 부르자 올빼미가 대답하듯이 흉악하고 간사한 계교가 서로 모여 마음에 어긋남이 없었다. 그러나 교랑이 짐짓 아녀자의 단아함을 숭상하는 체하며 거짓으로 근심하는 기색을 띠고 말했다.

"마마께서 오라버니에게 가르치신 내용이 어려운 일은 아닙니다만 실로 속이며 숨기지 못할 것은 하늘과 귀신입니다. 저는 단정하고 바른 아녀자의 행실을 버리고 음란하고 간사한 계교로써 스스로 바르지 못하고 사악한 곳으로 나아가는 것을 부끄럽고 창피하게 생각합니다. 본심은 장씨 동생을 해치려고 한 것이 아닌데, 한때 가볍게 참소하는 것은 매우 미워하여 해치는 것과 다르지 않으니, 하늘과 귀신이 저의 간사하고 음흉함을 그르다고 여겨 벌을 주실 것입니다. 그러니 제가 이유 없이 재앙을 받지 않을까 두렵지 않겠습니까?"

화경공주가 웃으며 말했다.

"어진 조카의 말이 몹시 편벽되구나. 하늘과 귀신이 사람의 마음을 헤아릴수록 조카가 장씨를 해치려는 것이 아닌 줄을 분명히 살피실 것이다. 계교를 성공시켜 내 아들이 장씨 가문의 사위가 된다면, 비록 경화가 장씨의 기특함에는 미치지 못하겠지만 사람의 앞날을 망하게 할 정도는 아니니 장씨의 평생이 욕되지는 않을 것이다. 조카가 일부러 해친 것이 아니라 혼사를 이루게 하는 것뿐이니, 일이 잠시 바르지 못하나 어찌 천신의 재앙을 받겠느냐? 바라건대 괜한 염려를 하지 말고 힘쓰고 힘써 우리 모자가 조카를 믿는 뜻을 저버리지 말라. 그리한다면 우리가 조카의 큰 덕에 감동하고 뼈에 새겨 무슨 수를 써서라도 조카의 앞날을 영화롭게 할 것이다. 하늘의 운명은 인간이 어찌할 수 없으나 사람이 모이면 또한 운명을 바꾸기도 한다. 무릇 모든 일에 어찌 사람의 힘으로 안 되는 것이 있겠느냐?"

범경화가 말을 이어 간청하며 빌기를 마지않고 장성완을 자신의 아내로 삼는다면 자신도 박교랑의 평생이 높고 귀하게 되도록 돕겠다고 굳게 맹세했다. 교랑은 오래도록 공치사하는 것이 좋지 않다고 여겨 비로소 머리를 조아리며 서로 세밀히 계획을 세웠다. 교랑의 유모는 본래 범씨 가문의 여종으로 범경화의 유모와 자매였다. 범경화의 유모 해연은 늘 정성이 깊어 교랑을 자신의 소저같이 사랑하고 교랑의 유모 해월은 경화를 제가 기른 공자같이 받드니, 보통의 종들과 달랐다. 화경공주와 범경화가 해월을 불러 이 계교를 들려주며 황금 한 덩어리를 주고 말했다.

"천하의 일이 모두 금이 많으면 쉽게 되더구나. 장씨 가문의 어린 여자아이 한 명을 내 집에 오게 하는 것이 무엇이 어려워 사사로이 계교를 쓰겠냐마는 소심한 임왕이 여차여차했으니 어찌 안타깝지 않겠느냐? 황제께서 몹시 기뻐하셔서 기강에 새로 진유사를 보내시고 장공을 불러들이셨으니, 장공이 돌아오면 오래지 않아 후궁을 뽑는 명이 내릴 것이다. 장소저가 한번 궐에 들어가면 황제께서 빠져들어 장소저를 돌려보내시는 일은 없을 것이다. 일이 이렇게 된 이후에는 장소저를 바랄 수가 없으니, 빨리 계획을 시행하여 장공이 돌아오는 날이라도 그 딸을 대궐 뜰에 들이지 못하게 할 것이다. 이 물건이 약소하지만 먼저 계획을 실행하는 데에 밑돈으로 써주면 이어서는 백만금이라도 아끼지 않을 것이다."

이어 박교랑에게 말했다.

"조카가 여기서 바로 장씨 가문으로 갈 때 해연을 데려가 장소저를 잠시 보이고 모든 일을 도모하는 데 마음을 합쳐 오른팔로 삼거라."

그러고는 해연에게 박교랑을 쫓아가라고 명했다. 해월은 장성완이 범경화의 아내가 되는 것을 기쁜 일로 알 뿐 아니라 화경공주가 일을 도모하여 박교랑을 대궐로 보내고자 하는 것을 진심으로 기쁘게 여겨 죽을힘을 다하고자 했다. 해연은 장성완의 기이함을 들어보았기에 부디 일을 성공시켜 저의 공자 곁에 두고자 하여 수고롭고 남부끄러운 일을 피할 뜻이 없었다.

한 무리의 부정하고 간사한 이들이 장성완에게 액운이 있는 때에 맞춰 요괴로운 자취로써 장씨 집안을 근거지로 삼아 자주 모였다. 그러나 박씨는 꿈에도 깨닫지 못하고 귀한 딸을 구덩이에 빠뜨리려는 원수들을 반가운 얼굴로 기쁘게 대했다. 박씨는 친딸과 조카딸의 구분을 두지 않았고 해월 등을 아끼는 정이 서얼 동생과 같았으니, 또 무슨 봉변을 만들려 하는가?

장성완의 괴로움을 알게 된 장헌

이때 박교랑이 화경공주 모자의 흉하고 간사한 계책을 깊이 헤아려 의논을 정하고 해월 등과 함께 장씨 가문으로 돌아왔다. 박씨가 물색없이 반기는 것이 10년 이별했던 가족이 모인 것 같았다. 장헌이 기강에서 돌아온다는 공문이 도착하자 온 집안이 진동하며 술과 음식을 준비하느라 바빴다. 또 사람들이 문에 기대어 서서 수레를 기다리는 것이 박씨부터 여종에 이르기까지 한 몸인 듯하니 그 무슨 체통이 서겠는가? 그중 난향은 나이가 좀 많은데 박씨의 등을 어루만져 축하하며 말했다.

"어르신께서 처음에 기강으로 향하실 때에 쉽게 돌아오시리라 생각지 못하시고 빠르더라도 수삼 년은 걸릴 것이라 했는데, 비록 그 사이에 해가 바뀌었지만 누가 서너 달 만에 돌아오실 줄 알았겠습니까? 부인의 복이 두터워 마치 망망대해의 달과 산꼭대기의 구름이 될 일이 없도록 어르신께서 빨리 돌아오시니, 산호장막 안에 먼지가 가득 차고 매끄러운 계단 아래 푸른 이끼가 날 일이 없습니다. 유복한 것이 말로 다 할 수 없고 인연도 헤아릴 수 없습니다."

젊은 여종들이 아첨하는 얼굴빛으로 '이것이 다 우리 부인의 덕이
시고 우리 마님의 복이시다.' 하며 축하하는 소리가 매우 어수선했
다. 박씨는 그 버릇없음을 알지 못하고 흔쾌히 자부했는데, 화경궁에
서 온 해연은 신분에 따른 엄격한 예절을 보며 행하다가 박씨의 체통
없는 거동을 보고 몹시 한심하게 여기며 해월에게 말했다.

"내가 이곳에 온 지 수일이 지났는데 아직 장소저를 보지 못했다.
그런데 저 부인의 속없는 거동은 고운 비단에 똥물을 묻히는 것 같구
나. 얼굴과 기질이 빼어나다고 할지라도 여종들과 아랫사람들 대하
는 모양이 어린아이만도 못하니, 그 소저가 부인을 닮았다면 얼굴이
고운 것도 쓸데가 없을 것이다. 나는 괴롭게 여기에 있지 않고 돌아
가고자 한다."

해월이 웃으며 말했다.

"형은 과연 참을성이 없는 성격입니다. 박부인은 비록 저렇게 체
통 없으나 장소저는 천고에 다시없는 용모와 기질과 성품과 네 가지
덕을 두루 갖추었으니 형은 잠시 머물러 한번 구경이나 하세요. 우리
박소저의 아름다움과 자질을 장소저에게 비긴다면 늦가을이나 겨울
에 피는 꽃이나 들에 피는 야생화 같아 누추해 보일 정도입니다."

해연이 웃으며 말했다.

"공주마마께서 성화이시나 정작 사람은 어떤 줄을 모르니 답답할
뿐이로구나. 장소저가 요즘 감기에 걸렸다고 하지만 그리 대단한 병
세는 아닐 듯한데, 문 밖으로 얼굴 한번 드러내는 일이 없으니 몹시
이상하다."

이렇게 말하며 마음속으로 매우 궁금해했다.

드디어 장헌이 돌아왔는데 장성완이 나와 맞이하지 않기에 장헌이 친히 딸의 침소에 나아가 보았다. 이때 해연이 해월과 함께 깊숙한 곳에서 응설각을 바라보며 장성완이 뜰에 나와 아버지를 맞이하는 것을 얼핏 보았다. 해연이 그 모습을 보니 술에 취한 것 같고 넋을 잃은 것 같아 무어라 말을 못 하다가 겨우 정신을 차리고 말했다.

"진실로 사람일진대 과연 천상과 인간 세상을 모두 다 뒤져도 짝을 이룰 만한 이가 없을 것이고 고금을 헤아려보아도 비슷한 이가 없으니, 선계에 숨은 서왕모와 월궁에 사는 항아 같은 여신이라도 이보다 더할 수는 없을 것이다. 내 생각에는 피와 살을 가진 몸이라면 아마도 저렇지 못할 것 같구나."

해월이 웃으며 말했다.

"형이 이제야 장소저의 특출남과 기이함을 알겠습니까? 진실로 저렇지 않으면 어찌 공자의 부인으로 삼고자 하겠습니까? 형은 이제 궁에 돌아가 공주님과 공자님께 장소저의 출중함과 특이함을 아뢰고 빨리 계획을 옮기시라고 말씀하세요."

해연이 즉시 발걸음을 급하게 옮겨 화경궁으로 돌아와 화경공주와 범공자에게 장소저를 얼핏 본 바를 이야기했다. 이때 입이 마르도록 혀를 쉴 틈 없이 놀려도 그 모습을 다 옮기지 못하니, 세 치 혀를 가볍게 나부끼며 얇은 입술을 빨리 놀리고 손바닥을 가볍게 두드리며 고개를 철없이 갸웃거리기에 바빴다. 원래 해연의 식견이 한결같이 고상하여 어떤 절대가인과 아름다운 이라도 기특하다고 두 번 일컬은 적이 없었다. 그런데 장소저를 친히 보고 나서는 셀 수 없이 칭찬하니, 범경화 모자가 장소저의 아름다움을 눈앞에 대한 듯이 기뻐하며 말했다.

"빨리 계획을 실행하라."

이렇게 일러 보내며 범경화는 홀린 듯 미친 듯 어수선하게 안절부절못했다. 해연이 돌아와 박교랑과 해월을 보고 공주와 공자가 함께 계획을 옮기기를 재촉한다는 것을 전했다. 교랑은 고개를 끄덕이며 틈을 엿보았다.

이때 장헌이 내당에서 저녁 식사를 마치고 박씨 가문 사람들이 돌아간 후 좌우가 고요한 때를 타 박씨에게 말했다.

"딸아이가 감기에 걸려서 여러 날 낫지 않는 것이 염려되는데 부인은 어째서 가보지 않소? 내 기강에서 빨리 돌아오게 된 것이 딸을 잘 낳은 덕분이나 이 자식이 몹시 절개가 곧고 굳어 고집스레 예를 지켜 혹 뜬구름 같은 옛날의 약속을 생각하지 않을까 하는 염려가 없지 않네. 내가 그 아이의 그림을 그려 임궁으로 보낸 것을 말하지 않고 오늘날 빨리 돌아오게 된 곡절을 영영 모르게 했으니, 부인도 명심하여 그런 말을 입에 올리지 마시오. 딸아이가 궁궐로 들어간 뒤에는 사가의 혼례와는 달라 황제의 위엄으로 대하면 딸아이가 아직 나이가 어리니 지존의 엄한 위세를 마주하여 자신이 바라는 것을 말하지 못하고 별수없이 황제를 모시게 될 것이네."

박씨가 눈을 치켜뜨며 말했다.

"상공처럼 당치 않은 옛일을 생각하겠습니까? 옛 약속이란 말은 무슨 일입니까? 딸아이를 연씨 흉물이 사납게 가르치고 몹시 길들여 잘 낳은 자식의 성품조차 그릇되어 버린 것을 제가 항상 애통하게 생각했는데, 절개와 예를 지키는 것을 아랑곳하겠습니까? 상공이 술에 취해 헛소리로 사위를 삼겠다고 하셨다고 한들 벌써 세월이 얼마나 되었으며, 죽었는지 살았는지도 모르는 정씨 아이를 들먹여 또 쓸데없는 말을 하려 하십니까? 상공은 실없이 딸을 데리고 여러 이야기를 하시나 나는 평생 동안 월아(장성완)와 함께 조용히 말을 해본 적이 없으니, 그림을 그려 임궁에 보낸 것이 무슨 자랑이라고 그 말을 딸아이가 알게 하겠습니까? 상공이 아니면 그런 말이 날 일이 없으니 나에게 당부하지 마시고 상공 입을 조심하시지요. 요즘 월아가 찬 바람에 감기가 걸려 신음도 하거니와 그 성품이 연씨 흉물을 닮아서 꽤나 똑똑한 척 오만하여 우리 형제들이 모여서 즐기는 것을 싫어하는 까닭에 제 방에 들어가 나오지를 않습니다. 아이 마음보가 온순하지 못한 것이 너무 분해서 가서 보지 않았는데, 상공이 말씀하시니 이제 가보려 합니다."

말을 마치고 몸을 일으켜 응설각으로 향하니, 장헌이 또한 부인과 함께 딸아이의 침소로 갔다. 이때 장성완이 춘홍 등이 아뢴 말을 들으니, 그 부모의 해괴하고 불측한 행사가 절절히 한심스럽고 놀라웠다. 이 어찌 단순히 의를 배반하고 믿음을 무너뜨려 은덕을 모두 저버리는 것뿐이겠는가? 아무리 세력 있는 이를 따르고 인색하며 흉악하고 사람 같지 않은 사람이라도 규방 여인의 얼굴을 그려 황제의 친척에게 보내 승은을 입을 것을 도모하지는 않을 것이라 생각하니, 마음이 부끄럽고 두렵고 온몸이 천 길 낭떠러지에 떨어진 듯했다. 자기 때문에 부모가 정도에서 벗어난 행동을 더 하게 되었다고 생각하니, 문득 죽어 없어지고자 하는 마음이 급하나 차마 칼과 노끈을 가져와 목숨을 결단하지 못하고 조용히 누워 있었다. 그러나 세상사에 아무런 생각이 없으니 어찌 밥 생각이 있겠는가? 다만 맑은 물로 마른 목을 축이고 벽을 바라보며 누워 있을 뿐이니, 춘흥이 추연과 함께 민망해하고 걱정되어 앞으로 나아가 무릎을 꿇고 아뢰었다.

"저희가 황공하지만 감히 말씀드리고자 합니다. 소저께서 한순간에 이렇게 속을 끓이고 걱정하셔서 식사도 안 하시고 거동도 안 하시는 것은 옳지 않습니다. 바라건대 쓸데없는 걱정을 그만하시고 어르신과 부인께 피눈물로 간언을 드려 마침내 받아들이시게 할 것을 먼저 생각하시고 훗날을 기다리며 효성과 절개를 온전하게 하셔서 모든 행동에 눈부신 여자의 네 가지 덕이 풍성하기를 바랍니다."

장성완이 길게 탄식하며 말했다.

"그대들이 좋은 말로 나를 권유하여 옳은 도리를 생각하게 하려고 하나 내가 그럴 수 없을 뿐 아니라 이제 내 몸이 구덩이에 빠지게 되었음을 생각하니 정신이 나가고 간담이 끊어지는 것 같구나. 많은 근심을 지닌 세상 사람 가운데 나 같은 근심과 염려를 품은 이가 또 있겠는가? 때가 되었을 때 말하는 것이 옳지, 지금 얘기할 것은 아니다. 변고가 아직 닥치지 않았는데 죽기를 구하는 것이 옳지 않다는 것을 안다. 그러나 내 그림이 임궁에 갔고 온 백성이 내가 혼기가 찼음을 알고 있다. 이 재앙으로 인해 참혹한 욕과 더러운 죄가 내 몸에 다 모이게 될 것이니, 살아 있는 것이 죽는 것만 하겠느냐? 내 본래 몹시 무뎌서 밥을 안 먹어도 굶어 죽지는 않을 것이고 슬픔과 근심으로 애를 태우기는 하나 자결하는 일은 없을 것이다. 오히려 죽지 못하고 목숨을 보전하게 될까 슬플 뿐이구나."

춘홍이 눈물을 흘리며 말했다.

"마음이 너그럽고 넓으신 소저께서 어찌 생각하시는 것이 이렇게 편벽되십니까? 소저의 그림이 임궁에 간 것은 한심하지만 임왕비께서 이미 없애셨습니다. 혹시 그 그림을 본 자가 있어 소저를 다른 곳에 혼인시키고자 하신다면 소저가 진정을 말씀드려 어르신과 부인께서 마음을 돌리시기를 바라면 될 것입니다. 비록 심한 변고가 이른다고 해도 목숨을 보전하는 것을 먼저 생각하셔서 태산처럼 중한 목숨을 기러기 털같이 가볍게 던지지 마셔야 합니다. 한순간 마음을 끓여 굶어 죽으려 하시는 것은 도리어 헤아리지 못하신 것입니다. 상공어르신과 박부인께서는 두 공자를 곁에 두셔서 슬하의 적막함을 모르시나 연부인께서는 평생 몸을 의지하고 믿을 곳이 없어 소저가 친딸이 아님에도 그것을 알지 못할 정도로 지극하신 자애를 다하셔서 귀하고 소중하게 대해주신 것이 만금보다 더하고 믿으시는 것이 태산보다 더하십니다. 소저께서는 길러준 은혜는 말할 것도 없고 연부인께서 지극히 사랑해 주신 마음을 어찌 차마 저버리고자 하십니까? 소저 또한 연부인을 받들어 공경하고 삼가는 정성이 일찍이 친어머니가 아니라고 차이를 둔 적이 없었는데, 이제 잠시 난감하고 괴로운 일을 당해서 확 사라져 죽어버리고자 하심을 보니 비로소 연부인을 친어머니와 다르게 생각하고 계심을 알겠습니다. 소저가 만일 연부인의 친딸이라면 망극한 일을 당해 죽고 사는 것을 의논하지 않으시고 연부인이 바라시는 뜻을 끊지는 않으실 것입니다."

장성완이 두 시비의 말을 듣고 더욱 슬퍼 눈물이 주룩주룩 흘러 베개를 적셨다. 눈썹에 슬프고 근심 어린 기운이 가득하고 두 눈이 그윽하여 얼굴에 광채가 나고 윤기가 돌아 아름다운 모습이 더욱 빼어났는데, 마치 화씨의 옥구슬 같은 상서로운 기운과 옥계단에 떨어진 백목련 같은 슬픈 빛이 함께 어린 듯했다. 이에 버들같이 가늘고 긴 손을 들어 두 줄기 눈물을 거두고는 흐느끼고 탄식하며 말했다.

"너희들의 말을 들으니 나의 효성이 얕은 것이 매우 부끄럽구나. 그러나 너희들이 나를 다 알지 못하며, 말이 일리 있는 듯하지만 훗날을 생각하지는 못했다. 내가 진실로 연씨 어머니를 친어머니와 다르게 알지도 않으며, 과연 내가 연씨 어머니의 소생이었다면 참혹한 변이나 기이한 화가 한층 더하더라도 내 목숨을 태산에 의지하여 하늘이 죽이지 않는 한 스스로 죽으려고 하지 않았을 것이다. 한갓 연씨 어머니께서 나를 믿으시는 것을 저버리려고 하는 것이 아니라 내가 목숨을 끊으면 아버지와 어머니(박씨)를 사람들이 인자하지 않다고 꾸짖어 나의 죽음을 맹목적인 효자였던 신생에게 비할 것이니 내 어찌 부모님께 비난이 돌아가게 하며 혼자만 근심을 잊어버리겠다고 자결하려 하겠느냐? 그와는 형세가 달라 부모님이 나를 한결같이 소중히 생각하셔서 일생을 호사스럽고 부귀하게 지내게 하려다 도리어 화가 이른 것이다. 그런데도 능히 깨닫지 못하고 계시니, 내 몸이 없어지더라도 남들이 우리 아버지와 어머니에게 인자하지 않다고는 말하지 않을 것이다. 또 연씨 어머니께서 몹시 애통해하시기는 하겠지만 끝내 큰아들을 잃지는 않으실 것이니, 한번 길운을 만나 천륜이 모이는 기쁜 일이 생기면 연씨 어머니의 외로움을 위로할 뿐 아니라 장씨 가문 종사의 큰 경사가 될 것이고 연씨 어머니의 위태롭고 어지러운 신세가 영화롭게 될 것이다. 불초녀가 부득이 살아 있지 못함을 구태여 죄로 삼지 않으시고 일의 형세가 그렇게 된 것을 헤아려주실 것이 한집에서 모신 어머니보다 나으실 것이니, 내 어찌 연씨 어머니의 자식 되기를 저버리고자 한 것이겠는가? 다만 《시경》에 이르기를 '아버지의 은혜가 크도다. 그 은혜가 어머니보다 크도다.' 했으니, 비록 어머니의 지극한 정이 천지간에 크나 아버지의 존귀함은 하늘에 비길 만한 것이다. 누구인들 자식을 아끼는 정이 없겠는가마는 우리 아버지와 어머니가 불초녀인 나를 지나치게 편애하는 정은 세상에 드물 것이다. 내가 얕은 효성과 정성도 드리지 못하고 오히려 부모님께 자식을 잃은 슬픔을 겪게 하니, 죽어 귀신이 되어서도 죄인 됨을 면치 못할 것이다."

말을 마치고 눈물을 흘리며 슬퍼하니, 두 시비가 함께 슬퍼하기를 마지않았다. 장헌과 박씨의 행동거지가 격식이 없으므로 종적 없이 응설각에 이르렀다가 춘홍 등이 장성완에게 음식을 권하는 말을 듣고 딸아이가 어딘가 대단히 불편한 곳이 있는가 하여 걸음을 멈추고 먼저 창틈으로 동정을 살피고자 했다. 그런데 딸과 시비들의 문답을 다 듣고는 매우 못마땅하게 여기며 임궁에 보낸 그림과 관련된 일들을 벌써 알고 있다는 것에 놀랐다. 또한 딸아이가 말마다 죽고자 하는 뜻이 강철같이 굳음을 보니, 장헌은 너무 놀라 아무 말도 하지 못했고 박씨는 장성완이 자신보다 연부인에 대한 정이 더 깊은 것이 몹시 애통했다. 박씨가 문을 박차고 들어가며 소리를 사납게 질러 말했다.

"몹쓸 자식이 어미의 지극한 정성과 자애를 모르고 연씨 흉물에게 정을 쏟아 밤낮으로 연씨가 돌아오기를 바라고 오히려 나를 죽이고자 하더니, 오늘 밤은 무슨 변을 만났기에 공교로이 머리를 싸고 누워 마치 박복한 청상이 아침저녁으로 눈물을 흘리는 것처럼 죽기를 원하며 살기를 구하지 않느냐? 상공이 수천 리 행차에 무사히 돌아오시니 어린 사내종들과 비녀를 꽂는 계집종들도 기쁘고 다행이라 하면서 우러러 반기며 기뻐하거늘 네 홀로 이를 불행히 여기는 듯이 복 없는 거동을 까닭 없이 하며 울고 있느냐? 아비가 죽어서 돌아온들 서러워하는 것이 이보다 더하겠느냐? 나이 어린 아이가 남달리 청승맞고 또 죽겠다는 소리를 하는 것이 너 말고 또 있겠느냐? 음력 정월 보름에 불 밝히는 것이 볼만하여 두 아들과 조카들을 데리고 아름답게 칠한 누각에 올라 등을 달아 불을 밝히며 잠시 나와서 보라고 한 것인데, 마치 연씨의 머리를 베어 달아둔 것처럼 세상 못 볼 것으로 알아 누각이 높아서 오르지 못할 것이라 핑계하며 보지 않겠다고 하고 어두운 방구석에 들어가 엎드려 가는 한숨과 슬픈 눈물로 날을 보내니 진실로 불길하고 꺼림칙했다. 요사스러운 것이 결단코 상공과 나를 함께 죽여 흐뭇해하고 나서야 예사롭게 굴 것이다.”

말을 마치고 소리를 지르며 분통 터지고 한스러워 춘홍 등을 꾸짖어 말했다.

“천한 요괴 같은 년들이 딸아이의 곁에 있어 어머니와 딸의 정을 이간질하고 어디 가서 당치도 않은 거짓말이나 들어다가 전해 가뜩이나 성품이 착하고 온순하지 못한 아이를 청승맞게 만드느냐?”

박씨가 체통 없이 화를 내니 장헌은 구태여 말이 없고 딸아이가 불편해할까 근심할 뿐이었다. 장성완이 어머니의 말에 급히 이불을 밀치고 나는 듯이 몸을 일으켜 부모를 맞이했다. 이때 어머니의 무지한 말을 들을수록 경악해하나 마침내 자식 된 도리로 온순히 효를 다하고자 했다. 구슬 같은 눈물을 가리고 조용히 듣기를 다한 후 온화하고 부드럽게 사죄하며 말했다.

"불초녀의 효성이 천박하여 어머니를 기쁘게 해드리지 못하고 근심하는 빛을 보이고 듣기에 거슬리는 말을 들으시게 했습니다. 노래자가 색동옷을 입고 부모님을 즐겁게 해드렸던 것에 비춰보면 더욱 죄가 깊고 허물이 무겁습니다. 스스로 불효를 헤아려 마음속으로 탄식하고 근심할 뿐이며, 제가 본래 기질이 천하고 용렬하여 선하지 못하오니 혹 부모님께 자식을 앞세우는 슬픔을 미치게 할까 두렵습니다. 낳아주시고 길러주신 은혜를 갚아야 할 것인데 하늘을 우러러 망극합니다. 마음을 가다듬어 고요하게 수양하고 명성이 드러나게 하여 막대한 은혜를 갚지 못하고 오히려 자식을 앞세우는 슬픔을 끼치니, 저승과 이승 사이에 맺힌 한이 오랜 세월 가시지 않을 것입니다. 불초녀가 지금 당한 바는 진실로 죽지 않고는 면할 도리가 없습니다. 어리석은 생각으로 아버지와 어머니께 말씀드리지 못하고 시비들에게 우연히 말했는데, 이것으로 어머니께서 화를 내실 것이라고는 생각지 못했습니다. 이전에 여러 번 피를 토하며 간언을 드렸는데 뜻을 돌리시지 않으셔서 말씀드려 봐야 소용없을 거라 생각했습니다. 연씨 어머니는 아버지의 조강지처이신데 어머니께서 아황과 함께 순임금을 모셨던 여영의 온순함을 생각하지 않으시고 늘 선후를 바꾸어 법도를 어지럽히시니 어찌 연씨 어머니께 해로울 게 있겠습니까? 이는 마치 장창이 맹자를 만나려 하던 평공을 훼방했던 것처럼 소인이 일을 훼방하는 것과도 같아, 어머니께서 덕을 잃으시는 것이 극에 달하기에 제가 깊이 슬퍼하는 것입니다. 부자와 모녀는 천륜의 정이니 그 귀하며 중한 것을 말한다면 만물 가운데 비교할 것이 없는데 어찌 반가운 마음을 속이겠습니까? 제가 편안하기를 바라시는 것은 당연하지만 어찌 차마 어린아이의 얼굴을 그려 황제와 그 친척들에게 보내시며 입에 올리지 못할 부귀를 구차하게 도모코자 하십니까? 불초녀가 비록 추결부의 고결함과 왕응 아내의 절개와 여종의 맹렬함에는 미치지 못하지만 초녀의 고결함은 흠모합니다. 풀잎에 맺힌 이슬처럼 겨우 붙어 있는 목숨을 버리는 것이 무엇이 어려워 스스로 더러운 계집이 되는 것을 달게 여기고 아버지께 더러운 이름을 드려 불효 위에 다시 큰 죄를 더하겠습니까? 아버지께서 설사 한순간 생각을 잘못하셔도 어머니께서 반드시 불가하다고 말씀을 드려야 할 것이고, 어머니께서 덕을 잃으시면 아버지께서 바르게 이끌어주셔야 할 것입니다. 그런데 선과 덕을 행하는 것을 생각하지 못하시고 한결같이 사리 분별을 밝게 하지 않으시니, 이 또한 제가 못나고 어리석어 간언의 효험을 얻지 못한 까닭입니다."

말을 마치니 얼굴빛이 참담하고 별 같은 눈에는 눈물이 또르르 맺히고 버들 같은 눈썹에는 근심과 원망이 가득했다. 세상에 다시 없을 일들을 겪으며 시름에 차 슬퍼하는 모습이 마치 거센 바람을 만난 꽃과 구름에 쌓인 달과 같으니, 어리석은 장헌과 무식한 박씨조차도 천륜이 스스로 움직였다. 승냥이와 호랑이도 제 새끼를 품는 것처럼, 장헌 부부 또한 부모이니 이 같은 어린 딸의 남다른 효성과 열절과 정숙함에 어찌 감동하지 않겠는가?

그러나 장헌 부부는 물욕에 눈이 어두워 천성이 병들고 부귀를 탐하는 욕심이 딸을 향한 자애보다 더했다. 장성완이 비록 죽는 것으로 위협했으나 장헌은 죽고 사는 것을 어찌 가볍게 결단하겠느냐 싶어 다만 웃는 얼굴과 좋은 말로 어린아이를 달래듯이 했다. 박씨는 오히려 화가 가라앉지 않아 눈을 호되게 뜨고 두서없이 꾸짖고 욕을 했는데, 성완은 굳이 대들지 않고 다만 용서를 구할 따름이었다. 박씨는 떠들썩하게 꾸짖는 와중에도 성완이 밥을 먹지 않는 것을 염려하여 밥상 앞에 앉히고 먹기를 권했다. 그러고는 성완이 오랫동안 남편 없는 방에서 지낸 부인이 목숨을 끊으려는 듯한 모습을 다시는 보이지 못하게 윽박질러 '이름 없는 수절이 무슨 일이냐' 하다가 문득 어수선한 말로 꾸짖었다.

"네가 어려서 정인광의 옥 같은 얼굴과 뛰어난 풍채를 보고 사모하는 정이 간절하여 이리하는 것이냐? 다른 사람들 가운데 정인광 같은 풍채가 또 없겠느냐?"

일의 형세를 모르고 어수선히 말을 하는데 그 말이 매우 비루하고 천박했다. 성완은 평생 예가 아닌 것은 보지 않고 음란한 소리는 듣지 않았으며, 예가 아닌 것에 움직이지 않고 예가 아닌 것은 하지 않았다. 그래서 어머니의 말을 들으면서도 알지 못하는 것처럼 했다. 맑은 눈동자는 흔들림이 없었고 나직한 눈썹은 마치 아득한 하늘에 머물러 있는 것 같아 그윽하고 고요한 기상이 있었다. 장헌이 딸을 몹시 아껴 그 손을 잡고 어루만지며 말했다.

"내가 비록 어질지는 못하지만 너의 앞길을 그릇되게 하지는 않을 것이다. 또 정말로 원하지 않는 것을 위력으로 권하지 않을 것이니, 너는 근심과 걱정을 줄이고 일이 되어가는 것을 보거라. 내가 결단코 너의 평생을 헛되게 하지 않을 것이다. 임궁에 그림을 보낸 것을 네가 마음속으로 거리끼나 임왕비가 즉시 불태웠다고 하니 그 무엇이 허물이 되겠느냐? 너는 아비가 술 취해 약속한 말로 인해 절개를 지키고자 하나, 길이 다르고 일이 성사되기 어려울 것이다. 어찌 생각하는 게 그처럼 꽉 막혔느냐? 하물며 정씨 가문 아이들이 도적의 손에 없어져 백골도 남지 않았고 정씨 가문의 운이 심하게 기울어 지금 황제께서 그윽이 그 씨를 남기지 않으려고 하신다. 신하 된 도리로 그런 집안과는 혼인을 맺지 못할 것이다. 내 딸은 어려서부터 의리가 있고 아비처럼 어리석지 않았는데, 어찌 일이 돌아가는 형세를 모르고 가당치도 않은 고집을 피우느냐?"

장성완은 그 부모의 뜻이 하나같이 혼탁한 세상에 병들어 세속의 욕심이 뼈에 사무쳐 있으니 쉽사리 그치지 못할 줄 알면서도 묵묵히 자신의 뜻을 다시 말씀드리지 않으면 부모·자식 간의 관계가 틀어질 것 같았다. 그래서 한번 옳지 못한 일을 고치도록 간절히 말해 신의와 언행이 전후에 바뀌어서는 안 되는 것임을 말씀드릴 때, 담담하며 고상하고 총명하며 만사에 통달하고 정숙한 것이 옛날 열녀보다 나았다. 또 덕과 행실에 군자의 풍모가 넘치니 장헌 같은 아비와 박씨 같은 어미가 이 같은 딸을 둔 것은 고수가 순을 낳은 것과 같지 않겠는가? 장헌이 이치에 통달한 장성완의 말을 들으니 그 굳센 절개는 도끼와 극형으로 두렵게 해도 바꾸지 않을 것이라 여겨졌다. 한번 꾸짖는 것과 위력으로는 이를 쉽사리 꺾지 못하리라 생각하고 다만 위로하여 말했다.

"너는 모름지기 과도히 마음을 쓰지 마라. 내가 비록 어질지 못하지만 자식의 평생을 오래도록 즐겁게 하고자 할 것이니, 나도 깊게

생각하는 바가 있다. 다시 말하지 않아도 이해를 살펴 좋게 하도록
할 것이다."

박씨가 잠잠히 말없이 있다가 장헌과 함께 정당으로 들어갔다.

장성완의 필적을 모사하는 박교랑

이때 장헌이 성완을 어루만져 안심하라 하고 박씨와 함께 침소로
돌아오는데, 어두운 구석에서 별안간 한 아이가 나와 박씨의 비단치
마를 잡으며 말했다.

"설유랑【장성완의 유모인 설란】아, 어찌 사람을 그토록 기다리게 하십
니까? 낮에 와서 밤이 되도록 부인을 뵈려 했는데 모습을 뵐 수 없어
그냥 돌아가려고 했습니다. 다만 답신을 받아 오라고 하셨기에 오늘
밤까지 기다렸다 부인을 뵙지 못하면 춘홍을 찾아 편지를 전해드리
려고 했습니다."

품에서 편지 한 통을 꺼내 주며 말했다.

"제가 새벽에 와서 기다릴 것이니, 장소저의 답신을 맡아두었다 전
해주십시오."

그러고는 빠르게 달아났다. 장헌 부부는 미처 한마디도 물어보지
못하고 매우 놀라 급히 침소로 돌아왔다. 편지를 보는 것이 우선이
라 여겨 편지를 준 아이를 찾아 어느 곳에서 무슨 일로 이곳에 온 것
인지를 물어볼 생각을 못 했으니, 사리에 밝지 못한 장헌 부부는 진
실로 한 쌍의 배필이었다. 침소로 돌아와 촛불을 켜고 편지의 겉면

을 살펴보니 '소생 범형옥【형옥은 경화의 자호】은 장소저 화장대 아래
에 삼가 절하며 편지를 부칩니다.'라고 적혀 있었다. 장헌이 두 눈이
휘둥그레져서 '형옥은 부마 범단의 아들인데 이 무슨 편지인가?'라고
생각하며 빨리 열어보았다. 그 대강은 '소생 범경화가 소저(장성완)와
함께 은밀한 정을 두었는데, 부모님의 명을 기다려 예로 맞이할 것을
바라다가 미처 생각지도 못하게 임왕이 일을 방해하게 된 것이 몹시
분해 장공(장헌)을 직접 보고 소저와 사사로운 정이 있던 것을 알리
고자 하나 오히려 소저의 뜻과 장공의 성품을 알지 못해 주저하니 밝
히 가르쳐달라'는 것이었다. 장헌이 처음에는 매우 경악하여 얼굴빛
이 잿빛이 되었다가 편지 내용을 보고는 스스로 놀라움을 가라앉히
고 태연히 말했다.

"딸아이는 태어날 때부터 그 성품에 엄연히 성녀의 풍모가 있었다.
어려서부터 예가 아니면 보지도 않고 듣지도 않았으니 진실로 규방
의 모범이었다. 이런 일은 남의 일이라도 들으려 하지 않을 것이니,
어찌 탁문군이 사마상여를 좇고자 벽을 뚫었던 일을 몸소 행했겠는
가? 이는 반드시 딸아이의 높은 명성을 듣고 부부가 되기를 바라는
무리가 꾀로써 우리 부부의 마음을 엿보고자 하는 것이다."

그러고는 편지를 불에 태워 없앴다. 이때 박씨가 꿈에도 생각하지
못한 음란한 내용이 적힌 편지를 보고 매우 놀라 넋이 나간 듯했다.
장헌이 조금도 요동하지 않고 편지를 태워 없애며 말과 얼굴빛을 태
연히 하고 딸아이에게 의심을 두지 않는 것을 보고, 평생 줏대 없이
살았으니 무슨 별다른 의견이 있겠는가? 그러나 박씨는 놀라움을 감
추지 못하며 말했다.

"내 딸이 화려한 궁궐에 들어가 지존을 곁에서 모시며 만고에 드문 융성한 부귀와 빛나는 영광을 얻고자 하거늘 누가 이런 괴이하고 더러운 말로 내 딸을 욕보이는 겁니까? 실로 분하고 놀라울 뿐입니다."

장헌이 눈썹을 찡그리며 말했다.

"이 일도 괴이하지만 딸아이의 행동을 보고 그 말을 들어보니 아무래도 혼사를 순탄하게 이루지 못할까 걱정이오."

박씨가 화를 내며 말했다.

"일이 돌아가는 모양새도 모르고 그렇게 한들 그 무슨 큰일이겠습니까? 위력으로라도 혼사를 이루기만 하면 나중에는 할 수 없어서 잠자코 있을 것이니 상공은 지나치게 염려치 마십시오."

장헌이 탐탁지 않아 하며 말했다.

"열 살 어린아이의 뜻을 꺾지 못할 것을 근심하는 것이 아니라, 그하는 말이 사리에 마땅하여 조금도 정도(正道)가 아닌 것이 없으며 죽고 사는 것을 가지고 이야기하니 강하고 곧은 성품의 아이가 초녀의 고고한 절개를 따라 죽음으로써 정씨 가문을 따르고자 한다면 그 불행을 어디에 비길 수 있겠소? 정인광이 죽지 않았다는 것을 내가 밝히 알고 이미 기강 근처에서 보았거니와 내 소중한 딸을 저 피폐하고 가난한 선비의 며느리로 삼는 것은 차마 못 할 짓이오. 게다가 지금 황제께서 정씨 가문에 이를 갈 정도로 격분하여 멸문시킬 것을 기약하고 계시니, 정씨 가문 사람들은 하늘이 내린 사람이라 비록 한동안은 산과 들에 숨어서 어려움을 벗어날 수 있을 것이나 나는 속세의 사람이라 능히 정씨 가문 사람들과 같을 수 없습니다. 정씨 가문과 잘못 혼인을 맺었다가 황제에게 화를 당하고 권문세가들로부터 미움을 받으면 속절없이 천둥과 벼락을 맞는 꼴이니 매우 위태롭고 두렵지 않소? 이때를 당해서는 지난날 완월대에서 했던 언약이 부질없을 것이며, 마치 자신의 배꼽에서 나는 사향 때문에 잡힌 것이라 생각한 사향노루가 제 배꼽을 물어뜯은 것처럼 뉘우쳐도 소용없을 것입니다. 정씨 잡안 아이들이 도적의 습격으로 흩어지고 정씨 가문 사람들이 쉽사리 기운을 떨칠 길이 없으니, 내가 굳은 약속을 배신한다 하더라도 조금도 거리낌이 없었다오. 그런데 정인광이 살아 있는 것을 보았고 예리 최언선이 여차저차 정인광을 위해 죽음을 무릅쓰는 것을 본 이후로 마음이 편안하지 않았는데, 딸아이가 수절하고자 한다는 말을 들으니 놀랍고 마음이 여러 가지로 불안합니다. 더러운 편지는 티 없는 백옥과 맑은 물 같은 딸아이를 욕보이고자 하는 것이니, 일어나는 일마다 뜻하지 않은 것이라 분하고 답답하구려."

박씨가 기뻐하지 않으며 말했다.

"상공은 당치 않은 말씀을 그만하십시오. 딸아이는 옥으로 장식한 장막 안의 아름다운 꽃이요, 깊은 산속 골짜기의 향기 나는 난과 같습니다. 부유하고 귀한 가문에서 태어나 호사스럽게 자라며 궁궐 안에 거처하는 공주가 부럽지 않을 정도인데, 어찌 촌부인 정삼의 며느리가 되기를 바라겠습니까? 지난날에는 문청공(정한)이 계시고 그 집이 쇠하지 않았으며 정인광이 미천하지 않았기에 상공께서 취중에 농담으로 그를 사위로 삼겠다고 했던 것인데, 그 무슨 중대한 말이라고 이제 약속을 지키지 못한다고 해서 마음에 거리끼겠습니까? 원래 상공께서 너무 인자하고 선해서 정인광을 눈앞에서 보고 대번에 죽이지를 못했으니 일을 어찌 그토록 그르치십니까? 최언선은 미친놈이니 그것을 보고 감동할 일이 아닙니다. 효성스러운 자식과 자애로운 부모라도 목숨을 버려 죽는 것이 어려운데, 하물며 대단한 은혜도 없는 남을 위해 죽겠습니까? 최언선은 결단코 제정신이 아니니 말할 것도 없고, 상공께서 미치지 않았고 병들지 않았는데도 옛날의 작은 은혜를 생각하며 정인광을 좋게 돌려보냈으나 훗날 그가 상공의 은혜를 생각하지 않고 다 최언선의 공덕으로 알 것이니 그 무슨 유익한 일이겠습니까? 또 정인광이 살아난 후에는 내 딸과 혼인하는 것이 분수에 넘치는 것인 줄을 모를 것이고, 다른 이들도 상공이 신의를 저버리고 약속을 어겼다고 해서 혹 시비하는 경우가 있을 수도 있을 듯하니, 앞날을 헤아리지 못하고 간사한 씨를 부질없이 살려둔 것이 어찌 애달프지 않겠습니까? 이런 일을 딸아이가 듣는 곳에서는 행여 말하지 마십시오. 정인광이 살아 있다는 것을 들으면 더욱 약속을 밝게 지키고자 할 것입니다."

장헌이 탄식하며 말했다.

"부인의 말이 그릇된 것은 아니지만 우리 부부는 정씨 집안의 은덕을 입은 것이 산같이 높고 바다같이 넓소. 한갓 내 몸만이 아니라 돌아가신 부모님과 장인·장모께서 모두 사부님(정한)의 은덕으로 길에서 걸식하는 것을 면하고 사족의 명맥을 잃어버리지 않으셨지요. 비록 각별하게 은혜를 갚지는 못하더라도 오히려 그 자손을 해치는 일은 하늘의 재앙이 두렵습니다. 내 뜻도 처음에는 맹추의 말을 따라 정인광을 죽이려고 했지만 최언선이 계교로 빼어내고 본인이 죽으려고 하기에 별수없이 최언선마저도 여차저차 놓아주었으니 정인광이 어찌 내게 감격하지 않겠습니까? 다른 집과 혼인하면 정씨 가문이

나보고 약속을 어겼다 할 수도 있겠지만 황제의 뜻을 거스르지 못해서 후궁으로 들인 것을 두고 어찌 시비를 하겠습니까? 그러나 딸아이가 부모의 뜻을 따르지 않을까 염려가 됩니다."

박씨가 정색하고 말했다.

"상공은 참 정신이 맑고 총명도 남다르십니다. 벌써 언제 적 일인데 이제 새삼 말씀하십니까? 돌아가신 시부모님과 우리 부모님은 문청공이 아니었어도 유리걸식은 면하셨을 겁니다. 자연스레 좋은 때를 만나 복록을 누리신 것이지, 정씨 가문이 부처 세존이어서 사람들에게 복을 주며 녹을 더해주었겠습니까? 꿈 같은 말씀을 하십니다. 돌아가신 시부모님은 오래 살지 못하셔서 복을 누리신 일도 없으며 우리 부모님은 자손이 많고 복록이 많으며 부귀영화가 나날이 더해졌는데 그도 정씨 가문이 주었다 할 것입니까? 온갖 일을 상공이 잘못하여 딸아이의 혼사에 잡설을 하고자 하니 어찌 애달프지 않겠습니까? 이후로는 정씨 가문 은혜를 다시 말하지 마시고 딸아이는 위엄으로 꾸짖어 정씨 가문과의 혼약을 지킨다는 말을 일절 입 밖에 내지 못하게 하십시오."

무지한 장헌도 박씨의 말이 사람이 할 바가 아니라고 생각하여 긴 이야기를 하는 것이 부질없다 여기고 다시 말을 하지 않고 이부자리로 들어갔다. 이때 박교랑이 협실에서 장헌 부부의 이야기를 낱낱이 듣고 기록하여 화경궁으로 보냈다.

박씨 부인에게 편지를 준 어린아이는 해연의 둘째 딸 애랑이었다. 다음 날 아침에 해연이 박교랑의 편지를 가지고 급히 화경궁으로 돌아와 화경공주를 뵙고 장헌 부부가 하던 말과 장성완이 정씨 가문을 위해 수절하고자 하는 바를 세세히 말하며 박교랑의 편지를 전했다. 화경공주와 범경화가 웃으며 말했다.

"처음에 작은 계교를 써본 것은 장헌 부부의 깊음과 얕음을 엿보고자 한 것인데, 딸을 의심하지 않고 대궐에 들이기를 결단한다면 그때에는 우리 모자가 온갖 계교를 써서라도 장씨가 후궁으로 들어오지 못하도록 할 것이니, 장씨의 필적과 단장할 때 쓰는 물건들과 패물들을 급히 얻어야 일이 될 것이다."

박교랑에게 답장을 써서 보내니 해연이 즉시 장씨 가문으로 돌아와 박교랑을 보고 화경공주가 하던 말을 전했다. 교랑이 답장을 보았는데 편지에는 흉한 모략과 악한 일을 의논했으며 장성완의 필적과 단장할 때 쓰는 물건과 패물을 구한다는 내용이 적혀 있었다. 교랑이 장씨 가문에서 오래 지냈으므로 박씨의 온갖 물건들을 자신의 것같이 뒤적이니, 어찌 장성완이 단장할 때 쓰는 물건들을 얻어내는 것이 어렵겠는가? 그러나 장성완의 천성이 검소하고 곧아 보배로운 패물류들을 좋아하지 않으니, 박씨가 비록 딸이나 그 마음을 더럽히지 못해 금과 보석 등을 주지 않고 모두 자신의 반짇고리함에 넣어두었기에 장성완 것이라고 할 보석과 패물이 없었다. 또 장성완이 이치에 밝아 모든 일에 모르는 것이 없어서 뛰어난 문채와 기이한 재주가 성인의 도통을 이을 정도이지만 평생 시를 짓고 붓을 드는 일이 없이 침선과 방적에만 힘을 쓰고 문채의 빛남을 자랑하지 않아 장헌과 박씨도 딸아이의 문장이 그 정도임을 오히려 몰랐다. 뿐만 아니라 장헌은 영화를 도모하느라 몸이 한가한 때가 없고 박씨는 무릇 불같은 욕심으로 마음이 조용할 적이 없어 딸에게 문리가 얼마나 트였는지 묻지 않았다. 장성완 역시 글재주를 말하지 않아서 한 조각 필적도 박씨의 침소에 있는 것이 없으니 어찌 장성완의 두어 줄 필적을 얻을 길이 있겠는가? 교랑이 몹시 난처하여 박씨에게 말했다.

"고모는 동생(장성완)의 문장과 필적을 아시는지요?"

박씨가 말했다.

"여자의 배움이란 게 글재주가 있고 없음이 아니다. 뜻을 통할 만하면 충분한데 그 밖에 더할 것이 있겠느냐? 그래도 딸아이가 편지 정도는 쓸 수 있을 것이다."

박교랑이 웃으며 말했다.

"저 같은 미천한 사람이야 고모 앞에서 남을 대신하여 글도 쓰고 모든 요청을 다 들어드리지만 동생 같은 귀한 사람은 아무리 문장이 강물과 같이 유려하다 해도 한번 대신 글을 쓰라고 해보실 수 있겠습니까? 관두시지요. 따르지 않을 것입니다. 진시황도 모초의 간언을 듣고 모자의 천륜을 끊지 못하고 어머니를 궁중에 다시 들이는 것을 용납했는데, 동생은 어찌하여 고모 보기를 길 가는 사람처럼 하는 것입니까? 비록 동생이 착하고 고모가 어질지 못하다 하더라도 열 달 품어서 낳아 기른 은혜와 슬하에 두고 가르치고 돌보신 정을 생각한다면 그렇게는 못 할 것입니다. 동생이 고모를 업신여기고 무시하는 것과 여지없게 낮게 여기는 거동은 고모부의 잉첩에게도 그리하지는 않을 것입니다. 편지를 보낼 곳이 아닌 데는 흰 비단에 구슬과 옥 같은 글을 줄줄이 써 잘만 보내더군요. 고모는 딸의 필적을 구경도 못하고 계시니 실로 사람의 어머니 되신 것이 부끄러우십니다."

말을 마치고 너무나 이상하며 망측하다고 하자 박씨가 이 말을 들어보니 과연 그렇다 싶어 장성완을 분하게 여겨 얼굴빛이 달라지며 말했다.

"내 팔자가 이상하여 불초녀를 두어 요긴한 구석이 하나도 없고 늘 원수 같은 연씨의 편을 들어 나를 원수같이 여기니, 열 달 품어서 낳은 정과 길러준 은혜는 모르는 것 같다. 오히려 나와 조카 간의 정이 남달라 어린 조카에게 모녀 사이보다 더한 정이 있어 아예 모녀가 되어보고자 했는데, 오라버니가 허락하지를 않으시니 마음속으로 몹시 애달프게 여기고 있다. 모르겠구나, 월아가 누구와 편지를 주고받으며 이를 남모르게 하다냐?"

박교랑이 웃기도 하고 탄식도 하면서 말을 차마 할 수 없는 척하다가 문득 옷깃을 여미고 말했다.

"무슨 좋은 일이라고 그리 급히 알려고 하십니까? 꼬리가 길면 자연히 밟히는 날이 있을 것이니 그때 알게 되실 것입니다. 제가 먼저 동생의 필적을 잠시 보아 의심을 풀 일이 있는데 한번 얻기가 쉬우시겠습니까?"

박씨가 이 말을 듣고 매우 수상하고 이상하다고 생각하여 자리를 고쳐 앉으며 말했다.

"월아가 일전에 연씨 앞에서 여계(女戒)를 베껴 적은 것이 있는데 그것이 어딘가에 있을 것이다. 내 가서 얻어 오마."

그러고는 나는 듯이 내달으니 박교랑이 따라가 귓가에 대고 말했다.

"요란하게 굴지 말고 조용히 얻어 오세요."

박씨가 고개를 끄덕이며 장성완의 침소에 가서 일부러 이야기를 하지 않고 상자처럼 만든 작은 그릇을 들춰보니 까마득히 모르던 가운데 장성완이 친필로 수십 권 서책을 적은 것이 있었다. 한 권을 빼서 가지고 나오는데, 장성완은 마침 측간에 간 때이고 추연이 혼자 있었는데 박씨가 가져가는 것을 감히 막지 못하고 지켜볼 따름이었다. 박씨가 빨리 돌아와 교랑에게 보이니 교랑이 매우 기뻤으나 거짓으로 놀라고 난처한 표정을 짓고는 혀를 차며 말했다.

"필획도 기이하고 재주도 매우 뛰어납니다. 이런 재주와 기질과 부귀가 한 몸에 있는데 무엇이 그토록 바빴을까요? 안타깝네요. 제가 조용히 말씀을 다 드릴 것인데, 아직은 말씀드리지 못하겠습니다."

박씨가 마음이 급해져 다시 물어보려 하는데 그 사촌오빠 박급사 등이 와서 취한 소리와 경망스러운 거동으로 술을 내놓으라고 보채었다. 박씨가 사람들을 맞이하여 이야기를 나누는 바람에 교랑에게 말을 하지 못했다.

박교랑이 장성완의 글을 가져와 반나절을 모사해 보려고 했다. 그러나 종이 위에 난새와 봉황과 교룡이 서려 있는 듯 글자의 필획이 생기 있게 움직여, 일만 줄 진주를 드리우고 금빛이 나는 글자로 엮은 듯했다. 광채가 현란하게 빛나는 것이 죽었다 깨도 따라 쓸 방법이 없었으나, 교랑은 남들보다 뛰어난 얕은 재주로 온 힘을 다해 겨우 모사했다. 하지만 장성완의 글이 뛰어난 서예가인 종요의 글 자취라면 교랑의 글은 요사한 여자가 공교롭게 묘사한 것이었다. 뛰어난 감식안을 지닌 사람이 한번 보면 상서로운 문장의 멋과 도깨비나 귀신의 요사한 자취를 분별하겠지만 박씨의 어두운 눈은 충분히 속일 만했다. 교랑이 매우 기뻐하며 친척들이 오래도록 머물러 있기를 바랐는데, 과연 술고래들이 취할수록 더 마셔대 이미 진흙같이 취해 헛소리와 잡설이 끊이지 않았다. 날이 저물어도 일어날 줄을 모르니, 교량의 바람과 딱 맞았다. 하루 종일 모사하여 글씨체가 얼핏 보기에 같을 정도가 되자 두어 장 음란한 내용이 적힌 편지를 써 해연을 시켜 화경궁으로 보냈다. 그 흉한 계획이 어찌 될 것이며 장성완의 앞날에 해가 되지는 않을지, 다음 이야기를 보라.

(책임번역 최수현)

완월회맹연 권22

장성완의 거듭되는 시련

장성완이 모함을 받고
장헌 부부는 거짓으로 장성완이 죽었다고 하다

모함을 당하는 장성완

이때 박교랑이 온 정성과 힘을 쏟아 장성완의 글씨체를 모사하여 얼핏 보기에 같을 정도가 되자 두어 장 음란한 내용이 적힌 편지를 썼다. 그러고는 해연을 시켜 화경공주에게 보내며 말했다.

"장씨 동생(장성완)의 패물은 없을 뿐 아니라 쉽게 얻기 어렵지만 편지 두 장이면 족히 장공 부부의 눈을 가릴 수 있을 것입니다. 장공과 박부인은 총명하지 못한 사람들이어서 물같이 흔한 보화를 유심히 보아도 전에 본 건지 아닌지 분간하지 못할 것입니다. 공주께서 박부인의 패물 중 한 가지를 장씨 동생의 것이라고 해도 될 정도이니 빨리 계책을 실행하면 되겠으나 장공은 그 딸을 매우 믿어 쉽게 의심하지는 않을 것입니다. 제가 듣기로 사람의 마음을 바꾸어 사랑하던 이를 미워하게 하며 박대하던 이를 사랑하게 하는 약이 있다 합니다. 공주께서 천금을 써서 이 약을 구하시면 제가 장공과 박부인께 드려 그 딸을 미워하도록 할 것입니다. 장씨 동생이 일의 형세가 매우 어렵게 된 후에야 어쩔 수 없이 마음을 고쳐먹을 것이고, 높은 누각과 화려한 당에 있는 한 오랜 세월이 지나도 정씨 가문을 위한 마음을 바꾸지 않을 것입니다. 그 신세를 슬프고 괴롭게 할 방법은 장공 부부의 마음을 바꿔 장씨 동생이 별수없이 부모의 사랑을 잃어버리고 부모가 있어도 없는 것처럼 혈혈단신으로 의지할 곳이 없어지게 하는 것입니다. 그런 후에야 절개를 지키는 것을 고집하지 않고 자연스레 오라버니를 따르게 될 것이니 빨리 도모하십시오."

해연이 급히 화경궁으로 와서 화경공주께 사연을 알리며 편지를 올렸다. 공주 모자가 교랑이 모사한 글자만 보고도 매우 황홀해하며 말했다.

"우리 모자는 장씨의 필체가 이토록 기이할 줄 모르고 처음에 장씨의 필적을 얻어 모사하려고 했었다. 그런데 이제 교랑이 모사한 것을 보니 우리 모자는 평생토록 공부해도 이와 같이 하기는 어려울 것이다. 과연 박씨 조카의 재주가 뛰어난 줄을 알겠구나."

그러고는 즉시 약상자를 꺼내 와 두어 개 환약을 비단 주머니에 넣어 해연에게 주며 말했다.

"천금을 주고 수고롭게 약을 살 필요가 없다. 이것이 변심단이니 빨리 장공 부부에게 사용하도록 해라."

그러고는 교랑에게 고마운 마음을 전하고 일이 순탄히 되도록 하라는 말 역시 전하도록 했다. 해연이 순순히 명을 받고 장씨 가문으로 돌아왔는데, 장씨 가문에서는 저녁을 다 먹고 촛불을 밝히고 있었다. 원래 장씨 가문과 화경궁은 담장을 마주한 가까운 거리에 있었

다. 해연이 환약을 교랑에게 전해주며 화경공주의 말을 알렸다. 교랑
이 본래 질투심이 커서, 장성완을 해칠 것을 도모하는 중에도 그 글
이 영롱하고 기이한 것을 시기했다. 이에 화경공주와 범경화에게 자
신의 재주를 보여주어 자신의 공이 높음을 알게 하고 장성완의 필적
을 보지 못해 안달하여 넋을 잃게 하고자 한 것이다. 규방 여자가 차
마 하지 못할 일을 스스럼없이 행하여 장성완을 해치는 것에 골몰하
고 사람의 도리를 돌아보지 않으니, 이는 오직 범경화를 위한 것일
뿐 아니라 타고난 성품이 독하고 음란하며 어질고 재주 있는 사람을
남달리 질투하고 미워하기 때문이었다.

박교랑은 이미 화경공주 모자가 감사해한다는 말을 듣고, 또 변심
단을 장헌 부부에게 써 그 마음을 바꿀 것을 생각하니 매우 기뻤다.
이에 좋은 술 한 통을 얻어 변심단을 넣은 후 맛있는 안주를 금그릇
과 은그릇에 가득 차려 해월에게 들게 하고 발걸음을 가볍게 옮겼다.
장헌 부부 앞에 나아가 조용히 웃으며 낭랑한 말로 '장공께서 무사히
돌아오신 것을 축하하는 술을 올립니다.' 하며 스스로 술을 부어 장
헌 부부에게 올렸다. 교랑의 행동과 차림이 명민하고 뛰어나며 기질
이 아름다운 것을 장헌 부부가 기특해하며 순순히 주는 잔을 받아 마
시며 매우 칭찬했다.

"내 딸이 실로 저와 같다면 부자간의 정과 천륜의 자애가 더욱 특
별할 것이다."

장헌 부부가 교랑을 칭찬하고 끔찍이 사랑하다가 교랑이 물러나자
이부자리로 나아갔다. 이때 박씨가 교랑에게 딸의 글씨를 보고 탄식
하던 이유를 물어보려고 했지만 장헌이 있어 말을 하지 못했다.

이날 밤 장헌 부부가 날이 새는 줄도 모르고 자는 듯이 누워 있는데, 실은 잠을 자는 것도 아니고 꿈을 꾸는 것도 아니었으나 정신을 차리기 어려웠다. 아침밥을 먹은 후에야 두 사람이 비로소 천천히 일어나 앉았으나 여전히 몽롱하여 취한 술과 깊은 잠에서 깨지 못한 사람 같았다. 희린 등이 좌우에 앉아 부모를 놀리는데, 혹 눈동자가 허황하다고 하고 혹 온갖 도깨비가 들린 사람 같다고 하며 친구에게 하듯 했다. 장헌과 박씨가 헛되이 웃을 뿐 몸을 제대로 가누지 못하니, 어지럼증이 생겼는지 근심할지언정 요약을 먹었을 것이라고 꿈에나 생각하겠는가? 세린이 장헌의 곁에 앉으며 말했다.

"응설각에 가 누나를 보니 매우 불편하게 누워 있었습니다."

장헌이 만일 전과 같았다면 반드시 걱정되어 즉시 가서 아픈 곳을 물어보고 극진히 간호했을 것이다. 그러나 벌써 마음이 변해 장성완에 대한 이야기를 들으면 갑자기 미워하는 마음이 일어나 눈썹을 찡그리고 말했다.

"아이 그것이 병도 많고 아픈 것도 심하다. 내가 온 지 이틀이 지났는데 제 방 밖을 나오는 일도 없이 병 자랑만 하고 누워 있으니, 거짓으로 병이 있다 하는 것인지 진실로 병이 난 것인지 어찌 알겠느냐?"

박씨가 이어서 화를 내며 말했다.

"무슨 일로 사람의 병이 그토록 잦겠느냐? 요괴로운 아이가 가족들이 모인 자리에 나오기를 싫어하여 거짓으로 병을 핑계 대는 것을 능사로 아는구나."

그러고는 장성완에게 가볼 뜻이 전혀 없었다. 희린 등이 비록 부모를 사랑하고 어른을 공경하는 도리를 알지 못하고 행실 없이 자라 동기간의 지극한 우애를 알지 못했지만 기품이 탁월하고 사람됨이 뛰어났다. 부모를 공경할 줄 모르는 것은 짐승이나 오랑캐와 같으나 마음속으로는 부모를 사랑할 줄을 잘 알며, 장성완이 누나라 해서 받드는 것은 아니나 같은 부모의 핏줄이라 그 정은 자연히 특별했다. 부모가 누나가 아프다는 말을 듣고도 가보지 않는 것을 매우 밉게 여겨 형제가 응설각에 가서 누나를 지극정성으로 간호했다.

장헌이 정미인(정인광)을 생각하는 마음이 지극했지만 박씨가 서너 달간 떨어져 있었던 것을 한스럽게 여겨 장헌을 한순간도 떠나지 못하게 했다. 그래서 장헌은 돌아오던 날부터 줄곧 안채에서 머무르고 있었다. 이날 저녁을 먹고 나서 정한 부부가 박교랑의 총명함과 민첩함을 귀애하는 것이 보통 때보다 더하니, 교랑이 속으로 매우 기뻐했다. 교랑은 앵두 같은 입술을 벌려 희고 깨끗한 이를 드러내며 재미있는 이야기를 하는데, 그 모습이 사람의 넋을 어지럽게 할 정도였다. 박씨가 지나칠 정도로 사랑하는 것은 말할 것도 없고 장헌이 교랑을 귀중하게 여기는 것이 지난날 성완을 사랑하던 것과 같았다.

홀연 정원에서 사람들의 소리가 분분하며 소란스러운데, 사내종들이 큰 소리로 도적이라고 외쳐댔다. 장헌이 놀라 급히 일어나며 종들에게 횃불을 밝히라 하고 친히 정원으로 가려고 했는데, 문득 종들이 두 명의 도적을 결박하여 데려왔다. 장헌이 걸음을 돌려 당에 올라앉아 좌우의 등불을 밝힌 후 두 도적을 계단 아래에 꿇렸다. 한 명은 얼굴이 옥 같고 풍채가 빼어나며 거동이 활달하고 재기가 흘러넘치고 총명해 보였는데, 이는 다른 사람이 아니라 황실의 후손인 화경도위 범단의 만금같이 귀한 아들이었다. 불행히 도적으로 잡혀 장헌의 계단 아래 엎드리게 되었지만 갖춰 입은 빛나는 옷이 매우 부귀해 보였다. 종들이 그의 머리에 쓴 관을 벗겨서 없앴고 또 무슨 일인지 가슴에 상처가 나 피가 흐르고 있었다. 다른 한 명은 풍채가 빼어나고 당당하며 매우 호기롭고 기상이 뛰어나 그 거동이 태산을 끼고 북해를 넘을 정도로 화려한 모습임을 어리석은 장헌은 분간하지 못했다. 그러나 장헌은 범단의 아들을 한번 내려다보고 놀라 혼이 날아가는 듯해, 도적으로 잡힌 이유를 떠나 친히 내려가 묶은 것을 풀어주며 말했다.

"놀랍고도 놀랍구나. 그대가 어찌 이곳에 있느냐?"

장헌은 범공자의 상처를 살펴 싸매고 놀란 마음을 진정하지 못하고 있었는데, 거동이 호걸스러운 또 다른 도적이 소리를 지르며 말했다.

"장상서는 정말로 지나치게 편벽되도다. 나도 그대 딸이 정을 둔 남자이고 저 사람도 그대 딸이 정을 둔 남자이거늘 차이를 두는가? 나는 풀어주지도 않고 다만 경화를 구하는 데만 그리 급급해하는가? 진실로 나를 박대한다면 내 한갓 요사스러운 도적 경화를 없앨 뿐 아니라 칼을 들어 공을 시험해 보지 못하겠는가?"

장헌이 생각지도 않게 이 같은 음란한 이야기를 듣자 분노가 불같이 일어나고 마음속으로 몹시 놀라 몸을 떨면서 종들을 호령하며 말했다.

"너희들은 저놈의 호패를 떼고 그 입을 돌로 두들겨 다시는 음란한 말을 못 하게 하라."

모든 종들이 명을 받들고 달려들어 그 사람의 호패를 떼어보니 왕후관이라 적혀 있었다. 이는 각로 왕문범의 둘째 아들이었다. 장헌이 예전에 왕문범의 집에 자주 왕래했지만 왕씨 인물들을 본 적이 없고 다만 소문으로 왕문범의 둘째 아들이 힘이 장사이고 풍채가 호걸스럽다는 것을 자주 들었었다. 장헌은 이 사람이 의심할 것 없이 왕씨 가문의 둘째 아들임을 알고는 매우 놀라고 두려워 어찌할 줄 몰랐다. 그러다 급히 소리 지르고 내려가 왕씨의 둘째 아들을 풀어주고는 양쪽 편을 돌아보며 말했다.

"공자들은 이 무슨 불행한 만남이며 어쩐 일인가? 범공자는 예전에 자주 보아 얼굴을 익히 알지만 왕공자는 한 번도 본 적이 없으니 어찌 왕각로의 아들임을 알았겠는가? 다행히 지난날 높은 이름을 귀에 우렛소리처럼 들었던 까닭에 호패를 보고 비로소 왕공자임을 깨달았으니, 공자는 바라건대 화를 진정하라."

왕공자가 낯빛과 말에 화가 잔뜩 난 상태로 소매에서 편지 한 장을 꺼내 땅에 던지며 큰 소리로 말했다.

"세상에 간사하고 요사스러운 것이 계집이라 하지만 과연 공의 딸 같은 것은 보지 못했습니다. 작년 겨울에 내가 마침 활쏘기 내기를 하다가 화살을 잘못 쏘아 공의 집에 떨어져 별생각 없이 화살을 찾고자 내원까지 들어갔었습니다. 그때 응설각에서 한 여인을 보았는데, 진실로 나라를 기울일 정도로 아름다운 미인이었지요. 목숨을 걸고 미인과 뜻을 통한 뒤 예로 맞이할 것을 약속했었는데, 어제 홀연 미인이 시비 춘홍을 보내 이 글을 전했습니다. 이번 생에 인연을 맺기가 어려우니 다음 세상을 기약하겠다며, 얼굴을 보고 마지막 인사를 하지 못하는 것을 슬퍼하는 내용이었습니다. 제 마음이 무척이나 슬프고 안타까울 뿐 아니라 그 이유를 알지 못해 사람 없는 깊은 밤을 틈타 얼굴을 다시 보고 이유를 묻고자 일이 바르지 않고 구차한 것을 알지만 어쩔 수 없이 담을 넘게 되었습니다. 허나 응설각을 보지도 못했는데 오히려 화경궁의 요사스러운 범가 도적이 담을 넘어 내가 먼저 약속을 둔 미인을 빼앗아 가려 할 줄을 어찌 알았겠습니까? 분을 참을 수 없어 서슬 퍼런 칼로 요사스러운 도적의 머리를 베어 들고 응설각에 들어가 나를 배반하고 범씨 가문에 가고자 하는 죄를 다스리고자 했는데, 범가 도적이 그래도 목숨이 긴지 그 머리를 미처 베지 못했습니다. 모든 종들이 내달려 나와 범가 도적을 함께 결박하니, 마음속으로 가소롭게 여기며 짐짓 잡혀와 공의 면전에 오게 되었는데 공이 나를 어찌하겠습니까? 공의 딸의 금반지 한 쌍을 내 백옥 건잠과 바꿔 신표로 삼고자 했는데, 간교하고 의리 없는 행실을 보니 장공의 딸이 아니라 제후의 자식이라도 귀할 것이 없습니다. 푸른 하늘에 뜬 해와 같이 명백히 죄가 없는데 어찌 두 번 구차함을 감수하겠습니까? 금반지와 편지를 함께 두고 가니, 나의 건잠은 부질없이 가지고 있지 말고 내일이라도 즉시 돌려줘야 할 것입니다.”

말을 마치고 장씨 가문의 종들에게 호령하여 자신의 관을 찾아 머리에 쓰고 소매를 떨치고 돌아갔다. 장헌이 한마디 말도 하지 못하고 어쩔 줄 모른 채 초조해하고 망극해했다. 그 절박함이 마치 왼쪽에는 천 개의 창과 서슬 퍼런 칼이 있고 오른쪽에는 도끼와 죄인을 삶아 죽이던 솥이 놓여 있는 것과 같았다. 범씨 가문의 권위와 왕씨 가문의 권세를 헤아려 보니, 한마디 말로도 족히 살아 있는 사람을 죽일 수 있고 죽은 사람을 살릴 수 있을 정도였다. 범공자가 중상을 입은 것도 자신의 딸로 인한 것이니, 만약 부마 범단이 본다면 애꿎은 자신에게 원수를 갚고자 할 것 같았다. 또 왕후관이 분하고 원통해하며 크게 화를 내고 돌아갔으니, 왕각로가 알게 되면 불같이 화를 내어 빨리 해치고자 할 것이었다. 장헌은 평생 위태로운 행동은 하지 않고 득과 실을 헤아려 철저하게 환란을 피해왔다. 그런데 오늘 밤에 갑자기 천고에 없는 괴이한 일을 당하자 이 일의 한심함은 미처 생각할 겨를도 없이 놀라움과 망극함을 무엇에 비할 수 있겠는가? 딸을 팔아 부귀를 도모하려던 즐거운 마음은 안개같이 사라지고 재같이 흩어지니, 이때를 당해서는 딸이 차라리 없는 것만 못하다고 여겼다. 그러니 어찌 인정이 있다 하겠는가? 이에 범경화의 말을 들어보려고 문득 벽 위에 걸린 긴 검을 빼어 들고 범경화를 향해 말했다.

"내가 불행히 한 딸을 두었다가 오늘날 차마 말하지 못할 변고를 당하니 어찌 한갓 가문이 욕될 뿐이겠느냐? 범공자의 천금같이 귀중한 몸이 이같이 상처를 입었으니, 내 딸을 일만 조각으로 벤다고 해도 죄를 용서받지 못할 것이다. 내가 이제 들어가 불초녀의 머리를 베어 범공자에게 용서를 구하겠다."

범경화가 문득 장헌의 손을 잡고 칼을 빼앗으며 정색하고 말했다.

"공이 진실로 잔인하고 무서운 마음을 가졌습니다. 아버지와 자식은 하늘이 정한 가까운 사이거늘 공이 어찌 골육을 잔인하게 해치는 것을 아무렇지 않게 하고자 합니까? 공의 딸이 아름답지만 절개가 없는 것을 내가 이미 압니다. 그래도 차마 버리지 못하고 끝내지 못하는 까닭은 고인의 말씀처럼 두어 개 계란을 받아먹은 것 때문에 나라의 대들보 같은 장수를 버릴 수 없기 때문입니다. 천하의 기특한 것은 작은 허물로 흠을 삼지 않는다는 말입니다. 공의 딸의 아름다움은 미녀였던 여주의 성정이 아니면 낙수의 여신인 복비의 남은 혼일 것입니다. 공의 딸과 달빛 아래에서 자주 만나면서 마음과 뜻이 통해 그 절행이 높지 못한 것을 허물치 않았습니다. 한나라 때 진평은 만고의 영웅이나 장부의 여자를 부인으로 삼았고, 유비는 촉한의 황제임에도 상을 당한 계집을 정궁으로 책봉했으며, 당나라 태종은 심씨를 비로 세우고자 했습니다. 이로 보면 영웅호걸은 대수롭지 않은 예절에 거리낌이 없었습니다. 이 경화가 비록 영웅의 씩씩함과 호걸의 시원스러움은 없지만 그들처럼 소절(小節)에 연연해하지 않고 대절(大節)을 굳게 지키고자 합니다. 저는 장소저의 다정스러운 뜻이 저에게 기우는 것을 보고 정을 나누려 담을 넘어 응설각으로 향하다가 왕후관을 만나 이같이 중상을 입게 되었습니다. 일이 시끄러워져 공의 집안의 종들에게 도적으로 잡혀 당 아래 죄수로 허다한 부끄러움을 당하게 되었군요. 부녀자를 도적했다는 죄를 얻어 부끄러울 뿐이며 마치 한신이 불량배들의 다리 밑을 지나갈 때와 같이 기가 꺾이나, 운명도 궁할 때와 통할 때가 있는 법입니다. 이 경화가 한순간의 액운으로 왕씨 도적에게 욕을 당하며 공의 가문에서 도적이라는 오명을 얻었지만 그래도 저는 당당한 황실의 후손입니다. 공의 가문과 비교하여 모자랄 것이 없는데, 공이 무슨 까닭으로 딸을 죽이고 나를 핍박하여 끊어버리고자 합니까?"

말을 마치고 화난 기색을 드러냈다. 장헌이 비록 권세를 따르고 이익을 좇아 병들었지만 요약으로 마음이 바뀐 것이 아니었다면 장성완의 절개를 믿어 근거 없는 일임을 시원스레 깨달아 딸을 욕되게 하지 않았을 것이다. 그런데 벌써 요약이 오장육부와 뼈에 퍼져 총명과 본성을 잃어버리고 마음이 크게 달라져 성완의 백옥같이 티 없는 예의와 절개 있는 행실은 꿈에도 생각하지 않았다. 그저 범경화의 말을 진실하고 순수한 말로 알아 성완의 음란하고 천박한 행실을 통탄해했다. 그런 중 범경화의 관대함을 보고 다행으로 여기면서도 범경화가 자신을 그릇되게 여겨 화를 내던 것에 온 마음이 불안해져 좋은 말과 온순한 얼굴빛으로 잘 달래 화를 가라앉히려 했다. 그런데 문득 화경궁에서 궁감[2]과 하리들이 금사초롱과 횃불을 쌍쌍이 들고 와 문을 두드리며 공자를 모시러 왔다고 했다. 범경화가 거짓으로 매우 놀란 척하며 말했다.

"일이 이렇게 요란해져 벌써 본부에서 알게 되었나 봅니다. 아버지와 어머니께서 반드시 불초자의 경박하고 신중하지 못한 행실을 엄히 다스리실 뿐 아니라 공의 딸이 지은 교활하고 음란한 죄를 그저 두지 않으실 것입니다. 이를 장차 어찌하면 좋겠습니까?"

장헌이 더욱 놀라 눈을 치켜뜨고 미처 한마디 말도 하지 못했다. 이때 화경궁 하리가 가마를 가져와 뜰에 놓고 경화를 붙들어 가마 안으로 모시는데, 궁감 한 사람이 먼저 가마 안으로 들어가 앉아 범경화를 조심히 붙들었다. 그런데 하리들이 어수선하게 지껄이며 어찌할 줄 몰라 했다. 범경화의 팔에 난 상처를 보았기 때문이다. 장헌은 일이 어떻게 될지 몰라 심장이 타들어 가는 듯하니, 홀린 듯이 말을 하지 못하고 혼이 다 나간 사람처럼 낯빛이 흙색이었다.

---

2 궁감: 궁을 지키고 경비하는 구실아치.

이때 박씨가 내루에서 시비가 전해준 놀라운 변고를 듣고 안절부절못하다가 얼른 밖으로 나가 왕후관과 범경화가 하는 말을 들어보고 싶었다. 그러나 염치 때문에 그러지 못하고 다만 손을 젓고 발을 구르며 장성완을 흉하고 더러운 말로 계속 욕했다. 왕후관이 스스로 먼저 돌아가고 뒤이어 화경궁에서 범경화를 데려갔다는 말을 듣고서야 급히 외헌으로 나와 장헌을 붙들고 이리저리 날뛰며 소리를 높여 말했다.

　"우리 부부가 거듭된 재앙으로 이제 몹쓸 자식 때문에 세상에 다시 없는 변고를 당하게 되었군요. 이는 반드시 전생의 원수가 이번 생에 만나 부자·모녀가 된 것입니다. 비록 사사로운 정을 끊기가 어려우나 살려둬서는 그 화가 미치지 않는 곳이 없을 것입니다. 차라리 이때 죽여 없애는 것이 대장부의 굳센 결단일진대, 상공께서는 장차 죄지은 딸을 어찌 처치하려고 하십니까?"

　장헌 또한 박씨를 붙들고 한바탕 크게 울며 분한 소리를 지르니, 눈물은 비와 같이 흐르고 분한 소리는 마치 벼락이 울리는 듯했다. 희린과 세린은 앞서 누나를 간호하다가 도적이라고 외치는 소리를 우연한 일로 알아 요동하지 않았다. 그런데 아버지가 통곡하는 소리를 듣고 매우 놀라 급히 서헌으로 나와서 부모의 모습을 보았다. 행실을 가다듬지 못한 아이가 예의와 존경하는 마음을 갖춰 효성을 다하는 것을 모르니, 어찌 온화하고 부드러운 목소리로 이유를 나직이 물어보겠는가? 한순간에 달려들어 부모를 붙들고는 큰 소리로 말했다.

　"아버지, 어머니! 어디서 누가 죽었습니까? 무슨 이유로 뜻하지 않게 대성통곡을 하십니까? 우리도 이유나 알게 머뭇거리지 말고 어서 가르쳐주십시오."

박씨가 말했다.

"네 누나가 이러저러한 변란을 만들었으니 이제 대궐에 들여보내는 것은 당치 않은 일이고 앞으로 어떻게 될지 모르겠다. 세상에 이런 몹쓸 자식이 어디 있겠느냐? 두 곳으로부터 몸을 허락하는 물건을 받았을 줄 어찌 알았겠느냐?"

희린은 아홉 살이고 세린은 일곱 살이었다. 스스로 깨닫고 배워 넓은 도량과 지혜를 갖춘 장성완의 성품과 기질에 백분의 일도 미치지 못하고 말과 처신을 가문 사람들 중 술에 취해 정신을 못 차리는 무리를 본받아 경박하나 총명함이 없지는 않았다. 희린과 세린은 어머니의 말이 끝나기도 전에 가슴을 치며 큰 소리로 울어 눈물이 강과 시내처럼 흘렀다. 장헌이 장성완을 사랑하던 마음은 변했지만 아들을 소중하게 여기는 마음은 변하지 않았으니, 아이들이 지나치게 울어 심신이 상할까 염려하여 울음을 멈추고 두 아들을 붙들어 말했다.

"네 누나의 음란한 행실과 방금 있었던 일이 매우 놀랍지만 너희들까지 이토록 슬퍼하는 것이 무슨 도움이 되겠느냐? 모름지기 마음을 상하게 하지 마라."

두 아들이 갑자기 일어나 분개한 목소리와 모질게 뜬 눈으로 아버지와 어머니를 함께 박차서 던질 듯이 소리 지르며 말했다.

"자식을 알아보는 데는 아비보다 나은 사람이 없다고 했습니다. 아버지와 어머니가 이같이 자식을 모르는데 다른 사람이 어찌 누나를 제대로 알겠습니까? 다른 사람이 누나를 더러운 곳에 몰아넣은들 아버지와 어머니가 차마 어찌 모른 체하고 간사한 계교에 빠진 어린 자식을 구덩이에 빠뜨려 세상에 설 곳이 없게 하십니까? 누나는 아버지와 어머니가 낳아 길렀다고 믿기지 않을 만큼 타고난 자질이 빼어나고 아름답습니다. 그럼에도 누나를 오히려 음란하고 간사한 여자라고 하시니, 이로 인해 누나는 부모의 사랑을 받지 못한 순임금의 슬픔과 신생의 한을 지닐 것입니다. 순임금의 계모는 오히려 전처의 자식인 순임금을 해치려고 한 것이지만 어머니는 친자식을 해치려고 하니 이는 고금에 있지 않은 일입니다. 누나를 없애고 나면 차례로 우리까지 한 명도 살리지 않을 것이니, 우리는 무엇을 믿으며 누구를 의지하여 화를 피하겠습니까? 부모가 어질고 형제가 무탈한 것이 초년의 복이라고 합니다. 그런데 우리 부모는 자애롭지 못하고 인자하지 않아 이제 매우 어질고 지혜와 덕이 뛰어난 누나를 먼저 없애려고 하시니, 하물며 부족한 저희야 한순간이라도 머물러 두시겠습니까? 우리는 누나의 누명을 슬퍼하여 통곡하는 것인데 아버지와 어머니는 다르게 아시니, 이것이 벌써 집안을 무너뜨리고 한 명의 자식도 남겨두지 않으려 하시는 징조입니다. 우리가 어진 누이로 인해 부모의 어리석음과 도리에 어긋난 행동을 보게 되니, 하루도 살고 싶지 않고 스스로 죽어 부모의 마음을 시원하게 하고 싶습니다. 우리 남매를 죽이고 난 후 마치 자하가 자식을 잃은 슬픔으로 눈이 멀었던 일을 이어받는다며 울었다가는 우리가 혼백이 되어서라도 화증이 날 것입니다."

말을 마치고 차오르는 분노와 조급한 성미를 참지 못해 머리를 기둥에 부딪치고 가슴을 두드려 간간이 부모를 원망하며 패악스러운 말을 멈추지 않았다. 이 언행을 보아서는 동기를 위한 정은 족히 귀할 것이 없고 오랑캐의 새끼이며 짐승의 씨였다. 부모의 존엄함은 꿈에도 알지 못하고 제 마음에 차지 않으며 누나를 애매한 죄에 몰아넣었다 하여 온 방법으로 악착스럽게 울어댔다. 사내아이들의 괴이한 버릇은 제어하기 어려운데, 장헌 부부는 두 아들의 망측함을 허물이라 여기지 않고 다만 어린아이가 응석을 부리며 자라 아직 효도의 도리를 모르는 것이라 생각했다. 그러니 조금도 꾸짖을 뜻이 없었으나 제 성미를 이기지 못해 가슴을 두드리고 입술을 깨물며 몸을 상하게 하는 것을 차마 볼 수 없어 달려들어 하나씩 걷어 안고 달래려고 했다. 희린은 오히려 장헌의 무릎에 엎드려 울 뿐이었으나 세린은 독한 성미를 이기지 못해 자신의 몸을 쥐어뜯으며 박씨에게 조용히 안겨 있지 않은 채 부모가 누나를 죽이려는 원수라고 하는 등 말마다 해괴하고 망측했다. 그럼에도 장헌 부부가 꾸짖지 않고 달래기를 애틋이 하며 '너희 누나의 음란하고 악한 행실이 어느 곳에 이르러도 죽이지는 않을 것'이라고 했다. 혹 손바닥을 두드려 맹세하고 혹 입으로 거듭 약속한 것을 말했는데, 해괴한 말이 진실로 그 아버지에 그 아들이었다.

희린과 세린이 평생 잠잘 때를 어긴 적이 없다가 이날 밤은 응설각에서 깊은 밤이 되도록 앉아 있었다. 머리부터 온몸을 써가며 발악하기를 있는 힘껏 하고 나니, 지극한 약질이기에 온 몸이 아프고 피곤함이 두 눈을 가렸다. 장헌 부부가 두 아들을 안아 편히 이불에 눕혀 깊이 잠들게 했다. 이후 장헌이 다시 몸을 일으켜 밖에 나와 왕후관이 던지고 간 편지를 펴보니, 과연 금반지 한 쌍이 편지 사이에 들어 있고 장성완이 왕후관에게 인연을 끊겠다고 전하는 내용이었다. 불길하고 놀라움이 점점 더하니, 편지를 가지고 들어와 박씨에게 보여주며 왕후관이 했던 말을 이르고, 또 범경화는 성완의 열절이 높지 않은 것을 거리끼지 않고 아름다움이 세상에 뛰어나기에 마음을 두었던 것을 일일이 전하고 촛불 아래에서 눈물을 뚝뚝 떨구며 말했다.

"왕공자가 너그럽고 후한 덕으로 이 일을 들춰내지 않고 범씨 가문에서 그 아들의 소원을 좇아 우리 딸과 좋게 예를 이루고자 한다면 내 무슨 낯으로 남의 이름 있는 집안을 흐리겠습니까? 말 한마디 한마디마다 간사하고 음란한 딸을 죽이는 것이 시원할 것입니다. 몹쓸 딸 하나 때문에 평생 화를 피하며 위태함을 범하지 않고 조심스럽게 살아온 것이 그림의 떡같이 될 것이며 마침내 어떻게 될 줄을 알지 못하니, 이런 불행이 또 어디 있겠소? 범부마가 외아들을 소중하게 생각하는 정이 너무나도 큰데, 그같이 중상을 입은 것을 본다면 반드시 왕후관에게 원수를 갚고야 말 것입니다. 두 가문의 권세가 드높아 두 사람이 만약 싸운다면 한 명이 반드시 죽을 뿐 아니라 그 화가 내 집에 가볍지 않아 마치 고래 싸움에 새우가 죽음을 피하기 어려운 상황이니, 망극함과 불행함이 이보다 더한 것이 없을 것이오."

박씨는 그 편지가 교랑의 붓끝에서 흉내 낸 요사하고 간사한 필적임을 모르고 진실로 성완이 쓴 것이라고 하며 금반지를 가져가 두어 번 들어보고 살폈는데, 망측한 인물이 평생 주장하던 바는 없으면서 짐짓 총명하고 신기한 척하기는 남보다 잘했다. 박씨가 언짢은 얼굴빛을 지으며 말했다.

"이 금반지는 우리 외할머니 남부인이 각별히 나를 사랑해서 주신 것인데, 요사한 자식이 도적질했다가 저의 음란한 행실로 바깥사람에게 정을 준 신물로 삼았으니 어찌 통탄하지 않겠습니까?"

장헌이 말했다.

"우리 집에 흔한 보화 중 신물로 삼을 만한 것이 적지 않은데 왜 옛 것을 꺼내 갔을까? 그것도 분한 일이지만 곽시랑은 청빈하기로 유명한 가난한 선비였는데 그 부인에게 금반지가 있었습니까? 자녀들이 많은데 무슨 남는 것이 있다고 그대에게 주었는가? 이상한 일입니다."

박씨는 금반지가 자신의 것인지 남의 것인지 전혀 알지 못하면서 성완이 자신의 상자에 둔 것을 가져다가 왕후관에게 주었을 것이라 짐작하고 짐짓 외할머니 남부인이 준 것이라 했다. 그런데 곽시랑의 집이 가난했던 것으로 미루어 장헌이 곧이듣지 않는 것을 보고 얼굴을 붉히며 말했다.

"우리 외가가 부유하지는 않았지만 근본 있는 사대부 집인데 왜 금은보화가 없을 것이라고 여기십니까? 이 금반지는 예사 금이 아니라 극상품 금으로 만들어 외할머니가 가지고 계시던 것인데, 특별히 나를 사랑하시던 정을 나타내시어 내 손에 끼워주며 '섬섬옥수에 적황색 빛이 아름다워 상서로운 조짐이 밝게 빛나니 더욱 신기하구나.'라고 말씀하셨습니다. 내가 할머니께서 사랑해 주시는 마음에 감격하여 그 반지를 대수롭지 않게 여기지 않습니다. 그래서 늘 끼지 못하고 상자에 넣어두었더니 간사하고 음란한 딸이 훔쳐 갔을 줄이야 어찌 생각했겠습니까? 그러나 결국은 임자에게 돌아오는지, 왕공자가 던지고 간 것은 뜻밖입니다."

그러고는 금반지를 거두어 옥함에 넣었다. 이에 장헌이 탄식하며 말했다.

"금반지가 진실로 남부인이 끼시던 것이면 그대가 귀하게 여기는 것도 이상하지 않소. 하지만 내 집에 쌓인 것이 다 기이한 보배라 대대손손 전해줘도 부족하지 않으니, 딸의 혼사 물품 갖가지는 공주의 부귀와 견줄 정도이지 않을까 했습니다. 그런데 뜻밖의 이유로 이에 미치니, 이는 딸아이가 처신을 잘못한 것이오. 그러니 오히려 한탄할 것이 없고 왕공자와 범공자가 다투는 상황에서는 내 몸이 위태하여 살기를 기약하지 못하니, 온 마음을 써서 모은 재산을 어디에 쓰겠소? 처음에 큰아들을 잃어 자식이 부모보다 먼저 죽는 슬픔이 나날이 더했다오. 그러던 차에 월아가 태어났는데, 그 타고난 품성과 기질이 실로 그대가 낳았다 하거나 내 딸이라 하기가 외람될 정도였소. 천상천하 사람을 모두 살펴도 다시 있지 않을 만큼 몹시 사랑스럽고 소중했지요. 점점 월아가 마치 옥이 날로 향기로우며 달이 날로 둥글게 되는 것처럼 자라는 것이 기뻐 마음속으로 보물로 삼고 숨겨둔 진주를 어루만지는 듯했었다오. 그러니 어여쁘고 기이한 월아를 차마 평범한 사람의 배우자로 의논하지 못했지요. 그래서 우각로와 범부마가 간절히 청혼해도 시원스레 허락하지 못하고 높이 대궐에 들여보내 황제를 곁에서 모시며 주나라 선왕의 비였던 강후의 성대한 덕을 본받기를 간절히 바랐소. 그런데 이제 무수한 변고와 이상한 일이 일어나 집안을 욕보이며 화가 부모에게 미치게 되었으니, 이는 결단코 내 자식이 아니오. 아마도 전생에 원수였던 터라 이리된 일이 아닌가 싶습니다. 강맹한 사람이라면 한순간도 머무르게 하지 않고 죽여서 없애버리는 것이 마땅한데, 평범한 사람이 이른바 골육을 잔인하게 해치는 것은 과연 잔인하고 무서운 노릇이오. 죽이는 것도 뜻대로 못 하고 살려두어서는 감당하기 어려우니, 이를 장차 어떻게 해야겠소?"

말을 마치고 울음을 그치지 못하는데, 박씨는 한 조각도 사람의 마음을 가지지 않은 까닭에 성완을 원수처럼 미워했다. 이에 박씨가 강맹한 결단과 시원스러운 의논을 잘하는 척하며 손뼉을 치고 말했다.

"내가 한 계책을 생각했는데 상공은 들어보십시오. 저 왕씨 가문과 범씨 가문이 서로 다투어 범부마는 아들이 다친 원수를 갚고자 하고 왕각로는 우리 딸의 음란함을 통탄하여 분을 풀고자 한다면 상공이 능히 재앙을 벗어나지 못할 것입니다. 비록 세상에 알려지는 것이 부끄러우나 이 일이 마침내 조용히 넘어가지는 못할 것입니다. 차라리 남의 꾀를 알아채고 미리 막으려면 상공이 황제에게 표문을 올려 월아의 죄를 낱낱이 고하십시오. 왕공자와 범공자가 풍류남자의 호기로 미인에 대한 정을 끊지 못해 잠시 돌아보았으나 이는 허물이 되지 않음을 자세히 알리면 범부마와 왕각로가 상공의 강직함에 감복하여 공평하고 사심 없음을 칭찬할 것입니다. 황제께서도 사사로운 정을 잘라버리고 그같이 한 것을 대장부의 처사로 아실 것이니, 월아가 죽고 사는 것은 황제의 처결에 맡깁시다. 상공의 재앙을 막을 방법으로 이보다 좋은 계교가 없습니다."

장헌이 다 듣기도 전에 눈썹을 찡그리고 머리를 흔들며 말했다.

"부인의 말이 비록 일리가 있는 듯하지만 내 차마 아버지로서 자식의 흉악하고 음란한 대죄를 어찌 나타내겠소? 그러나 조용히 생각해 보고 날이 밝으면 계행【박상규의 자호】 형제와 함께 의논하여 결단할 것이니 부인은 그만 말씀하시오."

박씨는 거듭 계교가 그것밖에 없다고 말했다. 장헌 부부는 왕씨 가문과 범씨 가문에서 어떻게 할지 두려워하는 마음이 가득하여 한잠도 자지 못하고 앉아서 날을 샜다.

장헌에게 장성완의 자결을 권유하는 범단

날이 채 밝기도 전에 심부름하는 아이가 급히 알렸다.

"부마 범단 어르신께서 와 계십니다."

장헌이 놀라서 어찌할 바를 모른 채 옷깃을 바르게 하고 보옥으로 장식한 띠를 허리로 끌어 올리고 발을 머뭇거리며 낯빛을 바꿔 범단을 맞이했다. 이때 장헌은 동쪽 계단에서 범단은 서쪽 계단에서 피차 먼저 당에 오르기를 사양하다가 마침내 당에 올라 예를 마치고 자리를 정해 앉은 후 범단이 먼저 말을 꺼냈다.

"형이 기강에서 돌아오신 후에 제가 즉시 와서 축하하는 말을 꺼낼 것인데, 마침 부모님이 건강이 좋지 않아 탕약을 달이고 간호하는 데 골몰하느라 사람 된 도리를 차리지 못했습니다. 그런데 지난밤에 기이하고 놀라운 변을 듣고 너무 경악스러워 먼저 제 아들을 정신 차리도록 꾸짖고 행실이 어그러진 것을 다스린 후 날이 밝기를 기다려 이에 온 것은 어진 형의 가르침을 듣고자 함입니다. 담을 넘어 여인을 훔치고자 한 무상한 행실은 오로지 우리 아들이 사나운 까닭이니, 제가 그동안의 곡절을 말하지 않아도 형은 저보다 더 자세히 알고 계실 것입니다. 마음이 놀란 것을 반드시 물어서 알 일은 아니지요. 이번 일은 어린아이라고 묻어두지는 못할 것입니다. 변고가 인륜의 도리에 관계된 것이니, 제가 아들이고 딸이고 간에 다른 자식이 없이 패륜아인 경화 하나를 두었으나 선비의 행실이 그 같다면 반드시 집안을 추락하게 하고 제 목숨을 재촉하는 지름길입니다. 차라리 내 손으로 죽이고자 할 마음이 있으니 어찌 조금이라도 아까운 것이 있겠습니까? 그 아이의 상자를 다 뒤져 형 딸의 편지와 귀걸이를 함께 가지고 왔으니, 형은 한번 보고 사사로이 처결하지 못하겠거든 법부에 알려 형 딸과 내 아들의 죄를 함께 다스리도록 합시다. 나는 진실로 불초자 경화의 죽고 사는 것에 거리낌이 없습니다."

말을 마치고 궁노에게 가지고 온 귀걸이와 편지를 드리라고 하여 장헌의 앞에 놓았다. 장헌이 부마 범단의 말을 듣고 매우 부끄러워 죽으려고 해도 죽을 곳이 없을 정도로 원통했다. 붉은 낯빛으로 주저하며 막연히 땅을 파고 몸을 감출 듯 크게 숨을 들이쉬어 부끄러움을 감추며 손바닥을 비비고 손톱을 깨물어 대답할 바를 알지 못했다. 그러다 급기야 귀걸이와 편지를 보자 성완을 즉시 썰어서 죽이고 싶었다. 자기도 모르게 부끄러움과 분함이 포개져 낯빛이 참혹해지고 목소리에 분함이 묻은 채로 말했다.

"제가 불행히 간사하고 음란한 딸을 두어 이제 변고를 만들었으나 이는 남이 알게 할 일은 아닙니다. 왕각로의 둘째 아들과 형의 아들의 풍류와 호연한 기질로 간사한 여자의 가냘픈 허리와 달같이 아름다운 얼굴에 무심하지 못해 정을 나누고 약속을 둔 것은 행실에 해가 되는 것은 아닙니다. 형의 책망은 오히려 너무 엄격하여 부모와 자식 간의 가까움을 생각하지 않으신 것입니다. 저의 딸은 간사하고 음란한 큰 죄를 두루 범했으니 관청의 뜰 앞에 나아가 형벌을 받아 천하의 음흉하고 간사한 딸을 징계하는 것이 마땅합니다. 지난밤에 변고를 본 후에 혼이 떨리고 마음이 심란하여 헤아리지를 못하고 있었으나 이 어찌 음란하고 간사한 여자를 아끼는 일이겠습니까? 먼저 아드님이 중상을 입은 것에 놀라고 이어 간사한 제 딸의 음란함을 분통하게 여겨 처치할 바를 생각했는데, 이 비록 국가가 간섭할 일은 아니나 죄상이 인륜을 어지럽히는 데 있으니 황제께 말씀드려 법부에서 다스리게 하는 것이 공정합니다. 바야흐로 형의 가문에 나아가 생각한 바를 말씀드리고자 했으나 스스로 부끄럽고 두려워 머뭇거리고 있었습니다. 귀한 행차가 누추한 곳에 이르러 해괴한 변을 말씀하시니 저의 뜻이 또한 사사로운 정 때문에 끔찍한 변고를 묻어두고자 하는 것은 아닙니다. 빨리 법부에 알리고자 합니다."

원래 부마 범단은 성품이 다소 강하고 굳셌기에 화경공주와 아들 범경화의 행사는 전혀 알지 못하고 그 아들의 경박한 행실이 선비의 무리에 들기 어려운 것을 통탄하며 장성완의 음란하고 교활함에 매우 분해 지난날 장헌에게 간절하게 청혼했던 것을 뉘우치고 추하게 여기게 되었다. 그런데 만일 장헌이 그 딸을 죽이지 않고 고이 두어 경화의 평생을 욕되게 할까 봐 짐짓 장헌을 와서 보고 놀라운 변고를 묻어두지는 못할 것이라고 하여 장헌에게 자신의 아들을 사위로 바라지 못하게 한 것이었다. 예상 밖에 장헌이 그 딸의 음흉하고 간사함을 분해하며 천륜의 자애와 부녀의 정을 함께 끊어버리고 법률로 다스리고자 하는 것을 보고 장헌이 망측한 사람임을 알지 못하기에 마음속으로 거북해하며 생각했다.

'내 장헌을 알기를 이처럼 굳세고 엄하지 못하다고 여겼는데, 사람이 행하기 어려운 것을 거리끼지 않고 딸의 죄를 다스리고자 하여 사사로운 정을 끊어버리고 법부에 알리고자 하니 무릇 시원스러운 결단력을 갖춘 인물이다.'

또 그윽이 생각했다.

'법부에 알리게 되면 일이 매우 요란해지고 또한 경화의 방탕하고 음란한 행사가 드러나게 되어 혼사를 논할 때에 해가 될 것이다. 자신의 집에 이롭게 하고자 하며 자신의 허물을 가리려는 것은 인지상정이다. 장씨를 끊어 경화가 음란한 아내를 취하지 않게 된 것이 다행이다.'

이에 낯빛을 온화하게 하고 무릎을 쓸어내리며 말했다.

"형이 어질고 현명함에도 불구하고 뜻하지 않게 딸의 음란하고 괘씸한 변을 당하게 되었으니, 성인이었던 요임금과 순임금의 아들이 불초했음을 새삼 깨닫습니다. 변고를 당해 사사로운 정 때문에 묻어 두는 것이 옳지 않아 제 아들 경화의 버릇없는 죄를 함께 기록하여 법부에 알리고자 했는데, 다시 생각해 보니 이번 일은 국가가 간섭할 일이 아닙니다. 스스로 드러내어 법부에 글을 올린다면 서로의 가문을 심하게 욕되게 하고 이름난 가문을 참혹하게 할 것이니 무슨 도움이 되겠습니까? 형이 재상 자리에 있으며 명망이 온 나라에 자자하고 위세가 천하를 흔들 정도이며 일을 행함에는 해와 달같이 밝고 가을 서리같이 엄숙하니, 어린 딸의 죄를 다스리지 못할 것은 아닙니다. 청하건대 스스로 자결하여 음란하고 비루한 자취를 없애고 오래도록 불미스러운 일을 침묵하여 애먼 소문에 휘말리는 일이 없게 하는 것이 마땅합니다. 이 일은 다만 우리 부자와 형의 가문과 왕후관이 알 뿐인데, 후관은 사람을 칼로 찌른 허물이 있으므로 반드시 숨기고자 할 것입니다. 우리 부자 또한 이 일을 밝히지 않을 것이니, 형이 비밀을 지켜 입 밖으로 내지 않는다면 알 사람이 누가 있겠습니까? 화복(禍福)이란 것은 아침저녁에 비롯하고 병이란 것은 때때로 생겨나니, 형의 딸이 생각지도 못하게 급사했다고 한들 누가 이런 변고를 알겠습니까? 이렇게 조용히 처리하여 요란스럽지 않게 하는 것이 옳으니, 형은 깊이 생각하여 일이 어지럽지 않게 하십시오."

장헌의 본성이 굳거나 강직하지 않고 요약을 먹어 마음이 흐려진데다 다시 흉악한 변고를 당해 크게 놀란 것은 둘째요, 황족과 제후 가문의 산악 같은 위세가 날랜 칼로 대를 때리는 것보다 더하거늘 평생 권문세가에 굽신거리고 아첨하며 알랑거리고 아양을 떨던 일은 그림의 떡이 되었다. 부마 범단의 귀한 외아들이 큰 상처를 입은 것이 오직 자신의 딸 때문이니, 범단이 한번 마음을 먹으면 자기 같은 무리를 없애버리는 것은 파리를 때려잡는 것보다 쉬울 것이었다. 그 화가 어느 곳에 미칠지를 알지 못하니, 심장이 타들어 가는 듯 하룻밤 사이에 오장이 무너져 내리는 것 같았다. 그런데 뜻밖에 범단이 조용히 소문이 나지 않기를 바라며 분란이 생기기를 원치 않는다며 위엄을 거두고 덕을 베풀며 원수와 은혜를 맺고자 하는 것을 들으니, 너무도 다행스럽고 기뻐 타들어 갔던 마음이 한순간에 되살아났다. 말라죽은 나무에 물이 돌고 썩은 뼈에 새살이 나는 것과 같아 오히려 그 은혜가 지극하니, 딸을 소문 없이 죽이는 것이 무슨 거리낄 것이 있겠는가? 허둥지둥 몸을 일으켜 절하고 은혜와 덕을 칭송하는 말을 끊임없이 하며 체면을 돌아보지 않았는데, 범단이 과도하다고 일컬으며 흉악하고 분란을 일으킨 장성완을 빨리 없애 가문의 욕됨을 씻으라 하고는 돌아갔다. 장헌이 당에서 내려와 배웅하며 공경하는 것이 지난날보다 갑절은 더했다.

장성완의 정절을 의심받도록 꾀한 박교랑과 범경화

원래 장씨 가문의 지난밤 도적 사건 때 왕각로의 둘째 아들 후관이라고 한 자는 범경화의 유모 해연이다. 예전에 왕공자의 얼굴을 익히 보았기에 여의개용단을 마시고 왕공자가 되어 남자 옷으로 갈아입은 것이다. 경화라고 하던 자는 궁노 열영으로, 비록 계집의 이름을 가졌으나 사납고 날쌔며 담대하여 해연과 같은 무리인 까닭에 화경공주가 변용단을 먹여 범경화의 얼굴이 되게 했다. 열영이 마침 무리와 싸우다가 상처가 났으므로 공주가 대나무 통에 양의 피를 넣어 주며 여차저차하라고 했다. 장헌의 마음을 놀라게 하며 어쩔 줄 모르고 두려워하게 만든 것은 장소저를 구덩이에 몰아넣기 위해서였다. 그 음란하고 더러운 행실을 많은 사람들이 침 뱉어 꾸짖어 간질에 걸린 남자와 중풍 걸린 비루한 남자라도 아내 삼기를 부끄러워할 지경에 이르렀을 때, 범경화가 굳은 약속을 저버리지 못하는 체하면서 아내로 맞이하면 장헌 부부가 매우 분수에 넘쳐 하며 마음 깊이 온순히 따르게 될 것이기 때문이었다. 또한 계교를 써서 취한 뒤에는 바로 더러운 누명을 씻어버리고 장성완의 신상에 욕됨이 없게 하려고, 비록 날랜 궁노들이나 뜻을 같이하는 환관들이 많지만 이들을 보내지 않고 해연과 열영의 용모를 변하게 하여 보낸 것이었다. 또 범경화가 친히 가지 않은 것은 공주가 아들을 보내었다가 혹시라도 몸이 상할까 걱정되었기 때문이다. 또 부마의 강직한 성품을 알기에 계책을 바로 알리지 않았으나 마침내 속이지는 못할 것이기에, 한순간의 괴로움과 위태로움은 모두 열영에게 가도록 하고 경화는 조금도 불편함이 없게 하고자 한 것이었다.

이에 해연이 장헌을 속여 왕후관인 척하고 먼저 돌아온 후 공주가 큰 난리가 난 것처럼 했다. 우리 아들이 장씨 가문에 갔다가 칼에 찔린 것을 박교랑이 급히 알려왔다고 하며 궁감과 하리에게 명해 교자를 가지고 빨리 가라고 하니, 부마는 외루에 있다가 이 말을 듣고 몹시 탄식하며 경화가 돌아오기를 기다려 장씨 가문에 가 칼에 찔린 곡절을 물어보았다. 열영이 공주의 분부를 그대로 좇아 죽음을 무릅쓰고 거만하게 경화인 척하면서 장성완과 정을 맺어 담을 넘어갔다가 왕후관에게 찔렸다고 대답했다. 부마가 매우 화를 내며 그 상처를 살피지 않고 즉시 끌어내려 죄를 묻고는 볼기를 맹렬히 때려 문 밖으로 끌어 내쳤다. 열영이 죽을지 살지 모를 지경이 되었으나 공주가 궁감 등에게 각별히 구호하기를 소홀히 하지 말라고 당부했다. 궁감 등은 자신이 모시던 공자로 알고 정성스레 구호하고 조심히 돌봤다.

정작 경화는 공주의 협실에 있으면서 해연과 열영이 계책을 잘 실행하는 것을 기뻐했는데, 아버지가 엄청나게 화를 내신다는 말을 듣고 일단 불안한 마음이 없지 않았다. 교랑이 장헌에게 그 딸과 경화의 약속이 굳음을 알게 하려고 모사한 흉한 편지가 두 장이었다. 이 중 하나는 이미 해연이 공주의 금반지와 함께 장헌이 보는 앞에 던지고 왔고 남은 한 장은 공주의 귀걸이와 함께 싼 상자에 넣어두었는데, 경화가 공주에게 '아버지가 듣는 데서 이렇게 저렇게 하십시오.'라고 했다. 공주가 부마가 들어오기를 기다려 장씨의 편지와 귀걸이를 꺼내 보여주며 말했다.

"장씨 아이가 우리 아들의 풍채에 혹해서 제 스스로 편지와 귀걸이를 보내 정을 통했습니다. 경화가 호방한 남자로서 절세미인의 이 같은 마음을 무심히 넘기지 못하고 자연스레 기꺼이 받아들였는데 구태여 죄가 되겠습니까?"

범단이 장성완의 음란하고 교활함을 매우 한스럽게 여겨 빨리 귀걸이와 편지를 가지고 장헌을 찾아본 후 그 딸을 죽여 없애라고 권하고 돌아왔다. 공주와 경화는 장헌이 혹 범단의 말로 인해 그 딸을 죽일까 두려워 빨리 편지 한 장을 써서 해연에게 주며 장씨 가문에 가서 모든 사람이 보는 곳에서 박교랑에게 주라고 했다. 해연이 지난밤에 왕후관이 되어 장헌을 여지없이 속이고 오늘 아침에 본래의 모습으로 돌아와 화경궁 시비로 온순히 화경공주의 편지를 받들고는 거만히 장씨 가문에 이르러 아무렇지도 않게 박교랑에게 편지를 전했다. 그러자 교랑이 그 뜻을 알아채고 짐짓 장헌과 박씨 앞에서 편지를 열어보았다.

이전에 장헌이 범단을 보낸 후 귀걸이와 흉한 편지를 가지고 들어와 박씨에게 범단이 하던 말을 일일이 전했는데, 천륜의 정을 잃어버려 '자애' 두 글자를 다시 일컬을 것이 없었다. 장헌 부부는 딸의 뛰어난 성품이나 행실을 꿈에도 생각하지 못하고 범단의 말을 덕이나 법같이 여겼다. 그래서 범단이 음란하고 간사한 딸을 죽이기를 권할 때 요란히 법부에 알리지 않고 일을 조용히 처리하고자 하며 귀한 아들이 다친 것을 돌아보지 않고 은혜를 베푸는 것을 다행스럽게 여길 뿐 아니라 감격함이 골수에 사무쳐 딸을 죽이는 것을 오히려 잘된 일로 여겼다. 또 자신의 집안에 해로울 일도 없고 부귀를 잃을 근심도 없다고 생각하고는 천만번 기뻐했다. 박씨가 귀로 장헌의 말을 들으며 눈으로는 흉한 편지와 귀걸이를 보는데, 한편으로는 기쁘면서도 한편으로는 매우 분했다. 박씨는 범단의 온화하고 크나큰 덕을 칭송하는 한편 딸의 음란하고 더러움을 꾸짖으니, 범씨 가문을 칭찬하는 말과 딸을 꾸짖는 소리가 매우 어수선했다. 또한 화경공주가 보낸 귀걸이는 돌아가신 어머니가 어렸을 때 하시던 것이라 두 눈을 어수선히 뒤적이며 말했다.

"간사하고 음란한 아이가 내가 사랑하고 귀하게 여기는 금반지와 귀걸이를 다 훔쳐 음란한 일의 신물로 삼았으니 어찌 통탄스럽지 않겠습니까? 이 물건은 우리 증조할머니가 혼인 후 처음 박씨 가문으로 오시던 날 귀에 달고 오신 것입니다. 당신에게는 딸이 없기에 우리 어머니께 물려주셔서 어머니가 또 나에게 주신 것이지요. 3대째 내려오는 귀한 물건이라 내가 아침에 일어나 귀에 걸면 밤에 누울 때까지 한 번도 무심히 대하지 않았고, 옥함에 담아 높이 얹어두어 여러 세월 동안 한결같이 보석의 빛이 찬란했습니다. 요사이는 꺼내 보는 일이 없이 깊이 넣어두었더니, 요괴 같은 년이 우리 할머니 것이라 하면 다 훔쳐, 외할머니 금반지는 왕씨 가문의 신물로 삼고 증조할머니의 귀걸이는 범씨 가문의 신물로 삼았으니 이 어쩐 일입니까?"

박씨가 요란스럽게 계속 욕을 해대니 장헌이 눈썹을 찡그리며 말했다.

"월아의 음흉하고 음란한 죄상은 이미 죽어 마땅하니, 죽이는 것밖에는 더할 벌이 없는데 그대는 어찌 이토록 요란히 굽니까? 금반지와 귀걸이가 그대의 두 할머니의 것이라 해도 이미 더럽혀진 물건이오. 깊이 넣어둘지언정 부녀자의 꾸미는 물건으로는 쓰지 못할 것 같으니 찾은 것을 기뻐하지 마시게."

박씨가 평소에도 귀걸이를 손에 들고 3대째 내려오는 물건이며 자신이 어려서 곤궁하지 않게 성장했다고 말해왔었다. 증조할머니 강씨가 박씨 가문으로 오던 날 귀에 걸고 온 것이라고 했는데, 장헌이 이런 말을 곧이듣지 않는 것을 분통해하며 크게 소리 질러 말했다.

"요사한 아이가 3대째 내려오는 물건을 더러운 곳의 신물로 삼느라고 훔쳐 갔으나 이 물건이 이제 임자를 찾아 돌아온 것입니다. 그 빛이 여전히 아름답고 보배로운 구슬이 빛이 나 상서로운 조짐을 띠었으니 볼수록 기이합니다. 무슨 일로 부녀자의 단장에 사용하지 못하겠습니까? 금반지를 두었다가 희린이의 부인에게 줄 것이며 귀걸이를 두었다가 세린이의 부인에게 줄 것이니 상공은 당치 않은 말을 마십시오."

박씨는 귀걸이를 상자에 넣어두며 할머니 것이라고 거듭 말했다. 박교랑이 마음속으로 매우 우스웠지만 낯빛과 말에 드러내지 않고 길게 혀를 차며 말했다.

"제가 지난번에 말씀드리지 않았습니까? 동생의 편지가 이러저러한 곳에 자주 왕래했다는 것을 알고 진실로 탄식했습니다. 제가 규수의 염치로 이 말씀을 드리는 것이 아니라 천륜이나 다름없는 사이이기 때문입니다. 신년에 세배 드리러 화경궁에 갔을 때 화경공주께서 제게 동생의 어짊에 대해 물어보시기에 제가 고금을 통틀어도 견줄 사람이 없을 미인이라고 대답했습니다. 그런데 공주께서 손을 흔들며 '그럴 리 없다. 아무리 아름다움이 뛰어난들 규방의 여자로 바깥사람을 자주 통하는 자가 어찌 기생과 다름이 있겠느냐?' 하시기에 제가 놀랍고 이상하여 동생의 예의와 절개가 특별함을 누차 말씀 드렸습니다. 그러나 공주가 조금도 곧이듣지 않으시고 범공자의 상자 안에서 두어 장 편지를 꺼내 보여주시며 말씀하시기를 '이것을 보거라. 차마 규방 여자의 할 짓이냐?' 하셨습니다. 제가 잠시 보니 동생이 범공자에게 보낸 편지였습니다. 마음속으로 경악스러워 낯빛이 변하는 것도 모르고 있으니 공주가 오히려 웃으면서 말씀하시기를 '모름지기 놀라지 마라. 내 아들이 장씨 여자의 절개가 높지 못한 것을 허물로 여기지 않고 아름다운 외모와 민첩한 됨됨이를 사랑하니, 일이 불행하나 설마 어찌하겠느냐? 이런 음란하고 더러운 행동을 뿌리쳐 모르는 척하고 좋게 구혼을 하여 예를 이루고자 하나 혹여 너의 외삼촌(범단)이 알면 경화의 뜻과는 달리 음란한 며느리를 얻고자 하지 않으실 것이니, 이에 이르러서는 근심이 된다.'라고 하셨습니다. 그래서 제가 한마디도 대답하지 못하고 돌아와 마음속으로 헤아리기를 '동생에게 어찌 그런 음란하고 더러운 일이 있겠는가? 귀신의 조화이며 조물의 장난인가' 하여 동생의 필적을 다시 보아 행여라도 외사촌(범경화)에게 보낸 편지와 다름이 있는가 알고자 했습니다. 고모께서 친히 가서 동생의 책을 가져온 것이 있어 한번 보니 진실로 외사촌의 상자 안에 있던 글씨와 다름이 없었습니다. 공주께서 보여주신 편지를 다시 대한 듯했으나 중대한 일이라 말을 급하게 할 것이 아니어서 자세히 말씀드리지 못했습니다. 지난밤의 참혹한 변은 남들이 알게 할 만한 일이 아닙니다. 외삼촌이 오셔서 동생을 죽일 것을 권유하셨던 것 같은데, 그 죄의 경중이 어떻든 동생이 젊은 나이에 참혹하게 죽게 된 것이 몹시 슬픕니다. 다시 외사촌의 마음을 헤아려보건대, 동생의 음란하고 더러운 일은 뜬구름처럼 흩어버리고 죽음을 무릅쓰고 동생을 취하고자 하다가 동생이 속절없이 요절했다는 것을 알게 되면 반드시 세상에 대한 미련을 버리고 따라 죽을 것입니다. 만일 외사촌이 죽는 날이면 공주께서 그 원망을 고모와 고모부께 옮겨 자식을 앞세운 서러움을 모두 풀고 말 것입니다."

장헌과 박씨가 이 말을 들어보니 더욱 속이 타 성완의 음란하고 교활하며 더러운 행실을 꾸짖으며 말했다.

"지난날 응설각에서 돌아올 때에 범공자의 편지를 얻어 잠시 보고 즉시 불태워 조금도 의심하지 않았는데…… 과연 정을 통했구나. 범공자가 월아의 아름다운 얼굴과 자질에 혹했어도 그 행실이 더러움을 모르지 않을 것이니 어찌 따라 죽겠느냐?"

교랑은 범경화가 성완을 생각하는 마음이 금석보다 굳음을 재삼 일컬으며 동생이 죽으면 외사촌이 결단코 살지 않을 것이라고 하니, 장헌 부부가 어쩔 줄 몰라 하며 말했다.

"범공자의 뜻이 그렇다면 월아를 죽이기도 어렵고, 살려두고자 한들 부마의 명령을 어기게 되는 상황이니, 이를 장차 어떻게 해야 할 것인가?"

화경공주의 또 다른 계책

한창 이야기하던 사이에 화경공주의 편지가 이르렀다. 교랑이 받아 볼 때 장헌 부부가 허둥지둥하며 함께 보았는데, 편지에 쓴 말이 모두 아들의 뜻이 장성완과 죽어도 살아도 함께하고자 한다는 것이었다. 공주는 음란하고 더러운 며느리를 얻을지언정 외아들이 비참하게 요절하는 것은 보고 싶지 않다고 했다. 부마가 비록 장성완을 죽이라고 했으나 장헌 부부는 넌지시 딸이 죽었다고 거짓 소문을 내고 짐짓 딸을 빼내 다른 곳으로 옮기면 사람을 보내 지극히 보호하다가 조용히 장성완의 성씨를 바꿔 허다한 더러운 행실을 감추고 경화가 예법에 맞게 취하고자 한다고 이르며 장성완을 죽이지 말 것을 누누이 당부하고 있었다. 장헌과 박씨가 공주의 이 같은 은혜에 깊이 감격했으나 음란하고 간사한 딸이 공주의 며느리가 되는 것이 두려울 뿐 아니라 분수에 넘치는 것으로 여겨 교랑에게 말했다.

"화경공주의 성스러운 덕이 이토록 넓고 커서 간사한 아이의 음란한 큰 죄를 용서하시고 범공자의 부인으로 거두고자 하시니 우리 부부가 어찌 감격스럽지 않겠는가? 허나 월아의 죄악이 죽어 마땅하고 범공자가 또한 명문 가문의 후손인데 차마 비루하고 간사한 여자를 곁에 세우겠느냐? 일이 불가할 것 같으니 높은 가르침을 따르기 어렵구나."

교랑이 말했다.

"이 일이 그렇지 않습니다. 우리 외삼촌과 화경공주께서 동생(장성완)의 간사하고 음란하고 극악한 큰 죄를 드러내 빨리 죽이기를 재촉하시는 지경이라도 고모와 고모부께서는 동생을 해치기보다 살리는 데 마음을 써야 할 것입니다. 또한 우리 외삼촌이 순간 경악하고 통탄하여 장공께 동생을 죽여 없애라고 한 것이나, 실제로는 동생이 죽고 사는 것을 상세히 살펴 알고자 하지 않을 것입니다. 공주께서 또한 은혜로 편지를 보내 동생의 목숨을 잇게 하여 살아 있는 부처가 되고자 하실 뿐 아니라 하루아침에 어려움에 처한 것을 다시 영화로운 복으로써 구제하고자 하시는 것입니다. 일이 비록 곧고 바르지 못하나 만금을 써도 할 수 없는 일이거늘 어찌 부질없이 고집하십니까? 순순히 공주님의 명령을 따라 오늘이라도 동생을 문 밖 궁벽한 곳으로 옮기십시오."

장헌이 깊이 생각한 지 오랜 후에 말했다.

"어진 조카의 말도 일리가 있고 화경공주의 가르치신 덕과 은혜를 저버리는 것은 도리어 은혜를 알지 못하는 것이겠지. 부득이하게 죄지은 딸을 태운산으로 옮기면 범부마가 죽이라고 하신 명을 거역하는 것이 되니, 내가 어찌 불안하지 않겠느냐? 매사가 불행하고 두려울 뿐이니 자식을 살려두는 것이 죽여 없애는 것만 같지 못하구나. 어진 조카는 모름지기 우리 부부의 뜻을 말씀드려 공주께서 아시게 하고 내 딸을 설혹 거두고자 하시더라도 범공자의 정실은 외람되니 먼저 높은 가문의 요조숙녀를 취한 후 부실로 맞이하시는 것이 마땅하다고 말씀드려라."

교랑이 말했다.

"이는 구태여 겸손할 일이 아닙니다. 다시 생각해 보건대 감사할 일도 아닙니다. 외사촌이 동생의 음란하고 간사함을 벌써 아는데 털끝만큼도 허물하지 않고 죽고 사는 것을 함께하고자 할 뜻이 금석같이 굳으니, 이제 동생의 평생 근심과 즐거움이 외사촌에게 달렸습니다. 부모라도 동생의 앞길을 마음대로 못 하실 것이니, 공주님의 명을 따라 동생을 궁벽한 곳으로 옮기시고 공주께서 거두어 며느리 삼기를 기다리시면 됩니다. 조강지처로 취하기를 바라는데 장공께서 외람되다고 여겨 부실로 맞이하라고 하시는 것이 오히려 우스운 행동이 아닌가 싶습니다."

장헌 부부가 요사한 교랑의 간사한 흉계를 모르고 그 손바닥에서 놀아나 교랑을 더욱 귀중하게 여기며 믿었다. 그뿐만 아니라 본래 굳게 지키는 예와 도가 없었기에 교랑이 하는 말이 순리에 맞고 합당하다고 여겨 더욱 칭송하며 말마다 고개를 끄덕였다. 박씨는 교랑의 등을 두드리고 머리를 쓰다듬으며 어린아이와 같이 사랑해 마지않았다. 교랑이 다행스럽고 기쁘면서도 근심하는 낯빛을 지으며 성완을 위해 아끼고 슬퍼하는 척하자 장헌 부부가 그 또한 어질다고 여겼다. 이에 교랑이 화경공주에게 답신을 써서 장헌 부부가 뼈에 새길 정도로 은혜에 감격해하는 뜻을 전했다. 또 죄지은 딸을 죽일 뜻이 급했으나 은혜로운 가르침을 거역하지 못해 장성완을 태운산으로 옮기려고 한다는 것을 일일이 기록하여 해연에게 주어 돌려보냈다.

장헌이 오래도록 탄식하다가 박씨를 돌아보고 말했다.

"우리 부부가 딸을 사랑하는 정이 특별하여 제 나이 8, 9세 때부터 좋은 사위를 구했소. 황실 친척과 제후의 인척으로부터 명문가의 아들 둔 자까지 다투어 청혼하며 저마다 부부의 인연을 맺고자 바랐는데, 나의 허락을 얻지 못해 매우 딱하게 여기는 자가 셀 수 없을 정도였네. 그런데 한순간 그릇된 마음을 먹어 음란하고 천박한 죄인이 되었군요. 비록 화경공주가 덕을 베풀어 죽을 위기에 놓인 사람을 살려주어 목숨을 잇게 하고 또 범씨 가문에 의탁하기를 바라나, 구차하며 추함이 차라리 죽는 것보다 못하네. 나와 부인이 특별히 빼어난 것은 없으나 평생을 조심하고 살펴서 집안에 이런 변고가 미칠 줄은 생각도 못 했소. 또한 월아가 음란하고 난잡한 아이가 될 줄이야 꿈에서나 생각했겠습니까? 하물며 월아의 됨됨이를 생각할 때 예상치 못한 일입니다. 이름난 조나라 구슬이나 위혜왕의 구슬의 곱고 빛남도 미치지 못할 정도로 월아는 곱고 빼어나며 상서로운 아이였는데, 어째서 왕공자와 정을 주고받고 범공자를 사귀게 되었는가? 그 마음속을 헤아리지 못하겠소."

말을 마치고 두어 줄 눈물이 흘러내렸다. 장헌은 딸의 앞길이 걱정되어 슬퍼하는 한편, 딸을 팔아 부귀를 도모하고자 하던 일이 허사가 된 것이 뼈에 사무치게 원통했다. 박씨 또한 욕을 하며 딸이 지난날 정씨 가문과의 약속을 지킬 듯이 하고 그림을 임궁에 보냈던 것을 싫어했던 이유가 왕공자·범공자와 정을 주고받았기 때문이라고 하며 슬퍼하는 말이 끊이지 않았다. 날이 늦어 희린 형제가 깨어 일어나자 비로소 허튼 이야기를 그치고 어린 시비에게 따뜻한 죽을 가져다 먹이라고 시켰다. 그러나 희린 형제는 미죽을 먹지 않고 몸을 일으켜 응설각으로 향했다. 장헌 부부 또한 딸에게 화경공주의 크나큰 덕을 일컬으며 태운산으로 옮겨가야 한다는 말을 전하려고 함께 응설각으로 향했다.

장성완을 위로하는 연부인의 편지

장성완은 부모가 신의 없을 뿐 아니라 권세를 따르고 이익을 추구하고자 하는 마음이 가득함을 알았다. 또 그들의 성품이 본래 맑지 못하고 중용의 도와는 거리가 멀다는 것도 알고 있었다. 부모와 형제가 어진 것이 초년의 복 가운데 제일인데, 부모의 성정이 그러하니 어찌 장성완에게 복이 있고 즐거움이 있겠는가? 성완은 부모가 염치를 돌아보지 않고 부귀를 구하며 가난하고 천한 것을 원수보다 더 싫어하는 것을 볼 때마다 마음이 몹시 아프고 슬펐다. 간언을 드려도 달라지지 않고 어머니는 연신 연부인을 욕하며 자신의 말을 털끝만큼도 듣지 않으니, 요사이는 강경하게 간언하는 일이 없었다. 그러다가 춘홍 등이 알려주어 비로소 자신을 그린 그림이 임궁에 갔다는 것을 알고는 너무 놀라, 어이없고 기막힌 심정을 잠간 말했다. 그러나 아버지의 품성이 신의와 예법과는 거리가 있고 어머니의 채신없는 행동은 더욱 말할 것이 없으니, 성완은 슬프고 한심한 마음이 가득했다. 춘홍 등이 매우 애처롭고 불쌍히 여겨 장헌과 박부인이 정당으로 돌아간 후 장소저를 붙들어 편안히 쉬기를 청하며 오래도록 흐느끼다 말했다.

"재상집 외동딸로 부유하고 귀하게 자랐으되 우리 소저같이 많은 슬픔을 품은 이는 세상에 다시 있지 않을 것입니다. 이 구태여 주인 어르신과 마님의 자애가 부족하신 것은 아니나 시운이 없어 소저의 마음이 하루도 편안하지 않으신 것입니다. 저희가 못나서 근심을 풀 방법을 생각지 못하니, 옛사람이 말한 '주군이 근심하면 신하가 욕을 당한다'는 것이 어떤 것인지 알지 못하며 마음이 화평하고 근심 없는 사람처럼 있는 것이 스스로 부끄럽습니다."

장성완은 더는 다른 말을 듣고 싶지 않아 가을 물결같이 고운 눈길

을 잠시 들어 두 시비를 보고는 묵묵히 이불로 나아갔다. 두 시비가
너무나 조심스러워 다시 말을 하지 못했다. 성완은 이날부터 기운이
더욱 평안하지 못해 병세가 심해졌는데, 부모에게 걱정을 더 끼칠까
봐 알리지 않았다. 아버지가 돌아오신 후에는 아침저녁으로 문안을
드리지 못하는 것을 울적해하나 능히 거동을 마음대로 하지 못했다.
다음 날 마침 성완이 유모에게 의지하여 화장실에 간 사이에 박씨가
와서 성완의 친필 편지를 가지고 갔다. 추연이 의아하게 생각했지만
감히 물어보지 못하고 또 감히 빼앗지 못해 자줏빛 옷소매를 가지런
히 마주하고 고개를 숙이고 있을 뿐이었다. 유모 설란이 춘홍과 함께
장소저를 모시고 돌아왔는데, 방 가운데 화장대 위에 있던 상자가 어
지럽게 흩어져 짝짝이 굴러다니는 것을 보고 그 까닭을 물어보았다.
추연이 사실대로 대답하니 설란이 장소저를 이불에 편히 눕힌 후 화
장대와 상자를 거두어 정돈했다. 이때 남달리 신묘한 장성완도 꺼림
칙하여 추연에게 물어보았다.

"어머니가 책을 가지고 가셨느냐?"

추연이 한 권을 가지고 가셨다고 말씀드리자 성완이 매우 이상하
게 여겼으나 구태여 낯빛에 드러내지 않고 아무 말도 하지 않았다.
어린 시비들이 좌우로 모시고 있고, 유모는 노모의 병이 위중하여 이
곳에 계속 있지 못하고 때때로 들어와 장성완에게 문안을 한 후 행랑
으로 물러갔다. 장성완이 어지러운 가운데 근심이 많아 처량하고 슬
프게 고운 양쪽 눈썹을 찡그리며 묵묵히 말이 없으나 병이 가볍지 않
아 온 사지와 뼈가 부서지는 듯했다. 지초와 난초같이 약한 기질로
병을 이기지 못하는 모습은 차마 보지 못할 정도였다. 춘홍 등이 너

무나 애가 탔으나 장성완이 부모님의 근심을 더하게 하지 말라고 했으므로 감히 이 정도임을 말씀드리지 못했다. 장헌과 박씨가 다시 와서 성완을 보는 일이 없으니, 성완이 어린아이로서 병을 앓아 아버지에게 응석 부리고 어머니에게 안겨 아양을 떨고자 하는 것이 아니라, 아버지가 기강으로부터 돌아오신 후에 자신의 병이 더 심해져 아침저녁 문안을 드리지 못하고 은혜로운 자애를 받들지 못하는 것을 울적해하고 답답해했다.

이때 문득 남주로부터 연부인의 사내종이 와서 유모 설란에게 연부인의 편지를 전하며 장소저에게 드리라 했다. 설란이 기뻐하며 즉시 편지를 가지고 응설각에 들어가 편지를 전했다. 성완이 바야흐로 마음이 근심스럽고 조급하여 더할 수 없는 슬픔을 참지 못하고 있을 때 연부인의 편지를 받은 것이다. 주옥같은 필획이 종이 위에 구슬같은 문장을 이루었으니, 고고하고 담담한 기상과 위의를 다시 뵙기를 바라다가 슬하의 자애를 받은 듯 반가운 눈물이 거침없이 흘러 옷과 이불을 적셨다. 이에 봉한 것을 열어보니 편지에 다음과 같이 쓰여 있었다.

남과 북이 사이가 떨어져 있고 안부가 끊어지니 춥고 더운 것의 변화가 세 번 지나 새로운 봄이 되었구나. 부모를 모시는 사이에 약질은 별 탈이 없느냐? 아침저녁으로 그립고 걱정되어 너의 목소리와 얼굴이 귓가와 눈앞에 맴돈다. 어미의 정이 구구한 것이 새벽녘까지 그치지 않고 희미한 달과 같이 온 마음이 녹아들어 노을 지는 하늘과 밤비에 오장육부가 베어지는 듯하구나. 대나무숲의 까마귀가 새끼와 장난치는 것을 차마 보지 못하고 오동나무의 새알이 제비의 자애로운 보살핌을 받는 소리를 듣기 어려우니, 어찌 오직 딸을 생각할 뿐이겠느냐? 잃어버린 아이의 나이를 헤아려보니 아마 16세는 지났을 것이다. 관례를 올리고 부인을 맞이할 나이인데, 생사와 거처를 아득히 알지 못하니 이 비참함과 슬픔이 어찌 자식을 앞세운 이가 슬픔으로 눈이 머는 것과 다르겠느냐? 그러나 한 치의 풀과 같은 자식의 마음으로 봄날의 햇볕 같은 어머니의 사랑에 보답하기 어려우니, 홀로 계신 어머니를 돌이켜 생각하면 햇볕이 그윽이 내리쬐는 슬픔을 어찌할 수가 없구나. 삼년상을 마치는 때가 머지않았으니, 낳아주고 길러주신 부모의 은혜를 차마 저버리지 못하고 또한 부모상을 당한 슬픔이 지나쳐 목숨을 잃어서는 안 된다는 성현의 경계심을 생각하여 스스로 목숨을 보전하니, 그 한스러우며 효성스럽지 못하고 자애롭지 못하며 모진 사람이 세상에 나와 같은 이가 있겠느냐? 네가 편지에 순순히 나보고 죽지 말라고 당부한 것을 보고 내가 오히려 부끄러워했다. 이제 다시 네가 나에게 했던 말을 너에게 보내 함부로 목숨을 던지는 일이 없기를 바란다. 너는 어질고 효성스러우며 도량이 커 세속의 어린 여자와 같이 어리석거나 못나지 않은 것을 깊이 믿지만 도리어 나이가 어려 오직 예를 지키는 것을 크게 여기고 임시방편이 있는 것을 생각하지 못해 목숨을 버리는 것을 으뜸으로 여기고 죽기에 이르러도 거역하지 않는 것을 올바르다고 여길까 봐 계속 염려되는구나. 비록 일이 위급하다는 것을 듣지는 못했지만 조카가 전하는 말을 들으니 상공이 돌아오실 때가 아닌데 돌아왔다는 소식이 놀랍구

나. 이미 소문이 아름답지 않아 네가 반드시 한스럽고 절통한 상황에 이르러도 여러 사람들이 모인 곳에서 상공으로 하여금 네가 약속을 저버리고 은혜를 저버린 사람이 되지 않게 하도록 할 것이니, 오래도록 헤아리고 널리 생각해 보거라.

자식의 백 가지 행실은 이른바 효성에서 비롯된다. 효로써 말미암아 충성을 완전하게 하지 못하는 것은 과실이 아니고 여자가 아버지의 명을 따라서 작고 굳은 약속을 저버리는 것 또한 허물이 아니다. 하물며 이는 저버림이 군자에게 있으니 차마 어쩌지 못할 일이다. 비록 그렇지만 효자는 평소에 매우 조심스럽게 살얼음을 걷는 것처럼 하고 한가함 속에 나아간 것과 같이 하여 한 걸음을 옮길 때도 부모를 잊지 않은 듯이 하고 효를 잊지 않은 것과 같이 하니, 증자가 죽음을 앞두고서야 제자들에게 자신의 발과 손을 보라고 하며 이제부터는 이와 같은 것을 면하게 되었다고 한 것을 저버리지 말아 어버이가 주신 몸을 함부로 상하게 하지 않아야 한다. 네가 어려서부터 고서를 두루 보아 식견이 막히지 않았을 것이니 어찌 이를 모르겠느냐? 효를 힘쓰는 자는 오직 열의와 부모의 뜻을 받드는 것이 큰 것이요 그 뜻을 받들지 않는 것은 족히 불효라고 할 것이다. 그런데 그와 같은 큰 불의와 패덕인즉 본래는 세 번 간언을 드려 듣지 않으면 마지못해 따를 바이나 틀림없이 다르게 행동할 것이면서도 그 명령처럼 행동하겠다고 하는 것은 열의이며, 순종하는 도리를 어기는 것은 없을 것이다. 만일 목숨을 끊어 버리고자 한다면 더러운 소문이 부모에게 더해질 것이니, 이는 살아서 욕되며 후세에 더러운 이름을 남기는 일이다. 받들지 못할 일이라고 거역하며 차라리 죽음으로써 그 명을 어기는 자는 그 불효를 더욱 말할 것이 없을 것이다. 여태자가 무고 때문에 부득이하게 죽음에 이르렀다고 하는 것을 내가 진실로 이상하게 여기는데, 대장부가 자신의 책임을 어찌 그렇게 쉽사리 정하겠느냐? 이해를 널리 하면 머리를 풀어 헤쳐 실성한 사람같이 하며 옻칠을 해 나병환자처럼 해도 아홉 번 사는 길을 얻게 될 것이니, 어찌 부득이하게 죽어 아버지의 실덕을 더하고 자살하여 한을 끼치겠느냐? 또 신생처럼 부질없이 따라 죽는 것은 작은 효이니 가히 의논할 것이 있겠느냐? 순임금이 부모의 명을 따르지 않고 액운을 피하고 부모의 허락을 구하지 않고 혼인을 한 것도 이와 같이 하신 것이다. 요가 곤에게 홍수를 다스리라 했으나 성공하지 못했고 곤의 아들 우가 그 공을 세우니, 부형이 있다면 자식과 아우 된 자가 어찌 부끄러워 죽을 수가 있겠느냐?

내 본래 나이 들어 정신이 흐릿하고 마음이 어수선하여 긴 이야기와 많은 생각을 편지에 다 기록하지 못하는 것은 네가 밝게 알 것이다. 많은 회포를 다 이야기하지 못하니, 모름지기 너는 효와 절을 온전히 하여 부모에게 더러운 이름을 끼치지 말고 내가 천 리 밖에서 바라는 정을 끊지 마라.

(책임번역 최수현)

완월회맹연 권23

장성완의 자해

장성완이 얼굴을 찢어 절개를 지키고
정인광이 여장한 채 장성완을 구호하다

누명을 쓴 장성완

장성완이 연부인의 편지를 받들어 본 후 너무나 가슴이 아프고 답답했지만 가만히 마음을 다잡아, 비록 환란에 싸였으나 예의와 법도를 무너트리지 않으려 했다. 백희가 부녀의 법도를 지키기 위해 화염 속에서 타 죽은 것을 옳게 여겨 태산같이 소중한 목숨을 기러기 털처럼 가벼이 여겨 버리려고 했으니 죽고 사는 것을 근심하지 않았다. 다만 진실로 한스럽고 부끄러운 것은 부모의 과실이었다. 연부인이 편지에서 자기 뜻을 거울처럼 비추어 여러 가지 방법으로 장성완이 살기를 당부했는데, 마치 연부인이 곁에서 예의와 법도를 가르치는 말을 듣는 듯 너무도 반갑고 감사했다. 그런데 성완은 부모에게 자식 잃은 슬픔을 끼치는 데 더해 부모의 부끄러운 허물이 알려지는 것이 자신이 죽은 후 더 심해질 것은 생각하지 못했다. 다만 아버지께 대의로써 간해도 효험을 보지 못하고 피눈물을 흘리며 간해도 감동하지 않았으니, 차라리 궁궐 땅을 밟지 말고 한번 흔쾌히 죽어서 아버지의 신뢰와 의리를 지키고 자신의 곧고 굳은 뜻을 밝히리라 결심한 것이다. 그러니 죽는 것을 가야 할 곳으로 돌아가는 것처럼 여길 뿐이었다.

그러나 연부인이 편지에서 가르친 내용을 읽고 죽는 것이 큰 불효이며 부모가 쌓은 덕을 욕되게 한다는 것을 깨달았다. 이에 천 번 참담하고 만 번 끔찍한 재액이 온다고 해도 가볍게 목숨을 끊을 뜻이 없어졌다. 전날 죽겠다고 굳게 결심했으나 도리어 뉘우치고는 기러기 털 같은 목숨을 태산처럼 여겼다. 그러나 이럴수록 정조와 열절을 지키겠다는 뜻은 꿈에서도 잊지 않아서 다른 곳에 혼처를 논의하는 길을 영영 막을 뜻이 커져갔다. 이렇듯 연부인의 밝은 가르침을 온전히 받들지 못할까 전전긍긍할 뿐만 아니라 하늘로부터 타고난 아름다운 바탕과 성스러운 행동거지는 경강과 백희를 더한 것 같았다. 또 그 성품과 자질이 강직하고 곧고 맑고 깨끗했다.

장성완은 아버지 장헌이 미덥지 못하고 의롭지 못한 것과 은혜를 배반하고 잊어버리는 것을 매우 좋지 않게 여겨 설사 스스로 몸에 형벌을 주고 낯가죽을 벗길지언정 아버지의 명을 따라 부귀를 탐하고 열절을 무너트리는 더러운 여자가 되지 않으려고 했다. 붓과 연적을 내와 연부인께 회답하는 편지를 쓴 후 연부인의 옷을 봄가을에 한 번씩은 보내 자식 된 도리를 만분의 일이라도 펴고자 하여 이미 모든 준비를 마치고 답장을 보낼 인편을 기다린 지 오래였다. 옥함에 편지를 담아 심부름꾼에게 길 갈 양식을 주어 돌려보냈는데, 편지에는 효성스럽고 삼가 공경하는 태도와 연부인을 위하는 지극한 정성이 사무쳤다. 비록 모녀 사이의 거리가 멀고 멀어도 글이 얼굴을 옮기고 말이 소리를 전해 서로 곁에서 마주하는 것 같았다. 친모녀 사이도 아닌데 어찌 이 같을 수 있겠는가?

장성완이 죽을 마음을 끊고 살 마음을 내었지만 병세가 가볍지 않아 음식을 삼키지 못하고 오한을 느껴 쉽게 회복하지 못할까 걱정했다. 어느 날 밤에는 아픔이 심해져 희린·세린 두 동생이 와서 머리를 짚어 손이 닿으니 자연스럽게 오누이의 혈맥이 통했다. 장성완 또한 동생들의 손을 잡고 그들이 아직 철이 들지 않았으나 오히려 동기를 위할 줄 아는 것을 사랑스럽고 귀엽게 여겨 아들이 부모를 사랑하고 웃어른을 공경하는 도를 말하려고 했다. 그러나 기운이 편치 못하고 심신이 괴로워 말을 하지 못하고 고요히 누웠으나 쉽사리 전정되지 않았다.

문득 마당으로부터 도적들이 외치는 소리가 나며 크게 지껄이는 말이 들리더니 곧 설란이 매우 놀란 얼굴로 급히 들어왔다. 낯빛이 파랗게 질리고 목이 메어서 말을 잘 못 하다가 장공이 통곡하고 있다고 아뢰었다. 희린 형제가 매우 놀라 즉시 외헌으로 나아가고 성완 역시 몹시 의아해했다. 성완은 참혹한 누명과 변고가 닥쳤다고 말하는 것이 부질없어 아버지가 왜 통곡했는지를 묻지 않았으나 춘홍 등이 너무나 놀라 그 까닭을 물었다. 이에 설란이 손을 들어 가슴을 치니 그 소리가 돌로 찧는 듯했고, 말을 하려고 하니 분노가 뼈에 사무쳐 입술을 깨물어 피를 흘리면서도 아픈 줄을 몰랐다. 피눈물이 앞을 가리며 원망과 분노가 하늘을 찌르니, 춘홍 등이 더욱 놀라서 다시금 그 이유를 물었다. 설란이 피눈물을 닦으며 말했다.

"너희는 주인님의 몸에 참혹한 누명과 흉악한 재앙이 미쳤음을 알지 못하니 내가 이러는 것을 괴이하게 여길 것이다. 그러나 잠깐 나아가 장공과 박부인의 말씀을 들어보아라. 비록 내가 임금이 욕을 당했을 때 신하가 목숨으로써 그 분함을 갚고자 하는 것을 본받지는 못하지만 진실로 살고 싶은 마음이 없구나."

춘홍 등이 들은 후에 놀라고 당황하여 빨리 밖으로 나가서 대강을 들어서 알게 되었다. 그런데 놀라운 것은 둘째 치고 오히려 원통하고 분해서 가슴이 막혔다. 즉시 응설각으로 돌아와 설란을 붙들고 슬피 울기를 마지않았다. 시비 추연이 말했다.

"우리 소저가 당당한 절개와 뛰어난 성품을 지녔음에도 왕후관·범경화 두 사람으로 인해 욕된 소문을 얻게 되었으니, 이는 천만년 이래에 다시 없을 원통한 일입니다. 우리가 비록 임금이 욕을 당했을 때 목숨을 바치는 신하를 본받지는 못하지만 티 없이 맑은 얼음과 흠 없는 백옥 같은 소저께서 참담한 누명과 흉측한 재앙에 빠지는 것은 차마 보지 못하겠습니다. 왕후관·범경화 두 도적을 잡아 대궐의 북을 울려 우리 주인님의 지극한 원통함을 씻을 수 있다면 두려운 황제의 위엄 앞에 나아갈지라도 즐거운 웃음을 머금을 수 있을 것입니다. 이것이 그냥 참고 견딜 수 있는 일이겠습니까?"

설란이 추연의 입을 막으며 말했다.

"이제 흉악한 자들이 해괴하고 사리에 어긋나는 말을 하여 참담한 욕설이 장소저에게 돌아갈 것을 생각하니 뼈마디가 부서질 듯 원통하다. 하지만 어찌 그런 말을 함부로 하느냐? 신문고를 울려 대궐에 알리는 것을 네가 말하지 않더라도 나 역시 내일이라도 궁궐에서 진상을 고할 뜻이 불같다. 하지만 장헌 어르신과 박부인께서 장소저의 지극한 원통함을 모르시고 왕후관과 범경화의 엄한 기세가 산악 같으니 괜히 호랑이의 수염을 건드렸다가 누추한 욕설과 참혹한 재앙이 더해질까 두려울 뿐이다. 그렇게 된다면 한 조각의 유익함도 없을 것이니, 나는 그저 일이 되어가는 형세를 보아 소저와 생사를 함께할 것이다. 달이 차면 이지러지고 추위가 극에 달하면 더워질 것이니, 장소저의 참혹한 누명과 흉악한 소문도 벗으실 날이 있을 것이다. 하늘이 죽이지 않으시고 사람이 해하려 하지 않는다면 목숨을 보전하는 것을 으뜸으로 삼는 것이 옳을까 한다.”

말이 끝난 후 원통함을 서리담고 분한 마음을 억눌러 흐르는 눈물을 거두고 기운을 떨쳐 장성완의 침상으로 가서 작은 소리로 말했다.

“저와 춘홍 등이 주책없고 망령되어 한순간의 분통함을 참지 못하고 괴이한 말씀을 많이 드렸습니다. 존귀한 안전에서 조심하며 삼가지 못했으니, 소저의 마음을 어지럽힌 죄를 달게 받겠습니다. 오늘날 소저께서 당하신 변고가 매우 해롭고 놀라우며 흔치 않은 일이나 맑은 얼음과 깨끗한 옥 같으신 소저께서 무슨 욕됨이 있겠습니까? 바라건대 너그럽게 생각하시고 심히 놀라지 마십시오.”

장성완이 유모와 두 몸종이 나누던 말을 듣고 사악한 무리의 욕된 변고가 자신에게 미쳤음을 알게 되니, 흉악하고 참혹하여 모골이 송연했다. 더럽고 추악하기가 입속에 똥물을 머금은 듯하고, 몸이 깊은 수렁에 빠지고 벌레와 도롱뇽이 들끓는 늪에 빠진 듯했다. 허유를 좇아 영천수에서 목욕하고 백이와 숙제를 좇아 수양산에서 굶어 죽는다고 한들 어찌 이런 더러운 재앙을 씻을 길이 있겠는가? 장성완은 평생 예의를 숭상하여 다섯 살부터 촛불이 없이는 자신의 방을 벗어나거나 층계 앞의 뜰을 밟지 않았고 중문을 엿보지 않았으며 모든 행동이 일상의 법도를 어기지 않았다. 그런데 오늘 같은 일을 당해서는 마치 기생의 행실과 같아졌으니, 고고한 절개와 깨끗한 행동거지를 내세울 곳이 없었다. 다만 자신의 맑은 절개가 하늘과 신령들에게 부끄럽지 않았기 때문에 비록 살아서 참담한 누명과 흉한 소문에 대해 다 아뢰지 못하고 죽어 원한을 품은 참혹한 주검이 되더라도 절개를 잃은 여자가 되지 않으려고 했다. 그러면서도 연부인의 서신에서 한마디 한마디마다 걱정하시는 것이 지극한 것을 조용히 헤아려 '지금 죽으면 부모에게 더러운 이름을 남기는 해로움이 더하다'는 것을 깨달았으니, 살 뜻을 굳게 정하고 변고와 환란에 요동하지 않으려고 했다. 그러나 적들이 악착같고 끔찍해서 저절로 백 개의 검으로 온몸 구석구석을 쑤시는 듯했으니, 차마 말을 하지 못하고 비단 이불로 얼굴과 몸을 가리며 더욱 단단히 꽁꽁 싸맸다. 유모 설란이 황급하고 두렵고 슬픈 마음에 소리를 내어 물었다.

"소저는 어찌 더러운 누명의 잔혹함을 참지 못하셔서 천금 같은 몸을 한순간에 버리고자 하십니까? 한번 결단하여 세상을 버리면 향기로운 넋이 옥경에 돌아가 시시비비와 욕된 소리가 스며든 육신을 벗어 인간 세상의 괴로운 난리를 모르게 되어 즐겁고 상쾌해진다고 할 수 있겠습니다. 그러나 장헌 어르신과 박부인께 자식을 떠나보낸 슬픔을 남기는 불효와 남주에 있는 연부인께서 자식을 사랑하는 마음을 저버리는 못나고 어리석은 죄는 어떻게 갚고자 하십니까?"

장성완이 얼굴을 가린 비단 이불을 내리지 않은 채로 답했다.

"하늘이 죽이지 않으시고 부모님께서 죽으라고 하지 않으시면 참혹한 누명과 흉한 재앙이 미친다고 하더라도 구태여 목숨을 끊으려고 하지 않을 것이다. 유모는 모름지기 어지러움을 더하지 말고 춘홍이도 잠잠히 일이 어떻게 되어가는지를 보라."

말을 끝낸 후 벽을 향하고 누워 눈물을 흘리며 밤이 다 가고 날이 밝도록 움직임이 없었다.

자신의 얼굴을 칼로 찢은 장성완

설란과 춘홍은 장성완 옆에 엎드려 원망스럽고 분한 눈물을 하염없이 흘리며 말을 잇지 못했다. 이때 장희린과 장세린 두 공자가 먼저 들어오고 장헌과 박씨가 뒤미처 들어오니 설란 등이 황급히 일어났다. 성완은 아버지와 어머니가 왔다는 것을 모르지 않았기에 거만하게 누워 있는 것이 불안할 뿐 아니라 이미 뜻을 결단하여 스스로 얼굴을 상하게 해 꽃 같은 얼굴과 구름 같은 귀밑머리를 박색의 누추한 얼굴로 만들려고 했으므로 자신의 얼굴을 마지막으로 부모에게 보이려고 비단 이불을 밀치고 일어나서 편안한 마음으로 맞았다. 수척한 병든 몸에 슬픔과 원망과 근심이 어렸다. 아름다운 눈썹을 찌푸리고 별처럼 빛나는 눈동자에 충격과 놀라움이 깃들었으나 온갖 태도에 어여쁨이 터져나오니, 그 꾸미지 않은 거동이 옛날보다 훨씬 아름다웠고 병든 모습이 몸이 성했을 때보다 훨씬 어여뻤다. 자연스러운 위엄과 신비로운 모습이 바르고 비범하여 얼굴에 이른바 속세의 인연이 없었다. 그러니 그 뜻이 세상을 벗어나 매우 깨끗하다는 것을 그 변한 모습만 보아도 알 수 있을 정도였다. 그런데 장헌은 사리에 밝지 않고 무지했으며 박씨 역시 어둡고 식견이 없었기 때문에, 두 눈이 병들지 않았건만 그 자식을 눈뜬장님보다도 더 알아보지 못했다. 이 같은 외모와 기질을 보면서도 성완이 원통하고 억울하게 죄에 연루되는 것을 슬퍼하지 않고 다만 일이 계획했던 것과 달라졌다는 것에만 절절히 치를 떨었다. 이러니 어찌 성완의 죄를 들추는 것을 대강 하겠는가?

장헌이 먼저 왕후관과 범경화가 하던 말을 전하려고 하는데 박씨가 문득 손뼉을 치고 발을 탕탕 구르며 허다한 음란하고 참담하고 천한 말들을 쉴 새 없이 지껄였다. 그러는 사이사이에 눈을 부릅떠 때때로 이를 갈고 칼을 들어 창문을 두드리며 음란하고 악독한 남녀를 부스러트려 백골도 남기지 않겠다고 했다. 그러나 화경공주가 여차여차 말했던 황실의 명령을 거역하지 못해서 이제 성완을 태운산으로 옮겨 살길을 찾게 하고 나중에 앞날을 도모한다는 것을 떠들썩하고 두서없이 말했다. 성완이 그 흉악하고 어지러운 말을 차마 듣지 못해 섬섬옥수를 들어 귀를 가리며 스스로 머리를 짓찧으니, 피가 뿜어져 나올 뿐 아니라 말을 하고자 하나 소리가 막혀 차마 말을 하지 못했다. 눈물이 흘러 보옥 같은 얼굴을 가리니, 옥 같은 간장은 때때로 사그라들고 난초 같은 마음은 시시각각 재가 되어 사라져 버릴 것 같았다. 성완이 피눈물을 흘리며 두 번 절하고 말했다.

"못난 딸의 전생 죄악이 너무 무거워 황제 폐하의 노여움을 받아 이렇게 흉하고 참담한 변고를 당했습니다. 어찌 잠시라도 지체하여 집안에 욕된 이름을 머물게 하고 부모님께 불효를 더하겠습니까? 하지만 저는 행여라도 다른 이와 정을 통한 일이 없습니다. 참담한 누명과 흉악한 재앙을 무릅썼으나 부끄러운 마음은 조금도 없습니다. 지금 제 입으로 진실을 밝히지는 못하겠으나 훗날 혹시라도 창피하고 억울한 일을 씻어버릴 수 있지 않을까 바라는 마음이 없지는 않습니다. 저는 남은 목숨을 버리지 않고 잠깐 이 세상에 머물러 더러운 누명을 벗은 후에 한번 죽어 깨끗한 귀신이 될 것입니다. 바라건대 아버지와 어머니께서는 흉악한 인간의 음란하고 참담하고 천한 말을 다시 이르지 마시고 '예가 아니면 보지도 말고 예가 아니면 말하지도 말며 예가 아니면 듣지도 말라'는 말을 생각하십시오."

말을 다 끝낸 후 기운이 끊어질 듯했다. 비참한 심정과 원망과 분노가 천지에 이를 정도였으나 부모가 밝지 않고 자애롭지 않은 것을 조금도 원망하지 않았다. 성스럽고 특출난 효성과 예도에 맞는 태도가 볼수록 기이하고 대할수록 비상했다. 그 찡그리는 태도가 간절했지만 복이 없지 않았으며 우는 모양이 가슴에 사무칠지언정 경박하지 않았다. 또한 빛나고 고움이 남달라 천지 사이에 견줄 만한 사람이 없었다. 장헌과 박씨는 요사스러운 약을 먹고 마음이 변해 자애를 알지 못했으나 그 마음이 쇠나 돌은 아니어서 인정이 남아 있었다. 장헌이 하염없이 두어 줄 눈물을 떨어트리며 말했다.

"아프고 아프다. 안타깝다, 월아야! 이처럼 음란하고 천박한 행동을 누가 시켰기에 네가 범하게 되었느냐? 생각할수록 애달프고 한스러워 살을 찌르며 뼈를 짓찧는 듯하구나. 부모의 정이 어찌 자식에게 데면데면하겠느냐? 왕후관과 정을 통했다고 해도 범경화는 돌아보지 않거나 범경화와 정을 통했더라도 왕후관을 처음부터 물리쳤다면 절개를 잃은 더러움이라도 없었을 것이다. 네가 오늘 일을 그르치고 부모 모르게 음란하고 천한 행실을 했으니 누구를 탓하고 무엇을 원망할 수 있겠느냐? 다행히 화경공주께서 태산 같은 은혜와 하해 같은 덕으로 마땅히 사형을 당할 죄를 사해주시고 너의 앞길을 조금이나마 구원코자 하신다. 우리 부부는 그저 공주의 명을 따라서 저 집에서 너를 거두는 것을 기다릴 것이니, 그나마 불행 중 다행이라고 할 수 있겠다. 그러나 모든 구차함과 욕됨을 생각하니 하늘 위의 신선이 변해 땅 아래의 귀신이 되고 용이 바뀌어 도마뱀붙이가 된 것 같구나. 가문의 욕됨과 자식을 잘못 낳은 부끄러움은 오히려 둘째가는 일이며 오히려 너의 일생이 빛나지 않는 것이 슬프구나."

장헌이 말을 마치고 크게 슬퍼했다. 성완은 부모가 입을 열 때마다 참담하고 천한 말을 그치지 않고 자신의 맑음을 업신여기며 백옥 같은 절조와 열행을 꿈속에서도 생각하지 못하는 것을 보니, 말해 봐야 무익하다고 생각되었다. 또 부모가 음흉하고 교활한 화경공주의 권세를 두려워하며 명령을 순순히 좇아 자신을 태운산 고택으로 옮기려고 한다는 것이 매우 분하고 한탄스러웠다. 그러나 범경화에게 한을 갚을 길이 없고 부모의 심사를 여러 가지로 어지럽게 하여 슬픔을 더하는 것이 불효인 것을 깨달아 다시 말하지 않고 그저 엎드려서 목이 메도록 슬피 울 뿐이었다. 희린과 세린이 좌우로 누나를 붙들어 부모가 자식을 모르는 것을 원망하며 변고를 슬퍼하여 같이 울기를 그치지 않았다. 이에 성완이 사람의 일이 순조롭지 못하고 괴이한 것을 한심하게 생각하여 두어 말로 부모를 공경하고 따르는 도리를 말하며 자식 된 도리에 이 같은 일이 있을 수 없음을 알게 했다. 건방진 아이들의 호기가 하늘을 찔러 부모의 말도 잘 듣지 않으나 성완의 두어 마디 말에 오히려 잠깐 얽매여서 공손하지 않은 말을 그쳤으며 진심에서 우러나온 정으로 누나의 누명을 원통해하며 눈물을 그치지 않았다. 장헌이 시름겹고 비참한 광경을 보지 않으려고 자리에서 일어나며 말했다.

"범단 도위가 여차여차하여 너를 죽이라고 했으나 화경공주의 명령을 거스르지 못하겠고 또 피붙이를 해치는 것이 고금에 있지 않은 큰 난리이니, 네 구차한 행동거지를 차마 돌아보지 못해 내가 너를 데리고 친히 태운산으로 갈 것이다. 일을 삼가 은밀하게 못 한다면 범단 도위가 알게 되어 내가 큰 화를 받을 것이니, 모든 일에 조심하는 것을 으뜸으로 삼아야 한다. 가마를 차려 대로변으로 눈에 띄게 갈 수는 없을 것이니, 너는 아침을 먹은 뒤에 큰 옷장 위층에 들어앉고 춘홍 등은 아래층에 들어앉거라. 누가 봐도 옷장으로 보이게 하면 사람이 든 것을 모를 것이다. 우리 집 종놈도 자세히 모르게끔 옷장을 수레에 싣고 문을 나설 것이니, 너는 내가 말하는 대로 하거라."

장성완이 자신의 누명이 흉하고 슬픈 데다가 아버지가 하는 말이 모두 한심하고 해괴하며 범씨 가문을 하늘의 신령보다 두려워하는 것을 보니, 말로 다투어도 유익함이 없고 요란함만 더하겠다고 생각했다. 이에 고개를 숙여 명을 들을 뿐이었으며 말을 하지 않았다. 박씨가 이에 또 혀를 차고 일어나며 말했다.

"제 아비의 딸로 태어나서 어찌 음란하고 방탕하며 조심하지 못했느냐? 진실로 괴이한 일이구나. 외가의 고고하고 담백하며 순박하고 뛰어난 성품을 닮지 못하더라도 아버지를 조금이라도 닮았다면 조심하는 품새가 있었을 것이다. 상공은 남자라도 연씨 하나만 두었을 뿐 다른 사람들에게는 정을 주지 않았으며 내 앞에서 일찍이 여색 비슷한 말도 하지 않았다. 오늘날의 일은 우리 집안이 망할 징조인가? 딸하나를 두었는데 어디서 이렇게 음란하고 천하고 극악한 것이 태어났는가? 내가 스스로 낳았음을 실감하지 못하겠으니, 너 같은 아이를 생각하면 그렇게 덕 있는 태사가 어떻게 관숙과 채숙 같은 패륜아들을 낳는지를 알겠다."

말이 끝난 후 비단치마를 떨치고 화려한 소맷자락을 휘날리며 정당으로 들어갔다. 성완이 부모의 도적 같은 거동을 보니, 달변가였던 장의와 소진에게 말솜씨를 빌리고 장량과 진평에게 지혜를 묻는다 해도 부모가 한순간에 깨닫게 하지는 못할 것이라 생각했다. 또 부모의 눈빛이 허황되어 생기를 잃고 행동거지가 괴이하며 하나의 주된 정신이 없고 완전히 뜬 기운과 잡스러운 의사밖에 없음을 보니 놀라움이 가득해서 이렇게 생각했다.

'어머니는 원래 심정이 남들보다 밝지 못해 가볍고 방탕했지만 아버지는 평생 사람을 두려워하여 소견을 나타내지 않으시면서도 총명한 마음과 정기는 부족하지 않으셨는데, 어떻게 하루아침에 맑은 눈빛을 잃어버리셨는가? 혹시 어떤 무뢰배가 도깨비의 술수를 써서 우리 부모님을 더욱 어리석고 매사를 살피지 못하시도록 만든 것일까?'

의심이 여기에 미치니 박교랑의 외가가 범씨 가문인 것을 생각하여 간계를 획책한 것이 그녀가 한 짓임을 밝게 알아차렸다. 그러나 조금이라도 입에 올리지 않았으며 더욱 바삐 자신의 얼굴을 훼손해서 흉악한 자가 자신을 바라지 않게 하고 부모가 자신을 가지고 다시 혼사를 의논할 마음이 없게 하려고 했다. 이는 천만번 생각한 끝에 어쩔 수 없이 행하는 것이지만 효녀가 부모가 주신 몸을 아끼는 뜻이 어찌 옛날 군자보다 못하겠는가? 스스로 번민하며 답답함을 이기지 못하면서도 그칠 수가 없었다. 천천히 비단 이불을 쓰고 침상에 누워 희린·세린 두 공자를 돌아보며 말했다.

"내가 정신이 어두워 너희들이 내 옆에서 말하는 것을 들으니 어지럽구나. 잠깐 어머니 계신 곳에 가 아침을 먹은 뒤에 다시 오려무나."

끝없이 비통하고 서글픈 심정으로 겨우 이르는 누나의 말을 두 공자가 어떻게 거스를 수 있겠는가? 즉시 몸을 일으켜 어머니의 처소로 갔다.

설란과 춘홍 등이 장헌과 박부인의 말을 들을수록 분노와 원망이 하늘을 찔러, 소저의 떳떳한 행동과 늠름한 절조는 하늘과 귀신들이 꾸짖는다고 해도 조금도 부끄러울 것이 없다고 일컬으며 아침저녁으로 피눈물로 흐느꼈다. 그 하염없이 흘리는 눈물에 슬픈 한숨이 바람을 이룰 지경이었지만 장성완이 급히 자결할 낌새가 없는 것을 의아해하며 곁에서 그녀를 모실 뿐이었다. 장성완은 이불을 뒤집어쓰고 벽을 향해 누워 눈물을 흘리고 있었다. 설란이 세 번 부르면 세 번 모두 대답했는데, 옥 같은 목소리가 또렷하고 아름다우면서도 맑았다. 설란과 춘홍 등은 장성완의 뜻이 어떤 것인지 알지 못해 더욱 초조했다. 그런데 장성완이 고요히 누워 낯가죽을 벗기며 귀를 베기까지 하는 줄은 어찌 꿈속에서라도 생각했겠는가? 성완은 한참이 지나도록 이불을 벗지 않고 움직임이 고요했다. 그런데 홀연히 처량하게 한번 우는 소리를 하며 몸을 솟구쳐 놀란 듯한 후에는 설란이 열 번을 불러도 대답이 없었다. 춘홍이 슬프게 울며 달려 들어와 이불을 들추며 말했다.

"무슨 일이 생긴 게 분명합니다."

설란 또한 경황없이 이불을 열어보니 장성완의 얼굴이 피로 물들고 그 형태를 알아볼 수 없었다. 신령스러운 눈썹으로부터 나온 선명한 기질이 온몸을 둘러서 만고의 미인들과 비교해 봐도 다시없을 아름다운 미모, 가을 하늘 휘영청한 은빛 달처럼 만 리를 비추던 눈동자, 온 누리를 찬란히 비추는 붉은 해처럼 만물이 빛을 잃게 만드는 신선의 풍모는 물론 옥 같은 골격이 영영 사라졌으니, 마치 이승과 저승을 사이에 둔 것처럼 다시 볼 길이 없어졌다. 다만 붉은 피가 비단 이불과 침상 위에 흘러서 한 조각 붉은 고깃덩이에 옷을 입혀 눕혀둔 것 같았다.

장성완이 짧고 예리한 칼을 섬섬옥수로 비스듬하게 잡아서 박속같이 흰 손가락으로 꽉 눌러 쥐며 짙푸른 구름 같은 머리칼을 흐트러 려 오른쪽 귀를 베려고 했다. 칼이 이미 귀까지 닿았지만 기운이 미치지 못해서 끝내 베지 못하고 정신을 잃고 혼절했다. 이는 시체라고도 말할 수 없었고 한낱 고깃덩어리라고 할 만했다. 설란 등이 이 상황을 대하니 망극함과 원통함은 둘째요 몸서리치게 놀라 마음과 넋이 달아나고 심장과 간이 찢어지는 듯했다. 하늘을 우러러보고 땅을 내려다보아도 원통함과 비참함을 풀 곳이 없었다. 설란이 소리를 지르고 정신을 잃으니, 추연은 장성완이 잡은 칼을 뺏으며 설란의 손을 잡고 함께 죽으려 했다. 춘홍은 일이 이렇게까지 된 것을 도리어 어이없게 여겨 차마 울지도 못했다. 그러면서도 장소저가 만일 회복하지 못한다면 왕후관과 범경화의 간을 씹어 먹고 원수를 갚을 뜻을 굳게 가졌다.

춘홍은 먼저 장헌과 박부인에게 장소저의 모습을 보여주고자 손을 허둥대며 발을 구르고 하늘을 찌를 듯이 비통하게 울며 정당으로 들이달아 소저가 스스로 몸을 훼손하여 죽으려고 했다는 것을 고했다. 장헌 부부가 하염없이 얼굴에 빛을 잃고 급급히 일어났다. 희린과 교랑이 함께 응설각에 이르러서 문을 열고 방으로 들어갔는데, 침상에 한낱 고깃덩이가 던져져 있고 흐르는 피가 강물을 이루었다. 어디를 보아도 성완의 아름답던 외모와 빛나던 자태와 기이하던 자질을 찾을 수가 없었다. 다만 그 옥 같은 팔과 가냘픈 손과 짙푸른 머리카락의 기이한 조화로움만은 변하지 않았다. 가는 허리에 비단을 묶은 것만이 자해 전후에 바뀌지 않았으나 그 외에는 붉은 피에 박힌 고깃덩이였다. 이목구비를 분별하지 못하겠으니 어느 곳에 눈이 있었고 어느 곳에 코가 있었는지를 어떻게 알겠는가? 성완의 모습은 철천지원수가 보아도 슬퍼하며 놀라 낯을 가릴 정도였으며 지나가는 사람 누구라도 눈물을 뿌리며 비통해할 정도였다. 장헌과 박씨가 비록 본마음을 잃어버려서 천륜의 자애로움이 없으나 눈앞에 있는 딸의 모습을 보고 슬픔과 놀라움을 어떻게 참을 수 있겠는가? 자신도 모르게 들이달아 침상의 고깃덩이를 붙들고 통곡하려고 했다. 그런데 정신이 나가 유모 설란이 혼절하여 성완 곁에 거꾸러진 것을 자기 딸로 착각하여 설란을 붙들고 울음을 그치지 않았다. 두 공자가 부모님이 누나를 죽였다며 모진 소리와 불순한 말로 침상 위의 고깃덩이를 어서 뜯어 먹으라고 하며 누나를 붙들고 통곡하며 절절한 슬픔을 참지 못했다.

　장헌과 박씨가 두 아들이 붙들고 우는 것이 진짜 딸의 몸이라는 것을 비로소 깨달아 목을 놓아 고깃덩이를 어루만지며 슬프게 소리 질렀다. 이를 듣고 여종들의 무리가 한꺼번에 응설각에 이르러 땅을 치면서 부르짖었다. 장성완의 성스럽고 특이한 자질을 안타까워하지 않는 자가 없었으며 곡성이 온 집안에 가득할 뿐이었다. 그렇게 한참 동안 울기만 할 뿐 약을 써볼 생각은 하지 못했는데, 춘홍이 다급하게 희린 공자를 보며 회생단과 환혼단으로 간호하기를 청했다. 공자가 즉시 약환을 갈아서 인삼차에 섞어 시험해 보았는데, 성완의 명맥이 끊어지지 않았으며 약효가 피부에 돌아 얼음 같던 수족에 잠깐 온기가 나며 숨소리가 가늘게 들려왔다. 한 덩이 붉은 고기에 숨소리가 일어나니 더욱 놀라웠다. 이때 장헌이 딸에게 조금이라도 살길이 있는 것을 보니 천륜의 정과 그윽한 자애가 일어나 천만다행이라고 생각했다. 좌우의 사람들이 참담한 광경과 참혹한 얼굴을 보고 목놓아 우는데, 하늘에 사무치는 소리와 땅에 고이는 눈물이 천지의 빛을 잃게 하고 산천을 흐느끼게 했으며 하염없이 살을 찌르며 뼈를 부수는 것 같은 원통함이 온 마음에 간절했다. 그러나 권세 높은 사람을 두려워하고 덕이 높은 사람을 싫어하는 뜻은 이미 장헌의 폐부에 깊이 든 고질병이었는데, 다시금 요사스러운 약 때문에 본성을 아예 잃었으니 천금같이 예쁜 딸의 생사 여부를 그리 중요하게 생각하지 않았다.

　장헌이 딸을 보니 당장 위태로이 숨이 끊어질 듯한 잔인한 고깃덩이가 되어 주변 사람들이 모두 눈물을 뿌릴 만큼 참담했다. 실 같은 명맥이 끊어지지 않았으나 살길을 얻기가 매우 어려워 보였다. 전설에 나오는 기백의 의술과 헌원의 재주가 있어도 원래 모습을 회복하지 못할 것이었으며, 화타와 편작 같은 명의라도 다해가는 목숨을 이을 길이 없음을 모르지 않았다. 그러나 그는 이곳이 화경궁과 가까웠기 때문에 범단이 혹시 성완이 죽지 않았다는 말을 들으면 자신을 매우 그릇되게 여길 것이 마음에 걸렸다. 또 화경공주가 이미 성문 밖에 있는 외진 곳으로 성완의 거처를 옮기라고 명령한 바도 있었으니, 저 범단과 화경공주 부부의 말을 조금이나마 어겼다가 별것 아닌 원망 때문에 망신당하고 멸문하는 지독한 화를 만나 부귀와 복록을 온전히 누리지 못할까 싶어 초조해하며 번민하고 겁을 냈다. 그러니 어찌 성완이 한숨 돌린 것을 보더라도 잠시나마 옮기는 것을 지체하겠는가? 구태여 다른 말을 하지 않고 갑자기 일어나서 울던 눈을 비벼 씻고 한편으로는 큰 옷장을 가져와 좌우의 종들을 다 물리친 후 춘홍과 추연을 곁에 있으라 하고 한편으로는 설란을 주물러 정신을 차리게 해서 빨리 옷장 속에 들라고 한 뒤 두 공자에게는 물러앉으라고 했다.

장헌이 딸을 이불에 휘말아 흐르는 피를 씻지도 않고 바삐 옷장 속에 넣으니, 성완과 생사를 함께하려고 한 설란 등이 그 거동을 보면서 하늘과 땅에 사무치는 원한은 둘째요 온 마음이 해괴하고 망측하여 도리어 어이가 없었다. 그러면서도 한마디 말을 입 밖에 꺼내지 않으며 소저를 붙들고 옷장 속에 앉았다. 장헌이 쇠사슬과 자물쇠를 가지고 옷장 문을 잠그려고 하자 희린 형제가 크게 울며 가슴을 치고 부모의 자애로움이 박한 것을 원망했다. 그러고는 빨리 죽어 누나와 함께 인간 세상에서 못다 한 만남을 펴겠다고 했다. 장헌 또한 가슴을 치며 큰 소리로 울면서 말했다.

"자식마다 부모를 원수로 알아 저를 낳은 부모의 큰 은혜를 알지 못하는구나. 또 지체 높은 사람의 위엄이 중한 것을 알지 못하고 나를 참소의 그물에 빠져들게 하니, 이게 무슨 자식의 도리인가? 내가 본디 살아서 집안을 일으키고 너희를 결혼시켜서 자손이 대대손손 이어지는 것을 보려고 했는데, 너희가 아비를 못 견디도록 구니 내가 살아서 무엇하랴? 너희가 보는 데서 시원하게 목을 찔러 죽을 것이다. 너희는 아비가 죽은 후에 누나와 함께 잘 살아라."

그러고는 곧 칼을 빼 찌르려고 했다. 박씨가 급히 달려들어 장헌이 잡은 칼을 빼앗으며 두 아이에게 말했다.

"누나가 아예 죽어버린 것이 아니지 않느냐? 여기서는 치료할 약과 침을 쓰기가 여의치 못하고 혹시라도 범단 부마가 알까 두려우니 잠시 태운산으로 옮기는 것이다. 그 후에는 기백과 헌원 같은 신이한 의원들과 영지와 산삼 같은 약초를 구해 치료하고 헐어버린 살을 아물게 하여 옛 얼굴을 회복하게 할 것이다. 너희가 비록 나이가 어리나 부모의 지극한 정과 자애로움을 이렇게나 알지 못하고 괴이한 말을 해대느냐? 너희가 누나를 떠나기 어렵다면 따라가서 구호하면 되고 그렇지 않으면 자주 찾아가 보면 되는데, 무엇이 부족하여 부모를 이렇듯 원망하느냐?"

두 공자가 불같이 화를 내던 가운데 어머니의 말을 들으니 일이 그럴듯했다. 또 아버지가 범단을 엄한 상전처럼 두려워하는 것을 보니 다시 할 말이 없어져서 그저 태운산에 자주 왕래하며 누나를 구호하고 싶다고 했다. 장헌 부부가 두 아들의 칼 같은 독기가 잠깐 풀어진 것을 다행히 여겨 그렇게 하라고 하며 옷장 문을 닫았다. 장헌이 두어 잔 술을 구해 마시고 입이 무거운 사내종에게 명해 옷장을 실어 성문 밖에 있는 태운산 고택으로 가라고 했다. 사내종은 어떤 곡절인지 알지 못하고 다만 옷장을 실어 문을 나오니 장헌이 뒤를 쫓았다. 이는 장헌이 딸아이를 간호할 뜻이 간절하기 때문이 아니라 정씨 미인을 데리고 술을 마시며 즐기면서 나날을 보내고 싶어서였다. 장헌이 부인을 돌아보며 말했다.

"내 잠깐 태운산에 머무르며 의술과 약으로 치료하여 딸을 살게끔 할 것이니, 부인은 아들들을 잘 거느려 너무 걱정하지 말고 계시오. 또 그저 '딸이 하루아침에 죽었으니 남편이 제정신을 잃고 발광하여 상 치르는 일 따위를 보지 않으려고 성문 밖으로 피한다'고 하거나 '딸의 시체는 태운산으로 옮긴다'고 하거나 '한집에서 차마 두고 보지 못해 다른 곳으로 보내었다'는 식으로 말해 남들이 의심하지 않게 하고, 화경공주께는 진짜 소식을 전해 만일 화타와 편작 같은 신의를 만나서 딸이 다시 살아난다면 은혜로운 명을 받들어 못난 딸을 범공자의 여종으로라도 들여주신다면 감사하다는 뜻을 고하도록 하시오."

박씨는 자애로운 어머니의 마음이 없어 딸이 원통하고 끔찍하게 죽는 것을 슬퍼하지 않으니, 마음속에 한 조각 인정과 자비도 없었다. 비록 이상한 약을 먹어서 그리되었으나 한편으로는 장성완의 초년운이 기구하여 아버지와 어머니의 자애를 잃고 천지간에 끝없는 억울함과 화액을 당했으니, 그저 장헌 부부만을 책망할 수는 없는 일이었다. 박씨는 장헌과 떨어져 지냈던 정을 펴지도 못했는데 장헌이 딸을 데리고 태운산으로 가면서 즉시 돌아오지 않으려고 하는 것을 보고 문득 얼굴을 붉히며 말했다.

"못난 딸이 죽었다는 소문을 퍼트리고 상공이 집을 떠났다고 하는 것은 이치에 맞지 않으니, 부질없이 태운산에 머물지 마십시오. 자주 왕래하며 치료할지라도 오늘 안에 돌아오셔서 가짜로 장례를 치르는 듯이 하여 범단 부마의 의심을 사지 마십시오."

장헌은 부인이 못마땅해할 것을 짐작했지만 그 뜻을 우기지 못해 고개를 끄덕이며 말했다.

"부인의 말도 옳으니 가서 보고 꼭 오늘 돌아오지 못하더라도 내일은 돌아와서 장례를 주관하는 척할 것이오."

그러고는 빨리 수레를 끌어 태운산으로 갔다. 종들이 옷장을 가지고 안뜰에 이르렀는데, 장성완의 침소인 응설각【원래 장성완의 태운산 침소가 응설각임】에 들여놓은 후 장헌이 친히 좌우의 창문을 꽉 닫고 나서야 설란 등을 내어놓으며 성완을 붙들어 잠자리에 뉘었다. 성완이 정신을 차리지 못하고 피에 물든 고깃덩이가 되었으니, 이목구비가 어디 박혔었는지 알 수 있겠는가? 30리를 행하여 여기에 나오니, 흐르는 피가 옷을 물들인 형상이 볼수록 끔찍했으며 대할수록 지독했다. 설란 등이 죽기를 자처하는 바에 무슨 예절을 따지겠는가? 한편으로는 성완의 입에 약을 드리우고 한편으로는 천지신명에게 주인의 무고함을 부르짖으니, 원망하는 소리가 하늘에 사무치고 온 집안에 퍼졌다. 장헌이 그 어지러움을 꾸짖었으나 설란 등이 두려워하지 않고 울음을 그치지 않으니, 장헌 역시 마음이 상해서 슬픈 눈물이 비처럼 내렸다.

이윽고 장헌이 스스로 감정을 억누르며 넓은 소매를 들어 눈물을 닦고는 설란 등에게 치료를 등한히 하지 말라고 당부하며 즉시 일어나 내헌 정침에 들어가 정씨 미인을 찾았다. 시비가 정낭자가 내헌에 머물기를 원치 않아서 외루 문회당에 있다고 하니 장헌이 급히 문회당으로 갔다.

장성완의 자해 소식을 들은 정인광

정인광이 태운산으로 왔을 때부터 외로운 구름에 맺힌 슬픔과 먼 산을 바라보는 회포가 더욱 심해졌는데, 돌아가지 못하는 것은 마땅한 핑계를 얻지 못했기 때문이었다. 차마 이유 없이 도망갈 수 없어 괴로운 마음으로 장헌이 오기를 기다리고 있었다. 그런데 오늘 비로소 장헌이 옷장을 실어 바삐 안으로 들어가는 것을 창문으로 보니, 그 거동이 참으로 황망해서 이상하게 여겼다. 이윽고 장헌이 문을 열고 방으로 들어가니, 인광이 마지못해 일어나 맞은 뒤 자리에 앉아 다시 장헌을 살폈다. 장헌은 예전같이 기뻐하거나 들뜬 빛이 없고 눈썹이 근심으로 찌푸려지고 낯빛이 불안해 보였다. 눈빛도 정기를 잃고 행동거지는 오장육부를 빼놓고 온 듯 가벼우며, 정신없이 허둥대는 모양은 무언가에 홀린 듯해 전날 보던 것과는 너무도 달랐다. 인광이 속으로 우습고 망측해하며 이렇게 생각했다.

'그렇지 않아도 몹쓸 것이 또 어디 가 요괴나 도깨비에게 홀린 모양이다. 그렇지 않다면 천둥·번개 소리에 마음과 정신을 모두 잃어 완전히 혼백이 사라졌나 보구나. 사람이 어찌 며칠 사이에 저렇게 잘 못될 수 있단 말인가?'

그러면서 자기도 모르게 미소를 지으니, 상쾌한 용모에 미미한 웃음을 띤 모습이 마치 화창한 봄날에 온갖 꽃이 다투어 피는 듯하고 몸에서 나오는 광채가 방을 가득 채웠다. 장헌은 허둥지둥 곁에 앉아 고운 손을 잡고 바보가 된 듯이 인광의 꽃 같은 얼굴을 우러러보며 오랫동안 말이 없다가 이윽고 길게 한숨을 내쉬며 말했다.

"네가 이곳에 외롭게 있으면서 부모를 찾지 못한 한이 뼈에 스미고 심장을 태우기에 이르렀을 것이니, 나는 분명히 너의 꽃 같은 얼굴이 초췌해지고 옥 같은 용모가 수척해졌으리라 생각했다. 그런데 오늘 보니 아리따운 자태는 더욱 풍성해지고 옥 같은 피부는 갈수록 윤택해져, 남풍이 부는 안개 낀 마을에 연꽃이 흐드러지게 피고 봄신의 은혜로운 바람에 온갖 꽃이 다투어 핀 듯하다. 이 어찌 아름답지 않겠느냐? 내가 집으로 돌아간 지 불과 며칠 만에 어지러운 일들을 만나서 미처 너를 찾지 못했다. 그런데 이곳은 내당이 아니라 외당이다. 여자가 있어야 할 곳이 아님을 알지 못한 것이냐?"

인광은 짐승 같은 장헌의 거동을 보면 볼수록 몹시 비위가 상하고 화가 나 엄숙한 태도로 정색하며 말없이 손을 빼내고 차갑게 물러나 앉았다. 그 기운이 차고 엄해서 다시 말을 붙이기 어려웠다. 그러나 장헌은 이미 온 마음이 취한 듯 녹아내려 인광의 냉담한 모습에도 체면을 돌아볼 겨를이 없으니, 황급히 곁에 다가가 앉으며 뺨을 대고 말했다.

"어리석은 나는 너를 만난 후에 천지만큼 무궁한 정을 백 년 동안 함께 누릴 생각에 가슴이 벅차 마음의 병이 되었다. 허나 너는 부모를 찾기 전에는 정을 주려 하지 않으니, 내 더욱 애가 타고 안타깝구나. 네가 빨리 부모를 찾기 바라지만 그동안 나의 사사롭고 은밀한 정을 펼 길이 없으니, 넘치는 혈기를 주체하지 못해 간장이 녹아내릴 것 같구나. 너는 어떤 마음이기에 나의 이런 뜻을 알지 못하고 갈수록 냉담하며 또한 나의 은혜가 후한 것을 생각지 않는 것이냐?"

인광은 괴로움과 분노가 더욱 치밀었으나 갑자기 박찰 수도 없고 원망하듯 떨치고 돌아가지도 못해 그저 낯빛을 고치고 대답했다.

"제가 비록 부모님을 잃어버려 어디서 태어났는지도 알지 못하는 한 소녀이나 근본이 기생과 다릅니다. 그러니 상공 또한 저를 창녀나 천첩과 달리 대하시는 것이 옳은데, 어찌 항상 추잡하고 경망스러운 말씀에다 방탕한 행동까지 겸하여 즐기려고만 하십니까? 제가 원래 반첩여가 소박당하고 장신궁에서 외로이 지낸 것을 달게 여길지언정 황제의 총애를 받았던 비연처럼 즐거움을 얻고 싶지는 않으니, 상공의 이 같은 은혜와 사랑은 꿈에서라도 감격하지 않을 것입니다."

장헌은 인광의 강렬한 햇빛처럼 엄격한 태도를 보고는 하고 싶은 대로 하지 못하고 길게 탄식하며 물러앉았다. 그러고는 얼마간 말이 없더니 일어나며 내당으로 들어간다고 말하자 인광이 몸을 움직일 뜻이 없어 이렇게 말했다.

"이곳이 비록 서당이지만 상공께서 머무르지 않아 사람들이 번거롭게 오지 않으니, 제가 구태여 내당 정전을 차지하고 있지 않아도 될 것입니다. 여기 벽에 남겨진 글과 그림을 보니 마음이 벅차고 감탄스러워 밤낮으로 벽을 바라보고 길게 읊으며 외로움을 달랬습니다. 제 본성이 바느질이나 길쌈과는 맞지 않아 여자들의 소임과는 진나라와 월나라 사이처럼 거리가 멉니다. 만일 자리를 옮겨 내당에 거한다면 벽에 있는 그림이나 글귀들을 다시 보지 못할뿐더러 생각만 해도 가슴이 답답하여 병이 날 것 같습니다. 상공께서는 내당으로 옮기라는 말을 다시 하지 마십시오."

장헌이 그 뜻을 저버리지 못해 말했다.

"네 뜻이 정 그렇다면야 내가 어찌 구태여 안으로 들어가라고 하겠느냐? 네 뜻대로 여기 있도록 해라. 모름지기 여자란 귀하든 천하든 간에 몸을 치장하는 데에 힘쓰고 집 밖의 사람과 말을 통하지 않아야 마땅하다. 이번에 흉흉한 소문을 듣고 변고를 당한 후에는 온 마음이 놀라서 아직까지도 충격이 가라앉지 않는구나. 천 길 바닷속은 알아도 한 길 사람의 마음 알기는 어렵다는 것을 깨달았다."

인광은 장헌이 처음부터 좀 이상하다고 여겼지만 그와 말을 주고받는 것이 괴로워서 굳이 묻지 않았다. 그런데 장헌이 이를 언급하니 무슨 사고가 났는지 궁금해져 어찌 된 영문인지 물었다. 장헌이 길게 한숨짓고는 눈썹을 찡그리며 말했다.

"말하려고 하니 가슴속에 원숭이가 뛰놀고 혀가 굳어 말이 나오지 않는구나. 어찌 한입으로 다 말할 수 있겠느냐? 내가 전날 너를 대할 때 내 딸이 남들보다 뛰어나다고 거듭 자랑했었다. 너 또한 내 딸의 명성을 익히 들었을 것이다. 타고난 기질이 다시없을 만큼 빼어날 뿐 아니라 하늘이 낸 효녀로 여자 증점이나 여자 맹자라고 생각했다. 그런데 하루아침에 본성을 잃고 미쳐서인지 집안의 운이 불행해서인지, 한낱 더러운 딸이 조상들을 욕 먹이고 부모에게 그 부끄러움을 대신 갚으라고 하는구나. 내가 기강에서 집으로 돌아오던 날, 딸이 병을 얻어 일어나지 못한다고 하기에 내가 친히 제 침소에 가보고 나왔다가 그날 밤에 또다시 부인과 함께 응설각으로 갔었다. 그런데 미처 방에 들어가지 못한 채로 들어보니, 딸이 시비 춘홍에게 살기를 바라지 않는다는 말을 여차여차하는데 그 뜻이 정씨 가문과의 약속을 지키려는 것 같기는 했다. 부인이 들어가 딸을 크게 꾸짖고 돌아오다가 누가 편지 한 통을 전해주기에 뜯어 보았는데, 그때는 진실로 내 딸이 그처럼 더러운 행동을 한 것이 믿기지 않아 즉시 편지를 불사른 후 마음에 조금도 거리끼지 않았다. 그 후 한밤중에 왕후관과 범경화가 여차저차 다투는 변을 만났을 때는 음란하고 흉악한 딸을 살려두었던 것이 수치스럽고 부끄러웠다. 또 왕후관을 잘 달래지 못해서 그가 떨치고 돌아가는 대로 두고 범경화만 달래서 돌려보냈는데, 범단 부마가 와서 내 딸을 이렇게 저렇게 죽이라고 재촉했다. 나는 순순히 응할 수밖에 없어서 간음한 딸을 죽이려고 결단했다. 그런데 문득 화경공주가 박씨에게 이러저러한 글을 보내서 딸을 살려두라고 당부하셨으니, 정말로 그 은혜가 크고 덕이 후하다고 생각했다. 그 명을 받들어서 차마 딸을 죽이지는 못했고 태운산으로 옮긴 다음 뒷일을 도모하려 했다. 그런데 못난 딸이 음란하고 비루한 행동을 스스로 부끄러워하며 그 죄와 허물을 헤아려 생각지도 못한 일을 저지르고 말았다. 사람이 없는 때를 타서 자신의 얼굴 가죽을 벗기고 귀를 베어서 귀가 거의 떨어질 뻔했으니, 한낱 고깃덩이가 되어 이목구비를 알아볼 수도 없고 흐르는 피가 냇물을 이룰 지경이었다. 눈앞에서 일어난 참담하고 놀라운 일을 어떻게 다 설명할 수 있겠느냐? 차라리 시신을 보는 것이 덜 참혹할 것 같더구나. 제 죄가 아무리 심하다고 해도 몸을 그렇듯 잔혹하게 상하게 한 것을 보니, 내가 마음이 취한 듯 미친 듯 뭔가를 잃어버린 듯 정신을 차릴 수가 없었다. 살아서 그런 변고를 당할 줄 어찌 알았겠느냐? 으뜸가는 이유는 못난 딸이 악하고 음란하며 교활한 죄가 있어서였지만 버금가는 이유는 내가 허물이 있었기 때문이다. 딸이 젖을 갓 떼었을 때부터 옥처럼 아름다운 남자들을 사윗감으로 살피다 보니 자못 어지럽고 난잡해져 공자나 왕손 중에 호방한 자가 은밀히 내 딸을 취하려 한 것이다. 왕후관과 범경화 두 사람의 변도 있었으니 사립문 안으로 침범하려는 자들이 왜 없었겠는가? 내가 딸 하나를 두어서 그 앞길이 호사스럽고 부귀하기를 바라던 뜻이 지금에 와서는 재처럼 사라졌다. 제 본모습을 회복할 길이 없으니 화경공주의 덕스러운 뜻도 받들지 못할 것이다. 결국에는 어떻게 될지 모르겠으니 이 근심과 슬픔을 어디에 비기며 어떻게 의논할 수 있으랴?"

말을 하는데 눈물이 흘러 옷자락을 적시고 비통하고 간절한 마음을 참지 못했다. 인광은 원래 장성완과 관련된 말은 지독한 병을 대하는 것처럼 듣기 괴로워했다. 지극히 바라고 간절히 원하는 바는 장씨 집안의 사위가 되지 않는 것이었다. 비록 하늘이 시키시고 황제께서 허락하셨으며 부모께서 명하셨으나 장헌의 딸과 결혼할 바에야 머리를 깎고 인륜을 끊은 죄인이 되어 깊은 산속으로 도망가서 저 짐승 같은 장헌의 사위가 되는 아픔은 당하지 말자는 뜻이 가득했다. 장성완의 아름다움과 덕성이 장강의 예의와 반첩여의 지조보다 열

배는 더하고 고고한 절개와 열렬한 행동이 왕응의 아내나 여종보다 빼어나다고 한들 어찌 생각을 고쳐 훗날에 인연을 이루고 싶었겠는가? 그래서 인광은 기강에 있을 때부터 장헌에게 권해 그 딸을 다른 집에 시집보내려고 했다.

인광은 장헌이 하는 이야기를 들으면서 한편으로는 성완 소저의 뜻이 이루 말할 수 없이 맑음을 깨달았다. 장성완의 덕성은 남편을 부끄러워하여 강물에 투신한 추결부의 고결함과 남자에게 잡힌 팔을 베어낸 왕응 아내의 절개보다 뛰어났다. 그러나 부모가 이를 밝게 알지 못하고 오히려 참혹함을 더하니, 성완이 큰 결단을 하여 낯가죽을 벗기고 귀를 베어낸 것이다. 그럼으로써 맑은 절개를 엄숙히 하면서도 부모가 자식을 살해했다는 허물을 벗게 했으니, 이는 열 살짜리 소녀가 생각하기 어려운 일이었다. 원래 성인이 된 다음에야 성인을 이해할 수 있다고 하는데, 장헌과 박씨는 장성완과 천륜으로 이어진 사이였지만 그 딸을 아득히 알지 못했다.

인광은 서너 살 먹은 어린아이일 때 장성완을 얼핏 본 적이 있어 얼굴은 기억하지만 그 됨됨이나 행동거지가 어떤지는 알 길이 없었다. 이제 장성완이 스스로 몸을 심하게 상하게 하여 거의 죽다 살아났다는 것을 알고는 슬프고 놀라운 한편, 그 절의를 높이 여기며 효성스러운 행동에 감탄했다. 그러나 이어 장헌의 불의함에 분노하는 마음이 차올라 자기도 모르게 낯빛이 바뀌었다. 또 빛나던 눈과 잔잔한 눈빛이 사나워지고 옥 같은 얼굴과 꽃 같은 자태에 엄한 기운을 머금어 오랫동안 머리를 숙이고 앞을 보기만 했다. 그러다 이런 생각에 이르렀다.

'짐승 같은 장헌이 무식하고 사리에 밝지 않은 것이 오히려 다행한 일이 될 것 같았는데, 이제 보니 그 딸이 옛 혼인 약속을 금석보다 굳게 여겨 얼굴을 훼손하고 귀를 자르는 절개가 옛날 열녀들에 부끄럽지 않구나. 그 어린 나이에 그처럼 비범한 행동거지가 탄복할 만하다. 나는 옛날에 이미 뜻을 세워서 금수 같은 장헌의 사위가 되지 않겠다고 맹세했으니, 장소저의 절개와 열행이 내게는 가당치 않다. 비록 측은한 마음이 있으나 하늘이 맺어준 부모조차 이렇게 아껴주지 않으니 내가 무엇을 할 수 있겠는가? 구태여 다시 아는 척을 하지 말고 이 집을 빨리 떠나야겠다.'

그리고 한편으로 다시 생각해 보았다.

'군자는 인과 의를 모두 갖추어야 하는데 내 본성이 고집스럽고 과격해서 평생 다시 없을지도 모르는 의로움을 대하고도 도량이 넓지 못해 내 앞에 있는 악한 자를 마치 원수처럼 대하고 있다. 허나 이는 우리 집안에서 배운 가르침이 아니다. 장소저가 단지 우리 집안을 위해 절개를 지킬 뿐 아니라 그 아버지에게 배은망덕하며 미덥지 않고 의롭지 않은 허물을 더하지 않으려고 목을 매지 않고 칼로 자결하지 않아 목숨을 붙들고 있는 것이니, 그 진정한 마음은 살고 싶어서 사는 것이 아니다. 이를 외람되이 비유하자면 순임금이 가족들이 자신을 우물에 빠트려 죽이려고 했을 때 다른 구멍을 파서 도망친 것과 비슷하고, 진나라 신생이 새어머니에 대한 효를 지키기 위해 참소를 당해도 신원하지 않고 급히 자살한 것과는 매우 다르구나. 그 효행과 절개가 당당하다는 것을 아는 자라면 지나가는 사람이라도 자신도 모르게 감동하고 눈물을 흘릴 법하다. 돌과 나무로 된 심장을 가진 자라도 슬퍼할 것이니, 나 혼자 안타까워하지 않는다면 이는 어질지 못한 것이겠지. 훗날 저를 거둘지 말지는 거리낄 바가 아니니 일이 되어가는 것을 천천히 지켜봐도 되겠지만 다만 지금은 저의 목숨을 살리는 것이 일분일초가 급하다. 그런데도 그 아비 된 자는 눈물을 뿌리고 슬프게 곡할지언정 간절히 살리고자 하는 뜻이 없고 그 어미 된 자는 비할 데 없이 매정하니, 소저를 이렇게 놔두면 오래지 않아 죽을 것이다. 사람의 목숨이 지극히 중요하고 소저의 무죄가 명백하며, 그 효성과 절개는 금석에 새겨 후세에 남길 만한 것임을 내가 밝히 알고 깊이 탄복하는 바이다. 그러니 한갓 고집을 세워 소저를 살리고자 하지 않는다면 이는 군자의 덕이 아닐 것이다. 유하혜나 미자가 한 수레의 여자를 구했으나 행실에 결점이 없었으니, 내가 저와 지난번에 정혼했다고 해서 사사로운 정으로써 구하면 음탕한 것에 가깝겠으나 떳떳한 현자의 마음으로써 장소저를 위태한 데서 구해 살게 한다면 구태여 허물이 되지 않을 것이다. 내 말이 통하지 않을지라도 저 짐승 같은 놈에게 딸의 억울함을 밝혀 말한다면 타고난 본성을 돌이키지는 못하더라도 구호하는 데 정성을 다하게 할 수 있을 것이다.'

이에 인광이 장헌에게 말했다.

"성완 소저가 참담한 재앙을 당한 변고를 들으니 놀라움을 이기지 못하겠습니다. 하지만 저는 상공의 처사를 받아들이지 못하겠습니다. 왕후관과 범경화 두 공자가 장소저와 사사로운 약속을 하고 몰래 정을 통한 것을 상공께서 직접 보고 듣지 못하셨다면 그 교활하고 요사스러운 말을 믿어서는 안 될 것입니다. 아버지와 자식은 하늘이 맺어준 관계이니 그 귀하고 소중함은 세상 만물에 비할 수 없습니다. 또 지나가는 사람이라도 한 가지 일로 만사를 미루어 짐작하며 그 성품과 기질을 보아서 행동을 짐작할 수 있습니다. 제가 보기에 소저는 이미 하늘로부터 타고난 성정이 남들보다 뛰어나고 특별하며 재상의 예쁜 딸로서 그 귀함이 궁궐에 거처하는 공주에 버금가니, 옥장막 안의 매화요 깊은 산골짜기의 난초라고 할 수 있겠습니다. 뜰에 걸음을 옮길 때도 반드시 그 몸종과 유모가 따르며 밤에 촛불 없이 움직이지 않았을 것이고, 섬돌을 디딜 때도 규범을 준수하고 어기지 않았을 것입니다. 또 그 자취가 화원과 서재에 주로 머무니 꽃에 나비가 꼬이지 않고 난에 벌이 얽히지 않을 것입니다. 하물며 나이가 어리고 혼기가 지나지 않았으니 소저가 달기의 음란함과 측천무후의 교활함이 있다고 해도 고요히 아버지의 명을 기다려 인륜을 차릴 사람입니다. 지레 천박한 행실을 드러내어 동쪽 남자와 시시덕거리고 서쪽 사나이와 소곤거리는 짓은 결단코 하지 않았을 것이니, 상공께서는 어찌 그것을 깨닫지 못하십니까? 제가 들으니 왕각로의 둘째 아들 왕후관은 힘이 뛰어나서 감히 맞설 사람이 없다고 합니다. 만일 소저와 사사로운 언약이 있었거나 소저가 잘못 범경화에게 뜻을 옮겼다면 그가 소저의 침실로 행하고자 함을 알았을 것입니다. 그랬다면 반드시 칼을 날려 파리 같은 머리를 벴을 것이며 그러지 못했어도 힘이 모자라 상공댁의 노비들에게 잡히지는 않았을 것입니다. 어떻게 맥없이 상공의 면전에 한낱 도적으로서 잡혀왔겠습니까? 이 일에 벌써 간악한 계교가 있음을 묻지 않아도 알 듯합니다. 화경공주는 궁궐의 금지옥엽으로 뜻이 교만하고 성품과 도량이 거만할 것이니, 상공의 음란하고 비천한 딸을 무엇으로 여겨 살려두기를 간절히 청하며 그 아들이 크게 다친 것을 원망하지 않고 이유 없이 은혜를 베풀겠습니까? 제가 소저를 알지 못하오나 그 누명이 이루 말할 수 없이 허무함을 세세히 알겠습니다. 그런데 상공께서는 어찌 그 딸을 이렇듯 모르시며 박부인의 말에 미혹되어 자식을 사랑하는 자상함이 없이 고집스럽고 사납게 딸을 죽이려고 하십니까? 장공께서는 눈이 어두워 효자를 몰라봤던 고수보다 더 눈이 어두우십니다. 하물며 소저가 얼굴을 훼손하고 귀를 베어 정절을 밝혔고 또한 그 목숨을 버리지 않아서 상공으로 하여금 피붙이를 죽였다는 오명을 면하게 했으니 그러한 효성은 천고 세월에 두 번 있지 않을 정도입니다. 말씀이 외람하오나 상공이 잇속에 밝고 욕심이 많아서 이 같은 딸을 두신 것이 지극한 영화임을 알지 못하니, 이는 소저의 팔자가 험하기 때문입니다. 부모가 덕이 많고 형제들이 편안한 것이 초년운인데, 소저가 이를 얻지 못했으니 재상 집안 어여쁜 딸의 즐거움이 무엇이 귀하겠습니까? 저는 비록 부모를 잃어 근본이 귀한지 천한지를 알지 못하는 인생이지만 소저의 호사스러움과 부귀는 부럽지 않습니다."

장헌이 다 듣고 나서 낯빛을 고치고 한탄하며 말했다.

"너의 말을 들으면 딸아이가 죄가 없는 듯하나 왕후관과 범경화에게 딸이 준 신물이 있어 증거가 명백하다. 이는 피할 수 없는 증거이고 음란한 글의 자획이 딸의 필체와 털끝만큼도 다르지 않으니, 이 일은 절대로 번복될 수가 없다. 또 딸을 그렇게 해할 자가 없을뿐더러 내 집이 한미한 은사들의 초가집과 달라 천 개의 문과 만 개의 방에 종들이 벌떼처럼 많으며 나의 친척들 또한 네 마리 말이 끄는 붉은 수레를 타며 부귀가 성대하니, 아무리 담대한 탕자라도 딸의 뜻도 모른 채 담을 넘어 딸을 취할 뜻을 가지지 못할 것이다. 분명 우리 딸이 응한 것이다. 딸이 스스로 저의 앞길을 망쳤으니 누구를 원망하며 무엇을 탓하랴? 다만 내가 원통한 것은 괴이하고 흉악하고 음란한 딸을 두어서 부끄러움과 욕됨이 쌓이되 쾌히 죽이지 못하는 것이다. 또 내 딸의 끔찍한 얼굴을 대하는 것도 참지 못하겠구나."

인광은 짐승 같은 장헌이 아득히 깨닫지 못하는 것을 보고 다시 두어 마디 말로 성완 소저의 억울함을 일컬어 장헌의 밝지 못하고 자애롭지 못한 것과 인정에 가깝지 못한 것을 말했다. 장헌이 미처 다 알아듣지는 못했으나 인광의 신명한 말을 들으니 비록 본바탕과 혼을 잃은 상태이나 부녀의 정을 얼핏 깨달아 비로소 참담하고 아픈 것이 칼을 삼키며 돌을 머금은 듯했다. 이에 장헌은 정씨 미인을 데리고 술을 마시고 즐기려던 뜻을 스스로 거두고는 하염없이 눈물을 흘리며 말했다.

"네 말을 들으니 내가 과연 자애가 박하고 성정이 혼미하구나. 죄가 있든 없든 살려두어 결말을 보고자 했는데 그 참혹한 상처를 보면 아마 목숨을 보전하지 못할 것 같다. 혹시라도 신이한 약초와 영약을 얻어서 목숨을 보전한다 해도 내 딸이 원래 말을 바꾸지 않는 성격이니 자신의 행실이 음란하고 천박한 것을 감추고 한결같이 정씨 가문을 지키겠다고 하면 분명히 불행해질 것이다. 이는 또한 화경공주의 덕을 저버리는 일이다. 저 공주의 말 한마디면 우리 집안을 손바닥 뒤집듯 없앨 수 있을 것이니, 가문의 존망이 이 하나의 일에 달렸다. 이렇든 저렇든 근심되는 것은 마찬가지구나. 내가 또 깊게 뉘우치는 바가 있으니, 전날에 기강을 진압했을 때 정인광을 만나 즉각 소문도 내지 않고 박살 내거나 그걸 못 했더라면 최언선이라도 죽여야 했다는 것이다. 그러면 비록 정씨 집안의 은혜를 배반하는 꼴이 되나 딸이 내가 정인광을 죽였다는 것을 알면 수절하겠다는 말도 하지 않았을 것이며 내 마음에도 거리낄 것이 없었을 것이다. 그때는 마음이 굳지 못해 정인광을 한번 보고 자연스레 슬퍼져서 해칠 뜻이 없어졌는데, 지금 생각하니 후회막급이구나. 요즘 심사가 온전치 못해 좋은 꾀를 꾸미지 못하겠는데, 이제는 정씨 집안과 양립할 수 없는 형세가 되었으니 황제께서 정씨 집안 사람들에게 이를 가시는 지금 꼭 해치고야 말 것이다.”

인광은 장헌이 하는 말마다 쾌씸하고 엉큼하다고 생각했지만 얼굴과 말씨에 나타내지 않았다. 원래 인광은 장헌이 자기만 해치고자 할 때는 원수로 알지도 않고 예사로운 일로 여겼다. 장헌이 권세를 좇는 추함과 어질지 못한 행동거지가 아니면 사위 되기를 꺼리지 않아 자기를 아홉 번 죽을 곳에 넣어도 열 번 살게 된다면 어린 시절에 정해 놓은 맹세를 저버리지 않을 생각이었다. 그러나 이제 장헌의 모든 행동을 더럽게 여기기 때문에 성완 소저를 거절하고자 한 뜻을 정한 것이었는데, 장소저의 효성과 절개에 크게 감탄하고 나서는 훗날의 인연이 이루어지든 이루어지지 않든 소저를 그 위태한 자리에서 구해 살리려고 했다. 그러나 장헌의 말이 이렇듯 쾌씸하니 만일 그가 자신의 아버지와 큰아버지를 해하고자 한다면, 큰아버지와 아버지의 목숨은 하늘에 달려 있으니 짐승 같은 장헌이 해한다고 해도 해하지 못하겠지만, 조카 된 도리로 원수의 딸을 도저히 걱정해 줄 수가 없었다. 이에 다만 이렇게 말했다.

"상공께서 정씨 가문과 위세가 양립할 수 없다고 하여 정씨 가문의 모두를 해치고자 하시나 정씨 가문 사람들의 목숨이 하늘에 달려 있으니 사사로운 해코지로 저 성인군자들을 해치지 못할 것입니다. 다만 나중에 정인광을 만나시면 그 자리에서 박살 내어 소저의 바람을 완전히 끊어놓는 것이 옳을까 합니다."

장헌이 고개를 끄덕이며 말했다.

"너는 나의 높은 스승이구나. 어찌 가르침을 따르지 않으랴? 다만 정인광을 다시 만나는 것이 어려울까 한다."

인광이 신령스러운 눈썹에 미미한 웃음을 띠며 말했다.

"구태여 빨리 만나기를 바라겠습니까? 긴 세월 사이에 자연스럽게 만날 수 있을 것이니 그때 가만히 죽이시면 되겠지요. 소저가 살길을 얻어 사람들과 말을 나눌 만하게 되면 상공이 여차여차 말하여 기강에서 정인광을 만나서 박살 냈다고 하세요."

장헌이 못마땅해하며 말했다.

"딸이 정씨 가문과의 약속을 지키려는 것이 절개라고 할 수 있겠느냐? 이는 겉으로는 부모를 속이고 속으로는 범씨 가문을 위하다가 저렇게 된 것 같으니 그 진짜 뜻을 모르겠구나. 그 거동이 마치 세속의 소소한 일들을 뜬구름 위에 던진 것 같아서, 부인이 거짓말로 정인광이 도적에게 죽었다고 해도 구태여 놀라지도 않고 서러워하지도 않았다. 정씨 집안을 바라는 마음이 있었다면 그렇게 무심할 수 있겠느냐?"

정체를 숨긴 채 장성완을 구호하는 정인광

정인광은 저 사람 같지도 않은 자와 말을 계속하기가 괴로워서 다시 입을 열지 않았지만 그때의 잔혹한 형상을 보지 않아도 본 것만 같았다. 정말로 상심하고 서글퍼져 장성완의 끊어져 가는 목숨을 이을 수 있는 약이 없을지 생각해 보았다. 옛날에 인광이 태청관 동굴에 갇혀 있을 때 청허자 두보현과 더불어 질병과 약에 대한 얘기를 나눈 적이 있었다. 그때 두보현은 인간이 걸리는 질병 가운데 괴상한 병과 고치기 어려운 병이 천백 가지나 된다고 했다. 그리고 특효약과 좋은 약이 무엇인지, 산속의 여러 풀로 어떻게 약을 만드는지 등을 알려주었다. 이에 인광은 요사스러운 무리가 몸을 상하게 하는 풀로 약을 만드는 방법은 아예 말하지도 말라고 하고, 전설적 명의인 헌원의 신기함과 기백의 능함을 일컬으며 화타와 편작의 의술에 통달하니 두보현이 인광의 재주를 우러러보았다. 이렇게 인광이 원래 두보현 때문에 의술을 약간 알게 되었기 때문에 이날 장성완을 위해 자세히 처방전을 일러주었다.

장헌은 모든 일에 꼼꼼하여 집안에 도움이 되는 것은 아무리 털끝만큼 작은 것이라도 무심히 버리지 않았고 그렇게 모이고 쌓인 물건들을 곳곳에 보관하고 있었다. 비록 지금은 태운산에서 살지 않지만 그래도 이따금 왕래하기 때문에 필요한 것들은 거의 갖추어져 있었다. 약재료와 신기한 환약들도 상자에 넘쳐났으니, 인광이 필요한 재료를 말하면 장헌이 바로바로 내어주었다. 인광이 먼저 약 서너 첩을 지어 장헌 앞에 밀어놓으며 말했다.

"소저가 얼굴을 훼손하고 귀를 베었기에 봉합할 약을 써야 하지만 당장 지금 생사가 위태하니 이 약을 하루에 두 번씩 마시게 하고 혹시 조금이라도 약효가 있는지 보세요."

　장헌이 입으로 연신 그 재주를 칭찬하며 바삐 몸을 일으켜 응설각으로 가 춘홍 등에게 명해 약을 달이라 했다. 그러고는 비단 이불을 들춰 딸을 다시 보았는데, 이전보다 더욱 참혹한 모습이었다. 숨이 아직 끊어지지는 않았지만 살길이 전혀 없어서 한갓 고깃덩이와 다르지 않았다. 장헌이 인광의 말을 따라 천륜의 정을 잠깐 폈는데, 원래 마음이 굳지 못하니 아픔을 이기지 못해 딸의 가냘픈 팔을 어루만지면서 자신도 모르게 목놓아 슬프게 울부짖으며 길이 통곡했다. 이윽고 춘홍이 약을 달여 오니 장헌이 울음을 그치고 설란에게 소저의 입에 떠 넣으라고 했다. 다행히 약이 목구멍을 쉽게 넘어가 그릇이 비니, 장헌이 매우 기뻐 또 한 첩을 달이라고 하고는 외당으로 나왔다. 그리고 인광에게 약을 어떻게 썼는지를 전하며 잠깐 들어가 진맥을 해달라고 했다. 인광은 장성완이 원망을 품고 빨리 죽을까 봐 자세히 처방전을 알려주었다. 그러나 남녀가 유별한데 어찌 여자 옷을 입었다고 해서 남의 집 내당에 들어가 규수의 손을 잡고 진맥하는 무례를 저지르겠는가? 이에 자신의 비위가 약하고 마음이 굳지 못해서 차마 그런 고깃덩이를 보지 못하겠다고 했다. 비록 장성완의 낯을 가리고 사이에 장막을 드리워서 진맥하는 기구를 설치한다고 해도 병자의 손을 짚어 맥을 살핀다는 것이 실로 거슬려 못 하겠다고 말했다. 장헌이 그 뜻을 감히 꺾지 못해 다시 부탁하지 못하고 그저 넋을 잃은 사람처럼 응설각과 문회당 사이를 끊임없이 들락날락거렸다.

장헌은 날이 어둡고 밤이 깊었지만 편히 쉬려고 하지 않으니, 인광이 마음속으로 생각했다.

'저 금수 같은 놈이 신의는 사라진 지 오래되었으나 호랑이나 승냥이도 제 자식은 사랑하는 법이니, 비록 밝지 못하고 멍청하나 그 딸의 참담한 모습을 보니 참지 못하는구나.'

이에 구태여 장헌에게 쉬라고 권하지 않고 조용히 책을 보면서 다른 일에는 전혀 관심을 두지 않았다. 다만 이 집을 빨리 떠나 부모님 앞에서 색동옷을 입고 즐겁게 춤추며 기쁘게 해드리고 할머니께 예를 차릴 것을 꾀할 뿐이었다. 이때 춘홍 등이 약을 성완 소저의 입에 드리우니 숨 쉬는 것이 조금 분명해지고 팔다리에 온기가 생겼다. 참혹한 모습은 한결같았지만 이제 살아날 길이 보이는 것 같았다. 설란 등이 천만다행으로 생각하며 하늘을 우러러 소저가 다시 살아나 예전처럼 돌아가기를 빌었다. 장헌이 밤새 눈을 붙이지 못하고 자주 딸의 숨을 살피며 팔다리를 어루만지니, 살아나기를 바라는 마음이 간절했다. 설란 등이 몹시 의아해하며 하루 만에 그 거동이 달라진 것을 이상하게 여겼다.

다음 날 아침에 장헌이 설란 등에게 딸을 조심히 간호하라고 당부했다. 그러고는 외당에 나와 인광을 보며 저녁에 다시 오겠다고 말하고 성안으로 향했다. 인광은 장성완의 처소와 자신이 있는 곳이 다르나 한 지붕 아래에 있으니, 장헌이 없을 때 자신이 혼자 이곳에 있는 것이 매우 불편했지만 그렇다고 떨치고 갈 수도 없었다. 다만 딸의 병세가 위태로운데 아버지가 방치해 두는 것은 몰인정하니, 날마다 공무를 끝내면 돌아와 딸을 구호하라고 했다. 장헌이 고개를 끄덕이며 응낙하고 성안으로 향했다. 이제 빈집의 바깥쪽에는 인광만 있고 안쪽에는 성완만 있으니, 인광은 심히 불편하여 창을 닫고 책상에 앉아《중용》을 읽는 데만 빠져 있었다.

해가 서쪽으로 졌을 때 문득 서쪽에 있는 창을 살피니, 노을이 지는 가운데 사람 그림자가 있었다. 창밖으로 잠깐 보니 두보현이 바람처럼 이르러 집 안으로 들어왔다. 헤어질 때 다시 만나기가 아득한 것을 서로 서운하게 여겨 사오 년 안에는 다시 못 만날 거라고 생각했는데, 어찌 오늘날 여기서 만나게 될 줄 꿈속에서나마 생각했겠는가? 하물며 두보현의 은혜가 깊고 정이 얽혀 그 모습을 보니 반가움이 넘쳐 저도 모르게 몸을 일으켜 섬돌로 나가서 그를 맞았다. 두보현이 또한 몹시 반가워하며 인광의 손을 잡고 함께 방에 들어갔다. 인광은 두보현에게 여기에 온 이유를 묻고 다시 엄정 부자의 안부와 장두의 근황을 물었다. 두보현이 모두들 무탈하다고 대답하며 말했다.

"내 행적이 이렇듯 바람 같으니 참으로 자네가 믿지 않아도 어쩔 수 없네."

(책임번역 남혜경)

완월회맹연 권 24

정인광의 탈출

정인광의 도움으로 장성완이 회복하고

정인광이 장헌 집에서 도망하다

두보현과 정인광의 만남

두보현이 모두들 무탈하다고 대답하며 말했다.

"내 행적이 이렇듯 바람 같으니 참으로 자네가 믿지 않아도 어쩔 수 없네. 구름과 안개를 탄 것이 아니요 큰기러기와 고니를 따라 날아온 것도 아니네. 다만 선생(엄정)의 명을 받들어 갑작스레 말을 타고 바다에 다다라 신행법을 이용한 배를 타고 열흘이 못 되어 상경했지. 선생이 비밀리에 보냈기에 엄씨 형제들이 모두 알지 못하고 장어사(장두) 또한 모르게 온 까닭에 소식 한 자도 미리 써서 부치지 못했으니 자네는 이상하게 생각하지 말게나. 현명한 그대가 조주에서부터 출발하여 그간 길에서 겪은 불행한 일들은 따라갔던 사내종이 대강 알려줬을 뿐 아니라 선생이 진작부터 알고 계셨으니 다시 묻고 말할 것이 없겠네. 성현이 위태한 상황에 처하면 경전의 가르침을 행한다고 했으니, 자네가 부녀자의 옷차림을 한 것은 형편상 어쩔 수 없는 일로 공자께서 액을 당해 남루한 옷차림으로 송나라를 지나간 것과 무엇이 다르겠는가? 선생이 그대가 기강에서 상경한 후 여기서 우환을 당할 날짜를 헤아려보고 내게 약을 가지고 가 때를 놓치지 않도록 하셨으니, 자네는 이상하게 생각하지 말고 속히 이 약을 써서 세상에 보기 드문 열녀가 원통하게 병든 몸이 되지 않게 하시게."

말을 마치고 소매에서 세 개의 환약과 두 첩 복약을 꺼내 정인광 앞에 놓았다. 인광이 보니 붉은색의 환약은 '아면복상단'이라 쓰여 있고 수정 같은 빛깔의 환약은 '진청회소단'이라 쓰여 있었다. 두 첩 복약은 먹지 말고 물에 개어 얼굴에 바르라고 했다. 엄정이 친필로 각각 약봉지에 사용법을 순서대로 적어놓은 것을 보고 인광은 속으로 이상하게 여기며 너무나도 신기해했다. 그러나 참된 성인과 선비가 만물의 백세 뒤를 밝히 깨달아도 묵묵히 입을 다물고 있는 것과는 달리 보지도 않은 일을 미리 헤아려 성급히 말한 것이 이단에 가깝게 느껴져 끝내 받아들일 수 없었다. 인광이 약봉지를 책상 위에 얹고 감사해하며 말했다.

"형이 선생의 명을 받들어 만 리나 되는 거리를 멀다 않고 이곳에 이르렀으니 매우 감사합니다. 전에 입었던 은혜도 다 갚지 못했는데, 어떻게 감사 인사를 드려야 할지 모르겠습니다. 더구나 제가 여자 옷 입은 것을 높이 평가해서 한없이 위로해 주시나 부끄러워 어찌할 바를 모르겠습니다. 그런데 누군가가 우환을 당할 것이라는 말씀은 무슨 뜻인지요? 지금 부모님께 돌아가지 못하는 것이 걱정스럽고 애가 타지만 이는 약을 쓸 일이 아닌데 굳이 약을 가지고 오신 것은 무슨 까닭입니까? 모름지기 속 시원히 알려주십시오."

두보현이 웃으며 말했다.

"자네는 선생이 너무 신명하셔서 도리어 받아들이지 않고 이단에 가깝다고 꺼리는 게로군. 그러나 군자는 겉과 속에 감추는 것이 없고 맑은 마음을 속이는 일이 없는데, 그대는 군자의 덕행을 숭상하면서도 오히려 시속에서 벗어나지 못해 내뱉는 말이 속마음과 다르군. 자네가 지금 열부의 목숨을 구하려고 틀림없이 스스로 처방을 내렸을 것이네. 그대의 재주가 비록 의학의 신으로 일컬어졌던 헌원이나 황제(黃帝)와 더불어 의약을 만들던 기백의 신기함을 겸했다고는 하나 그대가 만든 약은 세상의 잡초와 다를 것이 없네. 영지와 산삼의 신이한 약효가 없다면 능히 장소저를 회복시키지 못할 것이네. 허나 선생이 한번 손을 움직이면 소옹의 신이한 재주를 우습게 여기며 깊은 병이라도 능히 치료할 수 있다네. 세 개의 환약이 비록 변변찮은 것이나 장소저에게 한번 써보면 신기한 효험을 나타낼 것이네. 두 첩 복약도 또한 그대가 처방한 약보다 훨씬 나을 것이니, 속히 달여 쓰면 기운을 차리고 몇 달이 되지 않아 효험을 볼 것이네. 괴롭게 치료법을 연구하며 약을 짓느니 차라리 이미 지어 온 약을 쓰는 것이 마땅히 옳지 않겠는가?"

인광이 가만히 웃으면서 말했다.

"현사께서 이미 선생의 가르침을 받고 제 마음을 밝히 아시니 어찌 숨기겠습니까? 제가 사람이 비명횡사함을 불쌍하게 여겨 살리고자 하는 뜻은 있으나 과연 생각건대 이 일이 저와는 별 상관이 없는 일입니다. 혹시라도 목숨을 구하는 덕을 베풀어 사람을 살리려고 했다면 가져오신 약을 장헌에게 주면 될 텐데, 어찌 굳이 저를 찾아와 약을 주시는 겁니까? 이 집에 주인도 없이 앉아 있는 불편함과 괴로움이 말할 수 없으니, 어찌 제가 오래 머무르며 약 사용법을 가르치겠습니까? 스스로 남녀의 성별을 바꿔 저 짐승 같은 장헌의 눈을 속인 일이 죽을 때까지 부끄러울 뿐입니다. 훗날 어머니 계신 곳으로 돌아가더라도 이 모습으로는 사람을 대할 면목이 없으니, 그윽이 부끄러워 어찌할 바를 모르겠습니다. 장소저의 무고함과 억울함을 헤아려 그 목숨을 살리고자 했으나 무슨 절박한 우환으로 생각했겠으며 저 또한 화타와 편작이 가진 의술이 없으니 타고난 수명을 다한 목숨과 하릴없이 병으로 쇠잔한 사람을 어찌 치료하여 살릴 방법이 있겠습니까? 제가 겨우 아홉 살이라 입에서 젖내를 면치 못해 진실로 음양의 이치를 자유롭게 바꿀 수가 없으니, 남자의 몸으로 여자의 옷을 입고 편하지 않은 곳에 머물고 있는 것이 몹시 절박하고 괴로웠습니다. 핑곗거리를 얻어 돌아가려 했지만 좋은 묘책이 없었는데 이제 형을 만났으니 매우 다행입니다. 장헌이 반드시 오래지 않아 이곳으로 올 것이니, 현사께서는 모름지기 잠깐 기다렸다가 그가 들어오는 때에 맞추어 일어나 나가십시오. 그러면 반드시 저를 절의 없는 계집이라 의심할 것입니다. 그의 의심을 돋워 한바탕 난리를 피운다면 제가 이를 핑계 삼아 이 짐승 같은 놈의 집을 떠날 수 있습니다."

두보현이 조용히 다 듣고 난 후 장성완의 앞날에 별 관심이 없는 것에 놀라고 또한 그의 말이 진정에서 비롯하여 조금도 거짓이 아님을 감복하며 말했다.

"우리 사부는 진실로 신과 같은 분이시네. 장공과는 단 한 번도 만나본 적이 없고 사소한 은혜도 입은 적이 없으나 장소저의 원통하고 억울한 죽음을 두고 볼 수 없다고 하셨네. 장소저가 죽으면 자네와 부부의 정이 끊어지는 것은 물론 천고의 열절을 지닌 효녀를 잃게 되는 것이니, 차마 냉담히 개의치 않을 수 없어 급히 나에게 약을 갖고 여기에 이르기를 명령하신 것일세. 출발할 때 사부께서 그대에게 말씀을 부치시길 '보현을 보내는 것은 내가 기약하지 않은 바였다. 별자리를 잠깐 살펴보니 절효열녀의 빛나는 영혼이 참혹한 중에 그대가 그 아버지를 원수처럼 여기니, 한때 사그라지는 목숨을 잇고자 할지언정 깊이 거두고자 하는 의사는 없을 뿐 아니라 그 원래 상태로 회복할 약을 밝히 쓰지 못해 행여나 일이 잘못될까 걱정되어 갑작스레 양익【두보현의 자호】을 보내네. 그대는 모름지기 하늘의 명을 따르지 않으면 도리어 재앙을 받게 되는 이치를 생각하여 백년가약의 좋은 인연을 사소한 의심 때문에 물리쳐서는 안 될 것이네. 부디 늙은 이의 말을 쓸데없다고 꾸짖지 말게나.'라고 하셨네. 이제 내가 장공의 눈에 띄는 것으로는 의심을 사지 않을 것이나 곧 사리와 체면 따위를 모르는 부인의 투기가 머지않아 닥칠 것이니, 그대가 집으로 돌아가는 것은 자연 쉬울 것이네. 사부께서 말씀하시길 '장소저가 회복하는 것을 보지 않고 장씨 부중을 떠나가면 중도에 하염없이 지체하게 될 것이다.' 하셨네. 나의 어리석은 견해로는 그대가 여기 머물면서 장소저가 낫기를 기다렸다가 돌아가야만 다시는 재앙이 없을까 싶네. 자네가 이 약을 가져다가 바로 장공에게 주라고 하나, 그대가 이미 만든 명약이 있으니 자네가 장공에게 전하는 것이 다른 의심을 없애는 길이네. 정이 깊고 할 말은 끝이 없으나 사부의 명을 받아 돌아가야 해서 더는 시각을 지체하지 못하겠네. 이만 이별을 고하니,

훗날에 다시 만나기를 기약하겠네."

말을 마친 후 몸을 일으켜 인사하니 인광이 급히 손을 잡고 좀 더 머물기를 원했다. 그러나 두보현은 돌아갈 길이 바빠 더 머물 수가 없었다. 인광은 하는 수 없이 나중에 만나기를 일컬으며 서로 작별 인사를 하는데, 가슴이 먹먹하고 슬퍼 눈물이 흘렀다.

정미인과 두보현에 대한 장헌의 의심

두보현이 섬돌 앞뜰을 따라 문 밖으로 나서다가 때마침 장헌이 돌아오는 것을 보고는 몸을 기울여 그윽한 곳에 숨으려 했다. 그러나 그 모습을 장헌이 먼저 보고는 시중드는 사람을 시켜 말을 전했다.

"그대의 풍채와 골격이 속된 모습을 벗었으니 자연에 묻혀 사는 현자임을 묻지 않아도 알겠소. 원컨대 귀한 이름을 듣고 싶소."

두보현이 장헌과 한가롭게 대화할 생각이 없어 소매를 떨치고 발걸음을 가볍게 놀리며 말했다.

"나는 부처도 신선도 아니오. 천지에 집 없는 나그네요 바다 밖 멀리서 온 유발승이니 성도 없고 이름도 없소."

말을 마치자 벌써 동네 어귀를 지나니 미처 따라잡을 길이 없었다. 장헌은 그 어린 남자의 고귀한 풍채를 보고는 매우 의심스러웠다. 정미인(정인광)을 의심하는 것이 아니라 자기 딸의 행실이 음란하고 천박한 까닭에 왕후관·범경화 두 남자 외에 또 정을 통한 사람이 있었나 하여 놀랍고 의심스러워 문을 지키는 아랫사람을 불러 그 유생이 어디서 와서 누구를 만나보고 갔는지를 캐물었다. 이에 문지기들이 모두 모른다고 대답했는데 맨 마지막에 시비 한 명이 앞으로 나오며 말했다.

"어떤 유생인지 문회당에 들어가 정낭자를 본 후 돌아갔습니다."

장헌이 시비가 한 말을 잘못 들었나 싶어 정미인에게 물으니, 인광이 일부러 이렇게 대답했다.

"제가 본래 조주 거사 두보현과 친척 같은 사이였는데 저를 찾아왔기에 서로 만났습니다."

장헌이 듣고는 크게 화를 내며 눈알의 흰자위를 뒤집어 부릅뜨며 얼굴을 붉히고 소리를 매섭게 내지르며 말했다.

"네 말이 심히 사리에 어둡구나. 여자가 친척이라도 남편이 없는 사이에 한데 뒤섞여 어수선하게 노는 것이 가당치 않거늘 더욱이 공연한 남을 서로 볼 이유가 있겠느냐? 네가 그자와 남매라도 맺기로 약속했느냐? 그렇지 않다면 까닭 없이 다른 가문의 남자를 만나지 않을 것이니, 빨리 이유를 말해 나의 놀란 마음을 풀게 하라."

인광이 야릇하게 웃으며 말했다.

"상공이 원래 경기(驚氣)하는 증상이 있으신지 놀라기도 잘하십니다. 재상가 높은 관리의 집에서 덕행을 실천하며 자라나 시를 외우고 예를 배우는 귀한 자손 중에도 간간이 음란하고 비루한 행동을 하는 여자가 있는데, 하물며 저 같은 인생이야 어려서 부모를 잃어버리고 천한 여자에게 양육되었으니 자연스레 여자 행실의 바른길을 모르며 낯가리는 예를 엄하게 차리지 못해 마음에 거리낌이 없었습니다. 그러니 바깥사람을 서로 만나 얼굴을 마주 보는 것이 그 무슨 이상한 일이겠습니까? 구태여 두보현과 남매를 맺기로 약속하지는 않았으나 의리는 두터워 서로 친척같이 만나는 사이입니다. 제가 본래 낯을 가리지도 않고 소리를 낮춰 규방 가운데 침선을 익히고 바늘을 놀려 부녀자의 도리를 지키고자 하지 않았으니, 행실이 잠깐 온유하지 못한들 그 무슨 큰일이겠으며 술집에서 스스로 즐긴들 또한 상공의 깨끗한 덕과 예절에 무엇이 방해될까 여기시는 겁니까?"

장헌은 그 말투가 이치에 어그러지고 무식한 것에 무척 놀랐다. 그러나 원래 정미인을 가볍게 생각하지 않았기에 화가 나는 대로 그녀에게 대거리를 하지 못했다. 낯빛이 변할지언정 이치에 어그러진 미친 소리를 듣고 마음대로 시원하게 내질러 꾸짖지도 못하고 노한 기운을 속으로 삭이느라 간간이 입술을 꽉 다물며 은연중에 몹시 분해 이를 가니 그 거동이 더욱 졸렬하고 우스꽝스러웠다. 인광은 일부러 핑계를 만들어 내쫓기려는 수작이었는데, 장헌이 스스로 분노할지언정 자기를 쫓아 보내지는 않으려 하는 것을 보고 놀랍고도 괴로워 다시 두어 말로 그의 분한 기운이 더 치밀어 오르도록 충동질했다. 장헌이 마침내 말을 안 하고 딸을 보러 안으로 들어가려 하자 인광은 두보현이 주던 약을 장헌 앞에 내밀며 말했다.

"한 도인이 이 약을 주면서 장소저를 치료하는 데 쓰라고 했기에 받아두었습니다. 상공께 드리니 모름지기 시험해 보십시오."

장헌은 이 약을 정미인이 지은 것으로 알았기에 도인이 주었다고 한 말은 거짓으로 여겼다. 그래서 굳이 도인의 근본을 묻지 않고 응설각에 들어가 딸을 보았는데, 인광이 만든 약이 효험이 있어 만에 하나도 살지 못할 것 같던 상태와는 비교하지 못할 정도로 회복되어 있었다. 마음속으로 다행스럽게 여기며 정미인이 주던 약을 꺼내 딸의 얼굴에 골고루 바른 뒤 남은 것은 유모 설란에게 맡겨 봉지에 쓰인 대로 차례로 바르라 지시하고 춘홍에게는 복약을 달여 먹이기를 당부했다. 설란과 춘홍은 약의 출처를 알지는 못하나 신기한 효과가 있어 매우 다행스럽게 여기며 구호했고 약시중을 드는 정성이 천지를 감동시킬 만했다. 장헌이 이 밤을 딸의 침소에서 지내고 다음 날 아침에 정미인을 보지 않고 바로 성안으로 향했다. 장헌은 정미인이 두보현을 만난 일이 매우 못마땅했으나 오히려 정미인의 성품이 음란함과는 먼 줄을 알아 그와 사사로운 정은 없었을 것이라 생각했다.

분노한 박씨의 태운산 행차

이때 한 요망한 시비가 있어 박부인에게 아첨하기를 즐기고 사람의 형세를 보아 강한 자를 붙들며 약한 자를 밀쳐냈으니 진정 장헌의 시비다웠다. 그 시비는 정미인을 향한 장헌의 사랑이 비할 데 없었기에 감히 박부인에게 알리지 못하고 있었다. 그러나 오늘은 갑자기 장헌이 정미인을 다시 보지도 않고 성안으로 향하는 것을 보고는 생각이 달라졌다. 시비는 정미인 얘기를 박부인에게 전하면 상을 후히 받을 것이라 여기고 서둘러 성안에 들어가 부인을 뵙고는 주위 사람들을 물러가게 해달라고 청했다.

박씨는 낮에는 시끄럽고 소란스러워 장헌을 조용히 대하지 못하고 밤에는 장헌이 태운산에 가서 딸을 치료하며 돌보니, 심히 우울하고 즐겁지 않았다. 그러던 중 태운산에서 살림을 도맡았던 시비가 갑자기 찾아와 은근한 목소리로 좌우 사람들을 내보내라 한 것이다. 박씨는 이상하게 여겼지만 무슨 일인지 너무 궁금해서 즉시 주위를 물러가게 하고는 시비를 가까이 나아오라 했다. 머리를 돌려 귀를 대고 시비가 하는 말을 들으니, 마른하늘에 날벼락을 만난 것 같을 뿐 아니라 화나고 분한 마음이 하늘을 깨치고 땅을 뚫을 것 같았다. 박씨는 이 일을 몰래 알린 시비의 충성을 기특하게는 여겼으나 정미인이 오던 날 즉시 알리지 않은 것에 크게 화가 나 곁에 있던 책상을 들어 시비의 머리부터 온몸을 닿는 대로 마구 때렸다. 시비가 피를 흘리며 다시 한마디도 못 하고 혀를 빼물며 거꾸러져 기절했다. 밖에서 듣고 있던 박교랑이 크게 놀라 급히 들어와 박씨를 붙들고 말했다.

"무슨 까닭으로 시비를 직접 때리셔서 체통을 잃으십니까?"

박씨는 화나고 분해 온몸이 떨리고 서럽고 억울하여 마음을 진정할 수 없었다. 그러니 무슨 말이 제대로 나오겠는가? 두서없이 손으로 태운산을 가리키며 겨우 '달기 같은 요녀가 있다'고 외칠 뿐이었다. 교랑은 즉시 박씨를 붙들어 분노를 가라앉히시라 말하고 시중드는 아이를 시켜 기절한 시비를 주물러 깨우고는 부인이 화내시는 까닭을 물었다. 시비는 박부인에게 아첨하면 분명 큰 상금을 내리실 거라고 여겼는데 도리어 이렇게 참혹한 벌을 받게 되니 어찌할 줄 모르고 다만 상처를 어루만지며 입을 열지 못했다. 이에 교랑이 시비를 달래서 그 사정을 듣고는 박씨를 향해 말했다.

"상공께서 정미인을 의심하는 상황이니 없애버리는 것이 어렵지 않습니다. 고모는 화를 그만 내시고 이 사실을 알려준 시비의 공로를 살펴주세요."

박씨가 한스러워하며 말했다.

"공로도 있고 죄도 있으니 먼저 죄를 다스리고 뒤에 공로에 대해 상을 주는 것이 마땅하다. 태운산에 있는 시비들이 다 알고 지금까지 내게 알리지 않았으니, 곧 나라에 반역하는 신하와 주인을 배신하는 노비는 그 죄가 같다고 할 수 있다. 남몰래 일러바친 시비는 목숨을 살려주고 상을 줄 것이지만 그 나머지는 모조리 용서치 않을 것이야."

그러고는 한편으로 수레를 준비하라고 명령하며 곧 태운산으로 향하려 했다. 교랑이 박씨의 행차를 멈출 방법이 없어 행차의 위의를 갖출 것을 아랫사람들에게 분부했다. 그리고 박씨에게 계교를 가르쳐주며 '상공을 뵙거든 이리이리 하세요.'라고 했다. 박씨가 조카 알기를 여자 중 진평이며 장량으로 여기니 어찌 그 꾀를 따르지 않겠는가? 이때 희린 형제는 아파서 중서당에서 각각 유모의 병간호를 받고 있었기에 이런 상황을 알지 못하고 다만 어머니의 행차가 누나를 보러 가는 것인 줄로만 알고 기뻐했다. 박씨가 새벽닭의 울음소리를 들으며 태운산으로 향할 때 시비들에게 분부하여 말을 어긋나게 하지 말라고 당부했다.

정씨 가문 사람들을 잡기 위해 화상을 그리는 장헌

이때 장헌은 딸을 팔아 부귀를 도모하고자 했던 바가 이미 그림의 떡이 되어 더 이상 바랄 수 없게 되었으니, 어찌 경태제의 충신이 되겠는가? 혹시나 벼슬자리를 잃게 될까 봐 초조해하고 근심하던 중에 태감 김영보를 길에서 만나니, 간절히 자기 집으로 청해 잠깐 대화를 나누었다. 김영보는 경태제가 총애하는 자라 장헌이 그를 전에 자신이 섬기던 왕진처럼 공경했고, 김영보 또한 장헌의 딸을 후궁으로 들어가게 하여 그와 깊이 사귀고자 했다. 그런데 뜻밖에 장헌이 자식을 잃어 슬퍼하는 것을 보고 크게 놀라 그 까닭을 물었고 장헌은 이미 딸을 죽였다고 거짓말을 했다. 김영보가 놀라워하며 장헌을 위로하다가 경태제가 이를 갈며 몹시 분노하시는 바를 가만히 헤아리며 말했다.

"황제께서 정씨 집안에 대한 분노가 커서 기어코 정잠 형제를 죽이고 싶어 하시나 밝혀진 죄명이 없을뿐더러 사람들이 전하는 말을 들으니 정씨 부중이 태주를 떠나 깊은 산속에 자취를 감추었다고 합니다. 저 무리가 본래 황제의 마음을 헤아려 위태로울 때는 몸을 숨겨 목숨을 보전하고자 하니, 천자의 위엄으로도 능히 정씨 집안 사람들을 어찌지 못하시는 것이오. 상공(장헌)이 재상의 지위로 극진한 대우를 받으니, 사사로운 은혜를 잊고 큰 뜻을 좇아 정씨 가문 사람들을 모조리 없앨 꾀를 능히 계획하시겠습니까?"

장헌이 미처 다 듣기도 전에 온몸의 털이 쭈뼛이 설 정도로 두렵고 등에서 식은땀이 흘러 옷을 적셨다. 그러나 어찌 김영보의 뜻을 따르지 않을 수 있겠는가? 장헌은 정씨 가문을 같은 하늘 아래 살 수 없는 원수인 듯 말하며 정잠 형제가 결단코 평안히 죽지 못할 것이라 했다. 또한 자기는 그 거처를 알 길이 없으니, 그 얼굴을 그려 붙이고 모든 곳을 샅샅이 찾아 그들을 해치우는 것이 마땅하다고 했다. 이에 김영보가 말했다.

"누가 능히 정잠 형제의 얼굴을 그려내겠으며, 하늘 아래 온 세상 사람들이 혹 남이라도 생김새가 비슷한 자가 한둘이 아닌데 어찌 진짜 정씨 형제를 잡아 해칠 수 있겠소?"

장헌이 웃으며 말했다.

"정씨 가문 사람들의 용모가 특출나 다른 사람들과 같지 않을 뿐 아니라 제가 그림 그리는 재주가 그리 둔하지 않으니 그 얼굴을 그려내는 것은 수고롭지 않습니다. 신하가 되어 죽을 땅이라도 피하지 않을 것인데, 어찌 사사로운 은혜를 생각하여 나라의 은혜를 저버리겠습니까?"

김영보가 장헌의 충의를 못내 칭찬하니 장헌이 놀란 마음을 진정하고 바로 다음 날로 정씨 가문 사람들의 화상을 그리겠다고 했다.

장헌은 수레를 돌려 태운산으로 돌아와 딸을 잠깐 본 뒤 바로 나와 웃옷을 벗어 팽개치고 문화당 협실에 들어가 한 필의 흰 비단과 여러 가지 색칠 재료를 손에 들고 두 개의 촛불을 눈부시도록 환히 밝혔다. 인광이 속으로 이상히 여겼으나 굳이 까닭을 묻지 않고 그저 손을 모으고 단정히 앉아 있었다. 장헌이 전날 같으면 분명 묻지 않아도 스스로 떠벌렸을 것이지만 어제 두보현을 본 뒤로 마음이 평온하지 못해 정미인에게 한마디도 건네지 않았다. 다만 붓을 들어 먼저 정잠의 얼굴을 그리고 그다음으로 정삼의 얼굴을 그렸다. 그런데 그리는 기법이 신기하며 재주가 특이하여 정잠 형제의 얼굴을 실제로 마주한 듯했다. 그림 속 얼굴의 붉은 입술과 아름다운 수염을 잠깐 움직이면 마치 공자와 맹자가 말씀하시는 듯한 모습과 같으니, 털 끝만큼도 자신이 아는 얼굴과 다름이 없었다. 인광이 그림 속 얼굴을 보다가 반가움과 슬픔이 마음속에 뒤얽혀 참지 못하고 화상 앞에 나아가 어루만지며 물었다.

"상공이 누구의 화상을 이렇듯 신기하게 그려내시는 건가요?"

장헌이 묵묵히 아무런 대답을 하지 않으며 화상을 말아 책상에 얹으니 인광이 정색하며 말했다.

"제가 비록 보잘것없고 용렬하나 또한 사람입니다. 상공이 마음을 기울여 대접하시기에 고금의 일을 논의하며 답하고 일의 옳고 그름을 서로 의논하여 확정하고자 했습니다. 상공을 돕지는 못하나 무슨 일이기에 대답을 하지 않으십니까? 제가 혈혈단신으로 의지할 곳이 없고 아는 사람이 없으나 상공이 이처럼 쌀쌀맞게 대하신다면 비록 반첩여의 지조와 절개를 따르지 못한다 해도 어찌 구태여 귀댁에 머물러 상공의 은총을 구차하게 바라겠습니까? 청컨대 상공께서는 저를 더는 붙잡아 두지 마십시오."

장헌이 다 듣고는 어이없고 화가 나 정색하며 말했다.

"예로부터 나라의 흥망이 계집으로부터 자주 비롯되었다. 여자의 덕이 크면 나라를 흥하게 하고 집을 창성하게 하지만 암탉이 분수에 맞지 않게 지나치게 울어대면 매희가 걸왕을 망하게 하고 달기가 주왕을 망하게 하며 포사가 유왕을 망하게 하고 서시가 부차를 망하게 한 것과 같으니 어찌 경계하지 않겠느냐? 그러니 모름지기 조심하거라. 네 비록 떠나기를 청하나 내 이미 좋게 보내지 않으려 하니 어찌 무사히 문을 나서겠느냐? 벽 위에 있는 일척 검이 거뜬히 네 목숨을 끊을 것이다."

인광이 싸늘하게 비웃으며 말했다.

"제가 평생 법을 어긴 적이 없고 상공이 무장한 군사가 아닌데 무슨 까닭으로 큰 죄 지은 자나 죽이는 법을 제게 행할 수 있겠습니까? 온 세상에 예의와 염치가 닳아 없어지고 윤리와 기강이 무너졌으니, 신의 없고 은덕을 저버리는 불인한 흉적이라도 복록과 부귀를 누리는 자가 간간이 있습니다. 그러니 비록 제가 재주가 없고 도리에 어긋난다 해도 어찌 칼로 목숨을 해할 정도가 되겠습니까?"

말을 마치자 맹렬한 눈빛에 노한 기운이 가득하고 머리털이 위로 서며 옥 같은 얼굴이 매섭게 바뀌었다. 위엄이 넘쳐 사람이 한번 쳐다보면 두려워 몸을 움츠리게 될 정도였다. 장헌이 크게 꾸짖고자 하나 정미인의 성품이 세차고 곧아서 혹시 스스로 목숨을 끊을까 봐 오히려 아끼는 뜻이 있었기에 다시 말하지 않고 다만 분노를 머금고 똑바로 앉아 있었다.

화상을 불사르는 장헌

이때 갑자기 한 노파가 허옇게 센 머리를 흔들며 이성을 잃고 통곡했는데, 그 간절한 소리는 하늘에 닿을 듯하고 떨어지는 눈물은 땅에 사무칠 듯했다. 장헌이 놀라서 눈을 둘러 살펴보니, 이는 다른 사람이 아니라 그의 유모인 교씨였다. 그녀가 머리를 땅에 박고는 목메어 울면서 돌아가신 태부 어르신(정한)과 서태부인의 산처럼 높고 큰 은혜와 바다같이 드넓은 덕을 우러렀다. 그러고는 지금 정씨 가문이 위태로워 깊은 산속에 자취를 감춘 것도 지극한 아픔인데, 정잠과 정삼의 얼굴을 그려 이리이리 하는 것은 은혜를 저버리는 것일 뿐만 아니라 하늘의 진노를 받아 화와 재앙이 자손에게까지 미칠 것임을 갖추어 말했다. 그 말투가 세차고 강직하며 충성되고 곧고 맑아 깨끗한 선비의 풍모가 있었다. 교씨의 손자인 운자는 열한 살 어린아이로 인물됨이 영리하고 슬기롭고 총명하여 장헌이 그를 아껴 서책을 관리하게 하고 출입할 때 반드시 수레를 쫓아다니게 했다. 그런 까닭에 오늘 장헌이 김영보와 주고받던 대화를 낱낱이 듣고 급히 제 할미에게 전했고 이에 교씨가 크게 놀라고 매우 안타까워 죽기를 각오하며 간했던 것이다.

원래 교씨는 정씨 부중이 태운산에서 떠나는 것이 마음 아파 장헌을 따라 성안에 가지 않고 장씨 부중에도 머물지 않았다. 그러면서 정씨 부중의 부서지고 떨어진 행랑채에 머물렀기에 장헌의 얼굴도 자주 보지 못하고 그가 하는 일도 자세히 알지 못했다. 또한 장헌이 유모의 강직한 성품을 좋아하지 않아 그녀에게 의복과 음식을 후하게 줄지언정 가까이 불러두려 하지 않고 자기가 하는 일을 모르게 했다. 그런데 화상 그린 일을 벌써 알아채고 이렇듯 굳게 간하는 말을 하니 심히 괴로웠다. 유모가 하는 말마다 마음이 흔들려 애절하게 슬퍼지니, 자기도 모르게 참혹한 눈물이 흘렀다. 장헌은 그 본심이 모질거나 사납지는 않았으니, 정태부(정한)가 전날 베푼 은혜와 덕이 하늘과 바다 같음을 어찌 모르겠는가? 하물며 자기 부모가 살아 계실 때 떠돌아다니며 구걸하다 구빈관에 몸을 의탁한 뒤 정태부의 은덕으로 좋은 집에서 호사스럽게 살다가 세상을 떠나게 된 일, 자신의 돌아가신 부모를 비단으로 염해 좋은 땅에 장사 지내주고 3년간 제사와 장씨 선조의 제사를 시비들로 하여금 극진히 받들게 했던 일, 자신이 아내를 얻자 비로소 연부인에게 봉제사를 전한 사연 등을 교씨가 분명하고 뚜렷하게 갖춰 말하니, 사람 된 도리에 어찌 마음이 아프지 않겠는가? 장헌이 황망하게 교씨의 손을 잡고 슬프게 눈물을 흘리며 한동안 말을 못 하더니, 문득 화상을 가져와 급히 촛불 아래에 불이 붙게 하여 눈 깜짝할 사이에 불태운 뒤 가슴을 어루만지며 길게 탄식하고 말했다.

"어미는 다시 말하지 마라. 내 과연 은혜를 저버린 것을 모르지 않으나 정씨 부중의 은혜를 갚으려고 조금이라도 저들을 후하게 대하면 내 몸이 망할 뿐 아니라 우리 가문을 보전할 길이 없을 것 같았네. 그래서 차라리 정씨 집안을 배척하며 권세와 부귀를 좇아 나의 벼슬자리를 보전하고자 한 것이라네. 어차피 정씨 집안 사람들은 그 목숨이 하늘에 달려 있으니 내가 해치고자 해도 죽지 않을 것 같아서 화상을 그려 김영보 태감에게 주어 이참에 정씨 가문과 의를 끊고 아예 서로 보지 않으려고 했다네. 허나 어미의 말이 이렇듯 일리가 있으니 어찌 화상을 가지고 김태감을 뵙겠는가? 그를 만나면 화상을 그리지 못했다고 말할 것이니, 어미는 걱정하지 말고 어서 돌아가 편히 쉬시게."

교씨는 자신의 눈앞에서 화상을 불태우던 장헌이 하는 말을 듣고는 다시 긴말로 상하 간에 서로 체면을 깎는 일이 옳지 않다고 여겼다. 이에 여러 번 절하고 감사해하며 장헌이 마음을 고쳐 덕을 닦은 것을 하례하고 물러나 정씨 부중 행랑채로 향했다.

이때 인광이 비로소 장헌이 흉한 일을 벌이고자 했던 것을 알고는 너무 놀라 뼈마디가 서늘했다. 다만 이 짐승 같은 인간이 본래 행실을 함부로 하고 예의가 없었으므로 새롭게 놀랄 일은 아니라 생각했다. 인광은 아버지와 백부가 저 쥐새끼 같은 무리의 하찮은 계교에 빠져 목숨을 잃을 걱정은 조금도 하지 않았다. 그러나 아버지와 백부를 해하고자 하는 원수에게 몸이 매여 있으니, 이 집에서 편안히 머물며 시일을 지체하고 불의한 흉인과 함께 같은 방에서 서로 마주 대하는 것이 효의에 어긋날뿐더러 탄식할 만한 일이었다. 인광은 한시라도 빨리 장씨 가문과의 인연을 끊고 영원히 서로 얼굴을 대하고 싶지 않았다. 그뿐만 아니라 장성완의 절의와 열행이 지금보다 몇 배나 더한다 해도 자기는 결코 짐승 같은 장헌의 사위가 되지 않으리라는 마음을 더욱 굳게 다졌다. 그 마음이 천금보다 무겁고 강철보다 단단하니, 장헌이 장의와 소진의 말솜씨를 빌리고 장량과 진평 같은 이에게 계교를 물어도 정인광을 사위 삼아 장인과 사위가 될 방법은 없었다. 이에 장씨 부중을 떠날 마음이 활시위를 떠난 화살과도 같았다. 그러나 그 화상을 이미 불사른 후라 다만 조용히 앉아 있을 뿐이었다. 장헌은 정미인의 거동이 매우 엄하고 쌀쌀맞은 것을 보고는 천천히 소매를 떨치고 내당으로 향했다. 이에 인광은 이 밤을 타서 장씨 부중을 떠나려고 굳게 마음먹었다.

인광은 장헌이 들어가자 다행스럽게 여기며 재빨리 문을 나서고자 했다. 그러나 밤이 깊지 않아 지나다니는 사람들이 있었으므로 잠깐 머물면서 주변이 고요해질 때까지 기다렸다. 그런데 갑자기 배가 아파 창자를 칼로 써는 듯하고 능히 움직일 기운이 없어 자리에서 구르며 고통스러워했다. 그러나 곁에서 구호할 사람이 없는데 누가 그 병이 급한 것을 걱정하겠는가? 무릇 인광이 위정의 집을 떠난 후로 아침저녁으로 밥상을 받은 일이 없었으며 건어와 미죽으로 굶주림을 겨우 면했다. 기운을 보충할 음식을 맛보지 않은 날이 오래되었으니, 비록 타고난 기질이 강했기에 참고 견뎠으나 어찌 배고파서 현기증이 날 때가 없었겠는가? 몸에 병이 없을 때는 기운이 허약해진 것을 몰랐다가 이제 아파서 팔다리를 움직이지 못하고 어지럽고 기운이 없어 쉽게 일어나지 못할 듯하니, 불인한 흉인의 집을 오늘 떠나지 못할까 두려웠다. 그런데 갑자기 밖이 소란스럽더니 장헌이 손에 서릿발 같은 칼을 비스듬히 들고 지게문을 박차며 별안간 달려들었다. 칼날이 번쩍 빛나며 달빛에 서리가 내린 것 같았고 장헌의 사나운 태도가 사람을 온 이빨로 물어 삼킬 듯했다. 이 어찌 된 일인가?

장씨 부중을 탈출하는 정인광

이에 앞서 박씨는 첫닭이 울 때쯤 속히 태운산으로 향했는데, 아직 해가 뜨지 않고 바람도 차가웠으나 분노한 기운만큼은 열화와도 같았다. 박씨는 태운산에 도착하여 바로 내루에 들어갔는데, 이때 장헌이 응설각에서 잠깐 몸을 쉬고 있다가 부인의 갑작스러운 방문에 놀라 친히 맞았다. 박씨는 딸의 안부는 아예 묻지도 않고 먼저 장헌에게 달려들어 수염과 옷깃을 한꺼번에 잡고는 무자비한 욕설로 꾸짖고 모진 소리를 내지르며 말했다.

"어제 한밤중에 한 호탕한 협객이 날카로운 단도를 품고 방에 달려들어 당신을 찾으며, 자기가 정을 둔 여인을 빼앗아 첩을 삼았기에 부디 죽여서 분을 풀 것이라 하고는 한바탕 난리를 일으켰습니다. 세상에 이런 변고가 어디 있겠습니까?"

그러고는 요사스러운 여자를 얻어 여기에 숨겨두었다며 마구 욕을 해대니, 그 말투와 행동이 도리에 벗어나고 망측하여 말로 표현할 수가 없었다. 장헌은 부인에게 붙들려 수염을 뜯기고 옷이 갈가리 찢기며 능히 기운을 차리지 못해 얼떨떨한 듯 서 있었다. 그 모습이 마치 매에게 쫓긴 꿩과 고양이에게 물린 쥐 같아서 어찌할 줄 모르는 중에, 박씨의 말이 이치에 합당하다고 믿어 조금도 헛되다고 여기지 않았다. 정미인의 행동이 어제오늘 수상했고 두보현이 다녀가면서 이 변고가 일어났으니, 자기 집에 찾아가 난리를 일으킨 자는 두보현밖에 없다고 생각한 것이다. 발끈한 분노가 정미인에게 다 돌아가니, 장헌의 정미인을 미워하는 마음이 어찌 부인의 억지 부리는 투기보다 덜하겠는가? 이때를 당해 장헌은 과연 정미인을 어찌 처치할꼬?

장헌의 성정이 본래 시샘이 심해 자기가 마음에 둔 여인에게 다른 사람이 뜻을 두면 분한 마음을 참지 못하고 이를 갈았다. 자기는 정미인을 고금천지를 다 찾아봐도 견줄 사람이 없을 정도로 빼어나다고 여겨 남달리 사랑을 쏟아 공경하며 대우했는데, 정미인은 다른 뜻을 두어 처음부터 자기를 뱀이나 전갈 대하듯 멀리하며 거리를 두었고 이제 윤리를 어지럽히고 음란한 데 빠져 달아나려는 것이 분명했다. 이에 장헌은 분통이 터질 듯한 기운이 치밀어 올랐으니, 어찌 앞뒤를 따져 생각할 리가 있겠는가? 겨우 손을 들어 부인이 때리고 쥐어뜯는 것을 멈추게 하고 진정으로 불쌍하게 빌며 말했다.

"즉시 요사스러운 여자의 허리를 베어 죽여 부인께 사죄할 것이니,

청컨대 부인은 노함을 멈추라."

박씨가 비로소 장헌을 놓으며 데리고 온 종에게 '이곳을 지켰던 종들을 모조리 묶어놓고 처벌을 기다리게 하라'고 명한 후 장헌을 데리고 나오며 큰 소리로 말했다.

"내 오늘날 여태후가 척씨를 사람돼지로 만들던 위엄을 이어 요사스러운 여자의 팔다리를 잘라버리고 얼굴 모양을 아울러 상하게 하여 똥통에 거꾸로 처박지 못하면 박장군의 딸이 아니요 장상서(장헌)의 부인이 아닐 것이다."

이에 장헌이 서리 같은 칼을 비스듬히 차고 문회당으로 가니, 박씨 또한 뒤따라 나왔다. 장헌이 냅다 지게문을 열어젖히고 들어가 정인광을 향해 큰 소리로 꾸짖으며 말했다.

"내 너를 첩의 자리에 앉히면서부터 크고 풍성한 은혜와 끝없는 사랑을 주고 원하는 바를 모두 들어주었다. 그런데 너는 무엇을 못마땅하게 여겨 나를 버리고 다른 놈을 따라가고자 하여 먼저 내 집에 변고를 만들고 한밤중에 자객을 들여 나를 죽이려 했느냐? 고금천지를 널리 돌이켜 살펴보아도 너같이 간사하고 음란하며 교활하고 흉한 여자는 둘도 없을 것이다. 모름지기 지은 죄를 생각해서 목을 길게 늘여 이 칼을 순순히 받아라."

인광이 아픈 증세가 가볍지 않아 일어나지 못하고 침상에 누워 있다가 이 광경을 보니, 어이없어서 차마 가만히 보고 들을 수 없었다. 그래서 천천히 일어나 맞으며 말했다.

"상공께서 말씀하시는 것이 모두 천만뜻밖이라 무슨 말씀인지 모르겠습니다. 황제의 지위로도 한 사람을 죽이려 할 때는 온 나라가 모두 죽이는 게 옳다고 찬성한 이후에 죽여야 후세로부터 시비를 면할 수 있다고 했습니다. 상공이 무장한 군사도 아닌데 어찌 공연히 칼을 뽑아 사람을 해치려고 하십니까?"

장헌은 분노가 더욱 복받쳐 다시 말을 하지 못했다. 이때 박씨가 급히 인광에게 달려들어 머리카락을 자르며 막 때리려고 하다가 눈을 들어 인광의 풍채와 기상을 잠깐 보았다. 아무리 천한 사람이라도 맑은 하늘의 태양이 밝음을 아니, 박씨가 비록 사람의 마음을 갖추지 못했으나 인광의 당당한 생김새와 헌걸차고도 위엄 있는 풍채가 서시와 양귀비에 견주어도 못하지 않음을 알 수 있었다. 삼킬 듯 미운 마음과 천지를 분별하지 못하는 눈에도 한번 보자마자 기운이 꺾여 마음대로 행동하지 못하고 시비를 시켜 요사스러운 여자를 끌어내려 형벌을 가하라고 명령했다. 그러나 그 말이 억세고 모질 뿐 그 언행이 방정맞고 망령되어 법규가 전혀 갖춰져 있지 않았기에, 아랫것들이라도 눈치가 있어 복종하지 않으려 했다. 하물며 인광은 신비한 기운과 신령스러운 위의를 갖추었으니, 장헌과 박씨를 무엇으로 여기겠는가? 스스로 운명이 기구하여 이런 어그러진 상황을 두루 당하는 것이 한스러우나 어린 소년의 마음에 저 부부의 거동이 우스워 붉은 입술이 미미하게 움직일 때도 빼어난 기상을 갖추었으니, 누구든지 그 모습을 보면 더욱 눈을 돌리기가 아쉬울 정도였다. 그 거동이 티 없이 깨끗하고 맑으나 그 기상은 가을 서리같이 매서웠다. 이마가 두두룩한 제왕의 얼굴상에 용의 눈썹과 봉의 눈같이 가늘고 긴 눈은 거룩하고 밝아, 길짐승 가운데 기린에 가깝고 날짐승 가운데 봉황으로 빗댈 수 있으니 홀로 뛰어나 짝할 이가 없었다. 그러니 박씨에게 시비와 노복들을 죽이고 살리는 위엄이 있다 하나 인광을 잡아내려 형벌을 가하라는 명령을 듣고도 아랫사람들은 쉽사리 정미인에게 달려들지 못했다. 박씨가 더욱 화를 내며 시비 무리에게 소리를 지르며 꾸짖고 욕하니, 그 요란함이 이를 데 없었다.

장헌이 정미인의 얼굴 모양과 몸맵시를 보고 이내 죽이려는 마음이 사라졌으나 자객을 들여 변고를 일으키려 했던 일이 사소하지 않아 예사롭게 처리할 수 없었다. 게다가 자기가 정미인의 손을 잡고 팔을 끌었던 적이 한두 번이 아니었으나 앵혈이 있는지 없는지를 굳이 살펴보지 않았으니, 정미인에게 만일 앵혈이 남아 있다면 다른 곳에 정을 통한 사내가 없을 것이요 앵혈이 없다면 반드시 음탕하고 난잡한 짓을 저질러 도망할 꾀를 내었을 것이라 생각하여 그 앵혈을 보고 나서 죽일지 살릴지 결정하려고 했다. 그래서 오른손에 칼을 쥐고 왼손으로 정미인의 팔을 빼어 보니 앵혈이 흔적도 없는 것이었다.

이 계집이 과연 음흉하고 교활하며 간악하여 자기를 연기와 안개 속에 있는 사람처럼 상황 판단을 못 하게 만들어 흉악하고 포악하기 이를 데 없는 꾀를 깨닫지 못하게 하고 몰래 다른 사람과 정을 통해 자기를 죽이고 도망치려는 것이 분명했다. 다시 물을 필요도 없다고 여긴 장헌은 그 급한 성질과 흉한 분노가 더욱 쌓이고 쌓였다. 전날 산보다 높고 바다보다 깊은 정으로써 늦게 만나게 된 것을 애달파하고 부부로서 함께 즐겁게 사는 것도 부족하여 하늘에서는 비익조가 되길 원하고 땅에서는 연리지가 되고자 했던 정미인에 대한 사랑이 하루아침에 사라졌다. 이에 입술을 깨물어 피가 날 만큼 치밀어 오르는 분노로 기운이 막혀 낯빛이 푸른색 물감을 칠한 듯 변했다. 그런

가운데 다급하게 해대는 말은 앞뒤 순서가 없고 성난 기색으로 숨을 헐떡거리며 어지럽게 굴었다. 그 거동이 마치 한여름 뜨거운 뙤약볕에 쟁기를 멘 늙은 소가 촌각을 다투어 논밭을 숨아내려는 모습과 흡사하니, 어찌 사람의 모양을 갖출 수 있겠는가?

대강 정미인의 죄상을 구구절절이 이르는데, 앵혈을 없앤 것이 으뜸 죄목이 되었다. 겨우 죄목을 따져 밝히기를 마치자 날카로운 칼날이 바로 인광의 머리를 향해 서릿발처럼 번뜩였다. 장헌의 분노한 기운이 활활 타오르는 불같아 정미인을 아끼는 마음이 조금도 없으니, 인광의 목숨이 불의한 자의 칼 아래 떨어지려는 급박한 상황이었다. 그러나 인광이 장손활 같은 요사한 무리와 태원령의 흉한 도적 무리도 물리쳐 화를 보지 않았는데 어찌 장헌의 칼을 두려워하며 또 어찌 장헌을 당해내지 못하겠는가? 단지 밤새도록 복통에 시달렸던 까닭에 팔다리를 제대로 움직이지 못할 뿐 아니라 장헌이 비록 불의한 자이긴 하나 할아버지의 제자요 아버지와 백부의 어릴 적 친구인 까닭에 다만 장헌의 행동을 멈추게 하는 게 좋겠다고 생각했다. 자기 손으로 저 사람을 해치거나 욕되게 하고 싶지는 않았기에 급히 몸을 돌려 날카로운 칼날을 피했다. 그러고는 장헌이 미처 손을 높이 들기 전에 나는 듯이 칼을 빼앗아 어렵지 않게 두 조각으로 부러뜨려 던지고 낯빛을 좋게 하며 목소리를 부드럽게 하여 자기 팔 위의 앵혈은 본디 시험 삼아 찍은 일이 없다고 말했다. 만일 의심스럽다면 앵혈을 가져다가 자기 팔에 찍어보라고 말했는데, 자객의 일을 비롯한 여러 가지 죄에 대해서는 구태여 낱낱이 죄가 없음을 해명하지 않았다.

인광이 알아듣게 말했으나 장헌은 끝내 그렇게 여기지 않을 뿐 아니라 박씨가 갑자기 칼을 장헌에게 건네주며 고함을 내질러 어서 속히 죽이라고 재촉했다. 장헌은 정미인이 자신의 칼을 꺾어 던지는 것을 보고 좀 무서웠으나 분노가 치밀어 다시 날카로운 칼을 번뜩여 정미인을 찌르려고 달려들었다. 인광이 장헌을 다치게 할 생각이었으면 충분히 대적했겠지만 그를 다치게 하지 않으려고 칼을 잠깐 내려놓으라고 말하기를 네다섯 차례나 했다. 그러나 장헌이 들은 척도 하지 않고 흉악스럽게 찌르려 하다가 마침내 인광의 소매를 찔렀다. 다행히 인광이 급히 피해서 크게 다치지는 않았으나 칼날이 팔을 약간 스치는 바람에 피가 솟아났다. 그럼에도 장헌은 그치지 않고 달려들었다. 인광이 좁은 방에서 사방으로 피했으나 문 앞에 박씨가 막아섰고 장헌이 어린아이를 쫓듯 인광을 사방으로 따라다니며 찌르려고 했다. 미처 어찌할 수도 없이 매우 급작스럽고 어수선한 가운데 인광은 생각했다.

'이 짐승 같은 놈이 아버지와 백부의 오랜 친구이기도 하고 또한 장유유서를 생각하여 다치게 하지 않으려 했는데, 이 흉악한 자가 기필코 나를 죽이려 하는구나. 내가 여태껏 감당하기 힘든 일을 많이 겪고 곳곳에서 흉한 적들을 만나 겨우 목숨을 부지했는데, 오늘 이 짐승 같은 인간의 손아귀를 벗어나지 못해 부질없이 죽는 것이 도리어 우습도다. 말로는 소용없으니 이 짐승 같은 인간을 잠깐 다치게 하고 종들에게 겁을 줘서 나를 감히 뒤쫓을 생각을 하지 못하게 하는 것이 나을 것이다. 이미 남자의 몸으로 여장을 하여 죽을 때까지 겪을 부끄러움도 만든 마당에 이렇게 한들 앞날에 더 해로울 게 뭐가 있겠는가?'

인광은 생각이 이에 미치자 분한 기운이 일어 아픈 것도 잊고 갑자기 한마디 소리를 높이 내질렀다. 그 복받치는 목소리에 천지가 움직이고 산천이 울리는 듯했다. 이에 인광이 한번 팔을 움직여 장헌이 쥔 칼을 빼앗아 산산이 부수고는 몸을 뛰쳐 장헌이 쓴 갓을 벗겨 흐트러진 머리카락을 잡아 쥐었다. 이를 보고 시비들과 박씨가 달려들고자 했다. 그러자 인광이 매서운 소리로 박부인을 모시고 가라 하며 모든 시비들을 좌우로 밀치고 박찼다. 그 기운이 남달라 시비들이 모두 나자빠져 혹 머리가 깨지고 다치니, 시비들이 두려워 한꺼번에 물러섰다. 박씨 또한 인광의 엄한 소리와 매서운 기운에 혼백이 날아갈 정도로 몹시 놀랐다. 장헌을 구하려고 달려들다가 도로 뒷걸음질치니, 정미인을 사람돼지로 만들겠다고 으름장을 놓던 소리도 기어들어 갔다. 박씨는 정미인이 옥 같은 팔과 가느다란 손과 가녀린 허리로 두 번이나 장검을 꺾으며 장헌을 제압하는 것을 보고 그 힘을 두려워할 뿐만 아니라 매우 이상하게 여겼다. 혹 세상 사람이 아닌가 싶기도 하고, 신선이 하강하여 귀신이 조화를 부리는 것 같기도 했다.

박씨는 정신을 차릴 수 없어 감히 입을 열지 못하고 장헌은 분노로 기가 막혔다. 인광이 장헌의 머리를 대여섯 번 휘돌려 벽에 박아 버리고 얼굴에 침을 뱉으며 금으로 장식한 화로에 담긴 재를 쥐어 그 눈에 뿌린 다음 뺨을 서너 번 휘갈겼다. 그러고는 지독히 고집스럽고 무식하고 사납고 악하며, 인색하고 탐욕스럽고 흉악하고 음란하고 사리에 어둡고…… 이렇듯 장헌의 죄를 따지는데, 인광의 위엄 있는 풍채가 헌걸차고도 용맹스러워 회음후 한신의 매서운 호령과 주아부의 엄한 거동을 대한 듯했다. 그 몸에 걸치고 있는 비단치마와 비취색 적삼은 규방 여자의 옷으로 보이지 않았으며 마치 수많은 군사를 거느리고 지휘하는 장군의 모습 같았다. 그 위엄 있는 모습에 기가 눌려 그 누구도 제대로 숨을 내쉬지 못하고 또한 한마디 말도 하지 못했다. 시비들은 저마다 죄도 없이 죽을까 봐 몰래 청사에 모여 머리와 얼굴을 움켜쥐고 넋을 잃어 어찌할 바를 몰랐다. 그럴 즈음에 인광이 몸을 날려 나오며 소리 질러 말했다.

"너희 무리 가운데 나를 쫓아올 자가 있거든 장공의 머리를 베어 가져와 죽음을 면하고 상을 받아라."

말을 마치고 동쪽 처마로부터 한번 몸을 솟구쳐 까마득히 멀고도 높은 담장을 훌쩍 넘었다. 인광이 간 곳은 정씨 부중인데, 시비들이 허둥대며 어쩔 줄 몰라 그 담을 넘어가는 곳이 정씨 부중임을 알지 못했다. 박씨는 정미인이 어디로 가는지 살필 겨를도 없이 급하게 방 안에 들어가 장헌에게 약을 먹이고 팔다리를 주무르며 눈에서 재를 씻어내고 부어오른 뺨을 어루만지며 깨어나기를 기다렸다. 그러던 중 좀 전까지 눈앞에서 벌어졌던 상황에 너무 놀란 나머지 박씨 또한 낯빛이 사색으로 변하더니 곧 그 자리에서 정신을 잃고 쓰러졌다. 시비들 가운데 하나가 따뜻한 차를 가져와 부인에게 마시기를 권하고, 그제야 비로소 정신을 차린 박씨는 정미인이 크게 난리를 일으키고 달아났다며 행각과 군관소에 알렸다. 장헌의 부하들이 매우 놀라 하리며 사내종들이 장헌의 분부를 기다려 정미인을 추격하려고 했다.

장헌이 한참 후에 기운을 차려 정미인에 대해 물었다. 박씨는 정미인이 도망한 일을 말하며, 어디서 요사스러운 계집을 얻어 와 하마터면 집안을 무너뜨리고 죽을 뻔했다고 고함을 내지르며 장헌을 크게 꾸짖었다. 장헌은 이에 심신이 아득할 뿐만 아니라 두 눈은 모래를 넣어 비비는 듯 아프고 두 뺨은 심하게 울리는 듯했다. 장헌은 이런 상황이 분하고 한심하며 놀라울 뿐이었다. 다만 정미인이 열다섯 살도 되지 않은 어린 여자임에도 용맹함이 항왕과 같으며 다시없을 재주를 가졌으니, 자기를 배반하고 가서 또 무슨 잔인하고 끔찍한 재앙을 일으킬까 깊이 걱정도 되었다. 그러던 중 자기가 부질없이 화를 내어 칼로써 정미인을 베려고 한 것이 정미인을 도망가게 한 데 이르렀음을 후회했다. 또한 박씨의 구질구질한 투기를 생각하니 홀연 연부인이 떠올랐다. 만일 연부인이 있었다면 정미인을 좋게 다스려 상황을 이렇게 만들지는 않았을 것이라며 한스러워했다.

장헌은 인물됨이 졸렬하여 부인을 겁내므로 정미인을 찾으라는 말도 못 하고 겨우 몸을 끌고 가서 정미인이 있던 방을 뒤졌는데, 그곳에 단단히 잠긴 궤짝 하나가 있었다. 그것을 열었더니 자기가 처음에 정미인에게 보낸 신물과 비단뿐 아니라 최언선을 시켜 정인광에게 보낸 은자와 편지가 들어 있었다. 이를 보면 누구나 그 내막을 알 만하지만 장헌은 평소에도 어리석고 사리에 밝지 않았을뿐더러 요사이엔 더욱 총기가 흐려져 정미인이 정인광인 줄 전혀 알지 못했다. 그래서 자신이 인광에게 주라고 한 은자를 최언선은 왜 인광에게 주지 않고 정미인에게 주었을까 의심하며 그간의 일을 헤아리지 못했다. 박씨 또한 그 이유를 알지 못하고 다만 하찮은 첩을 얻는 데 금은을 이렇게나 많이 줄 까닭이 어디 있으며, 만일 요사스러운 계집이 은자를 가지고 도망했다면 집안이 망할 뻔했다며 또다시 장헌을 꾸짖었다. 그러고는 은자를 거두어 믿을 만한 유모에게 맡겨 성안으로 가져오라 명령했다. 그리고 집안일을 담당했던 사내종들을 사형죄로 다스려, 장헌이 첩을 얻은 사실을 알고도 자신에게 알리지 않았다 하며 모두 죽이려고 했다. 이에 장헌의 유모 교씨가 이르러 이치와 도리에 맞게 타이르니, 박씨 또한 교씨를 귀하게 대하는 까닭에 그 말을 듣지 않을 수 없어 모두 용서해 주었다.

박씨가 비로소 응설각에 들어가 딸아이를 만났는데, 장성완이 이날은 사람의 목소리를 알아듣고 희미하게나마 눈을 떴다. 설란 등이 온 마음으로 기뻐하며 구호하는 정성이 때마다 더해지니, 다른 일은 내버려두고 성완 소저가 깨어나 평상시처럼 돌아오기만을 간절히 빌고 원했다. 그러니 장헌 부부의 다툼이나 정미인이 있고 없고를 알려고도 하지 않았으므로 문회당에 발자취가 이르지 못해 정미인의 얼굴을 보지 못했다. 그러나 이들이 낮은 신분임에도 학문과 덕행을 닦아 유식하고 총명하며 행실의 바름이 장헌과 박씨보다 뛰어났다. 그래서 추연이 정미인이 난을 일으키고 도망했다는 말을 듣고는 문득 의심하여 혹 여자가 아닐 것이라 추측했다.

이에 춘홍이 말했다.

"우리 소저가 망극한 변고와 우환을 당해 다른 일을 미처 생각할 겨를이 없으니 너희는 부질없는 말을 그만둬라. 다만 소저가 신기한 약효로 인해 떨어진 귀가 도로 제자리에 붙으려 하고 평소대로 돌아올 가망이 있어 보이는데, 만약 박부인에게 그사이에 소저의 옛 얼굴이 온전히 회복되고 있다는 말을 전하면 다시 소저 신상에 해로움을 끼칠 듯하구나. 비록 옳지 않으나 소저의 얼굴에 양피를 뿌려 변함없이 피 흐르는 모습을 보여주는 것이 어떨까?"

추연이 말했다.

"어르신께서 새벽에 그렇지 않은 것을 보셨으니 어떨지 모르겠습니다."

춘홍이 말했다.

"그렇다 하더라도 또다시 피가 흐른다고 말씀드리면 될 것이다."

그러고는 가만히 장성완이 모르게 피를 바르니, 얼굴에 붉은 피가 흐르는 모양이 지난번과 다르지 않았다. 박씨가 와서 보고 놀랍고도 참혹하여 즉시 나오려다가 문득 추연에게 딸의 얼굴을 가리라 하고는 손으로 딸을 어루만지며 성안으로 돌아간다고 말했다. 요상한 약 때문에 마음이 변하고 이성을 잃었으나 잠깐 천륜이 일어나 마음속으로 아파하며 눈물이 떨어지니, 사람의 진심에서 우러나오는 참된 정이었다. 박씨는 그동안 박교랑만 아끼고 사랑하며 딸을 돌아보지 않았는데, 이제 긴 이별을 앞두고 딸과 멀리 떨어질 생각에 하염없이 슬퍼 흐르는 눈물을 그치지 못했다. 이에 길게 흐느껴 말했다.

"딸아, 네가 이 지경에 이를 줄 누가 알았겠느냐? 스스로 죄를 쌓고 스스로 용모를 벌주니 그 무엇을 탓하며 누구를 한스러워하겠느냐? 이제 바라건대 실낱같은 목숨이라도 끊어지지 않았으니 비록 옛 얼굴을 회복하지 못했으나 평민의 용모 정도로 회복하여 화경공주의 넓은 덕행으로 교화시키심을 참고 견뎌 앞날을 도모할까 바라지만 그것인들 어찌 믿겠느냐? 잠깐 보고 돌아가는 것이 참혹하고 애절하나 마주하면 슬픔이 더할 뿐이요 유익함이 없으니 더 머물러 무엇 하겠느냐? 너의 회복 소식을 들으면 시간을 내서 나와 보겠다."

그러고는 일어나니 장성완이 정신이 혼미하여 아무것도 모르다가 슬피 우는 소리를 따라 어머니의 말씀을 겨우 듣고 자신이 저지른 불효와 사리에 어두운 어머니가 자신의 진정을 깨닫지 못함을 슬퍼하여 흐느껴 울기를 그치지 않았다. 박씨는 벌써 나간 뒤라 유모 설란이 장성완을 붙들어 위로했다. 박씨가 장헌을 재촉하여 함께 가자고 하니, 장헌은 부어오른 뺨으로 큰길가에 나서는 것이 내키지 않았으나 부인의 말을 따르지 않을 수도 없어 함께 가기로 했다. 떠나기 전에 잠깐 들어가서 딸을 보는데, 온 얼굴에 피가 흐르는 것을 보고 크게 놀라 걱정하면서 자신이 여기 머물며 딸을 구호하겠다고 말하려 했다. 그러나 부인이 요사스러운 여자를 찾으려는 꿍꿍이라며 또 욕하고 꾸짖을까 봐 감히 말하지 못하고 다만 설란에게 구호를 게을리하지 말라고 당부할 뿐이었다.

장헌 부부가 화려한 수레를 타고 집으로 돌아오니 박교랑이 반갑게 맞았다. 장헌 부부가 교랑을 사랑함이 두 아들을 사랑하는 것보다 더하니, 어찌 구태여 성완을 생각할 겨를이 있겠는가? 교랑이 박씨에게 가만히 정미인을 처치한 일에 대해 물었다. 이에 박씨는 조카가 계획한 대로 장헌을 속였으며, 정미인이 두고 간 많은 금은과 비단을 보여주며 그간의 상황을 일일이 말했다.

"그 여자는 아마도 사람이 아니었는지 보화를 진흙같이 버리고 갔을 뿐 아니라 태도가 세상 사람과 다르고 용맹으로 따져보아도 여자로서는 천고 전에도 만세 후에도 그런 사람이 없을 것이니 어찌 이상하지 않겠느냐?"

이렇듯 박씨가 심히 의아해하니 교랑이 그렇지 않다고 말하며 은화를 뒤적이다가 장헌이 인광에게 보낸 편지와 은자가 정미인의 궤

짝 안에 있었다는 말을 듣고는 갑자기 깨달은 듯 말했다.

"그 정미인이란 자는 의심할 것 없이 정인광인가 싶습니다. 고모님은 정인광의 얼굴을 기억하실 거예요. 어렸을 때 얼굴이 변하지 않았을 것이니, 비슷한 면이 많았나요?"

박씨가 놀란 마음에 한참 있다가 말했다.

"정인광의 어렸을 적 얼굴 모습을 추정하건대 정미인이 혹 같은 듯도 하지만 그 내력을 어찌 알아 정씨 놈이라 지목하겠느냐?"

교랑이 사리에 어두운 박씨와 장헌의 모습을 보고 어이없어 웃고는 그 정미인이란 자가 분명 정인광일 것이라고 했다. 이에 박씨가 장헌에게 교랑이 정미인을 정인광으로 의심하는 정황을 전하니, 장헌은 절대 그럴 리가 없다며 처음 첩을 취하던 상황을 구구절절이 늘어놓았다. 곧 정인광이 옥에 갇혀 있던 때에 가월랑이 위정의 집에 가서 미인을 보고 천거했으며, 이에 위정을 불러 백방으로 위협하며 그 미인을 들이라고 명령했던 일들을 부인에게 모두 전했다. 그러니 정인광이 여장을 했나 의심하는 것은 도리어 매우 극단적이고 당치 않다고 하면서도 다만 자신이 정인광에게 보낸 은자와 편지를 왜 정미인이 갖고 있었는지는 이해할 수 없었다. 그러자 박씨 또한 정미인이 곧 정인광이 아닐까 하는 의심이 더욱 커졌다.

비록 지난 일이라 하더라도 박씨는 가월랑이 남편 장헌에게 미인을 천거한 일을 몹시도 분하게 생각했다. 그러나 경사에 있지 않은 가월랑을 즉시 잡아다가 처벌하지 못하고 다만 뜻밖의 일에 놀라 소리를 지르며 화만 낼 뿐이었다. 또한 장헌은 정미인에게 맞은 뺨이 아프기도 하고 심히 화가 나 가슴이 답답할 뿐 아니라 모든 일이 자기 뜻대로 되지 않음을 탄식했다. 잠을 청하나 편하지 못했고 음식을 먹으나 그 맛을 느끼지 못하니, 자연스레 병이 나서 침상에 누워만 있었다. 두 공자 또한 병세가 쉽게 회복되지 않아 태운산에 가서 누나를 보지 못하니, 30리를 떨어져 있는 것이 마치 만 리나 되는 것처럼 느껴졌다.

부모와 자식은 하늘이 내려주신 사이로 짐승이라도 새끼를 위하는 정이 애틋하거늘 장헌과 박씨는 자식에 대한 자애가 오히려 짐승만도 못하니, 어찌 장성완의 운명이 심히 곤궁하고 참혹하지 않겠는가? 고금천지에 사람의 어미가 되어 박씨 같은 자는 꿈에도 생각지 못할 정도였다. 자식이 효를 다하나 어머니가 자애롭지 못해 추위의 고통을 겪은 민자건이나 아버지가 총애하는 애첩 때문에 스스로 죽음을 택한 신생같이 한을 품은 사람이 간간이 없지는 않았다. 그러나 이는 어디까지나 계모의 전처 출생 아니면 양어머니와 의붓아들의 경우로, 잔인하고 표독스러운 여자가 친자식이 아님을 꺼린다는 이유라도 있었다. 그러나 장성완은 어디까지나 박씨 자신이 열 달 동안 품어 기르다가 친히 낳은 딸인 데다가 어짊과 덕이 순임금에 견주어도 지나치지 않는데, 사랑을 베풀기는커녕 어찌 매사에 그 정을 끊어버린단 말인가? 박씨가 비록 자기 손으로 딸을 죽이지는 않았으나 그 목숨 끊기를 재촉하여 딸의 앞날을 구렁텅이에 빠뜨리니, 이는 스스로 계략을 짜고 일을 도모하는 것보다 덜하지 않았다.

박씨는 마음이 변하고 이성을 잃어 때때로 큰 소리를 지르고 미친 듯이 성질부리는 것을 위엄이라 여기고, 가는 곳마다 도리에 어긋나는 부끄러운 짓을 거칠 것 없이 했다. 그러다 갑자기 슬퍼하며 한숨

짓고 또한 눈물을 흘릴 때가 잦았는데, 이는 딸을 사랑하는 마음 때문이 아니었다. 장성완에게 닥친 재앙과 불행이 몹시도 모질고 애처로워 그 어미 된 자가 딸을 위해 걱정하는 것이 아니라, 하늘이 맺어 준 이치를 거스르지 못해 그 마음이 처량하고 슬픈 것이었다. 장헌 또한 병이 나 신음하며 정신이 흐려져서 자식에 대한 사랑을 알지 못했다.

장성완을 납치하려는 화경공주와 범경화

요사스러운 박교랑은 빈틈이 없고 생각이 많을 뿐 아니라 총명하여 일을 처리하는 데 공교하고 치밀했다. 장헌의 아름다운 첩이 한바탕 난리를 피우고 도망했다는 말을 들은 후로는 그자가 정인광이라는 의심이 풀리지 않아 이 사연을 화경궁에 자세히 알렸다. 그러면서 만일 정인광이 살아 있다면 장성완이 운 좋게 상처를 회복한다 하더라도 반드시 그놈을 따라가려 할 것이고 경화의 아내 되기를 원치 않을 것이라 했다. 공주 모자가 장성완이 어린 나이에도 불구하고 얼굴을 훼손하고 귀를 잘라 정절을 굳게 지키고자 한 것이 옛날 열녀보다 더함을 깊이 우러르며 감탄했다. 경화는 행여 장성완이 이목구비를 온전히 갖추지 못한 병자라 하더라도 굳이 자기집에 데리고 있길 원했기에 어머니 화경공주에게 그녀를 데려오도록 간청했다. 이에 화경공주가 말했다.

"저 아이가 심상치 않은 여자로구나. 비록 병들어 아픈 사람이 되었으나 그간 우리가 벌인 사건의 자초지종을 알게 되면 네가 행한 일을 절절이 원망하여 죽어서라도 따르지 않을 것이다. 그러니 이러이러하게 군관과 노비를 뽑아 그들에게 밤을 타 태운산 담벼락을 둘러싸고 저 아이를 갑자기 덮쳐 그들이 산골짜기로 도망가게 해라. 그때 네가 출동하여 모르는 척하며 다만 정의로운 기개로 구출하여 돌아오면 저 아이가 너의 어진 덕을 고맙게 여기고 형편상 어쩔 수 없이 너를 따르게 될 것이다.”

경화가 좋은 생각이라며 가만히 계획을 실행했다. 먼저 궁에 속한 영리한 노비를 시켜 정신을 혼미하게 하는 술을 가져다가 태운산 장씨 부중 종들과 가까운 이웃 사람들에게 일제히 먹이라 했다. 또 술을 못 먹는 자라면 안주에다 정신을 혼미하게 하는 약을 섞어 먹여 정신을 흐리게 하라고 명하고 자기는 가만히 뒤를 쫓아 일백 군사를 거느려 태운산으로 향했다. 이때 궁에 속한 노비가 미혼주를 가져다가 태운산 근처 이웃들을 비롯하여 장씨 부중의 종들에게까지 얼마간의 돈을 받고 모조리 먹였다. 달고 맛있는 술을 실어 와 싼값에 파니, 저마다 사서 마시고는 온몸이 얼근하게 취했다. 작은 수레에 다섯 통이나 실은 술이 순식간에 바닥났으므로 간사한 꾀를 실행하는 첫 단계가 성공한 것이다.

이때 유모 설란 등이 장성완에게 환약을 순서대로 바르고 탕약을 때마다 먹였다. 이렇듯 유모와 두 시비가 성완을 좌우에서 돌보게 하고, 또 엄정으로 하여금 노자의 장생불사약처럼 신비한 선약을 보내 성완을 치료하게 했으니, 하늘의 숭고한 뜻이 성완에게 후하게 작용하고 있음을 알 수 있었다. 진환회소단 한 알로 죽은 기운을 회복하고 아면복상단 한 알로 옛 얼굴을 회복하니, 장성완의 용모가 아름다운 옥이나 봄꽃보다 더 고왔다. 또 생형안실단 한 알로 장성완의 죽은 몸이 다시 살아났다. 얼굴을 훼손하고 귀를 벤 지 한 달이 되지 않아 상처가 회복되니, 그 아름다움이 예전보다 더했다. 유모와 두 시비가 하늘에 사무치는 원억함을 품고 충성과 절의로써 잠시도 졸지 않고 아침부터 저녁까지 배고픔도 잊은 채 밤낮으로 장성완을 구호하는 데 조금도 게으르지 않았다. 그렇게 죽을힘을 다해 보살핀 지 한 달 만에 장성완이 상처를 회복하고 다시 깨어났으니, 일평생 천지간에 이렇듯 즐겁고 기쁘고 기이하고도 다행스러운 일이 어찌 다시 있겠는가? 시비들이 춤추며 뛸 듯이 기뻐했다.

장성완은 상처가 회복되기 전에는 시체처럼 누워서 불러도 대답하지 않고 흔들어도 꿈쩍하지 않았다. 날이 밝으면 미음 한 종지를 마시고 어두워지면 죽을 먹는 것을 규칙으로 정해 굶어 죽은 시신만큼은 되지 않으려고 할 뿐이었다. 만일 자기가 죽으면 부모에게 욕됨이 미치게 될까 봐 목숨을 보전키로 했으나 행여 뜻하지 않은 변고가 일어날까 두려워 시비들을 통해 주위를 살피게 하고 창문을 굳게 닫아 방 안을 어둡게 했다. 그리고 베개 밑에 작은 칼을 감춰 위급한 변을 당하면 죽을 각오를 하고 있었다. 입을 열어 말하지 않고 시선을 두어 보려고도 하지 않으며 세상 소리를 귀로 들으려고도 하지 않았으니, 과연 한낱 송장이나 마찬가지였다. 유모 설란과 춘홍 등이 장성완의 뜻을 알아채고 성안에서 나올 때부터 지금껏 아무 말도 하지 않았다. 밖에 나와 혹 다른 사람을 대해도 장성완의 위중한 상태가 한결같다고 하며 행여도 상처가 회복되었다고 알리지 않았다. 그러나 장성완이 스스로 죄인과 다름없이 지내면서 눈과 입이 없는 것같이 행동하며 지각을 차린 지는 오래되었으나 단 한 번의 작은 소리도 입 밖에 내지 않는 일은 안타깝고 슬프게 여겼다.

　어느 날 밤 성완이 매우 고통스러워하며 슬퍼했다. 슬프게 부르짖 기를 세 번에 탄식 소리를 한 번 내더니 잠깐 몸을 움직이는 듯해서 유모 설란이 바로 비단 이불 사이로 손을 넣어보려 했다. 그때 갑자 기 큰 함성과 함께 환한 불빛이 일어나며 수많은 말 탄 군사들이 쳐 들어오는 듯했다. 설란 등은 혼백이 놀라 달아나고 심담이 부서지는 듯해 춘흥에게 적의 형세가 어떠한지 잠깐 나가보라고 하고는 있는 힘을 다해 장소저가 덮은 이불을 걷어내고 그녀를 붙들어 안으려 했 다. 이때 성완은 이미 옥 같은 손에 세 치 정도의 날카로운 칼을 비스 듬히 잡아 곧 자기 가슴을 찌르려고 했다. 유모가 놀라고 다급해서 어찌할 바를 몰라 허둥대다가 급히 소리를 지르고 달려들어 소저가 쥔 칼을 빼앗아 멀리 던져버렸다. 성완이 비로소 입을 열어 자기의 옥비녀를 달라고 했으나 유모와 추연이 좌우로 껴붙들어 죽기를 각 오하며 그녀의 손을 움직이지 못하게 했다.

(책임번역 한정미)

완월회맹연 권
25

소수와 인연을 맺게 된
정인광과 장성완

정인광이 소수의 구호를 받고
강물에 몸을 던진 장성완을 구하다

물에 몸을 던진 장성완과 시비들

장성완이 비로소 입을 열어 자기의 옥비녀를 달라고 했으나 유모와 추연이 좌우로 껴붙들어 죽기를 각오하며 그녀의 손을 움직이지 못하게 했다. 그러던 와중에 춘홍이 발을 동동 구르며 말했다.

"적들의 기세가 매우 급박하여 바로 안으로 뚫고 들어와 사방을 에워싸는데도 어찌 움직일 생각을 하지 않으시나요?"

유모 설란이 부지불식간에 성완을 이불에 둘둘 말아 업고 내달리자 춘홍과 추연이 앞뒤로 붙들며 따라 나왔다. 이미 적들이 사방을 에워싸고 내당을 샅샅이 뒤지며 장성완을 놓치지 말라는 소리를 급히 외쳤다. 그러다 문득 설란이 푸른 것을 등에 업고 달아나는 모습을 보고 모두 동시에 가리키며 말했다.

"민첩하고 날쌘 남자 한 명만 있더라도 저 세 명의 여자가 등에 진 것을 한 손으로 사로잡을 수 있을 것이니, 우리처럼 많은 사람 가운데 어찌 그만한 용기를 낼 자가 없겠는가?"

　그러고는 한 무리는 집을 뒤지고 또 다른 무리는 유모 설란을 뒤쫓았다. 여자의 몸으로 저 많은 군사들을 어찌 감당할 수 있겠는가? 하물며 설란과 춘홍 등은 장성완이 변을 당한 이후로 한 달여간을 먹지 못하며 잠도 자지 못하고 곁에서 병간호하느라 체력이 거의 바닥난 상태에서 못되고 흉악한 놈들을 만났으니 어찌 피할 생각인들 했겠는가? 그럼에도 불구하고 유모 설란은 충성심에 분한 마음이 복받쳐 장소저를 업고 춘홍과 추연을 양옆으로 세우고 힘껏 뛰쳐나갔으나 손안에 작은 칼도 없으니 장차 어찌하겠는가? 춘홍과 추연 두 시비가 오히려 담력이 커 길가에 쌓여 있는 돌을 집어 들고는 적들을 향해 비 뿌리듯 던졌다. 이에 적들이 처음에는 이를 우습게 여겨 피하지 않고 천천히 따라갔는데, 네댓 명이 그 던진 돌에 맞고는 머리가 깨지고 얼굴이 상하자 크게 격분했다. 그 가운데 우두머리는 소리를 지르며 빨리 사로잡아 오라고 명령했고 악한 무리의 적들이 마치 벌떼가 모여들 듯 그녀들에게 달려들었다. 지금으로서는 하늘로 뛰어오르거나 땅속으로 들어가지 못한다면 적들이 바싹 죄어오는 긴박한 형세에 치욕을 면할 수 없는 지경이었다. 이때 장성완이 설란의 등을 붙들고 말했다.

　"어미가 나 때문에 죽게 되는 급박한 상황에 말할 바는 아니지만 어찌 나를 죽지 못하게 하느냐? 그럴 바에야 내 몸을 숨길 땅을 마련해 준다면 내 마땅히 어미의 은혜를 갚을 것이네."

　설란이 이러한 변을 당해 천지가 아득하고 해와 달이 빛을 잃은 것처럼 심히 고통스럽고 가슴이 답답했다. 적들에게 잡힐까 봐 가슴이 콩알만 해지고 마음이 무너지는 듯해 빨리 죽기를 원하나 죽을 자리도 마음대로 얻을 수 없었다. 설란은 있는 힘껏 뛰며 죽을 사람이 살 곳을 향하는 것처럼 매우 급한 발걸음으로 앞서가면서 춘홍과 추연 두 시비에게는 뒤에 따라오면서 돌을 들어 적들에게 던지라고 일렀다. 황급히 연못가에 이르자 춘홍과 추연이 뒤따라 함께 죽고자 했는데, 거리가 두서너 자 정도 떨어져 있었고 적의 무리는 집 두서너 칸 간격 정도로 뒤떨어져 있었다. 성완은 연못에 이르자 적에게 욕을 면하게 된 것을 다행으로 여겨 설란 등을 따라 급히 몸을 던져 연못에 빠지려 했다. 설란이 장소저를 굳게 업고 춘홍과 추연을 돌아보면서 말했다.

"상황이 몹시 급박하고 위태로우니 자취를 감추는 재주가 없는 바에야 능히 적들의 흉악하고 강포한 기세를 피할 길이 없다. 내가 나이 어린 소저가 스스로 죽으려던 것을 말렸으니, 생각이 짧고도 얕으며 사리 분별이 어두워 소저가 이에 이르게 한 것이 다 나의 죄로구나. 외람되이 육수부가 임금을 업고 물속에 뛰어든 것을 본받을 것이니, 너희도 또한 충성을 나란히 하여 옛사람을 본받으라."

설란이 장성완을 업고 푸른 물결을 향해 뛰어드니 춘홍과 추연이 이 광경을 보며 몹시 슬퍼서 창자가 미어지는 듯했다. 이에 두 시비가 서로 손을 잡고 통곡하며 말했다.

"유모가 이미 소저를 모셔 육수부를 본받으니 우리가 충효를 나란히 할진대, 인간의 삶이 나그네 같고 죽는 것이 본디로 돌아가는 것이라 그 무엇이 슬프겠습니까? 다만 지극히 원통하고 고통스러운 것은 내 주인의 맑은 옥 같은 신체가 참혹한 누명에 얽히게 되었으니,

바라옵건대 하늘과 땅의 신령님은 우리 네 사람의 원통하고 참혹한 죽음을 슬프게 여기셔서 내 주인의 억울함을 속 시원히 풀어주어 넋이라도 즐겁게 해주소서."

성완과 시비들이 모두 물에 빠져 스스로 죽기를 영화롭게 여겼으니, 열 살밖에 안 된 어린 여자의 절행은 말할 것도 없거니와 시비들의 충성된 의리와 예도에 맞는 행동은 또한 장성완 같은 열녀를 곁에서 지킬 만한 것이었다. 세 명의 시비가 함께 죽으며 단 한 사람도 살기를 원하지 않았으니, 이들은 죽음으로써 절의를 지키려 했을 뿐 살아서 원수를 갚고자 하지는 않았다. 과연 그들의 행동은 신분이 낮은 무식함으로써 한때의 고통을 참지 못해 빚어진 것인가? 아니면 끝내 주인과 시비의 의리가 중해 생사를 능히 따로 하지 못했기에 벌어진 일인가? 내 그것을 알지 못하겠으니, 장성완과 시비들이 물에 빠져 살았을까 죽었을까?

이에 군사들이 장성완과 시비들을 뒤쫓아 연못에 이르렀다가 눈앞에서 주인과 시비들이 함께 물속으로 뛰어드는 것을 보고 놀란 마음을 추스르지 못했다. 더구나 뒤따라오던 자는 화경궁 태감으로 공주와 경화가 남달리 총애하고 특별히 대우하는 자였다. 부디 장성완을 데리고 돌아가 공주 모자의 뜻을 받들고 공로를 나타내고자 하다가 장성완과 시비들이 한꺼번에 물에 뛰어드는 것을 보고 놀라 어쩔 줄 몰라 했다. 이곳이 연꽃 핀 정자이기에 강이나 바다처럼 깊지 않아 건지기 쉬울까 싶어 일시에 연꽃 핀 정자를 둘러서서 수영에 익숙한 자들을 지휘하여 그녀들을 건져내고자 자세히 살펴왔다. 그러나 이곳은 보통의 연꽃 정자와는 달랐다. 남강을 통해 큰물이 계속해서 다리 밑으로 세차게 흘렀고 용솟음치는 물결이 강물과 조금도 다름없었다. 수영하는 자들이 두어 번 휘돌았으나 그림자도 찾지 못했고 알아보는 사람이 있을까 두려워 헤어져 돌아갔다. 이때 경화가 산골짜기에 숨어 간절히 기다릴 것을 알고 궁노가 빨리 가서 이 사실을 전했다. 이에 희망을 잃은 경화의 아픔과 마디마디 새긴 답답함은 세상에 비할 것이 없을 정도였다.

범경화가 크게 소리를 높여 슬피 울어 마음 아파하고 가슴을 치며 애달파하니, 궁노가 겨우 그를 진정시켜 돌아갔다. 화경공주와 범경화 모자가 서로를 대하여 그간의 일이 그림의 떡이 되었음을 몹시 분하게 여기며 슬퍼했고, 애꿎은 궁노의 볼기를 때리며 장성완이 물 가운데 빠지게 했음을 꾸짖었다.

양씨 부중에서 월염을 만난 인광

인광이 용기를 내어 일어나 장헌을 꾸짖고 욕하며 침을 뱉고 한번 몸을 뛰어올라 아득히 높은 담장을 넘어 옛집으로 돌아왔다. 행랑에 네댓 명의 사내종이 지키고 있었으나 둘째 공자(정인광)가 옷을 바꿔입고 여자로 꾸미고 장씨 부중에서 넘어온 것은 천만뜻밖의 일인 까닭에 인광을 알아보는 자가 하나도 없었다. 인광이 바로 계취정을 지나 문윤각에 들어가니 물건들의 빛깔이며 집안의 형태가 예전과 다름이 없어 반가웠으나 빈집이 조용하고 쓸쓸하여 크고 넓은 집에 사람의 자취가 끊어진 지 오래되었다. 정심헌과 죽서당을 다 봉쇄하고 운

당은 헐어버려 잠시도 몸을 감출 곳이 없었다. 눈을 들어 살펴보니 온갖 근심이 거듭 일어나고 여러 가지 걱정이 더해 문윤각 난간에 오래도록 거꾸러져 울며 슬퍼하다가 스스로 마음을 굳게 먹고 생각했다.

'내 이미 짐승 같은 장헌의 그물에서 벗어났으니 자식 된 자가 부모님을 그리워하는 뜻이 급하거늘 어찌 괜스레 슬퍼하고 부모님 앞에 절하기를 생각하지 않는가? 빨리 양씨 부중에 가서 누님을 만나고 즉시 태향으로 향해야겠다.'

그리고는 소매를 들어 눈물을 닦고 내루에 들어가 태전을 보니, 자연 마음속 깊은 곳이 꽉 막혀 가슴이 답답하고 흐르는 눈물이 옷깃을 적셨다.

인광이 천천히 각 당을 모두 둘러보고는 남자 옷 한 벌을 구하고자 하나 한 자의 베도 남은 것이 없어 근심하며 고민했다. 마침내 소양각 작은 문을 열고 상자들을 뒤져보니 다행스럽게도 상안국이 입던 헌 옷이 남아 있었다. 즉시 입었던 치마와 속곳을 벗어버리고 재빨리 옷을 갈아입고는 비단에 두어 줄 글을 써 부탁하는 뜻을 기록하고 문을 나왔다. 그리고 뒤뜰 명광헌 벽 위에 시 세 수를 지어 훗날 부모님을 모시고 옛집에 돌아와 부모님을 기쁘게 해드릴 것임을 썼다. 문장이 탁월하고 시의 뜻이 높았으니, 어찌 다만 문체뿐이겠는가? 필획이 찬란하여 용과 봉황이 서려 있고 상서로운 구름이 자욱하여 붓이 떨어지는 곳에 비바람이 놀라고 시성이 귀신을 울릴 정도였다.

쓰기를 마치고 발걸음을 재빨리 옮겨 취령산 양씨 부중을 찾아갔다. 양공 형제들과 양선광 형제들이 정인광이 왔다는 말을 듣고 크게 반겨 바삐 청해 서로 만났다. 열 살 어린아이가 세상의 고난을 겪은 가운데 동쪽에서 떠돌고 서쪽에서 잠시 머물며 남쪽으로 돌아다니고 북쪽에서 유랑하여 험난하고 어려운 곤액이 예사롭지 않았으니, 한 끼의 식사를 이어 생명을 보전한 것도 선조의 쌓은 덕과 부모의 보이지 않는 덕을 받은 까닭이었다. 도리어 신기롭고 이상한 것은 인광의 키가 엄연히 장부의 몸을 이루었고 품위가 늠름하여 군자의 어진 바탕이 외모에 빛나는 것이었다. 그 높은 기상과 절개는 가을에 날리는 찬 서리와 같고 씩씩한 자태는 마치 높고 큰 산과 웅장한 봉우리가 아울러 우뚝 솟은 것 같았다. 또한 어른을 공경하는 예절과 또래 친구들과 대화를 나누는 말투는 온순하고 무던하며 진중하고도 참되어 온갖 행실과 온갖 예법에 맞는 몸가짐을 한 몸에 갖추었으니, 미루어 헤아리기 어려울 정도로 빼어났다.

자만심에 가득 차 세상 선비들을 썩은 풀 정도로 여기는 교만한 양공 형제들의 마음에도 인광에 대한 감복함이 넘쳤다. 공경하고 사모하는 마음이 끝없던 양공 형제들은 문득 놀라움에 얼굴빛이 변해 자리에 앉는 순서가 어그러지는 것도 깨닫지 못할 정도였다. 바삐 춘파와 경파를 불러 월염에게 인광이 왔음을 전하라고 명하고 전후에 겪었던 고생이 험난했음을 말하며, 지금 세상 돌아가는 형편이 기이하고 이상하여 황제가 북쪽 땅에서 곤욕을 당하고 정씨 부중은 화를 피하기 위해 태항을 떠나 천태산에 숨어 지내고 있음을 전했으며, 청계공 정잠이 벌써 마선의 군영 막사로 꿰뚫고 갔음을 두루 말했다. 이는 인광이 이미 알고 있는 일이었기에 새롭게 놀랄 것이 없었으나 자기가 짐승 같은 장헌의 그물에 걸려서 이곳에 늦게 도착했기에 큰아버지(정잠)를 뵙지 못한 것을 매우 슬프게 여겼다. 근심스러운 표정으로 큰아버지의 생활하시던 모습을 두 노파에게 두어 차례 물어보다가 눈에 절로 눈물이 맺혔으니, 어느 겨를에 자기가 겪은 고생을 말하겠는가? 이어서 아버지(정삼)가 천태산으로 옮겨간 정황에 대해 묻고는 오늘 떠나기 전 사촌누나(정월염)를 잠깐 보고 싶다고 말했다.

양선광 등이 인광을 친히 데리고 서부인의 침소에 들어가 남매가 서로 만나보게 했다. 양공 부인 서씨가 인광을 무척 반겼으나 지난 일을 슬퍼하고 지금 세상의 상황을 근심하여 눈물이 연해 옷깃을 적셨다. 월염과 인광이 서로를 대하여 한편으로 기뻐하고 또 한편으로는 슬퍼했다. 월염이 심히 마음 아파하며 눈물을 훔치고 길게 탄식하며 말했다.

"무사히 새장에서 벗어나지 못하게 될까 봐 밤낮으로 걱정했는데, 오늘 여기에 온 것을 보니 무사히 탈출했음을 묻지 않아도 알겠구나. 다만 얼굴이 야위었고 몸도 말라 큰 병치레를 한 사람 같으니, 몸 상태를 회복하지 못한 것이냐?"

인광은 월염이 여기서 편안하게 지내는 것을 온 마음으로 다행히 여겼다. 큰아버지(정잠)가 누나를 본부에 가라고 하지 않고 양공 부자께 부탁하셨다고 이미 양선광이 말하는 것을 외루에서 들었다. 그 헤아림이 깊으신 것을 깨달아 함께 고향으로 내려가기를 재촉하지 않고 다만 빠져나왔던 사정을 대강 말했다. 그러나 구태여 박씨를 입에 담지 않고 짐승 같은 장헌의 분노를 일으켜 그곳에 있지 못했기에 빠져나왔다고 말했다. 또 장성완과 관련된 일은 행여라도 말하지 않았고 근래에 잠시 앓아 자연스레 야위었다고 말했으나 위정의 집을 떠나면서부터 오랫동안 제대로 된 음식을 먹지 못한 것은 굳이 알리지 않았다. 월염이 걱정하면서 천여 리의 행역을 함께하지 못하게 되었다고 말하며, 할머니와 부모님과 숙부들이 산속에 숨어 지내며 세상과 연락을 끊은 것을 한편으로는 기뻐하며 또 한편으로는 흐느꼈다. 아버지(정잠)가 마선의 군영에 간 것을 애처롭게 여기고 걱정스러워하며 다만 천지신명이 보살피심을 바랄 뿐이었다. 이렇듯 서로 묻고 답하는 말들이 모두 지극한 효심에서 비롯했고 세상일을 마음에 두지 않았다.

양선광 등이 장헌의 애첩이 되어 그 마음을 뺏던 일을 물으니 인광이 미소를 지으며 말했다.

"노형 등이 그 일로 인해 포복절도할 정도로 웃긴 사연을 듣고자하시나 저는 심신이 슬프며 두렵고 마음이 아파 남을 웃길 흥미가 없을 뿐 아니라 남자의 복장을 여자의 규방 복색으로 꾸며 저 짐승 같은 인간의 눈을 속인 허물이 천고에 이르도록 부끄러움을 면치 못할 것이니, 모르고 속는 자는 다만 어두울 따름이지만 알고 속이는 자는 그 요사스럽고 괴상함이 어떠하겠습니까? 일의 형편상 어쩔 수 없이 여장을 했지만 저 스스로도 참혹하고 당황스러워 부끄럽고 창피함에 몸 둘 바를 모르겠으니 다시는 말하지 마십시오. 저 짐승 같은 장헌이 나를 자기의 첩이라 하여 푸르른 산과 물을 앞에 두고 맹세를 두다가 하루아침에 증오하여 앵혈이 없음을 의심하고 행동이 요란하기에 그 틈을 타 몸을 벗어나 여기로 왔으니 그 밖에 다시 말할 것이 뭐가 있겠습니까?"

양선광 등이 일제히 크게 웃고 서부인이 또한 웃음을 머금으며 말했다.

"장헌이 자기 딸을 지금의 황제에게 바쳐 부귀를 얻으려고 하다가, 들리는 소문에 그 딸이 죽었다 하는데 그게 사실이냐?"

인광이 대답했다.

"짐승 같은 장헌이 저인 줄 모르고 여자로 알아 첩으로 취한 것은 저 짐승의 허물이 아니니 이로써 죽을 때까지 제 부끄러움으로 삼으려 합니다. 그 딸이 죽었는지 살았는지는 자세히 알지 못하나 죽었다 하며 슬픈 기색을 보이지는 않았습니다."

서부인이 말했다.

"그렇다면 그 딸을 살려두고 소문을 퍼뜨린 것이니 그것은 어떤 뜻인가? 반드시 남들 모르게 궐 안에 들이려 함이로구나."

양씨 형제들은 장헌이 그 딸(장성완)을 거짓으로 죽었다고 알리고 가만히 궐에 들어가게끔 소문을 내어 황제의 은혜를 바란 것이니, 왕비가 되지 못할 만큼 부족해서 그러한 것이 아니라 다른 뜻이 있을 것이라 하며 의논이 분분했으나 장성완의 깨끗한 절개에 욕됨이 끝이 없으므로 다시 말하지 않았다.

천태산으로 향하다 앓아누운 정인광

인광은 월염에게 부모님께 올릴 편지를 쓰라고 하며 즉시 떠나겠다고 했다. 월염이 비로소 이별을 슬퍼할 뿐 아니라 양선광 등이 갑작스럽게 떠나는 것을 아쉬워하며 잘 달리는 말과 행낭을 챙겨주고 부지런한 사내종을 정해 정공자를 모시고 천태산으로 행하기를 일렀다. 인광은 모든 양씨 형제들이 뛰어나고 빼어난 인물임을 알고 있으니, 사내종과 말과 행낭을 챙겨주는 것을 어찌 굳이 사양하겠는가? 조금도 물리치지 않고 서부인 침전에서 아침밥을 먹는데, 갑자기 뱃속이 요동치며 가슴이 쓰려 지난밤 장씨 부중에서 앓던 병이 다시 일어났다. 그러나 부모님을 뵐 마음이 급하니 잠시도 지체할 생각이 없었다. 월염이 편지를 다 쓰기를 기다려 거두어 소매에 넣고 이에 하직 인사를 하며 훗날 서로 다시 만날 때까지 건강하게 지내자고 말했다. 서부인이 또한 눈물을 뿌려 천여 리 먼 길에 무사히 도착하기를 당부했다. 인광이 감사 인사를 드리며 다시 절하고 하직하니, 월염 또한 마음이 베이는 듯 아팠다. 인광이 양선광 등과 더불어 외헌에 나와 양공자 4형제에게 하직 인사를 한 후 작별의 악수를 나누자 부모 곁으로 돌아갈 마음이 활시위를 떠난 화살과도 같았다. 진정 큰기러기와 고니의 날개를 빌리지 못함을 한스러워하니, 양씨 집안사람들이 오래 머물지 못하고 바쁘게 서둘러 다녀감을 슬퍼하여 양식과 돈과 사내종과 말을 걱정하지 않을 정도로 챙겨 주어 먼 길에 부족함이 없도록 했다.

인광이 양씨 부중 사내종 선학과 함께 말을 채찍질하여 빨리 남강에 다다랐다. 아직 얼음이 녹지 않았으나 날씨가 한겨울과 다르므로 굳은 것이 완전하지 못해 매우 위태로웠다. 인광이 선학과 함께 겨우 얼음이 언 길을 건너 저편 강촌에 이르렀는데, 갑자기 아픈 증세가 매우 심해져 말 위에 편안히 앉아 있지 못했다. 부득이 강촌에 잠깐 내려 아픔을 진정한 후 행하고자 했는데, 한번 객점에 눕자 팔다리와 온몸의 뼈마디가 아프지 않은 곳이 없을 뿐 아니라 정신을 차리지도 못해 갈 길이 급한 것도 오히려 깨닫지 못했다. 선학이 애처롭고 민망히 여겨 며칠을 지극정성으로 구호하다가 증세가 점점 더 심해지자 취령산에 돌아가 주인에게 알려 의원을 데리고 약과 침으로 치료하고자 했다. 그런데 일이 뜻대로 안 되어 선학이 또한 중한 병을 얻어 하루 사이에 심하게 앓는 상황이 되었다. 원래 선학이 나이가 서른이었으나 천연두를 겪은 적이 없었는데, 공교롭게도 여기에 와서 천연두를 앓기 시작하여 사오일을 고통스러워하나 좋아지지 않고 거동도 불편했다.

객점의 주인 손최인이 측은한 마음이 들어 식량과 돈을 내어 구호하고자 했다. 그런데 강촌에 남을 미워하고 시기하는 심술궂은 사람들과 또 벌열가문의 선비들이 전염병으로 고통스러워하는 나그네를 머물러 두고 구호하는 것을 꺼려 손최인을 잡아다가 엄히 곤장을 때리며 빨리 병자를 아무도 살지 않는 빈 산으로 옮기라 명했다. 이렇듯 손최인은 욕을 보았지만 오히려 도와주려는 마음이 있어 정인광과 선학을 차마 빈 산에 버려 죽게 내버려두지 못해 임시로 산속에 장막을 치고 정인광과 선학을 짐수레에 태워 데려가 구호했다. 인광은 아주 정신을 잃었고 선학은 여기에 온 지 며칠 만에 천연두 발진이 일어나 비위가 약한 사람은 한번 보면 기절할 정도로 흉하게 변했다. 손최인이 두려움을 꾹 참으며 구호했으나 종과 주인의 병세로 보아 살아나기 어려울 것 같았다. 다만 입에 죽을 흘려 넣으면 거스르지 않고 목구멍을 순순히 넘어가니, 그나마 회복하지 않을까 하는 기대가 있었다. 그러나 선학은 헛소리를 그칠 적이 없었으며 얼굴 모습이 날로 흉측하고 참혹해져 차마 보기 어려울 정도였다. 손최인이 밤낮으로 열심히 간호했으나 조금의 효험도 보지 못했다. 이 종과 주인이 어디서 왔는지 알지 못했으며 또 근본을 알지 못하니, 그들의 집이 어딘 줄 알아 병들었음을 알리겠는가?

아무런 실속도 없이 근심과 걱정이 자기 몸을 앓는 것보다 더하더니, 하루는 그가 섬기는 주인 소수가 고향에서부터 이곳 강촌에 이르러 손최인을 불렀다. 손최인이 그 아들한테 장막을 지키게 한 후 빨리 나아가 인사를 올렸다. 소수가 손최인에게 집을 비운 까닭을 물으니, 손최인이 시골에서 온 손님인 주인과 그 사내종의 병을 치료하고 있다는 것을 사실대로 말했다. 사내종은 잔인하고 끔찍스러운 상태가 되었어도 이름을 아는 병이지만 그 공자는 정신을 잃어 인사를 알지 못하니, 그 무슨 병인지 알지 못하나 전염병은 아니라고 아뢰었다. 소수는 속세 사람들과 달리 의롭고 현명했는데, 자초지종을 한번 듣더니 측은한 마음이 들어 말했다.

"두 사람을 네 집으로 데려오라. 내 한번 보아 가히 의술로 병을 고칠 수 있는 상태라면 죽게 내버려두지 않을 것이다."

손최인이 소수의 말씀을 따라 기쁜 마음으로 명을 받들었다. 소수는 자신과 같이 온 사내종과 함께 가서 병자를 실어 오라 했다. 그러고는 즉시 손최인의 방을 치우게 하고 자기가 먼저 들어가 앉아 병자들이 오기를 기다렸다. 잠시 후 손최인이 천연두에 걸린 험한 몰골의 사내종과 병든 아이를 데리고 왔는데, 천연두 걸린 자의 비루한 모습은 소수도 심히 놀랄 만했다. 이에 소수가 맥을 짚어보며 약을 쓰면서 손최인에게 맡겨 구호하라고 했고 병든 정인광을 친히 안아 이불에 편히 눕히고 눈을 들어 한번 살펴보니, 이는 평범한 골격과 일반

인의 자식이 아니었다. 하늘과 땅의 신기한 조화를 거두었으며 해와 달의 정기를 빼앗았으니, 귀한 겉모습과 통달한 골격이 헌 옷과 몹시 야윈 가운데서도 더욱 뚜렷했다. 빛나는 눈썹과 완벽히 갖춰진 타고난 기품이 성인에 가까웠으며, 빼어난 골격과 깨끗한 자질은 호걸 중에서도 가장 으뜸의 자리를 차지할 만했다. 그러나 그 병세의 위태로움이 경각에 달린 듯했다. 소수가 한참을 보다가 갑자기 낯빛이 변해 스스로 맹세하며 말했다.

"내가 이 아이를 살리지 못한다면 내 몸이 고향에 돌아가지 못할 것이다. 세상에 충성스럽지 못한 신하들이 흔하지만 이 아이는 한번 세상에 쓰임을 얻는다면 나라를 지킬 만한 인재가 될 것이다. 우리 명나라 황실의 융성함이 이에서 더함이 없으리니 나의 목숨을 걸고 이 아이를 살려내 조정에 둔다면 황제께서 마선에게 당한 곤욕을 씻어 후세에 부끄러움을 깨끗이 없애고 그 위엄이 명나라와 주변 오랑캐 나라에 진동하며 덕이 온 세상에 덮일 것이다. 사람의 됨됨이가 이와 같은데 어찌 젊은 나이에 죽음을 맞는 복 없는 인생이 되겠는가?"

이렇듯 가만히 그를 공경하고 사랑했으나 그 근본을 알지 못하며 귀하고 천하고 높고 낮음을 또한 알 수 없었다. 그러나 진심을 다해 사랑하며 공경하고 귀하고 중하게 여김이 친자식보다 덜하지 않았다. 아울러 그 병을 치료하는 데 정성과 힘을 다 쏟았으며 온갖 약초들을 시험하느라 밤낮을 가리지 않았다. 이렇듯 다른 일들을 다 제쳐두고 매달렸으나 살리지 못할까 봐 초조해하기도 했다. 이에 소수는 잠도 자지 않고 인광의 머리를 짚으며 맥을 살폈는데, 자기가 굶주리는 것도 잊은 채 치료에만 몰두했다.

소수의 구호로 살아난 정인광

정인광은 열 살 어린아이에 불과함에도 온갖 고난과 괴로운 재앙을 숱하게 겪어 장이 많이 상한 상태였다. 한번 병이 들자 정신이 가물가물해져 눈도 뜰 수 없었는데, 소수의 지극한 정성에 힘입어 곧 씩씩할 정도로 회복됐다. 인광이 눈을 떠 살펴보니 한 어르신이 자기 곁에서 손을 잡고 지성으로 구호하고 있었다. 그 풍채와 어진 성품이 얼굴에 드러났는데, 온 천하를 두려워 떨게 할 정도의 역량이 넉넉하며 수염과 눈썹에는 새하얗게 상서로운 빛이 맺혀 있었다. 나이는 봄 기운과 작별한 지 오래되었음을 묻지 않아도 알 것이니, 이 사람의 풍채와 얼굴이나 두상에 드러난 길흉화복의 상이 할아버지의 오랜 친구인 소성암(소수)과 털끝만큼도 다름이 없었다. 인광은 몸을 움직여 절하며 엎드려 말했다.

"제가 어리고 어두워 지난날 대인께 인사드린 일을 또렷이 기억하지 못해 성함을 알지 못하겠습니다. 그런데 대인이 어디서부터 이곳에 오셔서 저의 천한 질병을 치료하셨습니까? 기억이 또렷하지 않아 꿈처럼 멍하니, 원컨대 밝히 가르쳐주십시오."

소수가 인광의 머리를 짚으며 손을 잡아 병세를 살피는데 갑자기 인광이 일어나 움직이니 놀라서 미처 말을 하지 못했다. 그리고 이같이 묻는 것을 듣고는 도리어 이상하게 여겨 빨리 자리에 눕기를 청하며 말했다.

"여러 날 동안 정신을 차리지 못하고 한낱 숨이 간신히 붙어 있는 시신 같았던 사람이 갑자기 일어나 움직이면 질환이 더 심해질 뿐이요 유익함이 없을 것이다. 청컨대 자리에 편히 누워 이 늙은이가 하는 말을 듣게나. 나 역시 그대의 성씨와 이름이 궁금했으나 병세가 회복된 후에 물으려 했기에 청하지 못했다네."

말을 마치고 인광을 붙들어 눕히기를 두세 번 권했으나 인광은 이마가 땅에 닿도록 머리를 조아리며 두 손을 맞잡고 구호해 준 덕행을 일컬으며 편히 눕지 못했다. 소수가 그 병의 증세가 심해질까 두려워 친히 인광을 붙들어 자리에 눕히고자 하니, 인광이 민망하여 부득이 베개를 베고 누웠다. 소수가 서너 권의 서책을 당겨 인광의 곁에 누워 이불을 함께 덮고 그의 손을 어루만지며 말했다.

"그대는 나를 미쳤다고 여기지 마라. 늙은이가 정신이 흐릿하고 가물가물하나 어찌 그대를 업신여겨 이렇게 하겠는가? 그대는 병이 난 가운데 정신을 차리지 못해 나를 알지 못하나 나는 아픈 그대를 돌본 지 꽤 오래되었다네. 공경하고 사랑하는 정과 감복하는 마음이 넘쳐 비록 근본을 알지 못하나 이와 같이 친밀히 사랑하니 그대는 분명히 이상하게 여길 것이네. 내 이름은 소수이며 미산 사람이라네. 송나라 문사인 소동파의 후예이나 평생에 이룬 것도 없고 취한 것도 없어 한 가닥 세운 일이 없으니, 하늘과 땅의 차이를 두지 않고 부유하거나 가난함도 가리지 않아 사람의 몸이나 짐승의 마음이니 거리끼며 염려할 일이 없다네."

이는 소수가 벼슬자리는 높았으나 황제를 따라 노영에 가서 죽지 못한 것을 부끄러워하여 스스로 사람의 겉모습을 했으나 마음은 짐승과 같다는 뜻으로 한 말이었다. 인광은 이미 소수의 풍채를 우러러 보고 할아버지와 마음을 나눈 벗 이부상서 금자광록대부 치사위공

성암 소선생임을 알아차렸으나 세 살 무렵에 본 것을 가지고 먼저 아는 체하는 것이 사리에 옳지 않은 것 같아 소수가 말씀하기만을 기다렸다. 그런데 이 말씀을 듣고는 반갑고 사모하는 마음이 일어나고 슬픔에 사무쳐 베개에 엎드려 눈물을 흘리며 대답했다.

"노대인의 높은 성함을 들으니 제가 비록 나이 어린 아이오나 슬픈 마음과 의지하고 사모하는 마음을 더욱 참지 못하겠습니다. 저는 문청공 정태부(정한)의 불초 손자인 인광입니다. 할아버지께서 살아 계실 때, 노대인이 왕도와 패도를 오래도록 품었으되 임금께 충성하기를 그만두고 산속에 묻혀 청아하고 한가하게 사셨으나 백성들의 삶을 걱정하고 조정의 불행함을 길이 탄식하셨다고 익히 들었습니다. 오늘날 저를 불쌍히 여겨 어루만지시는 은혜와 사랑을 받으니 그 고마움이 뼈에 사무칩니다. 대인께서 돌아가신 할아버지와 연세가 같으시나 봄빛을 다시 얻으셔서 백발이 풍성하시고 복사꽃이 얼굴을 빛나게 하시니 반드시 장수를 누리실 것입니다."

소수가 전혀 예상 밖의 말을 듣고는 미심쩍은 부분이 풀리며 밝게 깨달아 여러 번 감탄하면서 낯빛이 바뀌고 이어 칭찬하며 말했다.

"공자 문하에는 자사가 있었고 증석의 아이 증자가 있었으니, 비로소 문청 형님의 손자요 운계(정삼)의 아들임을 알겠구나. 너의 타고난 성품도 무릇 기이하거니와 진실로 명도선생의 후손이 아니며 정씨 가문의 줄기를 이어 태어나지 않았다면 과연 이와 같지 않을 것이다. 하늘이 성인을 아끼시고 나라가 불행하여 문청 형님이 쉰 살도 안 되어 벼슬자리를 버리신 것은 세상 모든 사람에게 불행이었다. 온 천하가 상중에 처한 것같이 매우 슬퍼했을 뿐 아니라 유학의 큰 산이 무너지며 나라의 기둥이 될 만한 인재가 없어진 것이니, 한갓 정씨 가문에만 한정된 슬픔이 아닐 것이다. 황제께서 북쪽 오랑캐 땅으로 옮겨가신 것 또한 문청 형님이 나라에 머물지 않으신 까닭이다. 조정과 민간의 선비들과 백성들이 하늘이 문청 형님 같은 성인을 빨리 빼앗으심을 탄식할 뿐이다. 황하가 천 년에 한 번 맑아지고 성인이 오백 대에 한 번 태어나니, 오늘날 모든 것이 혼탁하고 쇠퇴한 와중에 문청 형님의 큰 도를 이을 만한 인물이 있음을 생각지 못했다. 그런데 이제 너를 보니 가문을 빛낼 뿐 아니라 수복을 타고나 훗날 반드시 귀하고 복됨이 선조보다 더할 것이다. 덕망 높은 가문의 빛나는 경사요 정씨 가운데 기린임을 깨닫나니, 하늘을 받들고 해를 기울일 풍채임을 밝히 알 것 같다. 내 다만 그대의 가문을 위해 기뻐하며 하례할 뿐만 아니라 나라의 경사요 조정의 큰 보물임을 기뻐하며 매우 다행이라고 생각하노라.”

인광이 엎드려 머리를 조아리며 말씀을 감당하기 어려워하니, 소수가 인광을 귀하게 여겨 사랑하고 중하게 여김이 비할 데가 없었다. 인광이 다시 물었다.

“제가 여러 날 기운을 차리지 못해 그동안 며칠이나 지났는지 알지 못합니다. 오늘이 며칠입니까?”

소수가 오늘이 중춘 23일이라고 알려주니 인광이 놀라며 말했다.

“제가 그토록 여러 날 병에 걸려 위중했음을 알지 못했는데, 그간 날짜가 오래된 것으로 보아 병세가 위독했던 정도를 알 것 같습니다.”

그러고는 선학의 거처를 물으니, 소수가 그는 천연두에 걸려 어려운 지경이라고 이르고 비록 죽을 고비는 넘겼으나 뜨거운 열이 걷히지 않아 헛소리를 그치지 않는다고 전했다.

인광은 일마다 이상하게 꼬여 부모님께 돌아가는 일이 더뎌짐을 매우 근심하고 애가 타 병을 앓는 동안 슬프고 우울한 마음이 더했다. 그러나 한편으로 생각해 보면 자신이 3년 동안 여기저기 떠돌며 온갖 기이한 일들을 겪다 보니 은혜를 입은 사람이 한두 명이 아니었다. 맨 처음은 두보현이 덕성과 신의로써 석갑에서 굶어 죽을 수 있는 상황을 벗어나게 해주었고, 두 번째로는 도사 엄정이 구해줘서 요사스러운 무리로부터 벗어날 수 있었으며, 세 번째로는 운학과 경용이 충성스러운 용기로써 구해줘 흉한 적의 독한 손아귀에서 빠져나올 수 있었다. 네 번째로는 위정과 최언선의 정의로운 기개와 어진 마음으로 인해 죽을 땅에서 벗어나 살 곳에 이를 수 있었으며, 다섯 번째로 손최인의 어짊과 소수의 넓은 은혜와 큰 덕행을 힘입어 죽을 병에서 다시 살아났으니, 그 은혜가 큰 강과 바다같이 깊으며 그 덕이 높고도 큰 산과 같지 않은 것이 없었다. 그 가운데 경중을 따지자면 최언선 같은 자는 천고의 세월에도 다시 있지 않을 것이니 공덕이 가장 으뜸이라 할 것이요, 도사 엄정과 두보현이 모두 어짊과 의리를 갖춘 선비요, 운학과 경용의 뛰어난 충성이 옛사람을 족히 따를 것이다. 또한 어질며 의로운 공덕과 은혜로운 어진 마음으로 말한다면 손최인이 버금이 되고 소수의 의로운 기개와 어진 마음이 처사 엄정보다는 못하지만 인광이 속으로 인정하고 의지하며 우러르는 것으로는 소수를 으뜸으로 여겼으니 이는 소수의 숨은 덕행과 겉으로 드러난 모양과 실상의 본바탕을 우러러 공경하고 부러워하기 때문이었다. 비록 나이 차이가 많이 나지만 마음과 뜻은 서로 통해, 소수는 인광을 칭찬하며 친밀하게 대하고 인광은 소수를 공경하며 우러러 사모하니, 소수의 기쁨이 소중한 보물을 얻은 것보다 더했다.

　이날 밤부터 《주역》을 비롯한 시서와 육예에 관해 읊고 논하며 이어져 내려온 여러 세대에 걸쳐 풀리지 않는 난제들도 의논했다. 소수가 평생에 재주를 뽐내지 않고 생각을 표현하지 않아, 조정에 들어가서는 공손하고 조심스러웠으며 집에서는 온화하고 무던하며 인자하여 과격하거나 한쪽으로 치우친 일 처리를 하지 않았다. 온갖 행실이 잘 갖춰지고 말은 참되고 믿음직스러우며 행동은 도탑고 공손했다. 또한 오랑캐 나라를 다스릴 만한 곧은 충성이 예나 지금이나 여전했으며 아름답게 빛나는 예의는 오랜 세월에 걸쳐 이어질 것이니, 이른바 왕도와 패도의 기상이요 재상의 품위를 두루 갖추었다. 아울러 평생 마음에 품어 거리끼거나 막힘이 없고 마음에 근심을 모아두지 않았다. 세 명의 아들이 관직을 떠나고 집에서 나가 산속에서 지내게 되었으나 소수는 구차하게 슬퍼하거나 원통하게 물러났음을 일컫지 않았다. 오히려 헤어지고 만남에는 때가 있고 화와 복은 운수에 달려 있음을 헤아려 괴롭게 아파하거나 슬퍼하지 않았다. 이렇듯 매일 평온하고 조용하더니 인광을 대해서는 서로 다른 주장을 벌이는 일을 그치지 않았다. 타고난 성질이 서로 같아서 그런 것이 아니라 인광의 기질이 빼어나며 논하는 말투가 저항하듯 바른대로 말해 이상하게도 매우 잘 통하니, 그 생각을 다 펼치게 하려고 비록 온당치 않은 일이라도 잘못되었다고 여기지 않았다. 말마다 도를 일컬으며 글마다 공경하고 사랑하고 마디마디 부러워하며 감복하니, 인광이 또한 감당하지 못함을 사례하며 다시 물었다.

"노대인이 무슨 까닭으로 강촌에 이르러 계십니까?"

소수가 답했다.

"조상님들의 무덤에 오랫동안 다녀가지 못해 한식을 지낸 후 돌아오는 길이었는데 이렇듯 너를 만나게 되었구나. 이 어찌 대수롭지 않은 일이겠느냐?"

인광이 말했다.

"대인께서는 경사에 소원외 말고 다른 친척은 없습니까?"

소수가 대답했다.

"당숙 원외공뿐 아니라 가까운 친척이 두어 집 경사에 있고 또 이종형제로 장후백(장헌)이 있다. 후백은 그대의 할아버지가 거두어 기르셨으니 너 또한 모르지 않을 것이다."

인광이 놀라서 물었다.

"대인께서 원래 장공(장헌)과 이종형제 사이가 되신다면 장공의 모친이 대인 같은 조카를 두셨는데 어찌 영천을 떠나 곤궁함이 그 지경에 이르셨던 것입니까?"

소수가 탄식하며 말했다.

"네가 옛일을 의아해하여 물으니 내가 자세히 말해주마. 돌아가신 어머니가 장씨 부중 이모와 함께 명목상 자매이긴 하나 실제로는 모녀 사이나 다름없었지. 외할머니께서 이모를 낳으시고 그 즉시 돌아가셔서 어머니가 우리 맏누이를 물리치시고 이모를 거두어 젖을 먹여 길렀는데, 잘 자라 혼인을 했단다. 혼인할 때도 어머니가 모자람 없이 갖추어 주었지. 그런데 이모부의 집이 자주 재앙과 변고를 만나 집안 살림을 탕진할 즈음에 우리 어머니께서 돌아가시고 아버지께서 황제의 분노를 사 10년 동안 먼 지방으로 유배를 가시게 되었단다. 나 또한 아버지를 따라 서로 멀리 헤어져 생활이 어찌할 수 없을 정도로 딱한 처지가 되었지. 아닌 게 아니라 정말로 이모의 재앙은 생각지도 못했단다. 만 리나 떨어져 소식이 끊어졌으니 내 집에서 겨우 살아가던 처지에 어찌 견딜 방법이 있었겠느냐? 자연스레 이리저리 떠돌며 음식을 구걸하기를 면치 못해 경사에 올라와 그대의 할아버지가 베푼 넓고 큰 은혜를 힘입었던 것이지. 내 아버지는 황제께서 베푼 은혜로 유배에서 풀려나 돌아오실 때 내가 모시고 돌아왔는데, 이미 이모부와 이모는 모두 돌아가셔서 장사를 치르고 제사를 지내는 날이었단다. 그때의 아픔을 어찌 말로 다 할 수 있겠느냐? 그대의 할아버지께서 은혜와 덕행으로 동생 장헌을 어루만져 보살피듯 길러 장성하자 우리 고모부(태사 연침)가 그대의 할아버지와 친한 벗이었으므로 장헌에게 복을 누릴 자라고 하며 사위를 삼았는데, 사촌 여동생(연부인)이 쫓겨날 만한 죄를 저지르지도 않았는데 장헌이 아무런 이유 없이 내쫓았지. 그러니 윤리와 기강이 무너짐은 둘째요 고모가 오히려 당에 계셨으므로 나에게 장헌과 이종형제 사이라고 하시며 늘 그 사람됨이 모자람을 말씀하시고는 힘써 잘 알아듣도록 타이르라고 하셨지. 그러나 내가 말로써 헌이를 믿고 따르게 하지 못한 것을 고모께 사죄했단다."

인광이 장헌의 추하고 더럽고 도리에 어긋난 인물됨을 생각하니 다시금 괴롭고도 놀라워 끝내 장헌의 애첩 되었던 일을 말하지 않고 또 옛날에 정했던 혼약 관련 이야기도 아예 언급하지 않았다. 소수는 7, 8년을 시골 마을에서 지내느라 친척들과 옛 친구들의 소식을 알지 못해 장헌의 딸이 그토록 기특한 것과 정인광과 약혼했으나 이제 와서 장헌이 신의를 저버리고 약속을 등져 그 혼사를 거절하고자 하는 것을 전혀 알지 못했다. 다만 자기가 늦게 얻은 딸이 올해 여덟 살인데, 빼어난 모습과 타고난 품성으로 여자가 갖춰야 할 네 가지 덕행을 잘 행함이 춘추시대 위나라 장공의 비인 장강과 한나라 때 성제의 후궁이었던 반첩여에 버금갈 정도라고 말했다. 그러면서 은근히 좋은 짝을 만나지 못할까 근심하던 차에 인광을 보니 딸의 짝으로 삼고 싶은 뜻이 일었다. 인광이 아직 아내를 얻을 나이가 되지 못했으므로 말하지 않으려 했는데, 그의 태도를 볼수록 성대하며 웅장하여 조금도 유치하거나 성인답지 못한 형상이 없었고, 한 아내를 갖는 것은 말할 것도 없이 온 천하를 널리 차지할 만한 어질고 너그러운 마음씨를 지니고 있었기에 인광의 옥 같은 팔과 하얀 손을 어루만져 웃으며 말했다.

"네 나이가 비록 어리나 체질이 장대하여 부족한 곳이 없으니 어머니를 뵙고 부모님을 모셔 받드는 날이면 서태부인이 반드시 뻐꾸기 한 쌍이 나란히 짝을 지어 둥지에 깃들이는 것을 보고자 하실 것이다. 만일 아내를 구하는 것이 지체되거나 더뎌질 상황이거든 나의 한미한 집안을 꺼리지 말라. 내 머리 누른 딸아이가 어질고 정숙하니 다른 곳을 생각지 말고 나와 함께 장인과 사위의 관계를 맺는 것이 어떠한가?"

인광은 아내를 취할 마음이 뜬구름 같아서 조금도 거리낌이 없었으나 장헌이 자기 아버지와 백부의 얼굴을 그려 경태제께 바치려 했던 일로 인해 원수같이 여겨 장성완을 아주 버리기로 결단했다. 그녀의 절개와 의리에 감복하는 바가 있지만 '아버지와 백부를 도모하는 원수의 딸을 어찌 취할 수 있겠는가' 하는 생각이 일어나 일만 마리 소가 끌어도 돌이키지 않을 것이었다. 소수가 자기를 사랑하고 어루만져 보살핌이 이 같으니 청혼을 물리치지 못할 뿐 아니라 가문의 권세가 상당하고 장인이 될 만한 인물이라 감히 청하지는 못할지언정 진실로 바라는 바였다. 어찌 번번이 거절하겠는가? 이에 감사해하며 말했다.

"제가 비록 총명하지 못하고 졸렬한데도 대인이 저를 높이 인정해 주시고 넘치게 사랑해 주셔서 말씀마다 칭찬하시고 가르침을 주시니 황공할 뿐입니다. 또 저를 사위 삼을 생각을 하시니 제가 복이 넘칠까 두렵습니다. 다만 저는 아직 나이가 어려 아내 얻는 것을 혼자 결정하기 어렵습니다. 아버지와 할머니께서 집에 계시니, 부모님의 뜻을 알지 못하고 제가 망령되게 순순히 응할 수는 없습니다. 그러니 대인은 이상하게 생각하지 마십시오."

소수가 웃으며 말했다.

"내가 비록 무식하나 인륜의 중대한 일을 스스로 마음대로 결정하게 하겠는가? 네가 뜻을 물리치지 않는다면 때를 타 그대의 부친과 서로 만나 의논하여 약속할 것이니, 그대 부친의 허락은 내가 얻을 것이다. 미리 너에게 말하는 것은 다른 곳에 혼처를 구했다 하더라도 네 뜻을 바꾸지 않게 하기 위함이지."

인광이 대답했다.

"대인이 친히 제 부친과 만나 혼사를 정하시면 저는 오직 부모님의 말씀에 따를 것이니, 허락을 하시든지 안 하시든지 저는 상관할 바가 아닙니다."

소수가 고개를 끄덕이고는 정삼을 만나 청혼을 하려고 마음먹었
다. 며칠 몸조리를 하고 나서 인광의 병세가 회복되었으며 선학도 점
점 나아져 헛소리를 그치고 조용히 누워 약과 죽을 순순히 받아먹으
니 소수가 매우 다행스럽게 여겼다. 인광은 이제 돌아갈 마음이 급해
져 소수에게 떠나겠다고 아뢰니, 소수가 붙잡고 말리면서 큰 병을 앓
고 난 후 바로 먼 길을 떠나지는 못할 것이라 했다. 인광은 그 말씀하
시는 바가 잘못되지 않아 마음대로 우기지 못하고 스스로 몸을 보호
하며 속히 쾌차하기를 기다리는데, 근심스럽고 조급한 마음은 감추
지 못했다.

장성완 일행을 건져낸 소수와 정인광

하루는 소수가 손최인을 불러 말했다.
"내 잠깐 강변 정자에 다녀오려고 하니 너는 모름지기 한 척의 작
은 배를 준비하라."
손최인이 명을 받들고 즉시 배를 얻어 모래 해변에 대었다. 원래
소수의 강변 정자는 성안에 있어서 물을 건널 일이 없는데 손최인의
집이 강 건너에 있어서 비록 가까운 거리이긴 하나 얼음이 녹은 후에
는 뱃길로 다녔다. 소수가 즉시 일어나 인광을 보며 말했다.
"혼자 여기에 있으면 슬프고 울적한 심사가 더할 것이니 나와 함께
가서 마음과 기운을 시원스레 풀어보는 것이 어떻겠는가?"

인광이 명을 받들어 소수를 모시고 함께 배에 올라타 중류쯤 지나고 있는데 갑자기 음산한 바람이 크게 일어나 배를 흔들며 물결이 힘차게 솟아났다. 소수가 인광이 놀라서 신상에 해로울까 염려하니 인광이 말했다.

"노대인은 쓸데없는 걱정을 하지 마십시오."

그러고는 뱃사공에게 배를 빨리 저으라고 명했다. 그런데 갑자기 물 가운데에서부터 한 줄기 상서로운 빛이 일어나 매서운 바람과 음산한 냉기를 뚫고 밝게 빛나니, 배 안의 사람들이 상서로운 빛을 보고 놀라며 기이하게 여겼다. 소수 역시 놀라 뱃사공에게 배를 저으며 물 아래 무엇이 있는지 보라고 했다. 물결이 잔잔하고 상서로운 기운이 밝게 빛나서 강물 속 가는 모래와 작은 고기도 세세히 보였다. 그러니 어찌 사람이 빠져 물결에 밀려오는 것을 모르겠는가? 뱃사공이 크게 소리를 지르며 사람이 빠졌다고 하니, 소수가 크게 놀라 급히 몸을 일으켜 발을 구르며 속히 건져내라고 명했다. 인광 또한 참혹하고도 놀란 마음에 뱃머리로 나와 굽어보았는데, 여러 시신이 혹 솟아 뜨거나 혹 가라앉아 있었다. 건지려고만 하면 능히 건질 수 있는 것을 뱃사공이 그저 소리만 지르고 어지럽게 외칠 뿐 쉽게 건지지 못했다. 인광이 안타까운 마음에 탄식하며 자신의 긴 팔을 쭉 뻗어 배 앞에 솟아 뜨는 몸을 먼저 건져내니, 소수가 자기도 모르게 들입다 떠안고 자기의 옷자락으로 물을 닦으며 뱃사공에게 빨리 남은 시신들을 건져내라 명하고 인광의 손을 잡으며 말했다.

"죽을 사람을 살려내는 것은 착한 일이고 공덕을 쌓는 일이라 기특하긴 하나 어찌 위태함을 생각하지 않고 중한 병을 앓았던 몸을 조심하지 않는가?"

　인광은 의로운 기개를 지녀 마땅히 물속에 잠긴 사람들을 건졌으나 건지고 보니 규방의 복색이었다. 제수가 물에 빠졌을 때 손을 잡아 건져주는 것이 임시방편이라고는 했으나 인광은 모르는 여인과 몸을 맞닿은 것이 심히 불편하여 다시 돌아보지 않았다. 소수는 그런 인광의 사람됨을 사랑하고 감복했으나 아직 놀란 마음을 진정하기 어려웠다. 뱃사공이 비로소 세 명의 시신을 건져낸 뒤 바로 배를 돌려 모래 해변에 대었다.

　소수가 손최인에게 방 하나를 치우라 명하고 인광을 머무르게 했다. 그러고는 한 시신을 안은 채 일어나며 세 명의 시신은 손최인을 시켜 구호하라 하고 바로 별당으로 들어가 시신을 내려 더운 곳에 눕히고 자기의 털옷을 벗어 덮은 후 약물을 가져와 곁에서 구호했다. 등불을 밝히고 자세히 살펴보니 진실로 눈이 부셔 멍하니 정신이 취할 정도이니, 그 곱고 빛남을 말로 표현하기 어려웠다. 여덟 가지 광채로 빛나는 눈썹에는 상서로운 기운이 서려 있고 흰 눈처럼 새하얀 얼굴에는 여러 가지 빛깔이 찬란하니, 그 아름다운 얼굴과 자태는 아주 먼 옛날부터 오늘에 이르기까지 견줄 만한 짝이 없을 정도로 뛰어났다. 소수가 한번 길게 심호흡을 하고 나서 손을 잡아 맥을 짚어보니, 한 점의 온기도 없었으나 오히려 실낱같은 목숨이 아주 끊어지지는 않은 것 같았다. 행여 살 수 있지 않을까 여겨 지극정성으로 구호하고 있는데 갑자기 손최인이 밖에서 아뢰었다.

　"제가 그 세 명의 여자를 구호하여 비로소 깨어났으나 먼저 주인 소저를 애타게 부르며 도로 살아난 것을 기뻐하지 않고 있습니다. 제가 자초지종을 자세히 말했으나 오히려 믿지 않고 상태가 이상합니다. 어르신께서 잠깐 그 여인들을 불러 물에 빠진 사연을 물어보시고 그 소저가 쾌히 살아났음을 알게 하심이 마땅할까 합니다."

소수가 즉시 그들을 다 불러오라고 했다. 잠시 후 세 명의 여인이 와서 고개를 숙이고 엎드리니, 한 명은 나이가 마흔 살 정도 되어 보였으며 둘은 겨우 10여 세 정도의 어린아이로 키는 보통 사람보다 크고 허리는 가늘어 버들가지 같았다. 외모가 아름다울 뿐 아니라 몸가짐과 태도가 법도를 갖추어 엄숙했다. 군사들을 보면 그 우두머리 장수를 알 수 있다는 말처럼, 세 여인을 보니 그 주인 소저의 인물됨을 알 만했다. 소수가 한편으로는 소저를 구호하며 세 여인을 향해 말했다.

"너희들은 도대체 무슨 참혹한 흉변을 만났기에 태산과 같은 목숨을 깃털처럼 가벼이 여겨 아끼지 않는 것인가? 나는 미산 사람 소수이다. 비록 어질고 선하며 의롭지는 않으나 사람의 목숨을 소중하게 여기니, 너희들의 전후 사정과 이름과 사는 곳을 말해보거라. 진실로 살 이유가 없으면 어쩔 수 없지만 조금이나마 사는 것이 유익하다면 내 당당히 너희 상전과 너희를 거두어 때를 기다려 광명을 보게 할 것이다. 너희가 비록 아랫것들이나 아뢸 말이 있을 것이니 모름지기 모두 다 펼쳐 숨김이 없게 하라."

세 명이 머리 숙여 엎드려 듣기를 다한 뒤 설란이 앞으로 나아가 무릎을 꿇고 아뢰었다.

"어르신께서 장상공(장헌)과 이종형제 사이가 되십니까?"

소수가 고개를 끄덕이며 대답했다.

"내 과연 그러하다만 네가 그걸 어찌 아느냐?"

설란이 목메어 울며 말했다.

"저는 장씨 부중 시비인 설란이라 하옵고 물에 빠졌던 소저는 장씨 어르신의 따님이십니다. 저희가 흉적들의 화변을 만나 몸을 숨길 곳이 없었기에 슬프고도 두려워 물에 떨어져 죽으려고 했사온데, 하늘이 제 주인의 당당하고도 세찬 절개와 곧고도 바른 의리를 밝게 살펴서 어르신으로 하여금 다시 살 수 있게 하시니, 산같이 높은 은혜와 바다같이 넓은 덕을 갚을 길이 없습니다. 소저와 가까운 친척의 정이 있으시며 다시 살아난 은혜가 하늘과 같으시니, 반드시 모든 일에 내리시는 명령을 따를 것입니다. 어찌 다행스럽고 기쁜 마음을 헤아릴 수 있겠습니까?"

소수가 다 듣고 나서 매우 놀라는 한편 다행스럽게 여겼다. 이에 소저를 어루만지며 말했다.

"어찌 이런 딸을 두었는가? 진실로 후백(장헌)의 딸이라면 화려하고 높은 집에서 부귀를 누리는 것이 궁전 안에서 지내는 공주에 버금갈 것인데, 어떤 이유로 이런 참혹한 재앙을 당한 것이냐? 네가 진짜 장씨 부중 시비란 말이더냐? 연누이(연부인)가 낳은 아들을 잃어버렸다는 것은 내가 알고 있으니, 이 아이는 박부인이 낳은 딸이더냐? 전에 보지 못해서 오늘 얼굴을 처음 보는구나. 모름지기 뜻하지 않은 사고를 당한 이야기와 전후 사연을 자세히 말해 나의 놀라운 마음을 진정케 하라."

설란이 장성완이 겪은 재앙을 아뢰면서 장헌과 박부인의 허물이 드러날까 두려워 잠깐 머뭇거렸다. 소수가 여러 번 물어보는 탓에 속으로 생각하되 '이 어르신은 주인 나리와 이종 사이일 뿐 아니라 연 부인과는 사촌 남매가 되시니 일의 형세를 속임이 옳지 않다.' 하고 이에 두 번 절하고 땅에 엎드려 장소저가 전후로 겪은 참혹한 변고를 사실대로 아뢰었다.

소수가 이야기를 듣는 동안 눈썹을 찡그리고 근심스러운 표정으로 애처로워하며 말이 없었다. 그러나 성완이 얼굴 가죽을 벗기고 귀를 자르던 이야기를 듣고는 깊이 탄식하다가 그 절의를 공경하고 칭찬했다. 또한 한 달 안에 상처가 완전히 회복된 것을 이상하게 여겨 약의 출처를 물었더니, 설란이 자세히 알지 못해 다만 장헌의 첩이 지은 것이라고 했다. 소수가 그 첩의 의술에 놀라 지금 있는 곳을 물었는데 벌써 쫓아냈다고 하니, 장헌이 집안을 다스리는 일을 이해할 수 없을 정도로 이상하고 놀랍게 여겨 다시 말을 하지 않고 장성완을 구호했다.

부녀 사이를 맺은 소수와 장성완

꽤 오랜 시간이 흐른 뒤 성완이 정신을 차리자 설란과 두 시비가 나아가 앉아 그녀의 손을 붙들었고 소수가 성완을 어루만지며 말했다.

"너는 진정 놀라지 말고 의심치 마라. 내가 비록 네 아비와 이종형제 간이지만 정으로 따지면 동기간이나 다름없으니 너 또한 나를 아버지로 여기거라. 내 이제 너와 부녀의 정을 맺어 천륜에 마땅하게 할 것이다. 나는 미산 사람 소수인데, 네 아비의 이종사촌임을 앞서

들었던 적이 있느냐?"

성완은 심신이 어지러운 중에 죽는 것도 마음대로 행하지 못함을 원통하고도 슬프게 여겼다. 그런데 설란과 두 시비가 곁에서 구호하는 것을 보고 소공이 높은 의기와 어진 마음으로 이렇듯 하는 말씀을 들으니, 진실로 죽는 날이 다시 사는 날 같았다. 성완은 본래 자기가 죽으면 그 부끄러움과 욕됨이 부모에게 미칠 것을 슬퍼하여 병을 앓는 사람이 될지라도 부디 생명을 이어나가려 했다. 그러다 적의 형세가 갑작스럽게 닥쳐서는 빨리 죽어 치욕을 면하고자 한 것이다. 그런데 소공이 살려준 은혜를 입고 그와 가까운 친족의 정분이 두터운 사이라는 말을 들으니, 모르는 사람이 건져 구한 것과는 달랐다. 하지만 이곳이 어디이며 자기가 어떻게 살았고 누구의 손에 건져져 살게 되었는지 몰랐다. 만일 천한 뱃사공이 건져내었다면 그 욕됨이 비할 데 없을 것 같았다. 바삐 자기를 건진 사람을 알고자 하여 소수의 말에 대답하지 않고 설란을 돌아보고 흐느끼며 말했다.

"내 몸이 강물 속에 잠겼었는데 누가 나를 건져서 살려냈으며 이곳은 어디란 말이냐?"

설란이 미처 대답하기 전에 소수가 답했다.

"이곳은 남강 명월촌이고 너를 건진 사람은 나다. 마침 강변 정자에서 돌아오다가 이리이리 상서로운 빛으로 인해 내가 친히 건졌으니, 내 어찌 거짓말을 하겠느냐? 모름지기 안심하고 몸조리하여 건강을 회복한 뒤에 나와 함께 아비와 딸이 되기를 꺼리지 마라."

성완이 비로소 엎드려 슬프게 울며 말했다.

"대인은 아버지의 사촌형이시고 연씨 어머니와 사촌 남매간이시니 제가 비록 전날에 뵙고 인사드린 적은 없으나 존함을 듣고는 숙부이심을 어찌 모르겠습니까? 그리고 참혹한 난리 가운데 구해주셔서 제가 다시 살게 된 은혜가 산보다 높고 바다보다 깊습니다. 이처럼 불쌍히 여겨 위로해 주시고 보살펴 주시니 죽어서도 다 갚지 못할 듯합니다."

말을 마치고 두 눈에 눈물이 그렁그렁하다 연이어 떨어지며 옷깃을 적셨다. 소수가 그 머리를 쓰다듬으며 위로하되 장헌 부부를 사리에 어둡다고 일절 말하지 않았다. 다만 살아난 것을 세상이 알게 하면 대궐에도 그 소문이 퍼질 것이니, 본부에 아직 알리지 말고 자기를 따라가 연부인과 함께 있기를 권했다. 성완은 부모님의 잘못을 소수가 이미 알고 있는 것이 더욱 부끄러웠다. 그리고 자기가 살았다는 것을 알리지 말자는 말을 듣고는 슬픔을 참지 못했다. 자기가 살아났음을 본부에서 아는 날이면 반드시 참혹한 변고가 있을 것을 알았기 때문이다. 그래서 소수의 말을 듣고 다만 슬픈 눈물을 흩뿌릴 뿐 말이 없었다. 소수가 성완의 몸을 보할 마음을 가져오라 하고는 친히 그릇을 들고 떠먹이면서 편히 몸조리하라고 당부했다. 또 시비들에게 곁을 떠나지 말라고 명하고 비로소 몸을 일으켜 외당에 나와 인광을 보았다. 인광이 당에 내려와 맞이하고 예를 마친 뒤 무릎을 꿇고 말했다.

"제가 지난번에 대인께서 몹시도 급히 초조해하심을 보고 작은 힘이나마 보탬이 되고자 했습니다. 또 어리석은 의기로 사람이 물에 빠져 그 시신이 물고기 배 속에 들어가는 것을 비참하게 여겨 건져냈을 뿐입니다. 남자가 아닌 것을 알았기에 마음속에 불편함이 있었으나 생사를 알지 못하고 상황이 급해 어쩔 수 없었습니다. 그런데 대인이 구호하시어 그 여자가 다시 살아났다 하오니, 어느 집에서 태어나 가르침을 받았고 어떤 재앙과 난리를 당해 강물에 떨어져 빠진 줄 알지 못하나 만일 양반의 가문이라면 제가 남매를 맺어 마음에 거리끼는 바를 없애고자 합니다. 어르신의 뜻은 어떠하십니까?"

소수는 이미 설란이 했던 말을 듣고 인광과 성완이 어렸을 적에 혼인 약속을 했었음을 밝히 알고는 인광이 성완을 건진 것이 하늘의 뜻임을 깨달아 매우 기이하다고 생각했다. 소수는 인광이 장씨 부중의 변고를 모르게 하여 성완에게 부끄러움을 더하지 않게 하기 위해 그녀에게는 자기가 친히 건졌다고 말한 것이었다. 인광의 말이 이 같으나 조금도 그 뜻을 따를 마음이 없어 다만 손으로 수염을 어루만지며 온화하게 웃고는 말했다.

"너의 말이 금옥과 같이 매우 귀하고 행실이 얼음과 서리같이 깨끗하구나. 다만 지난번에 물에 빠졌던 여자와 의리로 남매 맺기를 원하나 이 또한 중대사이다. 소홀히 결정하지 못할 뿐 아니라 그 여자가 나에게는 남이 아니라 사촌동생의 딸이기도 하다. 경사에 가 있다가 적의 화를 만나 물에 빠져 남강까지 이르렀던 것인데, 하필이면 네가 건져내게 되었으니 이 또한 대수로운 일은 아니구나. 조카를 데리고 돌아가 조용히 연씨 부중으로 보내고 나는 때를 봐서 너의 부친을 만나 일을 상의할 것이니, 너는 내가 일이 많아 바쁜 것을 비웃지 마라."

인광은 소수의 한결같이 순수하고 바른 성품을 깊이 믿었으니 어찌 장성완을 두고 연씨라 함을 알았겠는가? 다만 남매로 의리를 맺어 불편한 마음을 없애고자 했는데, 소수가 허락하지 않아 민망하게 여겨 다시 청했으나 이루지 못하고 하릴없어 다시 말을 꺼내지 않았다.

소수가 뱃사공들을 불러 어제 수고한 일을 일컬으며 상을 후히 준 뒤 다시 몸을 일으켜 별당에 들어가 성완을 보았다. 그 기운이 많이 좋아져 이제 위태로운 증상이 없음을 묻지 않아도 알 정도였다. 소수가 가만히 생각해 보니, 이곳에서 여러 날을 머무르면 그 타고난 효성 때문에 자신이 살아 있다는 것을 부모님께 알리지 않을까 걱정되었다. 혹여 시비들에게 상황을 전하게 하여 다시 참혹한 화가 미칠까 염려스러우니, 차라리 빨리 서도로 떠나는 것이 나을 듯했다. 그래서 성완을 붙들고 내일 떠날 것을 이르며 아버지와 딸이 되기를 청했다. 성완이 그 말씀을 어기지 못해 이에 네 번 절하여 의리로 부녀 사이를 맺고는 무릎 앞에 엎드려 슬픔을 금하지 못했다. 설란 등은 다행스러워하며 장소저를 위하는 일이라 매우 기뻐했다. 다만 성완은 오직 소수의 명을 받들 뿐 한마디도 대답하지 않았다. 설란 등과도 말을 주고받지 않으니, 설란 등이 감히 다시 살아난 기쁨을 일컫지 못했다.

소수가 다시 외당에 나와 인광에게 내일 서도로 갈 것이라고 말하며 선학은 깨어날 날이 멀었으니 양씨 부중으로 돌려보내고 자기의 사내종과 함께 천태산으로 가라고 했다. 인광이 순순히 명을 받들고는 사례하며 선학을 취령산으로 돌려보내는데, 양공 부자들과 월염에게 편지를 부쳐 전후 이야기를 자세히 알렸다. 선학은 인광에게 하직 인사를 올린 뒤 손최인의 넓고 큰 은혜를 우러러 칭찬하며 서로 작별하고 즉시 취령산으로 돌아갔다.

소수가 길 떠날 채비를 하고 내일 아침에 출발하려 했다. 그런데 인광의 총명함을 생각해 보니, 장씨 부중 시비들의 얼굴을 모르지 않을 것 같았다. 그리고 장성완이 물에 빠졌다는 사실을 알게 되면 그 절개 있는 행동을 높이 여길 것이나 장헌의 집안일을 괴로워하면서도 놀랍게 여겨 그 사위가 되기를 싫어하고 피할 것이라 생각했다. 이에 설란 등을 인광이 보지 못하게 일부러 수레의 장막을 두껍게 두른 후 설란 등에게 성완을 붙들어 오르게 했다. 성완은 죽고 사는 것과 물러가고 나아가는 것을 소수에게 맡겼으니, 낳아준 부모께 하직 인사를 드리지도 못하고 삼천 리 아스라이 먼 길을 행하여 수레바퀴를 덜거덕거리며 갔다. 아득히 멀어져 가는 마음이 슬퍼 목이 메니, 눈물이 흘러 얇은 비단 적삼을 적셨다. 소수가 불쌍히 여겨 안타까워하며 마치 포대기에 싸인 엄마 잃은 갓난아기처럼 돌보고 설란 등도 곁에서 지극한 정성을 한시도 내려놓지 못했다. 인광이 소수를 따라 길에 오를 때 손최인을 불러 높은 공과 어진 덕을 이번 생애에 저버리지 않을 것임을 각별히 일컬으니, 손최인이 여러 번 절하고 머리를 조아리며 백리정에 나와 작별 인사를 했다.

소수와 작별하는 정인광

소수가 길에 오른 지 보름 만에 길을 나눠 각각 남쪽과 서쪽으로 향하게 되니, 소수가 헤어지는 정이 서운하여 비록 나중에 만날 것을 기약했으나 자연스레 섭섭하고 슬퍼져 인광의 손을 잡고 말했다.

"내가 촉도에 돌아가 연씨 아이(장성완)를 편안하게 지내게 하고 때를 보아 말을 돌려 네 아버지를 찾아가려 하니, 머지않아 다시 너를 만나겠지만 여기서 작별하는 마음이 몹시 서운하고 섭섭하구나. 너는 부모님께 돌아가 노래자가 색동옷을 입고 부모를 즐겁게 했던 것처럼 정성을 다하고, 각별히 마음을 쓰는 나의 지극한 정을 저버리지 마라."

인광이 또한 소수와 헤어지는 것이 서운하여 손을 받들고 공손하게 꿇어앉아 절하고 머리를 땅에 닿도록 엎드려 듣고는 다시 일어나 두 번 절하고 말했다.

"제가 비록 옹졸하고 어리석으나 대인께서 치료하여 살려주신 큰 은혜를 마음에 깊이 새겼으니, 죽을 때까지 은혜를 저버리지 않을 것입니다. 여기에서 인사드리고 헤어지는 마음이 섭섭하여 차마 말을 잇지 못하겠습니다."

소수가 인광의 손을 어루만져 웃으며 말했다.

"내가 평범하고 속되어 너에게 끼친 덕이 없다고 나를 저버리지 말라는 말이 아니다. 대장부의 한마디는 천년이 가도 변치 않는다고 했으니, 네가 연씨 아이를 건질 줄 모르고 내 딸을 너의 아내로 삼고자 하는 말을 꺼낸 적이 있었다. 그런데 이제 네가 연씨 아이를 건진 기이한 일이 있었으니, 이는 천지신명이 그윽이 가르치신 것이다. 내 돌아가 연씨 누이에게 말한 뒤 네 아버지께 조용히 알려 특별히 중매를 설 것이다. 그뿐만 아니라 내 딸이 비록 춘추시대 초나라의 번희와 월희가 갖춘 덕은 없으나 너의 기상이 당당히 문왕의 삼천 후궁을 부러워하지 않을 것이니, 첩의 한 자리라도 얻어 네 아버지의 허락을 얻으면 쾌히 혼인을 이룰 것이다. 너는 이 두 가지 말을 잊지 말고,

청하는 바를 알아듣겠느냐?"

인광이 다 듣고 나서 낯빛을 고쳐 대답했다.

"제가 사람의 죽고 삶이 지극히 중하기에 물속에 잠겨 있는 것을 보고 참지 못해 근본이나 신분의 귀하고 천함을 모르고 일단 건지게 되었습니다. 일찍이 제가 방탕한 생각이 없는 것을 대인께서 밝게 아실 것이라 생각했는데, 이 일이 하늘의 뜻이라 하며 이 같은 말씀을 하실 줄은 진실로 생각지 못했습니다. 제가 처음에 연소저와 의남매를 맺어 불편함을 없애고 싶다고 말씀드렸는데 대인께서 받아들이지 않으시고 이런 말씀을 하시니 놀랍기 그지없습니다. 이는 제가 바라던 바가 아니며 대인의 딸을 저의 첩으로라도 쾌히 들이시겠다는 말씀은 저를 놀리시는 것이 아니라면 실수로 잘못 말씀하신 듯합니다. 제가 뭐 그리 대단한 사람이라고 그렇듯 말씀하시는지요? 진정으로 감히 받들지 못하겠습니다."

소수가 웃으며 말했다.

"너는 모름지기 이상하게 여기지 말고 일이 되어가는 것을 보고 네 아버지의 허락을 얻은 뒤에는 네가 거절하지 못할 것임을 알고 있거라."

인광은 진심으로 내키지 않았으나 갈 길이 바쁘고 소수의 말이 진정에서 비롯된 것이라 사양한다고 해서 그렇게 되지 않을 줄 알았다. 다만 훗날에 아버지가 잘 결정하시리라 믿고 더는 긴말을 하지 않고 드디어 헤어졌다. 소수가 본래 건장하고 씩씩한 남자의 기상이 있었으나 인광과 서로 길을 나눠 헤어질 때는 문득 이별을 슬퍼하는 마음이 귀중한 보물을 잃은 것보다 더했다. 인광의 됨됨이와 타고난 재능과 성품이 세속의 평범한 사람들보다 백배나 뛰어나고 천배나 출중한 까닭이겠으나 실은 소수의 사랑이 그만큼 넘치기 때문이었다.

드디어 아버지와 만나게 된 정인광

인광은 부모님을 뵐 마음이 몹시도 급해 잠시도 지체할 수 없었으므로 여기에서 인사하고 소수와 작별하나 또한 깊이 그 은혜에 감사하고 우러러 감복하며 공경하는 뜻이 각별했다.

이미 훗날에 만날 약속을 하고 부득이 길을 나눠 소수는 서쪽으로 가고 인광은 남쪽으로 천태산을 찾아 나아갔다. 지도를 의지하여 수많은 봉우리를 지나고 깊은 산골짜기와 험한 길을 가는데, 소씨 부중에서 함께 온 종의 발걸음이 더뎌지고 천리마도 걸음을 늦추었다. 인광이 종의 손을 잡고 말고삐를 쥐어 험한 등나무 덩굴을 붙들며 여러 층으로 쌓인 기이한 돌을 지나가는데, 가파른 바위산을 마치 평지를 걷는 것같이 행했다. 여러 날이 지났으나 위풍당당한 걸음이 변함없이 빠르니, 소씨 부중 종이 이상하다고 생각할 틈도 내지 못했다. 도중에 한 곳에 이르니 경치가 매우 빼어났는데, 동쪽 밭에는 밀과 보리가 바야흐로 푸르렀고 서쪽 들판에는 농부들이 밭과 들에 모여 있었다. 북쪽 물가에서는 고기를 낚고 남쪽 산에서는 나물을 캐는 노래가 한창이었다. 한가롭게 즐기는 재미는 공을 세워 이름을 세상에 알리는 일이 헌신짝같이 하찮음을 깨닫게 했다. 흰 구름 가득한 마을에서 자줏빛 영지를 캐며 거문고 소리에 맞춰 노래를 부르고 소나무 정자에서 서로 즐거워하니, 세상의 변화함을 진정 모를 일이었다.

　인광이 점점 나아가며 멀리 바라보니 네댓 명의 군자가 갈건과 베옷 차림에 대지팡이를 짚고 짚신을 신은 차림으로 천천히 나아왔다. 그 고상하고 뛰어난 풍채와 기상이 옛적 백이와 숙제 같고 소부와 허유 같았다. 의기가 늠름하고 풍채와 골격이 깨끗하여 세상의 티끌을 모두 쓸어낸 것 같으니, 정씨 집안 사람이 아니면 누구겠는가? 정삼이 정겸·정염과 더불어 나아오고 뒤에 또 한 명의 선비가 따랐다. 그는 학운자 정천으로 인광은 이때 정천을 처음 보았기에 그가 누구인지 몰랐다. 다만 아버지의 얼굴과 두 숙부를 멀거니 바라보니, 그 반가움과 무궁한 기쁨을 무엇에 비하겠는가? 인간 세상의 즐거움이 이렇듯 극진하니 정말로 저녁에 죽더라도 한이 없었다. 그러나 인간은 만족할 줄 모른다고 하지 않던가? 이때 인광이 옛일을 생각하니, 그 형(정인성)의 생사를 모르는 슬픔이 거듭 더했다. 그럼에도 걸음을 재촉하여 앞으로 나아가는데, 문득 꿈인 듯 아닌 듯 마음이 어수선하고 뒤숭숭하고 얼떨떨한 채 나아가 아버지와 숙부들의 옷깃을 붙들고 인사를 드렸다. 엎드려 그간 안녕하셨는지 여쭙고자 했으나 기쁨이 넘치고 슬픔이 가득하여 목이 메니 능히 말을 하지 못했다. 또한 할머니께 인사드리지 못했으므로 그사이 몸이 날아 할머니와 어머니를 반기지 못함을 한스러워하니, 몸과 마음이 황홀하여 어찌할 바를 모르며 땅에 엎드려 다시 쉽게 일어나지 못했다.

(책임번역 한정미)

완월회맹연 권 26

가족과의 재회

정인광이 돌아와 장헌의 악행을 고하고
이창린은 장헌의 아들로 밝혀지다

정인광의 귀환

이전에 정삼이 형 정잠을 만 리나 되는 오랑캐 땅으로 떠나보냈는데 살아 이별한 슬픔이 사별한 슬픔보다 덜하지 않았다. 또한 두 아들 인성과 인광을 잃은 아픔이 3년 동안 이어지자 부모로서 그동안 애태운 것이 심장과 폐에 쌓여 온몸에 깊은 병이 들었다. 정삼이 헤어진 형을 그리는 외로움에 줄지어 날아가는 기러기 떼를 부러워하고 아침저녁으로 형과 화답하던 즐거움 없이 잠자리에 들 때는 함께 덮던 이불도 넓게 느껴졌다. 두 아들의 생사도 알지 못하니 그 고통은 자식을 잃어 슬퍼하다가 눈이 멀었던 자하의 마음과도 같았다. 그러나 정삼은 오직 어머니(서태부인)를 받들어 공경하고 삼갈 뿐 힘든 낯빛이나 슬퍼하는 말을 나타내지 않아 걱정을 더하지 않았다. 정염·정겸과도 사이가 돈독해서 아침저녁으로 그림자처럼 붙어 다녔고 먹고 자는 동안에도 내내 떨어지지 않았다.

그런데 생각지도 않게 양씨 부중의 종이 와서 정잠의 편지를 올리고는 정월염과 정인광의 서신도 함께 올리니, 온 집안사람들의 크나큰 기쁨과 감격스러움을 말로 다 표현할 수 없었다. 마치 죽은 사람의 글을 대하고 저승의 소식을 들은 듯했다. 서태부인부터 온 집안이 기뻐하는 중에 답신을 써 그 종에게 돌려보내고 인광이 돌아오기를 조바심 내며 기다렸다. 정인성과 상연교(정태요의 딸)가 살았는지 죽었는지 어디 있는지도 알지 못하는 슬픔으로 다시금 무척 마음 아파하기도 했다.

세월이 흘러 삼월 늦봄이 되자 날씨가 화창하고 만물이 빛깔을 돋우니 정천이 정삼에게 말했다.

"이번에 소나무와 잣나무가 새 빛을 떨치고 아름다운 풀도 새로운 향기를 토하니, 기이한 꽃들은 흐드러지게 피고 신령한 지초도 무성합니다. 산천 명승지를 한 번도 구경하지 못해서 마음이 답답한데 잠깐 동네 어귀에 나아가 산에라도 오르십시다."

정삼이 그 말을 따라 바로 두 아우인 정염·정겸과 함께 문을 나섰다가 문득 눈을 들어 보니 까치가 처마 위에서 기쁜 소식을 알리는 듯 신기하게 울고 있었다. 정천이 웃으며 말했다.

"까치가 울면 반가운 손님이 온다고 했으니, 헤어졌던 가족이 모이고 부자가 상봉할 소리군요. 인광 공자의 수레가 오래지 않아 산중에 이르겠습니다."

정삼이 미소를 띠며 말했다.

"아저씨의 점복이 신이하다고 해서 어떻게 항상 맞겠습니까?"

정천이 웃으며 말했다.

"이제 보니 상공도 겉과 속이 다르군요."

정삼도 웃으며 답했다.

"이 조카의 행실이 일컬을 만하지는 않지만 그래도 어릴 때부터 겉과 속이 다른 적이 없다는 것을 아실 텐데, 아저씨께서 갑자기 저에게 겉과 속이 다르다고 하시는 것은 어째서입니까?"

정천이 연이어 웃으면서 말했다.

"오늘 까치 소리를 듣기 전이라도 둘째 공자가 돌아올 날을 상공께서 미리 알고 계셨을 텐데, 거짓으로 모르는 체하시니 겉과 속이 다른 것이 아니겠습니까?"

정삼이 미소 지으며 말했다.

"인광이가 오래지 않아 산중에 돌아올 줄은 그 아이의 편지를 통해서도 아는 일이지만 그 어느 날에 부자간 상봉할지는 어떻게 미리 알겠습니까?"

말하는 중에 멀리서부터 빠르게 다가오는 사람이 있었는데, 옷이 남루하고 모습이 피폐해서 고생을 많이 한 행색이었다. 하지만 그 모습이 눈에 띄게 뛰어나서 온갖 광채가 온몸을 두른 것 같았다. 높고 우뚝한 것은 옥룡이 오색구름을 타고 오른 것과도 같고 봉황이 청산에 나부끼는 것과도 같아 그 기이한 모습과 신이한 골격이 천고에 독보적이니, 수년 전 월청강에서 도적의 난리를 만나 잃어버렸던 정인광이 아니면 누구겠는가? 정삼의 단정하고 엄숙한 성격으로도 그 기쁨이 봄볕처럼 얼굴에 나타나고, 정겸과 정염의 태산처럼 무거운 성격으로도 연신 어쩔 줄 몰라 하며 반기는 마음을 참을 수 없었다. 인광이 종종걸음으로 빨리 앞에 나아가서 아버지와 숙부들께 절하고 쉽게 일어나지 못하니, 두 숙부가 좌우로 붙들어 일으키며 놀란 목소리로 말했다.

"진짜냐, 꿈이냐? 이것이 꿈이 아니라면 생시가 아니겠느냐? 네가 어떻게 그사이에 이렇게 장성했느냐?"

정삼은 인광의 손을 잡고 등을 쓰다듬으며 길게 탄식했다.

"네가 살아 돌아온 것을 보니 이 아비의 목숨이 질긴 것을 알겠구나. 이 슬픈 마음을 어떻게 말로 표현하겠느냐? 다만 할머니의 몸이 지극히 편안하시고 월염이 또한 살아 있으며 이제 우리 부자가 이렇게 만났으니 다행스럽고 기뻐 남은 한이 없겠구나. 다만 네 형 인성이의 생사와 연교의 소식을 알지 못하고 문계(정흠) 형님께서 애통하고 억울하게 돌아가셨다. 보는 것마다 어찌 슬프고 원통하지 않겠느냐? 그래도 초봄에 양씨 부중의 종을 통해 청계(정잠) 형님의 편지를 받고 너와 월염이가 살아 있다고 들어 큰 위로가 되었었다."

인광이 엎드린 채 대답했다.

"제 몸이 새장 속의 새와 같아서 떨쳐 날아오지 못하고 효성이 얇아 하늘의 도움을 받지 못했으니, 속절없이 부모님 계신 태향 북녘의 구름을 보고 슬퍼하고 어버이를 그리워하는 눈물에 애간장이 끊어질 듯했습니다. 그러나 할머니와 부모님께서 쌓으신 은덕에 힘입어 오늘날 부모님 앞에서 절할 수 있게 되었으니 이제 인생에 남은 한이 없습니다. 할머니께서 강건하시고 아버지께서도 몸을 잘 보존하신 것은 큰 기쁨이 되었지만 종숙부(정흠)께서 원통히 돌아가신 비보를 조주에서 들었을 때 저의 슬픔과 원통함이 어떠했겠습니까? 이제 돌아왔지만 집안 상황이 바뀌어 눈길 닿는 곳마다 원통함을 더할 뿐입니다. 큰아버지(정잠)께서 머나먼 오랑캐 땅으로 향하신 것은 물론 충의를 다하신 일이지만 조카로서 애타는 마음은 비할 데가 없습니다. 또 인성 형님이 살아 계신지를 알 수 없고 사촌동생(상연교)의 소식도 아직 모르니, 일마다 걱정이 간절하고 닿는 곳마다 슬프고 두려운 마음입니다."

인광이 말을 마치자 일부러 온화한 기운을 내어 아버지를 반기는 기운을 다시금 부드럽게 하니, 천 갈래 구름이 걷히고 선경 속 봄기운이 화창한 듯했다. 정겸과 정염은 좌우로 인광을 붙들 뿐 차마 말을 잇지 못했고, 정삼 또한 기뻐하는 중에도 옛일을 생각하고 인성의 생사를 모르는 근심이 가득해서 슬프게 탄식했다. 정삼이 천천히 말했다.

"네가 고생한 전후 사정은 이미 서신을 통해 대강 알았지만 어머니께서 너를 애타게 기다리시니, 이렇게 온 뒤에도 뵙는 것을 미루면 안될 것이다. 오가는 길에 만난 고난과 지난 변고는 이후 조용히 이야기해도 늦지 않을 것이니, 지금은 빨리 집으로 가서 어머니를 뵙거라."

그러고는 정천을 가리키며 친척임을 알려주니 인광이 몸을 일으켜 절했다. 정천이 급히 답절을 한 뒤 정삼을 향해 인광의 풍채와 위엄과 덕스러운 자질을 못내 칭찬하니, 정삼은 칭찬이 지나치다며 사례하고는 다시 웃으며 말했다.

"아저씨께서 일의 기미를 아시는 것이 이같이 밝으시니 이 조카가 비로소 감복했습니다."

정천 역시 웃으며 말했다.

"제가 비록 사광처럼 음률에 통달하거나 공야장처럼 새 소리를 알아듣는 능력은 없지만 까치의 소리와 음률의 곡조는 조금 압니다. 어떻게 오늘날 인광 공자가 돌아올 것을 알지 못하겠습니까?"

이처럼 말을 나누며 걸음을 돌려 당에 올라 바로 안채에 들어갔다. 심부름하는 아이가 걸음을 빨리해서 먼저 들어가 인광의 유모에게 둘째 공자가 돌아온 것을 전하게 했다. 그러자 급하게 온 친족들이 가득 모여 앉으며 사람마다 반겨 기다렸다. 정삼과 정겸 등이 들어와 서태부인 슬하에 꿇어앉아 인광이 돌아온 것을 아뢰니, 인광이 서둘러 앞으로 나와 절하고 안부를 여쭈었는데, 수삼 년 동안 그 훤한 인물이 더 좋아지고 기운과 도량이 크고 성숙해진 것이 신기할 정도로 뛰어났다. 인광이 엄연한 장부의 모습을 이루어 그 응대하는 것이 예에 맞아 행실이 만족스럽고 효성이 가득하니, 어리고 몽매한 사람의 미성숙함과 비속한 자의 평범함과 어떻게 같겠는가? 어머니를 우러러 보는 눈은 구름같이 빼어난 눈썹 아래 두 개의 아름다운 달처럼 영롱하고, 옥 같은 얼굴에 붉은 입술은 담담한 봄바람같이 온화하며, 취한 듯 향기로운 뺨은 웃음을 가득히 머금고 있었다. 앉은 이들이 그를 한번 보고는 기쁨과 슬픔이 함께 가득했는데, 손자를 한결같이 사랑하는 할머니와 지극히 자애로운 어머니가 해가 지나도록 생사를 몰랐던 아들·손자를 만났으니 마음이 어떻겠는가? 서태부인이 재빨리 마주나와 인광의 손을 잡고 얼굴을 대면서 반가움이 넘치고 문득 슬픔이 가득해서 자신도 모르게 목놓아 울었다. 화부인은 인광의 등을 어루만지며 얼빠진 사람같이 말을 차마 이루지 못했다. 정인경과 정자염도 앞뒤로 붙들어 반기며 슬퍼하는 것이 저승 사람을 다시 만난 것 같으니, 인광 또한 참지 못하고 봉황 같고 가을빛 같은 눈에서 맑은 눈물이 흘러 떨어지며 연꽃처럼 하얀 얼굴을 적셨다. 정삼이 온화하고 부드러운 말로 서태부인을 위로하고 다시 인광을 돌아보며 말했다.

"할머니께서 마음 아파하시는 모습이 아주 절박하신데 네가 어떻게 슬픈 얼굴과 목소리로 할머니의 서러움을 더하고 이 아비를 마음 아프게 하느냐?"

인광이 고개를 숙이고 말씀을 다 들은 뒤에 다시 절하며 그 잘못을 사죄하고 낯빛을 온화하게 바꿨다. 그러고는 서태부인 슬하에 꿇어앉아 남산과 북해처럼 영원히 장수하시라며 기원하니, 영롱한 빛이 아름다운 이마를 두르고 지극한 기쁨이 아름답게 빛나는 눈빛에 솟았다. 인광은 지난 일을 말하지 않아 정흠이 억울하게 죽은 일도 슬퍼하지 않는 척했으며, 상을 당한 변고에 대해서는 인사치레로도 말을 하지 못했다. 오직 할머니를 붙들고 마음을 놓게 하는 것에만 집중하여 삼가 순종하고 할머니를 위로하며 즐겁게 할 뿐이었다. 서태부인이 이윽고 정신을 차리고 길게 탄식하며 말했다.

"오늘날 네가 돌아온 것을 보니 인성이와 연교가 더욱 생각나는구나. 그뿐 아니라 그사이 가문의 운명이 막막해져 조카 흠이 충성과 절개를 굽히지 않다가 억울하게 죄를 받아 죽었으니 지극한 원통함이 이보다 더할 수 없구나. 그런데도 이 늙은 할미가 네 할아버지의 삼년상을 마치고도 모질고도 사나운 목숨을 구차하게 부지해서 그동안 변덕스러운 세월이 화살같이 지나 오늘날에 이르렀다. 그런데 올해 초에 월염이와 네가 살아 있다는 편지를 받고 이 할미가 오래 산 것을 기뻐하며 잃은 아이들이 무사히 돌아오기를 낮이면 낮마다 밤이면 밤마다 하늘에 빌었단다. 이제 너를 살아 있는 얼굴로 대하니 내 속에 하나라도 위로할 곳이 생겼구나. 천번 만번 다행스럽고 기쁜 마음을 비할 데가 있겠느냐? 그런데 월청강에서 도적을 만날 때 너와 월염이는 어떻게 살 수 있었고, 인성이와 연교는 또 왜 간 곳을 모르느냐? 두 아이는 벌써 도적들에게 당해 그 넋이 구천을 떠도는 것이 아니냐? 너와 월염이, 인성이와 연교가 한 배에 올랐으니 그 생사를 아주 모르지는 않을 것이다. 사실대로 말해보거라.”

　인광은 서태부인이 가슴 아파하시는 것을 보고 더욱 슬펐지만 억지로 밝은 목소리와 얼굴로 할아버지의 삼년상을 마친 일과 숙부의 원통한 슬픔을 위로했다. 그리고 형이 물에 빠졌던 사실은 숨긴 채, 당시 천지가 어둡고 광풍이 크게 일어나서 월염은 기절하고 자신은 눈이 어지럽고 멍한 채로 표류하여 조주에 이르렀기 때문에 인성의 생사와 연교가 간 곳을 알지 못하지만 결코 도적의 해를 입지는 않았을 것이라 말했다. 서태부인이 인광의 귀밑을 어루만지니 그 은근하고 부드러운 정이 손끝으로 전해졌다. 서태부인은 인광의 말을 듣고는 인성도 훗날 이처럼 돌아올 것을 축원했다. 그러고는 인광에게 처음 조주에 표류했던 일부터 길에서 떠돌며 겪은 고난과 모진 고생을 하나하나 말해보라고 했다. 인광은 수심과 슬픔으로 검고 수척해진 어머니의 모습을 보고 매우 걱정되고 슬퍼 한가롭게 이야기나 하고 싶지는 않았지만 할머니께서 물으신 것에 대답을 안 할 수는 없었다. 그래서 조주의 계행산에서 요사스러운 무리를 만나 석굴에 갇혀 욕을 본 일부터 의로운 도사 엄정이 나타나 구해주어 요사한 무리를 없애고 석굴에서 벗어난 일, 다시 표류해서 기강에 다다라서는 흉악한 도적을 만나 월염이 천 길 높은 절벽에서 떨어져 어디 있는지도 모르게 되고 자신은 도적에게 에워싸여 위태로웠다가 운학과 경용의 충의를 힘입어 도적의 화를 피한 일, 월염의 시신을 찾으러 낙성촌에 갔다가 백무설 형제가 좁쌀 때문에 다투었던 일로 장헌에게 잡혀갔던 일까지를 처음부터 끝까지 한바탕 자세히 이야기했다. 그러면서 위정의 높은 공과 최언선의 빼어난 의기와 덕을 더불어 언급했다. 또한 어쩔 수 없는 상황으로 장헌의 첩이 되어 도성으로 올라갔다가 탈출하여 월염을 본 일, 양씨 부중에서 종과 말을 얻어 남강 명월촌에 갔다가 갑자기 중병을 얻었지만 손최인과 소공의 은혜로 살아나게 된 일을 하나하나 다 말했다. 하지만 맹추가 자신을 해치려고 모의했던 것과 장헌 집안의 변고, 장성완의 정절과 성품이나 행실은 구태여 말하지 않았다. 또 장씨 가문을 떠나던 날 자신이 장헌을 욕하고 어지러이 친 것 역시 말하지 않았다. 다만 장헌이 세력을 좇고 비루하며 흉악한 것에 분연히 침 뱉을 뿐이었다.

인광의 언변이 거침없이 흐르는 물 같아 전후 곡절이 명백하고 분명해서 조금도 희미하지 않으니, 그가 겪은 온갖 변고와 액운이 눈앞에 벌어진 듯했다. 비록 지난 일이지만 위급한 지경에 다다를 때는 서태부인과 정삼 부부는 말할 것도 없고 좌우에서 듣는 이들 모두가 무척 놀라고 마음 아파했다. 여장을 해서 장헌의 애첩이 된 일을 들을 때는 너무나 웃겨 모든 사람이 크게 웃고 서태부인 역시 웃음을 참지 못했다. 다만 정삼은 낯빛을 바꾸지 않고 온화하게 듣다가 문득 이렇게 물었다.

"네가 장씨 가문을 떠나던 곡절을 자세히 말하지 않으니 알 수 없구나. 무사히 탈출한 것이냐?"

인광이 엎드려 대답했다.

"장공이 저의 팔에 처녀의 징표인 앵혈이 없다고 하며 요란하게 굴려 하기에 빨리 몸을 빼내 본부로 돌아와 상자를 뒤져 사촌형이 입었던 옷으로 갈아입었습니다."

정염과 정겸이 장헌의 배은망덕함과 신의를 어기고 함부로 한 일이 분해 이를 갈면서도 그가 인광을 여자로 알아 애첩으로 애지중지하다가 앵혈이 없다고 해서 망측하게 굴던 것을 괴이하게 여겨 웃으며 말했다.

"장헌이 앵혈이 없는 것을 심문할 때 만약 나같이 결벽증이 있는 성격이었다면 눈을 찔러 밀치고 돌아왔을 텐데 너는 왜 곱게 두고 돌아왔느냐?"

인광이 미처 대답하기 전에 정삼이 매서운 눈빛으로 인광을 보고 또 정염과 정겸을 돌아보며 말했다.

"은백(정염)과 수백(정겸)은 왜 이상한 말로 이 아이를 부추기느냐? 훗날 후백(장헌)을 만나면 알 것이지만 인광이가 장유유서를 돌아보지 않았을 듯하니, 이는 내 뜻에 어긋나는 것이다. 일의 형세가 어쩔 수 없어 여장을 했지만 장후백을 속인 잘못은 인광이에게 있는 것이지 그에게 있는 것이 아니다. 그런데도 그런 것을 생각하지 못하고 후백의 마음을 상하게 하고 그의 마음을 엿보고 허물을 삼아 하나하나 기록했다가 다른 이를 만나면 곧 그것을 말하려 하니 왜 한심하지 않겠느냐? 이 못난 형의 성격은 고집스럽고 고지식해서 아무리 자식이 없다 해도 이처럼 속이기를 좋아하고 간사한 자식은 좋아하지 않는다. 어린 아들을 잃고 3년간 그 생사를 아득히 알지 못하다가 천행으로 오늘 만나게 되니 즐겁고 흡족하며 다행한 마음은 말할 것도 없다. 그리고 인광이의 체구가 나이와 달리 크며 체격이 또래보다 월등한 것을 스스로 자랑스러워하고 마음속으로 기뻐했으니, 그 이유는 혹시 고생을 겪은 중에도 행실을 가다듬고 학문에 진보가 있나 해서였다. 그런데 오히려 사람의 허물을 들추어 말하고 도리에 어긋난 모습을 드러내어 군자로서의 두텁고 정중한 모습이 한 조각도 없으니, 이는 내가 바라던 모습이 아니구나. 목숨을 보전하지 못할 만큼 심한 고생을 겪었는데도 남매가 살아서 웃는 낯으로 아비에게 절할 수 있으니 비록 그것은 기쁘다고 하겠지만 이처럼 어리석고 망령된 모습은 원하지 않는다."

정인광이 정삼의 말을 듣자 아버지가 자신의 속 깊은 데까지 다 들여다보아 자신이 장헌을 욕하고 마구 때린 일을 벌써 알아채고는 이렇게 말하는 것을 깨달았다. 그러고는 놀라 당황해하며 삼가고 조심하느라 등이 땀으로 젖었다. 인광이 차마 얼굴을 들지 못하고 머리를 숙인 채로 한마디도 대답하지 못하니, 두려워하고 조심하는 모양이 다른 이들의 마음에도 어여쁘고 기이해서 뼈가 녹는 듯했다. 그러니 그를 귀중히 여기는 할머니와 그를 사랑하는 두 숙부에게는 어떠하겠는가? 서태부인이 인광의 등을 두드리고 머리를 쓰다듬으며 안심하라고 했는데, 그 사랑하는 모습이 애틋했다. 서태부인이 손자를 매우 사랑스러워하면서 정삼을 보고 말했다.

"네가 평생 엄격하지 않고 자식 사랑하는 것이 남들보다 더하더니 오늘은 인광이를 책망하는 것이 너무 쌀쌀맞지 않으냐? 아이가 혹여 잘못이 있어도 아비 된 자는 침착하게 타이르는 것이 옳으니, 천천히 이치에 맞게 가르쳐 허물을 고치게 하는 것이 옳을까 한다."

정삼이 공경히 들은 뒤에 일어나 절하고 말했다.

"어머니의 말씀이 마땅하십니다. 제가 어떻게 인광이를 요란하게 책망할 일이 있겠습니까? 다만 그 행동이 군자의 광명정대한 도에 천 리나 먼 것 같아 한심할 뿐입니다. 하지만 구사일생으로 돌아와 부자가 단란히 모인 것은 우리 가문의 경사입니다. 기쁨과 반가움이 지극하니 열 가지 큰 죄를 범한 것이 아니면 구태여 꾸짖는 일은 없을 것입니다."

정염과 정겸이 장헌을 위해 이같이 하는 것이 병적이라며 웃고는 인광에게 너무 어질고 나약하다고 나무랐다. 또 장헌을 한번 욕하고 때리지 못한 채 그냥 나온 것이 이상하다 싶어 장씨 가문에서 떠나던 날의 상황을 다시 물었다. 정인광은 아버지가 그 내막을 알아챈 것을 보고 속일 수가 없어서 결국 바른대로 말했다. 인광은 장헌이 검을 빼 자신을 죽이려 하기에, 말로 순하게 빌면 그 흉한 놈이 더 분노할 것이고 조금도 그를 좇을 뜻이 없는데 자신이 부질없이 그 칼을 받아 목숨줄을 끊을 수는 없어서 어쩔 수 없이 그놈의 눈에 재를 뿌리고 두 뺨을 서너 번 올려붙이고는 담을 넘어 나왔노라 고했다. 정삼은 이미 짐작한 일이라 다른 말이 없었지만 정염과 정겸은 크게 웃으며 매우 재미있어 했다.

서태부인이 말했다.

"아들을 아는 것에는 아비만 한 자가 없구나. 삼이가 인광이를 밝히 아니 이 늙은 어미가 무슨 말을 하겠느냐? 비록 그렇지만 장헌이 우리 집안을 저버리더라도 우리 집안은 그를 저버리지 못할 것이다.

인광아, 분한 마음에 행동한 일이라고 하더라도 어떻게 할아버지의 문생이며 아버지와 큰아버지의 벗임을 생각하지 않고 그렇게 욕하고 치며 노예 대하듯 했느냐? 하물며 장씨 아이(장성완)는 그 부모의 자식인 것이 아까울 정도로 훌륭하니, 훗날 거두어 우리 슬하에 며느리로 삼으려 한다. 네가 나이가 어려 미처 장래의 일을 생각하지 못하고 장씨 아이를 있으나 마나 하게 여기지만 그 아이는 그사이 빼어나고 아름답게 자라 남들보다 뛰어나 있을 것이다."

정인광이 할머니의 말을 듣고 생각하니, 장성완이 어질지 않은 부모에게 들볶여 끝내는 살아나지 못할 것이고 그녀가 죽으면 자신을 간섭하지 않을 것이었다. 그래서 자신의 속마음을 굳이 다 아뢰지는 않았다.

그가 몸을 일으켜 사당에 가서 할아버지 정한의 신위(神位) 앞에 다다르자 자신도 모르게 눈물이 흐르고 지극한 고통과 슬픔을 참을 수 없었다. 할아버지 신위에 두 번 절하고는 걸음을 돌이켜 정흠의 신위 앞에 나아가 오래도록 가슴 아파했다. 인광은 울음을 참을 수 없었지만 대화부인과 사촌누이 정기염의 미어지는 듯한 애통함을 더할 수 없어서 대화부인과 기염을 향해 조문하고 대화부인에게 마음을 편하게 가지시라고 했다. 그리고 인웅의 기이함과 기염의 지극한 효성과 뛰어난 행실을 말하며 대화부인의 하늘에 사무치는 고통을 위로했다. 인광의 간절하고 공경스러운 정성과 진심에서 비롯된 말이 어질고 온화하니 진실로 정삼의 아들이며 화부인이 낳아 기른 사람이 아니면 이렇지 못할 것이었다. 대화부인 역시 그를 특별히 사랑스럽게 대하는 것이 비할 데가 없었다.

소교완의 동요

소교완이 한번 꾀를 내어 계교를 펴니, 물과 육지에서 강하고 사나운 병사들이 첩첩으로 둘러싸 한순간에 인광과 인성, 월염과 연교를 해치게 되자 마음속으로 기뻐하며 남몰래 인성 등의 복된 관상이 헛됨을 우습게 여겼었다. 그러나 애꿎은 연교에게까지 화가 미친 것이 마치 초나라에서 원숭이를 쫓다가 숲에까지 불이 번진 일 같다고 생각했다. 소교완은 일단 자신이 악을 쌓은 것을 두려워해서 날마다 사람들에게 어질고 은혜롭게 대했기 때문에 그 행실과 태도가 여러 달 동안 한결같았다. 그러니 백 가지 행동 가운데 어찌 한 조각 허물인들 잡을 도리가 있겠는가? 가늘고 약한 6척의 몸은 마치 버드나무 가지 같고 가을 물같이 맑은 골격은 담박해서 세속에 물든 모습이 없으니, 무슨 근거로 이 사람이 흉하고 패악한 뜻을 두었다고 하겠는가? 오직 곧고도 고요하고 나직하며 부드럽고 온화하면서도 예가 아닌 것을 용납하지 않고 불의를 차마 말하지 못할 듯하며 호령이 중문 밖을 넘지 않고 법을 지키는 것은 시어머니를 본받아 조금도 어긋나는 일이 없으니, 얌전하고 정숙한 숙녀라는 이름을 얻고 큰 덕이 있는 부인이라 칭송받았다.

소교완은 한나라 재상 왕망이 선정을 베푸는 척하다가 황권을 찬탈한 것과 당나라 현종 때의 재상 이임보가 말은 달콤하게 하면서 뱃속에 칼을 감추고 있었던 것보다 더 헤아리기 어려웠다. 밝은 귀와 꿰뚫어보는 눈을 가졌어도 그 흉하고 간사함을 밝혀내지 못할 것이었다. 서태부인은 소교완이 어떤지 알고도 침묵하고 정삼 부부는 넓은 마음으로도 그 어두운 그림자를 미처 보지 못했으니, 어찌 실체를 잡아 사랑하는 은혜와 우애하는 화목한 분위기를 무너뜨리겠는가? 역시 흐릿해서 헤아리지 못하니 행여라도 얼굴색이나 말투로 나타내지 않을 뿐 아니라 꿈에라도 의심할 일이 없었다.

소교완은 영리하고 능수능란했기 때문에 서태부인과 정삼 부부의 마음을 알아차려서 갈수록 효성스러운 뜻을 나타내고 덕행을 빛내고 있었다. 그런데 올해 연초에 갑자기 양씨 부중의 종이 와서 정잠 부녀가 상봉한 것을 아뢰며 월염과 인광의 글을 올리니, 온 집안의 기쁨이 말할 수 없을 정도였다. 그러나 소교완은 홀로 마음속이 말할 수 없이 요동쳤다. 마치 벼락이 하늘을 진동하여 두개골로부터 온몸을 울리며 천 마리 원숭이가 가슴으로부터 폐와 간을 짓밟는 듯해 눈깜빡할 사이에 마음이 약해지고 간담이 찢어졌다. 하지만 원래 그녀는 '작은 것을 참지 못하면 큰 계책을 어지럽힌다'는 공자의 말에 따라 자신을 경계하고, 안으로 악을 품었지만 겉으로는 착한 척했다. 평생 하늘을 배반하고 마음을 속이는 것에 힘써서 간교하고 음흉하게도 어질고 선하고 자애로운 마음을 극진히 나타내고 있었다. 소교완은 월염의 생존을 알리는 편지를 받아 바쁘게 열고는 그 글을 한번 보자 넘어질 듯이 기뻐하는 빛이 옥 같은 얼굴을 두르며 동시에 애처로운 슬픔이 아름다운 이마를 덮었다. 그녀가 다행으로 여기고 기뻐한 이유는 월염이 살아 있어서이고 슬프게 근심한 이유는 인성 등의 생사를 몰라서인 것으로 보였다. 보기에 인정이 극진하고 자애가 가득하니, 어디에서 그 간악하고 어질지 못한 모습을 찾을 수 있었겠는가? 답장을 써 양씨 부중의 종을 돌려보낸 뒤에 인광이 돌아오기를 매일 안타깝게 바라니, 그것이 진심이 아님을 누가 알겠는가? 이제 인광이 돌아오자 소교완이 반가움과 슬픔이 엇갈린 모습으로 인광의 손을 잡고 밝은 별과 가을 물결 같은 눈에서 맑은 눈물이 요동치며 오열하느라 미처 말을 하지 못했다. 옥 같은 얼굴이 참담하며 빼어난 눈썹이 시름에 겨웠고 인성의 생존을 모르는 슬픔은 눈앞에서 주검을 본 듯이 매우 마음 아파하니, 인광 또한 소교완의 모습을 보고 더욱 슬퍼했다.

녹빙과 계월은 소교완과 더불어 계책을 모의할 때 노주(奴主) 간에 마음이 서로 맞아 숨기며 속이는 일이 없었다. 그런데 소교완이 월염의 생존 소식을 들은 뒤부터 인성을 더욱 생각하는 것 같고 인광을 보자 말할 수 없이 반가워하니 그 겉과 속이 다름을 알지만 감히 묻지 못했다.

이날 밤 정삼이 인광을 데리고 화부인의 처소에서 잠을 자며 서태부인이 정흠의 아내인 대화부인과 자염 등을 불러 자신의 침상 옆에 눕히고 일찍 자니 정겸과 정염도 다 각각 숙소로 돌아갔다. 소교완만이 고요히 촛불을 대하고 서태부인께 올릴 새벽 상을 준비하고 있었다. 그녀가 남몰래 자신의 운명을 슬퍼하고 일이 뜻처럼 되지 못한 것을 탄식하니, 근심을 띤 구름이 머리로부터 흰 얼굴에까지 드리워 아름다운 눈썹 그림자에 비친 것이 마치 초나라 하늘에 안개가 모이고 무협 땅에 저녁내가 몽롱한 것 같았다. 소교완이 처량히 슬퍼하며 즐기는 빛이 조금도 없자 녹빙과 계월이 옆에서 공손하게 모시고 섰다가 가만히 물었다.

"부인께서 이제 새롭게 남모르는 근심을 두시고 마음이 불안하신 것은 무엇 때문입니까?"

소교완이 거울 같은 눈빛을 흘려 두 여종을 보며 말했다.

"내 마음도 돌이나 쇠가 아니다. 남편이 만릿길 험한 땅에 간 것을 근심하지 않고 친자식이 아니라 해서 멀리 이별한 것을 슬퍼하지 않겠느냐? 너희가 나를 위해 좋은 꾀와 깊은 계교로 근심을 풀지 못하니 왜 한스럽지 않겠느냐?"

두 여종이 공손히 들은 뒤에 남몰래 인성에게 행할 흉하고 비밀스러운 계책을 세우는 데 고심했다.

장헌을 증오하는 정인광

그날 밤 정인광은 부모님을 모시고 3년간 슬하를 떠난 마음을 고하며 인성이 살아 돌아오기를 마음속으로 기원하고 아버지와 얼굴을 마주 대며 손을 잡는 등 깊은 정을 헤아릴 수 없었다. 조심스럽고 두려워 감히 어린아이 같은 미성숙한 행동을 하지 않았지만 인생의 기쁨과 부모·자식 간의 즐거움이 오늘보다 더할 수 없어서 만 가지 걱정과 회포를 모두 씻어냈다. 결국 깊은 밤이 되어서야 잠들어 닭이 울어도 깨지 못했지만 정삼 부부가 구태여 깨우지 않았다. 정삼이 부인과 더불어 서태부인의 침소에 아침 문안을 드린 뒤 사랑채로 가고 화부인은 다시 침소로 돌아오니 인광이 비로소 깨었다. 그가 방 안의 불빛이 낮처럼 밝고 부모님이 벌써 일어나 계신 것을 보고는 빨리 옷을 입으며 화부인에게 말했다.

"제가 마음을 놓아 깊이 잠이 들어 닭 울음소리를 듣고도 바로 깨지 못했습니다. 어머니께서는 왜 깨우지 않으셨습니까?"

화부인이 말했다.

"너의 아버지께서 할머니께 문안하려고 벌써 일어나 계셨지만 네가 이곳저곳에서 오랫동안 고생했다 하시며 깨우지 않으셨으니 나 또한 깨울 수 없었다."

인광이 다시 말했다.

"아버지께서 할머니 처소에 문안하신 뒤 외당으로 나가셨습니까?"

화부인이 고개를 끄덕이자 인광이 비로소 화부인의 무릎 앞에 나아가 가슴에 손을 넣고 어머니의 얼굴을 보고는 눈물을 비같이 쏟으며 말했다.

"어머니, 제가 여덟 살의 어린 나이에 부모님 곁을 멀리 떠나 허다한 재앙을 지낸 것이 사람이 미처 겪을 일이 아니었지만 부모님과 할머니께서 대를 이어 쌓으신 덕행 때문에 목숨을 보전할 수 있었습니다. 하지만 어머니는 오히려 할머니를 받들어 모시고 아버지와 함께 계신 중에 누이(정자염)와 동생(정인경)이 있었으니 슬하에 자식이 아주 없지도 않았는데 왜 이로울 것 없는 염려를 과하게 하시고 지극한 아픔을 참지 못하셔서 이토록 심하게 몸을 돌보지 않으십니까? 이 못난 제가 어제 어머니의 얼굴을 우러러보고 절하면서 절로 가슴이 미어졌지만 할머니와 아버지 앞이라 속마음을 말하지 못했습니다. 어머니의 지극한 고통과 남은 한이 어찌 적겠습니까? 하지만 공자께서도 여자의 부모 초상이 백 리 먼 길에 있으면 달려가 초상 치르는 것을 허락하지 않으셨고 여자가 한번 시집가면 다시 친정에 돌아가

지 않는다 했습니다. 그런데 어머니께서는 외조부모님께서 계실 때
는 자주 친정에 가서서 부모님을 모시며 자식의 도리를 다하시고 돌
아가실 때는 얼굴을 뵙고 탕약을 드리는 정성을 베풀 수 있으셨으니
이것은 여자로서 할 수 없던 효입니다. 그런데도 삼년상을 함께 지내
지 못한 것으로 지극히 아파하시니, 이는 이치에 통달하신 어머니께
서 취할 행동은 아닌 듯합니다. 제발 그 도리를 관대히 생각하셔서
지나치게 슬퍼하지 마시고 몸을 돌아보셔서 저의 근심을 살펴주시는
것이 마땅할까 합니다."

말이 끝나자 펑펑 울기를 그치지 않으니 화부인이 또한 인광의 귀
밑을 어루만지고 서글프게 두 줄기 눈물을 뿌리며 말했다.

"네 어미가 모질고 못나서 낳고 길러주신 부모님의 하늘 같은 은
혜를 털끝만큼도 갚지 못하고 수천 리 밖에서 삼년상을 맞았다. 이는
자식이 되어 참을 수 없는 일이지만 내가 오랫동안 구차한 목숨을 부
지해서 편안한 것이 평소와 같았다. 또 너희를 흉한 도적 때문에 참
혹히 잃어 살았는지 죽었는지 또 어디에 있는지도 모르게 되었는데
엄연히 거리끼는 마음을 두지 않았다. 자식으로서의 효와 부모로서
의 자애를 다 벗어났으니 나 같은 사람이 또 있겠느냐? 그런데 네가
오히려 내 슬픔이 심하다고 여기느냐? 이제 네가 살아 돌아온 것이
세상에 다시없는 경사이지만 사람의 욕심이 끝이 없어 만족할 줄 모
르고 네 형의 생존을 듣지 못해 참혹한 마음이 요동치는 것을 어떻게
견디겠느냐? 하지만 조금이나마 믿는 것은 네 형의 품성과 기질이
너보다 낫다는 것이니, 하늘이 보우하셔서 그 아이가 아무 곳에나 깃
들여 잘 지내고 있기를 바라고 있다. 하지만 왕발 같은 천재도 요절

하고 안회 같은 선인도 단명했으니, 아득한 하늘의 운명이 어떠한지 어찌 알겠느냐?"

말이 끝나자 화부인과 인광 모자가 서로 가슴 아파하며 울음을 그치지 않았다. 이때 자염이 할머니 서태부인의 침소에서 나왔다가 어머니와 오빠가 슬퍼하는 것을 보고 매우 놀라 조용히 이유를 묻고는 큰오빠(정인성)를 생각해서인 줄 알게 되었다. 자염이 밝은 목소리와 좋은 낯빛으로 위로하며 인광에게 할머니께 문안하라고 하니, 인광이 비로소 세수하고 나아가 서태부인께 안부를 여쭈었다. 서태부인이 인광을 곁에 앉히고 다시금 슬픔을 참지 못해 한 상에서 아침을 먹으며 인광이 겪었던 어려움과 굶었던 일을 더욱 불쌍히 여겼다. 인광이 장씨 가문을 떠났기 때문에 이제 굶주릴 일이 없다고 대답하자 정염이 웃으며 말했다.

"네 말이 틀림없이 거짓이구나. 장헌의 집에는 잠깐 머문 것이 아니라 오래 있었는데 그동안 굶고 어떻게 살았겠느냐? 그리고 장씨 가문에서 음식에 똥을 섞어 주지도 않을 텐데 또 입에 못 댈 일이 뭐가 있겠느냐?"

인광이 웃으며 대답했다.

"이 조카가 망령되고 미친 놈이지만 어떻게 거짓말로 아뢰겠습니까? 장씨 집안 음식에 더러운 것이 섞여 있어서 못 먹은 것이 아닙니다. 그 짐승 같은 장헌 놈의 행동을 남몰래 보니 지위가 높고 재물이 많아 의기양양하며 스스로 만족해하는 모습이 너무도 염치가 없어 짐승과도 같았습니다. 그 녹봉과 모든 물건이 다 법도에 어긋나고 의롭지 못한 것에서 비롯되었는데 이 조카가 설사 마음이 깨끗하지 못하더라도 그 사람 같지 않은 놈의 것을 더럽게 먹겠습니까? 마음 속으로 맹세하기를 '이 장씨 짐승의 재물을 내 몸에 지니는 것은 오랑캐의 옷을 입는 부끄러움과 같고, 그놈의 먹을거리를 내 입에 대는 것은 똥오줌을 맛보는 것과 같다.'라고 생각했습니다. 그래서 위정에 게 마른 생선과 곡물가루를 얻어 굶주림을 면할지언정 장씨 놈의 밥과 고기를 조금도 입에 대지 않았습니다."

정염이 웃음을 머금고 말했다.

"너의 높은 기개를 들으니 매우 감복스럽구나. 하지만 하나 묻겠 다. 훗날 형님(정삼)께서 그 짐승 같은 놈을 대하시며 이전의 좋은 관 계를 해치지 않으시고 혼인을 이루는 한자리에서 잔을 들어 마신다 면 너의 이 같은 기개도 안 굽히지는 못할 것이니, 네가 그때에는 어 떻게 하려고 하느냐?"

인광이 낯빛을 고치고 고개를 숙이고는 말했다.

"제가 편벽되고 어리석지만 짐승 같은 장씨 놈이 저를 해치려고 하 던 일은 한을 품지 않을 것이니, 대단치 않은 원한을 가지고 보복할 뜻은 없습니다. 하지만 큰아버지와 아버지를 해치려고 하던 일은 결 국 그 일이 이루어졌든 아니든 간에 용서할 수 없습니다. 아버지와 큰아버지를 해치려던 사람을 아들이자 조카로서 좋게 대할 수 없을 뿐 아니라 그 원한이 원수 같으니, 혼인을 이루는 한자리에서 술을 마시기는커녕 피차 얼굴을 다시 못 볼 사이가 될 것입니다."

정염과 정겸이 경악하며 말했다.

"그놈이 두 분 형님을 해치려고 한다는 것은 무슨 말이냐? 네가 눈 으로 직접 보았느냐?"

인광이 대답했다.

"아무리 그가 밉다 해도 눈으로 보지 않고 귀로 듣지 않았으면 어떻게 원수란 말을 입에 올리겠습니까? 어느 날 이러저러해서 그림을 그려 김영보를 통해 경태제께 바치려 하다가 그 유모 교씨의 말을 듣고 불태우는 것을 이 조카가 똑똑히 보았습니다. 그 뒷일은 알지 못하지만 이것이 차마 사람이 할 행동입니까? 그러고도 제가 그와 좋은 얼굴로 대할 수 있겠습니까?"

정염은 말이 없고 정겸이 고개를 갸우뚱하며 말했다.

"네가 장헌을 곱게 안 보는 것은 그르다고 하지 못하겠지만 그 때문에 원수로 치부할 정도이냐?"

인광이 대답했다.

"그래서 저는 구태여 장씨 놈을 해치려고 하지는 않고 다만 얼굴을 보지 않으려 할 뿐입니다."

정염이 문득 말했다.

"그러면 장헌이 훗날 우리 집에 와 숙모(서태부인)를 뵙고 두 형님과 더불어 이야기할 때라도 네가 피하겠구나."

인광이 미처 대답하기 전에 정삼이 갑자기 정색하며 말했다.

"너희는 왜 이 실없는 아이와 망령된 말을 계속하느냐? 후백(장헌)의 허물을 아무리 들추어도 내가 이미 후백에 대해 아는 것이 인광이보다 많다. 그가 설사 관중과 같이 재물을 탐하는 일이 있어도 나는 당당히 포숙아를 본받을 것이다. 지금 그가 높은 관직과 중한 작위에 있는 것을 나무라지만 이것 또한 관중이 세 번 전쟁에서 모두 도망친 것과 같다. 비록 관중처럼 집에 부모님이 계신 것은 아니지만 가문이

미약한 것을 슬퍼해서 조상을 빛내려고 한 것이지 실절하고 의리가 없어 관직을 구하는 것은 다르다. 또한 황제께서 바뀌셨지만 종묘사직을 생각하면 전과 후가 같은 임금이시니, 그 옛날 이윤의 말 그대로 누구를 섬기든 임금이 아니며 누구를 다스리든 백성이 아니겠느냐? 진실로 장헌이 충과 효에 어긋나는 죄를 짓지 않았으니, 이 사람을 과도하게 책망하는 것이 어찌 옳겠느냐? 그는 이미 형님과 나를 알고 그림 한 장으로 우리를 찾을 수 없겠다 싶었을 것이다. 게다가 그림을 그렸다가 유모의 말이라도 그 어진 뜻을 깨달아 바로 그림을 불태웠다. 후백에게 허물이 없다고는 할 수 없겠지만 공자께서는 '고치는 것이 귀하다'고 하셨다. 그런데 그러한 사람을 두고 부질없이 시비하며 지나치게 욕하고 꾸짖으면 그 잘못이 너희에게 있고 그에게는 없으니 제발 장헌에 대한 말을 그쳐라. 나는 듣고 싶지 않구나. 우리는 어렸을 때부터 둔해서 짐짓 혐의가 깊은 원수로 지목할 때도 오래 마음에 품어두지 못했다. 그뿐 아니라 아버지께서도 서로 좋은 얼굴을 상하지 말라고 엄하게 명하셨으니 감히 거역하지 못했다. 석형이 비수를 품고 아버지의 침실을 범하려고 했으니 왜 불구대천의 원수가 아니었겠느냐? 하지만 아버지께서 덕으로 감화하셔서 특별히 뽑아 벼슬을 얻게 하셨다. 그리고 위아래 사람들에게 말씀하시길 '석형이 단지 무예와 용맹이 뛰어나고 지략이 특별할 뿐 아니라 훗날 나라를 떠받치는 방패와 성 같은 장군이 될 것이다.' 하셔서 우리가 그를 좋지 않은 얼굴로 보지 못하게 하셨다. 추밀 요공(요담)과 더불어서도 조정에서 함께 벼슬하는 의와 친구 간의 정을 한결같이 하시니, 우리가 또한 요공을 한집안의 부모 항렬과 같이 대했었다. 그런데 그때에 만일 인광이가 있었으면 석형을 한칼에 베고 요공을 원수로 지목했을 것이다."

원래 석형은 연국공 원임군의 명에 따라 태부 정한을 죽이려 한 자객이다. 그리고 요담은 정한의 친구인데 성품이 밝지 않고 과격해서 연국공 원임군이 정태부를 험담하는 말을 듣고 잔치 자리에서 정한을 비방한 인물이니, 마치 노나라 평공에게 맹자를 비방한 장창과 같은 자였다. 하지만 정한은 추호도 분노하지 않고 마침내 요담과 우정을 두텁게 하고 석형을 선발해서 중용했다. 이 이야기는《의행록》에 상세히 갖추어져 있어서 여기에는 대강만 기록한다.

인광이 고개를 숙이고 몸을 굽혀 다 듣고는 요담과 석형의 일이 장헌의 행동과 다른 것을 알지만 감히 말대꾸하지 못했다. 거기다 정겸과 정염이 정삼의 말이 마땅하다고 말하고 서태부인 또한 끝내 장씨 가문을 버리지 못할 것이라 했기에 마음이 편치 않았다. 하지만 장성완이 그사이 죽었을 것이라고 생각하여 훗날 장헌의 사위가 될 일은 염려하지 않았다.

정삼이 소수에게 글을 써 어린 아들을 살려서 돌려보내 주신 큰 덕을 사례했다. 인광 또한 편지 가득히 글을 정성스레 써서 소씨 가문의 종에게 들려 보내면서 노잣돈을 풍성히 주어 험한 길을 무사히 돌아갈 것을 당부했다. 소씨 가문의 종이 눈물을 머금고 하직을 고하며 인광의 곁에서 떠나는 것을 슬퍼하자 인광이 다시 잘 가라고 일렀다. 정삼은 자식이 돌아온 덕분에 태산같이 의지되는 마음이 더할 수 없이 기쁘고 즐거웠다. 하지만 3년 동안 떠돌면서 희한한 변고를 많이 겪다 보니 학문은 모두 뜬구름같이 흩어졌을 것이라 생각해서 정겸의 첫째 아들 정인명과 정염의 두 아들 정인홍과 정인유가 지은 글을 주며 글을 지어보라고 했다. 인홍은 아홉 살이고 인명은 여덟 살로 정씨 가문의 맥을 이은 탁월한 재능이 있고 문장에도 뛰어나 일곱 걸음 만에 지은 〈칠보시〉나 청결하다 하는 〈진풍〉에 비할 정도였다. 각각 그 부모가 중히 여겨 사랑하고 정삼 또한 친아들같이 아꼈는데, 모든 아이들이 따로 스승을 구하지 않고 정삼에게 배워 문장과 깨달음이 날로 성장했다. 정삼도 수고롭게 가르치지는 않았지만 친자식에게 하듯 문장과 행실을 경계하는 것이 공자와 맹자의 가르침을 벗어나지 않았다.

정인광이 아버지의 명을 받들어 인홍 등의 글에서 운을 따 글을 지었는데, 눈 깜빡할 사이에 벌써 붓을 휘둘러 네다섯 장의 글을 써서 드렸다. 정삼이 정겸·정염과 더불어 그 글을 보니, 대개 운의 높낮이와 글의 형식이 고상하고 문장이 맑고 화려했다. 이는 인홍 등의 격식보다 나은 건 아니지만 격렬하고 웅장함은 오악(五嶽)의 정상에 오른 듯하고 아득한 조화는 사시사철 흐르는 듯했다. 또한 바다와 강을 기울이며 용이 춤추고 봉황이 날아올 것같이 상서로우니, 신명한 기운과 높고 굳은 뜻은 인홍 등의 글보다 몇 배나 더 나았다. 그뿐 아니라 무르익고 창성하며 활달한 것이 노숙한 선비의 썩은 글귀로는 붓을 꺾고 물러날 정도였으니, 털끝만큼이라도 모자란 곳이 있었겠는가? 정겸·정염의 태산같이 높은 안목과 정삼의 지식으로도 미흡한 곳을 말할 수 없었다. 정겸과 정염은 앞다투어 칭찬하며 탄복하기를 그치지 않고, 정삼은 천천히 글을 거두어 벼룻집에 넣고는 인광에게 주의를 주었다.

"너의 문장과 학문이 비록 나쁘지 않고 나이에 비해 뛰어나지만 아직은 네가 군자의 큰 도를 알지 못할 뿐 아니라 패악하고 방탕해서 뜻을 잘못 잡으면 무식하고 경박한 사람이 될 것이다. 그러니 스스로 행실을 가다듬고 덕을 길러 공자 문하의 문지방이라도 밟는 이가 되어야 한다. 당대의 속된 재주를 믿어 인의예지를 떨어뜨리는 패륜한 자는 되지 말거라."

인광이 자리에서 물러나 머리를 숙여 절하고는 아버지의 말씀을 폐와 간에 새길 듯이 했다. 그러고는 아버지를 곁에서 모시는데, 효성스러운 낯빛과 부드러운 목소리가 겨울 해의 따스함과 봄바람의 화창함을 겸해서 공경하고 삼가는 정성과 엄숙한 몸가짐이 마치 증자가 그의 아버지를 받드는 모습과 같았다. 이러하니 서태부인과 두 숙부가 인광을 사랑하는 것이 날마다 더하고 온 집안사람들이 기대하며 우러러 감복하는 것이 때마다 더했다. 자연히 거만해질 법도 하지만 인광은 몸이 편하고 근심이 없을수록 뜻을 공손히 하여 마음을 다잡고 행실을 얼음과 옥같이 맑게 닦았다. 따뜻하고 어진 마음으로 남을 공경하고 겸손하게 자신을 낮추니, 정삼이 속으로 기특하고 아름답게 여겼다. 하지만 그의 기운이 하늘을 받들 듯이 높고 그의 행동이 또한 거칠 것 없음을 염려해서 갈수록 침착하라 권했다.

장씨가 된 창린과의 혼담

이해 여름 오월에 양씨 가문의 종이 와서 양공 형제의 편지를 올렸다. 정삼이 받아 열어보니 이는 곧 이창린이 친부모를 찾았다는 내용이었는데, 그 친아버지가 다른 사람이 아니라 예부상서 집금오 장헌이라 했다. 그리고 정잠이 떠날 때 부탁했던 말을 들어 '이미 창린을 물리치지 못할 상황이 되었으니 장헌이 비록 장씨 가문을 저버렸지만 창린을 버릴 뜻이 없소. 그리고 이춘보 등이 이빈과 창린의 혼사를 의논했으니 시간을 지체하지 말고 가을 즈음에 혼례를 하여 따님(정월염)의 백년가약을 늦추지 않으려 하는데 형님(정삼)의 뜻이 어떻소? 모름지기 서태부인께 여쭈어 빨리 답을 주시오.'라고 쓰여 있었다. 정삼이 다 읽고 나서 특별히 내색하지 않고 서태부인께 나아가 양씨 형제가 보낸 편지 내용을 알렸다. 서태부인이 다 듣고는 남몰래 탄식했지만 이 역시 하늘의 뜻이니 어떻게 하겠는가 싶어 싫은 빛을 나타내지 않고 기쁘게 말했다.

"큰아이(정잠)가 창린이를 몹시 사랑하니 그 친아비가 비록 어질지 않은 사람이라도 싫어하지 않을 것이다. 창린이의 근본이 만약 남의 집 머슴이었더라도 기꺼이 사위를 삼으려 했으니, 이제 무슨 다른 의논이 있으며 또 이 늙은 어미에게 물을 일이 있겠느냐? 답신에 창린이가 가족을 만나게 되어 기쁘다고 전하고 근본이 천하지 않고 장헌의 아들인 것이 더욱 다행스럽다고 하거라. 또 그가 물리치지 않으면 혼인을 속히 이루고 양공이 월아(정월염)의 부모를 대신해 주기를 바란다고 쓰거라."

정삼이 서태부인의 말씀을 따라 즉시 답신을 써 보냈는데, 끝내 싫은 내색을 하지 않으니 정염이 참지 못하고 탄식하며 말했다.

"조카 월아는 비록 어린 여자아이지만 그 품성이 아주 비범하고 아름다워 성인 가운데 호걸이고 여자 가운데 군자입니다. 인연이 기구해서 사람답지 않은 장헌의 며느리가 되는 것이 원통하지 않습니까? 이 또한 하늘의 연분이겠지만 본래 사람의 힘으로 할 수 있는 일을 다 하고 그 뒤에 천명을 기다려야 하는 것입니다. 그런데 정잠 형님은 창린이를 너무 사랑하신 나머지 근본을 모르는 아이를 사위로 굳게 약속하셔서 이제 인간 같지 않은 장헌과 사돈이 되는 욕을 보시게 되었습니다. 월아의 탁월한 재능을 저버려 난초를 잡초에 옮기고 봉황을 까마귀로 길들이게 하시니 진실로 한스럽습니다."

정삼이 가을빛 같은 눈을 들어 정염과 정겸을 보며 잔잔하게 웃고는 말했다.

"형님이 앞일을 헤아리시는 재주와 사람을 알아보는 능력이 너희보다 못해서 사위 택하는 일에 신중하지 못하시고 월아의 시아버지가 뛰어나게 유능하지는 못하니 한스러울 수 있겠구나. 그렇다면 너희들은 사람 볼 줄 아는 밝은 눈으로 높은 가문의 군자와 덕 있는 가문의 요조한 숙녀를 잘 골라 며느리와 사위를 삼으면 될 따름이지 남의 사돈으로 시시비비를 따져서 무엇 하겠느냐?"

정염과 정겸이 손뼉을 치면서 밝게 웃으며 말했다.

"형님이 말하지 않으셔도 저희는 사돈어른 될 자부터 먼저 가리고 그 뒤에 사위와 며느리를 택할 것입니다. 아무려나 장헌처럼 사람답지 못한 놈과 사돈 맺는 일이 있겠습니까?"

정삼이 웃음을 머금고 말했다.

"비록 어질지 않은 사람이라도 자식을 잘 낳으면 너희가 수레를 나란히 해서 다니지 못할 것이다. 눈을 씻고 저 사람의 높은 복을 구경하고 침을 흘려 부러워하는 마음을 감추지 못할 때는 오늘날 사람답지 못하다고 배척하던 마음이 재같이 흩어지고 안개같이 희미해질 것이다."

정염과 정겸이 크게 웃으며 말했다.

"형님께서 저희를 어리석게 보시고 저희 자식들을 쓸데없는 개돼지로 보셔서 그 사람만도 못한 놈의 자식을 그렇듯 높이시고, 저 더러운 부귀를 부러워할 것이라고 하셔서 저희를 욕보이십니까? 저희가 비록 옛 현인과 군자의 풍모를 따르지 못하지만 그래로 맑고 깨끗한 뜻이 있어 자로의 충절을 본받으려 하고 있습니다. 그러니 저희의 개돼지 같은 자식이 비록 기특하지 못해도 인간답지 못한 장씨 놈의 자녀와 비교하면 그 근본의 차이가 큽니다. 그러니 그놈의 자식이 기특하다고 해서 어찌 부러워하겠습니까? 심지어 수복에 있어서는 더욱 장씨 놈을 흠모할 일이 아닙니다. 팽조가 칠백 세를 살았으나 그 무엇이 즐거우며 안회가 서른이 갓 넘어 요절했어도 무엇이 슬프겠습니까? 도척이 수천 명을 모아 무리를 짓고 옳지 않은 재물을 모아 누만금을 쌓은들 그 무엇을 부러워하고 칭찬할 것이 있으며, 맹자께서 제나라와 양나라에서 등용되지 못하시고 장창에게 훼방을 받으신들 그 무엇이 한이 되겠습니까? 저희가 스스로 자랑하는 것이 어리석다 해도 장씨 놈과 비교하면 저희는 맹자의 자리를 잇고 장씨 놈은 도척의 뒤를 사양하지 못할 것입니다."

정삼이 잔잔한 웃음을 띠며 말했다.

"너희들이 요순시대에 태어났으면 악한 부모를 핑계로 순임금의 어진 교화를 숨겨 요임금의 두 딸을 부인으로 맞고 천자가 되는 일도 없게 하겠구나! 순임금께서 곤을 죽이실 때 아들인 우임금을 함께 없애게 하겠구나! 너희는 그 아버지가 사납다고 성인까지도 함께 미워하느냐? 이렇게 감히 비유하는 것이 외람되지만 형님(정잠)이 창린이를 사위 삼으신 것이 요임금이 그 딸들을 순임금에게 시집보내신 것과 다름없고 후백(장헌)의 과실 역시 곤에 비하면 아주 작은 것에 불과하다. 그 자식이 순임금과 우임금의 풍모를 가졌다면 며느리와 사위를 택할 때 그 사돈의 재목을 굳이 따지려 하지 않을 것이다. 아비의 작은 과실 때문에 그 훌륭한 자녀를 며느리나 사위로 삼지 않는 것은 어리석은 짓이니, 그것이야말로 작은 과오를 문제 삼아 큰 인물을 잃는 것이 아니겠느냐? 너희는 훗날을 생각하여 말을 경솔히 하지 말아라."

정염과 정겸이 박장대소하며 말했다.

"원래 형님께서 장씨 짐승(장헌)을 두둔하셔서 그 허물을 이렇듯 가려주시니, 저희가 다시는 장헌에 대한 말을 안 하겠습니다. 하지만 오히려 겹겹이 사돈 간의 두터움을 맺으려고 하셔서 창린이를 칭찬하실 때는 작은 과실 때문에 저버리지 않겠다고 하시는군요. 그런데 생각해 보니 장헌이 최근 높은 벼슬과 부귀로 인해 옛 언약을 깨닫지 못할 것인데, 깊은 산골짜기에 사는 빈곤한 선비 가문과 사돈이 되는 것을 좋아하겠습니까? 반드시 지금 가장 힘 있고 귀한 가문과 사돈을 맺으려 할 것이니, 월아와 인광이를 며느리와 사위로 삼을 마음이 털끝만큼도 없을 것인데 형님께서는 도리어 이렇게 구차하게 바라십니까? 다만 형님(정잠)이 창린이를 각별히 대우하셨고 이춘보 등도 이빈의 옛 언약을 이루려 하니 어쩔 수 없이 월염이를 거두어 창린이의 아내로 맞이하게 하겠지요. 하지만 장헌은 굳이 좋아하지 않을 것이니, 그동안 별별 사고도 많았는데 월아의 신세가 어찌될 줄 알겠습니까? 창린이는 남자라 그래도 자기 혼인의 모든 일을 이춘보 등과 상의해서 자신의 생각을 잠깐이나마 세울 수 있겠습니다만 장씨(장성완)는 여자이니 설사 초나라 여자가 비녀를 품은 것과 같은 절개가 있은들 도척 같은 그 아버지의 마음을 어떻게 돌이키겠습니까? 다른 가문에 시집가지 않으면 죽을 따름입니다. 인광이가 장씨 아이를 아내로 맞이하는 것이 흰 구름을 타고 하늘에 오르는 것보다 어려울 것이니, 형님이 사돈으로 장씨 가문을 바라는 것이 부질없지 않겠습니까?"

정삼이 웃으며 말했다.

"너희의 말이 틀리지는 않지만 다만 인연이 중하면 이 역시 하늘이라도 막지 못한다. 장씨 아이와 인광이가 정말 연분이 있다면 후백이 우리 가문을 버린다 해도 자연히 혼인이 이루어질 것이다. 너희는 내가 구차하다고 하지만 장씨 아이는 진실로 세상에서 드문 숙녀이니, 뛰어나고 아름다운 처자가 혹시나 잘못될까 하는 것이 어찌 구차하겠느냐? 인광이가 장씨 가문에 오래 머물렀으니 장씨 아이의 특출한 언행을 많이 알았을 것인데 거드는 말이 없구나. 자기가 이미 속이려는 것을 내가 세세히 알려고 하는 것이 괴로워서 묻지는 않았지만 반드시 인광이가 자세히 알고 있을 것이다."

정겸과 정염이 미처 말하기 전에 서태부인이 웃으며 말했다.

"이 늙은 할미와 인광이의 어미가 장씨 아이의 소문을 자세히 알고 싶어 조용히 두어 번 물었는데도 인광이가 연신 모른다고 하는구나.

정말 모르는 것인지 알아도 말을 안 하려고 하는 것인지 그 뜻을 모르겠다."

정염이 웃음을 띠며 아뢰었다.

"인광이가 반드시 장헌의 집안일을 세세한 일이라도 다 알았으니 어떻게 장씨 아이의 소문을 몰랐겠습니까? 다만 장씨 가문과 맺어지기 꺼려서 모른다고 한 것이니 형님께서 이리로 인광이를 불러 사실을 이야기하라고 하시지요."

말을 마치자 인광이를 부르라고 했다. 잠시 뒤에 정인광이 재빨리 들어와 명을 받드니, 잘생긴 외모에 깨끗하고 빼어난 풍채는 가을 달이 하늘에 솟은 듯하고 서늘한 바람이 오월의 무더운 서풍을 몰아내고 청량한 바람을 이끈 듯했다. 찬란한 빛은 아스라이 빛나고 맑은 기질은 영특하니 골격이 가볍고도 호탕해서 인간의 더러운 욕심을 끊은 듯했다. 하지만 뗏목을 타고 은하수에 오르던 장건이나 바다 위 구름을 타고 노닐던 여동빈의 부류처럼 유약하고 청허한 것과는 달리 강직해서 그 걸출함이 태산을 끼고 북해를 뛰어넘을 듯했고, 격렬함은 송백과 가을 서리보다 더했다. 다만 큰 도리를 지켜 여섯 가지 덕행과 아홉 가지 덕을 고루 갖춘 군자였지만, 그 본성은 굳세고도 권위가 있어 비록 웃어른께는 온화하지만 보는 사람들이 자기도 모르게 기를 펴지 못했다. 그러니 사람들은 도리어 두려워하고 아랫사람들은 삼가고 조심할 뿐이었다. 정염 등이 무척이나 애지중지하며 손을 잡아 곁에 앉혔다. 그러고는 편지의 내용을 전하며 장성완의 소문을 아는 대로 말하라고 하니, 사랑하는 정과 묻는 뜻이 간절하여 진정으로 대답하지 않을 수 없었다.

정인광은 바야흐로 월염의 혼사가 장씨 집안 외에는 있을 수 없는 것을 깊이 한탄하며 그 높고 빼어난 사람됨으로 이제 장씨 가문의 며느리가 되는 치욕을 얻게 되자 다시금 장헌을 미워하고 있었다. 그런데 이러한 질문을 받으니 한편으로는 아버지의 선견지명에 탄복하며 두 숙부의 사랑을 뼈에 새길 듯했지만, 편치 않은 마음이 가득해서 갑자기 얼굴이 붉어지며 초승달 같은 아름다운 눈썹을 찡그린 채 대답했다.

"제가 평소 결벽증이 심해서, 어쩔 수 없이 그 짐승 놈과 더불어 오래 동거했지만 그 집안일을 알려고 하지 않았을 뿐 아니라 비록 말하는 것이 있어도 새겨듣지 않았습니다. 그래서 장씨 딸에 대한 소문을 전혀 몰랐습니다. 누님을 보러 양씨 가문에 갔을 때도 서부인과 양선광 등이 이러저러하게 말씀하시며 그 여자의 생사를 물으셨는데, 제가 알지 못하고 또한 죽었다는 소문이 없기에 그렇게 대답했습니다. 그사이 그 여자가 후궁이 된들 어떻게 알겠습니까?"

정염과 정겸이 매우 놀라며 얼굴빛을 고치고 말했다.

"사람 같지 않고 무상한 장헌이 부귀를 탐하는 불의한 욕심을 그치지 않고 어린 딸의 얼굴을 그려 후궁으로 들이려 했구나. 이는 천고에 드문 더러운 욕심이고 세상에 없는 사람답지 못한 일이다. 이 말을 양씨 집안에서 명백히 알았다면 월염 조카를 어찌 그 집의 며느리로 삼으려 하겠는가? 양공 등이 남달리 격이 높고 뛰어나며 위엄이 있는데도 이 일에서는 무른 떡 같으니, 진실로 알 수 없구나."

서태부인도 놀라 정삼을 돌아보며 말했다,

"장헌의 그릇됨이 정말로 심하구나. 그렇지만 그의 딸은 강보에 싸인 아기 때부터 기이하고 비범해서 규방의 성인이 될 것이다. 결연히 그 아비의 뜻을 좇지 않고 목숨을 버릴지언정 초나라 여자와 같은 높은 절개를 지킬 것이다. 그러다가 만약 목숨을 잃게 되면 결과적으로 우리 때문에 죽게 되는 것이 아니냐? 그러면 우리 가문에 재앙이 쌓일까 두렵구나. 인광이가 장씨 딸을 살릴 도리가 있느냐?"

정삼이 아들의 말을 통해 장성완의 초상화가 임왕의 궁전에 간 것과 장헌의 사람으로서 차마 못 할 행동을 하나하나 들었지만 시종 낯빛을 바꾸지 않았다. 다만 봉황같이 맑은 두 눈으로 인광을 자세히 보는데, 구태여 꾸짖고 성내지는 않았지만 자연스러운 위엄이 있어 가을 하늘에 그늘이 생기는 것 같았다. 인광이 감히 숨을 크게 쉬지 못하고 고개를 숙인 채 땀이 등에까지 흐르니, 조금 전까지 꺼리고 분해하던 기운이 세찬 바람에 키질을 한 것처럼 날아갔다. 그 모습이 여자아이처럼 온순하고 부드러워져 강직한 위엄이 하나도 없는 듯하니, 정염과 정겸이 더욱 어여삐 여겨 손을 쉽게 놓지 못했다. 정삼은 조용히 말이 없다가 서태부인의 말씀을 듣고 기운을 낮춰 온화한 소리로 말했다.

"후백(장헌)이 한때 잘못 생각해서 그 딸을 궁에 들이려고 했지만 그의 딸은 효와 절개가 완전해서 그 아버지가 신의 없고 의롭지 않은 사람이 되게 하지 않을 것이니 참혹하게 요절할 염려는 없을 것입니다. 하지만 인광이가 몹시 꺼리는 얼굴빛과 불순한 언사로 웃어른과 아비가 곁에 있음을 생각하지 않으니, 너무나 한심하며 너무나 놀랍고 괴이합니다. 부자간은 하늘로부터 타고난 친함이 있고 가까운 친족은 혈통이 서로 응하는 것이 귀합니다. 은백(정염)과 수백

(정겸)이 저 아이에게 종숙과 재종숙이라서 점점 촌수가 멀어지는 것을 제가 알지만 가문의 풍습이 조상으로부터 종들과 함께 살며 한솥밥을 나누고 근심과 기쁨을 같이하니 십촌 친척까지 함께 사는 것을 당연히 여겼습니다. 그래서 제가 은백 등과 뜻이 맞아 아침저녁으로 그림자를 따르며 서로 의지한 것이 다른 사람들의 친형제 사이보다 더하니, 아들과 조카도 각각 아비의 뜻을 이어 숙부 알기를 아버지같이 하는 것이 옳습니다. 그런데 인광이는 천륜의 정을 생각하지 못하고 아비를 속이며 숙부를 가볍게 여겨 공손하지 못한 얼굴빛과 삼가지 않은 태도로 묻는 말에 달리 대답하는군요. 다만 자기 뜻에 맞지 않는 사람이라 해서 후백의 허물만 드러내고 그 딸의 뛰어난 열절은 감추니, 마음이 부정하고 성품이 교활하여 남녀 간 자기보다 나은 자를 싫어하는 모습이 괴이합니다. 남의 허물은 부자간에도 전하지 말고 남의 어진 일은 길에서 만난 사람이라도 전하라고 했는데, 장씨 가문을 증오해서 자식과 조카로서의 효순한 도리를 잃으니 훗날이 염려됩니다."

서태부인이 웃으며 말했다.

"아버지의 위엄이 비록 무겁지만 결국은 어머니 같은 자애로 잘 달래는 것이 좋겠구나. 염 조카가 평소에 성품이 엄해서 자식들이 조금이라도 뜻에 맞지 않으면 몹시 질책하는 것을 이 늙은 어미가 민망하게 여겼다. 그러니 너는 아들을 위엄으로 훈계하는 염이의 모습 대신 겸이의 화평함을 배우거라."

이때 인광이 아버지의 엄한 말씀을 들으니 황공하고 두려워 당에서 내려가 죄를 청하니, 정삼이 어머니의 명을 순순히 듣고 그에게 천천히 당에 올라앉으라 명했다. 인광이 절하고 사죄하며 당에 올라 손을 모으고 서니 정염과 정겸이 웃으며 말했다.

"형님이 장헌을 귀히 여기시는 것이 너무 병적입니다. 인광아, 네가 아버지 앞에서 죄를 얻은 자식이 되지 않으려 한다면 이후에는 장헌을 우러러 '장연숙 어르신'이라고 하거나 '장헌공 각하'라고 부르거라. 또 장헌의 없는 덕이라도 계속 칭찬하면 형님이 네 등을 두드려 효자라 하실 것이다."

인광은 차마 대답하지 못하고 정삼은 한가로이 웃으며 말했다.

"너희가 후백과 무슨 원한이 있다고 내가 그를 과하게 두둔한다며 나를 실성한 사람으로 취급하느냐? 굴원도 '온 세상이 모두 탁한데 나 홀로 맑고, 사람들 모두 취했는데 나만 정신이 또렷하네.'라고 했다. 내가 병든 데가 없으니, 너희의 말이야말로 진실로 병들고 취했나 싶구나."

정염과 정겸도 크게 웃고 대화를 이어나가며 서태부인의 걱정을 씻어버렸다. 정삼의 본뜻이야 어머니 서태부인이 묵묵히 말이 없으신 가운데도 월염이 장씨 집안 며느리가 되는 것을 아까워하는 마음과 같지 않겠는가? 그럼에도 그는 조카가 좋은 혼처를 얻어 평생이 좋을 것이라 즐거워하는 것처럼 하고, 인광이 장씨 가문의 사위가 되기를 바라는 것같이 굴었다. 정염과 정겸은 그 너그러움에 감복하며, 인광도 아버지의 밝은 식견과 선한 마음이 이와 같으신 것을 헤아리고는 스스로 그에 미치기 어렵다고 생각했다. 하지만 인광의 고집은 구정(九鼎)보다 무겁고 강철보다 굳어 끝내 장성완을 아내로 삼을 뜻이 없으니, 그녀가 혹시 살아 있어 인연을 이루게 될까 싶어 도리어 불안했다. 그래도 그사이 틀림없이 죽었을 것이라 생각해서 자기가 장씨 가문의 사위가 될까 하는 염려는 크게 하지 않았다. 다만 장성완이 죽어 자신과 인연이 아주 끊어지면 기꺼이 그 가문에 정표하여 정렬을 높여주는 것은 주도해서 추진하려고 했다. 하지만 아직 그녀가 살았는지 죽었는지 알지 못해서 입을 다문 채 장성완의 소문을 전혀 모르다가 양씨 가문에 와서야 들은 척했다. 정삼은 인광이 터놓고 얘기하지 않는 것을 가슴 아파했지만 구태여 다시 묻지 않았으며, 화부인은 두어 번 물었지만 인광이 한결같이 대했기 때문에 계속 묻지 못했다.

세월이 빠르게 흘러 정한의 삼년상이 지나고 가을과 겨울이 지나 새해가 되니, 서태부인이 다시금 슬픈 마음을 억누르지 못했다. 정잠의 소식을 알지 못해서 그 그리운 정이 아침이면 구름이 되고 저녁이면 비가 될 지경이었다. 끝없는 걱정이 끊이지 않고 집안 사람들의 원망과 슬픔이 연초를 맞아 더했다. 그리고 정흠의 삼년상이 몇 달 뒤이니 천지가 무너질 듯한 대화부인의 심정을 무엇과 비교하며 어떻게 표현할 수 있겠는가? 아침저녁으로 부르짖고 밤낮으로 머리를 땅에 부딪쳐가며 통곡하니, 얼굴에 가득한 핏방울은 소상강의 대나무에 얼룩진 눈물방울보다 더했다. 그녀의 슬픔은 하늘에 부르짖어 만리장성을 무너뜨린 기량의 아내보다 더했으니, 창자가 다 없어질 듯하고 몸의 기운이 다해서 삼년상을 마치기 전에 죽게 될 것 같았다. 다만 하늘이 충의와 절개를 지닌 정흠이 원통하게 죽은 것을 슬퍼하여 그 후사를 빛내려고 하셨는지, 양자 정인웅이 날로 기이하고 성숙해져서 네 살의 나이에 이미 천성이 속되지 않아 사람됨이 보통과 다르고 효성과 행실이 바르고 곧았다. 총명하고 신이해서 모든 것에 통달하니, 양아버지가 원통하게 죄를 받은 것을 왜 알지 못했겠는가? 사람들이 자세히 말하지 않아도 정흠의 첫 제사 때부터 아픔이 끝이 없었는데, 친아버지가 만릿길 험지에 가서 돌아올 날이 아득함을 슬퍼하여 멀리 바라보면서 탄식하고 하늘에 부르짖는 눈물이 마를 적이 없었다. 그러나 양어머니의 애통한 마음을 더하지 않으려고 밝은 목소리로 위로하며 즐거운 얼굴로 받들어 모셨다. 밤낮으로 대화부인의 옆에서 떠나지 않으니, 기염과 더불어 대화부인이 식사하면 따라 먹고 잠이 들면 그제야 자고 슬퍼하면 위로했다.

정인웅의 하늘이 낸 효성과 우애는 증자와 맹자의 뒤를 이을 뿐 아니라 진실로 증자라도 서너 살에는 이렇게 못 했을 것이고 맹자가 이렇게 조숙했다면 맹자의 어머니가 세 번 집을 옮기는 수고를 하지 않았을 것이다. 옛 성인과 현자보다 낫다고 하기가 외람되기는 하지만 인웅의 기이하고 특별함은 정씨 집안의 노성한 유생들 중에서도 더불어 비슷한 자가 없었다. 정인성처럼 날 때부터 유학의 큰 도를 이룬 인물이 아니면 단연 정인웅이 가장 뛰어난 인물이니, 길짐승 중의 기린이며 날짐승 중의 봉황이라 할 만했다. 인성과 비교해도 막상막하라 더하고 덜할 것이 없이 둘 다 여수의 야광주며 곤륜산의 옥나무와도 같았다. 다만 인성은 온화하고 공손하면서도 무성하게 꽃피어 모든 복과 수명이 더불어 보존될 자이고, 인웅은 기이하고 상서로우며 담담하고 깨끗함을 아울렀다. 신령스럽고 기이함은 인웅이 오히려 인성보다 더한 듯하지만 완전하고 각별함은 인성이 훨씬 더했다. 사람들이 인웅을 칭찬하고 사랑하며 감탄하는 것이 옛날 인성이

날 때보다 덜하지 않았으니, 대화부인이 마땅히 만금 같은 사랑을 주고 태산같이 의탁하지 않겠는가? 진실로 꺾어지며 미어질 듯한 마음으로 세상에 머물 뜻이 없다가도 인웅이 지극한 효성으로 위로하는 말을 들으면 백 가지 아픔이 풀어지고 천 가지 슬픔이 흩어져 무척 신기하고 아름답게 여겼다. 인웅이 이처럼 날로 비상해지는 것을 부부가 함께 기뻐하지 못하는 것이 애통했지만 인웅의 효성과 위로 덕분에 삼년상 동안 목숨을 보전해서 무사히 지낼 수 있었다.

어느덧 정흠의 삼년상이 끝나 아침저녁으로 올리던 제사를 그만하게 되니, 집안사람들은 물론 대화부인과 정인웅·정기염 남매의 애석함과 원통함이 처음 상을 치를 때보다 덜하지 않았다. 정삼은 어머니가 몸을 돌보지 않고 지나치게 슬퍼하시는 것을 보고 민망하고 초조했다. 비록 온갖 슬픔과 아픔이 있어도 어머니 앞에서는 슬픈 목소리나 얼굴빛을 드러내지 않고 밝은 모습을 보이려 했다. 삼가고 조심하며 밤낮으로 곁에서 모셔 기운이 다 쇠할 정도이니, 그 지극한 정성이 귀신과 인간을 모두 감동시켰다. 이에 서태부인이 크게 위로를 받고는 정삼이 더는 애태우지 않게 하려고 먹고 자는 중에도 모자가 서로 보호하고 위로하며 세월을 보냈다.

정인성의 생존 소식

가을이 되어 7월 초하룻날 아침에 정잠이 억류되어 있는 노영으로부터 경용이 왔다. 경용은 바깥문을 들어서기도 전에 인성 공자가 살아 있음을 알리며 정잠과 정인성의 편지를 올렸다. 집안사람들이 뜻밖의 소식에 크게 기뻐하는 가운데 정삼은 발 벗고 뛰어나오고 서태부인도 난간에서 내려와 그 편지를 받았다. 서태부인이 마치 취한 듯 얼떨떨해하여 쉽게 편지를 열지 못하니, 정겸이 큰어머니를 부축하여 방에 앉히고 정염은 정잠 부자의 글을 지워지지 않도록 붉게 다시 써서 서태부인 앞에서 읽었다. 편지에는 먼저 서태부인의 안부를 물으며 북해와 남산같이 만수무강하시기를 기원하는 인사와 이어서 못난 자신의 여정이 지체되는 것을 슬퍼하지 마시고 과히 그리워하며 마음을 상하지 마시라고 하는 말이 써 있었다. 그리고 황제께서 백안령으로 옮겨가 편안히 지내시고 이빈 등이 지극정성으로 모시고 있으며, 자기는 조세창과 함께 있다가 아들을 만나 위태한 상황에서 도움을 얻고, 아들과 사위가 곁에 있어 든든하고 의지되어 백 갈래 근심과 천 갈래 슬픔을 위로하며 목숨을 보전할 도리가 있다는 말이 함께 쓰여 있었다. 정잠이 위태하고 힘든 상황은 조금도 쓰지 않았지만 백안령에서 황제를 모시지 못하고 조세창과 마찬가지로 마선의 성도에 있다는 말을 들으니 그 위태함을 묻지 않아도 알 수 있었다.

경용은 정잠이 영천관의 낡은 옥중에서 세 번 죽을 뻔하고 일곱 번 혼절해서 아주 위태로웠는데, 인성이 나부로부터 와서 구호하며 지극한 정성으로 하늘에 호소하자 하늘이 감동하여 정잠이 회복했던 일을 고했다. 그 뒤로 오랑캐가 감동해서 아주 심하게 굴지는 않았지만 오히려 그 위험한 땅을 벗어날 길이 없게 된 사실도 함께 아뢰었다. 온 집안사람들이 정인성이 살아 있고 정잠이 목숨을 부지한 것이 반갑고 기뻤지만 노영의 옥에 갇힌 위태로운 상황에 마음 아파했다. 기쁨과 걱정이 엇갈리는 중에 바삐 인성의 글을 보았다. 그 글에는 자신이 처음에 월청강에 빠졌다가 한 조각배에 실려 해외 타국에 표류하던 이야기를 말하고, 이제 와 아버지를 받들어 모시며 미진한 정을 폈지만 할머니와 부모님과 숙부를 뵐 날이 아득하여 슬픔과 울울함이 뼈에 사무칠 것 같다고 쓰여 있었다. 그리고 정흠 숙부가 원통히 죄를 얻어 죽은 일을 슬퍼하고, 할아버지의 삼년상이 지났지만 만 리 끝에 있어 자손으로서의 도리를 다하지 못한 것이 평생의 슬픔이 되었다고 쓰여 있었다. 편지의 모든 문장과 이치가 상세하고 명백해서 필체가 기이한 것은 말할 것도 없고 공경하는 효와 조심하는 정성이 마디마디 간절했다. 할머니와 두 어머니, 친아버지께 올린 글이 한결같이 멀리서 사모하는 정에서 비롯한 말이었다. 그리고 못난 자신을 위해 지나치게 염려하지 마시라 간절히 청하고 있었는데, 그 순한 낯빛과 효성스럽고 우애 깊은 태도가 눈앞에 있는 듯하며 그 마음의 슬픔과 두려움을 보지 않아도 알 수 있었다. 그 모습이 말할 수 없이 슬프고 어여쁘니 정삼은 자기도 모르게 부자간 자연스러운 정이 솟아나 근심스러운 눈물이 나오는 것을 막을 수 없었다. 하지만 혹시나 어머니가 볼까 봐 눈물 자국을 지우고 좌우를 돌아보았다.

이때 화부인은 편지를 잡은 채 슬퍼도 감히 슬픔을 나타내지 못했고 소교완 또한 인성의 글을 손에서 놓지 못하고 옥 같은 살쩍과 아름다운 귀밑머리에 눈물이 흐르고 있었다. 해외 타국에 표류하던 일을 칼에 찔린 듯 불쌍히 여기고 지금 오랑캐 땅의 좁은 옥에 빠져 정잠 부자의 생명이 위태로운 것을 알고는 초조해하는 모습이었다. 그 남편을 위한 정성과 자식을 사랑하는 마음은 인정에 마땅한 이치라 구태여 말할 것이 없지만 소교완이 아름다운 이마와 눈썹을 찡그리고 맑은 별 같은 눈이 갑자기 흔들리며 아파하는 태도는 남달랐다. 그 애처로운 모습이 즐거워하던 때보다도 더 아름다웠는데, 그 태산 같고 바다 같은 모습은 서시와 포사의 모습에 빗대어 가식적이고 매몰차다 욕하지 못할 정도였다. 걱정되면 곧 그 마음에 나타나고 기뻐하면 즐거움을 드러내니, 그 밝은 기질이 군자의 큰 도량과도 흡사했다. 만일 그 마음가짐을 겉으로 드러나는 것처럼 한다면 무엇 때문에 천고에 어진 부인 되는 일을 근심하겠는가?

사실 소교완의 속은 겉모습과 현저히 달랐다. 정잠의 위태로움에 대한 염려가 없는 것은 아니지만 그가 태어날 때부터 하늘에서 받은 운명이 금과 옥보다 굳은 것을 믿으니 그 위태로움 때문에 눈물 흘리고 슬퍼하는 것은 아니었다. 자신의 교묘하고 간사한 꾀가 헛되이 틀어져 천지신명이 정인성의 목숨을 보우하게 되었으니, 하늘의 도가 정해지면 악한 사람을 이긴다는 것을 깨달아 분하고 원통하여 자신도 모르게 눈물이 저절로 흘렸던 것이다. 그러니 신명한 정삼과 밝은 식견을 가진 서태부인이 어찌 소교완의 속마음을 모르겠는가? 하지만 한결같이 모르는 체했고 화부인도 모르는 듯이 대하니, 다른 사람들은 알 길이 없었다.

경용이 오는 길에 서울을 지나왔기 때문에 취령산의 양씨 가문에 있는 서부인의 편지도 가지고 왔다. 그 편지를 뜯어보니, 월염이 시댁인 장씨 가문에 들어가 목숨은 부지하고 있지만 고생이 이만저만이 아니라고 적혀 있었다. 서태부인과 정삼 부부가 칼을 삼킨 듯 슬프고 참혹해하며 심히 걱정했지만 끝내 장헌 부부의 자애롭지 못함을 꾸짖지 않았다. 다만 서태부인은 오랑캐 땅에 있는 정잠과 인성의 위태로움을 걱정하고 애태우며 길게 탄식했다.

"사람의 욕심이 끝이 없어 만족을 모르는 것을 스스로 깨닫겠구나."

(책임번역 박혜인)

완월회맹연 권 27

원치 않는 혼인

정씨 가문에서는 정인광을 속여 혼사를 논하고

장창린은 부모의 뜻에 따라 두 첩을 두다

정인광의 두 혼담

이때 서태부인이 탄식하며 말했다.

"사람의 욕심이 끝이 없어 만족을 모르는 것을 스스로 깨닫겠구나. 첫째(정잠)를 이별하고 노영으로 보낸 뒤에 둘째(정삼)가 이 늙은 어미를 데리고 산중에 숨었으니, 세상 소식이 끊어져 잃어버린 아이들을 다시 만날 것을 바라지 못했다. 그런데 작년에 인광이가 돌아와 슬하에서 노닐고, 월염이가 생존한 소식도 듣고, 또 인성이가 살아서 부자가 서로 만났다는 기쁜 소식을 모두 들으니 매우 다행스럽고 즐거웠다. 하지만 오히려 그 아이를 눈앞에서 보지 못하니 슬프고 우울해서 기쁜 줄 모르겠구나. 그뿐 아니라 첫째가 근심이 쌓여 쇠약해진 터라 타국의 낯선 풍토에 몸이 상할 것은 보지 않아도 알 것이다. 인성이도 그 유약한 기질로 만릿길 오랑캐 땅에 표류하면서 끝없이 속을 태웠을 것이다. 반드시 그 부자가 수명이 줄고 기운이 떨어져 몸이 병들고 괴로움이 심할 것이다. 훗날 무사히 돌아온다 해도 근심이 적지 않을 텐데 하물며 오랑캐 땅의 옥중에 빠졌으니 어떻겠느냐? 이 늙은 어미가 걱정되어 하루도 편안할 수 없다는 것은 말할 필요도 없을 것이다. 그리고 딸아이(정태요)와 사위(상연)가 인성이와 인광이와 월염이가 살아 있다는 것을 알게 되면 연교의 생사만 모르는 것에 다시금 마음 아파하며 자식의 죽음을 슬퍼하는 마음이 눈이 먼 자하와 같을 것을 생각하니 무척이나 참담하구나."

정삼과 정염·정겸이 온화한 얼굴로 서태부인의 슬픈 마음을 위로했다. 그러고는 밖으로 나와 경용을 불러 각별히 그 충성을 칭찬하니 경용은 머리를 조아리고 절하며 황공하다고 할 뿐이었다. 정삼이 최언선과 운학이 정잠을 받들어 노영에 있는지를 묻고는 정잠과 인성이 목숨을 보전하기가 어려운지를 재삼 물으며 슬프고 애석한 마음을 참지 못했다. 하지만 인성의 지극한 효성에 천지신명도 감응할 것이고 정잠의 곧은 충성과 절개가 우러러 하늘에 부끄럽지 않고 굽어 땅에 부끄럽지 않을 것이라 생각하며 천 갈래 만 갈래 찢어지는 근심과 염려를 스스로 위로했다.

경용이 회신을 받고 노영으로 돌아간다고 아뢰자 정삼은 이 충성스러운 종이 먼 길을 가다가 지칠까 봐 다른 종을 보내려고 했다. 하지만 경용이 또다시 10년이 걸린다고 해도 다시 정잠 부자를 모시고 고향에 돌아오는 것이 지극한 소원이라고 하여 어쩔 수 없이 답장을 써서 주며 가지고 있던 옷 한 벌을 그에게 입혀 은혜를 치하했다. 인광도 전대를 끌러 주고 눈물을 뿌리며 큰아버지와 형님을 받들고 무사히 돌아오라 당부했다. 경용이 하직을 고하니 모두 잘 가라 말하며 슬픈 빛을 띠는 모습이 단순히 종을 보내는 것 같지 않았다. 이는 다만 경용의 충성 때문에 중하게 대접하는 것뿐만은 아니었다. 정잠 부자가 돌아올 일이 아득하니, 온 집안사람들의 마음이 근심스럽고 우울하며 즐겁지 않았기 때문이었다. 경용을 돌려보내고 나자 정잠 부자와 월염에 대한 근심이 컸다. 하지만 그들이 각각 죽을 곳에서도 한 가닥 숨이 이어진 것은 천지신명이 보우해서인 줄 깨닫고 결국 그들이 좋지 않게 끝나지는 않을 것이라고 여겼다. 그렇게 집안사람들이 아픈 마음을 누르고 세월을 보냈다.

하루는 사내종이 서천의 소수 영감께서 오셨다는 것을 급히 알렸다. 정삼과 정겸·정염이 바삐 문에 나와 맞고 당에 올라 인사를 드렸다. 그러고는 나랏일이 망극함을 이야기하는데, 황제께서 노영에 잡혀 계신 일에 미쳐서는 기운이 막힐 듯해 손으로 땅을 치며 격분하고 의기가 북받쳐 기운이 하늘을 깨칠 것 같으니, 마치 맑은 해와 날카로운 가을 물 같았다. 그 엄한 기상은 아득한 가을 하늘에 신령한 구름이 피어나고 둥근 달이 떠오른 것 같았다. 하지만 어른 앞이라서 억지로 참아 진정하고 조용히 말을 이었다. 정삼 또한 얼굴빛을 바르게 하고 부드러운 목소리로, 존귀한 몸으로 누추한 곳에 오신 것이 매우 뜻밖이라 말하고 요즘 생활이 어떠신지 물었다. 그 부드러운 목소리와 새로운 낯빛이 평소 어머니를 대하는 듯하니, 마치 비와 바람이 아롱지고 상서로운 구름이 더욱 무르녹아 태양 주변에 가득한 것만 같았다. 소수가 멀리 떨어져 있던 자식이나 조카를 만난 것같이 사랑하고 반기며 그의 손을 잡고 정씨 집안의 안부와 서태부인의 안부를 물었다. 그러고는 정인광이 왜 안 보이는지 묻자 정삼이 비로소 인광을 죽을병에서 구호하여 살길을 얻게 하고 지극히 염려하며 돌려보낸 것에 감사의 뜻을 표했다. 그러고는 인광이 지금 잔병으로 몸조리하고 있지만 대단하지 않으니 불러 뵙도록 하겠다고 했다. 이에 소수가 급히 말리며 말했다.

"그대 아들이 잔병이라도 매우 상처가 쌓여 있을 걸세. 각별히 조심해서 몸조리하는 것이 옳으니 급히 불러 무엇 하겠는가? 내가 며칠 머무르다가 돌아가려고 하니 나중에 봐도 되네. 또 그대 아들이 없을 때 그대에게 이를 말도 있네."

결국 정삼이 인광 부르는 것을 미루고 정겸과 정염은 좌우를 돌아보며 소수가 온 것을 인광에게 전하지 말라고 하니, 이 때문에 인광이 바로 알지 못했다. 정염이 웃으며 물었다.

"어르신께서 인광이가 모르게 무슨 말씀을 하려 하십니까?"

소수 역시 웃으며 말했다.

"구태여 인광이를 속일 것은 아니지만 내가 그 성품을 슬쩍 보니 격렬하고 엄하며 강하고 높아 남을 꾸짖을 만한 일에는 작은 잘못도 용서하지 않을 듯했네. 그래서 인광이가 꼭 듣지 않게 할 말이 있네."

그러고는 정삼에게 말했다.

"그대의 형이 창린이와 언약한 것이 굳던가? 장헌 아들(장창린)이 이미 그대 가문의 허락을 얻어 그대 조카(정월염)를 아내로 취한 일이 수천 리 떨어진 마을에도 들릴 정도이네. 운백(정잠)의 가르침도 있고 그대 가문의 자식이니 왜 그렇지 않겠는가? 그래도 들을 때마다 경탄을 금할 수 없었네. 그뿐 아니라 장창린을 보니 세상에 다시없을 기린아라 그를 사위로 택한 운백의 식견이 진실로 비상하여 그대 조카딸의 평생이 욕되지는 않을 것이네. 다만 장헌이 슬기롭지 못해 운백의 사돈이 되는 것이 분수에 넘치니 이것이 흠이구나. 하지만 옛날에도 요임금께서 고수의 아들 순임금을 사위로 택하시어 두 딸을 시집보내셨으니 대체로 그 인물이 기특하면 아비의 소소한 잘못 때문에 버리는 법이 없지. 내 들으니 그대가 장헌의 딸과 인광이의 혼인을 맹세했다고 하는데, 이제 옛 언약을 저버리지 않을 것인가?"

정삼이 우물쭈물하며 대답했다.

"후백은 저와 더불어 형제 같은 친구입니다. 그의 큰아들 창린이가 친부모와 만나고 제 조카딸을 아내로 취해 형님의 사위가 되었으니 더욱 각별한 마음이야 말할 필요가 있겠습니까? 하지만 형님이 노영에 억류되어 계시고 제가 깊은 협곡에 묻혀 세상 인연을 끊은 채 지내고 있습니다. 창린이를 우리 가문의 사위로 삼아 홀어머니의 근심을 위로하지 못하는 것은 지극한 한이지만 혹시 훗날 한집에서 모일 수 있기를 바라니 이밖에 다른 뜻이 있겠습니까? 그 옛날 후백과 서로의 자녀를 혼인시키자고 굳게 언약했지만 후백이 술을 즐기고 정신이 온전하지 못하니 그사이 반드시 약속을 잊었을 것입니다. 다만 저는 이 부족한 자식의 나이가 서른이 가까워도 다른 곳은 생각하지 않고 장헌의 딸을 며느리로 취하려 합니다. 그런데 어르신께서는 왜 물으십니까?"

소수가 끄덕이고 칭찬하며 말했다.

"참 어질고 신의 있구나. 네가 장헌의 딸을 거두려고 하는 것이 타고난 덕에서 비롯한 것이니 그 뜻을 모르는 것이 아니네. 다만 최근 후백이 그릇된 것을 알았는가?"

정삼이 미처 답하지 못할 때 정염과 정겸이 웃으며 대답했다.

"후백이 무슨 짓을 했는지 자세히 알지 못했는데, 한 조카가 여장을 하고 장헌의 애첩이 되어 있었기에 대강 들었습니다."

소수가 놀라 말했다.

"그게 어떻게 된 말인가? 누가 여장을 하고 장헌을 속인 것인가?"

정염과 정겸이 웃고는 인광이 여장한 일과 장헌의 불측한 행사를 낱낱이 말했다. 소수가 처음부터 끝까지 자세히 듣고는 너무 놀라고 참혹해하며 장헌의 심술에 마음 아파했다. 그러고는 낯빛을 고쳐 말했다.

"그렇다면 인광이가 장헌을 원수처럼 보겠구나."

정염과 정겸이 다시 인광이 장헌을 배척하던 말을 전하며 다른 일은 한스러워할 만하지 않지만 아버지와 백부의 그림을 그려 해치려고 하던 것을 마음에 두어 좋은 사이가 되려고 하지 않는다고 하니, 소수가 매우 안타까워하며 말했다.

"인광이가 그러는 것이 조금도 이상하지 않을뿐더러 비록 아버지가 훈계하고 황제께서 명하셔도 결연히 뜻을 돌이키지 않을 것이네. 후백은 하는 일마다 제 자식을 구덩이에 빠뜨리고 제 몸을 스스로 해치니 그와 같은 인물이 어디 있겠는가? 다만 그 딸의 뛰어나고 굳은 열절이 고금을 두루 찾아보아도 다시없을 것이니, 초나라 여자가 비녀를 품은 절개도 그녀에게 미치지 못할 것이다."

그러고는 장성완이 낯가죽을 벗기고 귀를 자른 일과 끝내는 적의 화를 입어 물에 빠진 일을 한바탕 말했다. 그러고는 성완의 유모와 시비들의 말에 따르면 성완이 얼굴을 훼손하고 귀를 자르고도 빨리 회복된 것이 장헌의 애첩이 신약을 주어서라고 했는데, 여자의 의술이 높은 것이 의아해서 어디에 있는지 물었으나 벌써 쫓겨 나갔다는 말만 들은 것이지 인광이 그녀인 줄은 꿈에도 생각하지 못했다고 말했다. 그러면서 강물에 빠진 성완의 시신을 인광이 손으로 건진 것은 하늘이 시키신 것이고 귀신이 가르친 것이지 평범한 일이 아니고, 그가 여기저기에서 성완을 무심히 구했지만 하늘은 벌써 마음에 새긴 것이라고 하며 도리어 무척 신기해했다. 또한 성완이 자신과 부녀의 의를 맺어 서천에 있는데, 남주에 있던 연공이 서도로 옮겨와 연부인이 그 딸 성완과 한곳에 있게 되어 서로 목숨같이 의지하고 있다고 전하고는 또 말했다.

"내가 이미 인광이에게 물에 빠졌던 여자가 연태우의 딸이라 했고, 인광이가 의남매를 맺고자 청했을 때 이러저러하게 일러 그 뜻을 거절했네. 이제 다시 그녀가 장씨 가문의 딸이었음을 말하지 말고 내 사촌누이의 딸을 양녀로 삼은 것이라고 하여 조용히 내 집에서 혼인을 시켜 보내는 것이 어떻겠는가?"

정삼은 장성완의 아이 때 성품을 알아 그녀가 효성과 열절이 뛰어나고 기특한 것은 다시 말하지 않아도 알고 있었다. 그런데 이제 소수의 말을 들으니, 지금 그녀는 오히려 열 살의 나이인데도 가르침 없이도 이미 도를 배워 행동하며 지극한 효성과 맑은 열절을 굳게 지키고 있었다. 그 고고하고 깨끗함은 추결부와 왕과부의 맑은 절개보다 더하고, 곧고 정숙함은 여종의 맹렬함보다 나았다. 정삼은 성완의 뛰어남이 기대 이상인 것에 깊이 탄복하고 감탄하면서도 한편으로는 매우 애처롭고 불쌍한 마음에 두 눈에 눈물이 어린 채 슬퍼하고 근심했다. 정겸과 정염도 성완의 뛰어난 행실과 절개를 듣고는 정삼이 사람 볼 줄 아는 것에 새롭게 탄복했다. 또 장성완이 열 살 어린 나이인데도 그 절개와 열행이 천고 이래 특출난 것에 탄복하며 칭찬을 그치지 않았다. 그런데 인광이 성완의 비상한 절개를 밝히 알았는데도 끝내 말하지 않고 모른 척한 것을 보니, 그녀에 대한 한 조각 인정도 마음에 두지 않았음을 알 수 있었다. 훗날에도 성완이 살아 있는 것을 사실대로 말하면 혼사가 결코 순편하게 되지 못할 것을 깨닫고는 소수가 말하는 것을 따라 장성완을 연씨 가문의 여자이며 소수의 양녀라고 해서 순순히 혼인을 이룬 후에 그 내력을 나중에 말하는 것이 마땅하다고 생각했다. 정삼이 오래도록 말이 없다가 천천히 소수를 향해 말했다.

"제가 혼미하고 어두워 멀리 헤아리지 못하고 앞날을 근심하지 않아서 후백과 사돈의 인연을 맺기로 약속했지만 이는 피차 술자리에서의 농담일 뿐입니다. 저는 후백의 성품이 자잘한 절개를 중시하지 않는 것을 압니다. 그래서 옛 인연을 생각하지 못하고 그 딸을 다른 곳으로 시집보낼까 싶어서 아까워하는 마음은 있지만 그래도 인연이 중하면 장차 맺어질 것이라고 생각했습니다. 제 못난 아들이 서른 살이 될 즈음에 후백이 버리지 않으면 특별히 장씨 가문의 사위로 삼으려고 했으니, 그사이 후백의 뜻이 변할까 믿지 못해 남몰래 걱정할 뿐이었습니다. 그런데 생각지 못하게 그 딸이 열 살 어린 나이에 굳은 정렬과 위엄으로 얼굴을 훼손하고 귀를 잘라 그 맑은 뜻을 엄히 나타낼 줄 어찌 알았겠습니까? 이는 초녀가 비녀를 품었던 일과 왕과부가 팔을 벤 일보다도 더한 절개이니, 동시대에서도 다시없을 뿐 아니라 고금을 두루 찾아도 그런 경우를 듣지 못했습니다. 그 기이하고 뛰어남을 보면 저의 보잘것없는 자식과 짝하는 것이 도리어 외람되고 과분할 정도입니다. 어르신께서 후백의 딸을 죽을 곳에서 살리시지 않았다면 천고에 다시없는 열녀가 속절없이 물고기의 밥이 되었을 것입니다. 비록 지난 일이지만 생각하니 아찔합니다. 만약 그 아이가 죽었다면 '백인의 죽음은 결국 나 때문이다.'라고 말했던 왕도의 잘못보다도 더했을 것입니다. 저의 헛된 언약 때문에 죽는 것이니 어찌 저희 부자가 손수 죽인 것과 다르겠습니까? 어르신이 장씨 아이를 거두어 돌아가셔서 지금까지 생명을 보존할 수 있게 하신 것이 단지 그 아이에게만 큰 은혜를 끼치신 것이 아니라 저에게도 거듭 큰 은혜를 더하신 것입니다. 뼈에 새길 만큼 감사한 마음을 차마 말로 표현할 수도 없군요. 인광이가 마음이 좁고 야박해서 작은 일에도 한번 한을 품으면 꽉 막힌 고집을 돌이키기 어렵습니다. 제가 이것을 아주 가슴 아파하지만 아들을 훈계하는 데에는 못나고 어두운 나머지 어리석은 자식을 엄하게 다스리지 못했습니다. 못난 아이가 고집불통이라 작은 일에 아집을 부리고는 분을 쉽게 그치지 못합니다. 하지만 훗날 두 집안의 자녀가 잘 자라 혼인을 이룰 때는 구태여 장씨를 연씨라고 속여 혼인하도록 하겠습니까? 아직 그 아이들의 나이가 혼인을 의논할 때도 아닙니다. 큰아이 인성이를 잃어 죽었는지 살았는지도 모르고 어디 있는지조차 모르다가 지난봄에야 비로소 형님께서 노영에서 만나 부자가 서로 의지한다는 것을 몇 달 전에 들었습니다. 인성이는 지난번 이빈의 딸(이자염)과 약혼한 일이 있으니, 형과 아우의 차례를 바꾸어 인륜지대사를 치르지는 못할 것입니다. 7, 8년을 기다리더라도 형님이 인성이와 함께 돌아와 이씨 가문과 옛 언약을 이룬 뒤에야 인광이를 장가보내겠습니다."

소수가 정삼의 말이 하나하나 마땅하다고 하면서도 성완을 구호한 일에 대한 감사는 당치 않다며 사양했다. 또 인광의 고집이 센 것을 언급하면서 성완이 살아 있는 것을 말하지 말고 연씨 가문의 여자로 속이는 것이 좋겠다고 했다. 정염과 정겸 또한 소수의 말이 인광을 잘 알아서라고 하며 그대로 하는 것이 옳다고 거들었다. 하지만 정삼은 달리 말했다.

"이 일은 때가 되면 좋을 대로 하겠으니 미리 의논할 일은 아니겠지만 부자 사이에 시집가고 장가가는 일로 속이는 것은 그르지 않나 싶습니다."

정염과 정겸이 웃으며 말했다.

"형님께서 하늘이 내려준 부자간의 정 때문에 차마 속이지 못하시지만 인광이가 장헌을 깊이 한스러워하고 이를 갈고 있습니다. 장성완도 원수의 딸로 알고 영영 인연을 베어내려고 하니, 소씨 어르신이 가르치시는 대로 하지 않으면 인광이가 순순히 장가가지 않을 것입니다. 하지만 장가간 뒤에는 마음속으로 불행히 여겨도 벌써 엎질러진 물이고, 형님의 훈계를 돌아보며 장성완의 뛰어난 행동과 곧은 절개에 감동할 것입니다. 크게 요란하게 굴지는 못하고 잠깐 불평하는 마음을 품었다가 자연히 화합하게 될 것이니, 잠깐 속이는 것이 무슨 큰일이겠습니까? 형님이 가만히 계시면 그때 저희가 인광이를 속여 보겠습니다."

정삼이 미소를 지으며 말이 없었지만 인광의 마음을 헤아리지 못했다. 그래서 '인광이가 장씨 가문에서 명약을 써 장씨 아이를 다시 회복시킨 것은 무슨 뜻이지? 또 여기 와서 장씨 아이의 효성과 절행을 말하지 않은 것은 무슨 마음이지?' 하고 생각했다. 그러고는 남몰래 아들의 마음이 고르지 않다고 여기다가 다시 생각하니, 장헌이 자신과 형님을 잡으려고 초상화를 그린 일로 인해 두 집안 사이를 끝내려 해서인 줄을 깨달았다. 그리고 인광의 성정이 심히 세차고 격렬해서 아버지와 형이라도 억지로 꺾기가 어려운 것을 알고, 일이 되어가는 것을 보면서 소수의 말에 따르려고 했다. 다만 부자 사이에 차마 속이는 것이 옳지 않다고 여겼다.

소수가 처음 인광을 만났을 때 그 인물됨을 매우 우러러보며 그 문장에 황홀해져 먼저 정혼한 곳이 있다는 것을 모르고 자신이 늘그막에 얻은 딸과 부부의 연을 맺어주고 싶어서 인광과 수작하던 것을 일일이 말했다. 그리고 진정으로 자신의 딸이 첩으로 들어가는 것도 꺼리지 않으며 말했다.

"최근 내 딸과 성완이를 한곳에 두고 볼수록 더욱 인광이에게 함께 보낼 뜻이 커지네. 성완이가 임사의 덕이 있으며 내 딸은 번희와 월희의 어진 성품을 이을 듯하니, 군자의 첩이 되는 것을 욕되게 여길 염려는 없을 것이네. 그대는 이 늙은이의 한미하고 보잘것없음을 꺼리지 말고 이때 흔쾌히 허락했다가 훗날에 어리석은 내 딸로 성완이의 뒤를 이어 인광이를 남편으로 섬기게 하게."

정삼이 오랫동안 무릎을 꿇고 다 듣고 나서 일어나 두 번 절하고는 황공해할 뿐 감히 허락하지 못했다. 소수가 재삼 간청했으나 정삼이 분수에 넘치게 여겨 자신의 적은 복록으로서 감히 받들지 못하는 일이라고 계속 말할 뿐이었다. 하지만 소수의 청혼이 계속 이어지니 끝까지 물리칠 수가 없었다. 정삼이 오히려 어려워하고 걱정하며 어른인 소수가 간절히 청하며 그 속을 다 보이기까지 하자 매몰차게 거절하거나 불순하게 다투지 못해서 다만 순순히 절하고 고개를 숙인 채 말했다.

"제 아들 인광이가 뭐라고 어르신께서 이렇게 지극히 대하시고 사랑을 하십니까? 귀 가문의 높은 문벌과 어르신의 옥 같은 딸로서 인광이의 배우자를 의논해서도 오히려 저희 부자가 외람되어 감당치 못할 것 같은데, 하물며 지위를 현격히 낮춰 첩으로 의논하시다니요? 제 어린 자식이 아직 아내를 삼을 나이도 안 되었는데 다시 분수에 넘치는 뜻을 두어 집안 풍습에도 없는 첩을 생각한다면 적은 복마저 더욱 달아나고 재앙을 얻을까 두렵습니다. 그뿐 아니라 어르신의 옥 같은 딸을 제 못난 아들의 첩으로 맞는 일은 차마 편히 못 하겠으니, 어르신께서 재삼 숙고하셔서 훗날 뉘우치는 일이 없게 하시지요. 하지만 제가 이 일로 인광이와 더불어 수명이 줄고 복을 더는 일이 있다 해도 어르신의 지극한 대우와 큰 은혜를 저버린 채 그 말씀을 감히 거역하지는 못하겠습니다. 그러니 이제 약속을 정하든지 혼인을 물리든지 하는 것은 어르신의 뜻대로 하십시오."

소수는 정삼이 분수에 넘쳐 하고 불안해하면서도 물리치지 못하는 것을 보고는 매우 기쁘고 좋아서 서둘러 칭찬하면서 굳은 언약을 맺어 훗날 성완을 며느리로 취할 때 자신의 딸을 저버리지 말아달라고 부탁했다. 소수는 높은 가문의 규수인 딸의 지위를 가볍게 낮추어 남의 아래가 되는 괴로움을 조금도 거리끼지 않았다. 또한 진심으로 성완을 사랑하고 칭찬을 아끼지 않았다. 자기 딸이 못나고 속되지는 않지만 성완에게 비하면 태산과 언덕 같고 큰 바다와 시냇물 같아서 우주를 우러러보는 것같이 미칠 수 없다고 말할 뿐이었다. 인광이라도 오히려 성완에게는 당치 못할 것이라고 하자 정염과 정겸 또한 무척 사랑스러워하며 탄복했다. 비로소 사람답지 못한 장헌 때문에 그 딸에게까지 책임을 묻지는 못하겠다고 하며 예전에 장씨 가문과 결혼할 수 없다고 생각하던 마음이 단번에 풀어지고 정삼의 사람 볼 줄 아는 눈을 다시금 말하며 거듭 감탄했다.

소수가 정흠의 양자와 정겸·정염의 여러 아들을 다 보고 싶다고 하니, 정삼이 즉시 아이들을 불러 인사드리게 했다. 인광은 소수가 온 것을 전혀 알지 못하다가 아버지와 숙부가 사촌 형제들을 다 부르시는 것을 의아하게 생각해서 정인홍에게 물었다.

"너희가 이미 낮에 문안을 마쳤으니 독서를 위해 다시 부르지는 않으실 듯한데 왜 다 나오라고 하시냐?"

인홍이 미처 답하기 전에 정인필이 웃으며 대답했다.

"조금 전에 제가 양계(정겸) 숙부님께 장헌 어른에 대해 물었는데 숙부님께서 미처 말씀하시기 전에 소공이라는 분이 왔다고 들어가라고 하셔서 바로 들어왔습니다. 이제 여러 형님들을 부르시는 명이 계시니 틀림없이 소공께 알현하라고 하시는가 싶습니다."

인광이 이 말을 들으니 반가운 마음이 가득해서 즉시 옷차림을 정돈하고 여러 사촌 형제들과 함께 밖으로 나왔다. 종종걸음으로 뜰을 지나고 당에 올라 자리 앞에 이르러서 발걸음을 조심하며 몸을 굽혀 소공에게 두 번 절했다. 그러고는 소리를 낮추어 어르신의 가마가 멀고 누추한 자신의 집에 이렇게 빨리 달려오신 일에 감사하며 이별 후 뵙고 싶었던 정을 잠시 베푼 뒤 손을 모으고 모시어 서니, 삼가 조심하고 공경하고 받드는 예가 성인의 행실과도 같았다. 인광의 풍채가 깨끗하고 행동거지가 엄숙함은 다시 말할 필요도 없고, 눈같이 희고 밝은 피부와 옥같이 깨끗한 골격도 이미 보았으니 다시 칭찬할 필요가 없었다. 다만 그사이 키가 한 척이나 커져 그 기상과 기세가 엄하고 출중할 뿐 아니라 완연히 다 자란 어른처럼 풍성하고 너그러운 덕을 다 드러내고 있었다. 몸가짐은 엄숙하고 문장은 빛나 법도에 맞으며 도덕과 재주가 신명을 따랐으니, 볼수록 기이하고 탄복할 만했다. 정인홍 등도 하나하나가 옥을 다듬은 얼굴이요 금을 단련한 행실이라 은은한 자질은 옥구슬 같고 소담한 풍모는 송백과 난초 같았다. 문장과 재주가 겉으로부터 나타나니 영특한 기상과 특이한 문채는 저마다 성인의 문하에서 교육받은 티가 났다.

소수는 그들을 보느라 눈이 바쁜 중에도 정인웅의 자질이 뛰어나고 특출난 것을 알아보았다. 그가 왼손으로는 인광을 끌어 가까이 앉으라 말하며 오른손으로는 인웅의 손을 잡아 곁에 앉혔다. 그러고는 갑자기 낯빛을 환하게 하며 유학자 정명도(정호)와 정이천(정이)보다 더한 성스러운 덕과 기질을 지녔다고 거급 칭찬했다. 그러고는 정흠이 이 같은 양자를 두어 후세를 빛나게 하니, 만세 이후에도 아름다움이 썩지 않겠다고 하며 충성스러운 열사의 남은 음덕이 예사롭지 않음을 재삼 일컬었다. 인광을 대해서는 헤어진 뒤 그리워하던 마음을 전하고 어루만지며 사랑해 마지않았다. 인광 또한 우러러 반기는 빛이 얼굴에 넘치고 그간 건강하신 것에 크게 기뻐하며 공경하는 태도와 우러르는 정성이 가족을 대한 것 같았다.

소수가 거기서 며칠을 머물게 되었는데, 인광은 자기 병이 아직 다 낫지 않았지만 한번 인사하고 돌아가 조용히 안채에 머물며 몸조리 하는 것은 스스로 매정하고 인정이 없다고 생각했다. 그래서 그날로 부터 서헌에 나와 할머니의 아침 문안을 드리고 나면 소수의 곁에서 떠나지 않았다. 이에 정염과 정겸이 웃음을 머금고 말했다.

"인광이가 소공의 바다같이 넓은 덕에 감동한 것은 사람으로서 당 연한 일이지만 훗날 소공의 사위가 되면 반드시 부모 곁에 돌아오는 것을 잊고 소공이 계신 서천 밖으로는 머리도 내놓지 않겠구나."

인광은 아버지가 자리에 있어서 대꾸하지 못하고 소수는 기쁘게 웃으며 말했다.

"은백(정염)아, 너는 어찌 사위가 장인에게 정을 쏟는 것을 보고 이 처럼 배 아파하느냐? 내가 비록 늙고 어리석지만 사람 보는 눈이 잘 못되지는 않았다. 그대의 조카가 처가를 으뜸으로 여겨 친부모도 잊 고 규방의 심부름꾼이 되어 머리를 내밀지 못할 인물이라면 결단코 내가 두 딸을 허락하여 아황과 여영처럼 함께 시집보내지 않았을 것 이다."

정염과 정겸이 웃음을 머금고는 인광이 그 사실을 모르게 하려 해 서 짐짓 대답했다.

"어르신께서 저희의 말을 듣지 않으시고 구태여 이후 인광이를 사 위로 삼으려 하시지만 이놈이 젖을 겨우 떼고 이를 다 갈지 못하 고 머리는 다박머리일 때 정혼한 것을 피차 저버리지 못할 상황입니 다. 만일 처음 정혼한 곳과 먼저 혼인하게 되면 어르신의 옥 같은 두

소저는 그 자리를 낮추어 첩으로 삼아야 할 것입니다. 이는 어르신의 가문을 욕되게 할 뿐 아니라 인광이의 마음도 편안하지 못할 것이니, 반드시 따로 조치가 있어야 할 것입니다. 그러니 다시 생각하셔서 인광이를 사위 자리에서 물리치시지요."

소수가 미소 지으며 말했다.

"이 늙은이의 뜻은 이미 그대 조카 한 사람에게만 있다네. 만일 정혼한 곳이 있으면 그곳과 먼저 육례를 갖추어 혼인하고 더불어 이 늙은이의 양녀와 딸을 첩으로 거두면 되네. 어찌 보잘것없이 선후의 차례와 지위의 높고 낮음을 가지고 의논하겠는가?"

정염과 정겸 또한 웃고는 다른 이야기를 시작했다. 인광은 감히 알고 싶어 하는 마음을 드러내지는 못했지만 아버지가 첩을 번화하게 두는 것을 끔찍이 싫어하심에도 불구하고 여러 곳에 혼인을 허락하신 것이 몹시 이상하다고 여겼다. 또한 소수가 군이 그 양녀를 자신에게 시집보내려는 뜻을 알지 못해 오히려 괴이하게 여겼지만 설마 소수가 장성완의 성을 바꿔 연씨라 한 줄은 생각지도 못했다. 이제 장성완의 앞날은 어떻게 될 것인가? 다음 이야기를 살펴보라.

이때 소수가 정씨 집안에 머문 지 수일 동안 천태산의 경치를 구경하고 돌아가니, 정삼이 정염·정겸·정인광과 더불어 10리 길을 같이 가 송별하며 섭섭해했다. 소수 또한 훗날 만나자고 하며 인광의 손을 잡고 아쉬워하다가 날이 늦어 어쩔 수 없이 말머리를 돌렸다. 정삼 부자와 정염·정겸이 서운하고 아쉬워 소수가 멀리까지 갈 동안 한참이나 바라보다가 이윽고 자취가 아득하고 그림자가 사라지자 집으로 돌아왔다.

이창린의 친부 재회

이전에 장헌이 유모 교씨가 설득한 말에 따라 정잠 형제의 그림을 불태우고 정잠 형제의 자취를 찾을 계교를 그만두었지만 김영보를 대하여 할 말이 없는 것에 민망해하고 아깝게 여겼다. 그리고 정미인(여장한 정인광)을 눈앞에서 죽이지 못하고 끝내 욕만 보다가 헛되이 잃은 것을 깊이 한스러워하는 한편, 재를 넣은 눈과 올려붙여 맞은 뺨이 여러 날이 되도록 괴롭게 쓰리고 아려서 쉽게 낫지 않았다. 그런 데다가 부인 박씨가 비웃으며 꾸짖는 말이 한시도 그치지 않으니, 부인 앞에서는 순순히 듣는 척했지만 속으로는 울화가 차올라 분통이 터졌다. 자연히 병이 심해져 때때로 먹고 자는 것도 제대로 못한 채 한잔 술로 타는 목을 적실 뿐이었다. 그런데 갑자기 태운산 집을 지키던 종이 와서 지난밤 도적에게 습격을 당한 일을 말하고 성완소저와 유모와 시비들의 종적이 없어졌다며 죽여달라고 했다. 하지만 장헌과 박씨는 천륜의 정을 잃어 성완의 효성을 조금도 생각하지 않았다. 그들은 딸이 음란하고 흉악한 짓을 저지르고 참혹한 병자가 된 채 지금껏 죽지 않았다며 오히려 번거롭게 여기고 조금도 애석해하는 마음이 없었다. 이들이 마음을 쏟고 사랑하는 이는 박교랑 하나뿐이었으니, 성완이 사라졌다는 말을 들어도 크게 놀라거나 동요하지 않았다. 다만 여러 종들을 불러 장씨 가문에 두었던 재물과 비단 등이 있는지를 먼저 묻고 도적을 방비하지 못한 것을 꾸짖을 뿐 성완이 있는지 없는지는 궁금해하지 않았다.

장희린과 장세린은 오랫동안 병이 들어 서재에 누웠다가 이 변고를 듣고는 경악하며 슬퍼했다. 그들은 머리를 부딪치고 가슴을 두드리며 애통해하면서 누나를 부르짖었다. 또한 독한 기운과 칼같이 날카로운 말로 부모를 끔찍이 원망했다. 장헌 부부는 딸의 생사와 거처를 모르는 것은 굳이 근심되지 않았지만 두 아들의 과격한 행동을 보고는 매우 초조하여 붙들어 달래고 어루만지며 계속 위로했다. 하지만 두 아이가 머리를 가로저으며 팔을 뿌리치고는 모진 눈을 홉뜨고 이를 갈며 아버지와 어머니를 가리켜 '누나를 죽인 원수'라고 하고 때로는 '골육 같은 가족을 죽인 사람만도 못한 놈'이라고 했다. 그리고 때때로 돌 같은 머리를 부모의 가슴에 들이박고 아버지의 옷을 밀치고 어머니의 치마를 쥐어뜯으며 누나를 찾아내라고 보챘다. 장헌 부부는 온갖 말로 달래다 못해 정신이 어지럽고 기운이 다 빠질 것 같았다. 결국 장헌은 딸을 찾아보겠다고 하고 잠깐 몸을 빼 후원 깊은 곳에 피하고 박씨는 친정에 돌아가 사오일을 머물렀다가 왔다. 그런데도 희린과 세린의 언행은 한결같았다. 장헌 부부가 딸에 대한 슬픔과 근심은 모르지만 자기 핏줄에 대한 자연스러운 정은 있어서 모르는 중에도 쓸쓸하고 근심되고 슬프기도 했다. 게다가 두 아들이 고약하게 보채는 것이 큰 걱정이 되어 하루 12시간과 한 달 30일 동안 잠시도 찌푸린 눈썹을 펴지 못하고 기운을 내지 못해 자신의 신세를 한탄했다. 하지만 두 아이가 이처럼 불효를 행하는 것에는 한탄하지는 않으니, 그 못나고 어리석음이 열 살 어린아이도 제어하지 못할 정도였다.

장헌 부부가 이제 자식들이 보채고 탓하는 것이 예삿일이 되어 잠을 자도 편안하지 않고 밥을 먹어도 맛을 느끼지 못했다. 결국 건강하던 박씨도 점점 병이 생겨 자리에서 일어나지 못했으니 원래 병이 있던 장헌은 어떻겠는가? 매일 기운이 약해지고 갈수록 모습이 초췌해져 해골처럼 말라갔다. 그러면서도 그가 차마 관직에서 물러나지 못한 이유는 녹봉 때문이었다. 장헌은 자신이 죽는 날에나 그만둘 생각으로, 겨우 움직이면서도 조정을 출입하고 궁궐 조회에 참여하는 것을 그치지 않았다. 하지만 집에 들어가면 그대로 쓰러지고 엎어질 듯해 마음대로 걷지도 못했다. 하지만 두 아이는 조금도 염려하지 않고 부모가 마치 영원토록 살 줄로만 알아 누나를 죽인 원망이 하늘을 찌르니 집안 꼴이 어떠하겠는가? '발은 위에 있고 머리는 아래에 있다.'라는 말과 같은 셈이었다. 삼강오륜이 무너지니 아내는 남편을 노예같이 여겨 호령하며 아들은 아비를 티끌처럼 가벼이 여겼고, 주인과 종이 차례를 잃고 위아래 사람이 서로 그 높고 낮음을 알지 못했다. 그러다 보니 윗사람과 아랫사람 간에 꾸짖고 욕하는 소리와 서로 싸우고 비난하는 일이 그치지 않았다. 하지만 장헌은 힘이 미치지 못해 아는 체를 못 하니, 점점 어지러워져서 나중에는 기괴한 변고가 일어나게 되었다.

그런데 삼월 그믐날, 하늘이 도와 10년 전 소주로 가는 길에서 잃은 아이를 찾으니 이는 곧 이씨 가문의 공자 창린이었다. 당시 연부인은 남주에서 어머니를 모시고 오라비 등과 함께 서도로 향하다가 소주 길에서 난을 일으켜 어린 아들을 함께 도적질한 무리를 잡게 되었다. 연태우가 엄한 형벌로 심문할 즈음에 기특하게도 이씨 가문의 노복인 계충이 그곳에 가서 장창린이 이씨 가문에서 십수 년을 무사히 자란 것을 알렸다. 이에 부모와 자식이 함께 만나 십수 년 쌓인 회포를 풀었다. 그 사연은《맹성호연》에 자세히 썼으니 여기서는 대강만 기록한다.

한편, 장창린이 본래 낳은 부모를 찾아 돌아와 보니 집안 광경이 매우 당혹스럽고 괴이한 것을 느꼈다. 평생 알지도 못하던 보화와 그동안 누려보지 못했던 호사는 말할 것도 없고 아버지라는 자는 권세를 좇아 행동이 비루하고 악하며 재물을 탐하고 인색했다. 그런 행동은 이씨 가문에서는 말석에 앉는 천한 종도 하지 않던 일이었다. 이 때문에 장창린은 그 청렴한 뜻과 기개가 병들고 뛰어난 성정이 상할 뿐 아니라 매우 놀랍고도 슬퍼 관을 쓰고 세상에 나올 뜻도 없고 머리를 들어 남을 대할 면목도 없었다. 이에 그가 스스로 칼을 빼어 자결하려고 하다가 갑자기 이러한 자신의 행동이 꽉 막히고 효성이 얕은 짓임을 깨닫고는 죽을 뜻을 그쳤다. 그 후 제단 아래에서 장헌이 덕을 잃고 체면을 잃은 일에 대해 간하니, 눈물이 끝없이 흐르며 머리가 부서질 듯 참담했다. 그 공경하는 몸가짐과 효성스럽고 순한 말이 쇠를 녹이고 돌이나 나무도 감동할 만했다.

박씨는 갑자기 그 모습이 장성완과 같은 것을 보고는 흐느끼고 반기면서, 불측한 인물됨과 형편없는 성품에도 불구하고 천륜의 정이 일어나 문득 성완을 생각하는 마음을 창린에게 돌렸다. 연부인에 대한 미움을 성완에게 옮기고 성완을 사랑하는 뜻을 창린에게 옮긴 것이다. 박씨는 본래 목강이 전처의 자식에게 인자하게 대한 일을 귀하게 여기지도 않고, 여희가 전처의 자식인 신생을 죽인 것을 옳다고 여길 사람이었다. 성품이 요사하고 어리석어 헛된 소리를 질러 겉으로 분주한 척하고 위엄 있는 척하며 여중호걸이라 자칭하지만 그렇게 사납지도 못한 인물이었다. 지금 창린을 사랑하는 것도 사람을 밝히 알아볼 줄 알고 사리가 통해서가 아니라 줏대가 없는 성품 때문이었다. 박씨가 장헌의 몸을 잡아 흔들며 때로는 아들의 말이 옳을 때도 있다고 하며 창린을 추켜세웠다. 또 가만히 묘한 계책을 생각해서 창린과 연씨 가문과의 연을 끊고 그의 외가를 박씨 가문으로 바꾸려 했다.

한편, 요물 같은 박교랑은 창린이 장씨 가문에 돌아오던 날 그를 한번 보자 불같은 욕심이 생겨 궁궐 속에서 천자 곁에 있는 것조차 뜬구름 같고 단지 창린의 아내가 되는 것만 갈망하게 되었다. 그러니 어찌 박씨를 달래는 일을 소홀히 하겠는가? 장창린의 외가를 박씨 가문으로 옮기는 것은 절대 할 수 없다고 하고는 남몰래 마음을 드러내어 자신을 장창린의 아내로 삼으면 모녀간의 정보다 더한 정에 더해 다시 고부간의 의리를 겸하니, 평생 슬하에서 받들어 모시며 공경하는 정성과 삼가는 효성이 백 년 동안 한결같을 것이라고 말했다. 교랑이 공교로운 말로 박씨의 마음을 녹이니, 줏대 없는 박씨가 어찌 그 말을 듣는 대로 다 믿지 않겠는가? 말마다 고개를 끄덕이며 '좋다 좋다' 하고는 즉시 창린을 불러 말하려 했다. 그러자 요물과 같은 교랑이 자신의 부탁임을 입 밖에 내서는 안 된다고 하고 먼저 장헌과 의논한 뒤에 창린에게 물으라고 하니, 박씨가 말마다 옳다고 하며 장헌과 의논했다.

장헌은 창린의 문장과 기상이 당대에 필적할 인물이 없음을 흐뭇하게 여기고 과하게 아끼며 부디 권세 있는 귀한 가문을 가려 혼인시키려고 하니, 무슨 이유로 박상규와 사돈을 맺고 싶어 하겠는가? 하지만 순순히 허락하지 않으면 부인이 크게 난리를 칠 것 같았다. 그리고 교랑의 외삼촌(부마도위 범단)도 볼 일이 많고 박상규의 작위가 요직이니, 훗날 지위가 재상의 반열에 오르게 될지도 모른다 싶었다. 장헌이 오래 침묵하다가 가만히 웃으며 말했다.

"내 아들을 두고 배우자를 구한다면 제후나 재상이라도 앞서려고 다투지 않겠느냐? 다만 며느리의 재목이 교아(박교랑)만 한 자가 쉽지 않고 피차 형편이 가까워 얻기 어려운 혼처이다. 그러니 절차에 따라 의논해서 혼례하는 것이 좋겠다. 하지만 창린이가 남달리 정직하니 아내를 정하는 일에도 제 의견을 안 듣지는 못하겠다. 그러니 이제 불러 물어보는 것이 좋겠다."

그러고는 사람을 시켜 창린을 부르니, 잠시 뒤에 창린이 당에 올라 절하고 부르신 이유를 물었다. 그러자 장헌과 박씨가 함께 혼처를 말하며 혀가 닳도록 그 여인의 특별함을 칭찬했다. 창린은 자기 아버지가 정씨 가문을 원수같이 배척하며 여동생 성완을 죽이기까지 하면서도 정인광과 혼인시킬 뜻이 없었던 일을 이미 익히 들어 알고 있었다. 하지만 이씨 부중에서 돌아온 지 불과 열흘이고 연씨 어머니를 뵐 일이 급해 며칠 뒤에 어머니가 계신 서도로 출발할 생각뿐이라서 미처 다른 일을 생각할 겨를이 없었다. 그러다가 지금 이 말을 듣고는 크게 놀라 대답했다.

"아버지, 지난날 완월대에서 정상서(정잠) 형제와 이씨 아버지(이빈)께서 서로 그 자녀들로 정혼한 금석 같은 약속이 생각나십니까?"

장헌이 갑자기 머리를 흔들며 말했다.

"옛날에 술 마신 뒤 헛소리로 우연히 혼인을 맺자고 말했지만 피차 정식으로 혼인 절차를 약속한 것과는 다르니 말할 만한 것이 아니다. 진실로 그런 일이 있었어도 이 시절에 정씨 집안과 결혼하는 것은 앉아서 화를 부르는 것이니, 너는 괴상한 말을 말거라. 하물며 네가 이씨의 아이로 있을 때와 달라 내 집에 돌아와 본래의 성을 쓰니, 자식의 인륜지대사는 그 아버지가 정하는 것이다. 내 뜻에 정씨 집안이 맞지 않아 다른 곳에 혼인한들 누가 감히 시비하겠느냐? 너는 석보(이빈)가 세상 물정 모르게 가르친 것을 배워서 세상일과 세상 이치를 모르니 내가 참으로 근심이 크구나."

말을 마치자 정씨 가문을 원수같이 여기는 기색이 얼굴에 나타났다. 이때에는 공자의 제자 자공이나 소진·장의와 같은 달변가라도 장헌의 뜻을 돌이키지 못할 것 같았다. 창린은 간해도 듣지 않을 것을 잘 알고는 아들의 도리로 아버지를 속이는 것은 차마 할 수 없어서 갑자기 자리에서 일어나 꿇어 엎드리며 벌써 정월염을 아내로 맞이한 것을 말했다. 장헌이 다 듣기도 전에 얼굴색이 잿빛이 되어서 눈을 모로 뜬 채 절박하게 말했다.

"너의 빛난 행동과 장성한 태도가 어린아이처럼 미성숙하지 않은 것은 알았지만 미처 이에 대해 묻지는 못했었다. 그런데 알고 보니 정씨 집안의 딸을 벌써 아내로 취한 것이냐? 내가 딸을 잃고 죽었는지 살았는지도 모르고 어디 있는지를 모를 뿐 아니라 찾아도 무용지물인 상태이다. 또 두 아들은 부모를 보지도 않고 밤낮으로 몹쓸 말로 보채니 마음이 몹시 어지러웠다. 그러다가 너를 찾아 부자간에 서로 만나고 십수 년간 맺혔던 한을 하루아침에 풀었다. 게다가 너의 뛰어난 기질과 타고난 품성이 내가 본 중에 제일이라 너를 다시 만난 기쁨은 말할 것도 없고 네가 당당히 과거에 급제해서 부모를 영화롭게 하고 쇠퇴한 이 가문을 떨쳐 일으켜 부귀를 꼭 이루게 할 거라고 기대했다. 그런데 생각지도 못하게 정씨 가문의 사위가 되었으니 너의 앞날이 어떻게 될지 모르겠구나. 놀란 마음을 진정하지 못하겠으니 이 마음을 어떻게 다스려 괴로움과 근심을 없앨 수 있겠느냐? 그런데 지금 정씨 아이는 어디에 있느냐? 네가 비록 아이를 위한 정이 크다 하더라도 이 아비 마음을 안 돌아보지는 못할 것이다. 정씨 아이를 우리 집에 데려올 생각은 말고 남이 혹시 물어도 정씨 집안의 사위가 되었다는 말은 일절 하지 말거라."

장헌은 말을 마치고 뜻밖의 불행에 경악한 표정을 감출 수 없었다. 창린은 지극한 효자라서 어쩔 수 없는 사정으로 정월염을 아내로 맞은 일을 말한 것인데, 장헌의 괴이한 대답 가운데에서도 희린 등을 못나게 여기다가 자신을 찾자 기대가 크고 기쁨이 넘친 것에 감격하고 슬퍼서 고개를 떨군 채 눈물을 흘렸다. 그리고 배은망덕하고 믿음 없고 의리 없다는 오명이 자신의 아버지에게 모두 있다는 것이 슬프고 두려워 오랫동안 말을 하지 못했다. 그러다가 정씨 가문의 산 같은 은혜와 바다 같은 은덕은 구태여 말하지 않고 다만 세상의 흥망성쇠에 빗대어 정씨 집안이 비록 잠시 몰락했지만 훗날에는 반드시 기운을 펼 때가 있을 것이라고 말했다. 그러고는 정잠이 노영에 따라가서 충절을 다한 일을 말하며 세력을 좇고 인색한 아버지의 마음을 위로했다. 하지만 장헌은 벌써 정씨 가문을 배척하는 마음이 병이 될 정도여서 아들의 말은 귓등으로 듣고 결단코 정월염을 들이지 못한다고 하니, 창린이 우기지 않고 명대로 할 것이라 대답했다. 이에 옆에 있던 박씨가 말했다.

"네 아버지가 정씨 아이를 며느리로 인정하지 않는 한 네 아내가 되기는 어려울 것이다. 이 김에 이혼해서 아주 버리고 얌전하고 정숙한 우리 조카딸과 짝이 되거라."

창린이 웃으며 말했다.

"제가 혼인의 예를 치르고 정씨를 맞아서 부부간의 관계를 이루어야 했지만 피차 나이가 어리고 저의 성품이 중과 같아서 그녀가 있는지 없는지도 중요하게 여기지 않았습니다. 그뿐 아니라 천 명 혹은 백 명의 미인이 앞에 있어도 눈을 들어 볼 뜻이 없으니, 제 생각에 저를 좇는 여자는 차라리 형산의 중을 좇아 출가하는 것이 옳을 겁니다. 저는 아마도 후사 없는 죄인이 되는 것을 피하지 못할까 싶습니다. 박씨 어르신의 딸을 맞이해서 방구석에 두는 것이야 무엇이 어렵겠습니까? 하지만 그 여자의 일생이 매우 슬플 것입니다. 어머니의 말씀이 또한 정씨와의 혼인을 끊으라고 하시지만 수양부모의 은덕이 친부모님의 은혜보다 덜하지 않습니다. 그리고 양아버지(이빈)께서는 정씨를 저의 아내로 아시고 양어머니와 숙모께서 할머니께 말씀하신 뒤 정씨를 아내로 취하게 하신 것이니, 갑자기 무죄한 여자를 버리면 여름날 서리 같은 원한이 있을까 두렵습니다. 또 정씨를 거절하지 못하면서 다른 여자를 취하는 것은 관직 없는 선비가 두 아내를 취하는 것이니 이는 옛날에도 없던 일입니다. 제가 비록 여색을 탐하고 호방하더라도 법에 없는 일은 안 합니다. 박씨 가문에 이대로 말씀하셔서 상황이 좋지 않은 것을 알게 해주시지요."

그러고는 두 분을 모시고 다른 말을 시작하니, 웃어른을 모시는 온화한 기운이 봄바람과 같고 밝은 목소리가 사람의 마음을 시원하게 했다. 장헌 부부가 아들의 도도한 말을 들으니 다시 할 말이 없었다. 오직 그 당당한 풍채를 보고는 깊이 사랑하고 남몰래 다행스럽게 여겼다.

희린과 세린의 끝없는 폐단도 형이 돌아오면서부터 꽤 풀어져 부모를 악착같이 원망하며 지독하게 보채는 짓을 그만두었다. 그리고 얼굴을 펴고 부모를 대하며 악물지 않은 소리로 대답하고 평소같이 행동했다. 효성스럽고 순한 아들이라고는 할 수 없지만 이전과는 전혀 달랐다. 장헌 내외는 창린을 큰 성인으로 여겨서 그가 말을 하면 말마다 따랐다. 창린은 다시 정씨 가문에 대해 말을 안 했지만 정씨 가문의 큰 은혜에 보은할 것을 잊지 않으려 했다.

이때 교랑이 창린의 영화로운 풍채와 옥 같은 골격을 차마 잊지 못해서 한 덩이 음탕한 정이 마음속에 싹트니, 잊으려 해도 잊지 못하며 생각하지 않으려 해도 않으나 자나 생각이 났다. 그러니 어떻게 미칠 듯 내닫지 않고 달려가지 않겠는가? 끝없이 음란하고 망측한 일이 창린의 가을 서리같이 세차며 얼음과 옥같이 깨끗한 마음을 온 가지로 덧내, 끝내는 박씨의 위엄과 장헌의 입을 빌어 창린의 첩이 되었다. 하지만 창린은 교랑을 아내로 보지 않고 길에서 만나는 사람같이 대했다. 박교랑은 창린이 정월염을 편한 곳에 곱게 두고 자주 왕래하며 보는 것을 못마땅하게 여겨 장헌을 달래어 월염을 데려오게 했다. 그러고는 온 가지로 월염에게 해를 입히고는 깊은 정원 궁벽한 곳에 가두었다. 그 후에도 산천에 기도하며 무당을 시켜 축원하면서 창린의 은총을 독차지하려고 했지만 조금도 효력이 없어 매우 다급하고 초조해했다.

이즈음에 경태제의 첫째 공주 설능은 본래 초나라 군주로 태학사 등수의 부인이 되었는데, 현 황제가 즉위하자 설능군주에게 공주의 위호를 주고 등수는 부마도위의 벼슬을 갖추어 일품에 거하게 하니 그 권위가 일시에 겨룰 자가 없었다. 그런데 설능공주의 큰딸 낙선군주가 우연히 누대에서 길가를 구경하다가 장창린을 한번 보고는 하루 사이에 세 번 혼절하며 두 번이나 죽을 정도로 병이 들었다. 공주와 부마가 민망하기가 이를 데 없어 황제께 아뢰고 사혼[3]을 청해서 장창린과 혼인하게 했다. 장헌과 박씨의 기쁨은 다시 말할 필요도 없었지만 박교랑은 덕 있는 첫째 부인을 공연히 괴롭히다가 위세가 당당한 강적을 만나니 그 형세가 어디 겨룰 수나 있겠는가? 하지만 장창린이 길 가는 행인같이 박대하는 것은 그녀와 더불어 우열이 없으니 결국 투기하는 일은 없었다. 하지만 피차 눈앞에서 없애려고 하니 사이가 매우 나빴을 뿐 아니라 참소하는 일이 장헌과 박씨 귀에 연이어 일어났다. 장헌이 그 까마귀들 간의 우열을 가리지 못했으나 낙선군주의 권위를 보아 그 하는 말을 옳다고 했다. 박교랑과는 정이 두터웠기 때문에 매번 낙선군주에게 숙이고 싸우지 말라고 경계하면서도 낙선군주가 보는 데에서는 교랑에게 특별하게 대하지 못했다.

그러더니 몇 년 후에 창린이 한 장 편지로 부모님께 하직하고 표연히 천리마를 채찍질하여 노영으로 나아가 양아버지(이빈)를 받들어

---

3 사혼(賜婚): 황제가 내리는 혼인.

섬겼다. 그의 자취가 망망해서 넓은 바다에 떠 있는 부평초 같았으니 어디서 찾을 도리가 있겠는가? 단지 장헌이 경악해서 애석히 여길 뿐 아니라 박교랑과 낙선군주가 밤낮 사랑하던 정을 털끝만큼도 펴지 못하고 속절없이 그 신선 같은 풍채를 보지 못하게 되자 다시 병이 생겼다. 부마도위 등수는 사방으로 사람을 흩어 보내어 창린의 자취를 찾아보았으나 찾지 못했다. 박씨 가문에서는 구태여 교랑을 위해서 창린을 찾으려 하진 않았지만 다만 딸의 처지가 덧없음을 한탄했다.

이때 월염은 깊고 누추한 곳에서 많은 고생 끝에 해산한 후 몸이 좋지 않아 아주 죽을 지경에 이르렀다. 그러자 시비 섬옥이 월염을 대신해서 거짓으로 죽은 체하는 동안 이씨 가문의 조부인이 겨우 월염을 구해 깊은 곳에 옮기고는 아이와 산모를 지극히 보호하여 그녀를 죽음에서 구했다. 이후 섬옥이 그를 좇아 돌아와 월염을 받들어 섬겼다. 시비 섬옥은 처음 정씨 부중에서 태주로 내려갈 때 도중에 도적의 습격 중에 월염을 대신해서 경왕에게 잡혀갔었는데, 목숨을 보존하고 몸을 더럽히지 않아 앵혈을 온전히 한 채로 도망해 왔다. 정월염이 고난을 겪은 이야기는 《맹성호연》에 자세히 기록했다. 그 외에도 장창린이 연부인을 찾아 서도에 가고 월염을 아내로 맞이한 이야기며, 노영에 들어가 이빈을 받들던 효성과 전후 행적, 월염이 시댁으로 돌아간 후 끝없이 고생한 이야기가 많기 때문에 여기에서는 다 기록하지 못하고 간단히 적는다.

노영에 억류된 정잠

한편, 이전에 정잠이 황제께서 북쪽 오랑캐의 욕을 받아 황제의 수레가 노영에 억류된 것을 애통하게 여겨 스스로 한번 죽어 나라의 슬픈 일을 모르고자 했다. 하지만 어머니의 외로운 마음이 문에 기대어 아들을 기다렸던 왕손가의 어머니보다 더하기 때문에 죽어 눈감고 싶어 하던 마음을 고쳤다. 그러고는 당당한 대의와 강하고 곧은 충성으로 사사로운 일은 뜬구름처럼 던져버리고 외로운 홀어머니를 하직하며 형제와 이별 후 빨리 노영으로 나아갔다. 정잠이 조금도 편히 쉬거나 먹지 않고 한 그릇 미음으로 타는 목을 적시며 밤낮 멈추지 않고 천리마를 채찍질해 가니, 최언선과 운학과 경용이 매우 딱하게 여겼다. 하지만 정잠이 먹고 마시는 일을 순순히 하지 못하고 한번 먹으면 3일 동안 고생했기에 감히 음식을 권하지 못한 채 밤낮으로 달려 북쪽 바다를 건넜다.

오랑캐 땅은 북해의 축축하고 찬 바람과 오싹한 추위가 사계절 동안 변하지 않는데, 하물며 눈이 내리는 정월 추위는 어떻겠는가? 어두운 산에는 눈이 쌓여 풀이나 나무를 볼 수 없고 바다의 거친 물결 소리는 세차며 궂은비와 진눈깨비가 내리니, 이곳이 이른바 태양이 비치지 않고 따뜻한 봄이 아득하다는 곳이었다. 일행이 뼛속까지 춥고 떨린 것을 어쩌지 못해서 이를 부딪칠 정도이니, 정잠의 쇠약한 기운과 초췌한 몸으로는 끝까지 자신을 보존해서 황제가 계신 백안령에 도착하기가 어려웠다. 하지만 하늘의 도가 명나라 황실에 죄주지 않으시고 충신을 살리려 하시니, 사람은 알지 못하지만 온갖 신령이 보호한 덕분에 겨우 오랑캐 땅을 깨치고 백안령 아래에 다다랐다.

이때 이빈은 훗날 정잠이 올 줄을 밝히 헤아리고 어영대장을 호위한 군졸 한 사람을 내보내며 '만일 고국 사람이 오는 일이 있으면 즉시 말하라'고 했다. 그 군졸이 급히 들어와 정잠이 왔다고 말하니, 이빈과 양선이 다시 사실이냐고 물으며 정잠의 알현 요청을 기다리지 않고 바로 황제께 전 예부상서 정잠이 영문 밖에서 뵙기를 청한다고 아뢰었다. 황제가 크게 감동하며 매우 반가워했다. 하지만 이때는 마선이 갈수록 강포해져서 황제와 신하들 모두가 어찌할 바를 모르며 나날이 더욱 슬퍼하고 분하게 여길 때였다. 정잠이 온 것이 기쁘지 않은 것은 아니지만 마선이 바야흐로 이빈과 양선마저 조세창을 가둬두었던 만분에 넣고 죽이려 하니 어떻게 정잠이라고 또 곱게 두겠는가? 황제가 혹시나 흉노의 악독한 수단으로 이 나라의 방패와 성 같은 인재를 해칠까 하는 마음에 오히려 정잠이 온 것이 걱정되어, 아름다운 눈썹에 구름 같은 근심이 어리어 말했다.

"짐이 덕이 없고 밝지 못해 매번 충성스럽고 어진 신하를 저버렸으니 스스로 송나라 휘종과 흠종처럼 나라를 망쳐 욕을 얻는 일도 달게 여길 만하다. 그런데 어진 신하들은 짐의 허물을 생각하지 않는구나. 참된 마음과 충성스러움이 해와 달과 같이 밝고 당당한 절개가 소나무와 잣나무보다 더해서 저마다 위태함을 무릅쓰고 죽을 땅에 오는구나. 이는 또한 짐이 충신을 죽이는 것과 같은데 무슨 면목으로 이 모습을 대하겠는가? 진실로 더욱 부끄러울 따름이다. 하지만 이미 왔으니 밖에 오래 두지 못할 것이다. 빨리 들어와 임금과 신하 간에 반길 수 있도록 해라."

이빈과 양선이 머리를 조아려 사례하고는 황송함을 일컬었다.

정잠이 명을 받고 즉시 나아가 뵈었다. 정잠이 황제의 얼굴을 우러러보고 머리를 조아리며 절하고는 목놓아 우니, 귀밑과 수염에 눈물이 이어져 피가 되고 엎드린 자리가 시내를 이루어 거의 바다가 될 지경이었다. 그러니 어찌 한마디라도 말할 수 있겠는가? 황제뿐 아니라 모시고 섰던 여러 신하들이 서둘러 정잠을 살피니, 그 몸이 수척하고 기운이 초췌한 것이 마치 남산이 아슬아슬하게 놓여 있는 중에 약수가 흐르는 듯했다. 황제가 경악하고는 눈물을 뿌리며 서둘러 자기 곁에 가까이 오르라고 재촉했다. 정잠이 계속 사양했지만 끝내는 거절하지 못하고 명을 받아 황제 앞에 나아가서 뵈니, 엄숙하고 늠름한 모습이 평소와 다름이 없었다. 그가 의자 아래 엎드려 머리를 조아리고 눈물을 흘리며 말했다.

"불충한 제가 아버지의 관을 붙들고 태주로 돌아간 뒤 어머니의 병이 날마다 심하고 아버지의 삼년상을 마치지 못해서 폐하께서 피란하신 것도 모른 채 화봉인이 요임금을 위해 빈 것처럼 헛되이 폐하의 수복을 빌 따름이었습니다. 그런데 종묘사직이 불행하고 나라의 운명이 상서롭지 않아서 쥐나 개 같은 도적놈들의 흉계가 마침내 폐하께 미쳤습니다. 폐하께서 오랑캐 땅에 오게 되셨는데 충성스럽지 못한 제가 폐하께서 욕을 보시는 데도 죽지 못하다가 비로소 오늘에야 폐하를 뵙게 되었습니다. 제가 비록 흙과 나무 같은 마음을 가졌지만 폐하를 뵈니 오랑캐 땅에서 굴욕당하신 일을 듣지 않아도 알 것 같아 속이 시원치 않고 마음이 무너집니다. 애통하고 원통하여 뭐라 말씀드려야 할지 모르겠습니다."

황제가 슬퍼하며 손을 뻗어 정잠의 손을 잡고 눈물을 흘리면서 말했다.

"하늘이 내린 재앙은 오히려 피할 수 있지만 스스로 초래한 재앙은 피할 수 없다고 하더니…… 다 짐이 총명하지 못하고 덕스럽지 못한 탓이다. 소인을 가까이하고 어진 신하를 멀리해서 오랑캐에게 욕을 받게 되었구나. 다만 짐이 슬프고 괴로운 마음만 있지 않으니, 짐이 위로는 선황 폐하와 여러 성인들께 욕을 끼쳐 불효가 막심하고 아래로는 충신열사를 죽이는구나. 짐의 폭정 중에서도 곁에 남은 자들을 다시 오랑캐에게 죽게 만드니 모든 것이 짐의 잘못이로다. 고국에 돌아가는 것은 바라지도 못하고 마음속으로 날마다 비는 것은 빨리 눈을 감아 어진 신하들에게 짐의 재앙을 옮기지 않는 것이었지만 그것조차 할 수 없었다. 그런데 그대가 또 선태부 정한의 충성스러운 도를 이어 짐의 사나움을 생각하지 않고 만릿길 위태한 땅에 이르렀구나. 짐의 반기는 뜻과 기쁜 정을 무엇에 비하겠느냐? 하지만 근심되는 것은 흉적이 최근에 더 난리를 치고 있다는 것이다. 그러니 마선이 짐에게 충성스러운 신하들이 있음을 시기해서 특별히 흉한 일을 만들어 경들을 해칠까 두렵구나."

정잠이 엎드려 황제의 교지를 들으니 더욱 깊이 가슴 아팠지만 그 슬픔을 더하게 할 수는 없어 눈물을 거둬 머리를 조아리고 엎드려 절한 뒤에 아뢰었다.

"폐하께서 잠시 덕을 잃으셔서 여러 신하들이 그릇 행할 때는 백성들의 시련이 비할 데 없었지만, 역대 선황 폐하의 덕이 넓고 성인들의 은혜가 모든 백성에게 내려서 백성들이 춘추대의와 선왕의 법도를 깨달았습니다. 이제 개와 쥐 같은 놈들이 하늘을 거스르고 무도해져 외람되게 폐하를 오랑캐 땅에서 굴욕을 받으시게 했으나 그들이 망할 날이 머지않았습니다. 하물며 우겸 등이 종묘사직을 위해서 경왕을 받들어 황제의 자리에 임하게 했으니, 그 뜻이 단지 경왕만 위한 것이 아니라 난세를 당한 인심을 진정시키고 오랑캐와 떨어뜨려 폐하의 행차를 안전히 고국에 돌아오게 하려 해서입니다. 그리고 조정에는 이제 소인들이 있지 않으니, 폐하께서 오랑캐 땅에서 굴욕당하시는 세월이 오래지 않을 텐데 왜 마음을 괴롭게 해서 옥체를 더 상하게 하십니까? 어째서 이 불충하고 보잘것없는 신하를 황공하게 만드십니까? 흉적의 행동이 최근에 더하다면 이빈과 양선 등은 더욱 폐하의 곁을 떠날 수 없습니다. 그러니 저를 오랑캐에게 보내서서 대국의 인재를 구하는 뜻을 들어주시고 제 작은 충성이나마 다하도록 허락해 주십시오. 그러면 제가 비록 부족하나 이릉의 거짓 항복도 위율의 진짜 항복과 다르지 않다는 것을 알게 하며, 소무가 19년간 양을 치면서도 항복하지 않았던 충성을 본받겠습니다. 보잘것없는 신하 한 명이 없어지는 것은 만 가닥 털 가운데 한 가닥을 뽑는 것과 같습니다. 이를 통해 폐하가 계신 곳에 변란이 미치지 않으면 제가 오랑캐 땅에서 뼈가 부서지고 몸이 흩어져도 즐거운 혼백이 될 것입니다.”

그러고는 역대 제왕의 흥망성쇠를 논하며 국가 계책을 널리 의논하니, 그 모습이 바람이 일고 구름이 모이는 듯했다. 넓은 바다를 헤친 듯이 웅장하고 아홉 하늘을 흩트리는 것같이 거리낌이 없으니, 그 말이 크고 넓으면서도 절도가 있었다. 민생이 도탄에 빠지고 황실이 위태로워도 정잠이 역대 황제의 치적과 성덕을 들어 황실을 보필하면 황실이 중흥하고 나라가 널리 다스려질 만했다. 이전에 조정과 민간에서 정잠이 비록 탁월하고 기이하지만 그 아버지(정한)에는 조금도 미칠 수 없다고 했는데, 오늘날 보니 멀리 보는 것이 태산을 이끄는 듯하고 넓게 보는 것이 큰 바다와 같았다. 또한 바라볼 수조차 없는 위엄 중에도 은은한 모습이 있으니, 마치 겉으로는 천둥과 벼락을 예상할 수 없는 바람과 구름과도 같았다. 하지만 한번 울면 사람을 놀라게 할 것이고 한번 날면 하늘을 솟구칠 새와 같은 기운이 그 속에 있었다. 천신 같은 위엄과 풍채, 해와 달 같은 모습이 돌아가신 태부 정한이 황제 앞에서 고금사를 논할 때와 같아 가문의 풍모를 이은 덕과 아버지를 본받은 모습이 단연 세상에서 으뜸이었다.

황제가 정잠을 아주 귀중하게 여겨서 그를 죽어서도 말을 바꾸지 않고 신하가 되어 임금을 속이지 않는 사람으로 여기고 기뻐했다. 양선과 이빈도 그와 함께 황제를 보호하며 마선의 난리를 막을 수 있을 것 같아서 마음 깊이 좋아했다. 정잠이 잠깐 몸을 돌이켜 장막 밖으로 나와 이빈·양선·소운·화준 등과 만나 반가워했지만 한마디도 사사로운 말을 하지 않고 다 황제를 생각하고 나라를 위하는 말뿐이었다. 정잠은 마선이 여러 번 자객을 보내 황제의 몸을 해치려고 했다는 말을 듣고는 모골이 송연해지면서도 이빈이 믿음직스럽게 방비한 것을 기특하게 여겼다.

그 당시 북녘 하늘에 매운 바람이 불고 사방에 흰 눈이 가득했다. 그런데 양선이 가사 한 곡을 짓고 이빈이 칠현금으로 곡조를 연주하니, 천지가 다시 지어지고 우주가 뒤집혀 황제의 장막 좌우에 쌓인 눈이 녹고 하늘의 기운이 화평해져 오색구름이 일어나며 상서로운 해가 빛났다. 양들이 망설이며 나아가지 않고 흰 학이 홀연히 와서 춤을 추니, 그 고요하고 나직한 기운이 마치 깨끗한 바다의 푸른 물결이 검은 기운을 모두 걷어올린 듯했다. 오랑캐들이 이때부터 매우 놀라고 당황했다. 화준과 소운이 그때의 일을 전하니, 정잠이 조용히 다 듣고는 매우 감탄하고 칭찬했다. 양선과 이빈 두 사람은 칭찬이 당치 않다고 말하며 자신들의 미덥지 못한 재주를 부끄러워했다. 이빈의 신기한 재주와 충성과 의로움은 《성호연》에 자세히 기록되어 있고 양선의 업적은 《양씨가록》에 있어서 여기에 적지 않았다.

이때 마선이 여러 번 흉한 일을 행했지만 목적을 이루지 못해 매우 분해하며 날마다 사자를 통해 사나운 말로 천자의 위엄을 범했다. 그러면서 '이빈과 양선 두 사람을 다 나에게 보낸다면 6, 7년 뒤에 황제를 받들어 중국으로 돌아가게 하겠다. 하지만 만약 보내지 않는다면 날랜 병사들과 용맹한 장수들을 보내 중국을 무찌른 후 다시 백안령으로 짓쳐 들어가 송나라 휘종과 흠종이 굶어 죽은 일조차 바라지 못하고 진나라 민제가 의개를 받들다가 죽은 일과 같이 만들 것이다.' 라고 하는 무례한 말이 이어졌다. 양선과 이빈이 격분하고 원통해하며 슬픔과 원망으로 이를 갈고는 스스로 몸을 빼 흉적 마선을 찌르고 스스로 죽으려 했다. 하지만 이빈은 본래 천명을 알고 세상사에 능통해서 자신들이 황제가 계신 곳을 잠깐이라도 떠나게 되면 황제의 몸이 계란을 쌓아놓은 듯 위태해질 것을 아니, 마음대로 죽지도 못한 채 분통을 터트릴 뿐이었다.

마선이 또 정한의 장자인 정잠이 와서 황제를 곁에서 모시고 있다는 말을 듣고 분수에 넘치는 마음이 생겼다. 황제의 충신인 정잠을 신하로 삼아 자신을 우러러보며 절하게 하려는 불같은 욕심이 일어난 것이다. 마선이 나날이 흉악하고 패악한 말로 황제를 공격하며 부도하고 극악한 모습이 시간이 갈수록 더욱 심해졌다. 황제가 정잠을 마선에게 보내지 않으면 장차 큰 화를 일으켜 황제의 몸을 해치는 일이 있을 것 같았다. 정잠은 죽음을 두려워하지 않는 사람이었다. 그래서 비록 황제를 모시지 못하는 것이 슬펐지만 스스로 마선의 군영으로 들어가 황제의 위태로움을 덜려고 했다. 그가 황제에게 자신의 생각을 아뢰고는 자신을 노영에 보내달라고 청하자 황제는 눈물로 옷을 적시며 차마 허락하지 못했다. 하지만 오랑캐의 핍박이 점점 더하고 백안도 정잠·이빈·양선 세 사람 가운데 하나를 잠깐 보내 황제의 급한 화를 피하고 6, 7년 뒤에 안전하게 고국으로 돌아갈 약속을 받는 것이 마땅하다고 말하자 어쩔 수 없이 허락하게 되었다. 하지만 그 얼굴은 참혹하고 근심스러웠다. 황제가 정잠의 손을 잡고 눈물을 흘리며 말했다.

"조세창이 만년이 지나도 썩지 않을 충성을 가지고 이전에도 없었던 큰 공을 세웠지만 짐이 그것을 털끝만큼도 갚을 수 없었다. 그런데 이제 다시 그대를 노영에 보내는 것은 눈앞에서 죽이는 것과 같다. 역대 망국의 임금이 충신을 죽이고 현명한 신하를 베어 죽이는 일이 간혹 있었지만 짐의 경우와 같은 일은 생각할 수도 없구나. 짐이 초래한 죄악이 다만 짐의 몸만 욕되게 할 뿐이 아니라 죄 없는 신하를 죽음으로 내모니, 짐이 살아서는 나라의 죄인이요 죽어서는 여러 성인들을 뵐 면목이 없다. 살아도 죽어도 부끄럽고 부끄럽구나.

숨을 쉴수록 한을 쌓을 뿐이다. 이런 일을 당하니 태부(정한)가 죽은 것이 더욱 나라의 불행이고 태갑을 내친 이윤처럼 짐을 동궁에 내칠 자가 없던 것이 매우 한이 되는구나. 만일 태부가 있었다면 왕진이 아니라 진나라 때의 조고가 있었어도 짐의 괴로움과 슬픔이 여기까지 이르지 않았을 것이다. 짐이 간절히 바라는 것은 그대가 큰 충성으로써 절개를 지키는 가운데에도 목숨을 보전하는 일이다. 소무가 끝내 살아 19년 만에 닳아버린 도끼를 들고 돌아왔던 일을 본받아라. 그렇다면 짐이 기쁜 것은 말할 것도 없고 후세에 짐이 충성스럽고 어진 신하를 낱낱이 해친 잘못을 하나라도 적게 기록할 수 있을 것이다. 바라건대 그대는 짐의 믿음을 저버리지 말고 군신 간 서로 산 낯으로 다시 반길 수 있게 하라."

정잠이 엎드려 말씀을 듣고는 황공해하며 두 손으로 황제의 손을 받들었다. 그리고 눈물이 비 오듯 해서 옷깃을 적시니 차마 말을 이루지 못했다. 하지만 황제가 비통해할까 봐 겨우 슬픔을 진정한 뒤에 머리를 조아려 절하고는 불충하고 보잘것없는 자신 때문에 염려를 더하지 마시라고 아뢰고 조금도 연연해하는 빛이 없었다.

이때 흉노 마선이 황제가 정잠을 보내기로 했다는 말을 듣고는 뛸 듯이 기뻐 6, 7년 뒤에 황제의 수레를 받들어 안전하게 고국으로 돌려보낼 것을 문서로 써서 주고 정잠을 빨리 보내라고 재촉했다. 임금과 신하 간의 정이 깊어 이별하는 슬픔이 부자간보다 덜하지 않았다. 양선·이빈·소운·화준 등도 서로 작별하는 정이 형제간과 다르지 않았다. 하지만 황제가 정잠의 손을 잡은 채 몸조심하라며 간곡히 당부하고 은혜가 두터워서 그를 위해 매우 슬퍼하니, 이빈과 양선 등 여러 신하들도 지극히 존귀하신 황제가 있는 곳에서는 감히 사사로운 정을 펴지 못했다. 하지만 정잠을 보내는 슬픔이 죽은 사람의 관 옆에서 우는 것보다 더할 정도이니, 그 처참하고 안타까운 모습을 어디에 비교하겠는가? 이제 정잠은 여기에서 황제를 모시지 못하고 마선의 군영으로 가는 일을 지체하지 못하니, 황제께 하직하고 이빈과 양선 등과도 작별했다. 서로 모인 지 열흘도 안 되어 이처럼 헤어지게 된 것이다.

양선과 이빈도 노영에 가고 싶었지만 상황이 마음 같지 못해 위험과 근심을 정잠에게 모두 안기게 되니 슬픔을 참을 수 없었다. 각각 천금 같은 몸을 보중하라고 당부하니 눈물이 비같이 흐르며 간장이 다 녹아내리는 듯해 연연함을 참을 수 없었다. 정잠이 오히려 슬픈 빛을 거두고 좋은 말로 황제의 행차를 호위해서 즐거이 고국으로 돌아가라고 하고는 바로 소매를 떨쳐 마선의 진영으로 향하니, 황제와 신하들이 무척 슬퍼하고 참혹해했다.

그 당시 마선은 조세창을 만분에 넣었지만 아직도 그의 마음을 돌리지 못한 상태였다. 조세창이 갈수록 굳세고 곧으며 세차고 씩씩하여 단단한 백옥도 부드럽다고 할 정도로 굳은 절개를 보이니, 마선의 분노가 천지에 가득했다. 마선이 그의 뜻을 돌이킬 길이 없자 흉악한 마음이 더욱 커져서 굳이 이빈과 양선까지 빼앗으려고 하다가 정잠이 온 것을 들었다. 오랑캐들이 본래 정한의 위엄과 명성을 들으면 기운이 꺾였으며 그를 두려워하여 섬기고 복종할 뿐이었다. 그래서 정한이 죽은 뒤에 오랑캐들도 가슴 아파하고 근심하며 피눈물을 흘리며 추모했다. 하지만 마선은 오랑캐 중에서도 별종이어서 태부 정한이 죽고 황제가 덕을 잃은 때를 타서 난을 일으켰다. 그리고 이제 정한의 후손이자 천자의 충신이었던 자가 자신의 신하가 되면 나라의 복이 이보다 더할 수 없겠다고 생각했다. 그래서 이빈과 양선 두 사람보다 정잠을 바삐 오게 하려고 흉악하고 부도한 말을 그치지 않았다.

마선은 황제가 정잠을 보낸 이유가 절대 허락해서가 아니고 6, 7년의 기한이 지나면 고국에 돌아갈 수 있는 문서를 받기 위해서인 줄도 알고 있었다. 하지만 세상 사람 중에 조세창 같은 자는 예외여서 정잠은 자신에게 무릎 꿇을 거라 생각하고 마음 가득히 기쁘고 즐거워했다. 정잠이 오는 날이 되자 높은 신하들과 자신의 동생 건간왕을 보내어 10리 앞에서부터 맞아 궁문에 들어오니, 문을 지키는 자가 협문을 열어주려고 했다. 그러자 정잠이 발걸음을 멈추고는 천천히 말했다.

"내가 비록 피폐하지만 당당한 대국의 재상이니 지위가 어찌 오랑캐의 군왕만 못하겠느냐? 이곳은 오랑캐의 신하들이 조회할 때 드나드는 협문이니 어찌 곧은 길을 버리고 굽은 길로 가며 예가 아닌 문으로 들어가겠는가?"

말을 마치자 최언선 등에게 명해 마선이 출입하는 정문을 밀어 열라고 했다. 정잠이 구태여 시끄럽게 굴지는 않았으나 그 명성이 자자할 뿐 아니라 서릿발 같은 눈빛과 훤칠하고 장엄한 기상이 여름날 태양보다도 더 맹렬하여 사람들이 감히 쳐다보지 못했다. 오랑캐가 이전에 순순히 문을 열지 않았다가 조세창에게 속았기 때문에 이번에도 감히 다투지 못해서 운학 등이 박차는 것을 기다리지 않고 순순히 열어 들어가게 했다.

정잠이 드디어 마선이 있는 금난전에 다다랐다. 마선이 비록 무식한 오랑캐지만 정잠의 우레와 같은 명성은 듣고 있었다. 그래서 일찍이 높은 벼슬이나 천금 같은 부유함, 선녀 같은 미색을 구하지 않고 다만 정잠이 자신의 자리 앞에 와서 우러러보기만을 원했다. 그러다 이제 정잠을 보니 그의 덕은 태양과 구름을 우러러보듯 바라볼 수밖에 없었고, 그 온화함은 저 강에서 씻고 가을볕을 쪼인 것처럼 밝고 청정했다. 그의 8척 신장과 긴 팔과 허리는 엄연히 성인의 몸이자 귀인의 위엄을 지녔고 가슴 아래 나부끼는 아름다운 수염은 촉한의 관우가 다시 살아온 듯했다. 그 엄숙하고 맑은 기질은 성선설을 말하고 하늘과 사람에게 부끄럼이 없던 자여를 이어받았고, 육룡이 하늘에 오르는 듯한 풍채와 넓은 도량이 하늘과 땅의 모습을 머금었고 인의예지가 조화로웠다. 오랑캐들이 한번 보고는 어찌할 줄 몰라 하며 다시 보니 매우 두려워서 감히 마선을 향해 만세를 외치며 춤추라고 하지 못했다. 그러다가 마선이 신하들을 돌아보며 정잠이 예를 행하게 하라고 명하자 비로소 신하들이 만세를 외치며 춤을 추라고 재촉했다.

정잠은 어이없어하며 층계 위에 단정히 선 채 오랑캐가 하는 말을 못 들은 척했다. 마선이 다섯 번 재촉해도 예를 베풀지 않았으나 마선 또한 계속 고집을 그치지 않았다. 마침내 정잠이 정색하며 입을 여니, 구름이 가고 물이 흐르는 듯한 유려한 말이 해와 달처럼 빛났다. 그 충심에서 비롯한 서리 같은 위엄과 송백 같은 절개는 도끼와 끓는 기름 앞에서도 바뀌지 않을 것이었고, 공손함과 어진 마음은 천하의 큰 도를 실천할 만했다. 정잠의 공손하고 검소하며 삼가고 후덕한 성품이 조세창의 격렬하고 뛰어나며 굳세고 고상한 성격과는 달랐지만 절개와 위엄과 충심은 조금도 다르지 않았다. 오확·박몽의 힘과 맹분·하육의 용기라도 그의 구정(九鼎) 같은 마음과 만근의 무거움을 움직이지 못할 것이고, 소진·장의의 말솜씨와 장자의 도로도 그의 뜻을 돌이키지 못할 것이었다. 오직 공자와 맹자의 도로 비로소 그 마음을 돌이킬 수 있을 듯했다. 마선은 정잠이 굴하지 않을 것을 알고 분노하고 불만스러워했다. 또 만분에 넣어 조세창과 같이 썩힐지언정 돌려보낼 마음이 없으니, 정잠의 목숨이 이제 어떻게 될 것인가? 다음 이야기를 살펴보라.

(책임번역 박혜인)

완월회맹연 권 28

사람을 살리는 정성

정인성은 아버지의 목숨을 구하고

곽창석은 정인성을 살려 은혜를 갚다

죽음을 앞둔 정잠

정잠이 만분에 들어간 지 몇십 일이 되자 아주 기운을 잃고 기절하여 깨어나지 못했다. 하루는 그가 두 번 기절했다가 깨더니 갑자기 조세창을 불렀다.

"자의(조세창)야! 네가 어디 앉아 있느냐?"

조세창이 정잠의 머리를 짚으며 손을 주무르다가 대답했다.

"제가 여기서 장인어른의 손을 주무르고 있는데 어찌 알지 못하십니까?"

정잠이 갑자기 슬프게 부르짖고 탄식하며 말했다.

"네가 내 앞에 앉아 있지만 내가 정신이 혼미해서 알아보지 못하는구나! 너는 이제 내가 하는 말을 잘 들었다가 훗날 돌아갈 때 내 홀어머니(서태부인)와 동생(정삼)에게 말해주거라. 어머니께서 오랫동안 이 아들 하나에 목숨을 맡기시고 동생 하나도 나에게 생사를 걸었다.

게다가 일이 심하게 어긋나 어린 아들(정인성)을 잃고 지금까지 살았는지 죽었는지를 모른다. 내 한 몸이 죽으면 어머니와 동생과 자식을 함께 저버리는 것이 되니, 내가 효성과 사랑이 박한 사람이 될 것은 다시 말할 필요도 없을 것이다. 내가 살아 있을 때도 매우 아팠으니 내가 죽은 뒤에는 그 슬픔이 더하겠지. 하지만 다시 생각하니 나의 죽음이 슬퍼할 만한 일은 아니구나. 사람이라면 누구나 한번 죽기 마련이니, 타고난 수명이 달라서 앞서고 뒤처지는 것이 다르지만 누군들 죽음을 피할 수 있겠느냐? 이미 몸을 나라에 맡겼지만 황제께서 오랑캐 땅에서 굴욕을 당하셨는데도 내가 바로 죽지 못하고 성군의 큰 도를 떨어뜨려 부끄럽고 슬펐었다. 그런데 이제 만분에서 목숨을 마치게 되니 구태여 충성스러운 뜻에서 비롯한 것은 아니지만 신하로서의 도를 잃어버리거나 충성된 마음을 잃어버린 것이 아니니 죽어도 한이 없구나."

정잠이 말을 마치고는 혼절한 뒤 깨지 않아 엄연히 죽은 사람 같았다. 조세창이 이 지경이 되자 하늘과 땅이 어두워지는 것 같고 살을 칼로 베이는 것같이 고통스러워 눈물이 하염없이 흐를 뿐 아니라 가슴이 막혀 말을 이루지 못했다. 최언선 등은 머리를 부딪치고 가슴을 두드리며 빨리 죽어 정잠을 따르려 하니, 하늘에 사무치는 소리와 땅에 고이는 눈물이 천지의 색을 바꾸고 산천을 흐느끼게 했다. 조세창은 슬픔을 억누르며 운학 등이 요란하게 굴지 못하게 했다. 그러고는 한 조각 돗자리로 가지런히 정잠의 몸을 가리고 사지를 어루만져 보았다. 과연 조금의 희망도 없으니 때를 기다려 상을 치를 수밖에 없었다. 하지만 실낱같이 가는 숨이 완전히 끊어지지는 않아서, 비록 만 분의 일이라도 살기를 바라지 못할 정도였지만 경솔히 초상을 치르지는 못했다. 다만 조세창은 정잠이 여기에 와서 이름도 남기지 못하고 장례도 치르지 못한 채 죽게 되는 것을 보며 선한 이에게 복을 내린다는 하늘의 이치가 어그러진 것을 한스러워할 뿐이었다. 그래서 천도(天道)를 탄식하고 국가의 기둥 같은 신하를 잃는 것에 애통해하며 밤낮으로 눈물이 옷을 적셨다.

이때 건간왕이 매번 여기 와서 엿보는 일을 게을리하지 않았는데, 정잠의 병세가 이미 희망이 없는 것을 알고 오랑캐의 마음으로도 매우 슬프고 놀라서 마선에게 그 장인과 사위 간의 대화와 함께 정잠이 이제 곧 죽게 된 일을 전했다. 그러자 마선이 문득 자신이 은혜를 베풀어 혹시 정잠이 살아나면 그것에 감격해서 마음을 돌이키게 될까 싶어 이리저리 고민하고는 신하들에게 명해 옥문을 열고 먼저 조세창 일행에게 밥과 반찬을 주도록 했다. 그리고 의술이 높은 자를 뽑아 정잠의 병을 살펴 약을 지으라고 명하고는 방을 붙여 정잠의 죽을병을 구해서 살아나게 하는 자는 천금의 상을 주겠다고 했다. 다만 만분 밖으로 병든 정잠이 나가는 것을 허락하지는 않고 총병도독 모용금에게 명해서 수천 철기를 거느려 만분 밖 문을 에워싸 사방을 가리고 중국 사람이 왕래하지 못하게 하니, 모용금이 명을 받아 쇠로 된 성같이 만분을 에워쌌다. 마선의 명령이 내리자 조세창에게 식사를 가져다주었고 여러 의원들이 모여 떠들썩하게 정잠의 병을 의논하여 천 가지 약과 백 가지 약초를 써서 치료하려 했다. 하지만 조세창이 싫어하고 애통해하며 직접 음식상을 던져 분노하고 의원을 꾸짖어 쫓아내며 마선에게 말을 전하게 했다.

"상서께서는 절의와 충성으로 인해 목숨이 다하실 것을 예상하셨다. 살아서 하늘을 거스르는 무도한 흉적을 죄주지 못한 것을 지극한 한으로 여기시며 차라리 죽어 신이한 영혼이 되어서 악한 군주를 바로잡으려 하셨다. 그런데 이 흉적이 무슨 뜻으로 오랑캐나 보던 의사와 더러운 약들을 보내어 상서의 뜻을 욕되게 하려고 하느냐? 상서께서 벌써 정신을 잃으신 지 여러 날이 지나 네가 의사들을 보낸 것을 알지 못하시지만 만일 정신을 차려 알게 되신다면 그것을 죽는 것보다 더욱 흉하고 끔찍하게 여기실 것이다. 내가 이미 장인어른의 뜻을 아니, 그분이 죽음을 앞둔 때라고 해서 그 높고 깨끗하던 마음을 욕되게 하지 못할 것이다. 그러니 너는 다시 의사를 보낼 생각도 하지 마라. 나 또한 여기에서 굶어 죽는다 해도 너희의 더러운 음식을 가까이해서 나의 깨끗한 창자를 더럽히지 않을 것이다. 모름지기 네 입과 배나 채우고 나에게는 일절 보내지 마라."

말을 마치고는 오랑캐들을 모두 몰아 내치니, 비록 만분 밖에 에워싼 갑옷 입은 병사들을 해치지는 못했지만 만분 안에는 오랑캐 하나도 머문 자가 없었다. 마선이 조세창이 전한 말을 듣고 크게 분노했지만 아주 죽일 마음은 없었다. 오히려 그럴수록 위엄으로써 겁주며 덕으로 감화해서 그 뜻을 돌이키려고 또 말을 전했다.

"네가 진실로 이렇듯 완악하고 포악하고 흉해서 하늘을 두려워하지 않는다면 내가 명나라 황제를 감옥에 엄히 가두어 신하를 예로써 가르치지 못한 것을 알게 할 것이다."

조세창이 미처 다 듣기도 전에 분노가 솟았다. 그가 화를 이기지 못한 채 벌떡 일어나며 그 말을 전하는 오랑캐의 발목을 잡아 거꾸로 돌에 내리꽂자 칼을 쓰지 않고도 머리가 땅에 구르고 피가 철철 흘렀다. 이어 소리를 높여서 만분 밖을 에워싼 장수 모용금을 불러 가까이 오게 했다. 조세창의 호령은 산악 같고 위엄이 거센 바람과 뇌우 같았고 용이 맑은 바다에 자욱한 기운을 만들어 바람과 구름을 일으키며 호랑이가 태산에서 위엄을 가다듬는 듯했다. 그가 봉황 같은 눈을 크게 떠서 사납게 노려본 채 눈썹을 찌푸리자 머리카락이 주뼛 설 듯 그 위엄이 씩씩하니, 회음후 한신의 높은 호령과 주아부의 엄한 위의도 이에 비하면 두렵지 않을 정도였다. 모용금이 한번 바라보자 혼백이 떨어지는 듯해서 자신도 죽을까 봐 놀라고 두려워하니 숨인들 어찌 크게 쉴 수 있겠는가? 고개를 숙이고 그가 하는 말을 공경히 들을 뿐이었다.

조세창이 목소리를 가다듬고는 마선이 흉하고 패악하며 하늘을 거슬러 무도하다는 것을 전하게 했다. 그러고는 자신이 오랑캐 병사들을 두려워해서 만분을 벗어나지 못한 것이 아니라 다만 황제의 명을 따라 달게 만분에 갇혔고, 자신이 마선을 베지 못하는 것이 아니지만 황제의 뜻을 따라 조용히 있다는 것을 함께 말하며 머리가 깨진 시신을 던져 마선에게 보이라고 했다. 모용금이 매우 두려워 즉시 돌아가 마선에게 조세창이 한 말을 그대로 고했다. 마선이 관우를 용서하던 조조의 마음이라 해도 이 지경까지 와서는 조세창을 죽여야 분노를 그칠 것 같았다. 하지만 건간왕 등이 조세창을 구하는 데 열심이었고 마선이 조세창을 죽이려고 하다가도 신하들이 간하는 것을 들으면 분노가 눈 녹듯 해서 죽이지 못한 채 그가 아주 마음을 돌리기만을 바라왔다. 이 또한 조세창이 하늘로부터 각별히 타고난 수복을 가졌기 때문이었다. 마선은 조세창의 성품과 힘을 꺼려 다시 정잠을 위해 간병하거나 또 말을 전해 조세창을 꾸짖을 생각을 못 했다. 다만 모용금에게 밤낮으로 만분을 에워싸고 지키라고 하며 정잠이 죽는 것을 매우 아까워했다.

시간이 흘러 정잠이 완전히 죽은 사람같이 된 지 수삼 일이 지나니, 운학 등의 막막함과 슬픔을 어디에 비하겠는가? 그들도 주군인 정잠이 죽어도 관을 벗지 않고 급해도 지름길로 가지 않을, 높고 엄숙한 사람임을 알고 있었다. 그렇지만 너무 막막하고 초조한 나머지 마선이 보낸 약으로 구호하면 조금이라도 효험을 볼까 싶어 조세창이 내친 것을 애달파하는 마음이 없지 않았다. 이를 보자 조세창이 길게 탄식하며 말했다.

"내가 비록 어질지 못하고 예의를 모르지만 장인의 회생을 바라는 뜻이야 왜 너희만 못하겠느냐? 하지만 병세가 처음부터 평범한 질환이 아니고 게다가 지금은 조금의 희망도 없으니, 세속의 평범한 치료로는 조금도 효험이 없을 것이다. 하물며 장인께서 정하신 뜻이 마선의 음식을 가까이하지 않는 것이니, 만일 아시게 되면 약물을 조금도 몸 안에 들게 하지 않을 것이다. 너희가 비록 당황하고 막막하겠지만 주인을 위하는 충심이 있다면 왜 주인의 뜻을 한결같이 받들어 행하지 않느냐?"

운학 등은 눈물을 흘리고 절하며 마땅하시다고 하고는 손을 잡고 하늘을 보며 피눈물을 흘릴 뿐이었다. 모르겠구나, 정잠의 병세는 마침내 회복하지 못할 것인가? 다음 이야기를 살펴보라.

정인성의 다람갈과 등나부 교화

한편, 이전에 정인성은 금국의 사신 목도달의 행차와 함께 배를 탔다. 인성이 고국으로 돌아갈 뜻이 활시위를 떠난 화살 같았으니 어찌 조금이라도 게을리하겠는가? 하지만 다시 태풍에 표류하는 화를 만나 먼저 다람갈의 나라에 도착하고 또 이후에 등나부에 이르게 되었다. 중국 밖 어리석은 백성들은 정인성의 해 같은 풍채와 태산같이 높은 위엄을 보자 보는 사람마다 황홀하고 탄복해서 신선이 강림한 것으로 여겼다. 결국 노인과 어린아이 할 것 없이 무리 지어 구경하는 사람들로 어깨를 부딪치며 큰길을 메울 정도가 되었다. 인성은 그들을 헤치고 나갈 길이 없어서 스스로 기상과 풍채가 남다른 것을 기뻐하지 않았다. 또 정인성이 가는 곳마다 여러 질병이 사라지고 요악한 도깨비들이 멀리 피하며 서로 이렇게 말했다.

"큰 나라의 진실로 귀한 분이 해외 작은 나라에 강림하시니 우리같이 요사한 것들은 감히 나서지 못할 것이다."

그러고는 쥐가 숨듯 흩어졌다. 이때 다람갈에는 바야흐로 도깨비가 가득했는데 정인성이 도착하자 요사한 장난이 그쳤고, 등나부에는 병이 불같이 일어나 집마다 앓는 소리였는데 정인성이 오던 날 다들 가뿐히 낫게 되었다. 그러자 두 나라의 임금이 직접 나와 별관에서 정인성을 보고는 흰 비단 여덟 폭을 가져와 한문으로 요괴를 제어하는 글인 제요문을 써주기를 원했다. 인성이 요사한 것은 덕을 이기지 못하고 삿된 것은 바른 것을 범하지 못한다고 말하며, 요사한 것을 없애는 방법은 임금이 덕을 닦는 데에 있고 다른 사람이 쓴 문자로는 효험이 없다고 대답했다. 하지만 두 나라 임금은 부디 그의 필적을 달라고 계속 요청했다. 두 임금이 계속해서 제요문을 써달라고 하자 인성은 마지못해 병풍에 글을 써 주어 두 임금의 마음을 무안하게 하지 않았다. 하지만 구태여 술사의 허망한 작법으로 요괴를 제어하고 귀신을 쫓는 부적을 쓰지 않고 삼강오륜을 으뜸으로 하는 글을 큰 글자로 썼다. 이것이 어찌 세속에서 말마다 금으로 수놓았다느니, 글자마다 주옥같다느니 하며 칭송받는 소소한 문인들의 글재주와 비교할 수 있겠는가? 그의 글에는 유학이라는 큰 학문의 근원이 모두 담겼는데, 뛰어나고 기운찬 문장이 마치 청룡이 날아오르고 백마가 앞다투어 달리는 듯했다. 그 뜻이 정대하고 밝으니 유학자 왕통의 오경(五經)을 이어 세상을 덮을 만한 큰 계책이었고, 사상가 한유의 이학(理學)을 이어 깊이 연구하고 처음으로 유학을 열어낸 온당한 학문이었다.

다람갈과 등나부는 해외의 작은 나라라 학문이 넓고 통달하지 못했다. 그래서 정인성의 찬란한 글씨를 보고 황홀해할 뿐, 글의 뜻이 깊은 것은 미처 알지 못했다. 두 나라의 군신들이 위아래 할 것 없이 너무 좋아 어쩔 줄 몰라 하며 기이하다는 말을 멈추지 않고 이것을 나라의 으뜸가는 보화로 삼으려고 했다. 다람갈과 등나부의 임금이 천하의 보물을 받은 것보다 더 좋아하며 정인성을 공경하고 받드는 정성이 지극했다. 하지만 인성은 돌아갈 마음이 급해서 다람갈에서 며칠을 머물고 등나부에서 또 며칠을 머무른 뒤 배를 준비해서 떠나려고 했다.

정잠의 위기를 안 정인성

정인성이 매번 하늘을 보고 점치는 능력이 매우 신이했지만 학문을 닦는 데 오히려 조금이라도 해로울까 해서 좋아하지 않았다. 그런데 갑자기 그날 밤 삼경(三更)이 되자 홀로 앉아 역학을 헤아리면서 배우지 않고도 시원히 관통하게 되니, 소강절의 기이함과 관로의 영험함도 부러워하지 않을 만했다. 이미 하늘의 뜻을 꿰뚫어 백 가지 이치와 만 권의 책을 통달했는데, 해와 달을 헤아리는 지혜 또한 털끝도 어김이 없었다. 그러니 부자간 큰 윤리와 핏줄 간 서로 응하는 정으로써 정잠이 오랑캐 땅에서 재앙을 입은 것을 어찌 깨닫지 못하겠는가? 이에 놀라고 당황스러워 빨리 몸을 일으켜 뜰에 내려와 한번 우러러보고는 길게 흐느끼며 피를 토하고 땅에 거꾸러졌다. 그러고는 마치 죽은 것같이 오래도록 정신을 차리지 못했지만 주위에 아무도 없어서 바로 구하지 못했다. 목도달이 뒷간에 갔다 오다가 이 모습을 보고는 매우 놀라 급히 붙들어 구호했다. 한참 뒤에야 인성이 정신을 차리고는 황급히 일어나며 시간을 묻자 목도달이 대답했다.

"닭 울음소리가 이제야 처음 울렸는데 선비께서 다급하게 물으시는 이유는 무엇 때문입니까? 그리고 왜 오늘의 행동이 전날과 아주 다르십니까?"

인성은 초조하고 당황하며 막막한 마음을 비할 데 없어 천 갈래 눈물이 백옥 같은 얼굴을 적시며 말했다.

"부모님 곁을 떠난 지 거의 3년입니다. 물고기나 기러기가 편지를 전해줄 수도 없으니 어떻게 안부를 알겠습니까? 제가 이제 헤아려보니 아버지께서 나라의 녹을 받는 재상의 반열에 있으신데 황제께서 오랑캐 땅에서 굴욕당하신 일을 무시하지는 못하실 것입니다. 신하로서 곧은 충성을 다하실 것이니 반드시 노영에서 화를 피하지 못하실 것입니다. 날이 밝는 것을 기다릴 수 없이 바로 노영에 가려고 하니, 여기서 이별할 뜻이 확고하지만 제 마음이 급하고 당황스러워 한가로운 말을 하지 못하겠습니다. 바라건대 공은 만릿길을 조심해서 무사히 돌아가시기 바랍니다."

말을 마치자 걸음을 빨리 돌이켜 마구간에서 천리마의 고삐를 끄르자 목도달이 따라와 붙들고 말했다.

"신이하고 통달하신 선비님께서 일을 잘못 헤아리지는 않겠지만 밤이 아직 멀었는데 새벽 북소리가 울리는 것을 기다리지 않고 급하게 출발하실 수는 없습니다. 잠깐 머물러 한 그릇 미음을 마셔 요기하시고 오경(五更)에 울리는 북소리를 기다렸다 가시는 것이 좋지 않을까 합니다."

그러고는 종자에게 따뜻한 미음 한 그릇을 가져오게 하여 인성에게 권했다. 인성은 매우 슬프고 고통스러웠지만 목도달의 말도 맞고, 새벽 북이 울리기도 전에 외국인이 가다가 잡히면 잠깐 괴로운 것은 괜찮아도 갈 길마저 늦어지겠다는 생각에 멈출 수밖에 없었다. 그는 초조한 마음으로 북소리를 기다리며 목도달이 주는 미음을 두어 번 마셨다. 마침내 북소리가 크게 울리자 인성이 급히 몸을 일으켜 목도달과 작별하고 말에 올랐다. 목도달이 그를 위해 근심하고 슬퍼하며 눈물을 흘리고는 날이 밝자 다람갈과 등나부의 왕에게 그 이유를 말하고 즉시 배를 준비하여 천도로 향했다. 다람갈과 등나부의 왕은 목도달이 쓴 글을 보고 즉시 방을 붙여 정인성을 만나는 자가 있거든 각별히 보호하라고 했다.

곽창석을 구한 정인성

이때 정인성은 천리마를 채찍질해서 노영으로 향하며 오랑캐를 만나는 족족 정잠이 황제가 계신 백안령에 가 있는지 물었다. 저마다 그의 위엄과 기상에 놀라 들은 것을 일일이 말했지만 그 무리는 마선의 나라 사람이 아니라서 자세히 안다고 확신하지 못했다. 혹 조세창이라는 사람이 만분에 갇혀 있다 하며 혹 정잠이라는 이도 갇혀 있다 말해도 정확한 정보를 알 길이 없었다. 하지만 인성은 두 사람의 별자리를 미루어 생각해 보니 오랑캐 땅의 좁은 옥에서 생사가 위태로운 것이 확실해서 다시 물을 필요가 없었다.

정인성이 며칠 밤낮으로 길을 가 변하강 상류에 도착했다. 배 한 척을 얻어 강을 건너려고 했지만 이 강이 보통 강과는 다를 뿐 아니라 오랑캐 땅 15부를 다 통하는 강이라 바람을 잘못 만나면 어떤 나라로 갈지 몰랐다. 그래서 일찍부터 작은 배가 다니지 않고 수천 명의 상인을 실은 큰 배가 아니면 적국 간 서로 공격하는 전선(戰船)뿐이었다. 누구든 가볍게 건널 수도 없고 뱃사공도 없으니 어디서 배를 구하겠는가? 며칠간 애태우며 밤낮으로 서둘러 여기에 도착했지만 오히려 목도달을 따라 변하강 하류로 행한 것만 못했다. 그는 스스로 큰기러기나 고니의 날개를 빌리지 못하는 것을 슬퍼하며 우러러 하늘을 보고 굽어 땅을 보는데, 정신과 혼이 날아간 것 같아 몸을 가눌 수 없고 비 같은 눈물이 흐를 뿐이었다. 비록 인성의 모습을 본 사람은 없어 그를 위해 울지 못했지만 그 초조해하고 허둥거리는 모습은 귀신이라도 감동할 효성이었다.

정인성이 강가에서 방황하면서 위험과 죽음을 돌아보지 않고 물로 뛰어들어 강을 건너려고 했다. 그런데 갑자기 멀리서부터 맑은 거문고 소리와 함께 흰 구름이 사라지고 문득 하늘이 맑아졌다. 그러면서 여덟 가지 악기가 조화를 이루며 여섯 가지 소리가 화답해서 울리는 것 같으니, 거문고 장인인 백아의 죽은 넋이 돌아오고 그 친구 종자기의 끊어진 혼이 일어난 것 같았다. 그가 3년간의 세월을 해외 타국에서 표류하면서 오랑캐의 무리와 우매한 백성들의 벌레가 꾸물거리는 듯한 무식한 소리만 들을 뿐이었으니, 이런 기이한 거문고 소리를 꿈에라도 들어보았겠는가? 의아하고 당황해서 죽림칠현에게 전수해 주었다던 광릉산 신선이 남긴 곡조가 아닌가 의심하며 다시금 반가워했다. 하지만 자신의 사정이 막막하고 다급하니 세상 소리를 귀에 담을 겨를이 없어서 구태여 거문고 소리가 나는 곳을 알려 하지 않았다. 아스라이 돛을 날리며 상류로 거슬러 오는 배가 있으니, 바로 저 배에 올라 노영으로 향할 뜻이 급할 뿐이었다.

배가 이미 가까이 다다랐다. 눈을 들어보니 한 노선비가 배 안에서 넓은 옷과 큰 띠를 두르고 단정하게 앉아 있었는데, 높은 관 아래 흰 머리털이 어깨에서 빛나며 귀밑에는 가을빛이 엄숙했다. 가을 서리와 여름 해 같은 위엄과 기산·영수의 맑은 뜻을 갖추었는데, 옥거문고로 가락을 타자 거문고 소리가 낭랑하고 맑고 밝아 한없이 티끌 같은 세상을 벗어난 듯했다. 좌우에 있는 동자들은 소매 좁은 푸른 옷을 입고 행동이 또한 못나거나 속되지 않았다. 이윽고 노선비가 강가에 배를 대고는 팔을 들어 인성을 향해 읍하며 말했다.

"선비께서 만일 이 물을 건너려고 하신다면 배가 비록 누추하지만 꺼리지 말고 오르시는 것이 어떻겠소?"

인성이 재빨리 두 번 절하며 말했다.

"북쪽 오랑캐 땅에 오랑캐들과 어리석은 백성들이 왕래할지언정 중국 사람의 인적은 끊어졌는데 어르신은 어디에서 오셨습니까? 바라건대 존함을 듣고 싶습니다. 저는 바야흐로 북쪽 땅 노영으로 갈 마음이 급했으나 물을 건널 길이 없어 초조해하고 있었는데, 노선생께서 제가 걱정하는 마음을 듣지 않으시고도 이 천한 마음을 미리 아시니 그 은혜에 매우 감격했습니다."

노선비가 웃으며 말했다.

"그대의 마음이 바야흐로 매우 급하고 경황이 없어 다른 일을 생각할 겨를이 없으니 이 노인의 이름을 알아 무엇 하겠소? 빨리 배 위로 오르시오."

인성이 감사를 표하고 배 위로 오르자 기이한 바람이 불어 배가 흐르는 별같이 나아갔다. 그러다 갑자기 뱃사공이 떠들어대며 사람의 시신이 떠내려온다고 했다. 노선비가 경악하며 뱃사공에게 건지라고 했지만 쉽게 건지지 못했다. 인성은 사람의 시신이 떠내려가도 뱃사공이 잘 건지지 못하는 것이 안타까워 직접 배 앞에 나아가 긴 팔을 뻗어 힘을 다해 시신을 건졌다. 그 사람은 바로 9척이 되는 장부였다. 인성이 버들같이 연한 팔과 파같이 가는 손으로 9척 장신의 비대한 몸을 티끌처럼 건지니, 뱃사공이 매우 놀라고 노선비가 칭찬했다. 곧 그 시신을 배 위에 들여놓으니 노선비가 손수 어루만지고 혀를 차며 말했다.

"낳아주고 길러주신 하늘 같은 부모님의 은혜도 제쳐놓고 임금을 위해 충성하느라 집을 떠나 만 리를 지척같이 왔구나. 임금이 욕을 당하니 신하로서 죽음도 불사하려고 늙은 부모를 망설임 없이 하직하고는 급하게 출발했을 텐데, 무슨 일로 임금께 털끝만 한 충성도 보이지 못하고 헛되이 목숨을 잃어 오랑캐가 곽창석의 충성심을 알 수 없게 하는가?"

말을 마치고 주머니에서 회생약을 꺼내 입에 풀어 넣으며 지극히 구호했다. 인성이 시체를 살펴보니 아직 명줄이 완전히 끊어지지 않은 상태였다. 그 성품은 속되지 않은 듯하고 모습이 당당하고 늠름하며 누에같이 긴 눈썹과 봉 같은 눈, 제비 같은 턱과 범의 머리, 9척의 큰 키에 원숭이의 팔과 이리 허리를 갖고 있었다. 그뿐 아니라 수복을 타고나 부귀가 완전할 관상이었다. 인성이 마음속으로 아름답게 여겨 노선비께 물었다.

"어르신께서 이 사람의 근본을 아시는 것 같습니다. 원래 어떤 사람인데 이 땅에 와 물에 빠지는 화를 만났습니까? 한번 듣고 싶습니다."

노선비가 말했다.

"이 사람은 명나라 초 공창후 곽흥의 후예로 각로 곽언의 손자이고 처사 곽수의 둘째 아들이오. 황제께서 노영에 파월하심을 듣고 강개한 마음을 가지고 이러저러하게 부모와 하직한 뒤에 어느 달 어느 날에 출발해서 북쪽 땅에 도착하려고 한 것이 길에서 병이 심해져 여러 달을 고생했다오. 겨우 차도가 있어 다시 변하강을 건너려고 했는데 강에서 괴이한 바람을 만나 배가 엎어지자 배 안에 있던 자들이 물에 빠져 죽음을 피하지 못했소. 그런데 이 사람은 아직 명이 끊어지지 않았으니 선비가 살려준 은혜 덕분이 아니겠소?"

인성은 곽창석의 충성을 칭찬하며 함께 구호했다. 두어 시간이 지나 곽창석이 비로소 한없이 물을 토하고 괴이한 소리를 지르며 몸을 버둥거리자 노선비가 계속 약을 쓰고 인성이 그 몸을 눌렀다. 저녁이 되어 곽창석이 정신을 잠깐 차리고는 자기를 구호하는 노선비가 조주 태행산의 처사 엄정임을 깨닫고는 눈물을 흘리며 몸을 움직이려고 했지만 마음대로 되지 않았다. 엄정이 그의 손을 잡아 편히 눕도록 하고는 얼마간 말하지 않고 다만 배를 급히 저어 어느 강가에 대었다. 이곳은 다른 나라와 크게 달랐는데, 때가 초여름이라 날씨가 화창해야 할 텐데도 북녘 하늘에 매서운 바람이 음울하고 변방에는 눈비가 부슬부슬했다. 인성이 놀라 의아해하며 엄정에게 물었다.

"옛날부터 오랑캐 땅에는 꽃과 풀이 없다고 했지만 제가 여러 나라를 보았는데도 때가 여름에 다다르도록 눈바람과 음한 기운이 이와 같은 것을 보지 못했습니다. 그러니 이곳이야말로 마선의 땅이 아니겠습니까?"

엄정이 끄덕이며 말했다.

"그렇네. 북쪽 땅 해국의 물과 땅이 괴이하고 추위가 심한데, 지금 하늘을 거스른 무도함이 마선보다 더한 자가 없어서 그가 거한 땅의 사나운 바람과 매서운 추위는 사람을 상하게 할 정도이지. 그대의 천금같이 중한 몸이 이 때문에 심한 병을 앓게 될 것이니 근심되지 않겠소? 그대 동생(정인광)은 성인의 덕은 그대에게 미치지 못하지만 오래도록 수복을 누릴 기질이 있으니, 정씨 집안 선대로부터 내려오는 기질 중에서도 으뜸이오. 그러니 위험한 재앙에 빠지고 죽을병에 걸리더라도 걱정할 만한 사람이 아니오. 하지만 그대는 하늘을 받들 기운과 태산을 넘나들 기상은 있지만 마음에 병이 들면 그대 동생과 같지 않소. 그 수명이 줄어드는 것이 아깝지 않겠소?"

인성이 다 듣고는 신기해하며 인광을 본 사연을 물으니, 엄정이 인광이 고생한 전후 사정을 대강 전하고 나서 다시 말했다.

"그대 동생이 기강 땅에서 위험한 재앙 속에 있었지만 지금은 벌써 부모님 곁에 돌아가 부모님을 모시는 즐거움이 있을 것이니, 그대는 동생 때문에 근심하지 마시오."

인성이 엄정의 말을 듣고 누이와 인광이 살아 있음을 알고 매우 다행스러워했다. 하지만 이곳이 마선의 땅이라고 하니, 아버지가 머무시는 곳을 찾아 병세를 구호할 마음이 더욱더 급해 한가로운 말은 못하고 다만 그가 사는 곳과 성씨를 물어 조주에 사는 처사 엄정임을 알았다. 그러고는 이전에 알던 사람이 아닌데도 자신의 초조함과 걱정을 살펴 강을 건네주고, 누이와 아우가 살아 있다는 소식을 전해서 마음속에 얽힌 염려를 풀게 한 것에 대해 절하며 사례했다. 인성이 걸음을 돌이켜 노영으로 가려고 하다가 곽창석을 가리키며 엄정에게 말했다.

"이 사람은 세상에 다시 있지 않은 충성스러운 선비입니다. 어르신의 뜻을 감히 헤아려본다면 반드시 이 사람을 살려 충성스러운 뜻을 다하게 하실 것입니다. 열 살도 되지 않은 어린 제 나이로 무슨 특별한 의견을 말하겠습니까? 다만 이 사람의 기질이 비상하며 쓸모없고 옹졸한 사람이 아니니, 잠시 회복하기를 기다려 임금을 호위하는 장수를 모집하는 곳에 나아가 응하라 권하십시오. 장부로서 이름 없이 살 수는 없습니다."

엄정이 머리를 끄덕이며 말했다.

"그대가 창석을 위해 이처럼 밝히 인도하니 그가 정신을 차리면 목숨을 구한 은혜 외에 몸을 펼 가르침을 준 것에 감격할 것이오. 이 늙은이가 평생 어리석어서 아는 것이 없으니 그대에게 전할 말은 없소. 다만 그대 아버지께서 좁은 옥에 갇힌 죄수가 되어 병이 위중하시지만 그대의 효성이 우러러 하늘의 도를 비추고 아래로 땅의 이치에 통달해서 그 위태로움을 벗어날 수 있을 것이오. 그러니 그대는 모름지기 과도하게 애태우고 두려워하지 마시게. 세월이 흐르는 것이 마치 흰 말이 달려가는 것을 문틈으로 보는 것같이 잠깐이니, 오륙 년 세월이 뭐 그리 오래겠소? 황제께서 굴욕을 당하시는 것도 끝날 것이고 흉악하고 패악한 무리는 스스로 멸망을 재촉할 것이오. 그대는 위로는 천문에 통달하며 아래로는 지리에 밝을 뿐만 아니라 인간 만물의 이치도 꿰뚫고 있으니, 이 늙고 병든 사람이 어리석은 소견을 펴지 않아도 하늘의 이치를 명백히 헤아릴 것이오. 하지만 효성이 지극하기 때문에 눈앞의 근심에 온 마음을 써 애태우고 근심하다가 속을 상하게 될까 걱정이구려."

인성이 그 두터운 뜻에 감사하며 밝은 가르침에 탄복하고는 두 번 절하고 헤어졌다. 엄정은 부디 몸을 보중하라고 거듭 말하고 훗날 만날 것을 기약했다. 곽창석은 여전히 정신을 차리지 못한 상태였다.

그래서 처음 엄정을 보자 자기 형의 장인인 것을 알아보고 슬퍼했을 뿐 정인성이 자신을 건져 함께 구호하다가 만분으로 향하는 것은 알지 못했다.

효자 정인성의 축원

인성이 천리마를 바삐 몰아 마선의 도읍에 다다르자 하늘색이 짙푸르며 태양이 서쪽에 걸리고 잘새가 수풀에서 지저귀는 저녁 무렵이었다. 성문 앞은 앞다퉈 들어가는 행인들 소리로 시끄러웠는데, 인성이 당당히 넓은 소매의 긴 옷을 격식 있게 갖춰 입고는 말을 타고 성문으로 달려 들어왔다. 그 뛰어난 기상은 모든 사람들 중에서도 두드러져 일만 광채를 온몸에 두른 것 같았고, 그 우뚝한 모습은 마치 옥룡이 오색구름을 두르고 구름 낀 하늘로 날아 올라가는 듯했다. 오랜 세월이 지나도록 정인성과 같은 비상한 사람은 다시 있지 않을 터인데, 하물며 해외의 오랑캐가 이런 신선 같은 모습을 꿈에서나 구경했겠는가? 사람들이 저마다 손뼉을 치고 발을 굴러 하늘나라 신선이 내려온 듯 놀라고 의아해했다. 문을 지키는 장졸들마저 정인성을 구경하느라 말 뒤를 쫓으며 어지러이 따랐다. 인성은 매우 괴로워하며 말을 채찍질하여 나아가다가 여러 오랑캐에게 이전에 명나라 사신이 있던 영천관이 어딘지 묻자 그들이 대답했다.

"남쪽 가시나무 덤불로 들어가 둥근 담 끝까지 가서 깊은 구렁을 보면 영천관 빈터임을 알 것이다."

인성이 다시 물었다.

"정잠과 조세창이 갇혀 있느냐?"

오랑캐가 말했다.

"그렇다. 그런데 왜 묻느냐?"

인성은 다시 대답하지 않고 말을 빨리 몰아 만분에 다다라 먼저 눈으로 살폈다. 이곳은 모용금이 수천 병사를 거느려 사면으로 철통같이 에워싼 곳이었다. 나는 새라도 날아들지 못하는데 혼자 몸으로 어떻게 에워싼 것을 헤치고 들어갈 수 있겠는가? 인성은 오랑캐 무리에게 자신이 정잠의 자식이라고 사실대로 말했다. 그리고 비록 그들의 왕이 명나라 사람을 들이지 말라고 했지만, 아버지가 여기에 갇혔으니 자식인 자기도 함께 갇힐 뿐이라고 했다. 그러면서 이것이 조금도 그들에게 해를 입히지 않을 것이니 부디 들여보내 달라고 사정했다. 흙이나 나무나 쇠로 만든 심장을 가진 사람이라도 어찌 감동하지 않겠는가? 그뿐 아니라 정인성이 가진 성인의 풍모와 군자의 기질이 다시없을 만큼 뛰어나니, 요임금의 이마와 자산의 어깨 같아서 아름답고 위엄이 있었다. 마치 높은 산과 큰 바다 위에 높이 뜬 가을 달 같고, 망망한 바다에 솟은 아침 해 같았다. 긴 눈썹과 맑은 눈에는 강산의 정기가 담겼고 흰 귀밑과 붉은 입 또한 미인이 곱게 단장한 듯하니, 이러한 미모와 풍채는 세월이 지나도 더 있을 수 없었다. 그러니 오랑캐 무리가 황홀해하며 경탄하지 않겠는가? 모용금이 손을 들어 만분으로 향하는 곳을 가리키고 병사들에게 명해 에워싼 것을 풀게 하자 인성은 자신이 탔던 말을 오랑캐 무리에게 주고는 급히 걸음을 옮겨 옥문에 다다랐다. 그러고는 큰 소리로 조세창을 불렀다.

"저 인성이가 이제 왔습니다. 형님께서 아버지를 모시고 옥 안에 계십니까?"

그러고는 돌문을 열고 옥중으로 들어갔다.

이전에 정잠의 병세가 위태해서 살아나기 어려웠으니, 거의 시신이 되어 옥중에서 정신을 차리지 못한 지 사오일이 되었다. 이에 군센 성품을 지닌 조세창마저도 매우 슬프고 아파하며 무심한 하늘을 한탄하고 자주 부르짖으며 울었다. 그러다가도 가끔 오랑캐들에게 분노해서 땅을 치며 욕하고 한스러워하며 매우 원통해했다. 그 또한 피와 살이 있는 몸이라 옥중 고생을 견디기 어려웠다. 그러니 분노가 잠깐 꺼지면 기운이 다한 채로 정신을 차리지 못하고 누워 있는 장인 곁에 거꾸러져 있는 적이 다반사였기에 인성이 불러도 알 수 없었다. 그런데 갑자기 옥문이 열리며 누군가 들어오는 것을 보자 혹시 마선의 사자가 오나 싶어 화가 나 재빨리 일어났다. 하지만 조세창이 미처 살피기 전에 운학 등이 인성을 알아보았다. 운학 등은 막막한 마음에 주인을 따라 죽으려던 차에, 옥문이 열리자 급히 일어나 큰 공자님이 오셨다고 외쳤다. 그러고는 인성을 황급히 붙들어 반기며 눈물을 흘렸다. 조세창이 당황스럽고 의아해서 자세히 살펴보니 과연 정인성이었다.

조세창은 반갑고 슬프면서도 무척 이상하고 신기해하며 인성이 여기에 오게 된 이유조차 묻지 못한 채 멍하니 있었다. 인성이 정잠이 누운 곳 앞에 나아가 두 번 절하고 얼굴을 덮은 수건을 걷었는데, 확실히 세상을 버린 모습이고 산 사람의 형색은 아니었다. 이를 보고 인성은 갑자기 머리를 땅에 부딪치며 슬프게 부르짖고 통곡하다가 쓰러져 정신을 차리지 못했다. 이제 정잠 부자의 앞날이 어떻게 되겠는가? 다음 이야기를 보라.

이때 조세창이 매우 참담해하며 재빨리 운학 등과 더불어 인성의 손발을 주물렀다. 이윽고 인성이 깨어나 아버지의 얼굴을 맞대며 조세창의 손을 잡고 말을 하려고 했지만 속이 미어지고 가슴이 막혀 단지 허둥거리며 자신도 목숨을 버려 아버지를 따르려 했다. 이에 조세창이 인성의 머리를 어루만지며 말했다.

"인성아! 네가 어떻게 여기까지 온 것이냐? 부탁이니 잠깐 진정하거라. 성인은 난리를 당하면 더욱 침착해진다고 했다. 네가 아들의 도리를 다하고 아버지의 병을 구호하려고 한다면 이래서는 안 될 것이다. 하늘이 너로 하여금 만분을 찾아오게 한 것은 장인의 위독한 병세를 돌아보셔서 특별히 수명을 잇게 하려 하심인가 보다. 그러니 너는 모름지기 천금 같은 몸을 가볍게 여겨 함부로 상하게 하지 마라."

인성이 피눈물을 흘리며 말했다.

"형님, 저의 죄악이 왜 이렇게까지 큰가요? 제가 비록 살고 싶어도 몸에 쌓인 한과 죄가 너무나 많습니다. 그러니 어찌 인류의 죄인이 되는 것을 피하겠습니까? 병세가 이렇게 아주 위태로우셔서 기맥이 통하지 못하신 것이 며칠째이십니까?"

조세창이 말했다.

"이달 봄 어느 날에 만분에 갇히셔서 이러저러해서 병세가 날로 심해졌다. 어느 날은 두 번 혼절하셨다가 겨우 정신을 차리시고는 나에게 이러저러하게 말씀하시고 나서 다시 사오일 동안 정신을 차리지 못하셨으니, 이제는 손을 놓고 하늘만 쳐다볼 뿐이었다. 그런데 네가 오늘 여기 왔으니 지극한 효성과 정성에 천지신명이 감응한 것이 틀림없구나. 이제부터 장인어른께서 회복하실 수 있을까 싶어 다행스러울 뿐 아니라 우리 황제께서도 어진 충신을 잃지 않으실 것 같아 아주 기쁘구나."

이때 정잠은 기력이 곧 끊어질 것 같고 정신도 가물가물해서 사람이 곁에서 불러도 대답을 하지 못했다. 그런데 아들의 막막해하는 모습이 참혹하고 슬퍼 저승길이 보일수록 그 사랑과 정이 더하니, 정잠이 겨우 가는 소리로 인성에게 몸을 보전하라 말하고는 눈을 떠 좌우를 두어 번 보며 아들의 손을 놓지 못했다. 그러다가 이윽고 사지와 기운이 다 뒤틀려서 불러도 대답하지 못하고 말해도 듣지 못하는 엄연한 시신이 되어버렸다. 인성이 이 모습을 보고 온갖 아픔과 슬픔이 몰려와 아버지의 부탁을 저버리고 오히려 따라 죽고 싶었다. 그래서 급히 칼을 빼 스스로 찌르려 했으나 손을 잘 놀리지 못하고 몸이 떨리며 피눈물이 앞을 가렸다. 조세창이 인성의 허리와 손을 붙들면서 말했다.

"병의 증세를 보니 불길한 조짐이 드는구나. 하지만 아직 맥이 완전히 끊어지지는 않았다. 내가 계속 생각해 봤는데, 너도 형 무왕을 살리기 위해 하늘에 빌었던 주공을 본받아 한번 그렇게 해보거라. 행여나 하늘이 감응하여 장인어른이 회생하게 된다면 그것이야말로 가문의 경사가 아니겠느냐? 내가 비록 미덥지 못해도 네가 나간 사이에 장인어른의 병을 지극정성으로 구호할 것이니, 너는 내 말을 허투루 듣지 말고 하늘에 축원하고 정성을 바쳐 신령이 도우실 수 있게 해라."

조세창이 진실된 목소리로 두세 번 권유하니, 인성이 진정하고 그 말을 받들어 말했다.

"제 죄악이 가득 차서 하늘의 도움을 기대하지는 못하지만 형님은 어진 분이시니 제가 믿고 바랄 뿐입니다. 정말 형님께서 말씀하신 것과 같이 되면 제가 어떻게 한낱 동기간의 의로만 대할 뿐이겠습니까? 전생과 현생은 물론 후생에서까지 은혜를 갚겠습니다."

인성이 마음을 가라앉히고 다시 아버지를 보니, 과연 맥이 끊어지지 않아 한 조각 희망이 있었다. 그래서 조세창에게 그동안 아버지를 돌봐달라고 부탁하고는 운학과 육재를 데리고 옥문을 나와 기수산으로 향했다.

그때는 초여름이었다. 중국이라면 바람도 거의 안 불고 날씨도 온화하여 딱 더울 때이지만 북방의 찬 기운은 사계절이 같았다. 그늘진 산에 쌓인 눈이 풀과 나무를 가렸고, 찬 바다에는 거친 파도가 일고, 햇빛은 구름에 가려 어둡고 따뜻한 봄은 아득할 뿐이었다. 기수산이 비록 오랑캐 땅의 이름난 산이지만 마음이 급하고 절박한데 어떻게 길을 잘 찾아가겠는가? 하지만 육재는 여기 있던 세월이 오래여서 지형을 잘 알았고 인성은 성인이었다. 그들은 산봉우리를 향해 나아갔는데, 산세가 험하고 지맥이 영험한 명산이었다. 다만 바위가 높고 승냥이와 이리 떼가 많아 사나운 오랑캐 무리도 가볍게 넘지 못하는 곳이었다. 인성이 기력이 다하고 다리에 힘이 풀려 한 걸음도 옮기지 못하고 걸음마다 엎어졌다. 운학이 안타까워 업어서 가려고 했지만 그가 사양하고는 정신을 가다듬어 막대를 짚고 덩굴을 붙들며 가니, 고생하는 사이에 날이 어두워졌다.

산의 주봉인 천강봉에 올라 덩굴을 헤치고 가시덤불을 베어내자 과연 기도할 곳이 있었다. 인성이 칼을 빼 손톱을 깎고 머리를 자르고 몸에는 흰 띠풀을 걸치고는 지전(紙錢)을 사르며 붉은 피로 슬픈 글을 지었다. 글의 뜻이 참담하고 정성이 간절해서 진실로 주공이 무왕을 위해 빌었던 것도 이렇지 않을 것이고 제갈량이 한나라 왕실을 위해 빈 것도 이에 비할 수 없었다. 인성의 지극한 효성이 하늘에 사무치고 귀신을 울릴 정도였지만 시원스러운 응답이 없었다. 그가 이를 애석하게 여기고는 정성이 얕아 하늘이 감동하지 않은 것이라 생각되어 그 원통함이 하늘과 땅에 사무쳤다. 그러니 이때 빌어서 효험을 얻지 못하면 과연 하늘이 무심하고 효자가 목숨을 잇지 못할 것이었다.

인성이 밤새 그곳의 덩굴을 치우고 계곡으로 내려가 얼음을 깨고 목욕재계하는데, 날씨가 싸늘해서 운학과 육재가 돌로 얼음을 깨고 인성의 몸에 물을 끼얹자 살이 다 얼고 머리털에도 얼음이 가득했다. 하지만 인성은 힘들어하지 않았으며 오히려 마음을 다하고 용기를 내어 씩씩한 기운이 넘쳤다. 그는 바위 사이에 향과 초를 올리고 등을 밝혀 기도문을 읽은 뒤 그것을 불살랐다. 그러고는 머리를 땅에 두드리며 자신의 목숨으로 아버지의 목숨을 대신하게 해달라고 슬프게 비니, 소리마다 눈물이 같이 나왔다. 이러한 정성과 효성이 하늘에 사무쳐 반드시 하늘과 땅이 감응할 것 같았다.

여기는 매년 호랑이와 표범, 승냥이와 이리의 해를 입어 오랑캐 무리의 백골이 쌓이고 낮에도 귀신 곡소리가 그치지 않는 곳이었다. 시름하는 안개가 햇빛을 가리고 근심하는 구름이 봉우리를 둘렀으니 그 참혹함을 헤아릴 수 없었다. 그런데 인성이 탁월한 문장과 신기한 소리를 아울러 기도문을 읽고 그것을 불사르니, 귀신들이 스스로 달아나고 도깨비가 흩어져 천지가 밝아지고 바람과 물이 스스로 흘렀다. 기울어진 소나무와 묵은 잣나무를 의지해서 변하는 늙은 곰과 도술하는 뱀이며 사나운 호랑이와 표범들은 다 기운을 나직이 하고 머리 숙여 엎드렸다. 운학과 육재가 처음에는 두려워하며 살 마음도 나지 않았는데, 모든 짐승이 무릎을 공손히 꿇어 복종하는 것을 보자 놀라고 신기하게 여겨 하늘과 땅에 사례하며 비로소 안심하고 인성이 기도하는 것을 지켜보았다.

인성이 하루 종일 움직이지 않고 축원하며 응답을 바라는데, 한낮이 되면 다시 목욕하고 해가 저물면 또 목욕하며 끝까지 게을리하지 않았다. 사흘이 지나도록 하늘이 밝고 별이 환하게 비치며 정잠의 별이 밝게 빛나자 인성이 다행히 여겨 정성을 더욱 지극히 했다. 하지만 그사이에 아버지의 병세가 어떤지 몰라 초조하여 눈물을 흘리고 입에서 피를 쏟아 기운이 어지러웠다. 그러나 그의 정성이 신령을 감동하게 하니, 은나라 탕왕이 뽕나무 숲에서 빌었던 기도가 구만리 하늘까지 올라 이루어진 일도 기대할 수 있었다. 그런데 네 번째 날이 되자 갑자기 광풍이 크게 일어났다. 모래가 날리고 돌이 구르며 숲의 나무들이 어지러이 쓰러지고 비가 내렸다. 깊은 밤인 데다 검은 안개 때문에 별자리를 자세히 살필 수는 없었지만 원래 불빛까지 번쩍거렸던 정잠의 별이 갑자기 그 자리를 떠나려는 듯 오르락내리락하며 매우 위급해 보였다. 별자리가 이렇게 된 뒤에야 하늘에 기도하며 제사를 지내는 것이 무슨 효험이 있겠는가? 모르겠구나, 정인성은 끝내 하늘을 감동시키지 못한 것인가?

인성이 하룻밤 사이에 정신을 온전히 하고는 피가 나도록 머리를 땅에 부딪치며 북두성에 애걸했다. 자신의 몸으로 양아버지의 생명을 대신하게 해달라고 기도하는데 속이 뒤집히고 심장이 끊어지는 것 같았다. 하늘이 감응해 주기를 간절히 바라다가 이 지경이 되니, 과연 자신의 정성이 모자라 주공이 무왕을 위해 비는 것보다 못했다고 생각하니, 애통과 원망이 뼈에 사무쳤다. 이에 길게 흐느끼고는 피를 토하고 혼절했다. 운학과 육재 또한 여러 날 곡기를 끊고 인성을 좇아 하늘과 땅에 기도하는 정성을 보이다가 마음과 힘이 모두 꺾여 남은 기운이 없었다. 그러니 인성이 혼절하여 거꾸러진 것을 보고 슬픔이 가득했지만 약 하나 얻어서 구호할 길이 없었다. 깊은 산 높은 봉우리에 호랑이와 표범 소리는 어지럽고, 산돼지와 들노루가 왔다 갔다 하며, 사람을 해치는 맹수들과 들새의 수는 헤아릴 수 없었다. 운학과 육재가 인성이 괜찮을 때는 두려운 줄을 모르다가 인성이 정신을 잃고 쓰러지자 넋이 나가고 불안함에 심장이 쿵쾅거렸다. 그들은 어찌할 줄 모르고 단지 얼음물을 움켜 인성의 입에 들이며 큰소리로 부르짖고 슬퍼할 뿐이었다. 그러는 중 갑자기 소나기가 퍼붓고 뇌성벽력이 어지러이 울리며 천지가 진동하니, 운학과 육재가 인성을 구호하다가 이 같은 큰비를 맞고는 기운이 다해 역시 혼절해 버렸다. 주인과 종 세 사람이 험악하고 가파른 고개에서 목숨이 끊어지고 백골마저 고향에 돌아갈 수 없는 지경이 된 것이다. 모르겠구나, 이제 정잠 부자의 목숨이 어떻게 되겠는가?

곽창석의 보은으로 살아난 정인성

이전에 엄정이 곽창석을 구호하여 이삼일이 지났다. 곽창석은 본래 태산을 옆에 끼고 북해를 뛰어넘을 기상을 가진 인물이었다. 그래서 괴롭게 여러 날 동안 고생하지 않고 바로 정신을 수습하고는 개연히 몸을 일으켜 음식을 잘 먹었다. 그는 정인성이 자신을 구해서 살리게 된 일을 듣고는 그 은혜에 감격하며 어찌 갚아야 할지 몰랐다. 그러자 엄정이 신약을 주며 말했다.

"정인성은 진실로 천고 이래로 다시없을 사람이네. 요·순·우·탕의 성군과 문왕·무왕·주공, 그리고 공자·맹자·안자·증자와 같은 성인들이 어떠하셨는지는 지금 그 모습을 보지 못하니 알 수가 없지. 지금 시대에 볼 수 있는 인물은 정인성뿐이네. 그러니 이 세상에 장부로 태어나서 정인성을 섬겨 도를 배우고 그 행실을 따른다면 한평생 지극한 복이 될 뿐만 아니라 죽은 뒤에도 영광이 무궁할 것이네. 그대는 모름지기 이번 달 15일까지 기수산 천강봉에 가서 목숨이 위태한 정인성을 찾아 세 개의 환약으로 그 끊어진 생명을 잇게. 그가 비록 하늘이 내린 사람으로 온갖 신들이 보살피는 자이지만 사람의 힘이 아주 필요 없지는 않을 것이네. 그대가 만일 15일을 넘기면 정인성은 살지 못할 것이야."

그러고는 또 하나의 환약을 주며 말했다.

"이것은 정인성이 정신을 차린 뒤에 내 말을 전하면서 그 병을 치료할 때 쓰게 하게."

곽창석이 순순히 받아 주머니 안에 간수한 뒤에 일어나 두 번 절하고 말했다.

"어르신은 진실로 신인이십니다. 하늘의 도를 눈앞에 있는 듯이 보시고 미래를 앉아서 헤아리시니, 제가 비록 어리석지만 어떻게 가르치신 말씀을 듣고도 감히 어기겠습니까? 정씨가 저를 구해 살렸으니 그 은혜가 산처럼 높고 바다같이 넓지만 어르신의 만 리까지도 밝히 보시는 뛰어난 식견과 인명의 중대함을 헤아리시는 높은 덕이 아니면 정씨를 처음에 배에 올리지 않으셨을 것입니다. 어르신께서 하찮은 저를 위해서 만릿길 외국을 곁을 보듯 알려주셔서 이 천한 목숨을 살리신 근본이 되셨습니다. 그러니 낳은 사람은 부모이지만 다시 살리신 사람은 어르신입니다. 제가 죽을 때까지 아버지와 같이 섬겨 저버리지 않을 것입니다."

엄정이 계속 사양하며 말했다.

"이 늙은이가 우연히 흘러 다니다가 여기에 이른 것이 그대를 만날 연분이지만 나의 본뜻은 과한 칭찬을 들으려 한 것이 아니네. 부탁이니 다시 말하지 말게. 이제 여기서 헤어지지만 그대가 황제의 가마를 모시고 즐거이 귀환하면 이 늙은이가 무리와 함께 탁주와 들나물을 가지고 백 리 밖에 나와 맞이할 것이네."

곽창석이 몹시 서운해하고 슬퍼했지만 엄정이 배를 돌이켜 서둘러 가려고 하니 더 머무를 수 없어서 절하고 헤어졌다.

곽창석은 말을 채찍질해서 황제의 호위무사를 뽑는 곳에 나아가 재주와 무용을 시험했는데 무리 중에서 뛰어났다. 그의 무예가 세상에서 비할 자가 없고 그 독보적인 힘은 아홉 개 발이 달린 큰 솥을 든 항우의 힘도 내세우지 못할 정도여서 그날 자자한 명성을 얻었다. 이튿날 황제를 호위하게 되어 군복을 차려입고 장졸들을 거느려 황제께 조회하니, 당당한 풍채와 늠름한 위엄이 호걸의 기상이었다. 천하를 횡행하며 천군만마를 지휘하면서 황금칼을 허리에 차고 여섯 마리 말이 끄는 황제의 수레를 몰고 나라 안에 그 이름이 가득할 뿐 아니라, 끝내는 공신각에 그 공이 높이 올라서 천 대의 수레를 이끄는 왕과 제후가 될 정도로 부귀할 관상이었다.

황제가 크게 기뻐하며 총애하고 이빈 등도 매우 기뻐하여 황제가 인재 얻은 일을 축하하면서 그 빼어난 충의를 칭찬하고 탄복했다. 곽창석이 섬돌 아래 엎드려 자신이 죽을 뻔한 사연과 엄정과 정인성에게 은혜를 입어 다시 산 일을 일일이 아뢰었다. 그러고는 정인성이 노영에 들어간 뒤에 살았는지 죽었는지 모르니, 이삼일 말미를 얻어 정인성을 찾아보고 돌아오겠다고 말했다. 황제가 바야흐로 백안으로부터 정잠의 병세가 매우 위독했다는 말을 듣고 참혹하고 슬픈 마음이 있었다. 그 어질고 충성스러운 신하가 쉽게 생을 마치리라고는 차마 생각하지 못했기에 슬픔이 차올라 눈물이 옷깃을 적시곤 했다. 이빈과 양선이 정잠을 아끼는 정이 어찌 가족보다 덜하겠는가? 하지만 황제가 그렇듯 슬퍼하자 민망하고 당황해서 오히려 위로할 뿐이었다. 그러면서도 슬프고 애달픈 마음을 참지 못했는데, 곽창석이 스스로 그곳에 가게 해달라고 청하자 남몰래 매우 기뻐했다. 황제는 정잠의 아들이 그 아버지를 찾아 사지에 나아간 것을 애석해하며 곽창석의 뜻대로 정인성을 보고 오라고 했다.

곽창석이 엎드려 절하며 은혜에 감사해하고 나서 엄정이 말하던 것을 생각해서 바로 기수산으로 향하려고 했다. 다만 다녀본 길이 아니라 찾는 것이 더딜까 하여 14일에 길을 떠났는데, 반나절 뒤에 차가운 바람이 몰아쳐 눈을 뜰 수도 없어서 가지 못하고 여관에서 쉬었다. 이날 밤이 다 가도록 광풍과 뇌우가 거듭 일어 사람을 매우 놀라게 하고 낙담하게 만드니 곽창석이 근심하고 애를 태웠다. 다음 날 인시(寅時) 말 즈음에야 비로소 바람이 그쳤다. 곽창석이 급한 마음으로 기수산 천강봉으로 나아가니 산길이 험해 발붙이기가 어려웠다. 고생스럽게 행하면서 거친 나뭇등걸을 붙들고 들쭉날쭉한 바위들을 짚으며 산 위로 올라가려고 했다. 그런데 한 신령한 새가 청아하게 울면서 산골짜기로 날아드니, 그 신기한 모습이 소호씨 때 울던 새가 아니면 주나라 문왕 때 내려온 봉황 같았다. 곽창석이 기이하게 여겨 그 새를 쫓아 천강봉에 올랐다. 지난밤 비바람으로 산이 무너지고 바위가 떨어져 천 년 묵은 장송과 백 년 묵은 고목이라도 허리가 부러지며 뿌리가 뽑혀 온전한 것이 없으니, 사람이 이 산에 올라 그 비바람을 만났으면 어디 백골이나 남았겠는가? 속절없이 산에서 굴러떨어지는 암석 때문에 뼈와 몸이 부서졌을 것이다. 곽창석이 눈을 들어 주변을 살폈지만 사람의 그림자도 보이지 않아 안타깝게 여기며 이렇게 생각했다.

'정인성이 만일 여기 왔었다면 어젯밤 비바람에 뼈와 몸이 모두 부서졌을 것이고 요행히 안 왔다면 목숨을 보존했을 것이다. 하지만 앉아서 천 리를 보는 신명함을 지닌 선생님(엄정)이 어찌 잘못 말씀하셨겠는가? 분명히 나에게 15일에 여기 와서 위태한 정인성을 구하라고 당부하셨는데, 이제 그 모습을 찾을 수 없으니 어디로 향하고 누구를 부르겠는가?'

이렇게 생각하며 근심하고 초조해했다. 그때 산의 토굴 속으로부터 한 기이한 짐승이 나왔는데 그 형상이 사슴 같고 발은 꾀꼬리와 말 같으며, 이마에 뿔이 하나 있고 뿔 위에 살이 있었다. 곽창석은 처음에 승냥이나 이리인가 여겨 놀라고 두려워 바로 죽이려고 했는데, 신령한 새가 그 짐승을 보고는 맑게 울고 토굴로 들락날락하며 그 짐승은 굴속으로 들어가는데 그 행동이 따라오라는 것 같았다. 곽창석이 비로소 신령한 짐승인 줄 알고 쫓아가 토굴 속으로 들어가 보니, 등불을 밝혀놓은 곳에 세 사람이 죽어 거꾸러져 있었다. 그 모습이 참담했는데, 그 짐승이 피 흘린 몸 앞에 나아가 머리를 조아리며 땅을 긁어 파면서 매우 다급해하는 모습을 보이자 곽창석이 매우 이상하게 여겼다.

재빨리 그 속에 들어가 보니 이곳은 토굴이 아니라 큰 암석이 떨어져 전후좌우로 기둥같이 괴였는데 그 위로 넓은 암석이 덮여 어슴푸레 집 모양을 이루었고 겉으로는 산이 무너져 한없이 흙이 쌓인 것이었다. 그 내려앉은 모습이 기묘하다 할 것은 아니지만 대체로 이상해서 밖에서 보면 바위굴 같았다. 하늘이 보우하사 산신과 토신이 동시에 바위를 움직이고 산을 무너뜨려 집을 이룬 것이 아니면 이렇게 할 수 없을 것이었다. 또 신기한 것은 등과 향과 초를 벌여둔 것이 그대로인 것이었다. 게다가 인성이 불태운 기도문이 새겨져 있는데, 사람이 암석에 금자로 새겼어도 이처럼 한 자 반 획도 다르지 않고 명백하지는 못할 것이었다. 이야말로 산신령과 하늘의 조화였다. 그러나 곽창석은 신기해할 겨를도 없이 눈앞에 사람의 시신이 있으니 놀랍고 참혹할 뿐이었다. 그가 주변의 신이한 상황은 미처 보지 못한 채

피 흘린 시신을 붙들어 보니, 진실로 살길이 아득해서 죽은 것이 확실했다. 피부에 온기가 없으며 맥이 끊겼으니 어찌 저승 사람이 아니겠는가? 하지만 그 기질이 더러운 세상의 속된 부류와 크게 달라 천지의 아득함과 일월의 영원함, 사해의 끝없음을 담고 있었다. 그의 어질고 맑고 바르고 빼어난 모습은 엄정이 말한 것보다 훨씬 뛰어났다. 곽창석이 이전에 자신이 건져 구해졌을 때는 정신이 아득해서 정인성이 누구이며 이같이 비상한지를 몰랐다가 오늘 처음 보고는 거듭 공경하며 감탄했다. 만약 지금 정인성이 불행히 죽는다면 사람으로 이 세상에 태어나서 이 같은 사람을 모시고 그 도를 들을 수 없게 된다고 생각하니 안타깝고 슬펐다. 이에 시신을 우러러보며 절하고 애처롭게 눈물을 흘리며 말했다.

"제가 단지 은인의 덕을 갚지 못할까 봐 슬퍼하는 것이 아닙니다. 공자의 도를 이은 지극한 현자이자 성인께서 때를 만나지 못해 속절없이 세상을 버리실까 하는 슬픔이 너무도 큽니다. 만약 은인을 구하지 못한다면 저도 돌아가지 않을 것을 맹세합니다."

말을 마치자 주머니에서 엄정이 준 환약을 꺼내어 맑은 물에 섞어 입에 넣었는데, 그 조심스러운 모습과 지극한 정성이 가족보다 못하지 않았다. 그러고는 날이 다하도록 정성껏 구호하고 가끔 약물을 떠서 두 종의 입에도 넣어주었다. 이윽고 저녁 즈음에 인성이 비로소 숨을 내쉬고 생기가 흘러 몸을 움직였다. 엄정이 준 약의 약효가 아주 신기해서 애태우다 삭아버린 구곡간장을 다시 회복하여 시든 풀이 빗방울에 젖고 마른 나무에 새잎이 나듯 몸에 맥이 통하고 기운이 부드러워지니, 어제 죽었던 사람이 완연히 회복되었다. 두 종 또한 끊어진 몸의 맥이 이어지고 죽은 넋이 하늘로부터 다시 돌아왔다. 주인과 종 세 사람이 동시에 회복하고는 당황스럽고 헤아리기 어려워 이것이 현실인지도 깨닫지 못한 채 어지러워했다. 그래서 저승인가 여기고는 정신을 차리지 못해 미처 말을 못 하고 있었다. 곽창석이 정인성 앞에 나와 사례하며 말했다.

"제가 은인을 알지 못해서 엄정 선생님이 일러주신 뒤에야 비로소 은인의 존함을 듣고 이제 찾아뵙고 인사드립니다. 하지만 은인께서는 지난번 저를 건져 구하셨으니 제 얼굴을 아실 것입니다."

인성이 곽창석의 말을 듣고 눈을 들어 살핀 뒤 일어나 답례하려고 했다. 그러나 몸에 힘이 없어 일어나지는 못하고 단지 손을 들어서 답례할 뿐이었다. 곽창석이 다시 물었다.

"은인께서 이 산에 오른 지 며칠이 되셨습니까?"

인성이 잠깐 정신을 차리자 아버지의 병환이 심해졌는지 나아졌는지를 알지 못해 애가 타서 말에 두서가 없었다. 인성이 곽창석의 얼굴을 우러러보며 아버지의 병세가 어떠한지를 묻고 자신이 이 산에 오르던 날이 십몇 일이라고 했다. 곽창석은 '정공(정잠)의 병환은 내가 알지 못하지만 정공자의 행동을 보니 만약 아버지의 병세가 심하다고 하면 살기 어려울 것이다. 그러니 거짓으로 대답하여 차도가 있다고 해야겠다.'라고 생각했다. 그러고는 이제 정잠의 병이 많이 나아졌다고 하자 인성이 반신반의하면서 매우 허둥거리며 당황해했다. 운학과 육재가 완전히 일어나 앉으며 어제 몰아친 비바람은 자신도 처음 본 것이라 말하고는 바위 구멍에 주인과 자신들이 들어가 있는 것을 이상히 여기고 그 이유를 짐작하지 못했다. 곽창석이 비로소 기도문을 보고는 그 문장과 학문을 거듭 칭찬하며 운학과 육재를 돌아보며 말했다.

"너희도 글을 읽을 줄 알 것이니 이 기도문을 한번 보아라. 하늘에 닿을 만한 정성이 천지신명을 감화시키지 못했겠느냐? 하늘이 타고난 군자인 공자가 큰 효심을 담아 쓴 기도문이 완전히 없어지는 것을 아까워하셔서 돌에 그 글을 새기신 것이다. 정공자의 문자를 아끼는 것도 이와 같은데 하물며 진짜 사람이야 백 명의 신이라도 호위하지 않겠느냐? 너희와 공자가 정신을 잃은 사이에 산신령과 지신의 조화로 바위 구멍에 안전히 몸을 두게 하고 모진 비바람을 피하게 하시니 하늘의 뜻이 끝내 박하지 않으셨다."

운학과 육재가 기쁘게 듣고는 하늘을 우러러 사례하고 땅을 굽어 사례하며 매우 신기해했다. 하지만 인성은 그 허무맹랑함을 불쾌히 여길 뿐 아버지의 안부를 자세히 알지 못해 다급하고 초조해서 몸이 날아 만분으로 가지 못하는 것을 한스러워했다. 그런데 갑자기 멀리서부터 하늘을 뚫는 참혹하고 슬픈 곡소리가 천지에 가득했는데, 그 소리의 한마디 한마디가 모두 슬퍼 나라가 망한 대부의 하늘을 뚫을 듯한 원망이 아니면 주인을 잃은 충성스러운 종의 막막한 슬픔 같았다. 인성이 얼핏 듣고는 얼굴에 당황하고 놀란 빛을 띤 채 재빨리 운학을 불러 말했다.

"이 분명 경용의 소리인가 싶으니 네가 기운을 차려 나아가 살피는 것이 어떻겠느냐?"

그러고는 당황한 기색을 감추지 못했다.

정잠의 회생

이때 조세창은 인성이 하늘에 기도하러 가는 것을 보고 길이 천지에 축원하여 하늘의 감응을 받기를 바랐다. 그리고 밤낮으로 한결같이 장인을 지키고 구호하는 일을 게을리하지 않았다. 정잠이 비록 정신이 흐릿한 가운데도 몸의 여섯 맥이 끊어지지 않았고 사지와 기운이 틀어진 것도 더 심해지지 않았으니, 조세창이 매우 다행스러워하며 점점 낫기를 바라고 있었다. 그런데 나흘째 밤이 되자 정잠의 정신이 아주 혼미해져서 한 소리도 내지 못하고 엄연히 죽은 것과 다르지 않은 채로 심하게 몸을 떨었다. 조세창이 놀라 통곡하고 길게 탄식하며 말했다.

"오늘 밤을 견디시지 못할 것 같으나 어찌할 도리가 없구나. 인성이가 오늘 장인어른을 모실 수 없게 된 것은 오로지 나의 탓이다. 천지에 가득한 효자의 크나큰 애통을 차마 어찌 견디겠는가?"

말을 마치자 경용과 최언선에게 모시라고 하고는 잠깐 나와 하늘의 별을 살펴보니, 정잠의 별이 바야흐로 자리를 떠나려 하며 급하게 갈팡질팡했다. 조세창이 허리춤에서 칠성신요검을 빼들고 소리치며 별을 진압했다. 그 자신이 귀신도 복종할 재주가 있음을 알고 사위로서 정성을 다한 것이다. 그러자 마침내 정잠의 별이 위아래로 두세 번 움직이더니 비로소 옛 자리로 돌아갔다. 하지만 광풍이 크게 일어나고 검은 안개가 하늘에 가득하여 별자리를 자세히 볼 수 없었다. 조세창이 들어가 다시 정잠을 보니 온몸을 떨던 것이 잠깐 그쳤지만 맥이 이미 끊어지려고 하며 얼굴 가죽에 따뜻한 기운이 없어 낯빛이 잿빛 같았다. 이에 이르러서는 회복을 바라는 것이 허망할 지경이었다. 조세창이 슬퍼하며 외쳤다.

"장인어른께서는 이미 어쩔 수 없다 해도, 인성이는 내가 죽인 것과 같으니 이를 차마 어찌하겠는가?"

그 말을 하자 자신도 모르게 눈물이 비같이 떨어졌다. 경용과 최언선도 슬피 우는데, 너무도 막막하여 땅에 머리를 찧고 하늘을 향해 부르짖었다. 이에 맹탁이 인성을 찾아 돌아오려고 하나 밤새도록 큰 바람과 천둥과 비가 천지를 진동하여 한 걸음도 갈 수가 없었다. 그뿐 아니라 오랑캐 남녀노소가 흥분해서 서로 조용히 말을 전하기를 "어젯밤의 천둥과 비 때문에 왕(마선)께서 천벌을 입어 죽었다." 하며, 다른 사람은 "숨이 끊어지지 않았지만 벼락에 몸이 부서지고 남은 몸은 종기가 생겨 보기 흉하고 참혹하다."라고 했다. 그런 까닭에 새벽이 되도록 성문을 엄히 닫고는 열지 않으니, 맹탁이 기수산을 찾아 나아갈 길이 없어 초조하고 민망했다. 날이 장차 한낮이 되자 정잠이 갑자기 다 죽어가던 몸을 움직이고 끊어진 혼을 이어 숨을 길게 쉬며 정신이 완전히 돌아왔다. 그가 맑고 분명한 목소리로 말했다.

"내 아들이 이 아비의 끊어진 목숨을 이으려고 마음과 힘을 다해 지극한 효성으로 호소한 것이 하늘과 땅에 닿아 죽은 아비를 살렸구나. 옛날과 지금이 다르지만 탕왕이 뽕나무 숲에서 지극한 정성으로 빌어 귀신을 감응하게 하고 구만리 하늘에 닿은 일과 무엇이 다르겠는가? 아 슬프다! 내 아들이 선한 성품과 덕을 타고났으나 나같이 사람 같지도 못한 놈의 양자가 되었구나. 내게 쌓인 앙화가 어린 자식에게 미쳐 험난한 재앙이 몸 안에 들고 인성이의 어진 효성과 성스러운 덕행은 넉넉히 내 몸으로 옮겨지니 이것이 어찌 하늘의 도인가? 옥황상제께서 나의 어질지 못함을 꾸짖기 위해 어진 자식의 긴 수명을 짧게 만들고, 인성이의 하늘에 닿을 효성에 감동하여 나에게 넘치는 수복을 빌려주시니, 내가 차마 사람의 아비가 되어 자식을 이같이 저버리고 어찌 태연하겠느냐? 아아, 인성이는 오히려 복과 길함이 지극하지만 인웅이는 무슨 죄인가? 내가 인웅이를 위해서 슬프고 안타까운 마음이 있었는데, 또 어찌 그 아이의 짧고 박한 수명을 가져가 나의 지루하도록 긴 세상에 3년을 더 보태게 되었는가? 알겠구나, 이는 인웅이의 죄가 아니고 나의 앙화가 쌓인 것이며 신명한 덕이 하늘을 덮은 것이로다."

말을 마치자 정잠은 슬퍼하며 눈물을 흘렸다. 조세창과 최언선 등은 시신 같은 정잠을 대하여 마음이 무너지고 찢겨서 다만 인성을 찾아 돌아와서 장례를 치를 생각만 할 뿐이었는데, 정잠이 이처럼 완전히 회생해서 평소처럼 말을 또렷하게 할 줄은 조금도 생각지 못했었다. 그들이 무척 다행스럽고 신기하게 여겨 빨리 정잠의 얼굴을 덮은 천을 걷으며 그 모습과 얼굴색을 살폈다. 정잠은 얼굴이 예전과 같고 정신 또한 여전해서 이미 죽을병이 완연히 사라져 가을 하늘같이 높은 기운이 가득했다. 그러니 삼년상과 만릿길 행로로 이미 탈진하고 위태로운 상황에서 좁은 옥에 갇혀 사흘에 세 번 기절하고 두 번 죽을 뻔했던 모습과 같겠는가? 만금같이 진중한 조세창이라도 이에 미쳐서는 기쁘고 놀라움을 감출 수 없었다. 그래서 얼른 정잠의 두 손을 잡고 머리를 짚어보고 나서 말했다.

"장인어른께서 회복하신 것은 정말 기대하지 못했던 일입니다. 이제야 하늘의 도가 마침내 야박하지 않은 것을 알겠습니다. 어제 돌아가시려 했던 것과 오래 위중하시던 일을 생각하니 이처럼 갑자기 증세가 나아지신 것이 하늘의 조화와 천지신명의 보우하심이 아니면 사람의 힘으로 못 할 일입니다. 과연 신기하고 이상한 마음을 어찌하지 못하겠습니다."

정잠이 길게 탄식하고 조세창의 손을 어루만지며 말했다.

"죽은 사람이 다시 살아난 것이 기쁘고 다행스러운 일이라 할 수 있겠지만 그중에 또 불행한 일이 있구나. 어린 자식이 이 어질지 못한 아비 때문에 긴 수명을 많이 줄이게 되었으니, 아비가 되어 그 참혹한 마음을 참을 수 있겠느냐? 자기 목숨은 돌보지 않고 다만 아비가 살아나기만을 빌었으니, 만일 기수산 위에서 하늘에 기도하고 제사를 지내다가 완전히 그 목숨을 마쳤다면 내가 차마 어떻게 견디겠는가? 바라건대 너는 경용을 보내어 내 아이를 찾아 돌아오게 해라."

조세창이 웃으며 말했다.

"인성이는 성인(聖人)입니다. 하늘과 땅이 그를 도우시니 귀신과 사람이 모두 거스르지 못할 것이고, 만약 위태로움을 겪어도 무사할 것입니다. 장인어른께서는 과도하게 걱정하지 마십시오. 인성이는 장인어른께서 혼절하셨을 때 하늘에 기도하러 기수산에 간 게 맞습니다. 그런데 제가 아직 인성이가 없는 이유를 말하지 않았는데도 어떻게 정확히 아셨습니까?"

정잠이 탄식하며 말했다.

"내 아이의 지극한 효성이 검은 구름으로 사방이 막힌 어두운 구만리의 겨울 하늘을 환하게 꿰뚫어 하늘의 신령을 감동하시게 했다. 내가 비록 몸이 죽었지만 오히려 영혼이 있으니 내 아이의 막막한 마음을 알지 못했겠느냐? 자연히 나의 혼백이 인성이가 하늘에 축원하며 제사하는 것을 느꼈다."

정잠이 정신을 잃을 당시 그의 혼백은 높고 아득한 하늘에 닿아 하늘 궁궐에 조회하고는 옥황상제께 기도문을 받들고 북두성에 수명을 마련한 것을 보았다. 그것을 보니 인성의 어진 효성과 성스러운 덕이 천서(天書) 한 장에 가득히 빛나며 수명 또한 길었다. 하지만 이번에 인성이 기수산에서 기도하며 자신의 수명을 바쳐 정잠의 명을 비는 정성이 하늘과 땅에 닿으니, 효자의 지극한 소원을 안 들어줄 수는 없어서 정인성의 30년 수명을 덜어 정잠의 수명을 잇고 또 정인웅의 3년 수명을 덜어 그 아버지에게 붙이는 것을 정인성처럼 했다. 정잠이 이렇게 30년을 더 받아 부귀영화를 극진히 누리게 되니, 이는 두 아들의 무궁한 효성이 마련한 것이었다. 인성이 정잠의 양자가 되어 벌써 끝없는 재앙과 어려움을 당했지만 효성이 깊은 그는 하늘을 원망하거나 신령을 탓하지 않았다. 그래서 '눈앞에 큰 복을 이루고 후세에 남은 음덕이 있을 것이다.'라고 생각해서 앞길을 마련하니, 먼 미래의 일을 눈앞에 벌어진 듯 알 수 있었다. 또한 인웅의 충성과 효행이 인성보다 조금도 못하지 않지만 전생의 죄악 때문에 현생에서 해를 입는 것을 피할 수는 없다고 했다. 그러나 자손과 후사는 지극히 빛날 것이라 했다. 정잠이 다 알고 나서 옥황상제께 머리를 조아려 은혜에 감사하고 물러가니, 모든 신들이 기수산을 가리키며 정인성이 하늘에 기도하는 것을 보라고 했다. 정잠이 아들의 참담하고 애절한 모습을 보자 뼈가 저리고 가슴이 미어져 심장이 부서지고 몸이 흩어지는 듯해 한바탕 소리치고 기절했다. 그 뒤 구령신(救靈神)이 하늘 북을 올리는 소리가 매우 시끄러워 기지개를 펴고 깨어보니 곧 만분에서 죽었던 혼백이 돌아온 것이었다. 꿈 이야기가 더 있지만 정잠은 평생에 허무하고 허망한 것을 싫어해서 이와 같은 신이한 꿈을 일기에 올리지 않았다.

조세창이 장인어른의 말씀을 듣고는 기이하고 이상하게 여겼지만 인성을 빨리 보려는 정잠의 급한 마음을 알고 맹탁에게 성문을 열었는지 알아보고 인성을 찾아 돌아오게 했다. 조세창은 다만 인성이 살았는지 죽었는지 몰라 남몰래 걱정했지만 정잠의 걱정을 더할 수 없어서 좋은 말과 기쁜 얼굴로 그를 위로했다.

이때 육재가 인성의 말을 듣고 겨우 일어나서 산 아래로 내려왔다가 경용을 만났다. 경용이 매우 반가워하며 정잠이 회복했다는 말을 하니, 육재가 그 말을 듣고는 매우 기뻐하며 경용의 손을 잡고 동굴로 들어왔다. 인성은 경용을 보자 그가 절하는 것도 미처 기다리지 못하고 급하고 초조한 목소리로 물었다.

"아버지의 병환은 그사이 어떠하시냐? 빨리 말하라."

경용이 인성의 얼굴을 우러러 머리를 조아려 절하고는 눈썹을 실룩거리며 커다란 입을 귀까지 벌리고는 천지 가득 기뻐하니, 분수를 지켜 공경히 예의를 차릴 겨를이 있겠는가? 하염없이 인성 공자의 손을 어루만지며 그 얼굴을 마냥 볼 뿐 거듭 희소식을 전하려고 해도 입으로 잘 나오지 않았다. 전후 일을 자세히 말하지 못한 채 허둥거리며 다만 그들 부자가 회복한 것에 축하를 그치지 않았는데, 그 행동이 미친 것 같기도 하고 무슨 병이 든 것 같기도 했다. 인성 또한 아버지의 회복 소식을 듣자 경용의 예의 없는 행동을 이해할 수 있었다. 인성이 하늘에 사은하고 땅에 사례하며 기운을 일으켜 일어나 앉으려 했으나 힘이 미치지 못해 도로 누우며 경용에게 다시 물었다.

"이 말이 사실이냐? 운학과 육재는 어젯밤 거의 죽었다 살아났기 때문에 기운과 힘이 다해서 나를 움직일 수가 없다. 그러니 네가 나를 업고 만분에 가서 아버지 얼굴을 빨리 뵙게 할 수 있겠느냐?"

경용이 대답했다.

"제가 어찌 공자님을 업고 가지 못하겠습니까? 다만 걱정되는 것은 바람과 천둥이 심해 귀한 몸이 더 상하실까 하는 것입니다. 밤을 지내고 내일 아침에 가시는 것이 옳을까 싶습니다."

인성이 머리를 흔들며 말했다.

"네가 어찌 그렇게 느긋한 말을 하느냐? 내가 지금 여기서 몸을 회복한다고 해도 아버지의 얼굴을 못 보면 속이 말라버릴 것 같다. 그리고 아버지 또한 이 못난 나를 간절히 기다리실 것이다. 효도와 봉양을 하지 못할지언정 어찌 병든 아버지의 걱정을 더하게 하겠느냐? 부탁이니 나를 업고 옥중으로 가면 좋겠구나."

곽창석이 그 말을 이어 말했다.

"지극한 효자가 한시라도 빨리 아버지의 얼굴을 뵙고 싶은 것은 인정에 당연하다. 여기서 몸을 조리할 수는 없으니 모름지기 모시고 가거라."

그러고는 주머니에서 환약 하나를 꺼내 인성에게 권하며 엄정의 말을 전하니, 인성이 엄정의 덕에 감사하여 조주를 바라보며 그 은혜를 칭송하길 그치지 않았다. 곧 환약을 소매에 넣고 경용에게 업혀

가려고 하는데, 인성이 곽창석과 헤어지는 것이 서운해서 피차 구해 준 은혜를 말하며 훗날 다시 만날 것을 기약했다. 그 마음은 두 사람이 마찬가지였지만 그 태도는 반대였다. 곽창석은 인성의 덕과 자질을 공경한 나머지 우러러보고 의지하며 사모해서 인성에게 예로 충성했고, 정인성은 곽창석과 같은 걸출한 위인의 기상을 아름답게 여겨 선히 가르치려 했다. 곽창석도 왜 만분에 가서 정잠을 뵙고 싶지 않겠는가? 하지만 마선이 천벌을 입은 일로 성중이 물끓듯 뒤숭숭해서 만분에 중국 사람이 왕래하는 것을 허락하지 않았기 때문에 만일 잡히게 되면 한바탕 난리가 있을 것이었다. 이미 인성이 회생하고 정잠이 빠르게 회복해서 기쁨이 가득한데, 부질없이 자신이 만분에 가서 불 위에 기름을 더하는 화가 있을까 걱정되어 이곳에서 헤어진 것이다. 그러나 이별의 슬픔은 여전했다.

경용이 인성을 업고 가며 육재와 운학이 함께 내려오니 신령한 새와 기이한 짐승이 앞서거니 뒤서거니 하며 인성을 따랐다. 운학 등은 이것이 무슨 짐승인지를 몰라 다만 신기하게 여길 뿐이었지만 인성은 이것이 기린과 봉황임을 깨닫고 문득 슬픈 기색으로 탄식을 멈추지 않았다. 그러고는 자신을 위해서 오랑캐 땅에 이른 것을 안타까워하며 슬프게 한탄했다.

"이전에 공자께서 조나라로 가려 하실 때 황하에서 탄식하시며 말씀하시기를 '어미의 태를 해치고 새끼를 죽이니 기린이 오지 않는다.' 하셨지."

(책임번역 박혜인)

완월회맹연 권 29

정잠 부자의 귀환

마선이 천벌을 받아 죽고
정잠 부자와 조세창이 고국으로 돌아오다

정잠을 구호하는 정인성

정인성이 매우 근심스러워하며 말했다.

"옛날 공자가 조나라로 향하는 길에 물가에 이르러 탄식하시기를 '어미의 태를 해치고 새끼를 죽이자 기린이 그 들에 이르지 않았고, 둥지를 뒤엎어 알을 훼손하면 봉황이 그 나라에 나타나지 않았으며, 물을 푸고 고기를 잡자 용이 그 못에 오지 않았다. 그러니 어진 신하를 귀양 보내고 왕위를 찬탈하려 하는데 내가 어찌 물을 건너겠는가?'라고 하셨지. 그런데 지금 마선이 하늘의 뜻을 거스를 만큼 무도하고 흉악하여 나라를 어지럽힌 죄악이 천지에 가득한데도 기린과 봉황은 어째서 이 더러운 오랑캐 땅을 피하지 않고 이곳에 이르게 되었는가?"

그러고는 글 하나를 읊으며 때를 만나지 못하고 오랑캐 땅에 잘못 이르게 된 것을 탄식하고 한스러워했다. 그 소리와 함께 흐르는 눈물이 옷깃을 적시자 해와 달 같은 눈빛이 맑은 기운을 잃었다. 하물며 그 높은 문장은 사마천의 통달함과 한유의 심오함을 뛰어넘어 완연히 《춘추》의 유풍을 이어받았으니, 그 뜻이 은하를 기울일 만큼 깊고 온 천지와 같이 넓고 아득했다. 신령스러운 새와 기린이 인성이 읊는 글을 듣고 가까이 다가와 옷을 물기도 하고 머리를 조아리기도 했는데, 즐기는 것인지 슬퍼하는 것인지 가늠하기 어려웠다. 점점 나아가 만분에 다다르자 신령스러운 새가 맑게 울고 기린이 머리를 조아리며 작별을 고하는 듯하더니, 이윽고 새가 높이 날고 기린이 몸을 돌려 갔다. 밤빛이 어둑하고 기린과 봉새에 마음을 두지 않아 그 간 곳을 알 수 없었다.

이날 정잠은 경용이 돌아오는 것이 더뎌지자 몹시 초조해하며 인성이 살았는지 죽었는지 몰라 눈물을 감추며 마음을 졸였다. 조세창이 마음을 졸이고 염려하는 것 또한 정잠에 못지않았으나 겉으로는 온화한 표정을 지으며 정잠을 극진히 위로했다. 이때 맹탁이 멀리 내다보고는 인성이 돌아오는 것을 먼저 알리자 조세창이 나는 듯이 재빠르게 마중 나가고 오히려 정잠은 들뜬 마음에 어찌할 바를 모른 채 다만 최언선에게 자신을 붙들어 일으키라고 할 뿐이었다. 최언선이 급히 정잠을 부축하여 앉혔는데, 비록 최언선에게 의지한 것이지만 병이 든 후 처음이라 스스로 매우 다행이라 여겼다. 인성은 아버지가 있는 만분이 보이자 더욱 다급해져 경용의 옷을 흔들며 걸음을 재촉하여 빨리 가자고 했다. 이때 조세창이 마중을 나와 인성의 손을 잡고 화기가 가득 도는 얼굴로 기쁨을 참지 못한 채 다만 하늘을 가리키며 말했다.

"저 푸른 하늘이 비록 높디높으나 밝게 들어주시는 것을 알겠구나."

연신 기쁨의 탄성을 지르느라 미처 그간에 있었던 이야기는 다 나누지 못했다. 인성은 다만 아버지의 기운이 어떤지 여러 차례 묻고는 쾌차했다는 소식에 아주 다행이라고 여기고 기뻐하며 급히 만분으로 들어갔다. 인성은 아버지의 엄숙한 얼굴을 우러르며 기쁨 가운데 이보다 더한 것이 없고 세상을 살면서 느끼는 즐거움 가운데 지금이 최고라고 생각했다. 그러다 갑자기 생각하니 아버지의 자애로움이 마치 어머니와 같아 이전의 존엄함이 덜한 것 같았다. 효자의 부모 사랑하는 뜻이 언제나 공경하고 삼가야 하는 것을 잊은 것은 아니지만 죽을병에 걸렸다가 쾌차하신 것이 신기하고 놀라워 들뜬 마음을 억제할 수 없었다. 인성은 좌우의 부축을 받아 절하는 예를 행한 후 아버지 무릎 아래로 기어가 손으로 아버지의 얼굴을 움켜잡고 자기 머리를 아버지의 무릎에 파묻은 채 스스로 정신을 가다듬고 기운을 진정하여 말을 하고자 했으나 호흡이 가빠 말을 할 수가 없었다.

정잠 또한 아들을 보자 기쁘고 즐겁고 반갑고 흐뭇하면서도 동시에 슬픈 마음이 들어 얼떨떨하고 혼이 나간 듯 정신을 차리지 못했다. 아버지와 아들이 서로를 귀하게 여기는 마음이 누가 더하고 덜하겠는가? 한참 동안 서로 말을 못 하다가 정잠이 인성의 머리를 쓰다듬고 몸을 어루만지는데, 온몸을 어느 곳 하나 무심히 지나치지 않았다. 이때 만분 안에 가득한 온화한 기운은 어젯밤과 비교하면 천지가 뒤바뀐 듯해 형언하기 어려울 정도였다. 운학 등이 손을 모아 하늘이 도우셨다며 사례하는 환호성이 요란하고 조세창도 연신 장인의 얼굴을 우러러보며 인성의 손을 잡고 축하하고 기뻐했다. 그러나 인성은 오히려 기운이 혼미하여 겨우 아버지를 낫게 한 약 처방을 물을 뿐이었다. 정잠은 그제야 숨을 길게 내쉬고 굵은 눈물을 떨구며 말했다.

"너의 목숨을 버려 아비를 살렸다면 이는 자식의 도리를 거스르는 것일 뿐만 아니라 차라리 내가 영화롭게 죽는 것만 못할 것이다. 이에 살고자 하는 뜻이 없었으나 밝은 하늘이 말없이 도우셨으니 이는 다 너의 지극한 효성 덕분이다. 오늘 이후로 내 목숨은 너의 지극한 효성으로 연명하는 것이라 할 수 있겠구나. 어쩌다 나에게 재앙이 쌓여 어진 자식에게 경사와 영화를 베풀지 못하고 오히려 재앙을 더하게 되었을까?"

말을 마치자 뺨을 맞대고 애지중지하는 것이 뼈가 무르녹는 듯했다. 인성이 한참 후에 진정하고 엎드려 말했다.

"아버님의 병환이 오랫동안 위중하여 정신을 차리지 못하시니 제가 초조하고 애가 타서 감히 옛 성인이 하늘에 기도하시던 바를 따르고자 기수산에 가 하늘에 기도했습니다. 사정이 너무 급해서 그러기는 했으나 저 같은 못난 자식에게 천지신명이 감응하길 바라지는 못했는데, 아버님이 나라의 위급한 우환으로 인해 고초를 겪으시게 된 것을 하늘이 슬피 여기시어 쾌차하시도록 한 것입니다. 저 또한 조상님의 음덕과 아버님의 덕을 입어 험준한 산속에서도 흉악한 승냥이나 호랑이의 해를 면하고 오늘 아버님을 곁에서 모실 수 있게 되었으니, 인생의 지극한 즐거움이 이보다 더할 수 있겠습니까? 다만 아버님께서 이 못난 자식의 얕은 효성과 미약한 정성을 나무라지 않으시고 오히려 몸 둘 바를 모르게 칭찬하시니, 너무나 민망하고 두려워 무슨 말씀을 드려야 할지 모르겠습니다."

말을 마치자 억지로 기운을 차리고 정신을 가다듬어 보통 때처럼 아무렇지 않은 듯 하려 했지만 그렇게 되지 않았다. 초췌한 얼굴은 핏기를 잃었고 옥같이 깨끗한 골격은 기운이 다 떨어졌으니, 두 뺨의 생기가 없어지고 붉던 입술도 핏기가 사라졌다. 가을 물결 같은 맑은 정신도 약해지고 해를 쏠 듯 강렬하던 두 눈이 빛을 잃었으며 아름다운 달 같던 두 눈썹도 흐릿해져 마치 먼 산이 저녁 안개에 잠긴 듯하고 나뭇가지가 힘없이 바람에 휩쓸리는 듯했다. 머리가 흐트러져 옥같은 이마를 뒤덮었으니, 봉황이 깃을 포갠 채 봉우리에 엎드리고 용이 기운을 잃고 움츠린 듯했다. 그 위태로움은 한 달 동안 지독한 병에 걸려 거의 죽을 뻔했던 정잠보다 더했다. 정잠이 희미한 등불을 들어 인성의 얼굴을 비춰 보니, 차마 볼 수 없는 지경이라 가슴이 터질 듯 너무나 애통했다. 인성을 데리고 자리에 누우며 운학과 육재를 돌아보면서 기수산에서 기도하던 일을 물으니 둘이 그 대강을 아뢰었다. 정잠이 들을수록 뼈가 아리고 살이 저리는 중에도 곽창석의 은혜를 평생 저버리지 않겠다고 했다. 정잠 부자와 조세창이 무사히 흉노를 제압하여 황제의 수레를 모시고 고국에 돌아갈 수 있었는지는 뒷 이야기를 보라.

이때 정잠이 운학의 말을 듣고 곽창석의 은혜에 못내 감사하며 그날 밤을 아들과 사위 그리고 네 명의 충성스러운 종들과 의로운 하리(下吏) 최언선과 함께 지냈다. 인성은 엄정이 보낸 약을 깨끗한 물에 개어 아버지에게 올리고 자기는 조금도 위태로운 상황이 아니라고 하면서 밝은 표정을 지으며 지극정성으로 위로했다. 인성은 혹시라도 아픈 아버지에게 염려를 끼칠까 봐 그동안 스스로 몸을 보호하며 조심해 왔는데, 이날 비로소 짓무른 살이 아픈 것을 깨달아 가만히 싸매고 마른고기와 미수로 허기를 채우며 운학과 육재에게도 주어 요기하게 했다.

밤이 깊어 다들 편안히 잠을 자는데, 정잠 부자가 서로 손을 맞잡고 몸을 어루만지며 다행스러워하고 사랑해 마지않았다. 인성은 온몸의 헐고 상한 상태가 심각하여 정잠이 알까 봐 두려워하며 단단히 감추었는데, 이때부터 부자가 서로 보호하기를 여린 옥 다루듯 했다. 그뿐 아니라 엄정의 약효가 신묘하여 송장의 뼈에 살이 나게 하고 죽은 나무를 살아나게 할 정도였으니, 정잠은 이미 하늘이 보호하여 쾌차한 상태에서 엄정의 신이한 약까지 먹어 몸과 기운이 완전히 평소의 상태를 되찾았다. 인성은 오랫동안 마음 졸이며 걱정한 탓에 원기가 떨어지고 간장이 다 삭았는데 거기다 살이 헐어 상한 것도 가벼운 상태가 아니어서 기력이 완전히 쇠진하여 자주 쓰러질 뻔했다. 그러나 엄정의 약효 덕분에 간신히 목숨을 잇고 기운을 보양하여 마침내 숨이 끊어질 듯 위태로운 모습을 정잠에게 보이지 않게 되자 한결같이 온화한 얼굴과 부드러운 목소리로 정성을 다해 아버지를 위로하고 공경했다. 매사에 삼가고 조심하며 자신의 몸은 돌아보지 않으니, 자연히 병을 잊고 평소처럼 씩씩하게 행동하게 되었다. 이에 조세창이 이상하게 여기다가 하루는 그 살이 헐었던 곳을 보니 이미 완전히 아물어 있었다. 조세창이 매우 신기해하면서 그제야 정잠에게 전후 사정을 다 말했다. 정잠은 비록 지난 일이지만 매우 놀라고 애처로워했으며 이제 상처가 다 나은 것을 아주 다행스럽게 여겼다. 그러나 인성을 불러 경솔하게 행동한 것을 말하며 앞으로는 그러지 않도록 타일렀다. 그러고는 조세창을 향해 말했다.

"우리 사위가 어찌 사람이 죽게 된 것을 뻔히 알고도 구하지 않았는가? 만일 하늘과 신이 돕지 않았다면 공연히 아비가 살고 자식을 죽일 뻔했으니, 이처럼 인륜을 거스르는 일이 어디 있겠는가? 비록 지나간 일이긴 하지만 생각만 해도 가슴 철렁한 일이네."

조세창이 웃으며 대답했다.

"제가 비록 불민하지만 어찌 사람의 목숨이 끊어지는 것을 범상한 일인 양 보고만 있었겠습니까? 하지만 지성으로 말려도 듣지 않고 붙들어도 뿌리치니 별수 없이 지켜볼 수밖에 없었습니다. 이제 장인 어른께서 완쾌하시고 처남도 완전히 살아났으니 지성이면 감천인 것을 알겠습니다."

운학과 경용이 말이 끝나기를 기다렸다가 아뢰었다.

"우리 두 분 공자께서는 진실로 하늘이 낸 사람이십니다. 만약 평범한 사람이었다면 어찌 그런 위태로운 지경을 겪고도 무사할 수 있겠습니까?"

그러고는 정인광이 겪은 갖은 고생과 기강에서의 변고를 모두 아뢰면서 다시금 장헌의 못난 행동을 원수처럼 여겼다. 인성이 인광의 고생을 잠깐 들어 알고는 있었으나 이렇듯 죽을 위기를 넘긴 것은 이날 처음 들었기에 너무나 놀라 장헌을 못난 사람이라 생각하면서도 책망하지는 않았다. 그러나 조세창은 인광의 변고에 놀라면서 장헌을 짐승이나 오랑캐처럼 여겼다.

정인성을 불러들이지 못하는 마선

이때 북쪽 오랑캐의 왕 마선은 하늘이 진노하여 내린 벼락을 맞아 온몸이 고통스러운 형벌을 받는 듯했으나 이상하게도 숨이 끊어지지는 않았다. 온몸이 밤낮으로 고통스러우나 간악한 생각은 줄어들지 않아 황제가 돌아가는 것을 허락하지 않고 조세창과 정잠 또한 돌려보낼 생각이 없었다. 다만 정인성은 바삐 알현하도록 재촉하지 못하던 차에, 벼락이 내릴 때 다른 사람은 듣지 못했으나 마선의 귀에는 '황제를 오랑캐 땅에 잡아두고 충신과 효자를 죽을 지경에 처하게 했으니, 만일 정인성이 살지 못하면 너 같은 흉악한 오랑캐를 뼈도 추리지 못하게 하겠지만 정인성이 산다면 너를 살려줄 것이다. 그러니 삼가 명나라의 충신과 효자를 공경하며 중히 대하고 외람된 뜻을 두지 마라. 그렇지 않으면 다시 벼락을 내려 온몸을 가루로 만들어버릴 것이다.'라고 명백히 죄를 묻는 말이 들렸다. 그렇기에 신하들에게 이를 전하지는 않았으나 정인성을 불러들이지는 못하니, 마치 잡아놓고 못 먹는 고기 같았다.

정잠의 회생 소식을 전하는 곽창석

이전에 곽창석이 백안령에 돌아가 황제께 알현할 때 정잠이 쾌차한 것은 그 아들 정인성의 지극한 효성과 정성 때문이라는 것과 정인성의 큰 덕과 도를 아울러 아뢰었다. 이에 황제가 매우 다행스러워하고 기뻐하며 정인성의 지극한 효성과 특출한 인물됨을 칭찬하고 사랑했다. 좌우의 신하들 역시 경사스러워하며 칭찬해 마지않았는데, 그중 이빈의 기쁨과 다행스러운 마음은 더욱 각별했다. 마선이 명백히 천벌을 입은 것을 황제가 듣고 통쾌하게 여기며 이빈과 양선 등 신하들 역시 흡족해했는데, 마치 온몸의 가려운 곳을 씻어주는 듯했다. 하지만 신령스러운 하늘이 그 목숨줄을 아주 끊어놓지 못한 것에 대해서는 통한해했다. 원래 명나라 역사책에는 마선이 천벌을 받아 죽었다고 되어 있다.

가족에게 안부를 전하러 경용을 보내는 정잠

한편, 정잠은 정인성·조세창과 함께 만분에서 마음을 편하게 먹어 온갖 근심과 걱정을 쏟아버리고 세월을 보내면서 백안령에서 황제가 하사한 건어와 미숫가루 등이 아니면 다른 것은 일절 먹지 않았다. 밥과 국의 맛을 알지 못하면서도 백이와 숙제가 수양산에 들어가 고사리를 캐 먹으며 연명한 것을 부러워했으나 다행히 굶어 죽는 것은 면했고, 운학과 최언선 등은 건간왕이 주는 음식으로 굶는 일이 없었다.

다음 해 설날이 되자 정잠은 어머니 서태부인과 가족들의 안부를 알지 못해 간장이 타들어 가 병이 될 듯했다. 이에 경용이 고국에 다녀올 것을 청하니, 정잠 부자가 많은 편지에 무한한 회포를 담아 단단히 봉한 뒤 경용의 손을 잡고 무사히 다녀오기를 당부하자 경용은 머리를 조아리며 거듭 절한 뒤 길을 떠났다. 경용이 머나먼 바닷길을 천신만고 끝에 지나 구사일생으로 고국에 도착하여 경사를 지나니, 눈길이 닿는 곳마다 슬픈 감회를 참기 어려웠다. 눈물을 흘리며 천태산을 찾아가 편지를 전한 후 답장을 받자마자 정잠의 초조히 기다리는 마음을 헤아려 급히 노영으로 돌아왔다. 남들의 눈을 피하느라 마음을 졸이고 수만 리 떨어진 두 나라를 왕복하여 손발은 문드러질 지경이었다. 또한 가족도 보지 않고 왔으니 그 충의가 빛나고 정성이 지극하여 옛 충의지사보다 못할 바가 없었다. 이에 정잠 부자가 아주 중히 여기고 특별히 대우하기를 평생 저버리지 않을 듯이 했다.

바삐 편지를 뜯어보니 서태부인이 안녕하시고 집안사람들 모두 무사하며 인광이 돌아와 어른들을 모시게 되었다고 하니, 어느 하나 기쁘지 않은 일이 없었다. 또한 이창린이 친부모를 찾아 가족이 모두 모이게 되었고 월염과 혼례를 치렀다 하니, 부부가 서로 걸맞은 상대로서 일대의 천생연분이라 흐뭇하고 아름다운 일이었다. 다만 이씨의 아들이 장씨의 아들이 되니, 이는 곧 사람 같지 않은 장헌의 아들이라 마음속으로 한탄하며 불쾌하기도 했으나, 한스러워해도 어쩔 도리가 없고 또한 그 아비 때문에 창린을 거리끼지 않아 바로 불쾌함을 날려버리고 내색하지 않았다. 그러자 조세창이 천태산 정씨 부중의 가족 모두가 평안한 것을 축하하고는 웃으며 말했다.

"장인어른께서 사위는 골랐으면서 사돈은 고르지 못하셨으니 후회가 없으신지요?"

정잠이 서태부인의 편지를 받들고는 오랫동안 놓지 못하고 정삼과 인광의 편지를 무릎 아래 놓고 정염과 정겸의 편지는 좌우로 펴놓았으니, 편지들을 보느라 다른 생각을 할 겨를이 없었다. 반가운 마음이 가득 넘쳐 실제 얼굴과 목소리를 대하는 듯하니, 슬픔과 회한이 밀려들어 심사가 복잡하던 와중에 조세창의 말을 듣고 한참을 웃다가 말했다.

"내가 단지 사위 고르는 것만 안목을 높인 것이 아니라 사돈 고르는 것도 최선을 다했다네. 첫째 명엽이를 자네 가문에 시집보낸 건 자네 부모님의 높은 덕과 가풍이 세간에 드물었기 때문이고, 둘째 월염이에게 창린이의 아내 소임을 맡도록 한 것은 그 양아버지인 이석보(이빈)가 나와 함께 아버지 문하에서 공부한 지기이자 관중·포숙과 같은 참된 우정을 나눈 사이이기 때문이지. 피차 아주 드문 일인 것은 다시 말할 것도 없고 낳아준 진짜 아버지 장후백(장헌) 역시 우리와 형제나 다름없으니 어찌 평범한 일이겠는가?"

이때 인성이 고국을 떠난 지 여러 해가 지나도록 머나먼 오랑캐 땅을 벗어나지 못해 할머니와 어머니를 뵐 기약이 아득하니 너무나 슬프고 속이 상해 고향을 그리워하며 흘리는 눈물이 소매를 적시고 고향을 바라보며 짓는 탄식이 근심 가득한 눈썹에 잠겼다. 그러나 아버지의 마음을 더 슬프게 할까 봐 눈물 자국을 없애고 평안한 안색을 보이려 했지만 억지로 참기 힘들어했는데, 이를 본 조세창이 슬픈 얼굴로 인성의 손을 잡고 말했다.

"인성아! 네가 고향을 얼마나 그리워하고 그로 인해 슬프고 속상한지 얼굴에 다 드러나는구나. 장인께서는 너와 여기에 떠나와 계시지만 인광이 등이 황향과 증삼의 효를 본받아 할머니를 잘 모시고 있으니 주변이 언제나 적막하지 않고 염려하실 일도 적으실 것이다. 오히려 우리 부모님은 다른 자식 없이 이 못난 나 하나뿐인데, 일찍 나라에 몸을 허락하여 섣불리 용방이나 급암의 충직함과 직간을 배우고자 했으나 끝내 이루지 못했구나. 또한 백행의 근본인 효를 잊어 늙으신 할아버지와 부모님께서 나에게 문호를 맡기고 일신을 의지하며 굳게 믿으셨는데도 내가 몸가짐과 행동을 삼가지 않아 뜻밖의 재난으로 참혹한 형벌을 받게 되었다. 그러니 부모님이 온전히 낳아주신 몸을 훼손하여, 악정자춘이 발을 다쳐 몸을 지키지 못한 부끄러움을 잇게 되었지. 무한한 불효와 모진 걱정을 끼친 것도 모자라 이제는 소무가 북해에 억류되었던 것처럼 만 리 먼 오랑캐 땅에 억류되었으나 소무처럼 돌아갈 수 있는 기약도 없으니, 어느 날에나 고국에 돌아가 할아버지와 부모님께 절하고 자식 된 도리를 다해 효도하겠느냐? 이 불초자는 이미 사모하는 정을 접어두었지만 할아버지와 부모님은 언제나 이 불초자를 생각하시어 자식을 잃고 실명한 자하를 따르실 듯하고 종자기의 아버지처럼 좌우가 적막하고 쓸쓸하실 것이다. 그런데도 이 불초자는 천연덕스럽게 불효를 슬퍼하지 않는 데다 나라를 위해 이룬 것도 없으니, 후세의 사람들이 나의 불충과 불효를 꾸짖는 것은 말할 것도 없고 지금 사람들도 나 같은 불효자는 없다고 할 것이다. 그러니 옛날 순임금의 큰 효는 감히 함께 언급할 수도 없거니와 지금의 효자들만 보아도 슬프고 한탄스러움을 금치 못할 지경이다. 그런데 너를 여러 날 아침저녁으로 대하며 그 큰 효와 덕이 예로부터 있었던 군자보다 더한 것을 보니, 스스로 너무 부끄러워 따라 하고자 하나 감히 배우지 못하고 한갓 탄복하며 장인의 복됨을 치하할 수밖에 없구나."

말을 마치고 슬피 부르짖고 탄식하니, 빛나던 눈에는 눈물이 일렁이고 이마에는 근심스러운 기운이 가득하며 눈썹에는 그림자가 짙어 마치 삭막한 가을 하늘 아래 천 년 묵은 늙은 용이 못에서 물을 찾는 듯했다. 인성이 조세창의 말이 끝나기를 기다려 몸을 일으키며 과분한 말씀이라고 사양하고는 지나치게 슬퍼하지 말라고 위로했다. 이어 분위기를 즐겁게 하려고 아까 조세창이 사위는 고르고 사돈은 고르지 못했다고 한 것이 망발에 가깝다고 말하며 봉황 같은 눈으로 흘겨보았다. 옥같이 빛나고 꽃같이 아름다운 얼굴에 온화한 웃음을 띠고 붉은 입술을 열어 말하니, 옥 같은 이가 밝게 빛나며 목소리는 봄바람이 살랑살랑 부는 듯했다. 그 뛰어난 용모와 풍채는 천년만년이 지나도 대적할 사람이 없을 정도였다. 또 말하는 것이 조신하여 매사 삼가고 차분했으며 실없는 말을 하지 않아 공자의 제자인 자하와 자공의 언변을 얕볼 정도이고, 말이 번거롭거나 지루하지 않고 경박하거나 부잡스럽지 않아 전국시대의 유명한 달변가였던 소진이나 장의가 돌아와도 인성의 공자와 맹자 같은 달변에는 미칠 수 없을 듯했다. 그러니 조세창의 재미있고 유쾌한 말솜씨로도 당할 수 없어, 기분 좋게 박장대소하며 슬프고 비참한 마음을 잠시나마 위로받았다.

정잠 부자와 조세창을 볼모로 남겨두고 귀환하는 영종

이렇듯 정잠 부자와 조세창이 서로 위로하며 세월을 보냈으나 불에 익힌 음식을 멀리하니, 비록 황제가 하사한 것으로 굶어 죽는 것은 면했지만 사람으로서 견딜 수 없을 정도였다. 이해 봄에 엄정이

제자 한 사람에게 축지법과 몸을 숨겨 가는 법을 가르쳐 보내니, 만 릿길을 고생 없이 와 단약이 든 호리병을 인성에게 전했다. 인성은 엄정의 큰 덕과 높은 은혜에 헤아릴 수 없이 감사하다는 편지를 써 제자를 돌려보낸 뒤 호리병을 열고 단약을 꺼내 먼저 정잠과 조세창 에게 주고 그다음에 자기와 최언선 등이 먹었는데, 이는 불로장생하 는 단사(丹砂)를 갈아 만든 약이었다. 한 알을 삼키자 배 속이 든든 해지고 따뜻해지면서 청량하고 향기로워 10년 동안 먹지 않아도 살 수 있을 것 같았고 정신도 배로 맑아졌다. 이로부터 늙는 것도 모르 고 아무 걱정 없이 세월을 보냈다. 엄정이 반년에 한 번씩 축지법과 몸을 숨겨 가는 법에 능한 제자를 보내 안부를 묻고 계속 단약을 보 냈는데, 약의 개수와 날짜를 맞춰 약이 떨어지지 않게 했다. 이에 정 잠 부자의 감사하는 마음이 끝이 없고 최언선은 종들과 함께 조주를 바라보며 그 덕을 우러렀다. 조세창은 웃으며 엄정의 사람 사귐이 쓸 만하고 은혜 입은 것이 깊다고 했다.

정잠 부자와 조세창이 목숨을 연명하며 세월을 보내니, 비록 생활 이 괴롭지는 않았으나 볼모로 잡힌 지 3, 4년이 되자 고국에 돌아가 지 못하는 애타는 심회는 영웅의 장대한 마음을 다 끊어놓았다. 또 만분에 갇힌 지 오래되었으나 이를 아는 사람이 없으니, 부모님께 절 할 일이 아득하고 속절없었다. 다만 삭망 제사일이 되면 북쪽을 향해 여덟 번 절하고 부모님을 그리워하는 정을 참지 못해 하염없이 눈물 을 흘릴 뿐이었다. 꿈속의 넋이나마 고향 땅에 돌아가 부모님 앞에서 색동옷을 입고 춤추며 하례하고 평안한 목소리로 안부를 묻고자 하 다가 요란한 바람 소리와 쇠북 소리에 놀라 깨면 비루한 옥에 갇힌 몸이니, 기러기에게 편지 한 장 전할 수 없고 푸른 새가 고향 소식을 물어 오지 않는데 어디에서 고국 소식을 들으며 부모님과 일가친척의 안부를 알 수 있겠는가? 이에 아버지를 그리워하는 시를 외우고 어머니를 그리워하는 시를 읊으며 눈물을 흘리곤 했다. 인성이 비록 대범하게 마음을 다스리려 하나 천륜의 은혜와 지극한 정을 끊지 못하니, 친아버지(정삼)를 그리워하는 마음에 눈이 멀고 어머니를 그리워하는 마음에 애간장이 끊어질 지경이었다. 금옥 같은 굳음과 만균 같은 진중함으로도 이런 지경에 이르러서는 부인네처럼 눈물을 흘리며 슬퍼해 마지않았다. 나라를 걱정하고 황제를 위하는 충신의 시름에 더해 하늘을 거스르는 마선의 극악함을 통분해하는 원망이 하늘을 뚫고, 부모를 그리워하고 사모하는 효자의 슬픔은 귀신을 감동시켰다.

이때 황제는 파천하여 오랑캐 땅에 억류된 것에 대한 후회와 자책으로 잠자리가 편치 않아 기력이 쇠해졌으니 어찌 아무 탈이 없겠는가? 황제의 몸 상태가 점점 악화되어 얼굴이 딴사람처럼 바뀌고 기운도 위태로우니, 양선과 이빈 등 모든 신하들이 망망히 황제의 눈물을 받들어 목 놓아 울부짖으며 진실로 목숨을 버리신다면 자신들이 먼저 죽어 황제의 죽음을 보지 않겠다고 맹세했다. 이런 지극한 충성과 정성에 하늘이 감동하여 황제의 수명이 연장된 이야기는 《맹성호연》과 《양씨가록》에 기록되어 있으니 여기서는 대강만 기록한다.

황제가 기운을 차리자 모든 신하들이 매우 기뻐했다. 그리고 백안을 마선에게 보내면서, 전에 정잠을 만분에 보낼 때 4, 5년 뒤에 황제를 돌려보내겠다고 약속해 놓고 왜 그 약속을 지키지 않는지를 따졌다. 그리고 이제 석현 같은 명장이 병마도총사가 되었고 곽창석 같은 용사가 어림호위장이 되었으니, 화친하지 않으면 병마를 일으켜 토목에서 패배한 분을 씻겠다는 내용을 전했다. 마선이 벼락을 맞고 반쯤 죽은 듯한 상황에서 피부병이 오래 지속되어 고통이 심하자 마음은 탄 재와 같고 모습은 고목같이 되니, 그 간악하고 극악한 마음도 줄어들어 스스로 처음 했던 약속을 생각하고는 황제가 명나라에 돌아가는 것을 비로소 허락했다. 그러나 정잠 부자와 조세창마저 함께 돌려보낼 수는 없어 이렇게 전했다.

"정잠과 조세창을 우리나라에 머무르게 하여 화친하게 되었으니 이제 두 사람은 내 신하이다. 황제가 고국으로 돌아가게 된 것은 모두 두 사람 때문이니 명나라 신하로 아시지 말라고 전하라."

백안은 황제가 돌아가시게 된 것만으로도 다행으로 여겨 바삐 돌아와 기쁜 소식을 알렸다. 황제와 신하들이 모두 기뻐하면서도 마음 한편이 비통한 것은 정잠과 조세창을 만분에 두고 돌아가게 되었기 때문이었다. 황제가 슬퍼하며 눈물을 멈추지 못하고 양선과 이빈 등 모든 신하들도 몹시 비통해했으나 이 역시 하늘이 정한 운수임을 분명히 알았기에 정잠과 조세창의 불운에 대해 지나치게 슬퍼하는 것을 옳지 않다고 여겼다. 또 황제의 몸이 더 상하게 될까 봐 정잠과 조세창이 오랑캐 땅에서 죽지는 않을 것이라고 위로했다. 그 말에 황제가 잠시 진정한 뒤 백안에게 군신들이 고국으로 돌아가게 되었음을 정잠에게 전하라고 하고 직접 조서를 내려 목숨을 보전하기를 누누이 당부했다. 함께 돌아가지 못하는 것을 너무나 가슴 아파하고 연연해하니, 어찌 천륜의 정과 다름이 있겠는가? 양선과 이빈 등도 각각 편지를 써 천금 같은 몸을 보전하여, 소무가 흉노에게 억류되었다가 결국은 풀려나게 된 것처럼 때를 기다려 고국에 돌아올 수 있기를 바랐다. 장창린과 양수광 같은 소년들도 정잠과 조세창에게 편지를 썼는데, 원래 이빈과 양선의 자식들은 노영에 이르러 아버지와 형을 모시며 부모를 그리워하던 마음을 위로하고 있었다. 장창린(본래는 장헌의 장자)은 이빈을 모시고자 이곳에 온 지 오래되었으나 마선이 명나라 사람을 만분에 왕래하지 못하게 하여 장인인 정잠을 직접 보지 못하고 돌아가게 되었다는 내용의 편지를 썼다. 그리고 조세창에게는 결국 서로 보지 못하고 돌아가게 되어 몹시 서운하고 섭섭하다는 내용의 편지를 써 백안에게 주었다.

이때 백안이 황제와 여러 신하들의 편지를 가지고 만분에 이르러 정잠과 조세창에게 전하니, 두 사람이 옷차림을 단정히 한 뒤 향안을 펴고 황제의 편지를 공손하게 받들어 보았다. 충신으로서 황제에게 감사하는 마음과 그리움이 일어 눈물이 흘렀지만 고국에 돌아가시게 된 것을 아주 다행으로 여기고 기뻐했다. 이에 급히 종이를 꺼내 경하드리는 글을 써 불충하고 보잘것없는 신하 때문에 염려하지 마시기를 청했다. 그러고는 여러 신하들의 편지에 대한 답장을 단번에 써 내려가 순식간에 완성하여 백안에게 주며 명나라를 위해 큰일을 한 것을 거듭 칭찬했다. 이에 백안이 과분한 칭찬이라며 사양한 뒤 바삐 돌아와 황제께 표문을 올리고 여러 신하들에게 답장을 전했다. 황제가 정잠의 표문을 보니, 문장이 천지를 기울일 정도로 힘이 있는 것은 말할 것도 없고 간절하고 애절한 충성심이 흘러넘쳤다. 스스로 만분에 갇혀 있는 원통함과 슬픔을 아뢰려 한 것이 아니지만 글에서 자연스레 드러나니, 이른바 글씨에서 조짐이 드러나는 격이었다. 황제가 너무나 안타까워하여 눈물이 옷깃을 적시자 모든 신하들이 힘써 위로하고는 황제의 수레를 받들어 길을 떠났다. 백안이 100리까지 나와 황제께 하직 인사를 하고 모든 신하들과 일일이 작별하니 서로 간의 연연한 마음은 표현할 길이 없을 정도였다.

영종의 복위와 경태제의 서해 유폐

황제의 행차가 여러 날 행하여 몽골에 이르니, 몽골 왕이 척발유를 사신으로 보내 황제의 수레를 맞게 했다. 척발유는 관상을 잘 보는 사람이라 황제의 수레를 모신 신하들을 한번 보고 감탄을 금치 못했다. 그러던 중에 특히 곽창석의 준수한 풍채를 흠모하여 조용히 그에게 자기 딸을 첩으로 들일 것을 청하고 황제에게 아뢰었다. 황제가 그 지극한 정성에 감동하여 곽창석에게 혼인할 것을 명했다. 곽창석은 본래 자잘한 예에 대해서는 거리끼지 않았기에 스스로 생각하기를 '몽골 여자를 첩으로 들인다고 나 또한 몽골 사람이 될까?'라고 하면서 황제의 명을 받들고 척발유의 청에 따라 척발보완을 첩으로 삼았다. 척발보완은 비록 몽골 여자이지만 곱고 얌전하여 물의 여신인 낙신 같은 모습이 있으니, 나라를 기울일 만한 미모에다 인물됨이 총명하고 슬기로웠다. 이에 곽창석이 남달리 사랑해서 함부로 대하는 일이 없었다.

척발유가 황제의 수레를 호위하면서 신하들을 대하여 정인성의 큰 덕과 자비로움을 칭송했다. 그런 중에 금나라 사신 아락고와 다람갈과 등나부의 사신이 함께 이르러 황제를 배알하며 자기 나라 백성들이 살길을 얻은 것이 모두 정인성의 덕 때문이고 그는 하늘이 낸 사람이라고 칭송하니, 황제와 신하들이 아주 기이하게 여겼다. 황제가 고국에 돌아와 남궁에 머물게 된 일과 그사이 나랏일이 잘 다스려졌는지 여부는 《사기》 본기와 《양씨가록》과 《맹성호연》에 자세히 기록되어 있으므로 여기에서는 대강만 기록한다.

이때 영종황제가 고국에 돌아오니, 경태제가 온 나라에 대사면을 내리고 곽창석 등에게 상으로 작위를 내렸다. 그러나 양선과 이빈 등의 신하들에게는 작위를 내리지 않았는데, 이는 황실을 바로잡고 나라를 잘 다스려 안정시키는 것만이 충신열사들의 바람이었기 때문이다. 명나라의 종사와 선덕황제가 생전에 남긴 훈계가 영종황제와 경태제 사이에 차이가 없으니, 누구를 섬긴들 어떠하겠는가? 하지만 양선과 이빈 등은 영종황제에 대한 충렬이 당당하고 충절이 늠름하여 벼슬을 얻고 조정에 나아가 경태제를 모시는 것이 불가하다 여겼다. 또한 최근 나랏일이 한심하여 영종황제가 봉한 태자를 경태제가 폐위하여 기왕으로 봉하고 자기 아들을 태자로 봉했는데, 천지신명이 이를 외람되다 여겼는지 새 태자가 홀연 정신이 맑지 못하게 되었다. 이에 장·윤 등의 신하가 영종황제가 돌아오신 뒤 표를 올려 기왕을 다시 태자로 봉해 왕위를 이을 것을 청했다. 그러나 영종황제가 나랏일에 간여하지 않아 그 뜻을 물리치며 다시는 말을 못 하게 했는데, 경태제가 이를 알고 두 사람을 옥에 가두어 엄형을 내리고 영종황제는 남궁 밖으로 나오지 못하게 했다. 전대의 신하들과 지금의 어질고 의로운 선비들이 이를 참을 수 없어 경태제 앞에 나아갔으나 뜻을 이루지 못하고 물러 나와 몹시 애타고 원통해했다. 이런 상황이니 어찌 작위를 받아 마음이 편하겠는가? 양선과 이빈은 작위가 내려지지 않은 것을 다행으로 여기고 다만 영종황제를 곁에서 모시는 것을 분수에 넘쳐 할 뿐이었다.

그런데 얼마 지나지 않아 경태제가 이빈에게 죄를 씌워 귀양을 보내니, 이빈이 돌아온 지 채 몇 달이 안 된 때였다. 영종황제는 이빈의 충성에 작위로 보답하지 못하고 오히려 죄를 더하게 된 것이 슬프고 분하면서도 어쩔 수 없어 멀리 귀양 가는 것을 지켜보며 통탄할 뿐이었다. 이빈은 몹시 억울하고 원통해하면서 유배지로 떠나고 화준 등도 다 고향으로 물러가자 경태제가 돌연 양선을 도어사로 삼았다. 양선은 돌아온 지 수년 만에 비로소 벼슬에 나아가게 되었는데, 어찌 공직에 나갈 뜻이 있겠는가마는 이른바 '작은 것을 참지 못하면 큰일을 어지럽힌다'는 생각으로 큰일을 도모하고자 작은 혐의는 돌아보지 않고 직무를 두루 살피는 데 애썼다. 또한 이빈의 동생을 병부시랑에 복직시키고 한림 이순은 군무호위랑을 겸직하게 하니, 이시랑 등이 실로 기쁘지 않았지만 양선의 숨은 뜻을 좇아 역시 공무에 열심히 임했다. 두 사람이 원래 강직하여 그전에는 사람에게 굴복해 본 적이 없었는데, 지금은 충성심이 간절하여 소소한 구차함이나 작은 부끄러움에 신경 쓰지 않고 친한 사이든 아니든 충렬지사나 지략이 있는 사람이면 누구든지 청해 호불호와 고하를 떠나 적절한 자리에 뽑아 넣었다. 이 가운데 유독 나라를 위하는 사람은 부어사 서유정과 오위대장군 장제와 좌영도독 장예였고, 양선의 지휘를 따라 수문도독 석현 등은 이미 밖에서 공격할 때를 기다리고 있었다.

이때 마침 경태제가 병이 들자 신하들이 거사 모의를 황태후에게 알리고 남궁에 통보했다. 이에 영종황제가 허락하니, 서유정이 날을 가려 자기 집 후원에서 먼저 모이게 했다. 서유정은 원래 천문에 밝아 하늘을 한참 올려다보고 인사를 살피더니 하늘이 정한 날이 오늘이라 이를 어기지 못할 것이라 하고는 장제 등에게 백마를 죽이게 하여 피로써 동맹을 맹세하고 모든 준비를 마쳤다. 그러고는 술과 밥으로 대접하여 다시 마음을 다잡게 한 뒤 모임을 파하고 나서 집안사람들과 친척들에게 말했다.

"일이 성사되면 종묘사직의 복이요 그렇지 못하면 죽어 돌아오지 못할 것이니, 죽고 사는 것은 이미 정해진 것이고 화와 복은 하늘이 정한 것입니다. 충신의 일편단심으로 날을 이미 정했으니 열사의 절행으로 죽음을 무릅쓰고 거사에 착수하는 것이 옳지 않겠습니까?"

집안사람들이 각각 일의 성패를 본 뒤에 사생을 결단하겠다고 했다. 이날 밤 한번 북을 쳐 행군하기 시작하자 불빛이 하늘까지 치솟고 칼날은 서릿발 같았다. 사람들이 놀라고 두려워하여 하늘이 무너지고 땅이 꺼지는 듯한 소리가 숭인문에서 금호문까지 이어지니, 이른바 '불의지변(不意之變)'이었다. 너무나 급해 어찌할 바를 모르는 중에 이 열화 같은 형세를 누가 감당하겠는가? 하물며 수문도독 석현이 대궐문을 열어 군사들이 물밀듯이 밀려오니, 숙직하던 몇 안 되는 신하들과 호위하던 군졸들은 모두 담이나 구멍으로 달아나거나 도망가는데, 그 모습이 마치 그물에서 새어 나가는 물고기와 대낮에 엎드려 숨을 곳을 찾는 여우 같았다. 어떤 사람은 사모를 벗고 또 어떤 사람은 한쪽 어깨를 벗고 손을 모아 머리를 조아리며 기(旗)를 바라보고 절하며 엎드리니, 군사들 역시 허둥지둥하며 매우 소란스러웠다.

이윽고 북소리가 진동하며 영종황제가 남궁에서 황극전으로 옮겨 왕위에 복위하고 경태제를 폐하여 서해로 옮기게 했다. 그러고 나서 군신들이 드디어 하례하며 '경태 7년'을 고쳐 '천순 원년'이라 했다. 다음 해 정축년 2월 12일 갑자시에 황태후가 천하에 경태제가 폐위된 것을 알리게 하고 영종의 복위를 기념하여 전국에 대사면을 내렸다. 또 공훈을 차례로 따져 상을 공정하게 내리니 조정 관료들의 시끄러운 시비나 선비들의 뒷말이 없었다. 이어 전에 원통하게 귀양 간 사람들을 높고 중요한 자리에 올리고, 직간을 하다가 죽은 사람들은 일제히 공후와 대관으로 추증하는 것은 물론 제를 올려 지하의 원통한 혼백을 위로하게 했다. 또한 온 나라에 조서를 내려, 직간하는 충신과 열사를 죽이고 충성스럽고 어진 자들을 멀리하며 사나운 환관을 총애하여 등용한 까닭에 북쪽 오랑캐에게 씻지 못할 치욕을 당한 것에 더해 토목보 전장에서 수백 명의 어진 신하들을 고기밥이 되게 하여 지금도 백골을 수습하지 못하게 된 것이 모두 자신의 불인함과 패악 때문이었고 이제 진심으로 뉘우치고 있다는 것을 온 나라가 알게 했다. 또한 토목보에서 전사한 장보와 탕야 그리고 조맹 등 200여 명을 차례로 추증하여 후한 녹봉이 자손에게 전해지도록 하니, 성덕이 비로소 해와 달처럼 밝게 빛났다. 은나라 고종의 운수와 주나라 선왕의 중흥을 이어 은혜가 백골에까지 미치고 덕이 곤충에게까지 이르니, 조정과 민간이 모두 기뻐하고 황제의 정치가 밝아지자 촌민과 목동이라도 기뻐하지 않는 사람이 없었다. 하물며 이빈이 집현전 태학사 풍헌장관으로 어사대부 집금오와 제국공을 겸해 천하를 총괄하여 살피고 모든 신하들을 거느리니, 그 명망이 조정과 민간에서 모두 드높았다. 공무를 시작하자 저잣거리의 아이들은 태평을 노래하고 들판의 늙은이들은 이마에 손을 얹고 큰 복을 경하하니, 위세와 명망이 끝없고 덕업이 높이 빛났다.

굽으면 펴지고 가면 돌아오는 것이 하늘의 순리요, 망망한 긴 밤도 새고 깜깜한 하늘도 밝아오는 법이니, 정잠과 조세창이 만분에 갇혀 충의와 높은 절개를 헛되이 오랑캐 땅에서 마치게 하는 것이 어찌 하늘의 이치이겠는가? 영종황제가 복위한 지 한 달이 못 되어 정잠과 조세창이 북방에서 고국에 돌아오게 되었다는 표문을 올렸다. 영종황제가 정잠과 조세창 때문에 너무나 근심이 커 복위한 이후 제대로 잠을 이루지 못하고 애석해하는 것이 날마다 더해가더니, 무사히 돌아와 표문을 올리자 놀라면서도 매우 기뻐 평상에 편히 앉아 있지 못하고 갑자기 벌떡 일어섰다. 그러고는 가마를 재촉하여 친히 정잠과 조세창을 맞아 오고자 했다. 두 사람이 아직 이르지 않았는데도 황제의 가마가 급히 궐문을 나가자 모든 문무 관료들이 좌우로 호위하여 나아가니, 그 은총과 영광은 당대에 비할 데가 없었다.

이전에 이빈이 유배지에서 돌아왔을 때, 다섯 차례나 표를 올려 높은 벼슬에 나아가는 것이 외람되고 황공하다며 죽음을 무릅쓰고 사양했다. 황제가 이를 허락하지 않자 이빈은 끝내 머리를 찧으며 흐르는 피가 옷깃을 적시는 채로 다시 사양했다. 이에 황제가 놀라 여러 신하들을 불러들인 뒤 이빈과 양선을 좌승상과 우승상에 봉했다. 이에 두 사람이 더욱 외람되다고 하면서 기뻐하지 않았으나 이미 직위를 거둬들인 상황에서 다른 직위를 또 사양하는 것은 황제의 뜻을 가볍게 여기는 불충이라 생각되어 부득이 벼슬에 나아가게 되었다. 그 자세한 이야기와 영종황제가 복위하게 된 사연은 《맹성호연》과 《양씨가록》에 충분히 기록되어 있으므로 여기에서는 대강만 기록한다.

마선의 죽음과 귀환하게 된 정잠 부자와 조세창

이전에 정잠과 조세창은 황제가 마선의 오랑캐 땅을 떠나 고국에 돌아가신 것을 아주 다행으로 여기고 기뻐하며 자신들의 험하고 기박한 처지는 거리끼지 않았다. 그러나 황제의 편지를 받들고 양선과 이빈 등의 문안 편지를 받던 일이 끊어지고 사방을 돌아봐도 의지하고 우러를 곳이 없게 되자, 외롭고 슬픈 마음은 그 어느 것에도 비할 수 없었다. 슬프고 의지할 곳 없는 상황이 이때부터 더 심해졌으나 조세창의 굳세고 용맹하며 세찬 기운은 일반 사람들과는 달라 이곳에 갇혀 지낸 지 오래되었어도 말이나 표정이 한결같았다.

조세창은 유배지에서 만분으로 옮겨온 이후에도 자기 본뜻이 아니기에 매번 열기가 미치지 않는 곳에 앉았고 유배지에서 입고 온 옷이 해가 바뀌었는데도 그대로여서 살이 다 드러날 지경임에도 오랑캐의 비단으로는 몸을 덮지 않았다. 그 열렬하고 강개한 기질은 소나무보다 푸르고 가을 하늘보다 높으니, 어찌 괴로운 질병이 감히 그 몸을 침노하겠는가? 정신이 엄숙하고 기운이 당당하여 한여름 태양같이 강렬하니, 한 번도 신음하거나 기력이 쇠한 적이 없었다. 또 근심하거나 걱정하고 슬퍼하거나 가슴 아파하는 것을 싫어하여 마음을 느긋하게 가지고 온갖 걱정을 쓸어버리고 씻어버렸다. 풍운이 높이 일어 일월이 빛을 잃은 것처럼 자신의 운수가 절망스러운데도 굽으면 펴지는 법이라 하면서 길한 운수를 기다리며 아무 걱정이나 생각이 없는 듯 유유히 세월을 보냈다. 그러다 보니 흰 망아지가 문틈 사이로 휙 지나가는 것처럼 순식간에 시간이 흘러 어느 사이에 7, 8년이 훌쩍 지났다.

정잠은 조세창과 함께 감옥에 갇힌 지 채 1년이 지나지 않았을 때부터 어머니의 동정을 알지 못해 아침저녁으로 어머니를 그리워하여 얼굴이 초췌해지고 마음은 마디마디 찢어졌다. 낮이나 밤이나 자식 걱정으로 근심하실 것을 생각하니 불효자의 슬픔이 날로 더하고 어머니를 그리워하는 정은 더욱 간절해졌다. 한갓 고국을 바라보며 긴 한숨과 탄식으로 지낼 뿐이니, 그 피눈물이 흰 소매에 떨어진 것이 마치 홍매화를 그린 듯했다. 이에 조세창은 가슴 아프게 걱정하는 것이 하나도 도움 될 것이 없다고 하면서 정잠을 지극히 위로했다. 정인성 또한 밤낮으로 모시고 기쁜 목소리와 즐거운 얼굴로 위로하며 아버지가 물이라도 한 모금 마시면 따라 마시고 편히 주무시면 따라 자고 슬퍼하시면 정성스럽게 위로했다. 이처럼 조세창과 함께 즐겁게 해드리면서 걱정하는 얼굴과 근심하는 모습을 조금도 보이지 않으니, 그 공경하고 삼가는 지극한 정성과 효성은 이름난 효자였던 순임금이나 증자 같은 하늘이 낸 효자에 견줄 만했다.

정인성은 적적하게 지내는 와중에 만물의 이치를 궁구하고 다시 익히니 거칠 것이 없었고 문리(文理)를 관통하여 성인의 도를 이었으니, 정잠의 지극히 선하고 맑은 문장과 빼어난 자질이나 조세창의 뛰어난 인물됨과 기질도 그에게는 미칠 수 없었다. 하물며 그 풍모 또한 비범하여 길에서 온갖 비바람을 맞은 것 같지 않은 듯 엄연히 어질고 지혜로운 군자의 기상을 이루었다. 8척 장신에 원숭이처럼 긴 팔과 이리처럼 유연한 허리를 지닌 당당한 체격은 조세창과 함께 서 있으면 오히려 몇 마디 정도 더 크고 같이 앉아 있으면 풍모와 덕스러운 자질이 몇 배나 뛰어났다. 그러니 정잠이 기뻐하고 애지중지하는 것을 무엇에 비하겠는가?

황제가 고국에 돌아가고 이빈 등이 끝내 흉흉한 정세를 바로잡았으나 정잠은 만분에 갇혀 돌아갈 날이 막연했다. 그런데 마선이 하늘을 거스르는 극악함을 보이자 마침내 하늘이 노해 어느 날 거센 바람과 큰비를 일으키고 천둥과 번개를 계속 내리치니, 마선이 결국 번개에 맞아 뼈가 다 부서지고 온몸이 산산조각이 났다. 마선은 원래 자식이 없고 그 아내인 갈연시는 대동왕과 사통하여 정이 깊은 터라 마선에게는 한 조각 정도 없었기에 마선이 천벌을 입어 죽은 것에 조금도 슬퍼하지 않았다. 대동왕은 마선의 자리에 오른 뒤에도 갈연시를 총애하여 당나라 태종과 양귀비의 고사를 일컬으며 남녀의 흉하고 음란한 일임을 모르니, 오랑캐 풍속이 이처럼 부끄러운 것이었다. 마선이 천벌을 받고 죽은 시신에 '황제를 굴복시키고 하늘을 거스르며 충신과 효자에게 해를 입히니 그 죄악은 천벌을 면하기 어렵다.'라는 세 줄의 계시가 새겨지자 대동왕과 신하들이 몹시 두려워했다.

대동왕이 왕위에 오른 뒤 즉시 정잠과 조세창을 받들어 별관으로 청하려 했다. 이에 별관을 정비하여 영천관이라고 하고 문무 신하들과 함께 만분에 나아가 정잠과 조세창을 맞이하는데, 신하들과 함께 가시를 등에 지고 무릎을 꿇고 엎드려 용서를 청하고 수없이 절하며 머리를 조아렸다. 마선의 극악한 죄를 하늘이 벌해 벼락을 맞고 죽은 것을 알리고, 명나라의 신하로서 오랫동안 비루한 옥에서 고초를 겪게 한 것에 대한 죄를 청하며 자기 목숨을 담보로 백성들의 목숨을 구했다. 예절에 맞는 몸가짐이 아주 공손하고 말은 순수하며 꾸밈이 없으니, 비록 갈연시와 사통한 것이 흉하고 음란할지언정 마선같이 극악한 자와는 천양지차라 할 만했다. 정잠과 조세창이 그제야 관중으로 옮겨가자 대동왕과 신하들이 공경하고 위로하며 제후의 나라에서 황제의 사신을 대접하는 예를 다하니, 대동왕이 감히 당에 올라 마주 앉지 못하고 진심으로 공경해 마지않았다.

정잠과 조세창은 백안에게 큰 은혜를 입은 상황이고 또한 황제께서 귀국한 지 오래되었으나 조정에서 마선의 죄를 묻지 않고 화친을 명목으로 북방을 적대시하지 않던 차에 마선이 이미 천벌을 받아 죽고 건간왕과 대동왕은 죄가 없으니, 설사 그들의 포악함이 마선에 버금갈 정도라 하더라도 자신들이 황제의 사신으로 온 것도 아니고 정벌하러 온 것도 아니기에 이들의 생사를 주관하는 것은 옳지 않으니, 황제께 아뢰어 명쾌한 처분을 기다리는 것이 마땅하다고 여겼다. 그러니 어찌 죄 없는 사람에게 공연히 죄를 뒤집어씌워 책망하겠는가? 이에 여러 차례 권하여 당에 오르게 하고 주인과 손님의 예로 대하며 지나온 일과 지금의 상황을 얘기하고 임금의 천명에 대해 논변하는데, 그 말이 정대하고 도가 엄격할 뿐 아니라 그 뜻이 밝고 광대하여 군신이 모두 진심으로 공경하고 감히 올려다보지 못한 채 그 가르침을 받들어 평생 어그러지지 않겠다고 했다. 또한 군신이 의논하여 정잠과 조세창 앞에 무릎 꿇고 구리 쟁반의 피를 맛보는 것으로 맹세하여 오늘 이후로 북쪽 오랑캐가 자자손손 황제의 나라를 부모의 나라로 섬겨 다시는 침범하지 않겠다고 했다. 이에 정잠과 조세창이 사양하며 말했다.

"이는 중대한 일이오. 우리가 애초에 교유사로 온 것이 아닌데 어찌 우리 앞에서 피를 마시며 맹세를 한단 말인가? 조정에 사신을 보내 황제께 죄를 청하고 제후국의 예를 다하는 것이 마땅하니, 구리 쟁반의 피를 우리 앞에 내오지 마시오."

대동왕이 절하고 하늘을 가리키며 명나라를 부모같이 섬겨 자자손손 변치 않을 것을 맹세하고 모든 신하들은 두 사람을 모시고 서 있다가 연회를 베풀고자 했다. 하지만 정잠과 조세창은 번번이 물리쳐 결국은 접대를 받지 않고 풍악을 멀리했다. 이는 영종황제가 무사히 귀국했으나 복위하지 못하고 남궁에서 근심으로 지내실 것이 너무나 한스럽고 비통했기 때문이었다. 이미 오랑캐 땅의 비루한 옥을 벗어났으니 고국에 돌아가는 것이 한시가 급한데 어찌 이곳에서 편히 지내며 시간을 허비하겠는가? 이날만 겨우 머무르고 이튿날 새벽에 일찍 떠나려는데, 대동왕이 며칠 머물기를 청했다가 뜻대로 되지 않자 모든 신하들을 거느리고 백리정에 나와 떠나보내면서 나라를 안정시킨 뒤 백안과 신하들을 거느리고 명나라 조정에 들어가 죄를 청하고 배알할 것이라 하고는 다시 만날 날을 기약했다. 정잠과 조세창이 고개를 끄덕이고 백안을 향해 각별히 말하기를, 비록 다른 나라에 멀리 떨어져 있어 다시 만날 날을 기약하지는 못하지만 황제를 잘 모셔 군신 간의 대의를 무너뜨리지 않은 것과 만분에 왕래하면서 위험을 돌아보지 않고 황제의 편지를 받들어 전한 높은 공은 결코 저버리지 않을 것이라 했다. 이에 백안이 겸손하게 사양하고 눈물을 흘리며 이별을 안타까워했다. 정잠과 조세창이 급히 길을 떠나니, 최언선과 운학 등이 건간왕을 향해 만분의 비루한 옥에서 굶어 죽는 것을 면하게 한 은혜에 거듭 감사하며 이번 생에 다 갚지 못한다면 다음 생에라도 개와 말이 되어 만분의 일이라도 갚겠다고 여러 번 말했다. 그러자 건간왕이 누차 사양하면서 떠나는 것을 아쉬워했다.

정잠이 말머리를 돌려 고국으로 향하니, 정인성과 조세창이 뒤따르며 정성껏 받들었다. 이제 북쪽 오랑캐 땅의 비루한 감옥을 벗어나 고국으로 향하게 되니, 평생 맺힌 한이 풀린 듯 홀가분했다. 큰기러기와 고니의 날개를 빌려 만 리 떨어진 고향에 날아갈 뜻이 있으니, 어찌 풍랑이 심한 바닷길과 험준한 산길의 괴로움을 알겠는가? 정잠이 아들과 사위를 돌아보며 말했다.

"만 리나 되는 바닷길이 아주 위험하다고 할 수 있겠지만 한시가 급한데 육로로 가면 분명 몇 달이 걸릴 것이다. 그러니 비록 작은 배라도 뱃길로 가면 한 달 안에는 고국에 도착하게 될 것인데 너희 생각은 어떠냐?"

정인성은 뱃길에서 번번이 해를 입었으나 이번 길에는 운수대통하여 육로든 해로든 문제가 없을 것이라 여겼기에 아버지의 명을 따랐다. 조세창 역시 본래부터 수로로 갈 생각이었기에 마땅하다고 했다. 이에 즉시 배를 마련하여 고향으로 향했다. 하늘이 길한 때를 허락했으니 만사가 그 뜻에 따라 고운 빛깔의 돛은 푸른 물결에 떠 있고 화려한 휘장은 동풍에 나부끼며 맑은 물결은 넘실거려 수정을 깔아놓은 듯했다. 봄날의 하늘은 은은하여 따뜻한 기운을 토하니 하늘과 바다가 한 빛이요 물결이 잔잔하니, 배가 쏜살같이 달려 뱃길의 위태로움을 알지 못한 채 한 달여 만에 고국의 강가에 도착했다. 보이는 모든 경물이 반가울 뿐 아니라 비로소 영종황제가 복위하고 경태제가 폐위되어 서해로 옮겨갔다는 소식을 듣게 되자 정잠과 조세창은 아주 다행이라 여기고 기뻐했다.

강가 마을에서 밤을 지내는데 이때는 바야흐로 음력 2월 20일경이었다. 버드나무꽃이 누렇게 물들고 산꽃들이 울긋불긋 피어나며 따스한 동풍이 버드나무 가지에 불고 향기로운 풀이 땅 위에 얽혔으니, 《시경》〈채미(采薇)〉 시의 '옛날 갈 때는 함박눈이 펄펄 내리더니 지금 갈 때는 버드나무 가지가 휘휘 늘어졌구나.'와 같은 때였다. 이때는 천순 원년 봄 2월 20일경으로 날씨가 매우 화창하니, 정잠이 기분이 좋아져 거문고를 잡고 한 곡조를 연주하면서 조세창에게 말했다.

"성문(聖門)의 음률이 지음(知音)을 으뜸으로 여기고 예악은 부정함을 가려내는 것에서 비롯되어야 진정 음률의 조화를 이루는 것이다. 내가 이제 나라를 위해 황제께서 복위하신 것을 하례하고 집에 계신 어머니의 편안하심을 축하드리고자 하는데, 이 거문고 소리로 하례하고 축하드리는 것이 완전할 수 있을지 너의 통찰력으로 말해 보거라."

조세창이 말했다.

"하찮은 제가 성문의 예악을 어찌 알겠습니까마는 장인께서 저를 못났다 여기지 않으시고 높이 우대해 주시니 저 또한 외람됨을 잊고 마음이 통하는 친구가 되어보고자 합니다. 장인께서 시험 삼아 곡조를 지어보시면 제가 한두 가지 정도 뜻을 풀어보겠습니다."

정잠이 고개를 끄덕이며 넓은 옷소매 자락 사이로 흰 손을 움직여 한 곡을 연주했다. 그 음률에 공자의 여유로움과 온화함이 있어 하늘과 땅이 서로 감응하고 만물이 서로 조화를 이루니, 은은한 남풍이 온 골짜기에 어리고 상서로운 구름이 모여드는 듯 그 신이한 기운은 밝기도 밝고 맑기도 맑아 진정 성문의 예악이었다. 정잠이 천천히 거문고를 내려놓고 음을 고르니, 조세창이 순간 밝게 깨달은 듯 공경하고 감복하여 갑자기 얼굴빛을 가다듬고는 두 번 절한 후에 '음률의 기이함이 이제는 사라진 광릉산 곡조일 뿐만 아니라 진정한 성문 예악으로, 바람과 구름이 한번 오르자 만물이 섬기고 하늘과 땅이 두루 살피자 인간 세상이 뒤흔들리는 것'이라 평했다. 또 집안과 나라가 모두 무사태평하고 상하가 하나 되어 즐길 것을 본 것처럼 말했다. 그뿐 아니라 정잠이 먼 나라에 가 벼슬을 하게 되어 곧 자식 잃은 부모의 아픔이 있으리라는 것을 바로 말하지는 않았으나 말끝에 언뜻 내비쳤다. 정잠이 고개를 끄덕이며 맞다고 하고 그 밝게 내다보는 것을 감탄하고 칭찬했다. 인성은 곁에서 모시면서 아버지의 거문고 소리를 듣고는 조세창이 뜻을 풀이하기도 전에 앞으로 있을 걱정을 알아채고 즐기는 마음이 없었으나 얼굴에 나타내지는 않았다.

다음 날 아침 정잠과 조세창이 궁궐로 나아갈 때 인성은 양씨 부중으로 가 외숙 등을 뵙고자 했다.

황제의 환대를 받는 정잠과 조세창

황제가 수레를 재촉하여 대궐문을 나서니 문무 신하들이 미처 조회를 끝내지 못했던 터라 일제히 수레를 호위하여 나왔다. 이때 정잠과 조세창은 황제께 표문을 올리고 허락을 기다리고 있었다. 그런데 뜻밖에도 황제께서 직접 방문했다는 말을 듣고 너무나 황송하여 급히 조복으로 갈아입고 사모관대를 가다듬은 뒤 황제의 가마를 바라보며 머리를 조아려 절했다. 황제가 정잠과 조세창을 보고 엎어질 듯 다급한 모습으로 가마에서 내리며 말했다.

"내가 아침저녁으로 그리워하던 두 사람을 어서 볼 수 있게 하라."

정잠과 조세창이 머리를 조아리고 절을 하며 황공하다고 아뢰고는 궁궐로 들어가시기를 청했다. 정잠과 조세창이 진정 황공해하고 불안해하는 것 같자 황제는 이곳에 오래 머무르지는 못할 것이라 생각하여 잠시 가마를 머무르게 한 뒤 두 사람을 올라오게 하고는 말했다.

"그대들은 세상에 보기 드문 큰 공이 있다. 내가 노영에 억류되어 있을 때 흉적 내공의 날카로운 칼날을 미리 막아 위급한 상황에서 목숨을 잇게 한 것은 조경(조세창) 덕이요, 마선의 문서를 받아 고국에 돌아올 수 있었던 것은 정경(정잠)의 덕이다. 7, 8년을 만분의 비루한 옥에서 불에 익힌 음식을 멀리하고 당당한 충절로 오랑캐를 감복시킨 것은 말할 것도 없고, 나의 오늘이 있는 것은 모두가 두 사람의 큰 덕과 공 덕분이니, 내 비록 덕이 없고 밝지 못하다 하여 어찌 이런 충성스러운 신하들을 멀리하겠는가? 내 결단코 부귀와 근심과 즐거움을 그대들과 함께하여 고락을 다르게 하지 않을 것이니, 두 사람은 내 뜻을 잘 살펴 가마 위에 올라 함께 입궐하도록 하라."

정잠과 조세창이 말씀을 다 듣고 나서 너무나 놀라고 당황스러워 관을 벗고 이마가 땅에 닿도록 머리를 조아리며 말했다.

"저희 같은 미천한 신하들이 죽을지언정 감히 황상의 가마에 함께 오르지는 못하오리니 다만 용서를 구하나이다."

황제가 두 사람에게 빨리 관을 쓰라고 하며 이어 말했다.

"나는 두 사람이 살아 돌아온 것이 진정 고맙고 그대들의 충의와 높은 절개를 저버리지 않고자 하여 나와 함께 가마에 나란히 올라 모든 조정 신하들에게 내 은덕을 입은 영광을 보여주고 또한 임금과 신하의 정을 위로하고자 하는 것이다. 그런데 그대들이 사양하고 불안해하는 것을 보니 내 마음을 보여줄 길이 없도다."

그러고는 화려한 황제의 수레를 내오게 하고 정잠과 조세창에게 오르도록 하니, 두 사람이 한사코 사양하면서 아뢰었다.

"조정의 모든 신하들이 걸어서 수레를 따라왔는데 저희가 뭐라고 외람되게 수레를 타고 가겠습니까? 다른 신료들과 함께 모시고 들어가겠습니다."

황제는 그 뜻이 완고한 것을 보고 더 이상 굽히지 못할 것이라 여겼다. 또한 그보다 살아 돌아온 사연을 듣는 것이 급해 뜻대로 하라고 하고는 수레를 돌리게 하니, 정잠과 조세창이 다른 신하들과 함께 수레를 호위하여 궁궐로 들어왔다. 황제가 전각에 오른 뒤 모든 신하들이 존경을 표하며 몸을 굽히고 서 있었는데, 황제가 정잠과 조세창을 가까이 나오라 하고는 그들의 손을 잡고 반가움과 기쁨에 눈가가 촉촉해져 말했다.

"오늘 우리가 옛날처럼 함께 있는 것이 꿈인가 생시인가? 나는 여러 신하들의 충의와 두 사람의 큰 공에 힘입어 돌아올 수 있었지만 두 사람은 어떻게 오랑캐 땅에서 벗어났는가? 그대들의 높은 충절에 천지신명이 감동하고 그에 감응하여 마선이 죄를 받고 두 사람이 오랑캐 땅을 벗어난 것인가? 또한 돌아오게 되었다면 어찌 돌아오는 모든 고을에 도착하는 날짜를 통보하지 않아 내가 궁궐 밖에 나가 맞이하지 못하게 했는가?"

정잠과 조세창이 성은에 감격하고 역시 눈물을 흘리며 마선이 벼락을 맞아 죽은 뒤 대동왕이 왕위에 올라 제후국의 예를 폐하지 않겠다고 한 것을 아뢰었다. 그리고 고국에 돌아올 마음이 급해 뱃길로 오느라 통보를 하지 못한 것을 아뢴 후 황제의 말이 당치 않다고 하며 한사코 사양했다. 황제가 두 사람의 손을 어루만지며 신하들을 돌아보고 말했다.

"흉적의 칼날을 면하게 하여 내 목숨을 이은 것은 조세창이요, 나를 고국에 돌아오게 한 것은 정잠이다. 그 충과 열이 당당하고 절개가 특별한 것은 말할 것도 없고 천고에 드문 공덕이 산과 바다처럼 높고 넓으니 어떻게 갚아야 마땅하겠는가?"

그러고는 탄식하며 노영에서 위태로웠던 일을 말하고 마선이 번개를 맞아 죽은 것을 시원해하니, 모든 신하들이 일제히 두 사람이 살아 돌아온 것을 축하했다. 또 그들의 큰 공에 보답하려면 안으로는 벼슬을 올려주고 밖으로는 땅을 나눠 봉하면 될 것이라 했다. 이에 황제가 말했다.

"내가 몰라서가 아니라 그 큰 공덕을 평소와 같이 땅을 나눠 봉하는 것으로는 갚지 못할 것 같아서 그런 것이다. 나라와 고락을 한 몸 같이 하여 세세대대로 그 자손을 저버리지 않는 것이 가장 좋은 보답일 것이다."

그러고는 환관에게 술잔을 내오라 하여 먼저 들고는 정잠과 조세창에게도 친히 권했다. 두 사람이 황공해하며 급히 받들어 다 마시고는 머리를 숙여 사은하고 뼈에 사무칠 듯이 성은에 감격했다. 그러자 황제가 다시 말했다.

"내 오랑캐 땅에서 돌아와 여러 공들의 충렬에 힘입어 왕위에 복위했으나 이 두 사람이 오랑캐 땅을 벗어나지 못한 것이 애달파 내 높은 지위와 두 사람의 곤경을 맞바꾸고 싶어 했었다. 그러나 위로는 종묘사직이 너무나 중대하고 아래로는 신하들의 의견을 막지 못할 것이라 그런 뜻을 드러내지 못하고 그저 밤낮으로 전전긍긍하면서 자지도 못하고 먹지도 못했다. 그런데 밝으신 하늘이 두 사람의 지극한 충절에 감동하여 극악한 마선을 벌하시고 선과 악에 맞는 보상을 하시니, 그로 인해 두 사람이 돌아오게 되어 내 기쁨과 즐거움이 비할 데 없을 뿐 아니라 조정과 백성이 함께 기뻐할 것이다. 군신은 부자와 마찬가지요 붕우는 형제와 마찬가지이니 어찌 이 기쁨을 표현하지 않겠는가? 그대들은 내 뜻을 따라 집안의 부모·자식 간 예로 자리를 이루어 즐기면서 내 잔을 사양하지 마라."

그러고는 용상 아래 죽 벌여 앉으라 하니, 모든 신하들이 명을 받들었는데 이빈과 양선이 좌우로 맨 앞에 자리했다. 황제가 계속해서 정잠과 조세창의 손을 놓지 못하고 다행이라 하면서 아주 기뻐하니, 두 사람 역시 손을 빼지 못하고 성은에 감사하는 눈물이 귀밑과 수염을 적셨다. 황제가 이빈·양선 등이 노영에서 겪은 고생과 그 충의를 높이 사고 복위를 도모한 공신들의 나라를 위하는 마음을 말하지는 않았으나 이미 그들에게는 벼슬을 더한 상태였다. 이날 차례로 술잔을 내려 충의를 기리고 자신의 과오를 자책하며 나라를 다스리는 도와 백성을 다스리는 정을 의논하면서 모든 군현의 폐단이나 풍속의 선악을 신하들에게 일일이 물었다. 이에 모든 신하들이 각각 정성을 다해 소견을 아뢰었는데, 그러는 가운데 정잠의 인자하고 어진 덕과 조세창의 꼿꼿하고 곧은 마음이 말에서 자연히 드러났다. 이에 황제가 매우 기뻐하며 즐기는데, 빼어난 눈썹에 따뜻한 바람이 온화하게 부는 듯하고 눈에는 맑고 고운 달빛이 비치는 듯해 그 훈훈한 분위기가 연회 자리에 가득 넘쳤다. 황제가 정잠과 조세창에게 땅을 나눠주고 왕으로 봉하기로 결단을 내리자 두 사람은 너무나 놀라 죽어도 못 받겠다고 사양했다. 왕의 자리를 끝내 사양하다가 불에 타 죽은 개자추를 흠모하고 높은 벼슬을 진정으로 원하지 않으니, 만약 억지로 권하신다면 자취를 감추어 세상을 하직하겠다는 뜻을 아뢰었다. 그 말이 가슴속에서 우러나오는 진심임을 알기에 황제가 안타까워하며 말했다.

"내가 재주가 없고 덕이 부족함에도 다시 왕위에 오른 것은 모두 여러 공들의 충의와 큰 공 덕분이오. 나라가 비로소 진정되니 공로에 따라 벼슬을 내리는 것은 한 사람의 사사로운 일이 아니라 옛 선왕의 법을 따르는 것인데, 이제 여러 공들이 내 과실이 크다 하여 조정에 들어와 벼슬하는 것을 저마다 큰 위기이자 재앙으로 알 지경이니, 모두 내 잘못이라 비록 한없이 뉘우치고 슬퍼하나 어찌할 수 있겠는가? 이제 정잠과 조세창 두 사람이 벼슬을 원수같이 여겨 나에게 벼슬을 내리지 못하게 하니, 이는 진정 내 과실을 책망하고 충성스러운 신하를 저버린 것을 원망하는 것이리라. 내 비록 얼굴이 두꺼우나 이런 상황에서 어찌 얼굴이 붉어지지 않을 수 있겠는가? 앞서 조경 (조세창)에게 사형을 내린 데 더해 북방에 귀양 보낸 일은 생각할수록 너무나 경악스러우니, 그 때문에 조경이 이렇게 벼슬을 사양하겠다고 마음먹은 것인가?"

정잠과 조세창이 황제의 말을 듣고 너무나 황공하고 두려워 관을 벗고 머리가 땅에 닿도록 몸을 굽혀 사죄하며 아뢰었다.

"저희가 어찌 폐하께서 전날 실덕하신 것을 마음에 두고 벼슬을 하지 않겠다고 하겠습니까? 사람이 보잘것없는데 지위가 높거나 공로가 적은데 부귀가 지극한 것은 좋은 일이 아닙니다. 복이 분수에 넘치면 재앙이 일어나고 좋은 것이 처음부터 끝까지 같지 못하면 저희의 부덕이 나타날 것이니, 그러면 폐하를 보호하지 못하고 오히려 종묘사직에 근심을 끼칠까 두렵습니다. 이는 곧 저희가 목숨을 아끼려고 고집을 부리는 것이 아니라 마음이 한 조각 옥돌에 불과하게 될까 두렵기 때문입니다. 비록 재상의 벼슬과 간관의 덕에 흡족하지는 못하오나 신 정잠은 전날 벼슬이 육경이었으니 그 벼슬을 그대로 내리시고 신 조세창은 풍헌대각이었으니 다시 그 벼슬을 내려주십시오. 외람되오나 죽기로 작정하고 폐하를 모시며 물러 나올 뜻을 두지 않겠사오니 혁혁한 공로 없이 녹봉이 열후와 같고 부귀가 분수에 넘치는 것은 죽어도 감당하지 못하겠습니다."

다 아뢰고 나서 다시 거듭 절하고 머리를 조아리며 눈물을 흘려 빛나는 귀밑과 아름다운 수염을 적시니, 황제가 안색이 변해 자세히 살피다가 온화한 목소리로 말했다.

"두 사람은 고개를 들고 임금과 신하가 오래 사모하던 정을 펴라. 내 큰 허물이 분명히 있고 사람 보는 눈이 없어 충신과 열사를 멀리하고 역신과 흉악한 무리를 측근에 두어 천고에 씻지 못할 참욕과 만고에 없을 변고를 당해 충성스럽고 어진 신하들이 물고기 밥이 되는 한을 구천에서까지 품게 했으니, 하늘과 땅이 다할 때까지 그 한스러움이 사라지지 않을 것이다. 가슴 깊이 뉘우치고 자책하나 충신열사들이 오히려 믿지 아니하고 두 사람이 벼슬을 사양하는 것도 그런 때문이니, 내 어찌 협박으로 그 맑은 마음과 높은 절개를 상하게 하겠는가? 내가 흔쾌히 그 뜻을 좇지는 못할지언정 두 사람의 마음을 불안하게 하지는 않을 것이다."

그러고는 정잠에게 태자태부·참지정사·금자광녹대부의 벼슬을 내리고 그 집에 친필을 보내 그 공로를 칭송하고 장려하게 했다. 또 홀어머니를 받들어 상경한 후 크게 연회를 열어 정잠의 지극한 효를 빛내고 모자가 오래 떨어져 있던 회포를 위로하겠다고 했다. 정잠이 이에 이르러서는 너무 사양하면 성은을 저버리는 것이 될까 하여 고개를 땅에 닿도록 숙이고 감사해하며 성은이 크고 넓다고 말할 뿐이었다. 황제가 조세창에게는 홍문관 태학사와 총도당 체찰사의 벼슬을 내리니 이 어찌 높은 지위에 못 미치겠는가? 조세창 또한 계속 사양하여 지극한 성은을 외면하면 안 될 것이라 여겨 역시 엎드려 절하고 감사해했다. 황제가 땅을 주어 왕으로 봉하지 못한 것을 아쉬워했으나 두 사람의 뜻이 너무나 확고하여 더 이상 말하지 않았다. 술잔으로 흥을 돋우면서 군신의 즐거움과 기쁨을 다하고 정치의 잘잘못을 가리다 보니 어느덧 해가 서쪽으로 지고 저녁연기가 가득 피어오르자 서리 내린 숲에서 저녁 까마귀가 울었다. 황제가 연회를 끝내고 모든 신하들을 돌려보내되 정잠과 조세창은 머무르게 하면서 말했다.

"내가 노영에 억류되어 있을 때 조경이 아니었다면 몸을 의지할 곳도 마음을 붙일 곳도 없었겠지. 그래서 내가 긴 성이나 큰 산처럼 굳게 믿었고 이에 더해 흉적 내공의 해를 면하게 되자 군신의 중요함이 부자의 중요함과 다르지 않다는 것을 알고 영원히 함께하고 싶었네. 그런데 흉적 마선이 앗아가 만분에 두어 백안령에 함께 있지 못하게 되자 그것이 깊은 한이 되었다네. 또한 정경이 나를 따라 노영에 이른 지 불과 열흘 만에 그 험한 만분의 옥에 갇혀 칼을 삼킨 듯 편히 잠을 이루지 못했을 것인데, 이제 돌아왔으나 지금 그 집안은 지방에 내려가 있는 상황이지. 더구나 살아 돌아온 것을 미처 알지 못해 홀어머니께서 동구 밖까지 나가 아들이 돌아오기를 하염없이 기다리는 일도 없을 것이네. 물론 친구 집에 가 밤을 지내도 되겠지만 그보다 우리 세 사람이 오늘 함께 자는 것이 어떻겠는가? 아무쪼록 내 정을 생각하여 물러가지 말고 여기에서 자도록 하라."

정잠과 조세창이 황제의 은혜에 감격하여 머리를 조아리며 감사하고 침상 아래에서 황제를 모셨다. 황제가 수라와 두 사람의 밥상을 함께 내오게 하여 먹기를 권하면서 친히 반찬을 두 사람의 밥상에 올려주니, 두 사람이 몹시 황공해 마지않았다. 이윽고 수라와 두 사람의 밥상을 물리고 만분에서의 고난과 정인성의 지극한 효성을 언급하며 조용히 대화를 나누다가 천천히 잠자리에 들었는데, 황제가 친절히 두 사람의 누울 곳을 알려주고 자신의 옷을 내어주며 덮으라고 하면서 말했다.

"내가 예교로 정치를 했던 광무제 같은 덕이 없으니 그대들이 어찌 이 자리를 편하게 여기겠는가? 하지만 설사 산림에 은거하는 고고한 선비라도 내 이런 정성을 보면 배 위에 발 얹기를 사양하지 않을 듯한데, 두 사람은 어찌 예법을 지키는 것이 깊은 밤에 오히려 더 심한가? 바라건대 편히 쉬어 만 리 여독을 조금이나마 풀도록 하라."

정잠과 조세창이 너무나 황공하고 불안하면서도 감히 사양할 수 없어 황제의 침상 밑에 누웠다. 그런데 황제가 계속해서 두 사람의 팔과 손을 어루만지니, 두 사람은 황공하고 감사해서 그 은혜를 갚을 바를 알지 못했다. 밤을 지내고 아침이 되어 정잠과 조세창이 부모님을 뵙고 올 말미를 달라고 청하자 황제가 말했다.

"집을 떠난 지 7, 8년이 되었으니 부모님에 대한 그리움을 참지 못할 것이네만 그래도 많이 참은 것은 나 때문이지. 정경의 모친이나 조경의 부모가 살아 돌아온 두 사람을 목 빼고 기다릴 것이니, 어찌 돌아가 반기는 것을 더디게 하겠는가? 하지만 내가 복위하게 되어 이를 경축하는 과거 시험을 며칠 뒤에 시행하고자 하는데, 두 사람이 나를 도와 어질고 재능 있는 사람을 뽑은 뒤에 집으로 돌아가는 것이 어떻겠는가? 내가 천태산과 여강에 각각 사신을 보내 정경 모친의 안부를 묻고 정엽과 정겸에게 각각 경조와 태자소부를 제수하여 올라오게 하고, 조경의 조부인 조겸과 부친 조정을 다 궁에 들도록 청해두었네. 날짜를 헤아려 보니 오늘이나 내일쯤 사신이 돌아올 것이니, 두 사람은 사나흘 이곳에 더 머물러도 무방할 것이다."

정잠과 조세창은 한시바삐 부모님을 뵙고 싶었으나 황제의 생각이 이러하니 그 뜻을 저버리고 돌아가는 것은 신하 된 도리가 아니라 하여 애가 타고 초조하면서도 마지못해 절하고 명을 받들었다. 그때 밖에서 여강과 천태산에 갔던 사자가 돌아왔음을 알렸다. 황제가 바삐 불러 임무를 보고받으면서 두 집안의 안부를 물으니 사자가 모두 무사하다고 아뢰었다. 정겸은 병이 있어 올라오지 못하고 벼슬을 받들지 못한다는 표문을 올리고, 정염은 사신을 따라와 죄를 청하고 있으며, 조겸 또한 노환으로 오지 못하고 조정은 입궐하여 역시 죄를 청하고 있다고 아뢰자 황제가 반가운 얼굴로 정잠과 조세창이 조회에 들기를 재촉했다.

이때 조세창은 부친이 입궐했다는 소식을 듣고는 급박한 내색을 감추지도 못한 채 황제 앞에 나아가 엎드려 말했다.

"신의 아비를 빨리 조회에 들라 하셨으나 신이 먼저 잠시 나가 아비 얼굴을 반기고 즉시 조회에 들게 해주십시오."

황제가 허락하며 말했다.

"부친을 맞이하고 즉시 들어와 내가 오래 기다리지 않게 하라."

조세창이 머리 숙여 감사하고 물러 나와 궐문을 나서니 조정이 황제의 명을 기다리고 있었다. 조세창이 아버지의 얼굴을 보자 뛸 듯이 기뻐 급히 그 앞에 나아가 절하니, 빼어난 눈썹은 아름다운 달이 맑은 하늘에 떠 있는 듯하며 옥 같은 얼굴의 붉은 입술에서는 간절하면서도 부드러운 목소리가 흘러나왔다. 아버지의 얼굴을 다시 우러를 수 있게 되자 반가움이 마음속을 뒤흔들어 오히려 슬퍼지니, 자기도 모르게 눈물이 흘러 푸른 구름처럼 짙은 수염에 맺혔다. 조정은 너무나 뜻밖에 아끼고 사랑하던 소중한 아들이 오랑캐 땅에서 살아 돌아와 자기 앞에서 절하는 것을 보고는 매우 기뻐하며 꿈이 아닌가 의심했다.

(책임번역 탁원정)

완월회맹연 권 30

정인성의 관례와 과거 급제

조세창의 권유로 정인성의 관례가 행해지고
정인성이 과거에 장원 급제하다

궁궐에서 재회한 조세창 부자

조정은 너무나 뜻밖에 아끼고 사랑하던 소중한 아들이 오랑캐 땅에서 살아 돌아와 자기 앞에서 절하는 것을 보고는 매우 기뻐하며 꿈이 아닌가 의심하다가 눈을 들어 한참을 살펴보았다. 8척이나 되는 키와 뛰어난 풍모와 체격에다 가을 달이 비치는 듯한 품격을 갖추었으니 자기 아들 조세창이 아니면 그 누구이겠는가? 헤어질 때는 입위에 수염이 막 나기 시작한 나이였는데 지금은 짙고 아름다운 수염이 가슴까지 내려와 성인의 면모를 풍겼다. 또 연꽃 같은 귀밑머리에 금빛이 영롱하여 귀인의 반열에 들 만하니, 세월이 오래 흐른 것을 알 수 있었다. 조세창을 앞뒤에서 호위하는 하급 관리들이 개미떼와 벌떼처럼 서 있으니, 홍문관의 주임 관리와 이부의 아전들과 풍헌의 하급 관리들 등 그 수를 다 셀 수 없을 정도였다. 조세창이 나오자 윗사람을 따라다니는 종들이 조세창을 감히 올려다보지도 못하고 머리를 숙여 땅을 짚으며 허둥지둥했다. 마치 혼이 나간 듯 두려워 벌벌 떨며 얼음 언 연못에 서 있는 듯 어쩔 줄을 모르니, 조세창의 위풍을 알 만했다. 조정은 기쁘고 다행스러워 지난날의 슬픔과 근심이 한꺼번에 씻은 듯이 날아갔다. 조정이 아들의 손을 잡고 등을 어루만지며 말했다.

"지난번 네가 머나먼 곳으로 귀양 갈 때 우리 부자가 살아서 만날 날을 기약할 수 없었다. 그런데 오늘 뜻밖에 궁궐에서 재회하게 되니 평생의 지극한 기쁨인 것은 말할 것도 없고, 할아버지께서 애타게 걱정하고 마음 상한 것을 시원스럽게 위로하여 그간의 불효를 씻게 되었으니 여러 가지로 기쁘고 다행스럽구나. 그러니 쓸데없이 가슴 아파하고 슬퍼하는 것은 오히려 아녀자의 번다한 모양이 아니겠느냐? 너를 떠나보낸 뒤 우리 부부가 너무나 슬퍼한 것은 말할 것도 없고, 할아버지께서 지나치게 상심하시어 마치 네 주검을 눈앞에 대한 듯 하셨다. 이제 다행히 하늘이 돕고 신이 도와 그사이에 큰 병이 없고 집안 모두가 무탈했을 뿐 아니라 네 어머니가 또 딸을 낳아 막 여섯 살이 되었단다. 여자아이지만 그 인물됨이 성인에 비길 만큼 뛰어나 할아버지께서 두 손녀를 보면서 근심을 많이 잊게 되셨으니 얼마나 다행이냐? 너는 어떻게 비루한 감옥에서 벗어나 돌아올 수 있게 되었느냐? 자식을 사랑하는 아비로서 자식의 죽음을 순순히 받아들일 사람이 없겠지만 혹시라도 이릉이 거짓 항복했다는 본뜻을 밝히지 못하고 평생 욕되게 산 것처럼 될 바에는 차라리 목숨을 끊어 황제의 위엄을 떨어뜨리지 말아야 한다고 생각하기도 했다. 그런데 이어 들리는 말이 불충하고 불의한 죄를 면했다고 하더구나. 이에 충과 열이라는 두 글자를 얻어 오늘 네 아비가 반가운 얼굴로 맞을 수 있게 되었으니 참으로 지극한 영화로구나. 당당한 마음으로 스스로를 위로하며 네가 오랑캐 땅의 비루한 옥에서 굶어 죽는다 해도 슬퍼하지 않으리라 다짐했는데, 오늘 만나게 된 것은 정말 생각지도 못한 일이 아니겠느냐?"

조세창이 아버지 앞에 꿇어앉아 두 손으로 아버지의 손을 잡고 그 말씀을 듣고 있자니, 인생의 지극한 즐거움이 이보다 더할 것이 없어 지금 죽어도 여한이 없을 듯했다. 아버지의 얼굴과 몸을 유심히 살펴보니 8년이 지났지만 별로 늙으시지는 않은 것 같았다. 조세창은 아버지가 넓은 마음과 통달한 식견으로 하늘이 도울 때와 사람의 일을 밝게 알아 스스로 마음을 다스리고 몸을 아끼며 지냈기 때문이라 생각하며 아주 다행으로 여겼다. 이에 다시 일어나 절하고 드디어 오래 그리워하던 마음을 아뢰었다. 또 할아버지와 어머니의 안부를 묻고 여동생을 낳은 줄 몰랐다고 하면서 즐거워하고 기뻐했다. 오랑캐 땅을 벗어나게 된 것은 마선이 천벌을 받아 벼락을 맞고 죽었기 때문이라고 말하는 도중에 황제가 환관을 보내 조회에 참여하라는 명을 전했다. 이에 자세한 이야기는 나중으로 미루고 즉시 입궐하여 조회에 참석했다.

황제가 자리를 내어주며 조정과 정염을 함께 오르라고 했다. 두 사람은 굳이 사양했으나 황제의 권유가 간절하여 마지못해 올라와 황제 앞에 엎드렸다. 황제가 조정의 손을 잡고 조겸의 안부를 물은 뒤 조세창의 충의와 높은 절개와 큰 덕을 한없이 칭찬했다. 그리고 그와 같은 충성스러운 인재를 박대한 허물을 뉘우치며 술잔을 내려 훌륭한 아들을 둔 것을 칭찬했다. 조정은 몹시 황공하여 말씀이 과분하다고 답하고 황제가 오랑캐 땅에 억류되었을 때 따라 모시지 못한 죄를 청했다. 황제는 그 말하는 태도가 겸손하고 공손하며 그 뜻이 절개가 곧고 충성스러울 뿐 아니라 없는 말을 꾸며내지 않고 내내 곧고 바른 태도를 보이자, 이런 아버지가 있으니 조세창 같은 아들이 있는 것이 이상하지 않다고 하고는 정염에게 말했다.

"지난번 서쪽 지역을 안찰하여 민심을 진정시킬 때 큰 덕과 교화가 널리 퍼져 도적이 변해 양민이 되고 백성들이 요순시대와 같이 다스려지게 된 것은 모두 그대의 재주와 덕 때문이오. 그런데 내가 아첨하는 신하의 간사한 모함을 곧이듣고 북쪽 오랑캐를 직접 치려는 데에만 급급하느라 만사를 소홀히 여겨 글 한 자나 비단 한 필도 상으로 내리지 못하고 오랑캐 땅에 억류되어 다시는 그대와 같은 충성스러운 인재들을 만나지 못할까 탄식할 뿐이었지. 이제 비로소 복위하게 되었으나 그대의 벼슬이 그 덕에 차지 못하고 또 내가 그대의 마음에 맞갖지 못해 한심할 따름이네. 하지만 군신은 부자와 한가지이니, 아비가 사지에서 돌아오면 자식이 그 아비의 과오를 좋게 넘기고 서로 얼굴을 대하는 것이 인지상정이라 그대들을 불러들인 것이라네. 그런데 정겸은 병을 핑계로 오지 않고 그대만 왔으니, 한편으로는 다행스러우면서도 한편으로는 매우 부끄럽도다."

그러고는 술을 내리며 정흠의 충정에서 나온 직간을 받아들이지 않은 까닭에 오랑캐에게 굴욕당하게 된 것을 슬퍼하고, 그 딸 정기염이 일곱 살의 어린 나이로는 생각지도 못한 일을 한 것에 다시금 감탄하며 그 행실을 칭찬하고 장려하는 정려문을 내리기로 결정했다.

그러나 이때 해결하지 못한 나랏일이 산처럼 쌓여 있고 급히 처리해야 할 일들도 많아 정려문 내리는 일을 바로 공표하지는 않았다. 정염이 황제의 하교를 받들기 어렵다며 머리를 숙여 황공함을 아뢰고 황제가 오랑캐 땅에서 굴욕을 당할 때 이를 대신하여 죽지 못한 불충을 사죄했다. 황제 앞인데도 그 말이 충성스럽고도 시원스러워 눈치 보거나 거리끼는 법이 없고 풍채와 기질이 씩씩하고 당당했다. 시인 이백의 호방함을 미친 것으로 여기고 직간을 잘했던 급암의 강직함은 너무 올곧다고 여기며, 음양을 다스릴 정도의 큰일이 재상의 직분이라 여겼던 병길 같은 재주가 있고, 남이 침을 뱉으면 마를 때까지 참는 누사덕의 온후한 인내심을 지녔으니, 진정 덕 있는 재상이요 남에게 존경받는 어른의 모습이었다. 황제가 흡족해하며 감탄하고 모든 신하들 역시 정염과 조정을 큰 그릇으로 여겼다. 그러나 조정은 아버지를 봉양해야 하기 때문에 진심으로 일이 많은 자리를 원하지 않았다. 이에 황제가 그 뜻을 돌리지 못해 대사도·태자소사의 벼슬을 주면서 공사를 처결하는 것은 동관(同官)에게 맡기고 조정은 매달 1일과 15일에만 조회에 참석하도록 했다. 조정이 더 이상 황제의 뜻을 사양하지 못하고 머리가 땅에 닿도록 몸을 굽혀 성은에 감사할 따름이었다.

이날 저녁 무렵까지 황제가 정잠·정염·조정·이빈·양선 등과 국정에 대한 의견을 나누었다. 정잠은 정염과 정인웅을 보자 반가운 마음이 넘쳤으나 황제를 모신 자리라 감히 사사로운 정을 나누지 못해 오직 눈으로 그 마음을 전할 뿐이었다.

잔치를 즐기는 정잠과 지인들

해가 저물어 비로소 조회가 끝나자 모두가 물러 나와 궁궐 문을 나섰다. 이때 양선이 벌써 구실아치를 시켜 숙소를 정해놓아 정잠과 정염 그리고 조정 부자는 그곳으로 향했다. 모든 신하들과 제후들이 나이를 불문하고 일제히 정잠과 조세창을 따라 숙소로 가서 인사를 나눈 후 비로소 살아 돌아온 것을 축하하며 충절을 칭찬했다. 정잠과 조세창이 일일이 응수하면서 너무 과분하다고 했으나 마음은 손님을 접대하는 데 있지 않았다. 조세창은 오랫동안 그리워하던 아버지의 얼굴을 본 기쁨을 헤아릴 수 없어 마치 아기가 어머니를 대하는 듯하니, 여러 사람들이 축하하는 소리가 들리지 않았다. 정잠 역시 정염과 조정을 보자, 유명을 달리하여 그립고 가슴 아파하던 사람을 만난 것같이 반가워하면서 반쯤 정신이 나간 듯 어찌할 바를 모르고 다만 정염에게 어머니와 일가친척의 문안을 계속해서 물을 뿐이었다. 비록 오래된 벗들의 얼굴과 반기는 소리가 반갑지 않은 것은 아니었으나 나라를 걱정하는 마음과 황제를 위하는 근심에서 잠시 벗어나자 어머니를 그리워하는 간절함과 가족에 대한 애틋한 정을 억누르기 힘들었기 때문이었다. 손님들은 인정상 당연히 그럴 것으로 여겨 내일 다시 찾아오자고 하면서 돌아갔다.

함께 자리했던 사람들이 하나둘 돌아가니, 자리는 갑자기 휑해지고 다만 오랜 친구들과 관중과 포숙같이 변치 않은 우정을 지닌 군자들만이 남아 저녁을 함께 먹고 밤을 지새웠다.

조정이 조세창의 손을 잡고 어루만지며 정잠을 향해 말했다.

"자네가 내 아들과 오랑캐 땅에서 갖은 고난과 고생을 함께하며 장인과 사위가 높은 충의와 절개를 빛내고 돌아오니, 이는 인상여가 사신으로 가 화씨 구슬을 무사히 가지고 돌아온 것이나 소무가 19년간 북해에 억류되었다가 살아 돌아온 것보다 더 대단한 일이네. 그대 가문의 큰 복과 우리 가문의 행운이 이보다 더할 수는 없을 것인데, 그 근본이 누구로부터 비롯되었는가? 못난 내 자식이 자네의 가문에 장가든 후 자네의 충의와 예지에 대한 깊은 가르침을 받들어 한 조각 광대한 뜻을 오로지 임금을 사랑하고 나라를 근심하는 것에 쏟고 여기에 더해 나라가 위급할 때 신하 된 도리를 잃지 않아 외람되게 충렬이라는 이름을 얻었으니, 이 모든 것이 어찌 자네가 준 것이 아니겠나? 내가 그간의 근심과 8년 동안 떨어져 너무나 슬프고 가슴 아팠던 것을 잊고 스스로 자식 둔 것을 자랑하려면 먼저 자네에게 감사해야 하지 않겠는가?"

정잠이 흐뭇한 얼굴로 수염을 쓰다듬으며 말했다.

"자네 아들이 그 어린 나이에도 곧은 절개와 진정한 충성을 보여 하늘이 이를 알고 이 나라를 보우하고자 한 것이니, 다만 자네의 아들과 내 사위라 해서 기뻐할 일이 아니라 위로는 나라를 위해 축하할 일이고 아래로는 가문의 영광을 칭송하고 기릴 일이지. 내가 만분에 갇혔을 때 처음 자의(조세창)를 보고 벗의 아들이자 내 슬하에 있던 사위임을 알지 못하고 높은 스승을 모신 듯 공경하고 받들었네. 그랬기에 혹시라도 내가 병으로 정신이 혼란하고 말에 실수가 있어 황제의 위엄을 손상하고 나라의 예절을 무너뜨리게 되면 자의가 나와 함께하다가 딴마음을 품었다는 모욕을 당하게 될까 도리어 삼가고 조심하면서 질병과 근심 속에서도 마음을 굳게 먹어 겨우 목숨을 보전하여 고국에 돌아왔으니, 이는 모두가 자의를 본받은 것이네. 어른이 젊은이에게 배우는 것으로 말해보면 백발노인이 파릇한 수염의 청년을 스승 삼는 것이 오늘날까지 실제 있었으니, 70세에 참모가 된 범아부가 젊은 나이에 한나라 개국공신이 된 장자방에 미치지 못했던 일이 그런 것이지. 그런데 자네가 어찌 당치 않은 말로 나를 위로하여 도리어 부끄럽게 만들려고 칭찬한다는 말을 꺼내는가? 다만 장인과 사위가 서로 의지하여 목숨을 보전하는 데 하늘의 도움이 없었다고는 못 할 것이네."

말을 마치자 조정이 크게 웃으며 말했다.

"자네가 내 아들을 스승으로 삼았으면 나를 스승의 아버지로 높여 대접해야 될 텐데, 어찌 특별한 예를 취하지 않고 그냥 이웃집 노인 대하듯 하는가?"

정잠이 또한 웃으며 말했다.

"자의의 충절을 기리고 칭찬하다가 이렇게까지 되었네만 자네가 무슨 특별함이 있어 내 스승님의 아버지 몫을 감당할 수 있겠나?"

그러고는 정명염의 안부를 물으니, 조정이 여러 세월 동안 특별히 아픈 데 없이 잘 지내고 있다면서 그 천연한 덕행과 뛰어난 효성이 남편이 죽은 후에도 끝까지 시어머니를 잘 모셨던 진효부보다 더하다고 말하는 데 이르러서는 얼굴이 환해지고 눈썹은 춤추는 듯해 며느리를 아끼는 뜻이 진심임이 말과 얼굴에 다 드러났다.

정잠이 웃으며 말했다.

"내 자식을 어질다고 칭찬하는 말을 들으니 사납다고 나무라는 것에 비할 수 없어 그 지극한 뜻에 감사하네만, 자식은 부모가 가장 잘 아는 법이지. 내 딸이 비록 부드럽고 온화한 덕이 있어 여자의 도리를 어느 정도 행할 수 있다 해도 무엇이 특별하다고 자네가 그렇듯 과하게 칭찬한단 말인가?"

조정은 계속해서 며느리의 정성스러운 효성과 덕행을 침이 마르고 혀가 닳을 정도로 칭찬했다. 이때 조세창은 아버지와 여러 공들의 잠자리를 살폈는데, 몸가짐이 부모님을 받들고 어른을 모시는 예에서 조금도 어긋남이 없어 사람들이 하나같이 칭찬했다. 조정이 조세창을 발치에 누이고 강보의 아이 대하듯 하니, 마치 어머니가 아이를 돌보는 것 같았다. 베개를 베고 누운 채 여러 공들을 돌아보면서 조세창의 등을 어루만지며 웃음을 띠고 말했다.

"자네들은 참으로 복이 많은 사람들이네. 슬하에 자손들이 많아 순씨의 재능 있는 8형제를 부러워하지 않을 것 아닌가? 자네들이 나를 구구하다 하겠지만 내 상황은 자네들과 많이 다르다네. 늙으신 아버님과 우리 부부는 세창이 하나한테 가문을 맡겼고 생전에 의지하고 대를 이을 자식도 이 아이밖에 없어 애지중지하는 것이 보통 부모보다 특별하다고 할 수 있지. 오랫동안 이별했다가 오늘 무사히 만나게 되니, 세창이의 나이가 서른에 가까워져 강보의 아기 대하듯 할 때가 아닌 줄 알지만 애틋한 정이 넘쳐 엄한 아버지의 위엄을 지키기 어렵다네."

말을 마치자 이빈과 양선이 웃으며 말했다.

"성방(조정) 부자의 지난 일을 생각하면 소리 내어 울지 않는 것만도 대단한데, 어찌 애지중지하는 것을 구구하다 하겠는가? 우리는 못난 아들이 여럿 있어도 부모의 정을 참기 힘든데, 자네는 그토록 아끼는 아들 하나가 다른 사람의 여러 아들과 손자를 압두하는 기질을 가졌으니 아비의 정이 어떻겠는가?"

조정이 웃으며 말했다.

"내 아들이 비록 불충하지는 않지만 자네들의 그처럼 뛰어난 자식들을 어찌 따르겠는가?"

그러고는 조세창의 얼굴에 뺨을 대고 절절한 애정을 표하는데, 마치 강보의 아기를 다루는 듯했다. 조세창이 고맙고도 조심스러워 숨도 크게 쉬지 못하니, 지난밤 황제를 모시고 잘 때 같았다.

정잠은 여러 공들과 함께 잠자리에 들어 동기간의 지극한 우애를 나누면서도 몸이 천태산으로 날아가 어머님께 예를 올리고 동생 정삼과 정겸·정염과 함께 이불을 덮고 베개를 베고 누워 밤을 보내는 즐거움을 누리지 못하는 것을 한탄했다. 또 정흠이 억울하게 죽은 것을 슬퍼하여 기뻐하거나 웃는 기색이 없었다. 그러던 중 조정이 조세창을 저렇듯 애지중지하는 것을 보자 웃으며 말했다.

"성방이 아들을 편히 자게 하려거든 너무 그렇게 하지 마시게. 자의가 지난밤에 용상 아래에서 함께 자라는 명을 받고 물러나지 못해 궐 안에서 밤을 보내게 되었는데, 황제께서 망극한 성은을 내려 우리를 어루만지시니 너무나 황공하고 놀라 한숨도 자지 못했다네. 그런데 자의가 지금 황송해하며 조심스러워하는 모습이 어제 성은을 입었을 때와 다르지 않으니, 이틀 내내 편히 쉬지 못하면 먼 길을 온 여독이 제대로 풀리지 않아 병이 될까 두렵군."

조정이 무슨 말인지 알아채고는 웃으며 조세창에게 곁에서 편히 자라고 했으나 오히려 그 자신은 뒤척이며 잠을 이루지 못했다. 이처럼 자애로우니 8년이나 떨어져 있는 동안 그 마음이 얼마나 아프고 슬펐겠는가?

이렇게 밤을 보내고 다음 날 여러 공들이 입궐하여 조회를 마친 뒤 각기 자기 집으로 돌아갔다. 이때 조정 부자와 정잠 형제는 태운산 옛집으로 돌아갔다. 조정 부자는 조겸에게 즉시 인사드리지 못하는 것이 아쉬울지언정 군이 마음 아플 일이 없었으나 정잠과 정염은 미처 태운산에 이르기도 전에 슬픔과 애통함을 참지 못했다.

이때 정인성이 양씨 부중에서 이미 돌아와 서헌을 먼저 청소한 후 종들을 거느리고 길가에 나와 아버지를 맞이하고 정염에게 인사를 올렸다. 종들 역시 머리를 조아려 인사를 올리면서 지난 일을 슬퍼하며 눈물을 흘렸다. 정잠과 정염이 그 모습을 보고 더욱 가슴이 아팠는데, 그런 중에 정염은 수레 앞에 서 있는 인성을 보고 놀라움과 당혹스러움을 감추지 못했다. 지난날 무진에서 이별할 때 여덟 살이었던 인성이 덕이 높은 군자의 풍모가 완연하여 이미 성인이 된 듯했기 때문이다. 그 풍채와 체격은 어릴 때부터 반악의 미모나 진평의 옥 같은 얼굴도 도저히 미칠 수 없는 정도였기에 오늘날 더 기이하다고 할 것이 없었으나 열여섯 살을 겨우 지난 몸과 기질은 고금을 통틀어 독보적이라 할 만했다. 성탕의 10척 장신에는 미치지 못하지만 우임금의 9척 신장에는 미칠 만했고, 육룡이 하늘로 날아오르는 듯한 풍채에 만물을 품을 만한 넓은 도량이 가득 찬 듯하며, 원형이정(元亨利貞)의 네 가지 덕을 담은 입술에는 붉은 기가 돌고, 옥으로 깎은 듯한 이마에는 머리카락이 부드럽게 날렸다. 아직 관례를 못 치렀으나 위용 있는 눈썹이 늠름하여 태어날 때 기산에 봉황이 내려와 울었다던 문왕의 상서로움과 즉위할 때 봉황이 날아들었다던 소호씨의 신기한 격조를 함께 발했다. 정염이 한번 보고는 바로 얼굴빛이 변하며 연신 감탄했다.

정잠과 정염의 구실아치들과 종들이 골짜기를 가득 메워 성대한 영광이 전보다 덜하지 않고 옛날의 높은 지위가 오늘에도 그대로 이어졌기에 특별히 감정이 북받쳐 탄식할 일이 없었음에도 정잠과 정염의 심회는 닿는 곳마다 가슴 아프고 보이는 것마다 슬픔을 더했다. 서태부인이 있던 곳을 우러러 지하에 있는 정한을 추모하여 탄식하며 눈물을 줄줄 흘리고, 고죽헌을 우러러 형제들이 함께 있지 못하는 슬픔에 더해 정흠이 억울하고 원통하게 죽은 것을 생각하니 창자가 끊어질 듯 아팠다. 옷소매로 얼굴을 가리고 너무나 슬프게 한참을 우니, 인성이 어찌할 바를 몰라 부드러운 목소리와 온화한 얼굴로 정잠과 정염을 정성껏 위로했다. 그때 뜻밖에 행인의 통행을 금지하는 벽제 소리가 이어지더니 인친과 국척은 물론 지위가 높은 제후들이 도착했음을 알리는 소리가 들렸다. 이에 괜히 슬픈 심사로 마음을 상하게 하고 귀한 손님들을 매몰차게 물리칠 수가 없어서 문윤각에 술자리를 베풀어 손님들을 맞았다. 이때 인성은 잠시 물러나 죽서루에 있었다.

무수히 많은 손님들이 정잠을 향해 어제 궁궐에 임시로 마련된 막차에서 언뜻 보고 지나간 것을 말하며, 다시금 오랑캐 땅에서 고생한 것과 고국에 살아 돌아온 것을 치하했다. 그리고 어제 했던 말들을 다시 하는데, 정잠의 충의와 높은 절개는 들을수록 빛났다. 정잠과 정염이 여러 공들이 다시 찾아온 것을 사례하고 옛집에 돌아오니 더욱 슬퍼진다고 하면서 간간이 말을 건넬 뿐 본격적인 대화는 하지 않았다. 그러는 중에도 오래 사귀었던 사람들, 조정에서 함께했던 사람들, 그리고 가까운 친척들이 황금으로 된 띠를 차고 옥패 소리를 댕그렁거리며 끊임없이 찾아왔다. 마치 새떼가 날아들고 구름이 모이는 것 같아 그 수를 다 세지 못할 정도였다.

정인성에게 과거를 보게 하는 정잠

정잠은 자신이 살아 돌아온 것을 천태산에 바로 전하지 못해 급한 마음에 잠시 정염에게 손님을 맞으라고 하고는 종들을 천태산에 보내려고 한 봉의 편지를 쓴 뒤 죽서루에 와 인성에게도 편지를 써서 보내라고 했다. 이에 인성이 말했다.

"제가 이미 고국에 돌아왔고 나라에 매인 몸도 아니니 오늘내일 중에 천태산으로 가는 것이 마땅합니다. 그런데 아버지께서 말씀을 하지 않으셔서 그간 며칠을 허송했으니 내일이라도 떠나게 해주십시오. 제가 가면서 아버님의 편지를 받들지언정 제 편지는 굳이 필요 없을 듯합니다."

정잠이 말했다.

"네가 그렇게 말하지 않아도 나 또한 고향에 돌아가고 싶은 마음은 한시가 급하다. 그러나 황제께서 여차여차 당부하신 것이 있으니 부득이 사나흘은 더 머물러야 할 것이다. 또한 먼 지방의 선비나 절박한 사정이 있는 선비들은 이번 과거에 응시하지 못할 수 있겠지만 특별한 사정이 없는 사람이 이번 경과(京科)에 응하지 않는 것은 매우 잘못된 일이지. 너에게 과거를 보라고 하는 것은 과거에 급제하여 영화를 구하려는 것이 아니라 과거 보는 날까지 머물면서 과거 준비를 하고 그다음에 나와 함께 내려가자는 것이니, 며칠만 견디면 우리가 먼저 가고 나중에 가는 일 없이 함께 가게 될 것이다. 그사이를 참는 것이 물론 힘들겠지만 만분에서의 고생도 6, 7년을 참았으니 이제 어찌 단 며칠을 못 견디겠느냐? 먼저 운학이나 경용을 보내 우리가 살아 돌아온 것을 알리고 과거가 끝나면 바로 내려가도록 하자."

인성은 과거에 급제하고 싶은 마음이 전혀 없고 고향에 돌아갈 마음만 절박했으나 아버지가 이미 뜻을 굳게 정했으니 더 말해봐야 소용없었다. 또한 그 말씀이 잘못된 것이 아니라서, 비록 부귀는 원하는 바가 아니지만 그윽이 아버지의 뜻을 짐작하고 고향에 돌아가는 것이 며칠 늦더라도 할머니께 기쁜 소식을 안겨드릴 수 있으리라는 것을 깨달아 아버지의 뜻을 받들었다. 인성은 감히 울적한 마음을 겉으로 드러내지 못한 채 즉시 붓과 먹을 내와 할머니와 친부모님께 편지를 썼다. 정잠이 세세한 이야기는 나중에 하고 대강만 간략하게 쓰라고 하자 편지를 마무리하고 운학에게 주어 빨리 가라고 하니, 운학이 명을 받아 하직하고는 즉시 천태산으로 떠났다. 정잠은 운학을 천태산으로 보내고 다시 나와 손님을 접대했다. 잠시 후 손님들이 모두 돌아가고 저녁 무렵이 되자 취령산에서 이빈과 양선이 찾아와 밤을 함께 보내기로 했다.

창린과 월염 사이에서 난 아이를 데려간 장헌

앞서 인성이 외가인 양씨 부중에 가 여러 외숙을 찾아뵌 후 이씨 부중에 가 누이 정월염을 만나려 했다. 그런데 마침 월염에게 산기가 있어 정신을 못 차리고 고통이 너무 심해 시할머니와 시어머니가 잠시도 떠나지 않고 돌보고 있다고 하니 불편할까 싶어 외당에만 있다 왔기에 아직 월염을 보지 못한 상태였다.

인성이 당에서 내려와 외숙부 양선과 이빈을 맞이하여 당 위로 모시고 올라가 자리에 앉은 뒤에 월염의 안부를 물으니 양선이 웃으며 말했다.

"유복한 사람에게 근심스러운 일이 있기 쉽겠느냐? 쌍둥이 기린아를 낳아 창린이는 벌써 아들이 셋이나 되었다. 우리 아이들 가운데 가장 먼저 어른이 되었으니 어찌 기특하지 않겠느냐?"

인성이 매우 기뻐하며 말했다.

"제가 어제 이씨 부중에 갔으나 누님의 병세가 급하다는 소식을 듣고 너무 놀라고 걱정하느라 벌써 아들이 있는지도 모르고 돌아왔습니다. 그 아이는 몇 살이 되었고 누님과 함께 이씨 부중에 있는지요?"

이빈이 인성의 손을 잡고 등을 어루만지며 귀밑을 쓰다듬어 사랑하는 마음과 아끼는 뜻을 표하느라 말을 잊고 있으니 양선이 웃으며 말했다.

"월염 조카가 어릴 때 참변을 만나 거의 주검이 된 것을 이씨 부중에서 구해 데려와 무사히 아이를 낳았다고 하더구나. 그때 일을 보지 못했으니 어찌 알겠느냐마는 아이를 낳은 지 3년 만에 제 아비가 돌아와 부자의 정을 펴고자 했는데, 짐승 같은 장헌이 몹시 노해 깨끗한 가문에 누가 된다고 했다더구나. 그런데 촉 땅에서 연태우가 계속해서 높은 관직에 나가게 되자 창린이의 아들을 보고는 인물됨과 기질이 매우 특출나고 예사롭지 않다고 칭찬하더니 갑자기 자손에 대한 정이 샘솟았는지 이형(이빈)과 이씨 부중 사람들이 엄연한 손자로 대하며 애지중지하는 것도 나 몰라라 하며 급하게 빼앗아 갔단다. 최근에 들으니 다섯 살밖에 안 된 어린아이를 데리고 촉 땅의 그 험난한 산길을 거쳐 서천으로 갔다고 하더구나. 장헌이 하는 일이 매사에 해괴해서 어디로 튈지 모르니 무슨 말을 하겠느냐? 월염 조카가 지금 누명을 씻지 못하고 깊은 곳에서 두문불출하며 친척도 만나지 않으니, 사람의 불운이 어찌 이다지 참혹할 수 있겠느냐?"

정잠이 월염의 그 뛰어난 기질로 생각지도 못하게 장헌의 며느리가 된 것이 너무나 한스러웠으나 하늘이 정한 것이라 여겨 겉으로 드러내지 않았다. 사실 어제 양선·이빈 등과 함께 잠자리에 들었을 때 월염의 안부를 묻지 않은 것은 물어보는 게 어려워서도 아니고 잊고 있어서 그런 것도 아니라 듣기 불편한 말이 있을까 해서였다. 그런데 이 말을 들으니 역시 마음이 좋지 않았다. 애처롭고 불쌍하게 여겼으나 또한 얼굴에 드러내지 않고 묵묵히 있으니 정염이 분통을 터트리며 말했다.

"장헌 그 짐승 같은 놈이 무슨 일로 다섯 살짜리 어린아이를 데리고 삼천 리나 떨어진 촉 땅으로 갔단 말인가? 자기 손자가 아니라 음란한 며느리가 낳은 아이라 여겨 멀리 유배 보내 가시울타리에 가둬 놓는 그런 형국인가? 창린이가 비록 아주 뛰어나다고 해도 장헌이 그 아비이니 어찌 닮지 않았겠는가?"

이빈이 웃으며 말했다.

"은백(정염)의 말이 내 뜻과 같네. 창린이를 젖먹이 때부터 길렀으나 이제 장헌에게 돌아가 그를 본받을 것이니, 어찌 전처럼 세상일에 밝을 수 있겠는가?"

양선이 역시 웃으며 말했다.

"그렇지 않을 걸세. 창린이는 충효를 갖춘 인재라 그 아비가 어질지 못한 일을 하면 분명 죽음을 무릅쓰고 간언을 할 것이네. 어찌 그 아비의 흉악함을 닮고 본받겠는가?"

정잠이 웃음을 띠며 말했다.

"은백이 남의 사위와 사돈을 심하게 욕하니 내 마음이 매우 안 좋군. 이형(이빈)은 사람의 가볍고 무거움을 살피지 않고 아버지의 죄를 자식에게 연좌하니 너무 과하지 않은가? 다만 양형(양선)이 내 사위의 기특함을 잘 알고 그 어짊과 효를 밝히 꿰뚫어 보니, 사람을 잘 알아보는 구슬이 부옇게 변하지 않은 것을 잘 알겠네."

정염이 씩 웃고는 말했다.

"양형이 평생 기개와 도량이 엄숙해서 매우 엄하고 매서운 면이 있었는데, 갑자기 경태제를 섬겨 간사스러운 거짓말로 남을 교묘하게 속이는 짓을 많이 하고 말세의 세태를 따라 아첨하며 형세를 쫓아다니더니, 장가 놈 아들의 장인과 수양아버지가 있는 자리라고 장가 놈 아들을 대놓고 칭찬하여 그 장인을 기쁘게 하는구나. 이 어찌 소인 같은 모습이 아니겠는가?"

정잠과 이빈이 답을 하지 않자 양선이 호탕하게 웃으며 말했다.

"은백이 창린이의 기특함에 갑자기 배가 아파 시기하는 마음이 극에 달해 도리어 나를 아첨하는 소인배로 만들어 여기 있는 사람들이 아무 말도 못 하게 하는구나. 하지만 나는 은백이 어질고 능력 있는 사람을 질투하는 좁은 마음을 알아챘도다. 본인은 스스로 아양 떠는 모습이 없다고 하면서 공연히 나를 욕하지만 분명 두 어르신 앞에서는 몸을 굽히고 감히 올려다보지도 못할 게지. 그때가 되면 이 분함과 욕됨을 씻을 수 있을 것이라 한스럽지는 않으나 창린이를 원수처럼 미워하는 심술은 너무나 심해 도리어 당황스럽군."

정염이 빙긋이 웃으며 말했다.

"나는 본래 초가에 깃들어 우주를 벗 삼아 즐기면서 흰 구름이 자욱한 마을에서 신령스러운 약초를 캐고 빈산에서 달밤에《황정경》을 읽는 것이 평생의 소원이라 부귀와 공명은 알지 못하니, 장가 놈 아들을 잠시 건드린 것이 그 무슨 죄가 되겠나? 그대가 눈 흘긴 정도의 조그만 원한도 반드시 갚겠다고 하나 그때는 이미 고향으로 돌아간 후일 걸세."

이빈이 웃으며 말했다.

"창린이가 뭐라고 양형과 은백이 서로 힐난하며 한 사람은 사소한 원수도 갚는다 하고 한 사람은 고향으로 돌아가겠다 단언하는지 모르겠네. 어찌 됐든 창린이는 장헌의 밝지 못하고 무지한 것을 닮지 않아 모든 행실에 모자람이 없으니, 군자의 모임에 충분히 한 자리를 차지할 만한 뛰어난 인물이네. 그러니 은백은 남의 아들을 너무 깎아내리지 말게나. 내가 미련스러워 잠시 화를 냈으나 창린이의 마음을 생각해 보니 너무나 안쓰럽네. 또 그 아비의 허물이 드러날까 근심하는 것으로 보이지 않으며, 허다한 변고가 있어 사람이 참지 못할 억울함과 답답함이 있어도 입에 올리지 않고 행동거지가 평소와 다름 없는 것을 보면 마음이 좁아서는 그렇지 못할 것이네. 그러니 어느 누구라도 장헌이 못난 자식을 낳았다고 말할 수 없고 내가 못 가르쳤다고도 할 수 없을 것이라네. 순임금 같은 성인도 그의 아버지인 고수나 신하였던 곤의 허물을 가리지 못해 만세에 전하게 되었으니, 창린이가 그 아비의 허물을 감추는 것이 어디 그리 쉽겠는가? 비록 순임금이나 우임금 같은 성인의 경지에는 미치지 못할지라도 다만 본인이 몸가짐을 지극히 바르게 하여 군자의 네 가지 덕을 온전히 갖춘다면 세상이 장헌의 아들이라고 해서 저버리지는 않을 것이네. 그러니 운백은 사위를 잘못 고르지 않았고 조카딸 또한 위나라 장강과 한나라 조비연같이 박명하지는 않을 것이네. 창린이의 세 기린아가 장씨 가문을 부흥시킬 것은 보지 않아도 알 수 있는데 뭘 그리 기구한 운명이라 하겠는가?"

정염이 웃으며 말했다.

"제가 순간 욱하는 마음을 참지 못해 장씨 집안을 배척했으나 의외로 세상을 좌지우지하는 태산같이 높은 제후들과 재상들이 장헌 그 짐승 같은 놈을 두둔하고 보호하는 형세입니다. 또 그 아들을 순임금이나 우임금 같은 성인에 견주기도 하고 이 시대에는 대적할 사람이 없다고 자랑하기도 하니, 우리의 몰락한 형세와 썩은 자취로는 저놈을 당할 길이 없는 상황입니다. 그러니 시세를 좇아 장헌의 무지하고 불측하며 세력을 따라 움직이는 비루하고 흉악한 심통을 모른 척하고 그 두터운 친분을 잘못 건드리지 않는 것이 상책일 것입니다."

양선과 이빈이 웃으며 말했다.

"은백이 아득한 안개 속에 있더니 이제야 비로소 무엇이 이로운지 깨우쳐 장헌을 배척하지 말아야 한다는 것을 알았으니 정말 다행한 일이로세."

관례를 올리는 정인성

정엄이 기분 좋게 웃고는 다시 말을 하려 하는데 마침 심부름하는 아이가 조정 부자가 왔음을 알렸다. 조세창이 조정을 모시고 당에 오르자 사람들이 반겨 맞은 뒤 촛불 아래서 한가하게 이야기를 나누었다. 조정은 정인성의 인사를 받는 순간부터 사랑스러워하며 칭찬하느라 정신이 없다가 정잠과 이빈을 돌아보며 인성이 정씨 가문의 큰 복이며 나라의 대들보가 될 것이라 일컬었다. 정잠은 당치 않다고 하고 이빈은 굳이 사양하지 않으며 말했다.

"내 사위는 덕과 행실이 공자를 닮은 기풍이 있지. 오늘 새삼스럽게 칭찬하고 감탄할 일은 아니지만 그 기이함이 볼 때마다 참으로 아름답다네. 사위 덕분에 훗날 우리 가문이 더 영광스러워질 테니, 이는 이미 열 살 전부터 기약된 것이었네. 이제 두 아이가 자라 열여섯 살이 넘었고 요즘 풍속이 일찍 혼인하는 것을 단속하지 않으니 빨리 혼인을 시키는 것이 좋겠네. 홀로 계신 아버님께서 혼사가 늦어져 조바심을 내시고 천태산의 백모님께서도 궁금해하실 것이니, 올해 여름이나 가을쯤에 혼례를 올리는 것이 어떻겠나?"

정잠이 맞는 말이라고 하면서 음력 3월 그믐에서 4월 초 사이에 길일을 정하자고 했다. 이에 조세창이 웃으며 말했다.

"숙부님과 장인께서 자녀의 나이가 찬 것을 급하게 생각하시나 눈앞의 나이 들어 밉살스러운 모양은 아리땁게 보시는 건지요? 어찌 한낱 칡으로 만든 관과 얽어맨 망건을 변통하지 못해 늙은 도령의 상투를 틀어줄 생각은 안 하시는지요? 제 생각에는 혼례보다 관례가 더 급하니, 그러면 지금보다 덜 늙어 보일까 싶습니다."

정잠과 이빈이 또한 웃으며 말했다.

"우리가 덤벙대다가 이를 미처 생각하지 못했는데, 자의의 말이 진정 맞다. 하지만 모레가 과거 보는 날이라 내일 성안으로 들어가야 하는데, 떨어진 칡관과 얽어맨 망건도 없으니 이를 어찌한단 말인가?"

조세창이 대답했다.

"요즘 오랜 객지 생활로 집안을 둘러보지 않았는데, 육재 등이 우연히 제가 거처하던 청죽헌을 청소하다가 낡은 관과 해어진 망건을 찾아두었습니다. 제가 노도령의 관례를 미리 생각하여 내일 아침에 가져오라고 했으니 그것으로 머리털이나 감추시지요."

정잠 등이 기뻐하며 길한 날인지 아닌지도 따지지 않고 다음 날 바로 인성의 관례를 올리려 하자 정염이 웃으며 말했다.

"우리 형님이 재상의 자리에 있으면서도 참으로 형편이 안 좋으신 줄 알겠군요. 이 낡은 관과 헌 망건이 없었다면 인성이의 검은 머리가 백발이 되어도 관례를 못 할 정도이니까요. 그런데 인광이는 관례를 올린 지 오래되었는데도 운계(정삼) 형님이 고집스레 동생이 먼저 혼인할 수는 없다고 하여 지금까지 인광이가 아내를 두지 못했습니다. 그래서 홀아비 같은 구차함이 있고 늙어가는 것도 인성 조카보다 더합니다. 또한 만 명도 대적하지 못할 용맹이 있어 지난번 전혀 생각지도 못한 상황에서 흉악한 적들 수십 명이 산 위로 내달아 우리 형제들이 위기에 처했을 때 인광이는 손에 쇠붙이 하나 없이 홀로 적당을 단번에 물리쳤으니, 그와 같은 용맹은 다시없을 것입니다."

정잠이 다 듣고 나서 비록 지난 일이나 적들에게 당한 변고에 다시금 놀라 얼굴빛이 변했다. 자리에 있던 사람들은 정삼의 아들들이 하나하나 너무나 뛰어난 것을 부러워하며 감탄했다.

밤을 지내고 이빈과 양선 등이 성안으로 들어가려 하는데, 육재가 치포관과 장복을 가지고 도착했다. 이에 조세창이 정잠에게 말했다.

"대충 하는 것이라 볼품이 없고 법식도 갖추지 않아 난리 중에 치르는 것이나 다름이 없습니다. 그러나 나이 든 아들의 땋은 머리는 웃음거리가 될 것이니, 잠시도 지체하지 말고 관례를 치르십시오."

정잠이 고개를 끄덕이며 말했다.

"어제 이미 정한 것을 어찌 다시 이르느냐?"

그러고는 인성을 돌아보며 조세창의 가르침을 따라 관례를 행하라 하니, 인성이 말없이 두 번 절하고 명을 받들어 대청으로 나왔다. 조세창이 즉시 인성의 짙푸른 구름 같은 머리를 거두어 상투를 틀어 백옥으로 된 건잠으로 마무리를 한 뒤 관을 씌우고 옷을 입히자 순식간에 아이가 어른으로 변했다. 이에 모든 사람들에게 절하는 예를 하니, 그 용모와 풍채는 다시 말할 것도 없고 높은 관에 긴 의복과 넓은 소매는 공자가 만든 예법과 공자 문하에서 숭상하던 복색이었다. 온화한 얼굴빛과 엄숙하고 공손한 행동거지는 온전히 성인의 풍모를 띠어 한번 몸을 움직이자 상서롭게 빛나는 해가 옮겨가는 듯하고 한번 팔을 뻗자 봉새가 만 리 먼 하늘을 아스라이 나는 듯했다. 인사하는 예를 행하자 기린이 들에 내려온 듯 광채를 발하니, 좌중이 모두 놀라 얼굴빛이 달라지며 거듭 축하했다. 정잠은 그 모습에 취해 사랑하는 마음을 아낌없이 드러내었는데, 이는 단지 이날이 특별해서가 아니라 옛일에 대한 감회에 젖어서였다. 부자가 서로 의지하며 수많은 고생과 변고를 겪고 겨우 살아 돌아와 오늘이 있게 된 것이 천우신조라 희한하고 기뻐 그 귀중함이 더한 것이었다. 또 한편으로는 비감에 젖어 불쌍한 마음이 들자 인성을 나오게 하여 손을 잡고 흐느끼며 눈물이 흐르는 채로 말했다.

"오늘 너의 관례를 보니 만분에서 억울하게 죽을 뻔했다가 물고기가 용이 되는 경사를 만난 것 같아 너무나 감격스럽다. 이에서 더 즐겁기를 바라면 욕심이라 할 것이나 사람이 원래 만족을 모르는 법이다. 맑은 자질을 지닌 왕·석 두 사람을 대부로 모시고 일가친척이 모두 모였으니 마치 봄바람이 부는 듯 평화롭지만, 지금 우리 집의 쓸쓸한 분위기가 마음 아프고 슬픈 것은 말할 것도 없고 아이가 어른이 되었으나 돌아가 기쁨을 전할 곳이 없이 할머님도 바로 뵙지 못하니 슬픔과 한이 지극할 것이다. 네 슬픈 마음을 새삼 말하려는 것이 아니다. 너는 이 속 좁은 아비와 다르게 마음이 넓으니, 모름지기 쓸데없는 걱정으로 마음을 상하지 말고 과거를 본 뒤에 즉시 돌아가 할머니와 집안사람들을 기쁘게 해드리거라."

인성은 할머니와 친부모님을 그리워하는 마음만이 아니라 저세상

사람이 된 양부인을 추모하고 그리워하는 마음 또한 가득하여 피눈물이 줄줄 흘러내려 소매에 핏빛이 아른거렸다. 그러나 아버지가 더 슬퍼하실까 걱정되고 평생 참는 법에 익숙하니, 엎드려 아버지의 말씀을 받들고 일어나 절하며 슬픈 기색을 드러내지 않았다. 그러나 잠깐 고개를 돌리자 두 눈에 눈물이 어리고 눈썹에는 근심을 띠었는데, 그 슬퍼하는 모습조차 빛나고 아름다웠다. 양선 역시 누이 양부인이 인성의 관례를 보지 못하는 것이 슬퍼 눈물을 흘렸고, 이빈과 조정 부자와 정염 등도 역시 슬퍼하여 즐거운 기색이 없었다.

정염이 심부름하는 아이에게 술상을 내오라고 했는데, 이미 최언선이 좋은 술과 갖은 안주를 잘 차려놓고 기다리고 있었다. 모인 사람들이 서너 잔씩 술을 마시고 조세창과 정인성에게 권하니, 두 사람이 아버지 앞에서 술 마시는 것이 황공하여 연신 사양했다. 그러자 정염이 직접 잔을 잡아 조세창에게 건네고 이빈 또한 정인성에게 간곡히 마시라고 권했다. 두 사람의 아버지가 각기 아들에게 어른이 주시는 것이니 받으라고 하니, 이에 두 사람이 그제야 술잔을 받아 마셨다.

과거에서 장원 급제한 정인성

술상을 물린 뒤 정잠이 과거 시험에 필요한 각종 물품을 준비하여 먼저 인성을 성안으로 들여보내고 뒤이어 대궐로 향하며 양선과 이빈에게 물었다.

"자네 아들들도 과거를 보러 오는가?"

양선이 대답했다.

"내 불초한 자식과 조카가 하나둘이 아니지만 일찍 과거를 보려는 뜻이 없었는데, 형님이 필광이를 과거에 응시하라 하셨다네. 내 자식이지만 내 맘대로 할 수 없어 막내만 시험을 보게 했네."

이빈이 이어 대답했다.

"창현이는 외갓집에 가서 아직 안 왔으니 과거 준비도 못 했고 창린이는 특별한 일이 없어 내일 과거를 보게 했네."

이렇게 말을 주고받으며 성안으로 들어오던 중에 정잠이 우연히 고개를 들었다가 길에 있는 한 소년을 보게 되었다. 허다한 지방 유생들 무리에 섞여 있으나 용모와 풍채가 특출날 뿐 아니라 눈썹이 뚜렷하고 눈빛이 강렬하여 눈길을 사로잡는 것이 분명 정씨 가문의 뛰어난 명성을 이은 혈통임을 알 수 있었다. 놀라 다시 보니 분명 정염의 큰아들 정인홍이었다. 비록 많이 자라 변하기는 했지만 어릴 때의 아주 호탕했던 기상은 변치 않았다. 너무나 반가워 수레 위에서 정염을 돌아보며 말했다.

"동생이 인홍이에게 과거를 보라고 했는가?"

정염이 대답했다.

"제가 천태산에 있을 때 인광이와 인홍이에게 과거를 보라고 했으나 운계 형님이 인광이가 과거 보는 것을 허락하지 않으셨습니다. 그러니 인홍이만 혼자 올려보낼 수 없어서 믿을 만한 동행이 있으면 그때 올라오라고 했는데, 여태 소식이 없기에 못 오나 싶었습니다."

정잠이 잠시 웃고는 임시로 쳐둔 장막에 들어가 인홍을 불러 보았다. 이미 장성하여 어른다운 면모가 있으니 친아들같이 사랑하며 기뻐했다. 절을 받고 나서 손을 잡고 급히 서태부인과 가족들의 안부를 물었다. 인홍이 할머니와 온 집안 식구들이 평안히 지내고 있다고 대답하고 고국에 돌아온 것을 축하드렸는데, 말이 아주 진실되고 막힘없어 정잠의 아기는 마음은 정염보다 더한 듯했다. 급히 인성이 있는 곳을 알려준 뒤에 드디어 대궐로 들어갔다.

천순 원년 봄 3월 초하루에 황제가 문덕전에 자리하고 조회를 열자 문무 신하들이 품계에 따라 자리를 정하고 황제를 모시니, 예법에 맞는 몸가짐이 아주 정제되어 있었다. 대궐의 북을 울려 수많은 선비들을 대궐로 모이게 하니, 전국에서 몰려든 유생들이 일제히 황제의 수레 앞에 와 명을 기다렸다. 머리에 쓴 두건과 허리에 찬 대(帶)가 가지런하여 마치 기러기떼가 항렬대로 날아가는 것 같기도 하고 회를 접시에 가지런히 담아놓은 것 같기도 했다. 온 나라의 대부들과 산림이나 시냇가에서 노닐던 선비들까지 모두 모여든 듯했다. 황제가 다시 위엄을 갖추니 해와 달이 새롭게 빛나고 온 나라가 비로소 조화를 이룬 듯해 군자가 세상에 나오고 현자의 시절을 이룰 때와 같았다. 안회의 안분지족이나 허유의 청렴함과 승전의 고해로도 오늘날의 이런 덕화를 바랄 수 없을 듯했다. 꽃 품평이나 즐기던 사람이라도 이때에는 벼슬길에 올라 깊은 못에 사는 용을 받들고 만 리 먼 하늘을 나는 봉의 날개를 잡고자 하니, 상나라 재상 이윤이 천자 보좌하기를 지극히 한 이유를 알 만했다.

이빈·양선·정잠은 황제가 제후들을 통솔하고 신하들을 거느리는 것을 보좌했는데,《시경》에서 읊은 '빛나고 빛나는 태사 윤씨여! 백성들이 모두 그대를 바라본다.'라는 시구가 이날 그대로 펼쳐졌다. 천하를 복종하게 하고 세상을 다스리는 것을 보좌하니, 음양을 다스리고 사계절을 순조롭게 하는 재상의 직분을 받들고 이윤·부열과 주공·소공이 왕의 덕치를 도왔던 것을 따랐다. 이들이 바로 하늘을 지키는 자물쇠요 하늘을 받치는 대들보로, 가을 하늘처럼 높은 기상과 드넓은 위엄으로 황제를 좌우에서 모시고 있었다.

그다음의 으뜸 위치는 모든 제후들이 우러르는 지위에 일곱 각로를 아우르는 벼슬이자 황제가 천하 백성의 생살권을 좌지우지하고 모든 백성들을 구제하여 복을 누리도록 하는 것을 보좌하는 자리로, 인재를 가리는 데 힘쓰는 총제감의 임무를 맡았다. 가을 하늘을 낮게 보는 높은 기상과 서릿발을 업신여기는 절개가 있어 오랑캐 땅 비루한 감옥에서 8년을 먹지 않고 입지 않고도 당당하고 씩씩하며 넓고 큰 도량을 지닌 풍헌 총도당 체찰사 겸 홍문관 태학사 이부상서 조세창이 바로 그 자리에 있었다. 영주각 태학사 서수관과 함께 과거시험을 총괄하는 감독관의 우두머리가 되어 급제자의 이름을 개봉하는 것부터 시험 결과를 보고하는 것까지 모두가 이들의 주관이었다.

황제가 신하들의 조회를 받은 후 대신들과 함께 시험의 글제를 의논하여 제시하니, 글제가 높고 깊은 것이 아득한 하늘을 측량할 수 없고 너른 바다를 건너기 어려운 것과 흡사했다. 붉은 비단에 금빛 실로 수놓아 내걸고 선비들을 불러 보게 하니, 글제는 '하늘이 높으니 해와 달이 밝고, 땅이 두터우니 풀과 나무가 난다.'라는 것이었다. 유생들이 한번 보고는 정신이 혼미하고 가슴이 막혀 혼이 나간 듯하고 의기양양하던 기운이 점점 움츠러들었다.

이날 정인성이 정인홍과 함께 시험장에 나갔다. 그러나 이는 아버지의 명을 받들기 위한 것일 뿐 자신은 고향에 돌아가는 것이 급해 과거 급제에는 그리 마음이 없었다. 인성은 인홍을 만나자 매우 반갑고 다행스러워 여러 번 서태부인의 안부를 묻고 여러 동생들이 장성한 것과 학문이 성장한 것을 기뻐하며 가족들 이야기를 하기에 바빠 글제를 보기는 했으나 답안을 쓸 생각도 없었다. 그러자 인홍이 웃으며 말했다.

"숙부께서 천태산으로 가는 행차를 늦춰 과거를 보고 나서 가고자 하신 것은 조금이나마 영화를 바라신 것일 텐데, 형은 어째서 글을 지을 생각이 없으십니까? 하물며 저는 과거만을 위해 천릿길을 올라왔기에, 비록 학식이 부족하고 산속에 묻혀 있어 식견이 좁으나 황제 측근의 높은 벼슬아치들을 우러르니 쟁그랑거리는 옥 허리띠와 상아로 만든 빛나는 홀에 마음이 동해 과거에 급제하여 벼슬길에 오르기를 간절히 바라게 되네요. 이번에 제가 낮은 등수로라도 급제하게 되면 아주 다행이지만 불행히도 낙방하게 되면 마음이 갈기갈기 찢어져 가을 과거를 미처 기다리지 못하고 열여섯 살에 억울하게 죽은 귀신이 될 것입니다."

인성이 다 듣고는 한참 웃더니 말했다.

"너와 헤어진 지 10년 만에 비로소 만났는데, 삼척동자가 8척의 장부가 되었으니 내 기쁜 마음을 비할 데가 없다. 네가 급하면 어서 답안지를 펼치고 글을 쓰거라. 다만 재주를 너무 자랑하지는 말아라."

인홍이 웃고는 시간이 얼마 안 남았다고 하면서 급히 붓과 먹을 가지고 나와 비바람이 몰아치듯 거침없이 써 내려갔다. 그 뜻이 무르익고 필법이 아름다워 이백과 두보의 호방하고 깨끗함을 겸했으니, 글자 하나하나가 수놓은 것 같고 말마다 구슬과 옥 같아 바람과 구름이 놀라고 귀인이 부르짖을 듯했다. 인성이 인홍의 재주를 아름답게 여기면서도 너무 재주를 자랑하여 담박한 맛이 없다고 하자 인홍이 웃으며 말했다.

"시문이라는 것이 각기 지닌 성정에서 나오는 것이니 고치기 어렵습니다. 아버지와 숙부께서 매번 이 때문에 꾸중하셨지요."

인성이 말했다.

"자기가 잘못된 것을 모르고 쓰면 어쩔 수 없다만 너무 재주를 과시하다 보니 담박한 맛이 부족해서 웃었단다."

이렇게 말하며 글을 쓰기 시작했다. 인성이 그 뛰어난 재주를 이날 펼치니, 어찌 여느 문인의 기발한 문체와 대수롭지 않은 재주에 비하겠는가? 이미 성인 학문의 도통을 이어 깊고 오묘한 뜻과 힘 있는 필체는 푸른 용이 변화하고 만 마리의 말이 다투어 흩어지는 듯했다. 인성은 가장 먼저 글을 제출하고는 술과 과일을 내어 인홍과 술을 마시며 쓴 글에 대해 서로 이야기를 나누었다.

이때 황제가 여러 신하들과 함께 제출한 글들을 보고 순위를 정하다가 인성의 글을 보자 문필이 기이한 것은 말할 것도 없고 그 뜻이 맑고도 굳건하며 지략이 크고 격조가 담박하면서도 내밀하여 빛나는 군자의 덕과 재질이 글 가운데 가득했다. 마치 따뜻한 봄이 되어 만물이 소생하고 오악(五嶽)이 빼어나 해와 달의 신령한 기운을 띤 듯했다. 좌우의 신하들이 모두 칭찬하며 혼탁한 세상에 이 같은 대단한 인재가 있다는 것에 놀랐고 황제 역시 기분 좋은 얼굴로 내내 칭찬했다. 이윽고 서수관 등에게 순위를 정하고 급제자의 이름을 개봉하여 호명하도록 했는데, 이때 황제가 아주 기뻐하며 말했다.

"정인성의 큰 효성과 도덕이 바다 밖 여러 나라에 먼저 알려졌는데, 이제야 모든 행실이 빛나고 뛰어난 것을 보게 되었구나. 진실로 우리 명나라의 상서로운 일이로다. 내가 복위하자마자 나를 보필할 귀한 인재를 얻게 되었으니 이보다 더 기쁜 일이 어디 있겠는가?"

모든 신하들이 목을 빼고 장원이 오기를 기다렸다. 정인성이 명을 받고 대궐에 이르러 황제 앞에 나아와 절을 하는데, 그 나아가고 물러나는 모습이 모두 법도에 맞고 공손하여 진실로 봉이 기산에 내려 앉고 가을비가 배다리에 내리는 듯했다. 가을 해 같은 모습과 상서로운 구름 같은 풍채는 세속을 벗어난 오악의 뛰어난 기운 같고, 사해의 구름 골짜기에 푸른 무지개가 걸친 듯하며, 육룡이 날자 만물이 움직이는 듯했다. 자질이 늠름하고 당당하며 도량이 넓고 공순한 것은 선왕에게 간언했던 자사를 보는 듯하고, 여유로움은 언제나 예를 물어 행했던 공자를 본받았으며, 당당함은 순임금 때의 어진 신하였던 후직·설·고요 등과 거의 비슷했다. 황제가 비록 그 이름은 익히 들었으나 얼굴은 처음 보는 터라 매우 기뻐하며 빨리 앞으로 오라고 하고는 화려한 신발을 특별히 하사했다. 그러고는 인성의 손을 잡고 이렇게 칭찬했다.

"공자의 문하에는 그 손자인 자사가 있고 증석의 아래에는 증자가 있었으니, 재상을 역임한 정한의 손자요 정삼의 친아들이자 정잠의 계후자인 그대가 어찌 평범하다 하겠는가? 오히려 할아버지나 아버지보다 뛰어난 기질은 지금은 물론이고 이전이나 이후에도 다시없을 것이니, 명도선생 형제가 다시 태어나도 이보다 뛰어나지는 못할 것이다. 성현의 학문과 유학자의 도는 그 선조의 바른 맥을 이어받았으니, 우리 조정이 생긴 이래 이런 인재는 처음이다. 내가 무슨 복으로 이 같은 인재를 얻었는가? 이는 단지 정씨 가문의 천리마일 뿐 아니라 우리 조정의 대들보요 종묘사직을 맡길 인재이니, 명나라 황실의 큰 경사가 이보다 더할 수 있겠는가?"

조정의 모든 신하들이 일시에 만세를 불러 좋은 인재를 얻은 것을 하례했다. 정인성이 여러 번 절하고 고개를 숙여 너무 과분한 말씀이라고 사양하니, 그 엄숙한 풍모와 공손한 태도와 법도 있는 몸가짐이 볼수록 기이하여 좌우에서 연신 칭찬해 마지않았다.

급제자를 차례로 불러들이니, 2등은 장창린으로 나이는 12세요 아버지는 전임 예부상서·집금오 장헌이며, 3등은 양필광으로 나이는 16세요 아버지는 우각로 양선이며, 4등은 정인홍으로 나이는 16세요 아버지는 경조윤 정염이었다. 나머지는 일일이 다 기록하지 못한다.

장창린이 모든 급제자를 거느리고 일제히 앞으로 나아와 황제가 내려주는 어사화와 관원의 의복 그리고 보옥으로 장식한 띠와 상아로 된 홀을 받았다. 특이한 기질과 호탕한 풍채가 이날 더욱 빛나 백거이나 두목을 압도하고 뛰어난 풍모는 천 리에 울리는 메아리요 날렵한 거동은 바다에 떨어지는 구름과 학 같았다. 굴원의 고고한 기개와 송옥의 성실한 기질을 지닌 8척 장신이 뚜렷하게 성인의 풍채를 이루었으니, 원숭이같이 긴 팔과 날렵한 허리는 그야말로 귀인의 골격이었다. 뒤뜰에 홀로 선 겨울날의 소나무요 옥 계단에 자욱한 향기로운 난초 같으니, 나뭇가지는 희디희어 상서로운 기운을 띠고 기이한 꽃들이 난만하여 광채를 자랑했다. 비에 취한 버드나무 가지 같은 풍채가 시원스럽고 모든 몸가짐에 법도가 있어 안회와 자기의 어짊을 따르며, 민자건과 염옹의 덕을 잇고, 자하의 신묘한 헤아림과 자하와 자공의 언변을 겸한 듯했다. 또 한백유와 왕손가의 효성과 충효가 밝게 나타나니, 그 근본에는 노중련의 고상한 절개와 백이·숙제의 고결함이 있었다. 그 외 급제자들도 아름답기는 한 나무에서 핀 꽃이요 한 물에서 나온 금이었으니, 진실로 온 나라를 떠받칠 기둥이요 한나라 황실을 구하고자 했던 진번을 뛰어넘는 인재들이었다.

황제가 매우 기뻐하며 각각 올라오게 하여 지극한 성은을 내리고 장원인 정인성부터 모든 급제자들에게 술잔을 내렸다. 또 정잠·양선·정염에게 특별히 술을 내려 양자와 친아들의 기특함을 여러 차례 칭찬했다. 장헌은 말미를 얻어 촉 땅에 가 있어 이 자리에 참여하지 못했으나 이빈이 장헌의 아들을 수양아들로 키운 것을 들은지라 역시 술잔을 내려 장창린을 잘 가르쳐 국가의 대들보가 되게 한 것을 칭찬했다. 이에 정잠과 정염 그리고 양선과 이빈 등이 황공해하며 길이 성은에 감사했다.

급제자들을 축하하는 연회가 길어져 날이 저물자 황제가 비로소 조회를 끝내고 모든 신하들이 물러났다. 인성 역시 급제자들과 함께 대궐을 나오니, 과거 급제를 축하하는 풍악 소리가 하늘까지 닿을 듯하고 연회에 참석했던 광대들의 환호성은 길가에 진동하며 수많은 말단 관리들과 종들이 위엄 있는 행차의 앞과 뒤에 서서 따랐다. 날듯이 가볍게 춤추는 광대의 소맷자락은 지는 해에 눈이 부시고 세찬 노랫소리는 떠도는 구름이 한꺼번에 모이는 듯했다. 이 광경을 구경하는 사람들은 자기도 모르게 어깨를 들썩이고 춤을 덩실덩실 추니, 그 아버지나 형제의 마음은 얼마 기쁘겠는가?

정잠은 평소 검소함을 중시하고 번화한 것은 질색하는 사람이었으나 자기 부자가 구사일생으로 오늘의 경사를 맞게 된 상황에서는 자연히 인성의 손을 잡고 등을 어루만지며 기쁨을 참지 못했다. 정염역시 아들 인홍이 급제한 것 못지않게 인성이 장원 급제한 것을 기뻐했다. 이들은 날이 이미 저물어 태운산으로 가지 못하고 성안에 있는 상연의 집으로 가 밤을 보내기로 했다.

상연과 정태요 부부를 찾은 정잠 부자

정국공 상연과 동생 상환이 동시에 승진되어 비로소 고향에서 돌아와 입궐하여 황제에게 사은한 후 홍화방 옛집에서 홀로되신 어머님을 모시고 부인과 딸과 며느리 등의 처소를 정해 다시금 부귀와 큰 영광을 지난날 못지않게 누리게 되었다. 잘생긴 아들과 사위, 아름다운 딸과 며느리가 좌우에서 모시니 복이 넘쳐 적막한 근심은 없었다. 그러나 상연과 정태요는 가슴속에 작은 칼이 박힌 듯하고 한 조각 돌을 삼킨 듯해 여러 해 동안 기쁨을 느낄 수 없고 뼈에 사무칠 정도로 애통한 것이 있으니, 그것은 어린 딸 상연교가 살았는지 죽었는지 모르는 것이었다.

큰아들 상안국이 부인 소씨와 금슬이 좋아 벌써 아들 둘과 딸 하나를 두었고, 둘째 아들 상평국은 시중 화춘의 딸과 결혼했는데 부부가 모두 훌륭한 가문의 자식들이라 요조숙녀와 군자의 결합이라고 할 만했다. 이들 역시 금슬이 좋아 아들과 딸을 하나씩 낳았다. 셋째 아들 상광국은 추밀사 이상의 딸과 결혼했는데, 이는 곧 이빈의 막내딸로 남다르게 현숙하고 어질며 사리에 밝아 상광국이 아주 아끼고 후하게 대했다. 이들 역시 바로 아이를 가져 아들 하나를 두었다. 첫째 딸 상옥교는 참지정사 유화의 큰아들 유원과 결혼했다. 유원은 개국공신 유기의 적통을 잇는 손자로 탁월한 문장과 잘생긴 외모는 당나라의 위대한 시인 이백과 두보를 넘어설 정도였고, 상옥교 또한 그 아름다움에 조금도 흠이 없었다. 이에 유씨 가문에서 신부를 아끼고 사랑하며 상씨 가문에서 신랑에게 거는 기대가 커, 두 집안 간에 화목한 분위기는 봄바람이 부는 듯했다. 이들 부부는 이미 아들 둘을 낳았다.

둘째 딸 연교가 어디 천 길 나락에 떨어졌다면 상씨 가문에 미칠 욕이 가볍지 않을 것이니, 살아 돌아오는 것이 무슨 경사가 되겠는가? 상연은 그런 생각에서 아무리 벗어나려 해도 벗어날 수 없었다. 그러니 마음속에서 화가 치밀어 고요한 밤에 주위에 아무도 없을 때면 흐느끼고 탄식하며 눈물을 줄줄 흘리다가 갑자기 집을 뛰쳐나가 눈 깜짝할 사이에 미친 듯 다른 사람이 되어버리는 일이 잦았다. 정태요가 슬픔을 누르고 오히려 상연을 위로했으며 자식들은 아버지를 붙들고 너무 과하시다고 간했다. 그럴 때면 상연이 웃기도 하고 탄식하기도 하면서 말했다.

"내가 이러는 모습을 보고 싶지 않으면 연교의 백골 한 조각이라도 좋은 땅에 묻어줄 수 있게 해다오. 그러면 내가 한번 마음껏 울고 다시는 생각하지 않을 것이다."

이에 상안국 등이 먼 곳이든 가까운 곳이든 가리지 않고 누이가 간 곳을 찾아 부모님의 참담하고 비통한 마음을 덜어드리려 노심초사했으나 결국 경사 옛집으로 돌아오게 되었다. 상연과 정태요 부부는 홀로된 이태부인을 위해 온화한 기색을 잃지 않았다. 그러나 눈에 보이는 것마다 가슴을 무너지게 하니, 이태부인 앞을 떠나면 바로 눈물이 떨어져 옷섶을 적셨다. 며느리와 딸이 좋은 말과 낯빛으로 극진히 위로하던 차에 갑자기 밖이 소란스럽더니 광대들의 연주 소리가 천지를 진동하다가 그 시끄러운 소리가 문 앞에서 멈추었다. 정태요가 그제야 주위를 돌아보며 물었다.

"오늘 과거 시험이 있다고 하더니 천태산의 우리 조카들 가운데 누가 과거에 급제했나 보구나. 너희 친척 형제나 너희들은 가을 과거를 기다리느라 미처 참여하지 못했고, 사위가 응시했으나 다행히 급제했더라도 바로 이곳으로 오지는 않을 것이다. 그러니 인성이 등이 온 것이 분명하다."

좌우에서 미처 대답하지 못하고 있는데 상연의 동생 상환이 들어와 정잠이 온 것과 정인성이 장원이 되고 정인홍이 4등으로 급제하고 사위 유원은 7등으로 급제했다는 것을 급히 전하고는 기뻐하는 얼굴로 나갔다. 상연은 사위가 급제한 것이 기쁠 뿐 아니라 정잠 부자가 죽을 고비를 겪고 살아 돌아와 이 같은 경사를 맞게 된 것이 더욱 기뻐 급히 몸을 일으켜 서헌으로 나갔다. 정태요는 연교를 생각하고 애통해하고 있다가 좋은 소식이 연달아 들리자 기뻐하며 상안국에게 오라버니(정잠)와 인성 조카 등이 외당에서 문안 인사를 다 나누면 즉시 모시고 들어오라고 한 후 내내 서서 기다렸다.

이때 정잠이 정염과 함께 자식과 조카를 데리고 상연의 집에 이르자 상연과 상환이 연신 반겼다. 서로 예를 표할 겨를도 없이 상연이 정잠과 정염의 손을 잡고 지난 고생을 위로한 후 지금의 경사를 축하하고 진심으로 기뻐했다. 또한 하늘에 떠 있는 해 같은 인성의 당당한 모습과 상서로운 구름 같은 풍모가 어릴 때보다 더한 것에 정신이 팔려 너무나 사랑스러워하며 바삐 당 위에 올라오라고 하여 그간의 회포를 풀고자 했다. 그러나 상환과 태우공은 아직 젊은 호기가 남아 있어 과거에 급제한 인성과 인흥을 데리고 즐기면서 당에 올려보낼 마음이 없었다. 이에 정잠과 정염이 인성과 인흥을 상씨 형제들에게 맡기고 상연과 함께 회포를 풀었다. 그런데 상안국 등이 모두 뛰어난 장부가 되어 푸른 수염이 입술을 가리는 경우도 있고 수염이 막 나기 시작하여 벌써 자식을 둔 경우도 있으니, 인성은 자기가 오랜 시간 떠나 있었던 것을 새삼 알 수 있었다. 옛일을 생각하니 슬픔에 잠기고 또 지금의 경사를 전할 곳이 없어 슬퍼하느라 미처 그간의 일을 충분히 얘기하지도 못했는데, 상안국이 어머니(정태요)가 애타게 기다리고 있다는 것을 전하며 상환과 태우공에게 인성과 인흥은 그만 괴롭히고 어머니에게 인사드리게 하라고 했다. 상환과 태우공이 그제야 당에 올라 몇 마디 평범한 인사말을 나누자 상안국 등이 외숙과 외사촌들에게 내당으로 들어갈 것을 청해 상연이 직접 정잠과 정염을 인도하고 상안국 등은 인성과 인흥을 이끌고 들어갔다.

정태요가 비로소 10년 동안 못 만난 오빠와 조카를 만나게 되었으니, 그 반기는 정과 기쁜 마음을 말로 다 할 수 없었다. 정잠과 정인성 또한 거의 죽게 되었다가 살아 돌아와 꿈에도 생각지 못한 경사를 맞게 되었으니, 황천길의 백골이 완연히 살아나 이런 영광을 얻게 된 마당에 그 반가움과 기쁨이 정태요와 다르겠는가? 정태요가 예를 다 마치지도 못한 채 왼손으로는 정잠의 옷소매를 붙들고 오른손으로는 인성의 박속같이 흰 손을 잡으니, 장원 급제한 옷차림 속에 드러나는 뛰어나고 고귀한 풍채는 이백과 왕자진의 신선 같은 풍모도 따라오지 못할 정도였다. 그뿐 아니라 가을 하늘 같은 높은 기상과 가을 달 같은 밝은 풍채에다 온순하고 공손하여 성인의 맥을 이었으니, 돌아가신 아버지 정한의 풍모를 보는 듯해 더욱 감회에 젖었다. 이에 옛일을 슬퍼하며 지금의 경사는 잠깐 잊으니, 옥 같은 뺨에 진주 같은 눈물이 사방으로 흘러 말을 이루지 못했다. 정잠 또한 슬퍼하고 탄식하며 말했다.

"우리가 헤어진 지 10년 만에야 다시 만나게 되었구나. 그동안의 온갖 고생과 변고들은 몇 수레의 책으로도 다 기록하기 어려울 정도이다. 어찌 잠깐 동안의 말로 다 할 수 있겠느냐? 다행히 돌아가신 아버지께서 남기신 충렬의 은택과 어머니께서 남기신 성덕의 음덕으로 우리 부자가 고국에 살아 돌아와 오늘 이 아이가 장원 급제했으니 경사가 아니라고 할 수 없을 것이다. 다만 이 기쁨을 어머니께 즉시 알리지 못하는 것이 마음 아플 뿐이니, 부귀영화도 별 의미 없다만 은백(정염) 부자가 전한 바로는 어머니와 온 가족이 모두 평안하다 하니 그저 다행스러울 따름이다. 또 여기 와서 너를 보니 조카들이 모두 혼인하여 당당하고 의젓한 어른이 되었고 다들 아비와 어미가 되어 자식을 풍성하게 두었으니, 아이는 어른이 되고 없던 아이들이 계속해서 생겨나 그 수를 세기도 힘들구나. 그러니 너희 부부의 복은 다른 사람들이 부러워할 만하다. 비록 연교를 잃어버리고 지금까지 그 생사조차 알지 못해 애가 타지만 인성이 등이 살아 돌아온 것으로 미루어 보건대 연교가 요절할 아이가 아니니 분명 살아 돌아올 것이다. 그러니 너는 너무 속을 태우지 말고 지내거라."

정태요가 눈물을 거두고 비로소 입을 열어 잠시 그간의 회포를 푸니, 지난 슬픔과 지금의 기쁨이 교차하여 슬프기도 하고 기쁘기도 하다가 연교에 대해 말하자 목이 메어 말을 하지 못했다. 상연 또한 기품 있는 얼굴에 눈물을 비처럼 흘리며 차라리 눈앞에서 죽는 것을 본 것만 못하다고 하니, 정잠과 정염이 너무 슬퍼하지 말라고 위로하고 천천히 얘기를 나누었다. 정태요가 그사이 천태산에 한번 가서 서태부인을 몇 달 모시다 돌아온 지 벌써 3년이 지났기에 정염에게 서태부인의 안부를 다시 묻고 인홍이 급제한 것을 진심으로 기뻐하니, 어찌 친조카와 육촌 조카 간에 차이가 있겠는가?

미처 회포를 다 풀기도 전에 이름난 재상들과 높은 벼슬아치들이 몰려와 과거에 급제한 이들을 부르는 소리가 진동했다. 정잠과 정염이 인성과 인홍을 데리고 나가고 상연 역시 나와 밤이 깊도록 담소를 나누며 많은 벼슬아치들 앞에서 인성과 인홍을 데리고 즐겼다. 인성은 비록 노래자가 색동옷을 입고 부모를 기쁘게 해드린 것처럼 아버지를 위해 흥을 맞추었으나 사람됨이 예의 그 자체여서 그 와중에도 고개는 똑바로 하고 손은 공손히 모았으며 얼굴은 엄숙함을 잃지 않았고 걸음걸이는 진중했으며 씩씩한 기상은 높은 하늘과 같았다. 그러니 윗자리에 앉은 사람들이 오히려 몸이 오싹하고 아랫자리의 사람들은 조심스러워하며 어찌할 바를 몰랐다. 또한 인흥은 이미 조정 관료들의 연회 자리에서 뛰어난 재기와 뿜어져 나오는 타고난 기질로 윗사람들을 기쁘게 하고 사관의 명에 순응하여 절도 있는 태도를 보인 바 있었는데, 장원인 정인성에게는 조금 못 미치지만 풍채가 빛을 발하고 나오고 들어가는 동작이 예의에 맞아 보는 사람들로 하여금 혼이 날고 침이 마르게 했다. 당 위에 묵묵히 앉아 있는 벼슬아치들과 쇠나 돌 같은 굳은 마음을 가진 기세 있는 선비들도 마치 이들에게 홀린 듯 인성과 인흥을 쳐다보느라 정신이 없었다.

잠시 후 인성과 인흥을 당 위에 오르게 하여 말을 시켰는데, 인성은 이미 말이나 행동이 성인의 틀을 갖추어 모든 것이 대군자의 예도에 맞으니 다시 이런 사람을 보지 못하려니와, 인흥 또한 걸출한 인물됨과 시원스러운 말솜씨가 정씨 가문의 맥을 이어 뛰어난 기상과 군자의 큰 도를 겸했으니, 열여섯 살 소년으로는 보기 드문 훌륭한 기상과 성품이었다. 비록 인성만은 못했지만 사람들이 그 뛰어난 풍모를 귀히 여기고 사랑하여 딸 있는 사람들은 저마다 정혼할 의사가 있었다. 그 가운에 상환은 방년 13세의 딸이 하나 있었는데, 덕스럽고 조신하면서도 영리하여 상환이 인흥을 그 짝으로 삼고자 하는 마음이 간절했다.

이때 장창린이 비단 도포를 입고 계수나무 가지가 꽂힌 화관을 쓴 채 금 안장을 단 백마를 타고 오니, 그를 따르는 구실아치와 종들이 길을 가득 메웠다. 풍악을 울리는 광대와 청색 비단으로 만든 일산의 행렬과 함께 태운산에 이르러 장인 정잠에게 인사를 올리려 하니, 정염이 마음속으로는 좋게 여기면서도 장창린에 대해 나쁜 말을 한 적이 있는 터였고 또한 정잠에게 즉시 인사하러 오지 않은 것이 그르다 하여 짐짓 괴롭혀 보겠다고 하면서 오래도록 당에 올리지 않고 온갖 희롱으로 포복절도할 만한 일들을 만들었다. 이에 자리에 있는 사람들 중에 웃지 않는 사람이 없고 소년들과 이름 있는 선비들 또한 웃으며 즐겼다. 그럼에도 장창린은 거리끼지 않고 큰 키로 몸을 굽혔다 펴면서 빛나는 소매를 나부끼니, 옥패가 쟁그랑 울리고 비단 옷자락이 아름답게 빛났다. 큰기러기가 하늘에 날자 거위가 늪에 빠지고 태양이 높이 솟아오르자 바다의 학이 모래언덕에 떨어지며 상서로운 구름이 서쪽 봉우리에 잠긴 듯하니, 그 빛나는 풍모와 빼어난 기상은 가늠하기 어려울 정도였다. 정잠이 웃음을 머금고 정염을 돌아보며 말했다.

"백승(장창린)이 나와 장인과 사위가 된 지 7, 8년이 되었는데 얼굴을 본 것은 오늘이 처음이다. 비록 어릴 때는 내 자식이나 조카처럼 자주 보았으나 그 장대한 거동은 오늘 처음 보는구나. 너와 저 사람들이 어찌 이런 내 상황은 생각하지 않고 백승을 못 견딜 정도로 괴롭히느냐? 이제 그만하고 당 위에 오르는 것을 허락해라."

정염이 웃으며 말했다.

"형님께서 안 계셨을 때는 백승이 인사드리지 못한 게 이상하지 않지만 돌아오신 지 여러 날이 되었는데 오늘에야 비로소 그처럼 성대한 모습으로 온 것은 과거 급제를 핑계로 다른 사람들에게 하는 것이나 다를 바 없는 인사를 장인에게 하러 온 것입니다. 형님의 상황이 따로 있겠으나 그 모질고 거만함을 헤아려 너무 구차한 모습을 보이지 마십시오."

조세창이 웃고는 말했다.

"장인께서 돌아오신 후 백승이 즉시 찾아뵙지 못한 것은 병이 있었기 때문인가 싶으니, 크나큰 경삿날에 작은 허물은 용서하시기 바랍니다. 또한 남편이 영화로우면 아내가 귀해지는 것은 예로부터 당연한 일이니, 처제(정월염)는 이제 최고의 벼슬을 지닌 남편의 아내로서 존귀함을 누리게 될 것입니다. 귀댁에 이보다 더 큰 경사는 없을 것이니, 사람들이 백승을 그르다 해도 귀댁에서는 남녀노소 불문하고 백년손님을 이렇게 대하면 안 될 것입니다. 어찌 벌을 내리기 적절치 않은 곳에 벌을 내리려 하십니까?"

정염이 크게 웃으며 말했다.

"말세의 풍속이 어린아이도 처갓집이라고 하면 마음속으로 손님 대접을 받고자 하여 내가 아주 괴이하다 여겼는데, 자의(조세창)는 탈속한 사람이면서 어째서 이런 풍속을 따라 백년손님을 경멸해서는 안 된다고 하는가? 그것도 백승에게 슬쩍 빗대어 말하니 노인이 젊은이를 가르치는 듯하는구나. 진정 순순히 받아들일 수 없으니 먼저 너를 벌하고 다음으로 백승을 벌해야겠다."

조세창이 웃음을 머금고 말했다.

"제가 귀댁의 사위가 된 지 벌써 십수 년이 되었고 그동안 장인과 여러 아저씨들을 공손히 모셨기에 제게 모질고 거만한 모습이 없다는 것을 다들 아실 것입니다. 또 저 같은 어진 사위를 오히려 부족하다고 벌을 주고자 하시니, 만약 벌을 주신다면 제 아버님의 오랜 가르침을 하찮게 여길 수 없어 죄의 유무를 따지지 않고 쾌히 받들겠지만 그 때문에 생기는 허물은 분명 아저씨께 있을 것입니다."

정염이 크게 웃고 정잠은 미소를 지으며 말했다.

"은백은 나이 어린 사람들과 실없는 농을 하거나 다투고 힐난하는 것으로 날을 보낼 만한 성정이지만 나는 사위와 회포를 펴기 바쁘니, 그만 백승을 당에 올리게."

정염과 자리의 모든 사람들이 웃으면서 장창린에게 당에 오르라 했다. 창린이 비로소 당에 올라 예를 표하는데, 정염이 짐짓 손님 자리에 앉으라 하자 머뭇거리다가 사양하며 자리를 피하더니 몸을 돌려 인성과 인홍의 자리로 가 앉았다. 그러고는 다시 꿇어앉아 두 손을 공손히 모으고 정잠에게 오랑캐 땅에서 수많은 고초를 겪었음에도 충의와 큰 절개를 빛내고 무사히 돌아온 것과 정인성이 장원 급제한 것을 두루 칭송했다. 그러고는 가벼운 병이 있어 즉시 찾아뵙지 못하고 오늘에야 오게 된 것이 인간의 도리가 아니라고 하며 사죄했다. 그 말이 공순하고 세세하여 사위의 도를 다하되 조금도 구차하거나 자질구레하지 않았다. 태산을 끼고 북해를 넘을 만한 장대한 기상인 동시에 찬찬하고 고요한 면이 있으니, 모든 행동과 태도가 도리에 맞고 정대했다. 또한 넓은 도량을 지녀 나이 어린 가벼움도 없고 그렇다고 높은 선비의 지나친 꼿꼿함도 없으니, 줏대 없는 것과도 다르고 변변치 못하고 졸렬한 것과도 멀었다. 오직 모든 행실이 순리에 따르고 구차함이 없으며 맑고 흐린 것을 가리지 않아 남의 근심을 함께 걱정하고 남의 즐거움을 함께 즐거워하는 넓은 도량과 기상에는 하늘의 굳건함과 오악의 곧음이 있으니, 촉촉한 비를 내리는 구름이나 따스한 해 같았던 요임금의 풍모라 어찌 한갓 옥 같은 얼굴과 버들 같은 풍채 정도로 일컬을 수 있겠는가? 구름 위를 나는 용과 바람을 부리는 호랑이 같은 거동이 몹시 엄하고 남달라 이름난 재상들과의 든든한 인맥만이 아니라 온 나라가 부러워할 만할 부귀까지 반드시 갖출 것이니, 이른바 '오래오래 부자로 귀하게 살며 자손이 번창한다'는 것으로는 분명 이 자리의 으뜸이 될 만했다.

정잠이 비록 장헌의 불인함을 미흡하게 여겼으나 장창린의 기특함을 매우 아꼈는데, 이를 입 밖에 내지 않다가 눈앞에서 이 같은 풍채와 기질을 대하니 더욱 탄복하여 기뻐하고 반가워하며 조용히 대화를 나누었다. 그러면서도 굳이 월염의 안부와 더러운 소문의 진상은 묻지 않았다. 정염은 속으로 사랑하고 경탄하기를 마지못해 비로소 장창린의 기특함이 장헌과 닮지 않았음을 깨달았으나 처음에 잠깐 장씨 가문을 심하게 욕한 것 때문에 장창린의 풍모에 반하게 된 것을 겉으로 드러내지 않았다.

조세창이 정태요가 내당에 있다는 것을 듣고는 창린과 함께 들어가 잠시 인사를 드리려 하자 상안국 등이 인도하여 들어갔다. 정태요가 공손히 맞아 먼저 조세창에게 곧고 높은 절개가 위로는 하늘에 닿고 아래로는 땅에 이를 정도이며, 화를 돌이켜 복을 삼아 오랑캐 땅의 온갖 고초를 높고 귀한 영화로 바꾼 것에 대해 길이 하례했다. 다음으로 장창린을 향해서는 과거에 급제한 것을 축하하고 월염과 혼인한 지 오랜 시간이 지났으나 경사와 지방에 떨어져 있어 부부가 함께 지내는 것이 너무 늦어졌음을 안타까워했다. 정태요의 말이 간략하고 예에 맞아 단정하며 온화한 것이 지극한 법도가 있었다. 조세창과 장창린이 공손히 다 듣고는 과한 말씀이라며 사양하고 정잠이 무사히 돌아온 것과 정인성이 장원 급제한 것을 일컬으며 답례를 했다.

이윽고 하직하고 밖으로 나가자 정태요가 조세창의 뛰어남과 장창린의 탁월함을 보고 조카딸들의 여생이 평탄할 것이라 생각하며 기뻐했다.

정잠이 수일을 지낸 후 천태산으로 떠나고자 하면서 월염을 잠깐 보고 가려고 인성과 창린을 데리고 이빈의 집으로 갔는데, 정염 또한 인홍을 데리고 왔다. 이빈이 기뻐하며 맞이하여 작은 술자리를 차려 즐기는데, 인성의 온화하면서도 상서로운 풍모가 새롭고 예의를 지키는 공손함과 몸가짐이 더욱 숭고하여 하늘을 받들고 오악을 기울일 기운이 엄숙하므로 이빈이 사랑하고 탄복하며 귀하게 여기는 것이 친자식보다 덜하지 않았다. 인성 또한 이빈의 성인에 가까운 학문과 큰 도에 감복하여 스승처럼 섬겼다. 정잠이 이빈에게 월염을 보겠다고 하자 이빈이 슬픈 얼굴로 탄식하며 말했다.

"우리 며느리가 뜬구름 같은 누명 때문에 깊고 거친 곳에서 스스로 죄인이라 하며 지내고 있다네."

(책임번역 탁원정)

현대역 완월회맹연 3: 다시 모인 가족

1판 1쇄 발행일 2022년 7월 11일

완월회맹연 번역연구모임

발행인 김학원
발행처 (주)휴머니스트출판그룹
출판등록 제313-2007-000007호(2007년 1월 5일)
주소 (03991) 서울시 마포구 동교로23길 76(연남동)
전화 02-335-4422 **팩스** 02-334-3427
저자·독자 서비스 humanist@humanistbooks.com
홈페이지 www.humanistbooks.com
유튜브 youtube.com/user/humanistma **포스트** post.naver.com/hmcv
페이스북 facebook.com/hmcv2001 **인스타그램** @humanist_insta

편집책임 문성환 **편집** 윤무재 **디자인** 박진영
용지 화인페이퍼 **인쇄** 청아디앤피 **제본** 민성사

ⓒ 완월회맹연 번역연구모임, 2022

ISBN 979-11-6080-425-6 04810
      979-11-6080-422-5 (세트)